Over the Choice

오버 더 초이스

Over the Choice

오버 더
초이스

이영도 장편소설

황금가지

차례

1

나는 티르 스트라이크다. 삼십여 년 전부터 티르 스트라이크 하고 있다. 당신들은 티르 스트라이크 해본 적이 없을 테니 알려주는데 요즘은 티르 스트라이크 하기 좋은 시절은 아니다. 오랫동안 해온 덕분에 몇 가지 요령이 있어서 그럭저럭 해나가지만 좀 더 티르 스트라이크 하기 좋은 시절이 왔으면 좋겠다는 생각을 가끔 한다.

최근 열하루는 특히 힘들었다. 육체적으로도, 정신적으로.

하늘에서 떨어지는 멍청한 비를 맞고 있는 내 모습은 주위의 모든 사람들처럼 초췌했다. 어깨를 때리는 빗줄기는 날카로운 아픔이었다. 빗줄기가 아프다고 말하면 과장이라 여기겠지만 그런 경우가 실제로 있다. 열하루 동안 땅을 파서 여섯 살짜리 카닛 소녀의 시체를 꺼낸 사람은 빗물에도 아픔을 느낄 수 있다.

삐걱거리는 목을 돌려 주위를 둘러보았다. 꼼짝도 하지 않고 서 있는 사람들의 몸에서 하얀 김이 피어오르고 있었다. 어쩐지 입에서 침이 흐르는 것 같다. 아마 빗물이겠지.

후들거리는 몸을 진정시키려 애쓰며 나는 버샤드 포인도트를 살폈다.

포인도트는 시체 옆에 무릎을 꿇고 있었다. 평온하다고 말하는 것은 적절하지 않겠지만 그의 얼굴에서 엄청난 슬픔이나 끔찍한 충격 같은 것은 발견할 수 없었다. 어쩌면 비탄이 너무 커서 그런 것일 수도 있고, 그렇잖으면 다른 사람들이 그랬던 것처럼 그도 딸의 죽음을 받아들였기 때문일지도 모른다. 일반적으로 아버지란 존재는 그런 가능성을 결코 받아들이지 않겠지만, 서니 포인도트는 엿새 전부터 아무 말이 없었다.

엿새 전, 서니가 완전히 침묵하게 된 후에도 땅을 파는 사람들의 손길은 느려지지 않았다. 하지만 모두들 묵시적으로 동의하고 있었던 것처럼 마지막 엿새 동안 우리를 재촉한 것은 여름의 불볕더위였다. 살아 있는 서니를 꺼내기 위해 닷새 동안 분투했던 우리는 엿새째부터는 포인도트 부부에게 딸의 썩은 시체를 넘겨주지 않기 위해 삽과 곡괭이를 휘둘렀다. 이 소도시에서 땅을 팔 수 있는 사람들은 대부분 참여한 대역사였지만 결과는 신통치 않았다. 우리는 서니 포인도트의 생명을 구하지 못했거니와 그 몸도 구하지 못했다. 지상으로 끌어올려 진 서니의 시체는 처참했다.

차마 쓸 수 없는 표현이지만 추악하다고 말하고 싶다.

서니는 폐광의 무너진 환기공에 갇힌 채 굶어 죽었다. 음식과 물을 소녀에게 내려보내기 위해 갖은 방법을 다 써보았다. 대롱도 써보고 쥐에게 음식을 묶어 내려보내기도 했고 심지어 국물을 적신 밧줄을 균열 사이로 밀어 넣으려는 시도까지 있었다. 서니가 그것을 빨 힘이 있었을지 의심스럽지만 그런 어처구니없는 방법이라도 시도해 보지 않을 수 없었다. 하지만 아무리 애를 써봐도 공기보다 딱딱한 것은 서니에게 닿지 못했다. 물을 그냥 흘려 넣는 방법은 서니를 익사시킬 수도 있거니와 이차 붕괴를 일으킬 수도 있었다. 환기공이라는 건 기다란 수직 갱도고 그 말은 자칫 잘못하면 그 내부에 어설프게 끼여 있던 서니가 까마득한 깊이를 수직 추락할 수도 있다는 말이다. 서니를 꺼내는데 열하루나 걸린 것도 불안한 붕괴 현장을 다스리는 것이 어려웠기 때문이다.

그 열하루 동안 서니는 땅속에서 굶주렸고, 서니 포인트로 하길 그만두었으며, 부패했다. 시체는 추악했다. 갑자기 쏟아지는 비는 허탈한 우리들을 위한 하늘의 배려 같았다. '어쩌면 비 때문에 땅이 무너져 시체를 영영 잃었을 수도 있었어. 서두른 덕분에 썩은 시체라도 손에 넣었군.'

비탄이나 동정심을 느끼기 힘들었다. 자원자들 대부분이 교대로 일을 했지만, 이파리 하드투스 보안관과 그의 조수인 나는 대부분의 시간을 구출 현장에서 보내야 했다. 사람들을 조직하고 지휘하는 일만 해도 엄청났다. 이미 말했듯이 지반이 불안했기에 자칫하면 구조대가 사고를 당할 수도 있는 형편이었다. 신경을 잔뜩 곤두세운 채 사람들을 단속해야 했으며, 그러는 틈틈이 삽을 들고 땅을 팠다. 당연히 그 열하루 동안 제대로 자거나 쉴 수 있는 시간은 거의 없었다.

그런 물물교환에 응한 기억은 없지만, 누가 내 머리를 떼어내고 대신 돌덩이 하나를 달아놓고 간 것 같았다. 그런 내 눈에 서니의 시체는 어떤 감정을 느낄 수 있는 존재로 보이지 않았다. 그저 추한 물건으로만 보였다. 응접실에는 절대로 놔둘 수 없는 종류의.

이파리 보안관이 포인도트에게 다가갔다.

보안관은 비에 젖은 얼굴을 한 번 쓸어내렸다. 진흙투성이 오크를 타고 흐르는 빗물은 불그스름했다. 흙으로 만든 오크가 녹아내리는 것 같았다. 보안관은 바짓자락에 대강 닦은 손으로 포인도트의 어깨를 짚었다.

"버스. 서니를 옮기도록 하세."

말이 눈에 보이는 물건이라면 보안관의 말이 포인도트에게 부딪친 다음 튕겨 나와 데굴데굴 굴러가는 모습을 볼 수 있었을 것 같다. 포인도트는 꼼짝도 하지 않았다. 그를 움직이려면 여러 마리의 소와 쇠사슬이 필요할 것 같다는 것이 내 인상이었다. 이파리 보안관은 주위 사람들에게 눈짓을 보내곤 다시 말했다.

"어서. 애가 다 젖겠군."

사람들이 포인도트를 향해 슬쩍 움직였다. 포인도트가 아주 작은 몸짓이라도 했다면 사람들은 마치 포인도트에게 요청을 받았다는 듯이 서니를 옮기는 일에 착수했을 것이다. 자연스럽게 일이 그렇게 처리

되었을 것이다. 정신없는 유족이 차분하게 뭔가를 지시하고 요청할 수는 없지 않은가.

하지만 포인도트는 아무 움직임도 하지 않음으로써 그곳에 있는 수십 명의 사람들을 동시에 멈추게 했다. 모두들 당황하여 서로를 쳐다보거나 자신의 손을 바라보거나 했다. 보안관은 어색한 상황이 되었음을 깨달았지만 다시 한번 곰살갑게 말했다.

"그래, 버스. 일어나. 장례 준비하려면 어서 가서 씻고 옷 갈아입어야지."

보안관은 포인도트의 팔 아래로 손을 집어넣었다. 나도 보안관을 돕기 위해 반대편에서 그의 어깨를 잡으려 했다. 하지만 우리 두 사람은 동시에 손을 멈추었다. 포인도트는 저항하지 않았지만, 보안관과 나는 그의 몸에 손이 닿는 순간 우스꽝스러운 꼴이 될 것임을 직감했다. 포인도트를 일으키려 하면 그가 나동그라지거나 혹은 우리 세 사람 모두 그렇게 될 것이다. 결국 보안관이 약간 엄하게 말했다.

"버샤드 포인도트. 일어나게."

무표정하던 포인도트의 얼굴에 표정이 떠올랐다. 그것도 표정이라고 해야 할 것이다. 뭔가가 출렁인다는 느낌 외엔 아무것도 느낄 수 없었지만. 포인도트의 입에서 말이 흘러나왔다.

"고맙습니다. 여러분."

보안관과 나는 움찔했다. 포인도트는 높낮이도 없이 질겅거리듯 말했다.

"정말 감사합니다. 이렇게 수고해 주셔서. 다들 바쁘실 텐데 자기 일처럼…… 서니도 고마워할 겁니다.”

포인도트에게서 멀어지고 싶었다. 어처구니없는 생각이지만 서니의 시체가 입을 열어 말을 한다 해도 버샤드 포인도트가 말하는 것처럼 낯설고 듣기 싫지는 않을 것 같다. 포인도트는 말을 하는 것이 아니라 말을 싸고 있었다. 이해할 수는 있다. 하지만 꼭 저렇게 시체가 말하듯 말해야 하나?

짜증을 느끼던 나는 갑자기 둔한 충격을 느꼈다. 그럴 수밖에 없다. 그는 죽었으므로.

격심한 피로라는 무거운 돌을 옆으로 젖히자 그 아래에서 지난 열하루가 꼬물꼬물 기어 나왔다. 그것은 느린 죽음을 가까운 거리에서 관찰하는 일이었다. 느린 죽음. 그 말이 내 뒤통수를 잡아채어 서니의 시체에 내 얼굴을 처박아 문질렀다.

같이 놀던 동무들의 신고 덕분에 사고는 꽤 빨리 알려졌다. 보안관과 나는 거의 사고 직후에 현장에 도착했고 그때 환기공 속의 서니는 우리들의 부름에 대답하지 않았다. 서니는 보안관이 출입을 금지한 곳에서 논 것 때문에 꾸지람을 들을 것을 두려워하고 있었다. 우리는 협박하듯 서니를 불러야 했고 결국 서니는 으앙 울음을 터뜨렸다. 부모가 달려오고 구조를 위해 더 많은 사람들이 몰려오자 소녀는 창피함에 숨넘어가는 소리를 내며 울었다.

그 울음은 서니가 이 세상에서 보여준 마지막 밝은 모습이었다.

그 후로도 서니는 울었다. 흐느끼고 울먹였다. 신음했다. 아빠를 부르고 엄마를 불렀다. 배가 고프다고 말했고 머리가 아프다고 말했고 무서워 죽겠다고 말했다. 흙먼지를 잔뜩 삼켜 목이 쉰 채로. 그 아이는 잠들지도 못했다. 잠을 잤다면 더 오래 버텼을지도 모르지만, 땅을 파는 소리가 쾅쾅 들리고 그 진동이 그대로 몸에 전달되는 상황에서 잠든다는 것은 불가능한 일이다. 물론 땅 파기를 관둘 수는 없는 노릇이었다. 어이없는 일이지만 구조는 고문이었다. 서니는 불면과 허기, 속박, 호흡 곤란 속에서 서서히 죽어갔다. 서니의 생애 마지막 닷새에 나를 대입하자 미칠 것 같은 기분이 들었다. 그렇다면 그 아버지는 어떠할까.

버샤드 포인도트는 죽었다. 그에게 세금을 내라고 말할 수는 있겠지만 노래를 부르라고 말할 수는 없으므로.

"됐네. 버스. 지금은 인사치레할 때가 아냐. 집에 가야지."

"예. 저희 집에 가서 차라도 한잔하시죠. 보안관님. 모두들 목마르고 피곤하실 테니까요. 저는 얘 옆에 있을 테니 집에 가서 저희 안사람에게, 어, 그 사람이 기력을 추슬렀는지 모르겠습니다만."

"버스."

"정말 죄송합니다. 저는 여기 있어야 합니다. 이 애가 얼마나 외로웠겠습니까. 태어나서 지금까지 하루도 부모와 떨어져 본 적이 없는 애가 열하루를 혼자 보냈습니다. 전 서니 옆에 있어야 합니다. 이해해주시겠지요?"

"무슨 소리야. 얘를 여기 계속 놔둘 건가?"

포인도트는 무슨 말인지 모르겠다는 표정을 지었다. 기죽은 표정을 짓는 일에 있어 카닛에 비견할 만한 종족은 별로 없지만 포인도트의 표정을 보고 있으니 우리가 단체로 그를 걷어차기라도 한 것 같았다.

13

차라리 비통하게 울부짖는 편이 보기 덜 괴로울 듯하다.

포인도트가 대답을 하지 않자 이파리 보안관도 입을 다물었다. 보안관은 포인도트의 팔을 움켜쥐어 그를 일으켰다. 반대편에서 나도 보안관을 따라 했다. 예상대로 포인도트는 아무런 협조도 보여주지 않았다. 똑바로 세울 때까지 포인도트는 당황하여 좌우의 우리를 번갈아 바라보기만 했다. 보안관은 포인도트가 주저앉지 않도록 지체 없이 그의 허리를 감싸 안았다.

"가세."

"보안관님. 이러지 마세요. 저와 서니를……"

"걱정 마. 서니는 우리가 챙길 테니 자넨 걷기나 해."

"아니오. 서니에겐 제가 있어야……"

그때 우리 도시의 시의회 의장이자 목수인 나라부스가 관이 담긴 손수레를 끌고 나타났다.

나라부스 의장은 계획대로 행동한 것이다. 관을 준비하는 것은 포인도트의 일이겠지만 차마 그에게 그런 것을 기대할 수는 없었다. 죽은 것이 분명하니 꺼내면 바로 담을 수 있도록 관을 준비해 두는 것이 어떻겠냐는 말을 어떻게 하겠는가. 그래서 나라부스 의장은 몰래 관을 제작한 다음 사고 현장 근처에 숨겨두었다. 서니가 밖으로 나오면 흉한 모습을 보이지 않도록 신속하게 관에 담는다는 것이 우리의 계획이었다.

그것은 분명히 친절의 소산이고 서니에게 주는 우리의 마지막 선물이었다. 우리 중 누구도 딸의 시신이 아닌 조그마한 나무관이 포인도트를 발광하게 만들 거라고는 상상하지 못했다.

관을 본 포인도트가 귀를 쫑긋 세웠다. 식물은 야채 뱀파이어를 두려워할 줄 모르고 동물은 야채 뱀파이어를 두려워하지 않으니 나라부스 의장이 공포의 대상이 되는 일은 없다. 손수레에 담긴 관도 작은 크기와 깨끗한 외양 때문에 그런 물건이 가지게 마련인 으스스한 느낌은 없었다. 한 마디로 그곳에 나타난 나라부스 의장의 모습 어디에도 두려움의 요인은 찾기 힘들었다. 하지만 포인도트는 서니를 데리러 온 저승사자를 보듯 의장을 노려보았다.

"그게 뭡니까?"

나라부스 의장 또한 자신이 공포의 대상이 된다는 낯선 상황에 당황했다. 그는 엉거주춤하게 손수레를 돌아보고는 해명하듯 말했다.

"버스? 어, 이건, 그러니까 서니를 담으려고……"

"그거, 그거 죽은 사람 담는 관 아닙니까?"

"응? 그렇지. 관이지. 서니가 죽었으니까."

나라부스 의장은 당혹 때문에 아무렇게나 말했다. 크게 잘못된 말로 들리지는 않았다. 하지만 포인도트는 살해당하는 사람 같았다.

질겁한 우리들의 시선 속에서 포인도트가 이상한 소리를 내기 시작했다.

목이나 코로 내는 일상적인 소리가 아니었다. 그보다 훨씬 아래쪽, 우리가 음식이나, 혹은 음식처럼 소화시켜서 내버려야 하는 것들을 담아두는 곳에서 들려오는 소리다. 뭔가 질척질척하고 꿈틀거리는 재료로 작업하는 대장장이가 낼 것 같은 소리다.

등에 소름이 좍 돋았다.

미처 말릴 새도 없이 포인도트는 우리를 뿌리치고 나라부스 의장에게 달려들었다. 의장이 비명을 지르려는 찰나 포인도트는 그를 옆으로 밀치고 관을 낚아챘다. 포인도트는 관을 들고 도망치기 시작했다.

"버스! 서! 뭐 하는 건가!"

"포인도트 씨! 서요!"

보안관과 내가 먼저 달려나갔고 뒤이어 아직 힘이 남아있던 사람들 몇 명이 뒤를 따랐다. 포인도트는 우리 외침이 들리지 않는 듯 도망쳤다. 당혹스럽게도 포인도트와 우리 사이의 거리는 줄어들기는커녕 점점 늘어났다. 아무리 뜀박질 잘 하는 카닛이라지만 무거운 관까지 든 채 어떻게 그렇게 달리는 건지 알 수 없었다. 더군다나 지쳐 있던 우리들은 추적에 적합한 상태도 아니었다. 곧 우리들은 포인도트를 붙잡기보다는 그가 어디로 가는지 확인하기 위해 철벅철벅 따라가는 모습을 취하게 되었다.

얼마 후 포인도트가 비틀거리는 바람에 추격전의 속도는 더욱 완만해졌다. 그도 사람이었고 폭발적인 질주를 계속 유지할 수는 없었다. 결국 포인도트는 호되게 넘어졌다. 땅에 쓰러져 부들부들 떨던 포인도트는 우리가 가까이 다가가자 뒤를 돌아보았다. 그의 털은 빗물에 젖어 고슴도치 바늘처럼 서 있고 입가엔 허연 거품이 맺혀 있었다.

그리고 형언키 어려운 두려움이 있었다.

포인도트는 일어나더니 다시 도망쳤다. 특별히 목적지가 있는 것 같지는 않았다. 포인도트는 그저 딸의 시체와 관 사이에 최대한 많은 거리를 두고 싶은 것 같았다. 얼마 달리지도 못하고 포인도트는 다시 빗물 속에 쓰러졌다. 크게 오르락내리락하는 그의 등에서 빗줄기가 툭툭 부서졌다. 이번에는 그가 일어나지 못할 거라 확신했다. 그래서 우리는 발을 끌며 그에게 다가갔다.

그러나 포인도트는 다시 상체를 세웠다.

"버스!"

이파리 보안관이 두 팔을 앞으로 내민 채 달려갔다. 포인도트가 똑바로 서서 관을 높이 들어 올린 순간 보안관이 그의 허리를 뒤에서 부둥켜안았다. 두 사람은 함께 휘청거렸고 빗속에서 관이 불길하게 흔들거렸다. 그들을 부축하기 위해 내가 앞으로 달려갔을 때 포인도트가 균형을 회복했다. 그는 보안관을 뒤에 매단 채 앞으로 크게 한 발을 내디뎠다. 그의 걸음에서 갑자기 목적의식이 느껴졌다. 뭐지? 나는 얼굴을 흔들어 비에 젖은 머리카락을 치우고 포인도트의 앞쪽을 살폈다.

우리는 조그마한 계곡 가장자리에 서 있었다. 봄에 마을 처녀와 아낙네들이 나물 캐러 오는 리판골 아래쪽이다. 아래쪽에는 조금씩 불기 시작한 계곡물이 흐르고 있었다. 그 물을 본 순간 포인도트가 뭘 하려는 건지 알 수 있었다. 관을 던질 생각이다. 틀림없이 부서지겠지. 관이야 또 만들 수 있지만, 그 와중에 포인도트와 보안관이 비탈을 구를 것이 걱정됐다. 그래서 포인도트의 왼쪽으로 달려가 그의 가슴을 끌어안았다. 이제 포인도트가 관을 던지면 보안관과 함께 그를 뒤로 끌고……

포인도트가 움직이지 않았다.

날아가는 관에 맞을까 봐 숙이고 있던 머리를 들어 올렸다. 포인도트는 턱을 높이 들어 올리고 있었다. 그는 냄새를 맡고 있었다.

"이게 뭐지?"

멍한 머릿속으로 생각들이 두서없이 표류했다. 시력 나쁜 카닛이 이 빗속에서 뭔가를 보기는 힘들 것이다. 하지만 반대로 냄새는 맡기 쉬울 것이다. 포인도트는 하던 일을 잠시 멈출 만큼 강렬한 냄새를 맡았다. 그게 뭘까?

포인도트가 더듬더듬 말했다.

"티르. 저게, 저 아래에 있는 게 뭐지?"

아래를 바라보았다. 잠깐 동안 우리가 한 바퀴 돌아 사고 현장으로 되돌아온 것이 아닌가 의심했다. 좀 더 자세히 바라본 후에야 단지 인상이 비슷할 뿐 전혀 다른 광경이라는 것을 알 수 있었다. 하지만 다르다는 것 외에는 말할 것이 없었다. 나도 포인도트와 마찬가지로 그게 뭔지 알 수 없었다.

정신을 차리기 위해 나는 일단 포인도트의 손에서 관을 뺏었다. 포인도트는 얼떨결에 그것을 놓았다. 보안관이 앞으로 돌아 나오더니 신음을 흘렸다.

"저게 뭐야?"

뒤이어 도착한 사람들도 포인도트와 나, 보안관이 보여준 것과 비슷한 반응을 보여주었다. 그때 그레이엘프 안셀 치즐하트가 앞으로 나섰다. 어떤 방식인지 명료하게 설명할 수는 없지만 그였기에 그럴 수 있었다고 생각되는 방식으로 안셀은 사태를 정확히 꿰뚫어 보았다.

"세상에, 사고야. 마차가 굴렀어!"

안셀의 말을 듣고서야 비를 맞고 있는 무의미한 사물로 보이던 것들이 마차의 잔해로 보였다. 그리고 그 옆에 있는 불그스름한 물건들도 말과 승객들의 시신으로 바뀌었다. 사고는 대개 당혹스럽게 마련이지만 이 경우는 너무도 의외여서 당혹스럽다고 말하기도 어려운 형편이었다.

충격 때문에 우리들은 물끄러미 사고 현장을 바라보기만 했다. 의식하지 못했지만 나는 포인도트에게 뺏은 관을 오른발로 밟고 있었다. 아마 뺏기지 않기 위해 무의식중에 그랬던 모양이지만 그래도 참 어이없는 행동이었다. 포인도트가 그 사실을 발견하기 전에 내가 먼저 깨달았고 그래서 재빨리 발을 내려놓았다. 그때 누군가가 비명을 질렀다.

왜 그랬는지 모르지만 그럴 수밖에 없었다고 생각되는 방식으로 우리는 모두 안셀을 바라보았다. 하지만 안셀은 다른 곳을 보고 있었다. 안셀의 시선을 따라간 우리는 음악 선생인 케이토의 모습을 보게 되었다. 잠깐 동안 그 위어울프가 은팔찌를 벗었나 생각하고 두려움에 빠졌다. 꼭 변신하려는 것처럼 보였으니까. 하지만 케이토는 변신하려는 것이 아니라 그냥 크게 놀란 것이었다.

"저기!"

케이토가 가리키는 곳을 보았다. 사고 현장이었다. 사고가 난 걸 이제 깨달은 건가 하는 황당한 생각을 하려는 찰나 무엇이 케이토를 놀라게 한 것인지 알게 되었다. 참혹한 사고 현장 가운데 시선을 끄는 것이 있었다. 마차 잔해 아래에서 튀어나온 한 소년의 상반신이었다. 더 정확하게 말하자면 그 소년의 왼손이었다.

그 왼손은 주인의 위험을 알리려는 것처럼 파들파들 떨고 있었다.

누가 먼저랄 것도 없이 사람들이 비탈 아래로 뛰어내렸다. 몇몇 사람들은 비에 젖은 풀밭에 엉덩이를 대고 미끄러지기도 했다. 나 또한 뛰어내리려 했지만, 포인도트가 마음에 걸렸다. 포인도트는 그때까지도 코를 벌름거리고 있었다. 이젠 나도 피 냄새를 맡을 수 있었다. 왜 그때까지 깨달을 수 없었는지 이해할 수 없을 만큼 강렬한 피 냄새였다.

"포인도트 씨."

"사람들이 다쳤군. 티르. 가보자고."

포인도트도 비탈을 내려가기 시작했다. 비틀비틀 내려가는 모습을 보니 조만간 쓰러질 것 같았다. 그래서 그를 부축하며 내려가기로 했다. 포인도트는 저항하지 않았다. 먼저 내려가던 보안관이 외쳤다.

"아인켈! 그 애 어떤가?"

우체국장 아인켈이 소년을 짓누른 마차 잔해를 들어 올리고 있었다. 막강한 힘을 가지고 있지만 섬세한 굴착 작업에는 부적합할 만큼 체구가 거대해서 서니의 구조 현장에선 파낸 흙과 바위를 치우는 정도의 역할밖에 못 했던 트롤 아인켈은 기중기처럼 가볍게 잔해를 치웠다. 그는 상체를 숙여 소년을 살폈다.

"살아있어!"

손 움직이는 모습을 본 사람이면 다 짐작할 수 있는 뻔한 말임에도 불구하고 아인켈의 외침은 우리들에게 안도감을 주었다. 실패로 끝난 서니의 구조 때문에 심신이 지쳐 있던 사람들은 안도감을 더 크게 느끼는 것 같았다. 사고 현장으로 접근하는 사람들의 움직임에 활력이 피어났다.

한 사람만이 그런 분위기에서 벗어나 있었다. 내 팔에 닿아 있던 포인도트의 몸은 뻣뻣해졌다.

"살아있어?"

무슨 말을 해야 할지 알 수 없었다. 그래서 나는 아무 말도 하지 않고 그를 소년에게 데려가는 일에만 집중했다. 곧 포인도트도 다른 사람들과 비슷하게 행동했다. 그러니까 열성적인 구조자처럼 행동했다는 말이다. 포인도트는 내 부축을 물리치고 빠른 걸음으로 소년에게 다가 갔다. 마치 그 소년을 구하기 위해 이곳까지 온 것처럼.

그의 뒷모습을 잠시 바라보다가 나도 비슷하게 행동했다.

열하루 동안 묻혀 있던 소녀의 시신을 땅에서 파낸 날 우리는 그렇게 한 소년을 만났다. 소년은 열다섯 살의 인간이었고 이름은 덴워드 이카드였다.

그 후 엿새 동안은 그랬다는 말이다.

엿새 후 소년은 내게 죽었다.

2

눈을 뜨고 한참 후에야 나를 깨운 문소리를 들었다. 시간 감각이 뒤죽박죽이었을 뿐만 아니라 공간 감각도 시원찮았다. 내가 어디 있는지 알 수 없었다.

"뭐라고 하셨습니까?"

"눈 좀 붙였냐고 물었다. 대답은 안 해도 되니 입가의 침이나 좀 닦아라."

고개를 들어 올렸다. 그 사실로 미루어 보건대 나는 고개를 숙이고 있었나 보다. 내가 얼마나 한심스러워질 수 있는지에 대한 불명예스러운 기록이 수립되려는 찰나 겨우 정신을 차렸다. 그리하여, 책상에 엎드려 자고 있다가 문 열리는 소리에 잠에서 깬 보안관 조수는 그를 깨운 보안관을 바라보았다.

이파리 하드투스 보안관은 흙덩이가 덕지덕지 붙어 거의 족쇄처럼 보이는 장화를 질질 끌며 자기 책상 쪽으로 걸어가고 있었다. 그가 의자에 앉을 때까지 나는 별 목적도 없이 주위 상황을 점검했다. 햇빛의 각도를 보니 정오 조금 전인 듯하다. 햇빛이 비치는 것을 보니 오늘 날씨는 맑은 모양이다. 근방의 누군가가 점심으로 생선을 튀기고 있는 모양이다. 몸 곳곳이 끔찍하게 아프다. 나는 여전히 개척도시의 보안관 조수 티르 스트라이크다…… 슬프게도.

보안관은 장화를 벗더니 두 발을 힘겹게 책상 위에 올려놓았다. 그 발에서 살인적인 냄새가 나고 있을 것이 분명하지만 신경 쓰이진 않았다. 내 몸에서 나는 냄새만 해도 내 후각을 마비시키기엔 충분했으니까. 보안관은 한참 동안 글로 표현하기 곤란한 신음을 내어 그러잖아도 칙칙한 보안관 사무실 분위기를 더욱 흉흉하게 만든 후 말했다.

"사고야."

"예?"

"범죄 아니야. 사고라고. 서니 말이야."

내 상사는 피로 때문에 논리적으로 말하는 능력이 많이 저하된 모양이다. 이파리 보안관도 자기 문제를 깨닫고는 설명을 덧붙였다. 그는 어젯밤 버샤드 포인도트에게 했던 말을 내게 반복하고 있었다.

사실 말할 것도 없이 그 건은 사고다. 환기공은 제대로 매립된 것이었고 얼마 전의 지진 때문에 노출된 것이니 광주에게 책임을 묻기 어렵다. 하물며 광주는 까마득히 옛날에 사망했다. 그리고 그곳이 위험하다는 이유로 보안관은 주변 출입을 금지했으며 서니도 그 사실을 알고 있었다. 어떻게 따져봐도 서니의 잘못이다. 하지만 변사이므로 범죄인지 아닌지를 따져야 하고 보안관은 유족에게 그것을 주지시키는 어려운 일을 맡아야 했다.

포인도트는 보안관의 설명에 항의하지 않았다고 한다. 그리고 순회재판을 요청할 권리도 포기했다. 하지만 내 생각에 포인도트는 그저 귀찮게 하지 말라는 표정을 지었을 것 같다. 보안관도 자기 말이 포인도트에게 제대로 받아들여졌을지 의문스러웠기에 나한테 넋두리를 하는 것이리라.

"버스가 넋 나간 목소리로 말하더군. 기일을 언제로 해야 하냐고. 묘비에 새겨야 하니까."

"묘비가 작을 테니 생몰 연도만 새겨도 될 텐데요. 어린애한테 너무 큰 묘비도 어울리지 않잖아요."

"응. 나도 그렇게 얘기했어. 그랬더니 좀 있다가 다른 이야기를 꺼내더군. 아무래도 큰 묘비를 쓰고 싶은 모양이야. 그 뒤로 몇 번이나 그 애 생일에 대해 이야기를 했거든. 뭐, 묘비에 새기지 않더라도 기일은 정확히 해둬야겠지. 그런데 사망일을 언제로 해야 하는 거지? 냉정하게 생각하면 푸른 사슴의 달 2일에 죽은 것이 확실해. 하지만 시신이 확인된 것은 어제인 8일이란 말이야."

"2일이 맞는 것 아닐까요?"

"그렇기야 한데 그 후 엿새 동안 아무도 그 이야기를 꺼내지 않았거든."

확실히 그 엿새 동안 아무도 서니가 죽었다는 이야기를 하지 않았다. 그 엿새가 서니의 삶과 죽음 중 어디에 포함되는 것인지 결정해야 한다고 생각하니 섬뜩한 기분이 들었다. 어쩌면 버샤드 포인도트는 사망일을 2일로 하는 것은 딸의 생애에서 엿새를 뺏는 일이라고 느끼는지도 모른다. 하지만 서니가 그 엿새를 원할까? 내 생각엔 그 이전의 닷새도 별 매력이 없을 것 같다. 고통뿐인 시간이니까. 하지만 분명히 살고 싶어 했을 테고, 그 이유만으로 그 닷새는 뺏을 수 없는 서니의 것이다. 하지만 그 후의 엿새는 아무래도 아니다.

나는 대략 그런 취지의 말을 했고 보안관은 무겁게 고개를 끄덕여 동의했다. 그리고 마차 사고 쪽을 맡은 내게 상황을 물어보았다.

"제리븐 대여회사 소속의 팔두마차였고 승객은 세 명이었습니다. 인간 남녀 한 명씩, 그리고 오크 남자 한 명입니다. 살아남은 것은 그 소년뿐이고 나머지 열은 모두 죽었습니다."

"열? 열이라니?"

"말 여덟 마리도 모두 죽었다는 말입니다. 빗길에 미끄러진 것 같습니다. 저기 있는 것이 현장에서 찾은 유류품입니다."

나는 사무실 한쪽에 쌓여 있는 상자 세 개를 가리켰다. 상자 하나는 뚜껑이 사라졌고 다른 둘도 잠금장치가 박살 난 상태였다. 그 안에는 현장에서 찾아낸 옷가지와 위생 도구 같은 여행용품이 두서없이 담겨 있었다.

"소년은 시장님 댁에 옮겨났습니다. 제가 거길 떠날 때까진 의식 불명이었습니다. 말들의 사체는 아직 괜찮아 보여서 초니에게 인수증 받고 넘겼습니다. 잔해와 마구들은 나라부스 의장님 작업장에 옮겨났고요. 대여회사에서 가져갈 만한 것이 있을 것 같지는 않습니다만. 그리고 죽은 두 사람은 사고 현장 근처에 가매장해 두었습니다."

무심히 내 설명을 듣던 보안관은 가매장이란 말에 눈을 치떴다. 내 얼굴을 살핀 보안관은 다시 사무실 구석을 세심히 바라보았다.

"어디 보자. 팔두마차에 승객 셋. 짐은 전부 개인용품. 그렇다면 그 친구들이 팔두마차를 이용한 것은 인원이나 화물이 많아서가 아니라 대여점에 마차가 그것밖에 없어서, 혹은 용무가 정말 급해서군. 말들이 다 죽을 만큼 거창하게 미끄러졌다면 용무가 급했다고 봐야 되겠군."

"예. 천천히 달렸으면 초행이라도 사고 날 만한 지형이 아니었습니다."

"그 외엔 모르겠군. 뭐가 문제야?"

나는 대답 대신 보안관의 책상 위에 따로 놓아두었던 서류들을 가리켰다. 그것은 현장에서 찾아낸 피해자들의 여행증과 여행경비로 보이는 어음 등이었다. 보안관은 눈가를 비비고는 그것을 바라보았다. 조

25

금 후 보안관은 그자들이 소엘린 야드버트(여성, 28세, 인간.), 그루퀘 폴바이(남성, 47세, 오크.), 덴워드 이카드(남성, 15세, 인간.)라는 이름을 가지고 있으며 골동품 거래를 위해 상당 액수의 어음을 가지고 제도에서 파사디아로 여행 중이었다는 사실을 알게 되었다.

정확히 말하자면 보안관이 알게 된 것은 그런 사실들이 아니다. 보안관은 인상을 찡그렸다.

"사고 안 당하는 것이 이상하지. 여정을 천 킬로미터나 벗어났다면."

"방향만 조금 달랐다면 대방벽을 들이받았을지도 모르죠."

"보안관 녀석들, 게을러 가지고. 치안 유지하라고 장검 채워놓았더니 여행증 조사는 콧구멍으로 하나."

미소 지을 수밖에 없었다. 몇 년 전 이 도시에 왔을 때 여행증 같은 것은 가지고 있지 않았던 내가 지금 무슨 일을 하고 있는지를 본다면 보안관이 농담을 하고 있음을 알 수 있을 것이다. 제국은 평화롭고 황제의 권위는 군건하다. 치안관들은 여행자가 방금 자른 신선한 머리를 허리띠에 달고 다니지 않는 한 여행증 조사에 열의를 보이지 않는다.

"그래서, 혹 신원을 확인할 일이 있을지 몰라서 장례식 준비 대신 일단 가매장해 둔 것이다? 하긴 가짜 여행증 들고 자기 죽을 줄 모르고 달렸다면 좀 수상하긴 하군."

"좀 수상한 정도가 아닙니다."

"뭐가 더 있어?"

나는 책상 서랍에 따로 넣어두었던 것을 꺼내어 보여주었다. 이파리 보안관은 곧장 책상에서 발을 내리더니 내게 다가왔다. 그리고 내 손에 들린 물건을 냉큼 집어 들어 살폈다.

꼼꼼하게 닦아내지 못해서 아직도 풀풀과 진흙이 제법 묻어 있지만, 그 가치를 짐작하기는 어렵지 않았다. 제작자는 틀림없이 제작비에 전혀 신경 쓰지 않는, 아니 제작비를 많이 쓸수록 좋다고 믿는 작자일 듯하다. 다른 것 다 건너뛰고 은은하게 감도는 연한 보랏빛만 보아도 알 수 있다. 틀림없이 에스본 강철이다. 에스본의 노움들은 에스본 강철이 같은 무게의 황금만큼 비싸다고 주장한다. 물론 빗나간 애향심으로 해석해야겠지만 에스본 강철이 구매자를 번민하게 만들 만큼 비싸다는 것은 분명하다.

하지만 이파리 보안관을 긴장시킨 것은 그것이 에스본 강철로 만들어진 1.2미터쯤 되는 '장검'이라는 점이다.

치안관들이 여행증 조사에 게으르다는 것은 범죄자들에겐 더할 나위 없이 좋은 조건일 것이다. 하지만 그럼에도 불구하고 제국이 전면적인 치안 부재 상태로 빠져들지 않는 것은 엄격한 무기 소지 허가법 때문이다. 여행자가 어린 소녀라 하더라도 만약 칼날 길이 12센티미터 이상 되는 칼을 가지고 있다면 치안관들은 '일단 칼을 뽑아 여행자에게 겨눈 다음' 여행증과 허가증 조사를 시작할 것이다. 하물며 이것은 소지 허가 기준의 열 배에 가까운, 살상 외의 목적이 있을 리 없는 장검이다. 분명히 가보급은 넘을 테고 어쩌면 희대의 보물급에 속할지도 모르는 물건이지만 치안관에겐 그저 악몽일 뿐이다.

이파리 보안관은 예리한 칼날 위에 엄지손가락을 살짝 얹었다가 말했다.

"허가증과 칼집은?"

"둘 다 못 찾았습니다."

"사람들이 이 칼을 봤나?"

"아니오. 제가 먼저 발견해서 다른 짐 속에 숨겨왔습니다."

"길이나 형태로 봐선 오크 물건은 아니군."

"예. 그리고 여자에겐 조금 벅찰 겁니다. 셋 중에 주인이 있다면 살아남은 소년일 겁니다. 덴워드 이카드."

보안관은 내게 칼을 돌려주었고 나는 그것을 다시 서랍 속에 집어넣었다. 보안관은 내 책상에 걸터앉았다.

"엉터리 여행증에 허가증 없는 장검이라. 앞뒤가 안 맞는군. 엉터리 여행증이라면 장검 같은 것은 가지고 다니지 말아야지. 장검을 가지고 다니려면 여행증이 정확해야 할 테고. 팔두마차를 빌릴 정도로 돈 많은 사람들이 한 짓치곤 엉성하군. 그래. 가매장해 두길 잘했다. 사람들에겐 뭐라고 둘러댔냐?"

"팔두마차를 타고 다닐 정도로 돈 많은 사람들이니 유족들이 가족묘나 납골당 같은 곳에 옮겨 안치하고 싶어 할지도 모른다고 해뒀습니다."

"잘했어. 생존자 이름이 덴워드 이카드라고 했나? 좀 알아봐야겠군. 응? 얼굴이 왜 그 모양이야?"

"기뻐하는 거예요. 꼭 해보고 싶었던 일이라서요. 열하루 동안 삽질한 다음 누구를 조사하는 거요."

보안관은 내 거무죽죽한 얼굴을 보더니 입맛을 다셨다. 조금 후 그가 조심스럽게 말했다.

"안셀을 임시 보안관 조수로 임명할까?"

충격으로 잠시 말을 잊었다. 보안관도 나만큼이나 지쳐 있을 거라는 당연한 사실을 깨달은 후에야 그를 동정할 마음이 생겼다. 그래도 인생은 그렇게 쉽게 포기하는 것이 아닐 텐데.

"아직 그 정도까진 아니에요. 그런 사고를 당한 애가 당장 무슨 짓을 벌이진 못할 테니 순찰 돌면서 틈틈이 확인해보지요."

이파리 보안관은 풀죽은 얼굴로 고개를 끄덕였다. 그는 제리븐 대여 회사에 보낼 편지를 쓰라는 말을 웅얼거리고는 곧장 책상에 엎드렸다. 내가 편지에 펜을 대자마자 코 고는 소리가 들려왔다.

간략히 편지를 끝내자 '삭제감'이 몸을 엄습했다.

내가 느낀 감정을 정확하게 표현하기 위해선 역시 오크들이 말하는 삭제감이라는 표현이 가장 잘 어울린다. 상실감과는 조금 다른 이 표현에는 무엇인가가 사라졌지만 남아있는 부분들을 통해 사라진 부분을 추측하는 것이 가능하다는, 하지만 역시 지워졌기 때문에 정확하게 알 수는 없다는 복잡한 어감이 담겨 있다. 사실 이렇게까지 설명해도 인간은 그 느낌을 뚜렷하게 이해하기 어렵고 그럴 필요도 별로 없다. 눈 뜨고 있는 시간 대부분을 오크 보안관과 함께 보내는 인간 보안관 조수나 쓰는 표현이다.

나는 서니에 대해 생각하며 짙은 삭제감을 느꼈다.

거룩한 신의 섭리 속에 이루어진 죽음이니만큼 이 또한 축복이라고 여기는 것은 불가능하다. 삶은 죽음으로 끝나는 것이 아니라 죽음을 포함하는 것이라고 믿는 것은 어렵다. 우리가 그들을 기억하는 한 그들은 우리 가슴 속에 영원히 살아있는 것이라고 생각하는 것은 힘들다. 이로써 내가 성직자, 철학자, 그리고 아버지가 되지 못한 이유가 분명해졌다. 얼떨결에 얻은 보안관 조수 자리를 그만두지 못하고 있는 미혼 칼잡이는 삶이 바닥을 가늠하기 힘든 잼통이라는 사실에 어떻게 대처해야 하나?

빨래나 하자. 이 꼴로는 서니의 장례식에 갈 수 없으니.

창고에서 세탁통을 꺼내어 사무실 뒷마당에 옮겨놓고 물을 채웠다. 내 빨랫감을 찾기 위해 집까지 돌아갈 필요는 없었다. 보안관 사무실에는 지난 열하루 동안 벗어서 처박아둔 내 옷들이 가득했다. 잔뜩 휘질러진 옷가지들과 이파리 보안관의 빨랫감들, 그리고 물빨래할 수 있는 물건들을 모조리 세탁통에 첨벙첨벙 집어넣었다.

순조롭게 진행되던 빨래 준비는 부엌으로 가 냄비에 물을 끓이기 시작했을 때 난관에 봉착했다. 비누풀은 많이 있었지만, 그것들이 모두 덜 말라 있었다. 이파리 보안관은 서니의 구조 작업 때문에 바빠서 그것을 말릴 겨를이 없었나 보다. 바싹 마른 잎만 써왔던 터라―고백하자면 자주 쓰지도 않지만―덜 마른 것을 써도 되는지 알 수가 없었다. 나는 아직까지도 토실토실한 비누풀잎을 바라보며 고민에 빠졌다. 덜 마른 것은 옷감을 상하게 한다거나 하면 어쩌지.

티르 스트라이크여. 모험가가 되어라. 나는 비누풀에 입김을 후후 불었다. 그리고 그것이 잘 건조되었다는 태도를 취하며 냄비 속에 집어넣었다. 큰 문제는 없을 것이다. 어차피 씻는 데 쓰는 물건이니 마른 채로 쓸 수 있는 것도 아니지 않은가.

다행히 충분한 양의 거품을 얻을 수 있었다. 소매와 바짓자락을 걷어붙이고 본격적인 빨래에 돌입했을 때 두 번째 난관이 찾아왔다. 빨래를 주무르던 손에 어색한 느낌을 받고 빨랫감을 뒤져본 나는 보안관의 외투 주머니에서 발송하지 않은 서신을 발견했다. 경악스럽게도 그것은 잔트빌에서 순회재판을 주재 중인 시엔피르 마그파라 순회판사에게 보내는 편지였다.

봉인 때문에 내용은 알 수 없었지만 수신자만 보아도 사태는 심각하다. 내 관점에서 순회판사에게 보내는 보안관의 편지는 항상 '지급'이다. 현재 진행 중인 심리에 지대한 영향을 끼칠 내용일 수도 있으니까. 게다가 판사의 정체도 문제다. 낯선 땅에 혈혈단신으로 찾아가 자신을 둘러싼 피고나 원고의 지인들을 무시하며 심리를 진행하는 순회판사들은 대개 강단 있는 종족이게 마련이지만 이 경우엔 단순히 강단 있는 것 이상이다. 시엔피르 마그파라 순회판사는 뱀파이어다. 그리고 내 머릿속엔 법리를 연구할 장구한 시간과 놀라운 비타협성, 생래적 객관성 같은 마그파라 판사의 장점들이 떠오르는 대신 허가 받은 흡혈자를 화나게 할 수도 있다는 생각만 떠올랐다.

하지만 가장 큰 문제는 오늘이 우편 마차가 오는 날이고 내가 그 편지를 집어 들었을 때 먼 곳에서 우편 마차 특유의 바퀴 소리가 들려왔다는 사실이다.

떠올려보라. 여름 오후의 소도시를. 남부의 여름에 비하면 별것 아닐지도 모르지만, 이곳의 여름도 꽤 근사하다. 바람이 나뭇가지를 스칠 때마다 땅바닥에선 빛과 그림자가 부글부글 끓는다. 거기에 빨래 펄럭이는 소리, 매미 울음소리, 내키는 대로 자라난 풀잎들이 서로를 간지럼 태우는 소리들이 더해지면 여름은 투명한 물고기가 된다. 눈으로 볼 수 없는 무엇인가가 주위의 모든 곳에서 기운차게 파닥거리고 있는 것 같다.

그 호화로운 여름을 가로질러 달려가는 사나이를 보라. 쭉쭉 내뻗는 다리와 기운찬 팔꿈치는 여름에 바치는 연가다. 아쉽게도 전라는 아니지만 대신 소매와 바짓자락을 둥둥 걷어 올렸고 두 눈은 사명감과 의지로 불타고 있다. 그 모습에 내포된 고전미를 읽어낼 수 있는 사람이라면 신화의 탄생 과정을 깨달을 수 있을 것이다. 그렇다. 신화는 상관이 잊어먹은 편지를 발견한 부하가 창조해내는 것이다.

동네 개 몇 마리는 나와 함께 달려주는, 그다지 도움은 되지 않는 의리를 보여주었다. 반면 시민들은 하던 일을 멈춘 채 넋이 나간 표정으로 나를 바라보았다. 그들은 왜 자신들의 보안관 조수가 소매와 바짓자락을 걷은 채 손에 든 편지를 마구 흔들며 발광한 사람 같은 표정으로 대로를 질주하는 건지 알 수 없었다.

우체국에 도착할 때까지 열심히 흔들었지만 편지는 별로 마르지 않았다. 다행히 우편 마차를 붙잡을 수는 있었다. 젖은 편지에 짜증을 내는 마부를 설득하기 위해 약간의 공갈이 동원되어야 했다. '이 편지를 받기 싫다면, 가서 그 뱀파이어 판사에게 편지를 받지 않은 이유를 설명해야 할 텐데?' 꽁꽁 감추고 있던 자신의 친절한 본색을 드러낸 마부에게 편지를 넘긴 후에야 나는 헐떡이며 주저앉았고 그곳까지 따라온 개들은 그들 종족의 전통에 따라 내 성공을 축하해 주었다. 곧 내 얼굴은 침 범벅이 되었다.

개들의 걸쭉한 애정 공세에서 나를 구해준 사람은 당혹스럽게도 내 상관이었다. 이파리 보안관은 상식의 옹호자답지 않게 행동하는 조수에 대한 신고를 받고 잠에서 깨어나 우체국으로 온 참이었다. 송곳니를 쑥 내미는 것만으로 개들을 쫓아버린 이파리 보안관은 내 모습을 위아래로 훑어보고는 달래듯이 말했다.

"좋아. 티르. 그분이 네게 내린 사명이 뭐냐?"

내가 오크 표현에 익숙한 것만큼이나 이파리 보안관도 인간적인 표현에 익숙하다. 다른 곳에서 오크가 저런 농담을 하는 것을 보긴 어려울 것이다. 누가 우리를 부부로 착각해도 할 말이 없다.

"보안관님의 편지를 부치려고 달려온 겁니다. 마그파라 판사님께 보내는 편지요."

"그거? 며칠 있다 부칠 생각이었는데. 그래야 그 어른 이백오십삼 회 생일에 맞춰 도착할 테니까."

법전 한 권과 정의에 대한 신념만으로 무장한 채 거친 변방을 순회하며 황제를 대리해 온 순회판사의 253회 생일을 남보다 먼저 축하할 수 있게 되어 기뻤다. 정말이다. 주먹으로 땅바닥을 후려치고 싶은 것도, 하늘을 향해 울부짖고 싶은 것도 벅찬 기쁨 때문이다.

팽개쳐둔 빨래 더미로 돌아가는 것만으로도 힘 빠지는 상황이었지만 보안관은 해야 할 일이 있음을 지적했다. 나는 겁먹은 시민들을 안심시켜야 했다. 보안관 조수가 그토록 당황한 모습을 보였으니 시민들은 큰 변고가 나지 않았나 걱정할 것이다. 그래서 보안관과 나는 잡담을 나누고 미소를 머금고 가끔 서로의 어깨도 치며 함께 걷기로 했다.

분명히 괜찮은 생각 같았다. 하지만 이파리 보안관의 소재 선택에 문제가 있었다. 보안관은 이백오십삼 회 생일을 맞이하는 자신의 오랜 친구가 좋은 화제라고 생각했다. 그리고 이파리 보안관은 어떤 얼간이가 마그파라 판사의 관과 피해자의 관을 혼동하는 바람에 판사석에서 시체가 굴러떨어져 법정이 아수라장이 된 이야기 같은 것이 정말 웃긴다고 생각하는 모양이다. 하지만 나는 웃기 힘들었다. 그 얼간이는 예외적으로 불온한 분위기 탓에 추가 인력이 필요해진 순회법정에 파견 근무를 나갔던 나 자신이었다. 굴러떨어지는 시체를 마그파라 판사로 오인하고 부둥켜안았을 때 느꼈던 감촉은 지금 떠올려도 등골이 서늘해진다. 나와 무관한 이야기도 많이 들을 수 있었지만, 그것들도 뱀파이어와 오크가 관련된 이야기다 보니 인간에겐 자극적인 이야기들이 많았다. 얼굴이 절로 창백해지는 이야기를 들으며 즐겁고 유쾌하다는 시늉을 하려니 정신이 삐걱거리는 기분마저 들었다.

사무실에 돌아왔을 때 그 날의 가장 이해하기 힘든 재난이 나를 기다리고 있었다. 역시 머릿속이 뒤숭숭할 때는 빨래가 최고다. 동시다발적인 사고 속에서 우울함이 싹 사라지니까. 하지만 내가 기대한 것은 빨래할 때 흔히 일어나는 사고들, 그러니까 손이 거품으로 엉망진창인데 방문객이 찾아온다거나 비눗물을 밟고 미끄러진다거나 반지를 잃어버리는 등의 보편적인 것들이었다. 비누풀이 마르지 않았다거나 뱀파이어 판사에게 보내는 생일 축하 편지를 발견하는 일 등은, 뭐 예상키는 어렵지만 일어날 수도 있는 일이다.

하지만 빨래통 속의 빨래가 모두 초록색으로 변하는 일 따위는 절대로 일어날 수 없다. 피곤한 발걸음으로 사무실 뒷마당에 들어섰을 때 내가 발견한 것은 바로 그런 경우였다.

"제대로 거른 거야?"

"물론입니다."

"다른 풀을 섞은 것도 아니고?"

"그럼요."

"그런데 왜 이 모양이야. 비누풀 때문에 옷 색깔이 변하지는 않아. 이거 꼭 풀물이 심하게 든 것 같은데."

이파리 보안관은 화가 난다기보다 어이없다는 표정으로 빨래통 속의 초록빛 빨래들을 바라보았다. 생일 축하 편지를 흔들며 전력 질주하지 않은 자의 여유일 것이다. 반면 나는 약이 오를 대로 올라 분노의 눈초리로 그것들을 노려보고 있었다.

황급히 깨끗한 물을 받아 다시 빨았지만, 그 옷가지들은 여전히 은은한 초록빛을 띠고 있었다. 초록색 옷을 특별히 싫어하지는 않는다. 하지만 그건 초록만 있을 때의 이야기지 원래 다른 색깔이 있는 옷에 초록이 물든 경우는 이야기가 다르다. 그 역겨운 색깔이라니. 풀물이 든 것 같다는 보안관의 표현은 온건한 편이었다. 내 눈엔 노파심이 남다른 어머니가 딸에게 사주고 싶어 할 옷 색깔로 보였다. 제정신인 아가씨라면 그런 옷 입고 집 밖으로 나오지 못할 테니.

"혹시 이거 비누풀처럼 보이는 다른 풀인가요?"

"거품 안 났어?"

"났어요. 하긴 다른 풀이라면 거품이 나지는 않겠군요."

이파리 보안관은 빨래통 속에서 바지 하나를 집어 올려 그 색깔을 꼼꼼히 살피다가 두툼한 손가락으로 그것을 세게 비볐다. 아무 변화도 없었다. 조금 전 내가 어깨가 빠지도록 빨랫방망이를 휘둘렀을 때 그랬던 것처럼. 보안관은 콧김을 풍 내뿜었다.

"그냥 빨래로는 해결이 안 될 모양인데. 삶아야 하나?"

어깨가 절로 처졌다. 자기 학대의 여러 수단 중 한여름에 빨래 삶기는 상당히 등급이 높다. 다행히 보안관이 자신의 말을 번복했다. 거의 염색된 수준이라 삶아도 해결이 안 될 것 같다는 것이 보안관의 판단이었다.

결국 이파리 보안관은 기막힌 표백법을 알아내거나 새 옷을 구할 수 있을 때까진 곰팡이 낀 듯한 빛깔의 옷을 그냥 입어야 한다고 결정했다. 이곳이 다른 도시가 아니라 다행이다. 고함을 지르고 칼집을 절그럭거리는 짓은 치안 유지를 위한 수단으로는 저급할 뿐만 아니라 위험하다. 치안관이라면 옷차림과 태도만으로 상대에게 위압감을 줄 수 있어야 하는 법이다. 따라서 치안관이 조롱거리가 될 옷차림을 하는 것은 자살 행위에 가깝다. 하지만 이곳에선 우리가 아무리 웃기는 옷차림을 하고 다닌다 해도 시민들이 당황할지언정 우리를 깔보지는 않을 것이다.

따라서 이 도시의 치안에는 문제가 없다. 정작 문제는 그것이 아니다. 나는 빨랫줄에 걸린 초록색 빨래들을 혐오스럽게 바라보며 말했다.

"서니 장례식에 이런 걸 입고 갈 수는 없어요."

"다른 옷 없어?"

"요즈음 빨래할 틈이 어디 있었습니까. 지금 이 옷도 갈아입을 것이 없어서 그냥 입고 있는 겁니다."

고민하던 보안관은 사무실로 향했다. 그는 마차 사고자들의 유류품을 뒤지더니 곧 옷가지를 몇 벌 골라냈다. 그리고 어이없는 표정으로 바라보던 내게 텐워드 이카드의 것으로 추측되는 옷을 내밀었다. 얼떨결에 그 옷을 받아들자 보안관은 그루퀘 폴바이의 것으로 추정되는 옷을 책상 위에 던져놓고는 입고 있던 옷을 훌훌 벗었다.

"이래도 되는 거예요?"

"장례식에 다녀온 다음에 잘 빨아서 다시 넣어두지. 옷도 점잖네. 딱 됐어."

이파리 보안관은 더 이상의 항의를 불허하는 단호한 동작으로 옷을 갈아입었다. 어쩔 수 없이 텐워드의 옷을 들었다. 텐워드의 옷은 내게 좀 작았지만, 다행히 품이 낙낙한 옷이어서 그럭저럭 입을 만했다.

잠시 후 보안관과 나는 다른 사람의 옷을 입고 신전으로 향했다.

장례식은 최고여서 최악이었다.

'서니 포인도트 양의 시신 도착이 늦는 관계로 장례식 개시가 지연되고 있습니다. 여러분의 많은 양해 부탁드리겠습니다.' 엿새 전부터 양해가 있었고, 그 때문에 사람들은 자신들의 감정을 이미 정리해 두었다. 구조 현장에서 묻은 흙을 털어내고 털이나 수염을 다듬고 나타난 남자들의 얼굴엔 완벽한 슬픔이 어려 있었고 여자들의 태도는 조용하고 우아했다. 무의식중에 터져 나오는 날카로운 목소리나 자기가 무슨 말을 하고 있는지도 모르는 신경질적인 수다 같은 것은 전혀 들을 수 없었다. 완벽한 조문객들의 모습이었다.

우스꽝스러운 일이다. 다른 전범들이 그렇듯이 장례식의 전범 같은 것은 원래 볼 수 없다. 기괴한 코미디—그렇게 표현할 수밖에 없는—가 한 번도 일어나지 않는 장례식은 그 날 처음 보았다. 주변의 그런 분위기 때문에 포인도트 부부도 발광이나 기절, 통곡 같은 것은 보이지 않았다. 그들은 귀를 늘어뜨린 채 낮게 흐느끼기만 했다.

잔파드로스 신관의 영결사는 간략했다. 원래 전도자보다는 수행자에 가까운 우리 신관인 데다 고작 6년에 불과한 서니의 생에 되짚어볼 것은 별로 없었다. 인생에서 가장 큰 사건이 바로 그 죽음이라는 것은 가혹한 일이지만 잔파드로스 신관은 자칫 강조되기 쉬운 그 부분을 재치있게 건너뛰었다. 잔파드로스 신관은 우리들의 작은 손이 서니를 구하지 못한 것이 아니라 하늘의 거룩한 손이 서니를 구한 것이라는 말로 짧은 영결사를 맺었다.

실포 언덕으로의 운구와 매장도 원활하게 진행되었다. 우리 이웃들은 버샤드 포인도트가 아무 결정도 내릴 필요가 없게끔, 아예 무엇에 대해 집중할 필요가 없게끔 해주었다. 마땅한 석재가 없어 묘비를 세우지 못한 것만 제외하면 서니 포인도트의 장례는 완벽하게 끝났다. 묘비는 완성되는 대로 세우기로 했다.

묘지 입구에서 딸이 없는 생의 남은 날들을 포인도트 부부에게 넘겨주는 것으로 우리의 의무는 끝났다. 살아남은 자의 싸움을 도와줄 방법은 없다. 어진 부인들이 포인도트 부인을 찾아가 담소하거나 집안일을 거들 테고 서툰 남자들이 포인도트 씨를 일터로, 술집으로 끌고 다니겠지만 그건 응원이지 원조는 아닐 것이다.

포인도트 부부는 잠시 묘지 곁에 남아있고 싶다고 말했다. 차라리 그편이 나을 것 같았다. 컴컴한 집 안으로 돌아간 부부가 무슨 생각을 하게 될지 알 수 없으니. 그보다는 여름 햇살이 떨어지는 새파란 묘지에, 딸의 곁에 앉아 있는 것이 낫다. 게다가 실포 언덕 위의 공동묘지는 시내의 여러 곳에서 관찰할 수 있는 장소였다. 사람들이 먼발치에서 부부를 관찰할 수 있을 것이다. 비슷한 판단을 동시에 내린 우리들은 그들을 남겨둔 채 언덕을 내려왔다.

보안관과 내게 약간 난처한 일이 생긴 것은 그즈음이었다.

서너나 포인도트 부부에 대한 이야기 대신 다른 화제를 찾고 싶었던 사람들에게 보안관과 내 옷차림은 좋은 소재였다. 이 조그마한 소도시에서 언제나 관심 대상인 우리 두 사람은 결과적으로 사생활이라는 것이 별로 없는 처지였다. 사람들은 우리가 입고 있는 옷이 우리 옷이 아님을 단번에 알아보았다. 어쩐지 장물을 걸치고 있는 것 같아 내가 설명을 못 하고 머뭇거리는 사이에 이파리 보안관이 시원하게 대답했다.

"마차 사고당한 사람들의 소지품이야. 옷이 모두 엉망이 되어서 잠시 빌렸어."

아아, 나의 상관. 호쾌하여라. 그런 호쾌한 태도 때문에 우리 시민들도 뭔가 이상하다는 것을 깨닫지 못했다. 당사자들이 모두 죽거나 기절한 상태라서 '빌릴' 수 없는데도 말이다.

"빨래할 틈이 없으셨군요. 하긴 워낙 바쁘셨으니."

"아니. 빨래를 하긴 했는데 뭐가 잘못되었는지 옷이 모두 초록색으로 변했어. 아, 그렇지. 나라부스 의장님? 물어볼 것이 있는데요."

야채 뱀파이어가 상냥한 표정으로 우리를 보았다. 자연스럽게 시엔피르 마그파라 순회판사가 떠올랐다. 뱀파이어와 야채 뱀파이어가 원래 같은 종족이었다는 것이 믿어지지 않는다. 하긴 원래라고 해봐야 시인(始人)들이 거인들 부리며 대방벽 쌓던 시대의 이야기일 테지만.

"혹시 비누풀을 잘못 다루면 옷이 초록색으로 변합니까?"

관심 분야에 대한 이야기를 듣자 나라부스 의장은 약간 수다스러워졌다.

"그럴 리가 없는데. 식물 하면 초록을 떠올리지만, 오히려 식물에선 초록 염료를 구하기가 어려워. 그래서 식물로 초록색을 만들려면 쪽과 치자를 번갈아 쓰는 식으로 파란색과 노란색을 섞거나 해야 하지. 사실 대부분의 초록색 염료는 광물성이야. 어쨌든 비누풀로 옷을 초록색으로 만드는 것은 불가능해. 잘 헹궈봤어?"

"두 번 빨았습니다만 여전히 초록색입니다."

"희한하군. 그 비누풀 가지고 있나?"

"예. 의장님 만나면 보여드리려고 가져왔습니다."

사람들의 관심 속에서 보안관이 의장에게 비누풀을 건넸다. 나라부스 의장은 고개를 갸웃했다.

"이건 비누풀이 확실해. 이걸 썼다고 옷이 초록색으로 변할 일은 없어."

나라부스 의장은 호기심을 보이는 여인들에게 그 풀을 돌렸고 여인들도 풀을 돌려보며 그것이 비누풀이 맞다는 것에 동의했다. 의아해하고 있는 사람들 사이에서 버나드 교장이 말했다.

"티르. 자네 혹시 율피트나 미레일에게서 초록 물감 같은 걸 압수한 것 아닌가? 그런 것을 주머니에 넣어둔 채로 빨래했다면 그럴 수 있잖아."

상당히 멋진 추리였지만 최근 몇 달의 기억을 모두 돌이켜봐도 그 짐승들에게서 그런 물건을 압수한 기억은 없었다. 의아해하던 사람들의 시선이 잠시 후 슬그머니 한 곳으로 집중되었다. 안셀 치즐하트는 사람들이 자신을 쳐다보자 생각에 잠겼다. 안타깝게도 안셀은 사람들이 그에게 추리 능력을 기대하는 거라고 착각한 모양이다. 어쨌든 그리하여 안셀이 뭔가 혁신적인 세제를 개발하여 우리들에게 몰래 시험한 것이라는 추리도 불가능하게 되었다.

그리고 우리들은 부주의한 시선의 대가를 치르게 되었다. 안셀은 기상천외하다 못해 귀를 막고 싶어지는 다양한 추리들을 쏟아내기 시작했다. 대방벽을 쌓고 그 피로에 지쳐 네펜지스 강의 수원 부근에 수천 년 동안 잠들어 있던 고대의 거인이 깨어나 양치질을 하는 바람에 수질이 오염되어 옷이 녹색으로 변한 것일지도 모른다는 추측을 들었을 무렵 내 정신 상태가 염려되기 시작했다. 보안관과 나는 시장 저택에 들러 마차 사고 부상자를 살펴봐야겠다는 핑계를 대고 몬도 시장과 함께 도망치기로 했다. 선량한 시민들에게 안셀을 떠넘기다니, 이 소도시의 정의와 상식과 윤리의 옹호자를 맡고 있는 처지에서 참 염치가 없지만 도리가 없었다.

정의의 구현됨은 신비롭다. 안셀은 수질 오염 같은 비상사태는 공권력에 호소하는 것이 더 급하다는 판단 하에 시민들이 아닌 우리 세 사람을 따라왔다. 시민들은 안셀 몰래 그들의 치안관에게 감사의 눈빛을 보냈다. '역시 이파리와 티르'라고 말하는 그들의 표정을 보노라니 뒤틀린 만족감이 느껴졌다.

제국 전복을 꾀하는 사악한 비밀 결사가 치안관들을 암살하기 위해 그들의 의복에 독을, 그러니까 물에 닿았을 때 녹색으로 변하는 미지의 독을 바른 것일지도 모른다는 안셀의 주장을 들으며 시장 저택에 도착했다. 심히 걱정스러웠다. 제국이 아니라 몬도 시장이. 안셀의 말에 허허 웃으면서도 몬도 시장은 나와 이파리 보안관을 불안한 눈길로 훔쳐보았다. 경련을 일으키며 쓰러지는 모습을 보여주고 싶은 충동을 억누르며 2층 객실로 올라갔다.

침대엔 덴워드 이카드가 잠들어 있었다. 제국 서부 쪽에 많은 검은 피부에 건장한 체구였지만 얼굴은 아직 어렸다. 목 아래만 어른이 되어 괴로운 바로 그 시기였다. 사고의 상처가 이곳저곳에 남아있었지만 잠든 얼굴은 평온했다. 그리고 침대 곁에는 시장댁의 하녀 데로네 랏돌이 있었다. 하지만 아무리 봐도 병구완을 하고 있는 것 같지는 않았다. 덴워드 이카드와 똑같은 상태였으니까. 몬도 시장이 맥빠지는 목소리로 말했다.

"정말 구제 불능이군, 데로네!"

"예! 물수건 여기 있어요! ……시장님?"

"그건 물수건이 아니라 네 앞치마다. 축축한 건 침에 젖어서 그런 것이고."

의자를 이용하여 취할 수 있는 가장 방자한 자세로 잠들어 있던 처녀는 얼굴이 발갛게 변한 채 일어났다. 더운 날씨에 환자 옆에 앉아 있는 일의 지루함을 참작해 주고 싶지만 그러기엔 평소의 악명이 높다. 마음씨 좋은 몬도 시장도 한마디 하지 않을 수 없었다.

"낮에 그렇게 병든 닭 같은 꼴을 하고 있으니 차라리 밀회 시간을 좀 앞당기는 것이 어떻겠냐?"

이 소도시에서 율피트와 미레일의 불구대천 관계를 모르는 이가 한 명도 없듯 데로네와 하린의 애정 관계를 모르는 이도 한 명도 없다. 그럼에도 불구하고 데로네는 명예에 치명적 손상을 입은 숙녀의 비명을 내질렀다.

"꺄악! 시장니—임!"

"나의 주인은—!"

방에 들어선 네 사람은 모두 남자였기에 도대체 왜 비명이 필요한지 알 수 없었다. 거기에 덧붙여 덴워드가 기괴한 소리를 지르며 시체처럼 벌떡 일어나 앉자(말이 안 되는 것 같지만 그렇게밖에 표현할 수 없다.) 우리는 넋이 나가버렸다. 막 깨어난 덴워드야 말할 것도 없고 데로네 또한 자신이 저지른 일에 놀라 돌처럼 굳어버렸다. 그래서 잠깐 동안 시장 저택 객실에는 건강에 해로울 정도의 침묵이 흘렀다.

훌륭한 숙녀 데로네는 그 침묵을 깨트리는 결자해지의 미덕을 발휘했다.

"엄마─아!"

데로네는 얼굴을 감싸 쥔 채 쿵쾅쿵쾅 방을 빠져나갔다. 한두 명쯤은 그녀가 계단을 제대로 내려가는지 살펴보는 신사도를 보였어야 마땅하지만, 시장과 보안관, 나, 그리고 안셀은 넋 나간 얼굴로 덴워드만 바라보았다. 이파리 보안관이 겨우 정신을 수습하여 말했다.

"정신이 들었나?"

덴워드는 눈을 깜빡거리다가 겨우 우리들에게 시선을 맞추었다. 조금 후 그의 입이 열렸다. 굉장히 쉰 목소리였다.

"누굽니까? 여긴 어디죠? 제가 왜 여기 있는 겁니까?"

"자네들이 탄 마차가 이 도시 근처에서 사고를 당했어. 빗길을 과속으로 달리다가 미끄러진 것 같더군. 그래서 자네를 구조해서 여기로 옮겼어. 나는 보안관인 이파리 하드투스라고 하고……" 보안관은 나머지 사람들을 간략하게 소개하고 여기가 어딘지도 밝혔다. "자네는 덴워드 이카드일 테지?"

덴워드는 멍한 눈으로 보안관을 바라보았다. 해석하기 어려운 표정이었지만 보안관은 그 표정이 어떻게 자기 이름을 아느냐고 묻는 것이라고 간주했다.

"여행증을 봤어. 소엘린 야드버트는 인간 여자라고 쓰여 있고 그루퀘 폴바이는 오크 남자라고 쓰여 있더군. 그러니 자넨 덴워드 이카드겠지. 맞나?"

덴워드는 보안관이 말한 이름에 흠칫하더니 좌우를 둘러보았다.

"두 사람은?"

이파리 보안관은 침묵으로 대답했다. 덴워드가 그 침묵을 알아듣고 창백해지자 보안관은 눈을 살짝 내리깔았다.

"유감이네. 힘들면 도로 눕게."

덴워드는 보안관의 말을 따랐다. 그는 베개에 머리를 누인 채 천장을 멍하니 바라보았다. 침착을 되찾은 몬도 시장이 집주인답게 행동했다.

"혹 뭘 먹을 수 있겠나? 배가 많이 고플 텐데. 사고를 당한 것이 언제인지 모르지만 우리는 어제 자네를 발견했어. 그러니 자넨 최소한 하루 동안 아무것도 못 먹었단 말이야."

덴워드의 탁한 얼굴에 작은 파문이 일었다. 덴워드는 시장을 돌아보며 말했다.

"오늘이 며칠입니까?"

"푸른 사슴의 달 9일이야."

"잔트빌이라는 곳에서…… 8일이었지요. 그 날 아침에 출발해서…… 예. 8일 날 사고를 당했군요. 사고 직후에 저를 발견하셨군요. 감사합니다."

아마 그러리라고 생각했다. 마차는 빗길에 미끄러진 것 같았고 비는 우리가 서니를 꺼내기 반나절 전쯤부터 내리기 시작했으니까. 그러니 덴워드는 네 끼가량 굶은 셈이다. 덴워드는 먹어 보겠다고 대답했고 몬도 시장은 음식 준비를 지시하러 방을 나갔다.

시장을 위해 잠시 옆으로 비켜섰을 때 어떤 시선이 나를 따라다니는 것을 느꼈다.

시장을 따라 움직이던 덴워드 이카드의 시선이 내 쪽으로 옮겨져 있었다. 얼굴은 아니었다. 그는 내 몸을 보고 있었다. 그의 옷을 걸치고 있다는 사실이 떠올라서 급히 사과하려 했다. 그런데 덴워드의 시선이 갑자기 내게서 도망쳤다. 그는 나를 보지 않은 척했다. 이상한 일이라고 생각했을 때 내가 왼손으로 칼자루를 쥐고 있다는 것을 깨달았다. 시장을 위해 옆으로 비켜서며 칼집이 벽이나 가구를 때리지 않도록 나도 모르게 칼집을 고정시켰던 모양이다. 실내에서도 패검한 채 돌아다닐 일이 많은 치안관은 칼을 조심하는 버릇이 생기게 마련이다.

덴워드는 내 장검을 보았던 모양이다. 옷이 아니라.

그 사실이 마음에 걸렸다. 엉터리 여행증과 허가증 없는 장검을 떠올리며 나는 덴워드를 관찰했다. 곧 눈길을 끄는 것이 발견되었다. 내가 경계심을 품자 그것이 전달된 것처럼 이파리 보안관이 말했다.

"여행증을 봐서 하는 말인데, 좀 이상하더군. 자네들 목적지는 파사디아던데 이 북쪽에서 뭘 하고 있었던 건가?"

덴워드는 침묵했다. 그가 대답을 거부하려는 것인가 했을 때 갑자기 대답이 쏟아져나왔다.

"이런 말 하기 좀 뭣합니다만 지금껏 장사하러 돌아다니면서 여행증 꼼꼼히 들여다보는 치안관은 본 적이 없습니다. 그 여행증은 몇 년 전에 발급받은 겁니다만 아직 한 번도 안 걸리고 잘 쓰고 있지요."

안셀은 이 개탄스러운 법률 파괴 — 우리 소도시의 기준으론 그렇다. — 에 다급하게 숨을 들이마셨다. 반면 이파리 보안관은 유창한 대답에 약간 위축되었다.

"흐음. 그거 위법인데."

"위법인 건 알지만 먹고 살려니 도리가 없군요. 우리 상회는 골동품을 취급하는데, 그건 정기적으로 생산되는 물건이 아닙니다. 그러니 상품 발견 소식이 들리면 선점하려고 달려야 할 때가 많습니다. 그리고 대금 떼먹고 도망치는 놈 쫓아다닐 일도 적지 않고요. 그럴 때마다 일일이 여행증을 받는 건 너무 어려운 일입니다. 죄송합니다. 벌금을 내면 되겠습니까?"

안셀은 아예 천장을 바라보았다. 하지만 몇 년 전 여행증도 없이 도시에 굴러들어온 이방인을 태연히 조수로 채용한 이파리 보안관은 심드렁하게 말했다.

"뭐 꼭 벌금 내라는 말은 아니고, 이걸 처음 걸린 걸로 보면 주의 조치로 충분하지. 나는 다만……"

"아, 그거 때문에 그러시는군요. 칼. 혹시 저희 짐에서 보검을 발견했습니까?"

보안관은 입을 다문 채 덴워드를 바라보았다. 덴워드는 미안하다는 얼굴로 말했다.

"그건 어느 귀족 나리에게 대금 대신 받아온 물건입니다. 그러잖아도 그런 걸 받으면 여행증도 새로 받아야 해서 받기 싫었어요. 하지만 그 나리가 화가 잔뜩 나서 칼을 빨리 쥐지 않으면 자기가 그 칼 쥐고 저를 찔러죽이겠다고 날뛰어서 도리가 없더군요. 할 수 없이 받았지만, 그 칼 한 자루 때문에 새삼스럽게 여행증 발급받기도 뭣해서 관뒀습니다. 미안합니다."

"그렇다면 허가증 없이 칼을 가지고 있었다는 말이군. 그건 중대 범죄야."

"하지만 전 장검 소지 허가증이 있습니다."

"자네가 왜 그런 걸 가지고 있나?"

보안관은 정말 미심쩍다는 듯이 물었다. 하지만 덴워드의 대답은 거침없었다.

"골동품 중엔 무기류도 있으니까요. 그런 물건을 취급할 수 있도록 저희 고객이신 지체 높은 나리께 허가를 받았습니다. 제 허가증을 못 찾았습니까?"

"못 봤어."

"그럼 우리 상회로 연락해서 제 보증인에게 허가증을 다시 받아달라고 하겠습니다. 사고 소식도 알려야 하니까 빨리 편지를 써야겠군요. 기운을 좀 차리고 나서 편지를 쓰도록 하겠습니다."

"그러면 되겠군. 그동안은 우리가 칼을 보관하겠네. 어느 상회인가?"

"제도에 있는 로브렐 상회입니다."

"알았어. 일단 좀 쉬어두게. 사고 조사도 해야 하고 기타 잡다한 일이 있지만 그건 자네가 기운을 차리고 나서 하도록 하지. 모레쯤 다시 오도록 하겠네."

우리는 덴워드에게 빨리 나으라고 한마디씩 한 다음 시장 저택을 나왔다.

동녘 하늘의 구름들이 석양을 받아 얼굴을 발갛게 물들이고 있었다. 옷이 초록으로 변한 것은 티르 스트라이크 보안관보가 오랜 구조 활동에 심신이 지친 나머지 자신도 미처 알지 못했던 마법의 재능을 일깨우고만 증거라고 주장하는 안셀을 집으로 보낸 다음 보안관과 나는 사무실 쪽을 향했다. 몇 걸음 걸은 후 나는 뒤를 흘끔 돌아보았다. 조금 전까지도 끈질기게 우리를 따라다녔던 안셀이지만 결정하면 주저하는 법이 없는 사람답게 빠른 걸음으로 멀어지고 있었다. 조금 전 끝난 회견에 대해 말해도 될 만한 거리였다.

원활하게 끝난 듯한 그 회담은 사실 적지 않은 이야깃거리를 남겨주었다. 나는 덴워드의 해명이 묘하게 유창하지 않느냐는 말로 시작하려 했다. 그때 이파리 보안관이 말했다.

"그 녀석 괴상하게 유창하네. 꼭 연습해둔 것처럼."

미소를 지을 수밖에 없었다. 나는 칼자루를 만지작거리며 말했다.

"에조벤 샤이트 외 몇 명이 연습시켜주었지요."

"응? 누구?"

"특정 선인장 열매에 대한 애착이 남달랐던 에조벤 샤이트라는 극작가가 있죠. 그 사람이 쓴 「하울란」이라는 연극이 있습니다. 주인공 하울란은 숙원을 갚기 위해 오랫동안 손해만 보는 바보로 행세하지요. 모든 사람들이 그를 등쳐먹기 좋은 바보로 알게 된 후 하울란은 원수를 찾아갑니다. 그리고 원수의 채무자에게서 빚 대신 받아왔다고 말하면서 장검을 내놓지요. '헤헤, 이것 보세요. 받아왔어요.' 이런 식이지요.

바보 하울란이 그렇게 장검을 내놓으니 원수와 그의 경호원들도 어이가 없어서 방심하게 됩니다. 그다음은 어떻게 되었겠습니까?"

"잽싸게 칼을 휘둘러 원수를 갚았겠군."

"그럴 것 같지만 결말은 다릅니다. 혹시 그 연극을 보시게 될지도 모르니 그 이야기는 관두지요. 어쨌든 거기서 하울란은 칼을 내놓으면서 말하지요. '그 사람이 이렇게 말했어요. 빨리 칼을 잡는 것이 좋아. 그러지 않으면 내가 그 칼을 쥐고 너를 찔러죽일 테니.' 다른 사람의 말을 전하는 척하면서 사실 자신의 경고를 전하는 거지요. 원수와 자기 사이에 칼을 놓아두고. 멋진 대목이지요."

이파리 보안관은 고개를 끄덕였다.

"아하. 그렇군. 그런데 너 그런 연극은 언제 본 거냐?"

정답은 '예쁜 빨강 머리 처녀와 함께 연극을 관람하고 싶어 하던 제국군 제12군단 검술 사범이었을 때'다. 하지만 이파리 보안관에게 그 이야기를 할 수는 없다. 그 빨강 머리가 나를 바람 맞혀서 혼자 연극을 봐야 했기 때문도 아니고, 그 연극이 결국 귀족 모독의 판결을 받고 제도에서 상연 금지가 되었기 때문도 아니다. 그 빨강 머리에게 연극 관람보다 더 사치스러운 것을 선물하기 위해 군수품을 빼돌리다가 군대에서 쫓겨난 내 전력 때문이다.

바보 같은 내 청춘에 보내는 건배는 사양한다. 꼭 건배하고 싶다면 내 장수나 빌어주길. 더 많은 바보짓을 할 수 있도록. 아, 물론 나도 당신의 장수를 기원한다.

"여기 오기 전에 이리저리 굴러먹다가 우연히 본 겁니다. 여주인공을 맡은 빨강 머리 배우가 예뻤거든요. 어쨌든 덴워드는 그 연극을 차용한 겁니다."

"하지만 칼을 내놓았다는 귀족이 그 연극을 보고 흉내를 낸 것일 수도 있잖아."

"그럴 수도 있지요. 하지만 수상한 점은 또 있습니다. 덴워드는 평소에 연습을 해둔 것처럼 변명이 능숙했지만 자기 자신에 대해선 거의 아무 말도 하지 않았습니다. 특히 자기 돈에 대해 한마디도 하지 않았죠. 그 어음 기억나시죠?"

보안관은 눈살을 찌푸렸다. 상식적으로 볼 때 농부가 종자를 챙기는 것처럼 상인이라면 가장 먼저 돈부터 챙겨야 할 것이다.

"상인이 아니란 말인가?"

"그리고 덴워드는 제가 입고 있는 자기 옷을 몰라보더군요."

"정신이 없어서……"

"대신 제 칼만 훔쳐봤습니다. 제 장검이 골동품일 리는 없는데 말이죠."

이파리 보안관은 입을 다물었다. 그를 한가한 소도시에서 놀고먹는 보안관이라고 매도하고 싶은 사람이 혹 있을지 몰라도 어쨌든 이파리 하드투스는 황제의 치안관이다.

"눈 뜨자마자 칼이 필요하다고 생각했단 말이지. 그 생각이 머리에 꽉 차서 자기 옷도 못 알아볼 정도였고. 흠. 너 그 녀석 손도 봐뒀냐?"

"굳은살이 없더군요."

보안관의 얼굴이 험악해졌다. 평소에 칼 쓰는 훈련을 많이 한 사람이 칼에 관심을 가지는 것은 당연한 일이다. 그리고 칼 함부로 쓰면 무슨 일이 벌어지는지 알 만한 그런 사람에겐 자제력도 기대할 수 있다. 하지만 칼 쓸 줄도 모르는 사람이 칼을 원한다면 불미스러운 상황일 가능성이 꽤 높다. 보안관은 뒤를 흘끔 돌아보았다. 나는 고개를 가로저었다.

"아니오. 우리 중 한 명이 감시하려고 시장 저택에서 자면 그 녀석이 우리 칼을 훔치려 할지도 모릅니다. 오히려 유혹하는 짓이 될 수도 있어요."

"부엌칼을 훔칠지도 모르지."

"부엌칼이야 장검으로 얼마든지 상대해 줄 수 있습니다. 손에 굳은살도 없는 애라면. 텐워드도 그 정도는 알 테지요. 그 녀석이 칼을 구하려고 마음먹는다면 그 보라색 장검이나 우리 장검을 노리겠지요. 하지만 아직 기운이 없을 테니 당분간은 얌전히 있을 겁니다. 사실 수상한 점이 많다는 것뿐이지 그 애가 범죄자라는 확실한 증거는 없지요."

이파리 보안관은 송곳니를 톡톡 두드리다가 말했다.

"아까 그 녀석이 깨어나면서 뭐라고 외쳤지?"

"주인이 어쨌다고 한 것 같은데요. 나의 주인은? 예. 그렇게 말했습니다."

"흠. 그러고 보니 그 말도 묘하군. 왜 그렇게 말했을까?"

듣고 보니 그렇다. 나는 그 말에 대해 생각해 보았다. 하지만 문장이 지나치게 짧고 흔해빠진 단어들뿐이라서 확실하게 연상되는 것이 없었다. 뒤에 들어갈 적당한 단어는 무엇일까. 나의 주인은 골동품 전문가?

나의 주인은 그 값에 물건을 팔지 않을 겁니다?

그때 보안관이 걸음을 멈추더니 손을 슬쩍 들어 어딘가를 가리켰다. 그 손을 따라가자 자하다 실포의 유산이 눈에 들어왔다.

포인도트 부부는 그때까지도 서니의 무덤 옆에 앉아 있었다. 내 인간의 눈으론 그들의 표정까진 볼 수 없었지만, 몸을 웅크리고 있는 카닛들의 모습은 멀리서도 가슴 시린 기분을 느끼게 했다.

어두워진 하늘을 보곤 보안관의 뜻을 이해했다. 그들은 밤이 온 후에도 묘지에 있어선 안 된다. 어둠 속에서 무슨 생각을 하게 될지 알 수 없으니까. 나와 보안관은 실포 언덕 쪽을 향했다. 우리가 두어 걸음을 뗐을 때 포인도트 부부가 일어났다. 우리는 다시 걸음을 멈췄다. 포인도트 씨는 아내를 부축한 채 언덕을 내려왔다. 다릿심 좋은 카닛은 내리막의 경우 달리는 편이 오히려 편하다. 걸으려 하면 그 모습이 약간 불안해진다. 포인도트 부부의 경우엔 진이 다 빠졌는지 멀리서 봐도 퍽 위태로워 보였다. 우리는 안절부절못하며 그들을 바라보았다.

두어 번 위태로운 모습을 보여주었지만, 다행히도 그들은 안전하게 언덕을 내려왔다. 보안관은 한숨을 쉬었고 나는 뒷목을 쓰다듬었다. 곧 지붕들에 가려 그들의 모습을 볼 수 없게 되었다. 포인도트 부부에게 고정되었던 초점이 흩어졌고, 그래서 나는 언덕의 보다 높은 곳에 오도카니 앉아서 포인도트 부부를 내려다보고 있는 호랑이를 발견했다.

역시 우리만이 아니었군. 나는 말 없이 손을 들어 호랑이를 가리켰고 눈을 몇 번 찡그린 보안관은 내가 가리키는 호랑이를 발견했다. 보안관은 묵묵히 고개를 한 번 끄덕였다. 곧 호랑이는 몸을 돌려 묘지 뒤편의 숲속으로 사라졌다. 보안관과 나는 함께 우울한 기분을 씹으며 사무실 쪽으로 움직였다.

나는 검푸른 하늘을 올려다보며 낮게 속삭였다.

"거기서 뭔가 할 수 있으면, 너희 부모님이 오늘 밤에 좋은 꿈 꾸게 해드려라. 서니야."

이파리 보안관이 뜨악한 얼굴로 나를 돌아보는 것이 느껴졌다. 다른 때라면 별말 없이 넘어갔겠지만 우울했던 보안관은 못마땅한 어조로 말했다.

"글쎄다. 난 저런 걸 볼 때마다 너희들이 왜 신을 믿는지 모르겠다고 생각되던데."

"예? 어째서죠? 마음이 힘드니까 더 그분을 찾는 거죠."

"하지만 만물을 통제하는 그 신이라는 것이 있다면 서니를 죽인 것도 그 작자겠지. 누가 내 눈앞에서 그런 짓을 했으면 난 당장 그 녀석을 감옥에 처넣고 순회판사를 불렀을 거다. 너는 안 그러겠냐?"

신의 엉덩이를 걷어차서 감옥에 처넣는 성난 오크의 모습이 머릿속에 저절로 그려졌다. 굉장한 신성모독이군.

"다리를 못 쓰게 된 말을 주인이 죽여주는 경우가 있지요. 우리는 그런 주인을 탓하진 않아요. 하지만 말이 '죽여주는 것이 자비'라는 개념을 이해할 수 있겠습니까? 마찬가지로 신이 우리에게 하는 일들의 의미를 우리가 이해하기는 어려워요."

"하지만 여섯 살짜리 애를 그런 식으로 죽이는 것이 신의 정의인가? 그렇다면 그런 신하곤 중요한 거래는 하지 않겠어."

나는 걸음을 헛디뎠다.

이파리 보안관은 휘청하다가 결국 손으로 땅을 짚는 나를 보고는 깜짝 놀랐다. 나는 땅에 한쪽 무릎을 꿇은 채 멍한 표정으로 보안관을 보았다.

"뭐라고 했지요?"

이파리 보안관은 자신의 무신론 때문에 고통받는 조수에게 죄책감보다는 황당함을 느끼는 듯했다. 평소의 내 신앙생활의 수준이 드러나는 대목이다. 보안관은 무슨 표정을 지어야 할지 결정하지 못한 듯한 얼굴로 내 어깨를 붙잡았다.

"어, 미안해. 많이 놀란 거야? 하지만 난 오크잖아. 그런데, 음. 알고 있었잖아?"

"정의라고요?"

"아니, 신경 쓰지 마. 됐어. 이 이야기 그만하지. 네가 그렇게 신앙에 대해 진지한 줄은 몰랐어. 내색 좀 하지."

"나의 주인은 정의입니다."

"그래. 신은 나름대로 정의롭겠지. 멍청한 오크는 모르는 방식으로 말이야. 알았어. 그러니까 그만하고 일어나."

나는 벌떡 일어났다. 하지만 보안관의 말을 따르기 위해 그런 것은 아니다.

"아니오. 그게 아니라 덴워드가 하려고 했던 말이 '나의 주인은 정의'라는 겁니다."

보안관은 내 말을 듣는 둥 마는 둥 하며 계속 나를 달래려 했다. 내가 같은 말을 반복한 후에야 보안관은 혼란에서 빠져나왔다.

"나의 주인은 정의. 그거였습니다. 그 구호였습니다. 세상에. 왜 떠올리지 못했지?"

"정신 차려. 구호라고? 어디 구호인데?"

대답하기가 정말 싫었다. 하지만 하지 않을 수도 없다. 나는 떨리는 목소리를 가누려는 헛된 노력을 경주하며 말했다.

"보안관님. 제가 알기로 그건 백금기사단의 구호입니다."

보안관은 휘청거리지는 않았다. 대신 뒤로 물러나더니 가까운 건물 벽에 등을 탕 부딪쳤다. 그는 벽에 몸을 붙인 채 덜덜 떨며 말했다.

"화, 황족이라고?"

백금기사단은 오직 황족만으로 이루어진 기사단이다. 그 어떤 가문보다도 투철하게 제국 신민들의 모범이 되어야 하는 고된 의무를 가진 황실 가족들을 교육하기 위해 오래전 샥소다 황제께서 손수 설립한 이 기사단은 전통적인 기사도를 가장 완고하게 추구하는 기사단이다.

물론 현재에도 전투적인 기사단은 충분히 남아있다. 하지만 몇몇 기사단은 고도로 정치 세력화되거나 사교 모임 수준으로 퇴보하여 있기도 하다. 백금기사단은 전자에 속하는, 그것도 전자의 대표자라 할 만한 자들이다. 이들이 주로 추구하는 것은 고전적인 기사도의 덕목들, 그러니까 정의, 관용, 충성, 겸손, 그리고 쉼 없는 단련으로 성취하는 무적의 힘과 기술 등이다. 바로 사람들이 꿈꾸는 이상적 영웅상이 그들의 목표인 것이다. 그들의 순결한 이상을 나타내기 위해 백금이라는 이름을 사용하며 정의 외엔 설령 황제의 명령이라도 듣지 않는다는 뜻을 나타내기 위해 '나의 주인은 (황제가 아닌) 정의'라는 구호를 사용한다.

백금기사단은 그렇게 주장한다는 말이다. 누구나 자기 긍정은 필요하다.

황제의 씨족 조종 수단이라든가 다층적 연결망이라는 정치적 해석도 가능하겠지만, 가장 적나라하게 표현한다면 백금기사들은 황제가 비공개적으로 처리하고픈 일을 대행하는 해결사들이다. 이들이 주로 추진하는 것은 암살, 납치, 협박, 장부 조작, 그리고 황제의 채홍사 노릇 등이다. 바로 통치자가 꿈꾸는 이상적 부하상이 그들의 목표인 것이다. 그들의 낯짝 튼튼함을 비유하기에 적당한 물질이 그것뿐이기에 백금이라는 이름을 사용하며 황제의 뜻은 뭐든 다 따른다는 뜻을 나타내기 위해 '나의 주인(황제)은 정의'라는 구호를 사용한다.

이 속물적인 시대에도 아랑곳하지 않고 고풍스러운 가치관을 견지하는 기사단에 대한 환상을 유지하고 싶다면 내 말 흘려들어도 상관치 않겠다. 어쨌든 그런 사실은 별로 중요하지 않다. 백금기사단을 구성하고 있는 그 독특한 신분 요소에 비하면. 이파리 보안관으로 하여금 사무실로 돌아오자마자 하체 단련을 하게 만든 것도 바로 그 신분이었다. 의자에 앉았다 일어났다를 반복하는 보안관을 보며 나는 넋나간 목소리로 말했다.

"검은 피부였어요. 예. 폐하도 검은 피부의 인간이지요. 인척이에요."

이파리 보안관은 의자에서 튀어 오르며 말했다.

"하지만 그래도 기사잖아! 기사가 왜 손바닥에 굳은살이 없는 거야?"

"그럴 수밖에 없죠. 기사지만 동시에 황족이잖아요. 황족은 손에 못이 박혀 있으면 안 돼요. 아마 좋은 장갑 끼고 항상 조심하면서 검술 연습하겠지요. 그러니까 손에 못이 없다는 것이 바로 백금기사라는 증거죠!"

어처구니없는 논리였지만 나와 보안관 모두 깨닫지 못했다. 심지어 보안관은 나보다 한술 더 뜨는 행태를 보여주었다.

"그러면 그 녀석, 아니, 그분에게 황위 계승권이 있다는 말이군."

어쩌면 99위나 144위쯤 될지도 모르는 계승 서열을 따지는 것은 무의미하다. 냉정하게 생각했을 때 그렇다는 말이다. 그리고 난 냉정과는 거리가 먼 상태였다. 보안관이 그렇게 말하자마자 내 머릿속에선 덴워드 이카드와 황태자가 동격이 되어버렸다.

어떻게든 정신을 차려야 한다는 것에 동의한 보안관과 나는 위험한 결정을 내렸다. 잠시 후 안셀이 선물한 포도주가 탁자 위에 놓였다. 자신이 노련한 양조가라고 생각하던 시절 그가 직접 빚은 물건이다. 보안관과 나는 비장한 심정으로 술잔을 비웠다.

잠시 후 우리는 누가 먼저 안셀의 물건을 건드리자고 제안했느냐를 놓고 설전을 벌이게 되었다. 보안관은 분노하여 — 놀라울 정도로 정확한 각도로 — 탁자를 탕 내려친 다음 "네가 먼저 그랬잖아!" 술병을 훔쳐보았고 기우뚱거리던 그것이 균형을 되찾으려는 찰나 내가 — 세심하게 조정된 세기로 — 탁자 다리를 탁 걷어찼다. "보안관님이 그랬어요!"

술병이 엎어지고 남은 술이 몽땅 쏟아지는 심히 애석하고도 유감스러운 사태가 벌어진 후 우리는 그런 지엽적인 문제로 우리의 우정을 시험할 필요는 없다는 결론을 내렸다. 그리고 우리는 조용히 일어나 각자 찬물로 입안을 헹군 다음 사무실로 돌아왔다.

보다 전통적인 방법으로 회귀할 필요가 있었다. 그래서 우리는 뜨개질 거리를 담아둔 바구니를 꺼내었다. 아무 말도 하지 않은 채 정신없이 뜨개바늘을 놀리고 나니 마음이 좀 진정되었다. 보안관이 말했다.

"황족 특권에 뭐가 있지?"

"황제 접견권이 있고, 황제심판 청구권이 있고, 국채를 우선적으로 구매할 수 있고, 극장이나 경기장에서 특별석을 항상 이용할 수 있고, 편지 공짜로 보낼 수 있고, 결혼식 예복에 금실을 쓸 수 있고, 한 번에 한 상자씩만 파는 시파 화주를 세 상자까지 구입할 수 있고……"

스스로 한심함을 느껴 입을 다물었다. 보안관도 어이가 없다는 투로 말했다.

"알려줘서 고맙다. 그런 것 말고 우리가 유념해야 하는 특권은 없나?"

머릿속에 불이 번쩍했다. 황족이 손에 못이 박힐 정도로 무기 수련을 하지 않아도 되는 다른 이유가 떠올랐던 것이다.

"무기 사용 제한."

"뭐?"

"징역 3년 이상의 범죄를 저지른 현행범이 아닌 한 황족에게는 인명이나 신체에 위해를 가하기 위한 목적으로 제작된 장구를 사용할 수 없어요."

"위해를 가하는 장구? 무기? 흐음."

보안관은 그 제한에 대해 생각해 보다가 얼굴을 찡그렸다.

"뭐, 이해가 되는군. 아무래도 황족이니까. 그러면 그분이 경범죄를 저질러도 체포하기가 좀 까다롭겠군. 그래. 성가시겠어."

"그게 아닙니다. 보안관님."

"아니라니?"

"다시 생각해 보세요. 거기엔 '사법관에 대해 저항하거나 위해를 가하려 하는 경우'라는 조항이 없어요. 징역 3년 이상의 범죄에만 가능하지요. 그런데 협박은 징역 3년이 안 돼요. 폭행도 그렇고, 최소한 상해는 되어야 징역 3년이 떨어지지요. 그게 무슨 뜻이냐 하면, 간단히 말해서 황족이 칼을 뽑아도 우리는 칼을 뽑으면 안 된다는 말입니다. 그 칼에 찔리기 전까지는."

이파리 보안관의 얼굴에 경련이 일어났다. 뜨개질 거리를 치우고 일어난 보안관은 법전을 찾아 헤매기 시작했다. 사법관으로서 창피스러운 일이었지만 보안관이 법전을 손에 들게까지는 적지 않은 시간이 걸렸다. 그가 간신히 찾아낸 법전을 뒤지는 동안 나는 혼잣말을 중얼거렸다.

"맞아요. 그래서 황족과는 결투도 할 수 없어요. 물론 황실하고 대립하는 것 자체가 정신 나간 짓이니까 아무도 그런 걸 모르지만, 법률적으로도 불가능해요."

잠시 후 내가 말한 대목을 찾아낸 보안관은 끙하는 소리를 냈다. 보안관은 '너 왜 거기에 있냐?'는 표정으로 법조문을 들여다보다가 갑자기 반색했다.

"그래! 긴급피난 개념은? 사람은 누구나 공연한 피해를 입지 않아도 되는 거잖아."

경황 중에도 얼굴이 벌게지고 말았다.

"……보안관님. 제발. 치안관한테는 긴급피난이 적용 안 돼요."

이파리 보안관은 입을 쩍 벌려 아름다운 치아들을 한참 과시했다.

"그랬나?"

이파리 보안관을 한가한 소도시에서 놀고먹는 보안관이라고 매도하고 싶은 사람이 혹 없다면, 앞으로 내가 그러련다.

"당연하잖아요. 치안관에게 보수가 지급되는 이유가 위험을 감수하기로 했기 때문인데 치안관이 위험을 피하겠다니, 앞뒤가 안 맞잖아요."

"듣고 보니 그렇네. 어, 이런. 젠장. 좋아. 어쨌든 덴워드는, 그게 본명인지는 모르겠지만, 자기 신분을 밝히지 않았어. 특권을 주장할 수 없지. 그냥 사고를 당한 여행자일 뿐이야. 따라서 아무 내색도 하지 않는 것이 최선책이겠군. 그쪽도 신분 노출을 원하지 않아서 거짓말을 한 것일 테니."

동의했다. 아무것도 하지 않는다는 것이긴 하지만, 어쨌든 행동 방침이 정해지자 긴장이 풀리며 억눌려 있던 일상에 대한 주의력이 돌아왔다. 그러자 빨래를 해 질 녘까지 놔뒀다는 사실이 떠올랐다. 보안관이 늦은 저녁 식사를 준비하는 동안 나는 빨래를 걷기로 했다.

빨랫줄에 매달린 빨래는 평범했다. 안셀의 상상력을 폭주시킨 초록색은 눈에 띄지 않았다. 검은 하늘 아래 시커먼 빨래가 있을 뿐이었다. 여느 때와 다를 바 없는 태도로 빨래를 걷고 있노라니 조금 전 보안관과 내가 연출했던 행태가 떠오르며 갑자기 심사가 뒤틀렸다. 거친 파랑을 일으켰던 마음의 반작용인 모양이다.

왜 그렇게 겁을 먹은 거지? 황족에게 무기를 쓸 수 없다는 사실이 뭐 어쨌단 말인가. 어차피 무기란 되도록 쓰지 말아야 하는 물건이다. 쓰지 말아야 할 물건을 쓸 수 없게 되었다는 사실에 왜 보안관과 나는 그렇게 거세당한 종마인 양 우울해했지?

물론 괜찮은 답은 알고 있다. 사법관의 권위는 황제의 위엄도, 법전의 지엄함도 아닌 장검에서 나오기 때문이다. 힘이 정의라는 시시껄렁한 이야기로 오해하면 곤란하다. 사람은 눈에 보이지 않는 것을 추상할 수 있는 동물이지만 또한 추상적인 것을 눈에 보이는 것으로 구상할 수도 있는 동물이다. 사랑을 반지로 표현하는 저 많은 연인들을 보라. 인장용이나 비상시의 판매용이라면 모를까, 그렇지 않고서야 반지는 실생활에 아무 도움이 안 되는 물건이다. 하지만 우리는 반지에서 사랑을, 연인에 대한 존중과 헌신의 약속을, 때로는 구속을 읽을 수 있다. 보안관 조수의 장검도 마찬가지다. 비록 장검은 반지와 달리 강력한 살인 도구라는 기능이 있지만 그건 부차적인 것이다. 사용되지 않는 한 장검은 허리에 찬 거대한 반지나 다름없다.

반지를 잃는 것은 몇 그램의 금속을 잃는 것이 아니다. 장검도 마찬가지다.

이 괜찮은 답으로 내가 느낀 동요의 대부분을 설명할 수는 있었다. 하지만 설명되지 않는 부분이 남아있었다. 확실히 보안관 조수 티르 스트라이크 말고 다른 티르 스트라이크가 내놓는 투덜거림 같은 것이 느껴졌다.

빨래를 다 개어놓고 보안관 관사의 식당에 들어갔을 때 해답이 떠올랐다.

체면을 중시하는 점잖은 안주인이라면 그런 상을 차렸다는 사실에 혀를 깨물고 싶어질 식탁이 기다리고 있었지만 나는 놀라지 않았다. 이 파리 보안관과 나 모두 마음만 먹으면 근사한 요리사가 될 수 있다(방식은 약간 다르다. 보안관은 정말 근사한 요리를 만드는 방식을 쓰고 나는 근사한 요리였다고 말할 사람에게 내 요리를 먹이는 방식을 쓴다.). 하지만 정의와 상식과 윤리의 옹호자 노릇을 하느라 바쁜 우리는 보통 땐 아무거나 주워 먹는 것에 가까운 식생활을 영위한다. 상냥한 부인들의 호의로 좋은 음식을 먹을 때도 적지 않지만 지금 그런 부인들은 모두 지쳐 있거나 포인도트 부부를 돌보느라 바쁠 것이다. 따라서 우리의 저녁 식탁은 조악할 수밖에 없었다.

다른 때라면 식탁의 질을 인식하지도 못했을 것이다. 하지만 그 날 저녁, 문득 황족은 어떤 식탁을 받을지 궁금해졌다. 정체를 숨겨야 할 때 그냥 서민적으로 먹겠지만 그들끼리 있을 땐 좀 다를지도 모른다. 그들, 그러니까 그루퀘 폴바이와 소엘린 야드버트가 살아있을 때.

그루퀘 폴바이는 백금기사가 아닐 것이다. 황제 폐하는 검은 피부의 인간이니 오크가 그 친족일 수는 없다. 그리고 흰 피부였던 소엘린 야드버트도 높은 확률로 백금기사가 아닐 것이다. 양친 중 한 명이 흰 피부라면 적은 확률로 흰 피부의 자식이 나타날 수도 있지만, 황족 여인들은 무기를 감당할 나이가 되기도 전에 약혼하는 경우가 태반이다. 그두 사람은 백금기사가 아니라고 가정해도 무방할 것이다.

그리고 덴워드는 두 사람의 죽음에 비탄을 보이지 않았다.

확실히 기억난다. 덴워드는 분명히 충격을 받았다. 하지만 비탄은 보이지 않았다. 그는 두 사람의 사망 소식을 접한 직후 오늘이 며칠인지 물었고 조금 후에는 능란하게 거짓말을 했다. 그리고 두 사람이 어디 묻혀 있는지, 장례식은 어떻게 되었는지는 묻지 않았다. 설령 그들이 덴워드의 수행인에 불과하다 해도 그런 태도는 곤란하다. 오히려 같은 백금기사였다면 그런 태도를 보였다 해도 이해할 수 있다. 그들만의 추억과 감정을 다른 자들과 공유하지 않으려 할 수도 있다. 하지만 죽은 두 사람은 덴워드의 '전우'가 아니다. 그렇다면 덴워드가 감정 공유를 사양할 이유는 별로 없다. 그런데 어떻게 애석하다는 반응 하나 없었던 거지?

두 가지 가능성이 있다. 우선 간단히 생각해 볼 수 있는 것은 덴워드 이카드가 '하늘과 땅을 이을 자'라는 것이다. 이 근거 박약한 추측이 혹 사실일 경우 '벼락 맞을 녀석'이 황족 특권을 가지고 있는 셈이므로 해당 인물은 가까이하기 곤란한 위험인물이다. 더 많은 사람이 죽어도 눈도 깜짝하지 않을 수 있으니까. 보다 덴워드에게 호의적인 두 번째 가설은 그가 동료 몇 명이 죽는 것쯤은 애초에 각오했을 만큼 위험한 일에 휘말려 있다는 것이다. 사고를 부른 과속이나 황제의 비밀스러운 요구를 위해 행동하는 백금기사단의 의무를 놓고 볼 때 개연성 있는 추리다. 그렇다면 덴워드 이카드는 임무에 대한 생각으로 머리가 꽉 차서 두 사람의 죽음에 대한 생각은 뒤로 미뤄둘 수 있을 수도 있다.

그런데 인물이 문제든 상황이 문제든 위험하다는 것은 마찬가지다.

드디어 내가 느꼈던 불안의 원인이 드러났다. 난파를 예견하는 쥐나 지진을 예견하는 뱀에게 있는 것과 비슷한 내 속의 어느 기관이 작동했던 모양이다. 사랑에 눈이 멀어 군수품 밀반출을 감행했던 전력에 비춰볼 때 전적으로 신뢰하긴 힘든 기관이긴 하지만 어쨌든 그 기관은 내게 경고를 보냈다.

언제든 칼을 뽑을 수 있게 해두라고. 큰 위험이 있을지도 모르니까.

3

푸른 사슴의 달 10일 새벽. 테나 포인도트는 독미나리를 먹었다.

독약의 원료로 악명 높은 식물이긴 하지만 사실 독미나리를 먹고 죽는 일은 드물다. 미나리와 간단히 구별되기 때문에 건드리지 않는 것이 보통이고 설령 모르고 먹었다 해도 복통으로 굉장히 고생하다가 운이 나쁜 경우에만 죽는다. 독미나리로 사람을 확실히 죽이려면 다른 독과 마찬가지로 전문적인 추출 과정이 필요하다. 아니면 포인도트 부인의 경우처럼 작정하고 잔뜩 먹어야 한다.

전날 보안관 조수가 보였던 광태를 기억하는 시민들은 그것이 일종의 전조가 아닌가 하는 의혹에 빠졌다. 아직 해도 뜨지 않은 시간에 '어어어!' 하는 괴성을 지르며 도시를 가로지르는 버샤드 포인도트의 모습 때문이었다. 멀리서도 잘 들리는 그 소리 때문에 이파리 보안관은 그가 도착하기도 전에 밖으로 뛰쳐나갔다. 시내 한복판에서 보안관을 만난 포인도트가 보안관의 팔을 부여잡은 채 한 소리가 또 '어어어!'였다.

이파리 보안관은 그를 진정시키려는 시도도 하지 않았다. 당신이 보안관이나 그 비슷한 일을 하는 사람이라면 말해두겠는데 그럴 경우엔 아무리 다급해 보여도 진정시키는 쪽이 항상 낫다. 시민 전부의 성격이나 버릇, 근황을 훤히 알고 있어서 '어어어!'라는 말도 해석할 수 있지 않다면 말이다. 이파리 보안관은 가까운 곳에 있는 사람에게 외쳤다. '티르한테 가! 봇뜨리 씨 데리고 포인도트네로 오라고 전해!' 그리고 보안관은 자기 말을 이해해줘서 고맙다는 뜻으로 '어어어!'라고 말하는 버샤드 포인도트를 뒤로 한 채 포인도트네로 달려갔다.

억지로 잠에서 깨어난 내가, 역시 억지로 일어나서 제정신이 아닌 노움 봇뜨리를 데리고 포인도트네에 도착했을 때 본 것은 무서운 경련을 일으키고 있는 테나 포인도트와 그녀를 붙잡아두려 애쓰고 있는 보안관과 포인도트의 모습이었다. 정신이 번쩍 든 나와 봇뜨리가 그들에게 달려들었다.

제국 신민의 종족 다양성은 구급의학을 난해한 학문으로 만든다. 예를 들어 카닛을 안전하게 구토시키는 법을 알고 있는 사람은 꽤 드물다. 섣불리 손을 집어넣었다가는 그 날카로운 치아 때문에 구조자가 불구가 될 수도 있다. 이파리 보안관은 용감하게 외쳤다.

"봇뜨리! 장갑!"

봇뜨리는 가축들을 볼 때 쓰는 가죽 장갑을 꺼냈다. 꽤 두꺼운 것이긴 하지만 카닛의 송곳니를 막을 물건은 아니다. 나는 장갑을 낚아챘다.

"뭐 하는 거야, 티르!"

나는 장갑을 서둘러 끼며 말했다.

"방법을 압니다. 잠깐만요. 누르고 있어요!"

이파리 보안관은 움찔했지만 쓸데없는 질문은 하지 않았다. 그는 경련하는 부인을 누른 채 내 행동을 기다렸다. 안타깝게도 내 행동은 보안관이 보여준 신뢰에 부응할 만한 것은 아니었다. 나는 장갑 낀 손을 부인의 입 주위에서 흔들며 부인의 입을 지그시 바라보았다.

예전 기억이 떠올랐다. 제국군에 입대하는 자들은 난폭할 거라고 생각할 것이다. 대체로 맞는 말이다. 어쨌든 군대밥을 먹겠다고 결정한 자들이니까. 하지만 군대든 다른 곳이든 새로운 신분과 새로운 관계에 익숙해지는 일에는 적응력이 필요한 것이고 그런 적응력은 거친 성격과는 별개의 문제다. 그리고 적응력이 떨어지는 신병들은 정말 희한한 사고들을 친다. 정신이 약간 이상해져서, 혹은 배가 고파서 먹지 말아야 할 것을 주워 먹는 것도 그런 사고들 중 하나다.

과거의 기억을 반추하며 나는 부인의 입을 바라보았다. 인내심을 잃은 보안관이 말했다.

"티르, 뭐 하는……"

목표하던 순간이 다가왔다. 의식하기도 전에 오른손이 먼저 움직였다.

나는 포인도트 부인의 긴 혀를 붙잡아 사정없이 끌어당겼다.

봇뜨리가 기겁하는 소리를 냈고 포인도트는 나를 붙잡으려 했다. 하지만 나는 그 손을 맹렬히 뿌리치고는 왼손을 포인도트 부인의 목에 집어넣었다. 왼손이 목구멍을 쑤시자마자 포인도트 부인은 몸을 확 구부렸다. 두 손을 모두 빼내자 그녀는 몸을 뒤집더니 맹렬히 토하기 시작했다.

봇뜨리가 그 등을 두드렸다. 함께 부인의 등을 두드리던 보안관이 문득 생각났다는 표정으로 나를 돌아보았다.

"카닛은 혀 당기면 입 못 다무냐?"

나는 고개를 끄덕이며 카닛의 입에 들어갔던 손을 내려다보았다. 그제야 등골이 서늘해졌다.

지나치게 많은 독미나리를 먹은 것이 한편으론 다행이었다. 포인도트 부인은 먹은 것을 거의 소화시키지 못했다. 적절한 처치가 있자 부인은 대부분의 독미나리를 토해냈다. 하지만 역시 먹은 양이 양인지라 구토가 끝난 후에도 경련은 계속되었다. 신경이 곤두서서 부인의 상세를 살피던 봇뜨리는 낙관도 비관도 못 하겠다는 표정으로 우리를 돌아보았다.

"늘상 말하지만, 이 도시에 필요한 건 진짜 의사와 진짜 수의사야. 동물이나 사람 병을 조금 볼 줄 안다고 해도 나는 단지 이발사……"

"당신한테 고마워할 사람은 많아도 화낼 사람은 아무도 없습니다. 아는 만큼만 말해줘요."

이파리 보안관의 말대로 봇뜨리의 기술이 좀 떨어진다고 화를 낼 무지한 사람은 이 도시에 없다. 봇뜨리 자신만 빼고. 스스로에게 화를 내며 봇뜨리는 처방을 내렸다.

"독을 씻어내야 해. 칡. 마른 것 말고 생뿌리가 필요해. 나는 여기 있어야 하니 누구 보내서 칡 좀 캐오게. 내 기억으로는 봉수대 아래쪽에 많이 있었던 것 같아."

보안관은 재빨리 결정을 내렸다.

"네가 가. 샤레모는 날 싫어해."

물론 주저 없이 그 말에 따라 몸을 돌렸지만 동시에 샤레모가 좋아하는 사람도 있냐고 묻고 싶은 기분도 느꼈다. 스스로도 설명이 부족했다고 느낀 듯 이파리 보안관은 부연했다.

"그 녀석하고 싸우다가 목적을 잊어버릴 것 같아."

이파리 보안관의 기대에 부응할 수 없을지도 모른다는 사실이 두려웠다. 옆구리가 결릴 지경으로 달려 봉수대 아래쪽 기슭에 도착하자 기다렸다는 듯이 봉수지기 샤레모가 나타났다. 그리고 샤레모가 나타나고 나서 채 30초도 되지 않아 나는 우리 두 사람 중 누가 더 난폭하게 굴 수 있는지 궁금해졌다.

내가 보기에 봉수지기는 실상보다 전설이 더 널리 받아들여진다는 점에서 해적을 능가한다. 그것은 봉수지기들의 배타성 때문이지만 일반인들의 상식과는 배치되는 재미있는 특성이 많다는 점도 무시할 수 없다. 인정하기 싫지만, 그중에는 우리 치안관과 같은 특징도 있다. 일이 많을수록 좋은 보통 사람과 달리 치안관과 봉수지기는 할 일이 없을수록 좋다. 하지만 공통점은 거기까지다. 할 일이 없을수록 좋지만, 불행히도 매일 일에 치여 죽을 지경인 이파리 보안관이나 나와 달리 샤레모는 정말 아무 일도 하지 않는다. 그가 하는 일은 경치 좋은 산 위에서 느긋하게 놀고먹는 것뿐이다. 물론 봉수대를 경비하는 것 자체를 일이라고 할 수도 있지만, 제정신이 박혀 있다면 누가 봉수대에 가까이 가겠는가. 발걸음 잘못 놀린 죄로 사형을 당할지도 모르는데.

봉수지기의 특징은 그뿐만이 아니다. 세습이 완벽하게 보장된다는 점에서 봉수지기는 귀족과 같다. 세금을 내지 않는다는 점에서는 공작에 맞먹는다. 그리고 초면인 사람에게 당장 내 눈앞에서 꺼지지 않으면 아가미를 만들어주겠다고 말해줄 수 있다는 점에서는 황제 이상이다 (폐하께서야 체면이 있으니까 그런 말씀은 하지 않으시겠지.).

마지막 특권을 애용하지 않는 봉수지기가 있을지도 모른다. 하지만 샤레모는 그런 인물이 아니다. 어떻게 보면 수형 생활이나 다름없는 생활을 하고 있다는 점 때문에 동정해 주고 싶어도 그 마지막 특권의 남용을 접하게 되면 동정심이 순식간에 말라 죽는다.

"샤레모. 폐하께서는 황제의 봉수지기가 투철한 책임감과 그것을 뒷받침할 여러 요건을 완벽히 갖추고 있길 바라십니다. 그리고 나한테는 당신이 제정신이 아니니 봉수지기를 바꾸자고 상주할 완벽한 권한이 있어요."

바로 이 점이 샤레모로 하여금 나나 이파리 보안관을 증오하게, 그러니까 다른 사람보다 더 증오하게 만드는 부분이다. 누가 봉수대로 올라오는 것을 보자마자 흉측한 언사를 퍼부어주기 위해 달려 내려온 샤레모는 그 사람이 보안관 조수라는 것을 알게 되자 소화불량으로 죽어가는 듯한 표정을 지었다. 백작에게도 당장 꺼지지 않으면 아가미를 만들어주겠다고 을러댈 수 있는 그였지만 봉수지기의 상태를 파악하러 온 일개 보안관 조수를 막을 권리는 없었다. 일반적인 봉수대야 당연히 군용 시설이지만 여기엔 군대가 없고 우리 봉수대가 그리 일반적인 봉수대도 아니라서 보안관 사무실이 그 관리를 맡기에 일어나는 일이다. 샤레모는 내 고기에서 어떤 맛이 날지 궁금하다는 눈빛으로 나를 노려보았다.

"물론이지. 그것뿐이겠어? 너한텐 봉수지기를 무고했다가 까마귀밥이 될 완벽한 권리도 있지."

내 말을 받아치는 샤레모의 재치를 보면 알 수 있듯 봉수지기들이 고독한 생활 때문에 과묵하고 말주변이 없다는 것 또한 가치 없는 전설일 뿐이다. 물론 그가 자신의 재치를 자찬하게 놔둘 생각은 없었다.

"병자를 위해 약초를 찾는 보안관 조수를 방해하는 짓은 누구에게나 광기의 확실한 증거로 보이지 않겠습니까?"

"방해라는 건 가능성이 조금이라도 있는 일에 대해서만 할 수 있는 짓이야. 나만 한 재주와 기량이 있는 자라 해도 불가능을 방해할 수는—"

"이 근처엔 칡이 없나 보군요. 어디 있죠?"

성질 더러운 유니콘은 가죽질의 웃음을 터뜨리더니 몸을 돌렸다. 샤

샤레모는 기다란 뿔로 여름의 녹음을 휘저으며 걸었다.

"병자가 있다고 했겠다. 너희 얼간이 보안관이 누굴 쏘셨니?"

"아무도 안 쏘셨어요. 자살 기도입니다. 매몰 사고로 딸을 잃은 포인 도트 부인이 음독했습니다."

"포인도트? 기억이 나는군. 광부였어. 딸이 있었나."

"서니 포인도트입니다."

"요 며칠 너희들이 토끼봉 아래에서 삽질하는 것 봤어. 그 애가 땅에 묻혔어?"

"오래된 환기공에 빠졌습니다. 얼마 전에 있었던 지진 기억하죠? 그때 구멍이 열렸어요."

샤레모는 마음대로 쫓아버릴 수 없다는 점 때문에 보안관과 나를 질색하지만, 그 말은 바꿔 말하면 그에게 산 아래의 소식을 알려줄 수 있는 사람도 우리뿐이라는 말이다. 그리고 증오하는 사람에게 신세를 진다는 사실이 샤레모를 조금이라도 괴롭힌 적은 없다. 그는 유니콘이고 유니콘은 진정한 야수다. 마음대로 가지고 거리낌 없이 증오하는.

"멍청한 여자군. 자살은 언제나 실수야."

동감한다. 하지만 나는 슬퍼하는 사람에게 무례하게 굴어선 안 된다고 배운 사람이었기에 샤레모의 무례한 말투에 반발심을 느꼈다.

"슬픔 때문에 판단력이 흐려져서 그러는 것을 실수라고 표현할 수도 있겠지요. 하지만 자살이 항상 실수입니까? 대의를 위해 자살하는 경우도 있고 심지어 누구를 살리기 위해 자살하는 경우도 있지요. 그런 것도 실수라고 생각해요?"

"말할 것도 없이 실수지."

"왜지요?"

"왜냐고? 그런 건 없어. 그냥 실수야. 그게 바로 너희 멍텅구리들의 문제지."

"문제요?"

"묻지 말아야 할 걸 묻는 것. 그러다가 덜컥 대답을 알아버리면 어쩔 건데. 그러면 문제가 정말 심각해지지."

"예?"

"어떤 금액으로든 삶에 값을 매기면 안 돼. 일단 가격이 책정되면 그다음엔 거래도 가능해지거든."

샤레모는 다시 가죽질의 웃음을 흘렸다. 허파에 구멍을 내서 아가미를 만들어주겠다는 말과 삶은 그 무엇과도 바꿀 수 없다는 말을 같은 입에 담는 사람을 처음 본 건 아니기에 나는 놀라지 않았다. 샤레모의 경우엔 잘 어울리기까지 했다.

얼마 있지 않아 샤레모는 칡넝쿨이 우거진 곳으로 나를 안내했다. 그러곤 작별의 말이나 농담 한마디도 하지 않고 봉수대 쪽으로 훌쩍 뛰어가 버렸다. 나는 고개를 흔들고는 서둘러서 칡뿌리를 캤다.

캐어낸 칡뿌리를 망태기에 담아 돌아왔다. 열심히 달린 덕분에 왕복 8킬로미터가 넘는 거리를 한 시간 만에 다녀올 수 있다. 하지만 시내에는 이미 베나 포인도트의 자살 시도에 대한 소문이 파다하게 퍼져 있었다. 내 관용어 사전에서 '벼락처럼'에는 이런 설명이 붙어 있다. '시골에서 소문이 퍼지는 속도보다 약간 느리게.' 그리고 '산불처럼'에는

이런 설명이 붙어 있다. '시골에서 소문이 재창조되는 기세보다 조금 약하게.'

포인도트 부인이 밤새도록 문 두드리는 소리를 듣다가 정신이 나가서 독약을 삼켰다는 말이 사실이냐고 묻는 시민들 사이를 가로질러 포인도트네로 달려갔다. 사람들의 그런 태도를 괴담에 매혹되는 잔인한 천성으로 매도할 수만은 없었다. 서니는 깊은 절망과 비탄 속에서 죽었다. 그리고 우리는 그 애를 구하지 못했다. 그 애가 무덤에서 돌아와 문을 두드릴 만하다…… 시민들의 그런 모습은 순진한 죄의식의 서툰 표현이라고 이해하는 편이 나을 것이다.

그리고 포인도트네에 도착한 후 나는 그렇게 서툰 표현이나마 해주는 쪽이 낫다는 것을 확실히 알게 되었다. 포인도트 부인은 아무것도 표현하지 않았다. 버샤드와 봇뜨리, 이파리 보안관과 나 이렇게 종족도 나이도 다른 사람이 넷이나 있는데도 포인도트 부인은 그곳에 아무도 없는 것 같은 기분을 느끼게 했다. 독기에 고통스러워하면서도 포인도트 부인은 눈을 꼭 감은 채 미동도 하지 않았다.

결국 우리 네 사람의 공통된 문제가 뭔지 알았다. 모두 인류의 한심한 반쪽이었다. 고맙게도 잠시 후 소식을 접한 요란하스 부인과 소란다스 부인이 도착했다. 버샤드는 아내의 곁을 떠나지 않겠다고 했지만, 보안관과 나는 일단 뭘 먹고 정신을 차려야 한다고 주장하며 우격다짐에 가까운 방법으로 그를 끌어냈다.

충격에 빠진 남편을 보호한다는 훌륭한 명분이 있긴 했지만, 버샤드를 데리고 그곳을 떠날 땐 봇뜨리와 두 여인에게 모든 걸 떠맡기고 도망치는 듯한 기분도 들었다. 아마 우리의 무력감 때문일 것이다. 우리는 어이딸 모두에게 아무런 도움도 줄 수 없었다. 환기공에 빠진 서니 포인도트에게도, 절망에 빠진 테나 포인도트에게도 우리의 손은 닿지 않았다.

그런 무력감은 포인도트에 대한 친절의 쇄도로 나타났다. 보안관님. 티르. 걱정 마세요. 우리가 데리고 있겠습니다. 버스. 이 사람아. 얼마나 놀랐는가. 괜찮아. 걱정 말게. 봇뜨리 씨가 잘 돌봐줄 걸세. 소란다스 부인과 요란하스 부인도 야무진 분들이고. 경황이 없어서 아직 아침도 못 먹었지? 아냐, 아냐. 밥맛이 없어도 무조건 먹어야 해. 안 그러면 더 힘들어. 우리 집으로 가세! 많은 이들이 포인도트를 데려가려 해서 보안관이 결정을 내려야 했다. 아무래도 아이들이 많은 집은 피해야 할 것이다. 소란스러운 것은 둘째 치더라도 포인도트가 아이를 보고 어떤 기분을 느낄지 알 수 없으니까. 그리고 그의 집 가까운 곳에 살고 가용 시간도 많은 사람이어야 했다. 나라부스 의장처럼 조건이 괜찮지만 식성이 판이한 경우도 제외해야 할 것이다.

내가 이런 생각들을 하고 있을 때 이파리 보안관은 결정을 내렸다. 그는 음악교사 케이토에게 포인도트를 부탁했다. 케이토는 순순히 그 결정을 따라 포인도트를 안내했다.

어떤 이들은 그 결정에 당혹감을 느끼기도 했다. 나도 그중 한 사람이다. 케이토는 독신이고, 방학 기간이라 한가했으며, 카닛과 식성이 충돌할 일도 없긴 했다. 하지만 케이토는 이 도시에 산 기간이 짧아서 언제나 이방인 같은 분위기를 풍겼고, 광부인 포인도트와 공통된 관심사가 없었으며, 무례가 되지 않는 한 수다와 침묵 중 후자를 선택하는 사람이었다. 기죽은 카닛과 과묵한 위어울프가 함께 식사하는 광경이라니, 상상하는 것만으로 헛기침을 하고 싶어진다.

떠나는 그들의 뒷모습을 보며 나는 보안관에게 왜 좀 더 밝고 활기찬 사람을 고르지 않았냐고 물었다. 약간 두려운 추측이 있었기에 나는 긴장하여 보안관의 대답을 기다렸다. 보안관은 엉뚱하게 들리는 말을 했다.

"어떤 남자들은 아내를 얻고 자식을 얻지. 하지만 어떤 남자들은 남편이 되고 아버지가 되지."

"예?"

"후자에 속하는 남자들은 더 이상 아버지나 남편일 수 없을 때 소년으로 돌아가. 그럴 수밖에 없지. 버스도 그런 남자야. 지금 버스를 오냐오냐하는 사람에게 맡기면 응석을 부리게 될걸. 어른의 응석 말이야. 보기도 안 좋고 아무에게도 도움이 안 되지. 케이토는 친절한 사람이지만 응석 부리고 싶은 기분이 들게 하는 사람은 아니지."

나는 고개를 살짝 끄덕였다. 무슨 말인지 알 것 같았다. 그리고 내 추측이 맞아떨어지지 않아서 기쁘다. 나는 혹시 보안관이 —

"그리고 케이토에겐 비슷한 경험도 있으니까."

— 와 같은 이유로 케이토를 골랐나 의심했다. 젠장.

케이토의 그 '경험'에 대해서는 생각도 하고 싶지 않았다. 그러잖아도 눈뜨자마자 밥도 못 먹은 채 카닛의 목구멍을 쑤시고, 유니콘과 신경전을 벌이고, 칡을 캐고, 8킬로미터를 달렸다. 이미 속이 뒤집힐 지경인데 과거의 끔찍한 기억을 되새기는 무모한 짓까지 했다간 입에 거품을 문 채 춤을 출지도 모른다.

진심으로 충고한다. 어지간하면 티르 스트라이크는 하지 마라. 해봐서 아는데 정말 못 할 노릇이다.

사무실로 돌아와 이파리 보안관이 죽이라고 주장하는 기이한 음식물을 먹고 난 후에야 낙관론을 시험해볼 수 있을 정도로 기운을 차렸다. '더 나쁠 수도 있었어.' 하는 식의 낙관론이라 아쉬웠지만.

포인도트에겐 이제 집중할 것이 생겼다. 위태로운 부인에게 집중하다 보면 서니를 잃은 슬픔에서 벗어나기가 쉬워질지도 모른다. 그리고 포인도트가 감시할 테니 부인도 두 번째 시도를 하긴 어려울 것이다. 자신을 돌보는 남편을 보며 포인도트 부인은 삶의 의욕을 되찾을지도 모른다…… 그 이상은 좋은 일을 생각해낼 수 없었다.

처음부터 낙관론의 한계가 뚜렷한 상황이었다. 반면 비관론 쪽의 전망은 밝다. 어쩌면 우리는 아무 문제 없어 보이는 한 집안이 허무하게 붕괴되는 과정을 억지로 감상하게 된 건지도 모른다. 보안관이 으르렁거렸다.

"뭔가 해줄 수 있는 것이 없을까?"

없었다. 서니의 무덤에 아직 풀도 나지 않은 이 시점에는. 보안관은 끙하는 소리를 내더니 순찰 간다고 말하며 나가버렸다. 그냥 다리를 움직이고 싶은 것이리라. 홀로 남은 나는 오랫동안 방치해 두었던 서류

작업에 임하기로 했다. 하지만 그 전에 옷을 갈아입어야 했다. 나는 그 때까지도 덴워드의 옷을 입고 있었고 그 옷은 봉수대 왕복으로 꽤 지저분해져 있었다. 돌려주려면 깨끗이 세탁해야 할 것이다.

그 말은 이제 초록색으로 변한 옷을 입어야 한다는 뜻이다.

흙과 땀으로 지저분해진 몸을 씻고 밤새 초록색이 사라졌기를 바라며 옷을 꺼냈다. 안타깝게도 여전히 초록이었다. 옷을 입고 나자 확신할 수는 없지만, 풀냄새가 나는 것 같았다. 선입견 때문일 것이다.

덴워드의 옷을 어떻게 할 것인지가 문제가 되었다. 허락도 없이 빌려 썼으니 깨끗이 세탁하는 것은 최소한의 예의일 것이다. 하지만 빨래가 초록색으로 변하는 문제가 있었다. 깨끗이 빨지는 못할망정 옷을 버려서야 말도 안 된다. 그리고 우리는 아직 녹화 현상의 원인을 알아내지 못했다. 난감했다.

내 고민은 곧 해결되었다. 잠시 후 시장댁에서 덴워드의 물건을 받으러 하인 스메스가 왔다. 평소의 그와 달리 스메스는 걱정스러울 정도로 더듬거리며 덴워드의 말을 전했다. 게다가 내가 입고 있는 초록 옷 때문에 스메스는 정신을 차리지 못했다. 적지 않은 대화가 오간 후에야 나는 갈아입을 옷이 필요하니 소지품을 돌려받길 원한다는 덴워드의 전언을 알아들을 수 있었다. 나는 상자와 여행증, 서류와 어음을 내어 주었다. 그리고 옷가지 중 몇 벌은 사고 당시 더러워진 것 같으니 손님에게 주기 전에 빠는 것이 좋겠다고 스메스에게 조언해 주었다.

그런데 스메스의 용건은 그것만이 아니었다. 다시 의사소통 실험을 반복한 후 그의 나머지 용건을 알게 되었다. 덴워드가 그에게 장검 보관증을 꼭 받아오라고 부탁했던 모양이다.

불쌍한 스메스가 그런 이상한 행동을 보인 이유가 드디어 드러났다. 그 고블린은 덴워드의 말을 정확히 기억하고 있었지만, 자신이 도대체 무슨 짓을 해야 하는지는 알지 못했다. 그런 상태에서 다른 곳도 아닌 보안관 사무실로 찾아와야 했으니 그의 당혹이 어떠했을지 짐작할 수 있었다. 나는 종이와 자를 꺼내 장검의 세부 사항을 정확히 기록하며 설명했다.

"자기 칼이 보안관 사무실에 있다고 공식적으로 기록해달라는 말입니다."

스메스의 얼굴이 밝아졌다.

"아아, 제 백부의 처남, 그러니까 백모님의 남동생 되시는 분이 그런 방법을 씁니다. 그분은 뭘 잘 잊어버려서 항상 비망록을 적어두죠. 하지만 이카드 씨는 아직 젊은 나이인데 왜 그런 비망록이 필요한 거죠?"

"아니오. 자기 칼이 여기 있는 것을 잊어버릴까 봐 그러는 것이 아닙니다. 우리가 칼을 안 돌려줄 때를 대비하려는 겁니다. 우리가 칼이 없다고 딱 잡아떼면 우리가 써준 보관증을 제시하려는 거죠."

내 설명은 젊은 고블린을 고민에서 해방시키기는커녕 더 큰 고민에 빠트렸다. 침묵하던 그는 내가 관인을 찍은 보관증을 내밀자 몹쓸 물건을 보는 듯한 표정을 지으며 말했다.

"하지만 보안관이 왜 다른 사람의 물건을 뺏는다는 거죠? 그건 도둑이나 강도가 하는 일이죠."

이럴 때마다 똑바로 살아야겠다고 다짐하게 된다. 나는 덴워드가 사악한 인간이라서 보안관을 못 믿는 것이 아니라 상인이라서 확실한 것을 좋아하는 거라고 설명했다. 스메스는 납득했다. 안타깝게도 관인이 찍힌 공문서를 소지했다는 사실에 긴장한 스메스는 올 때와 똑같이 거북한 모습으로 돌아갔다.

스메스는 안심했지만 나는 안심하기 어려웠다. 나는 의자에 걸터앉아서 얼굴을 찌푸린 채 시장 저택이 있는 방향을 노려보았다.

보관증을 요구하는 것은 아무래도 과민반응 같다. 물론 그건 고가의 물건인 듯하지만, 문제는 그것이 칼이라는 점이다. 도검소지 허가법 때문에 칼은 쉽게 사고팔 수 없다. 물론 법을 수다스러운 고모의 잔소리쯤으로 여기는 상인들은 시인 시대부터 존재했을 것이다. 방법만 안다면 칼이라도 팔 수 없는 것은 아니다. 하지만 그런 지식은 개척도시의 사법관이 알만한 것이 아니다. 상식적으로 볼 때 덴워드 이카드는 우리가 칼을 빼돌릴까 봐 걱정할 필요가 없다. 그렇다면 이 보관증 요구는 도대체 무슨 의미일까?

나는 즉흥적으로 책상 서랍에서 칼을 꺼냈다. 내가 열쇠도 없는 서랍에 장검을 보관하고 있다는 것을 알면 덴워드는 자지러질 것이다. 칼에 명문이나 문양이 없다는 것은 이전에 확인했지만, 다시 한번 전체를 꼼꼼히 살펴보았다.

좋은 칼이었다. 소유자를 성공적인 살인자로 만들기에 한 점 부족함이 없었다. 흐음. 그 외에는 파악할 수 있는 것이 없었다. 어디 보자. 이 물건 자체가 아니라 그 소유자가 뭔가를 암시하고 있는 것 아닐까. 혹시 이 칼은 황실의 물건인 걸까? 그렇다면 그 보관증 요청은 경각심을 고취시키기 위한 제스처일지도 모른다. 절대로 잊어버리지 말기를 촉구하는 암시.

덴워드는 자신이 현명하게 행동했다고 믿겠지만 나는 그 고귀한 인물에게 찬사를 보낼 수 없다. 시골에서 살아본 적이 없으니 그럴 테지. 스메스에게 그런 경험을 하게 해선 안 되는 것이다. 스메스의 목소리가 귓가에 들리는 듯하다.

'음? 아, 보관증 몰라? 보, 관, 증? 뭐, 자네야 모를 수도 있지. 아무나 관인이 찍힌 서류를 취급하는 건 아니니까.'

앞으로 한나절이면 보안관 사무실에 보검이 보관되어 있다는 소문이 도시 전역에 퍼질 것이다. 그리고 이 도시엔 칼의 매혹에 취약한 젊은 애들도 많다. 왜 칼 같은 미녀라는 표현이 안 쓰이는지 모르겠다. 칼만큼 소년을 정신 나가게 만드는 물건은 드문데도. 무섭게 들리기 때문일까? 어쨌든 이 도시에도 미녀의 손목과 장검의 칼자루에서 같은 감촉이 날 거라고 생각할 녀석들은 충분히 있다. 어린 후배들이여. 내가 단언하건대 후자는 도저히 전자에 비할 바가 못 된다. 전자야말로 우리 남성의…… 그만하자.

물론 이 칼을 훔칠 녀석은 없다. 하지만 몰래 꺼내서 만져보고 다시 갖다 놓으면 된다고 생각할 녀석은 있을 것이다. 그러다가 자기 다리를 베거나 친구를 거세하는 사고가 날지도 모른다. 덴워드의 노파심을 원망하며 나는 내 칼에도 자주 해준 적이 없는 칼 손질을 시작했다.

에스본 강철에 어떤 놀라운 특징이 있는지도 모르지만 그런 비싼 물건과 거리가 멀었던 나로서는 상식적으로 생각할 수밖에 없다. 그리고 내 상식에 따르면 명검일수록 녹이 더 잘 슨다. 강철의 순도가 높기 때문이다. 어딘가에 숨기긴 해야 했지만 그 전에 제대로 방청처리를 해 두지 않으면 황실의 물건이 녹슨 쇳덩이가 될지도 모른다.

이파리 보안관이 돌아올 때쯤 기름칠까지 끝났다. 사정을 간략히 설명하자 보안관은 송곳니를 톡톡 두드리며 말했다.

"어디 숨겨둘 건데?"

"건조한 곳이어야겠지요."

"이 여름에?"

"나라부스 의장님 댁에 그런 곳이 있죠."

이파리 보안관은 고개를 끄덕였다. 나는 삽 하나를 꺼내 칼과 함께 낡은 부대로 둘둘 말았다. 그것을 옆구리에 낀 다음 낡은 부대로 감싼 삽을 운반 중인 것처럼 보이길 바라며 침묵원으로 향했다.

목장을 둘러보니 나라부스 의장은 요 몇 년 동안 열중하고 있는 책 장나무 옆에 있었다. 원래 무슨 나무였는지 의장이 말해주었지만, 기억 이 나지 않는다. 그건 책장나무라고 부르는 것이 가장 잘 어울린다. 짧 고 굵은 원줄기 위에서 퍼져나온 가지들이 교묘하게 뒤얽혀 책장 모양 을 형성하고 있으니까. 아래에서 3단까지는 완벽한 책장 모양이었고 4단 째부터는 가지와 잎들이 나무의 원래 형태 비슷하게 흩어져 있었다. 나 라부스 의장은 그 4단째의 가지들에게 책장 모양을 형성하라고 요청하 고 있었다.

"몇 단짜리라고 하셨지요?"

"원래 계획은 5단이었는데 상태가 좋아서 한 단 더 올려도 될 것 같아."

"어떤 사람이 시체를 처리하려고 신관 대신 소를 부른다면 어떻게 된 일일까요?"

"짚이 필요해?"

그 알곡뿐만 아니라 줄기도 많은 효용을 가지고 있는 곡물은 참으로 유용한 식물이다. 널리 알려져 있듯이 짚은 여러 가지 유용한 특성과 함께 방습성도 가지고 있다. 짚으로 꼰 새끼로 칼날을 감아두면 괜찮은 임시 칼집이 된다. 탄력도 있고 습기도 막기 때문에 별다른 기술이나 노고 없이 제작할 수 있는 것치곤 꽤 쓸만하다.

나라부스 의장은 짚보다는 자신이 빨아먹어서 건조해진 식물들을 위주로 독특한 새끼를 만든다. 얼핏 보면 엉성해 보이지만 식물을 잘 아는 사람이 만들었기에 상당히 질기다. 나는 그걸로 칼날뿐만 아니라 손잡이까지 칭칭 감은 다음 나라부스 의장에게 건넸다.

"맡아주시겠습니까? 목재 창고에 놔두면 좋을 것 같은데요. 거긴 눈에도 잘 안 뜨이고 건조하니까요."

목재의 훼손을 막기 위해 목재 창고는 최대한 습기를 피하도록 설계되어 있다. 또 얼마 되지 않은 습기마저 목재가 빨아먹기 때문에 그 안에 잠시 있으면 목이 마를 지경이다. 나라부스 의장은 쾌히 칼을 숨겨 주었다. 은닉을 끝낸 나라부스 의장은 내 옷차림을 살피며 조심스럽게 말했다.

"그것참. 정말 초록색이네. 그것도 나름대로 괜찮아 보이는데."

상냥한 사람답게 그냥 위로하는 거라고 생각했지만, 다시 생각해 보니 야채 뱀파이어에겐 초록이 정열의 빛깔일지도 모른다는 생각이 들었다. 우리에게 핏빛이 그런 것처럼. 최소한 특정 종족에겐 괜찮아 보인다는 사실에 만족하며 나라부스 의장을 떠났다.

여름은 여전히 불장난에 심취해 있었다. 보안관 조수의 품위고 뭐고 때려치우고 개처럼 헐떡거리고 싶다는 생각을 하며 대로를 걷던 나는 맞은편에서 터벅터벅 걸어오는 미레일 요란하스를 보았다.

질투심에 눈이 멀 것 같았다.

미레일은 십 년 뒤라면 보안관과 내가 신고를 받고 출동해야 할 꼴을 하고 있었다. 민소매 원피스는 흠뻑 젖어 다리에 척척 감기고 있었고 머리에는 젖은 수건과 낡은 밀짚모자를 함께 쓰고 있었다. 신발은 손에 들고 있고 젖은 맨발은 흙투성이였다. 장신구 선정이 정말 탁월했다. 밀짚모자엔 죽은 잠자리가 장식처럼 붙어 있었고 허리엔 장식띠인 양 풀줄기를 감고 있고 목에 걸려 있는 불쌍한 뱀은 더위 때문에 사경을 헤매고 있었다. 요란하스 부인이 가끔 달관한 듯한 신비한 미소를 짓는 건 다 이유가 있는 일이다. 아아, 젠장. 20년 전이라면 나도 저렇게 하고 다닐 수 있을 텐데.

이파리 보안관과 나는 정의와 상식과 윤리의 옹호자이며, 따라서 미레일 요란하스의 대적이라 할 수 있다. 미레일은 경계하는 표정으로 나를 바라보았다. 어찌 이런 기대를 모른 체할 수 있으랴. 나는 미레일의 목에서 뱀을 낚아챘다.

"돌려줘요!"

"너 시원하자고 이 뱀 죽일 생각이냐?"

"누가 죽여요? 바보 율피트가 막 휘두르는 걸 제가 뺏어온 거예요!"

"유, 율피트는 무사하냐?"

"알게 뭐예요?"

소란다스가의 장래가 걱정스러웠지만 뱀 문제부터 해결하기로 했다. 미레일과 나는 가까운 풀숲 — 알고 보니 미레일의 목적지가 바로 거기였다. — 으로 다가가 뱀을 풀어주었다. 하지만 뱀은 움직이지 못했다. 미레일과 나는 그 곁에 쭈그리고 앉아 뱀이 움직이길 기다렸다.

갑작스럽게 미레일이 말했다.

"티르 아저씨."

"왜?"

"보안관 조수도 유령은 못 이기죠? 칼 있어도?"

"이겨."

"진짜? 후후랑 피피한테 걸고 진짜?"

"후후랑 피피한테 걸고 진짜."

"어떻게 이겨요? 유령인데?"

"성기도문 외우면 돼. '나는' 외울 줄 알거든."

가볍게 덧붙인 말에 자극을 받은 미레일은 우렁차게 성기도문을 암송했다. 썩 유창하진 않았지만 그럭저럭 이어지는 기도문을 들으며 나는 입술을 질겅질겅 씹었다.

유령이 되었구나. 서니야.

넌 무덤을 헤치고 나오느라 헐벗고 흙투성이가 된 모습으로 흐느끼며 시골길을 걷는 조그마한 유령이 되었구나. 아마 자기 집이라고 착각한 집 문을 밤새도록 두드리는 것이 주특기가 되겠지. 항상 그런 식이니까. 그런 가혹한 추문을 떨쳐낼 네 생의 기억이 별로 없다. 6년은 짧다. 너무도 짧다. 다른 사람들은 상실감을 느끼기도 어렵다. 오직 부모만이 창자가 끊어지는 고통을……

"움직여요!"

놀라서 아래를 내려다보았다. 미레일의 말처럼 뱀이 풀잎 사이로 스르륵 움직이고 있었다. 웃으려던 나는 움찔하여 입을 다물었다. 미레일에겐 안 보이나? 그런 모양이다. 같이 쭈그리고 있어도 미레일의 눈높이는 나보다 훨씬 낮다. 또 미레일은 아이다운 집중력으로 뱀 꼬리만 쳐다보고 있었다.

그래서 미레일은 뱀의 머리를 물고 끌어당기고 있는 족제비를 보지 못했다.

뱀이 몸이라도 뒤틀었다면 미레일도 눈치를 챘을 것이다. 그러지 않는 걸 보니 뱀은 조금 전에 죽었던 모양이다. 나는 재빨리 말했다.

"그래. 이제 발 닦고 신발 신어라. 발바닥 다친다."

미레일은 곧 분개하여 나를 돌아보았다. 지체하지 않고 일어서서 미레일을 내려다보았다. 이 우아한 스트라이크류 시선 유도를 보라. 미레일은 똑바로 서더니 반항적으로 나를 올려다보았다. 결국 뱀은 미레일의 안중에서 사라지게 되었다.

물론 그다음 차례는 요란하스류 모욕에 내가 당하는 것이었다. 내 초록 옷을 보던 미레일은 비웃음을 띠며 말했다.

"옷이 왜 그래요?"

"어때?"

"노총각 같아."

신기한 일이다. 남자애가 나를 화나게 하는 일은 정말 드물다. 하지만 여자애는 중년 부인이나 처녀가 그러듯이 간단히 나를 비참하게 할 수 있다. 빨래도 제대로 못 해서 추레한 옷차림을 하고 다니는 궁색함을 저렇게 간단히 표현하다니. 미레일이 승리감에 차서 도망쳤기에 나는 화도 내지 못했다.

미레일의 모습이 사라지고 나서 다시 풀숲을 내려다보았다. 뱀도, 족제비도 보이지 않았다.

나는 어깨를 으쓱이곤 몸을 돌렸다.

미레일에게 입은 타격을 치유하기 위해 성숙한 남성의 전당으로 향했다. 쉬쉬. 어린 것들은 가라. 정숙한 숙녀분들도 물러가 주십시오. 여긴 주점입니다. 거친 남성들이 독한 술을 물처럼 들이마시며 난폭한 소란을 피우는 장소입니다.

웃기는 소리. 우리 도시에서 초니의 주점에 들어가는 일을 무서워하는 여자는 한 명도 없다. 술집에 들어선 어린 처녀가 곧 삼촌이나 사촌, 아저씨 등을 발견하고 그에게 다가가 이야기도 좀 나누고 안주도 좀 집어 먹고 상큼하게 웃으며 나갈 수 있다면 그런 곳에 퇴폐적인 분위기 따위가 있을 리 없다. 성숙한 남성의 전당 어쩌고 하는 말은 전혀 신경쓸 필요가 없다. 내가 초니의 주점에 들어선 것은 사고 현장에서 가져온 말고기를 먹기 위해서였다. 최근 식사가 빈약했기에 진한 것을 먹을 필요가 있었다. 초니는 근사한 요리를 내놓았고 나는 포도주 한 잔을 곁들여 든든한 점심을 먹었다.

배가 부른 채 초니의 주점을 나섰다. 하지만 머릿속은 별로 든든하지 못했다. 아니, 머릿속이 텅 빈 것 같았다. 저며내는 듯 날카로운 여름의 햇빛 속에 서서 나는 잠시 멍한 눈으로 주위를 둘러보았다.

바람 없는 공기 속에 장부를 기록하는 매미 소리가 넘실댔다.

75, 21, 75, 21, 46666……

계속 검산하는 걸 보니 계산이 잘 안 맞나 보다. 죽을 때까지 계산해 봐도 답이 안 나올 것 같지만, 매미들은 신경 쓰지 않는 것 같다.

75, 21, 75, 21, 46666……

시장 저택 근처에서 재미있는 것을 발견했다.

율피트 소란다스가 시장 저택의 뒤뜰 담장에 귀를 바짝 붙이고 있었다. 율피트는 미레일과는 상당히 다른 모습을 하고 있었다. 머리도 젖어 있지 않았고 입 주위가 거뭇게 물들어 있지도 않았다. 녀석이 오후이 시간까지 미역도 감지 않고 산 열매를 포식하지도 않았다는 것은 놀라운 일이라고 할 수 있다. 그렇게 번듯한 모습으로 담장에 귀를 붙이고 있는 번듯하지 못한 자세를 취하고 있으니 뭐라 감상을 말하기도 어려웠다. 율피트는 담장 뒤편에 집중하느라 내가 바로 곁에 다가가도 알아채지 못했다.

나는 칼집을 앞으로 밀어 율피트의 등을 쿡 찔렀다.

율피트는 자지러지듯이 놀라 뒤를 바라보았다. 어쩌나 놀라는지 녀석이 기절하지 않을까 걱정될 정도였다. 하지만 내 정체를 확인한 율피트는 안정을 되찾고는 재빨리 입 앞에 손가락을 세웠다. 그리고 다른 손으로는 자세를 낮추라는 손짓을 보냈다. 어찌 되나 보자는 심정으로 나는 쪼그리고 앉았다.

율피트는 악당을 감시하고 있다고 속삭였다. 세계 정복을 꿈꾸는 대악당에 대해 말하는 투였다. 나도 속삭임으로 대답했다.

"악당?"

"보안관님하고 티르 아저씨가 둘을 해치우고 한 명을 붙잡았잖아요. 달리는 마차에 뛰어들었다면서요?"

흐음. 신화는 밤을 새우며 마차 사고를 수습한 보안관 조수가 만들어내는 것이다.

"어째서 악당이라고 생각한 거냐?"

"묘비 안 세웠잖아요. 악한에겐 묘비가 없다. 그렇죠?"

야드버트와 폴바이의 가묘를 말하는 모양이다. 그런데 폐하께서 악한에겐 묘비를 불허한다는 법을 언제 반포하셨지? 아, 폐하가 아니라 이야기꾼들이 제정하여 반포했지. 그리고 그런 전설에 대한 율피트의 신앙은 더없이 공고하다. 그런 드높은 믿음을 깨트리는 일은 정말 애석했다.

"그럼 왜 악당을 감옥에 안 가두고 시장님 댁에 모셨을까?"

"아직 순회판사님이 안 왔잖아요. 방심시키려는 거잖아요."

역시 배교를 강요하는 것은 쉽지 않다. 그리고 미레일에게 뱀의 지배자라는 칭호를 뺏겼기 때문에 천재 수사관이라는 칭호를 노리게 된 것이 아니냐고 지적하는 것은 야비하기까지 한 일이다. 같은 남자끼리 도

저희 그럴 수는 없다. 이 어린 시민이 도대체 어떻게 순회판사에게 보안관의 편지가 갔다는 사실까지 알게 되었나 잠시 궁금해했지만 내가 어디 있는지를 떠올리고는 곧 납득했다. 그리고 덕분에 나는 율피트가 태연히 저지르는 만행의 공동정범이 되고 말았다. 율피트는 뱀파이어 판사(그 말을 할 때 율피트의 표정을 정말 만인과 나누고 싶었다.)가 와서 덴워드의 피를 모조리 빨아먹어 죽일 거라고(이 부분의 표정도 정말 찬사를 금할 수 없었다.) 확신하고 있었다. 그리고 바로 그렇기에 덴워드는 악한인 것이다. 그의 고견에 마음속으로만 감사한 후 나는 나태한 보안관 조수의 어투로 말했다. 악당이든 아니든 덴워드 이카드를 감시할 필요는 없다. 아파서 걷기도 힘들고 말도 못 탈 사람이 어떻게 도망치겠냐? 율피트가 의혹에 빠지는 것을 확인한 다음 나는 덴워드의 동료들이 네펜지스 강으로 배라도 몰고 오지 않는 한 그는 도망칠 수 없다고 슬쩍 암시했다.

율피트는 그토록 멍청하면서 어떻게 보안관 조수 노릇을 하고 있냐는 눈으로 나를 보더니 슬그머니 물러났다. 미역을 감는 척하면서 네펜지스 강을 따라오는 대악당의 검은 배를 감시하는 것은 여름 소년의 오후 일과로 적격일 것이다. 율피트가 떠난 다음 나는 정원수의 그늘이 떨어지는 곳에 기대어 섰다. 율피트가 무슨 소리를 듣고 있었는지 궁금했다. 율피트처럼 쪼그리고 있는 것보다는 똑바로 서서 듣는 것이 더 잘 들렸다.

저택의 뒤뜰에서 들려오는 소리는 시장 저택의 하녀인 데로네 랏돌의 목소리였다. 데로네는 꽤 신이 난 목소리로 수다를 떨고 있었다. 상대는 바로 덴워드 이카드인 것 같았다. 조금 후엔 상황을 알 수 있었다. 덴워드 이카드가 뒤뜰에서 햇볕을 쬐고 있었고 데로네는 그 곁에서 환자를 보살피며 떠들고 있었다. 아무래도 보살핌보다는 수다 쪽의 비중이 높은 것 같았다. 이야기의 내용에 귀를 기울였다가 나는 어깨를 움찔했다.

아, 데로네. 왜 하필이면.

데로네가 화제로 삼고 있는 것은 케이토와 나의 이야기였다.

"그래서 케이토 씨는 약혼자의 무덤이 있는 이 도시에 살기로 한 거예요. 여기에 살면 틈날 때마다 무덤을 찾을 수 있으니까요. 정말 낭만적이죠? 하지만 어떻게 보면 정말 무서운 일이에요. 약혼자를 죽인 사람과 같은 도시에 살고 있는 거니까!"

데로네는 자신의 이야기에 스스로 오싹해 하는 것 같았다.

"물론 티르 아저씨가 나쁘다고 말하는 사람은 아무도 없어요. 그 여자가 먼저 변신해서 덤볐으니까 어쩔 수 없잖아요. 보안관 조수에게 덤비다니, 어떻게 그럴 수 있어요? 케이토 씨 앞에서는 말할 수 없지만 모두들 그 여자가 그런 일을 당해도 싸다고 생각해요. 케이토 씨도 진짜 신사라서 죽은 약혼자를, 어, 그걸 뭐라고 하죠? 편들어주는 것, 나쁘지 않다고 말해주는 거요."

"변호?"

덴워드의 목소리였다. 데로네가 박수를 쳤다.

"예! 그거요. 변호하지 않으세요. 꾹 참으시는 거죠. 언젠가 제가 나라부스 의장님께 우리 마을은 정말 지루하다고 말한 적이 있거든요.

그러니까 의장님이 웃으면서 제가 뭘 모른다고 말씀하셨어요. 이곳엔 서로 죽이고 싶어 해도 이상할 것이 없는 남자들이 몇 명 있는데, 인간으로 변하는 호랑이나 공간을 조종하는 자는 제외하더라도 항상 칼을 차고 다니는 남자와 언제든 마음만 먹으면 늑대로 변하는 남자는 진짜 골칫거리래요. 그러니 얼마나 오싹한 마을이냐는 거예요. 저는 깜짝 놀라서 두 분은 신사라서 절대 안 싸운다고 말했어요. 의장님은 네 말이 맞다고 하셨어요. 하지만 혼자 가만히 생각해 보니까 조금 오싹해졌어요."

신사라니. 케이토에겐 몰라도 내겐 과분한 단어다. 아무래도 데로네는 신사라는 말을 젊은 애들이 위험한 장난을 치려고 하면 여지없이 나타나서 분위기 다 깨 놓는 어른이라는 의미로 사용하는 모양이다. 그렇다면 나는 신사 맞다. 온 도시가 아는 하린 필데오와 데로네 랏돌의 활화산 같은 정념에도 불구하고 아직 우리 시민들이 꼬마 필데오를 보지 못하는 것은 보안관과 나의 눈물겨운 야경 활동 때문이다. '애들아, 제발. 식구 늘어날 모험은 천천히 하자!' 필데오 부인과 랏돌 씨가 서로를 괜찮은 사돈 감으로 인정하는 날이 오면 보안관과 나는 가용 수면 시간이 두 배로 늘어난 것에 감격하여 축배를 들 것이다. "이젠 보름달이 떠도 네 시간은 잘 수 있어, 티르!" "네 시간이라니. 겨울잠 아닙니까, 보안관님!" 그래. 보안관과 나는 신사다. 정말로.

그래서 나는 신사답게 수다스러운 하녀에게서 병자를 구출하기로 했다. 나는 건물을 돌아 시장 저택의 담장이 철책으로 바뀌는 곳으로 걸어갔다. 거기서 뒤뜰 안쪽으로 인사를 건넸다. 화제로 삼고 있던 인

물이 갑자기 등장하자 데로네는 기겁했다. 그녀는 설거지와 관련된 듯
한 말을 웅얼거리다가 덴워드의 양해를 구하고 황급히 떠났다. 혼자 남
은 덴워드는 내 쪽으로 다가와 철책 너머로 말했다.

"스트라이크 씨에 대한 흥미로운 이야기를 들었습니다."

"그래?"

"촌사람들의 허풍이나 관에 대한 존경심으로 여기고 싶어도 앞뒤가
맞고 세부가 명확해서 그럴 수가 없군요. 당신이 정말 변신한 위어울프
를 죽였습니까?"

'그렇습니다, 각하.'라고 말할 뻔했다. 하고픈 말을 명쾌하게 요약하
는 능력과 단도직입적으로 본론에 들어가는 태도는 실로 황족다웠다.

"맞아. 하지만 그 이야기는 하고 싶지 않군."

"저라면 처음 보는 사람한테도 자랑할 겁니다. 그런 일을 할 수 있는
사람은 많지 않을 테니까요. 게다가 공무집행이었다면서요?"

"그래. 법은 내게 아무 책임도 묻지 않을 거야. 그리고 나도 부끄러움
은 없어. 자기방어였으니까. 하지만 내 자랑거리가 누군가의 시체밖에
없는 처지라면 부끄러울걸."

덴워드는 입을 다물더니 나를 똑바로 바라보았다. 그러자 나는 갑작
스러운 혼란에 빠졌다. 나는 그의 시선을 피해 햇빛에 하얗게 타오르는
땅바닥을 바라보았다.

처음 보는 사람한테도 자랑할 만한 이야기라. 그럴 수도 있다. 살인
이 무용담이 되는 때와 장소가 있다. 이런 식일까? '언젠가 어떤 위어
울프가 내 앞에서 팔찌를 벗었지. 그리고 보다시피 나는 살아있어. 이

봐. 자신 없으면 끝까지 가는 것이 아냐. 얌전히 그 술병 내려놓고 가.'

그럴 수 있다.

그럴 수 있나?

아니다. 케이토는 내 친구다. 지데를 죽일 당시엔 친구가 아니었지만, 어쨌든 결과적으로 볼 때 나는 친구의 약혼자를 죽였다. 그런 걸 자랑할 수는 없다. 나는 고개를 들어 다시 덴워드를 보았다.

"그런 이야기는 하고 싶지 않아. 이카드."

"불쾌하셨다면 사과하겠습니다."

"사과할 필요는 없어. 그런데 이제 움직일 만한가 보군."

"시장님이 잘 보살펴주셔서 많이 좋아졌습니다."

"그렇다면 곧 여행을 계속할 수 있겠군. 자네들은 급하게 달리다가 사고가 난 건데, 그렇다면 급한 용건이 있는 것이겠지?"

덴워드는 조금 머뭇거리다가 말했다.

"그렇습니다. 급한 용건이지요. 영업 비밀이라 상세하게 말씀드릴 수는 없습니다만."

"그래. 어떻게 할 생각인가? 뭐 도와줄 건 없나?"

"고맙습니다. 일단은 상황을 보고하고 상부의 지시를 따를 생각입니다."

예상치 않은 대답이었다. 나는 더위에 지친 표정을 지으며 그 말에 대해 생각했다.

내 예상은 덴워드가 몸을 가눌 수 있게 되자마자 이곳을 떠난다는 것이었다. 만약 일행의 책임자가 덴워드라면 책임자가 살아남은 것이므로 임무 수행에는 문제가 없다. 따라서 그는 그 급한 임무를 처리하러 떠나야 한다. 만약 죽은 두 사람 중 한 명이 책임자라 해도 그는 이곳에 머물 수 없다. 적에게 위치를 발각당할 수 있으니까(적이 없다면 정체를 위장할 필요가 없다. 어떤 형태의 적인지야 알 수 없지만 어쨌든 덴워드 일행이 공개적으로 움직일 수 없게 만든 요인이 있을 것이다.). 덴워드는 암호 편지든 뭐든 사용해서 책임자의 죽음을 알리고 신속히 이동해야 한다. 이 어린 황족이 사고와 일행의 죽음에 당황해서 군사 행동의 이치를 망각하고 윗사람의 권위에 기대게 된 걸까? 아니, 아니다. 다른 이의 권위에 기댄다는 것은 도무지 황족에겐 어울리지 않는 이야기다. 묘한 일이다.

그때 덴워드의 시선이 또 내 칼을 향하고 있다는 것을 발견했다. 사람은 무의식적인 시선까지 통제하긴 힘들다. 혹시 덴워드는 그 보랏빛 칼을 두고 떠날 수 없는 것인가? 보관증에 만족하고 떠날 수 있을 거라고 생각했는데. 그게 아니었나?

물론 어떤 칼잡이들은 웃지도 않으면서 검신일체니 하는 말을 하기도 한다. 샤레모라면 통렬하게 비웃을 것이다. '칼과 자신이 하나라고? 그래, 쇳덩어리는 쇳덩어리에게 친근감을 느끼겠지.' 샤레모만큼은 아니지만 나도 그런 말에는 큰 관심이 없다. 하지만 가장 투철한 기사라 자부하는 백금기사 덴워드는 그런 말을 진지하게 생각하는지도 모르지. 보관증을 요구하면서 절대로 칼을 잃어버리지 말라고 암시한 것도……

"인간으로 변하는 호랑이나 공간을 조종하는 사람은 무슨 뜻입니까?"

"응? 뭐? 아, 호랑이 아니제이가 하나 있고 신체적 불편을 해결할 수 있도록 마법사한테 은혜를 입은 사람도 하나 있어."

"흥미롭군요. 오래된 곳에는 전통적으로 그곳에 살았던 종족들만 살지요. 개척도시이니 오히려 여러 부류의 사람이 있을 수 있는 모양이군요. 이상할 정도로 곧은 나무들도 보이는데, 이곳에 야채 뱀파이어도 있나 보지요?"

흠칫하지 않을 수 없었다. 덴워드는 내가 보랏빛 검을 숨겨둔 장소, 즉 나라부스 의장의 침묵원 쪽을 바라보고 있었다. 거기엔 그의 말처럼 대리석 기둥에 비견될 정도로 곧게 자란 나무들이 서 있었다. 목장에서 기르고 있는 것이 전부 나무이니 침묵원이라는 이름은 썩 잘 어울린다.

"맞아. 우리 시의회 의장 나라부스 씨가 야채 뱀파이어지."

"야채 뱀파이어들은 나무들을 보통 두 가지 방법으로 기르지요. 저렇게 곧게 기른 나무는 목재업자에게 팔거나 하기 위한 것이고 자기 취미를 위해선 복잡한 모양으로 기르지요. 그분도 그렇습니까?"

"가구 기르기 말이지? 응. 의자 두 개와 책장 하나를 기르고 계시지."

"그런 재배 가구가 굉장히 비싸다는 건 아시죠?"

"보기 드무니까. 그리고 조립한 것과는 비교할 수 없이 튼튼하고."

"예. 가구에는 그런 비유가 남용되는 경향이 있지만, 재배 가구는 정말로 예술품이지요. 그리고 우리 상회에서는 예술품을 취급합니다. 좋은 거래를 할 수 있을 것 같은데 그분을 소개해 주실 수 있겠습니까?"

급한 용건이 있다고 말했던 것을 잊어버린 것이거나, 혹은 내가 그 말을 잊어버리길 바라는 모양이다. 일단 잊어먹은 척하기로 했다.

"그럴 수야 있지만, 거래는 안 될 텐데. 의장님은 그 의자들이랑 책장을 앞으로 몇 년 더 기르실 생각이야. 취미니까 급하게 기를 필요가 없지."

"괜찮습니다. 지금 당장 들고 가려는 것이 아니라 선점하려는 것이니까요."

"그럼 의장님께 파실 생각이 있는지 한 번 물어봐 주지. 그럼 되겠지? 그럼 쉬도록 해. 아, 보안관님이 말씀하신 것처럼 내일은 사고 조사가 있을 거야. 내일 보지."

보안관 사무실로 돌아왔을 때 나는 기겁했다.

보안관 책상 뒤에 앉아 있는 것은 내가 잘 아는 오크의 모습을 하고 있긴 했다. 하지만 그것은 이파리 하드투스의 모습을 하고 있는 근심 덩어리였다. 보안관이 내게 촉촉한 눈빛을 보냈을 땐 정말이지 잔파드로스 신관에게 달려가고 싶은 충동을 억누르기 힘들었다. 우리 도시의 악명 높은 무신론자가 신에게 귀의할지도 모른다는 소식을 전해주면 잔파드로스 신관은 정말 좋아할 텐데.

나는 아무 말도 하지 않은 채 보안관을 바라보았다. 보안관은 입에서 뚝 떨어져 바닥을 데굴데굴 구를 것 같은 한숨을 내쉬더니 말했다.

"좋은 소식과 나쁜 소식이 있다."

"좋은 소식은?"

"포인도트 부인이 약을 먹고 잠들었다가 조금 전에 깨어났다. 이젠 안전해. 그리고 다시는 그런 짓을 하지 않겠다고도 말했어."

"정말 다행이네요!"

나는 크게 기꺼워한 다음 내 책상으로 걸어갔다. 칼을 풀어놓고 의자에 앉은 나는 요 며칠 제대로 쓰지 못했던 일지를 뒤적거리기 시작했다. 곧 이파리 보안관이 으르렁거렸다.

"나쁜 소식도 물어봐야 하는 거 아냐?"

"좋은 소식으로 만족할게요."

"만족하지 마."

보안관은 화를 낸 덕분에 기운을 조금 되찾았다. 나는 씩 웃으며 무슨 일이냐고 물었다.

"깨어난 다음부터 포인도트 부인이 이상한 소리를 하고 있어."

"이상한 소리요?"

"머리, 꼬리 떼고 말하면 부활이다."

"예? 부활이오?"

"그래. 포인도트 부인이 혼수상태에서 서니를 되살릴 방법을 알게 된 모양이다."

그제서야 보안관의 모습이 왜 그 모양인지 알게 되었다. 멍한 머릿속에 뚜렷하게 떠오르는 생각은 하나뿐이었다. 우리 도시의 보안관 조수마저 악명 높은 상관과 같은 길을 걷게 될지도 모른다는 소식을 들으면 잔파드로스 신관은 정말 슬퍼할 텐데.

내 얄팍한 신앙의 위기에 대해 장광설을 늘어놓고 싶지는 않다. 진짜 위기에 처한 사람이 있으니까. 가여운 버샤드 포인도트. 딸은 죽고 아내는 미치다니. 그런 일도 있을 수 있는 법이라는 말로도 감당할 수가 없다. 신이 어떻게 그런 일을 한단 말인가. 포인도트네로 향하는 어두운 밤길을 걸으며 이파리 보안관은 화가 나서 못 견디겠다는 듯이 콧김을 내뿜었다. 나는 소망을 담아 말했다.

"일시적인 것일지도 모릅니다. 어쨌든 부인은 죽다 살아났잖습니까. 독 기운 때문에 환상을 봤다고 해도 이상할 것이 없습니다."

보안관은 한참 후에 혼잣말인지 내 말에 대한 대답인지 구분하기 어려운 어조로 말했다.

"왜 하필 그런 환상이야?"

보안관이 무슨 말을 하는지 알 수 있었다. 서니를 살릴 방법이 있다고 말하는 아내를 보며 포인도트가 어떤 기분을 느낄지는 짐작하기도 두렵다.

미리 각오했지만, 그럼에도 불구하고 우리에게 문을 열어주는 포인도트를 보았을 때 나는 말문이 턱 막혔다.

포인도트를 마지막으로 본 것은 그날 아침이었다. 그리고 지금은 저녁이다. 여름의 낮이 아무리 길다 해도 그건 하루가 못 되는 시간이다. 그 짧은 시간 동안 포인도트는 다른 사람보다 훨씬 빠른 속도로 죽음 쪽으로 달려간 것 같았다. 관점에 따라서는 이미 결승선을 넘어버린 것 같기도 하다.

이파리 보안관도 기막히다는 얼굴로 포인도트를 바라보다가 입을 열었다.

"버스. 좀 어떤가 보러 왔네."

"고맙습니다. 보안관님."

포인도트는 몸을 돌려 터벅터벅 걸어갔다. 그의 발길은 부엌 쪽으로 향했다. 단순한 것을 좋아하는 카닛은 부엌과 식당, 응접실을 한 공간에 몰아넣는다. 찬 음식을 좋아하기 때문에 부엌과 식당을 분리하지 않아도 된다는 것은 알고 있었지만, 그 부엌은 정말 차가웠다. 여름밤에 그런 기분을 느낄 수 있다는 것이 놀라웠다. 부엌이 주인에게 버림받았기 때문일까.

식탁에는 누군가가 싸서 보내준 듯 뚜껑 달린 바구니에 담겨 있는 음식들이 놓여 있었다. 뚜껑이 열려 있는 것으로 보아 버샤드는 식사 중이었던 모양이다. 하지만 뭘 먹은 흔적은 없었다. 보안관이 그걸 보고 말했다.

"식사 중이었나 보군. 부인과 같이 들지 않고? 부인을 혼자 뒀나?"

"케이토 씨와 요란하스 부인이 있습니다."

보안관과 나는 침실 쪽을 보았다. 그러고 보니 그곳에서 이야기하는 소리가 들려왔다. 하지만 아픈 아내를 다른 사람들에게 맡기고 나와 있다니, 격에 맞지 않는 일이다. 우리가 의아하여 쳐다보자 포인도트가 힘겹게 말했다.

"케이토 씨가…… 제게 나가라고 했습니다. 저녁을 먹으라고……"

그때 고함에 가까운 소리가 들려왔다.

"그래요. 죽은 당신 약혼자, 지데 양도 다시 살아날 수 있어요!"

내 가슴 속을 보라. 파랗게 질린 심장을 볼 수 있을 것이다.

포인도트 부인의 고함이 부싯돌이 되어 내 기억을 불타오르게 한 모양이다. 머릿속이 뜨거웠다. 지데. 위어울프. 여성. 자신의 죄를 아는 사람이 자신뿐이면 죄가 사라진다고 믿는 성격. 누구에게든 곤란한 성격이지만 은팔찌만 벗으면 괴물이 되는 위어울프는 절대로 그런 성격을 가져선 안 된다.

내가 죽인 것은 괴물이었다. 여자가 아니다. 케이토의 약혼녀가 아니다.

그런데 왜 그녀는 여전히 케이토의 약혼녀 하고 있을까.

재주도 좋지.

이파리 보안관의 입에서 신음이 흘러나왔다. 고개를 돌렸다. 버샤드 포인도트가 무너지듯 의자에 주저앉더니 두 손으로 귀를 움켜쥐었다.

나는 주먹을 불끈 쥐며 침실 문을 바라보았다. 포인도트 부인의 환희에 찬 목소리가 계속되었다.

"지데 양을 사랑하죠? 아직도 못 잊고 있지요? 그래서 이 촌동네를 떠나지 못하는 거잖아요. 걱정 말아요. 케이토 씨. 이젠 더 슬퍼할 필요가 없어요. 그 칼만 찾아내면 지데 양도 되살아날 수 있어요. 꿈에도 그리던 약혼자가 되살아나는 거예요!"

더 견딜 수가 없었다. 나는 침실로 다가가 거칠게 문을 두드리고는 대답도 기다리지 않고 문을 벌컥 열었다.

가장 먼저 눈에 들어온 건 요란하스 부인의 창백한 얼굴이었다. 요란하스 부인은 침대에 앉아 있는 포인도트 부인을 뚫어지게 바라보고 있었는데, 그게 부인에게서 눈을 뗄 수 없어서 그런 것만이 아니라 다른 쪽을 도저히 쳐다볼 수 없어서 그러는 것 같았다. 한편, 침대 위의 포인도트 부인은 살아있는 승전기념비처럼 보였다. 그보다 더 당당하고 희열에 찬 여인을 나는 이전에 본 적이 없다.

마지막으로 나는 요란하스 부인이 차마 보지 못하는 인물을 보았다.

케이토는 침대에서 약간 떨어진 의자에 비스듬히 앉은 채 고개를 약간 숙이고 있었다. 겉모습만으로 볼 때 그에게선 동요나 분노의 기색을 찾을 수 없었다. 그 사실을 어떻게 해석해야 할지도 알 수 없었고, 침대 위의 인물과 의자 위의 인물 중 누구에게 집중해야 하는지도 알 수 없었다. 그러나 포인도트 부인은 나를 내버려 두지 않았다.

"티르! 왔군요. 그렇지 않아도 지데 양 이야기 하고 있었어요. 당신이 죽였지요."

"포인도트 부인. 말씀하지 않으셔도……"

"당신도 언제까지나 죄책감을 느끼며 살고 싶진 않겠지요? 나는 당신이 잘못했다고는 생각하지 않아요. 하지만 당신들은 서로를 볼 때마다 항상 죽은 그 아가씨를 떠올릴 수밖에 없겠지요. 그건 너무 끔찍해요. 불쌍한 티르. 불쌍한 케이토 씨. 이제는 그럴 필요가 없어요."

"부인. 그만 하세요."

"서니도 살아 돌아오고 지데 양도 살아 돌아올 거예요. 예! 그 칼만 찾으면 돼요. 약속을 받았어요. 지상과 지하의 주인에게 칼을 찾아주기만 하면 돼요. 그러면 주인은 지하에 있는 그들을 지상으로 데려올 거예요! 티르. 당신은 보안관 조수잖아요? 그 칼을 찾아줘요. 딸을 잃은 나를 위해서, 약혼자를 잃은 당신 친구를 위해서, 그리고 당신 자신을 위해서!"

고함을 지르려 했다. 그러지 않고서는 숨도 못 쉴 것 같았다. 하지만 케이토가 갑자기 일어나는 바람에 나는 입을 다물었다. 케이토가 말했다.

"늦은 시간까지 실례가 많았습니다. 몸조리 잘하시길 바랍니다."

문이 열리며 이파리 보안관이 들어섰다. 케이토는 들어오는 보안관을 지나쳐 밖으로 나갔다. 나는 케이토가 흘린 것이 없나 살피는 것처럼 시선을 어지럽게 움직였다. 보안관이 콧김을 한 번 내뿜더니 옆으로 비켜주는 시늉을 했다. 가봐.

나는 보안관의 곁을 지나쳤다. 포인도트는 식탁에 엎드린 채 흐느끼고 있었다. 지나가면서 흘깃 쳐다본 것에 불과했지만, 그 모습은 깊은 인상을 남겼다. 나는 삐걱이며 닫히는 문을 재빨리 지나쳤다.

어디 있나? 거기?

역시 거기?

케이토는 실포 언덕으로 향하는 길을 천천히 걷고 있었다. 나는 황급하게 그 뒤를 따라갔다. 몇 걸음 정도 남겨두었을 때 케이토가 갑자기 멈춰 섰다. 그는 나를 향해 돌아섰다.

"괜찮아. 티르."

"케이토."

"나는 괜찮아. 포인도트 부인을 돌봐야지. 아픈 사람은 부인이야."

"글쎄. 가끔은 상처가 거꾸로 날 수도 있지. 안에서 밖으로."

케이토는 눈을 크게 뜨더니 곧 고개를 끄덕였다.

"맞아. 하지만 그건 내가 감당할 수 있을 거야."

말끝에 케이토는 쓰게 웃었다. 그는 자신의 뒷덜미를 가볍게 쓸어만지며 말했다.

"감당할 수 없어서 도망친 주제에 이렇게 말하니 좀 그렇군. 폐하의 관료에게 부탁 좀 할까."

케이토는 내 대답을 기다리지 않고 몸을 돌렸다. 발이 붙은 사람인 양 그 자리에 서서 케이토의 뒷모습을 보다가 내 눈으로 더 이상 그의 모습을 좇을 수 없게 되었을 때 몸을 돌렸다.

포인도트 부인에 대한 분노가 끓어올랐다. 그런 분노가 어처구니없고 잘못된 것임을 잘 알기에 괴로웠다. 어떻게 해야 할까. 주먹으로 나무를 후려치거나 괴성을 지르며 강물에 뛰어들어야 할까? 아니, 그건 티르 스트라이크 하는 올바른 방법이 아니다. 티르 스트라이크 하기 전문가로서 도저히 그런 망동을 보일 순 없다.

나는 칼을 뽑아 들었다.

포인도트네로 향하는 내 발걸음에 흔들림은 없었다.

4

"그래서 어떻게 했지?"

"찾으시는 칼이 이 칼이 맞냐고 포인도트 부인께 물어봤습니다."

"오호! 그러니까 부인은 뭐라고 했어?"

"저를 미친 사람 보듯 쳐다보며 그건 당신 칼이 아니냐고 되묻더군요."

"미친 사람…… 티르. 정직하게 대답해줘. 혹시 다른 사람이 듣지 못하는 소리를 듣거나 보지 못하는 것을 본 적이 있어?"

"안셀. 처음에 분명히 포인도트 부인 이야기를 하고 있었던 것 같은데요."

"흐음. 지금 그걸 대답을 회피하는 걸로 간주해도 될까? 남에게 말할 수 없는 내용이야? 성적인 것?"

왜 이 시대의 정신 의학은 새로운 도약을 위해 안셀 치즐하트를 요구하게 되었을까. 정신 의학이 어떤 형태의 진보를 추구하는지는 나로선 알 수 없지만, 조금 전까지 나를 제보자로 대하던 안셀의 태도가 미친 사람이라는 말을 듣자마자 연구 사례를 대하는 것으로 바뀐 것을 볼 때 정신 의학은 별다른 소득을 얻지 못할 것 같다.

물론 안셀의 행동은 포인도트 부인을 돕고 싶다는 갸륵한 바람에서 비롯된 것이리라. 안셀의 동기는 언제나 고결하다. 타고난 재능의 분출을 느낄 때 안셀은 언제나 그것을 만인을 위해 쓰고 싶어 한다. 결코 자신을 위해 쓴 적이 없다. ……제발 그래 주면 좋을 텐데.

"성적인 것이든 뭐든 이상한 건 본 적이 없어요. 최근에 경험한 가장 이상한 광경은 제 옷이 초록색으로 보이게 된 것뿐입니다. 하지만 이 초록색은 당신 눈에도 보일 텐데요."

창의적이게도, 안셀은 내가 스스로 옷을 초록으로 물들이고는 그것을 잊어버렸다는 가설을 세웠다. 그리고 안셀은 초록색에 대한 나의 욕망과 공포(그게 도대체 무슨 말일까?)를 추적하기 시작했다. 그를 쫓아버릴 수 없었던 나는 그의 관심을 다시 포인도트 부인에게 돌려놓는 것으로 만족하기로 했다.

"특이하지 않습니까? 제가 알기로 받아들일 수 없는 현실을 맞닥뜨렸을 때 사람들은 보통 그걸 부정하지요. 죽지 않았어, 당신들이 숨겼어, 돌려줘. 이런 식이죠. 그런데 포인도트 부인은 현실을 부정하지 않았어요. 그녀는 서니가 죽어서 묻혀 있다는 것을 분명히 인정합니다. 그 대신 부인은 현실에 환상을 덧붙였어요. 그것도 아주 희한한 환상이지요."

내 전문가연하는 태도에 자극받은 안셀은 더욱 전문가인 척하기로 결정했다. 안셀은 서니의 죽음이 한순간의 사건이 아닌 며칠 동안의 역사였기 때문에 포인도트 부인은 그것을 부정할 수 없는 거라고 설명했다. 나는 어제 내가 떠올렸던 설명이라고 말하는 대신 감탄하는 표정을 지었다. 그렇게 안셀의 관심을 포인도트 부인에게 돌려놓은 다음 나는 부인의 말에 대해 생각했다.

테나 포인도트는 지상과 지하의 주인에게 칼을 찾아주면 서니가 부활한다고 주장하고 있다.

칼이 권능의 상징으로 이용된 거야 놀랍지 않다. 공식적으로 이 도시를 대표하는 인물은 몬도 시장이지만 몬도 시장은 아버지보다 어머니에 가까운 인물이다. 그것도 어머니의 안 좋은 부분을 주로 대표하고 있다. 시장은 세상의 모든 못된 자식들이 그 어머니에게 선물하는 투정과 불평에 더 익숙하다. 따라서 몬도 시장이나 그의 시장홀이 권위의 상징이 되긴 어렵다. 이 소도시의 시민들에게 보안관이나 나의 장검보다 더 익숙한 권위의 상징은 없다. 포인도트 부인이 어떤 권능의 상징물을 떠올린다면 그것은 당연히 칼이어야 한다. 내가 기이하게 여기는 것은 포인도트 부인이 말한 이상한 호칭이었다.

"왜 신을 지상과 지하의 주인이라고 표현했을까요? 그런 표현은 성전이나 기도문에서도 본 적이 없는데."

안셸은 저러다 눈꺼풀로 눈알을 깨물지 않을까 걱정될 정도로 심하게 눈을 깜빡거리다가 말했다.

"티르. 자네는 우리가 세계라고 말할 때 사실은 지상만 말하고 있다는 것 아나?"

"무슨 말씀입니까?"

"어디 보자. 자네는 체면이 땅에 떨어졌다는 말을 들으면 무슨 생각이 드나? 그건 더 이상 떨어질 수 없는 지경으로 떨어졌다는 말이겠지? 하지만 땅은 최저가 아니야. 땅을 팔 수도 있으니까. 맞지?"

"그러면 체면이 땅을 파고 들어갔다고 말해야 합니까?"

"유치한 농담 같지? 그게 농담처럼 들리는 건 말이야, 우리가 무의식적으로 지상만을 세계라고 생각하기 때문이야. 하지만 사실 세계라는 건 지하도 포함해야 하지 않겠어? 그렇지 않다면 광부들은 어디서 일을 하겠어."

"아, 포인도트 씨가 광부죠."

안셸이 고개를 끄덕였다.

"그렇지. 포인도트 부인은 평소에도 지하에 관심이 많았을 거야. 사고로 남편을 잃을지 모른다는 걱정을 해보지 않은 광부의 아내가 어디 있겠어?"

그리고 서니는 매몰 사고로 죽었지. 그럭저럭 포인도트 부인을 점령한 환상의 구조를 이해할 수 있을 것 같다. 그녀에게 신은 지상과 지하 모두에 확실한 관할권을 가지고 있는 분이어야 했다. 물론 원래 신의 관할권이야 우주 전체겠지만 포인도트 부인은 그것을 확실히 해야 했을 것이다. 하지만 여전히 해석이 안 되는 부분이 남아있다.

"하지만 왜 신이 부인에게 자신의 물건을 찾아달라고 요구했다는 거죠? 참 이상하군요. 신이 뭘 잃어버릴 수도 있어요?"

안셀은 이번엔 입을 뻐끔거리기 시작했다. 아쉽게도 입에는 눈만큼의 효과가 없는 모양이다. 안셀은 좀처럼 대답하지 못했다. 덕분에 본연의 업무인 순찰에 보다 주의를 기울일 수 있었다.

시내에는 내 기대에 한 점 어긋나지 않게 포인도트 부인에 대한 이야기가 파다하게 퍼져 있었다. 무엇보다 걱정되는 건 아이들이었다. 호기심 때문에 때론 사악한 악당이 될 수 있는 아이들이 '미친 포인도트 부인'을 구경하러 가는 일은 막아야 했다. 나는 순찰 도중에 만나는 사람마다 아이들을 붙들어두라고 말했다. 물론 시민들도 나와 완전히 같은 의견이었다. 하지만 협조를 요청하는 쪽이나 약속하는 쪽이나 이게 무슨 소용이 있을지 의심스러워하긴 마찬가지였다. 도대체 여름날의 아이들을 어떻게 붙잡아둔단 말인가. 바람의 움직임을 통제하려 하는 짓이나 다름없다. 안셀이 정신 의학 대신 보물 사냥에 관심을 가지게 되면 좋을 텐데. 그러면 애들이 전부 안셀을 따라다니게 될 테니까.

내 곁을 따라다니는 안셀을 보았다. 안셀은 아직까지도 내가 던진 의문에 대한 답을 궁리하고 있었다. 사실 이만큼이라도 환상을 현상으로 치환한 것도 놀라운 일이다. 광기를 논리적으로 재구성한다는 것은 말이 안 된다.

인정할 수밖에 없다. 부인의 광기를 치유할 방법은 그녀를 이해하는 것이 아니다. 그녀도 이해를 바라고 있지는 않을 것이다. 방법은 오직 하나. 서니를 되돌려주는 것.

보안관에겐 말하지 않은 두 번째 해결책을 시도해야 할까.

나는 앞쪽을 바라보았다. 덴워드가 이상할 정도로 곧다고 표현한 아름다운 나무들이 보였다. 나라부스 의장의 목장 침묵원이다. 덴워드의 재배 가구 구매 의사를 전달하기 위해 가는 길이긴 하지만 내 발걸음에는 내가 아직 인정하지 않은 목적도 하나 숨어 있다. 그곳엔 우연히 이 도시에 존재하게 된 세 번째 장검, 포인도트 부인이 한 번도 보지 못했기에 절대로 알아볼 리가 없는 칼이 있다.

잘 될 수 있을까?

아무리 훌륭한 굴대와 바퀴라도 간단한 쐐기 하나가 없으면 사고를 일으키고 만다. 지금의 포인도트 집안이 그러하다. 쐐기가 빠져버렸고, 관성 때문에 아직 구르고 있긴 하지만 이미 바퀴가 흔들리고 있다. 조만간 굴대가 부러지고 바퀴가 깨질 것이 뻔한데 가만히 두고 볼 수는 없다. 빠져버린 쐐기를 찾을 수 없다면 새것이라도 하나 깎아서 끼워 넣어야 한다. 그 보랏빛 칼이 새로운 쐐기를 깎을 수 있을까?

'말씀하신 칼을 찾아왔습니다. 부인께서 직접 신전의 제단 위에 놓으세요. 됐습니다. 이제 그분은 서니를 돌려주실 겁니다. 부군을 사랑하세요. 서니는 다시 태어날 겁니다. 두 번째 서니를 잘 키우세요.'

광기를 상대하는 일은 이래서 위험하다. 평소라면 생각도 하지 않을 미친 짓을 태연히 생각하게 된다. 결국 나는 뚜렷한 결정을 내리지 못한 채 목장에 들어섰다. 나라부스 의장은 어제와 같은 장소에 서 있었다.

그런데 의장은 혼자가 아니었다. 의장의 곁에서 덴워드 이카드가 책장나무를 보고 있었다.

어쨌든 칼은 도구다. 목수의 대패나 농부의 괭이와 다를 것이 없다. 그리고 목수와 농부는 자신의 도구에 신비를 부여하지 않는다. 세상은 넓으니 그런 이가 어딘가엔 있을지 모르지만, 나 개인적으로는 자기 대패에 이름을 붙이는 목수나 자기 괭이의 울음소리에 대해 말하는 농부를 본 적이 없다. 그런 겸손한 목수나 농부에 비하면 칼잡이들은 허영이 심하다. 칼에 대한 온갖 의인화나 신비주의는 결국 불안 심리의 발현에 지나지 않는다. 대팻날이나 괭잇날과 똑같은 쇳덩이인 칼이 의지를 행사한다거나 자기 주인을 부른다거나 하는 일은 불가능하다.

나는 무엇이 자기를 부르는 것 같아서 왔다는 대답이 나올까 봐 두려워하며 덴워드에게 질문했다.

"이카드. 여긴 웬일인가?"

"예. 어제 말씀드렸던 그 일 때문입니다. 재배 가구 구매 때문이지요."

"어, 내가 전해주겠다고 했는데."

"죄송합니다. 랏돌 양이 여러 불미스러운 사건들 때문에 스트라이크 씨가 바쁠 것 같다고 하더군요. 바쁜 분께 개인적인 용무로 폐를 끼치기도 뭣하고, 또 다리를 움직이는 것이 회복에 도움이 될 것 같아서 직접 왔습니다."

가끔 수다스러운 하녀를 고용하고 싶다는 생각을 하곤 한다. 순찰 다닐 필요도 없이 보안관 사무실에 앉아서 도시 전체를 감시할 수 있을 테니까. 애석하게도 이파리 보안관은 보안관 사무실 경비로 고용하는 바보는 하나로 충분하다는 모욕적인 이유를 들어 그 제안을 거부했다.

나라부스 의장이 말했다.

"미안하지만 이 가구들을 팔겠다고 약속할 수는 없어. 아까도 말했듯이 기르는 것 자체가 내게 보답이거든. 완성이 되면 친구들이나 고마운 분께 선물할 생각이었어. 물론 내가 급전이 필요해져서 이걸 팔아야 한다면 가장 먼저 로브렐 상회로 연락하겠네. 하지만 지금은 아무 약속도 할 수 없군."

덴워드는 보통 야채 뱀파이어들은 그렇게 대답한다면서 만족스러운 대답이라고 말했다. 그렇게 덴워드와의 대화가 끝나고 나서 의장은 내게 무슨 일이냐고 물었다. 나는 덴워드의 용건을 전하러 왔다고만 말했다. 아무래도 덴워드가 있는 곳에서 그 칼을 꺼낼 수는 없었다. 보안관과 의논을 해봐야겠다.

덴워드를 시장 저택까지 데려다주기로 했다. 그런데 덴워드가 힘든 얼굴로 말했다.

"걸을 수 있다고 생각했는데 무리였던 모양입니다. 여긴 나무가 많을 텐데 혹시 지팡이로 쓸 만한 막대기 같은 것이 있을까요?"

칼이 그를 부르고 있다! 라고 또 생각했다. 흐음, 음, 가장 희박한 가능성도 쉽게 포기하지 않는 나의 신중함이 자랑스럽다.

소지 허가증을 보기 전까지는 칼을 돌려줄 수 없다는 공식적인 이유와, 찔리기 전까지 칼을 들이댈 수 없는 상대에게 칼이 있는 곳을 알려주고 싶지 않다는 비공식적인 이유 때문에 나는 목재 창고로 향하는 나라부스 의장에게 황급히 눈짓을 보냈다. 의장은 당황하면서도 내 의도를 이해했다. 하지만 이해와 실천이 항상 부드럽게 연결되는 것은 아니다.

"아, 아, 나 좀 보게. 이런, 원. 그냥 아무 생각 없이 목재 창고로 향하는군. 이게 아니야! 이 지점보다는 저 지점에 귀하의 용도에 적합한 물품이 더 많지 않을까 사료되는군. 동의하는가?"

보는 사람이 부끄러워지는 연기력에 고개를 돌리고 싶었다. 덴워드는 당황하다가 머뭇머뭇 고개를 끄덕였다. 나라부스 의장은 얼굴에 금이 갈까 걱정될 정도로 딱딱한 미소를 지으며 우리를 작업장 뒤편의 야적장으로 안내했다. 의장이 작업 후 나온 쓰레기를 쌓아두기도 하고 시민들이 부서진 가구를 버리기도 하는 그곳에 도착했을 때 나는 내가 바보가 아닐까 의심하게 되었다. 거기엔 부서진 의자나 탁자, 톱밥, 나무토막 같은 것들과 함께 덴워드 일행의 부서진 마차 잔해도 있었다.

덴워드는 입을 조금 벌린 채 퀭한 눈으로 마차 잔해를 바라보았다.

우리가 민망함과 낭패감에 머뭇거리고 있을 때 그는 '좀 앉아야겠습니다.'로 추정되는 말을 웅얼거리더니 가까운 곳에 있는 통나무에 걸터앉았다. 우리가 부축하려 다가갔지만 덴워드는 손을 내저었다.

"괜찮습니다. 잠깐 앉아 있으면 됩니다."

덴워드는 마차 잔해를 물끄러미 바라보았다. 그동안 나는 나라부스 의장의 비난하는 눈길을 감내해야 했다. 조금 후에야 덴워드는 기운을 차렸다. 떨리는 손으로 작대기 하나를 집어 든 그는 의장에게 인사하고는 도망치듯 그곳을 떠났다. 나 역시 황급히 의장에게 인사하고 덴워드를 뒤따랐다. 안셀은 그곳에 남겠다고 했는데, 아무래도 사고를 당한 사람의 심리에 대해 나라부스 의장과 토론해 보려 하는 것 같았다.

덴워드는 자기가 집어온 작대기를 깨닫지도 못하는 것처럼 그걸 가로로 든 채 두 발로 휘청휘청 걸었다. 내가 가까이 다가가서 알려준 후에야 덴워드는 생각난 것처럼 막대기로 땅을 짚었다. 그의 걸음이 안정되었고, 우리는 말 없이 시장 저택을 향해 걸었다.

갑작스럽게 덴워드가 말했다.

"그 부인은 딸을 잃었다고요?"

나는 몇 걸음 더 걸은 후에 대답했다.

"매몰 사고였어. 자네들이 사고를 당한 곳에서 멀지 않은 곳에 있는 오래된 환기공에 빠졌지. 우리는 열하루 동안 애썼지만 결국 그 애의 시신을 꺼냈어. 다행히 사람들이 많이 모여 있었고 장비들도 많이 있었기 때문에 근처에서 발견한 자네를 구할 수는 있었지."

"그 애 덕분에 제가 살아난 것이군요. 이름이 서니 포인도트 맞습니까?"

"맞아."

"모친의 상태가 안 좋다고 들었습니다."

"절망 때문에 음독했지. 이젠 괜찮아. 아, 데로네가 그 이야기도 했어? 표정 보니 그런 모양이군. 그래. 목숨은 건졌지만, 정신은 온전하다고 하기 어려워. 가엾게도 딸이 되살아날 수 있다고 믿고 있어."

덴워드가 걸음을 멈췄다. 그는 지팡이를 땅에 꽂아 넣듯 몸을 기울인 채 얼떨떨한 얼굴로 말했다.

"그럴 수도…… 있군."

"응?"

"뭐? 아, 죄송합니다. 슬픔이 지나치면 그런 말도 안 되는 생각을 할 수도 있겠다는 말입니다."

덴워드가 나를 외면한 채 다시 걷기 시작했다. 하지만 그의 정신은 조금 전 그를 사로잡았던 주제에서 쉽게 빠져나오지 못하는 것 같았다. 덴워드는 자신만 볼 수 있는 곳을 보며 걸었다. 그렇게 걷다간 넘어질 거라고 주의를 주려는 찰나 덴워드가 다시 말했다.

"그래서는 안 됩니다."

"응?"

"죽은 사람을 살려내면 안 됩니다."

"어, 왜지?"

"스트라이크 씨. 살인은 죄입니까?"

"물론이지. 보안관 조수의 급료를 걸고 보증할 수 있어."

"그럼 부활도 죄입니다. 살인과 부활은 같은 것이니까요."

철학적이군. 안주로 따지면 시파 화주 세 병쯤은 비울 수 있을 좋은 토론 거리고. 하지만 덴워드가 원하는 것은 토론이 아니라는 느낌이 들었다. 그는 자기 확신을 원하는 것 같았다. 그래서 나는 맞장구만 쳐주었다.

"그렇게 볼 수도 있군."

"우리는…… 다른 사람의 관 위에 서야 합니다. 그건 윤리의 문제가 아닙니다. 어쩔 수 없는 일이니까요. 관이 일어나지 못하도록 우리는 관 위에 서야 합니다."

점점 심오해지는군. 어쩌면 덴워드는 가까운 사람을 잃은 것이 이번이 처음이 아닐까? 사고의 유일한 생존자로서 느끼는 죄책감을 저런 식으로 표현하는 것인지도 모른다. 하지만 기괴한 말이다. 관 위에 서다니.

덴워드를 시장 저택에 데려다주고 사무실로 돌아온 나는 관 위에 서 있는 이파리 보안관을 발견했다.

"판사님 관 밟지 말아요!"

"사무실 한가운데 놔두면 밟고 다닐 수밖에 없잖아. 그게 싫으면 빨리 치워!"

"치울 수 없어요. 판사님은 당신한테 가야 한다고 했단 말이에요!"

이파리 보안관은 콧방귀를 뀌더니 보란 듯이 관을 밟고 지나갔다. 관 옆에 서 있던 엘프 여자가 악을 쓰다시피 외쳤다.

"그러지 말란 말이에요. 진짜 못됐어요!"

잔뜩 흥분한 여자는 내가 사무실에 들어선 것도 깨닫지 못했다. 보안관 조수가 할 일이 뭐겠냐. 나는 조심스럽게 사태에 끼어들었다.

"안녕하세요. 레피란."

레피란이 몸을 홱 돌렸다. 보기 좋은 모습이다. 푸른 기가 도는 새카만 머릿결이 출렁이는 것도, 머리끝에서부터 발끝까지 조화가 완벽한 몸놀림도. 게다가, 보라. 가벼운 빈혈기 때문이겠지만 어쨌든 새하얀 얼굴도 아름답다. 병색과 활기가 이렇게 상호 침해 없이 한몸에 공존하는 모습은 볼 때마다 감탄하게 된다.

"티르! 반가워요. 어디 갔던 거예요? 당신 상관 좀 말려요. 판사님을 자꾸 밟아요!"

나는 레피란에게 기다리라는 손짓을 하고는 보안관을 보았다. 이파리 보안관은 으르렁거렸다.

"저 멍청한 도시락이 보안관에게 가라는 말을 듣고 마그파라 판사님을 관째 여기로 모셔왔다."

뭐라 말할 틈이 없었다. 레피란이 보안관을 잡아먹을 기세로 외쳤다.

"그렇게 부르지 말라고 수백 번도 넘게 말했잖아요! 법원 서기예요!"

그것이 엘프 레피란의 공식 직함이다. 사실 레피란은 그 직함도 부족하다는 느낌이 들 정도의 인물이다. 순회법정 사정상 적당한 직함이 없어서 서기라 불리긴 하지만, 레피란은 뱀파이어인 마그파라 판사가 잠들어 있는 낮 시간 동안 순회법정 사무를 도맡아 하는 능력자이며, 그럴 일이야 없겠지만 합의심에서는 배석판사도 맡을 만한 사람이다. 마그파라 판사의 공혈인이라고 해서 그녀를 도시락이라고 부르는 건 비하도 될 수 없는, 그냥 농담일 뿐이다.

"도시락이라고 불리기 싫으면 머리를 쓰란 말이야. 어차피 판사님은 해가 질 때까진 아무 일도 못 하시는데 왜 여기에 관을 놔둬야 해? 여긴 보안관이 사무 보는 곳이지 관 놔두는 곳이 아냐. 판사님도 어두운 곳에 계셔야 좋고."

"말했잖아요? 판사님은 당신한테 가야 한다고 하셨단 말이에요!"

레피란이 능력자라고 한 말을 취소할 생각은 없다. 하지만 엘프 보안관이 드문 것처럼 엘프 판사도 드문 이유를 생각하지 않을 순 없다. 우리 같은 치안관이나 판사에겐 당연히 중용과 객관성, 그리고 신중함 등이 필요하다. 엘프들은 그것을 충분히 가지고 있다. 그러니까 상식적인 엘프들이라면. 하지만 사법관에겐 잘 언급되지 않는 필수 요소가 하나 더 있다. 바로 자신이 옳다고 믿는 아집이다. 다른 사법관들은 그 단어에 난색을 표할지도 모르지만 사실 우리 같은 사람에겐 그런 것이 좀 필요하다. 그러지 않고선 판결을 내리기도 어렵거니와 제정신을 유지하기도 어렵다. 사형 판결이라도 내리고 나서 그게 과연 옳은 결정이었나 의심하기 시작하면 사람이 어떻게 될지 생각해 보라.

상당수 엘프와 마찬가지로 레피란에겐 그런 점이 부족했다. 한계를 넘어서까지 자신을 끝없이 발전시키고 싶어 하는 엘프들의 저 바람직한 성향 뒷면에는 현재의 자신에 대한 불만족이 있는 것이다. 그리고 그런 자신감 부족은 규칙이나 타인의 말을 제멋대로 해석하지 않고 그대로 받아들이는 고지식함으로 표현되곤 한다.

"목적지가 이 도시가 아니라 당신이라고 하셨단 말이에요. 그래서 여기로 온 거예요. 친구면서 왜 그렇게 못되게 굴어요? 판사님한텐 이게 침대잖아요. 사무실에 친구를 잠깐 재워주는 것이 뭐가 어때서 그래요?"

"이런 빌어먹을. 지금 이 동네 분위기가 얼마나 뒤숭숭한지 알아? 보안관 사무실에 관 같은 것을 놔둘 분위기가 아니란 말이야!"

"누가 몰라요? 그래서 급하게 온 거잖아요!"

이파리 보안관이 입을 벌렸다. 문득 걱정스러운 예감이 들었다. 설마 여기 온 목적도 묻지 않고 싸움부터 시작한 건 아니겠지?

"그래서 왔다니? 그러고 보니 너랑 판사님 여기 왜 온 거야? 재판도 없는데."

……그랬군. 보안관의 질문은 레피란 내부의 무엇인가를 열어젖혔다. 레피란은 불을 뿜듯 말했다.

"뭐라고요? 왜 왔냐고요? 생신도 한참 남았는데 생신 축하 편지가 왔지, 그런데 도착한 편지는 피투성이지, 마부에게 물어보니 편지 전해 준 보안관 조수는 정신이 나간 것 같다고 하지! 어쩌라는 거예요? 저는 보나 마나 장난일 거라고 했어요! 하지만 판사님은 당신이 걱정돼서 밤새 날아왔어요. 하드투스 보안관은 날짜 실수나 그런 장난은 안 할 사람이라고 하시면서. 그런데 당신은 그렇게 찾아온 판사님 관을 밟아요? 휴스트라넬과 페르다이할에 걸고 이런 법이 어디 있어요?"

보안관과 나는 서로를 쳐다보았다. 편지가 좀 이르게 도착한 것이나 그 우편 마차의 마부에게 내 모습이 그렇게 보였다는 것은 납득할 수 있다. 정확한 어원을 밝히며 어린애들 말을 쓰는 태도는 약간 혼란스러웠지만, 그것도 레피란이니까 이해가 된다. 하지만 피투성이 편지라니.

"잠깐, 도시락. 피라니?"

"법원 서기!"

"젠장. 무슨 피를 말하는 거야?"

"제가 그걸 어떻게 알아요? 당신이 보낸 거잖아요! 그러고 보니 티르 당신도 피에 젖어 있군요. 여기에 도대체 무슨 일이 있었던 거예요? 폭동이라도 일어났어요?"

기겁해서 내 몸을 내려다보았다. 하지만 어디에도 핏자국 같은 것은 보이지 않았다. 평소와 다른 점이라곤 옷을 물들이고 있는 초록색뿐이었다.

"도시락 너 색맹이야? 저건 빨간색이 아니라 초록색인데."

"색맹이라니요? 저게 초록색이라는 걸 누가 몰라…… 응?"

레피란은 말끝을 흐리더니 나를 돌아보았다. 내게 다가온 그녀는 민망할 정도로 얼굴을 바짝 붙인 채 내 위아래를 훑어보았다. 조금 후 그녀는 당황한 얼굴로 몸을 일으켰다. 레피란은 옆에 내려둔 자신의 배낭 속에서 서류첩을 꺼내더니 편지지 한 장을 꺼냈다. 이파리 보안관이 보낸 편지일 것이 분명한 그 종이는 내 옷을 물들이고 있는 것과 똑같은 초록색이었다. 보안관과 나는 어쩔 거냐는 표정으로 레피란을 보았다.

"이 피는 초록색이네?"

"……피가 아니라고 말하려던 거였지?"

"이거 무슨 피죠? 왜 초록색이에요? 무슨 곤충 피예요?"

대화가 원활하게 진행되기 위해선 대화 자체와 관계없어 보이는 많은 사항에 대해서도 사전 합의가 이루어져야 한다는 것을 알게 되었다. 하지만 아무리 그래도 피는 빨간색이라는 사실을 사전에 합의해 둬야 한다는 것은 정말 의외였다. 보안관은 지친 표정으로 말했다.

"왜 초록색이냐고? 그야 피가 아니니까 그렇겠지."

"아뇨. 색깔이 좀 이상하긴 하지만 이건 피예요. 판사님도 그래서 놀란 것이고요. 판사님이나 제가 피를 못 알아볼까 봐 그래요?"

"좋아. 어째서 피라는 거야? 피 냄새가 나? 아니면 피 맛이 나?"

레피란은 종이의 냄새를 맡고 혀도 살짝 대보았다. 나도 내 옷 소매에 대고 비슷한 행동을 했다. 하지만 정상적인 땀 냄새 외엔 느껴지는 것이 없었다. 레피란도 그런 모양이다.

"냄새도 없고 맛도 없어요. 하지만 이건 피예요. 확실해요."

이파리 보안관은 조금 전의 레피란처럼 보였다. 그는 거의 울 것 같은 얼굴로 말했다.

"그러니까 왜 그게 '확실히' 피라는 거야? 알아듣게 설명을 좀 해봐. 색깔도, 냄새도, 맛도 다른데 왜 그게 피지?"

"판사님이 저한테서 가져가시는 것, 제가 판사님에게 드리는 것이 여기 있으니까요."

이해의 가능성이 무너지는 소리가 들리는 것 같다. 레피란의 말투는 꽤 낯익은 바로 그 말투였다. '크면 알게 된단다.' 희망을 약속하는 말 같지만, 사실은 희망이 전혀 없다는 최종 선고다. 뱀파이어나 공혈인이 아닌 한 이해할 수 없다는 것이 거의 확실해졌고, 따라서 토론의 여지는 사라졌다. 이파리 보안관이 말했다.

"좋아. 도시락하곤 말이 안 통하니 도시락 주인에게 물어봐야겠군. 어쨌든 여기엔 관 못 놔둬! 판사님은 어두운 곳으로 모셔!"

보안관의 악수였다. 레피란이 자신의 능력을 보여줘야겠다고 결정하게 되었으니까.

"도시락 주인……! 그 도시락이 이 사무실을 법정으로 선언하는 것을 보고 싶어요?"

우리 시민 같은 사람들이야 잘 모르는 사실이지만 재판은 꼭 법원에서만 열리는 것이 아니다. 법원은 단지 재판을 열기 편리하도록 꾸며놓은 장소일 뿐 판사는 원하는 어떤 장소든 법정으로 선택할 수 있다. 흙바닥에 작대기로 크게 원 그리고 그 가운데 서서 '여기는 법정'이라고 주장해도 그 사람이 판사라면 그건 명실상부한 법정인 것이다. 물론 그건 판사의 권한이며 레피란에겐 그런 권한이 없지만 그건 이론일 뿐이다. 우리는 그녀가 그럴 수 있다는 것을 잘 안다. 그리고 그녀가 우리 사무실을 법정으로 선포하고 우리를 법원 임시 경비로 임명하기라도 하면 우리는 우리 자신을 우리 사무실에서 퇴거시키는 몹시 황당한 상황을 경험할 수 있다는 것도 잘 안다.

불쌍한 이파리 보안관은 복수로 불러야 할 꼴이 되었다. 적어도 오크 세 명분의 분노를 뿜어냈으니까. 피 색깔도 제대로 모르는 정신 나간 엘프에게 사무실을 뺏길까 보냐고 외치는 보안관을 달래느라 꽤 흥측한 언사들을 남용해야 했다. 마음 깊은 곳에서부터 당신을 존경하는 조수를 실망시키지 말라느니 하는 소리를 하다 보니 속이 좀 이상해졌다.

결국 보안관과 레피란은 관을 최대한 사무실 구석 쪽으로 옮기고 그 위에 우리들의 편물 바구니들을 올려놓는다는 내 중재안을 받아들였다. 그리고 레피란은 나를 쓴웃음 짓게 만들었다. 흥분 때문에 정신이 없던 그녀는 평소 하던 대로 행동했다. 그녀는 무심히 판사의 관에 걸터앉았다.

"가자."

공혈인의 지시를 받은 판사의 관은 둥실 떠오르더니 사무실 구석으로 날아가 내려앉았다. 관에서 일어난 레피란은 내 얼굴을 보더니 움찔하는 표정을 지었다.

"이건 달라요."

보안관은 비아냥거리고 싶은 것을 참지 못했다.

"다르지. 도시락을 지참하는 거야 자연스러운 일이니까."

레피란은 황급히 변명했다. 자신은 그 누구보다 마그파라 판사와 가까운 공혈인이다, 여행을 하면서 지하실을 가지고 다닐 수는 없다, 그러니 누군가는 낮 시간 동안 관을 돌보고 길잡이 역할을 맡아야 한다, 따라서 내 엉덩이는 당신의 흙투성이 발과 달리 고매한 사법 활동을 하는 것이다, 운운. 판사의 위엄을 지키고 싶다는 이상과 도무지 협조적이지 않은 현실 사이에서 혼란에 빠져버린 레피란의 모습을 감상하며 나는 편물 바구니들로 마그파라 판사의 관을 대충 가렸다. 잠시만 쳐다봐도 알아차릴 형편없는 위장이었지만 더 손 쓸 방도는 없었다.

마그파라 판사의 관 문제가 해결되자 레피란은 나를 괴롭히기 시작했다.

"티르. 그 초록색 피는 어디서 온 거죠?"

어디서 왔냐니. 이게 피라는 사실도 받아들이기 힘든데. 나는 빨래를 하다가 뭐가 잘못되어서 옷이 초록색으로 변했으며 편지가 그렇게 변한 것도 아마 그 빨래 물에 젖어서 그런 것일 거라고 설명했다. 내 정직한 설명은 레피란의 눈매가 날카로워지는 효과를 낳았다.

"그러면 관할 구역의 분위기가 안 좋아진 건 보안관 조수가 세탁을 통해 물을 초록색 피로 바꾸는 이적을 행했기 때문인가요?"

서툰 거짓말로 엄청난 비밀을 숨기려 애쓰는 사람이 된 것 같다. 레피란의 얼굴은 서니의 사고와 포인도트 부인의 광기에 대한 이야기를 들은 후에야 조금 누그러졌다.

"그래서 분위기가 안 좋다는 것이군요. 그렇게 어린 애가. 가여워라. 부인의 심정이 이해가 될 것 같아요. 그 사고에 형사 사건의 요건은 전혀 없어요? 민사 쪽은?"

"없어요. 유가족도 고소 같은 걸 생각하지는 않고요. 사실 지금 그런 것에 신경 쓰고 있을 수도 없는 형편이지만."

순회판사가 할 일이 없다는 것이 확실해지자 레피란은 난처해 했다. 그녀는 판사의 관을 쳐다보며 말했다.

"그렇다면 판사님께 보고할 만한 것은 불확실한 경로를 통해 이곳으로 유입되어 당신의 옷과 편지를 물들인 정체불명의 초록색 피뿐이군요. 어디선가 다량의 피가 흘렀다면 범죄의 가능성을 고려해볼 수도 있지만, 초록색 피라니."

끙끙거리던 레피란의 얼굴이 갑자기 환해졌다.

"이곳에 마녀가 있는 걸까요?"

우리가 보낸 황당하다는 반응은 레피란에게 타격을 주지 못했다. 레피란은 자신 있게 말했다.

"마녀는 기형 가축을 태어나게 한다고 하죠. 이런 것 아닐까요? 마녀 때문에 피가 초록색인 기형 동물이 태어났고, 그런 기형 때문에 곧 피를 흘리며 죽었어요. 그 피가 우연히 비누풀에 묻은 거죠. 하지만 초록색이라서 눈에 띄지 않았어요. 굳어 있던 피는 물에 닿은 후 녹았고 당신 옷을 초록으로 물들였어요. 어때요?"

창피하게도 놀라운 추리라고 생각했다. 나를 그 지경으로 만든 안셀을 원망할 생각은 조금 후에야 떠올랐다. 안셀이 들려준 온갖 괴상한 이야기에 비하면 레피란의 설명은 논리적 사고 그 자체로 여겨졌다. 하지만 이파리 보안관은 레피란의 설명을 자신의 지성에 대한 모독으로 여겼다.

"마녀? 보름달 아래에서 춤추고, 빗자루 타고 하늘을 날고, 도마뱀이니 두꺼비니 하는 것들 만지길 좋아하는 여자 말이야?"

"있어요?"

"없어! 그 비슷한 여자도 본 적 없어!"

보안관이 고함을 질렀을 때 사무실 문이 열렸다.

테 넓은 모자를 쓰고 보름달 아래에서 춤추다 온 것 같은 흐트러진 옷차림을 하고 한 손엔 빗자루를, 다른 손엔 뱀 반 토막을 쥔 미레일 요란하스가 보안관 사무실로 들어섰다.

레피란은 한 손으로 뺨을 받친 채 흥미진진하다는 표정으로 우리를 바라보았다. 이 당혹스러운 상황과 레피란의 표정 때문에 혼이 나가다시피 한 이파리 보안관은 여자 목소리에 가까울 정도로 높아진 목소리로 말했다.

"뭐냐?"

미레일은 그 목소리에 감탄하여 보안관을 보더니 용건이 내게 있다는 것을 분명히 하기 위해 내 쪽으로 몸을 돌렸다. 그 애는 뱀 반 토막을 내게 불쑥 내밀었다. 설마 사랑하는 보안관보 아저씨를 위한 소녀의 선물은 아닐 테지?

"쥐가 뱀을 죽였어요. 제가 빗자루로 쥐를 때려줬는데 늦었어요."

그 쥐는 아마 족제비가 뜯어 먹다 남긴 것을 발견한 것이리라. 식사 중에 느닷없이 매질을 당한 쥐가 불쌍했다. 어쨌거나 한때 파충류 구출대에 함께 복무했던 옛 전우를 찾아온 미레일에게 내가 줄 수 있는 것은 별로 없었다.

"그렇구나. 하지만 그런 것 만지면 안 돼. 놓고 손 닦자."

미레일은 뱀을 내려놓지 않았다. 그 애는 뭔가 심오한 것이 담겨 있는 듯한 눈길로 뱀을 바라보다가 말했다.

"이 뱀은 착했어요. 물지도 않았어요."

그야 죽어가던 중이었으니까 그랬을 테지. 나는 끈기 있게 미레일의 말을 기다렸다. 미레일이 말했다.

"살릴 수 있어요?"

"뭐?"

"포인도트 부인이 서니를 살려낸대요. 티르 아저씨가 죽인 그 위어울프 언니도요. 얘도 살릴 수 있어요?"

레피란이 급히 숨을 들이마셨다. 무슨 대답을 해야 할지 알 수 없었던 나는 미레일에게 손을 내밀었다. 미레일은 불신의 눈으로 나를 보며 재빨리 뱀을 등 뒤에 숨겼다.

"미레일. 죽은 사람이 살아날 수는 없어. 그 뱀도 되살아날 수 없고."

"그러면 왜 포인도트 부인은 서니가 살아난다고 하는 거죠?"

"많이 슬퍼서 그래. 사람이 너무 슬프면 술에 취한 것하고 비슷해져. 말도 안 되는 소리를 하지."

미레일은 뒤로 한 걸음 물러났다.

"독미나리를 먹고 지상과 지하의 주인과 말할 수 있게 되었다던데요?"

레피란이 이상한 소리를 냈다. 이곳이 내가 지난 몇 년 동안 보안관 조수 노릇을 하던 개척도시가 맞는지 궁금해졌다.

생사의 당연한 진리를 미레일에게 주지시키기 위해 폐하의 권위까지 동원되어야 했다. 황제의 관료인 보안관 조수가 하는 말을 믿지 않는 거냐는 내 질문은 미레일의 충성심을 자극했다. 그 충성심이라는 것이 내가 아는 바로 그것인지는 확신할 수 없지만, 어쨌든 미레일은 내가 아니라 황제 폐하를 봐서 죽은 사람은 되살아날 수 없다는 가설을 받아들이기로 했다. 하지만 한사코 뱀을 내놓지 않고 가져간 것으로 보아 만약의 여지는 남겨두기로 한 듯했다. 현명하다.

미레일이 뱀 반 토막과 함께 물러가자마자 이파리 보안관은 매섭게 말했다.

"도시락 너, 포인도트 부인이 마녀라는 말 꺼내기만 해봐. 도시락 뚜껑 열어버린다."

레피란은 쉬싯 하는 소리를 내어 그 호칭에 대한 불만을 표시한 다음 말했다.

"그 불쌍한 부인을 의심하진 않아요. 하지만 신경 쓰이는 부분이 있군요. 그 포인도트 부인이라는 사람이 정말로 지상과 지하의 주인에 대해 거론했어요?"

"그런데?"

"이상하네."

"뭐가?"

"그건 악마의 호칭이니까요."

입을 쩍 벌릴 수밖에 없었다. 나는 황급히 말했다.

"잠깐만요, 레피란. 그건 신을 말하는 것 아니에요?"

"예? 아니죠. 티르. 신이 통치하는 건 천상이고 그 밑에 있는 모든 것, 그러니까 지상과 지하는 악마가 통치해요. 그러니까 이 세상에 악이 있는 거죠. 여기가 신의 땅이라면 어떻게 악이 존재하겠어요? 신전이나 성사가 필요한 것도 우리가 악마가 다스리는 위험한 곳에 살고 있

127

기 때문이에요. 신의 땅에서는 그런 것이 필요 없겠죠."

"하지만 악마가 통치한다면 이 지상은 지옥 같아야……"

"그게 악마의 딜레마죠. 악마가 자기 과시를 즐기게 되면 어떻게 되겠어요? 결국 자신의 존재를 통해 신의 존재까지 증거하게 돼요. 어, 악마가 있어? 오호, 그러면 신도 있겠군?"

"아."

"우리가 신의 존재를 확신하게 되면 결국 신께 귀의하게 되리라는 것을 악마는 잘 알고 있어요. 그래서 악마는 통치권이 있음에도 불구하고 자신의 영토에서 자신을 숨기는 전략을 쓸 수밖에 없죠."

여가 활동형 신앙인의 한계가 너무도 간단히 드러나는군. 지상과 지하가 악마의 것이었나. 내 경악한 얼굴을 본 레피란이 위로하듯 말했다.

"저도 악마 숭배와 관련된 사건 다루면서 얻어들은 거예요. 보통 신관들은 신도들이 겁먹을까 봐 그런 이야기를 잘 하지 않아요. 얼핏 보면 신이 우리를 악마에게 넘겨준 것처럼 보이니까요. 당신이 모르는 것을 보니 이곳의 신관님도 그런 이야기는 하지 않으신 모양이군요. 그런데 그 부인은 어떻게 그런 악마학적 지식을 갖게 된 거죠?"

등골이 서늘해졌다. 레피란의 암시는 분명했다. 이곳엔 동물의 기형을 일으키고 악마학적 지식을 몰래 퍼뜨리는 마녀가 있는 것이다. 어쩌면 서니의 그 처참한 죽음도 마녀의 저주에 의한……

"우연의 일치지."

이파리 보안관이 망치로 때려 박는 기세로 말했다. 레피란은 흥미롭다는 듯이 보안관을 바라보았다.

"우연이오?"

"그래. 광부의 아내인 포인도트 부인이 만들어낸 호칭과 그 악마라는 것의 호칭이 우연히 똑같았던 거지."

"마녀가 되는 건 위법이 아니에요. 악마 숭배를 위해 타인의 인명이나 재산에 피해를 입히는 것이 문제이지 그냥 마녀라는 것뿐이라면 그건 사법적으로 문제가 안 돼요. 보안관님은 오크니까 신과 악마 모두에 관심이 없으실 텐데 왜 그렇게 질색을 하시는 거죠?"

"내 조수의 얼굴이 대답이야."

나는 훌륭한 보안관 조수임이 분명하다. 존재 자체로 보안관에게 도움이 되고 있으니까. 나를 본 레피란이 말했다.

"마녀에 대한 린치를 걱정하는 거예요? 관할 구역에 그렇게 과격한 신도들이 있나요?"

"아니. 부끄러워하는 사람이 많아."

엉뚱하게 들리는 대답에 고개를 갸웃하던 레피란은 조금 후 눈을 크게 떴다.

"그 애를 구하지 못한 당신들을…… 그 포인도트 부인이라는 여자가 비난하고 있다고 여기는 거예요? 세상에. 그녀의 광기에 죄책감을 느끼는군요."

신음할 뻔했다.

미레일은 율피트에게서 뱀을 구했다. 왜? 율피트가 뱀을 들고 으스댈 경우 미레일의 정상적인 반응은 어디서 바실리스크 새끼 같은 뱀을 하나 잡아 와서 맞싸움을 붙이는 것이다. 그런데 미레일은 율피트에게서 뱀을 구조하길 선택했다. 한편 미레일이 자기 것을 빼앗으려 할 경우 율피트의 정상적인 반응은 이 도시를 초토화시킬 결사 항쟁이다. 그런데 시장 저택 앞에서 발견한 율피트의 모습은 온전했다. 옷이 찢어져 있지도 않았고 피를 흘리지도 않았다. 율피트가 순순히 뱀을 내줬다는 증거다.

우리 도시의 전설적인 두 악동, 나침반의 두 바늘이나 다름없는 절대적 존재들의 이 기묘한 움직임을 이렇게 늦게 알아차리다니. 자신에게 제출할 시말서를 쓰고 싶어진다. 그 애들의 모습은 서니를 구하지 못해서 우리가 느끼는 좌절과 부끄러움을 뚜렷이 나타내고 있었다. 레피란이 말했다.

"하지 않은 것이라면 몰라도 할 수 없었다는 것을 부끄러워할 필요는 전혀 없어요."

"내 감정은 내가 다뤄. 다른 사람들이 걱정이야. 그렇게 끝나기만 해도 뒷맛이 좋지 않을 텐데 이번엔 그 어머니가 위태로워졌어. 사람들 기분이 어떻겠어? 그러니 기운 빠진 사람들에게 마녀가 어쩌느니 하는 말을 하지 말란 말이야. 이 동네에 그런 것은 필요 없어."

"시민들이 죄책감을 덜기 위해 마녀를 만들어낼까 봐 걱정하시는 것이군요? 소녀가 죽고 그 어머니가 미친 것은 마녀 때문이다, 우리와는 관련이 없다?"

"그래."

"가설로 간직하긴 하겠지만, 좋아요. 마녀에 대해 말하진 않겠어요."

이파리 보안관은 어깨를 한 번 으쓱였다.

"그럼 이제 데리고 나가서 도시락 채워도 되겠군."

흉악한 언사를 사용하긴 했지만 어쨌든 손님 접대를 위해 이파리 보안관은 초니의 주점으로 레피란을 데리고 갔다. 관만 있는 사무실에 누가 왔다가 식겁하는 사태에 대비하여 나는 사무실에 남기로 했다. 머릿속이 복잡해서 식욕이 없었기 때문이기도 하다.

나는 의자에 앉아 상념에 잠겼다.

덴워드의 말이 햇빛 강한 날의 나비처럼 머릿속을 부유했다. 자신을 위로하려고 한 말이었겠지만 어쩐지 우리들에게 한 말처럼 여겨진다. 죽은 사람을 되살리지 마라. 관 위에 서라. 죽은 이들이 일어나지 못하도록.

식욕 부진 정도가 아니라 만성 복통이라도 일으킬 수 있는 주제다.

확실히, 같은 공기를 나눠쓰는 자들과 평화롭게 지내는 일만으로도 생존 시간의 많은 부분과 수입의 상당량을 소비해야 한다. 이미 호흡을 그만둔 이웃까지 업고 걷기에 인생은 쉬운 길은 아니다. 그들이 불쑥불쑥 일어나 우리 사이에 서면 삶이 피곤해진다. 깡촌의 보안관 조수에 한정 지어 말하자면 눈 뜨자마자 점잖은 부인의 목구멍을 쑤셔야 하고, 자신이 죽인 여자의 약혼자를 보며 가슴이 찢어지고, 미레일과 율피트의 평화를 목격하게 된다. 관 위에 서는 것이 좋은 전략일지도 모른다.

그 빌어먹을 자식은 너무 빨리 관 위에 올랐어.

덴워드가 입을 열었을 때부터 지금까지 내 마음에 박혀 있는 가시가 바로 그것이다. 우리가 서니의 관 옆에서 움찔거리고 있을 때 덴워드는 보란 듯이 폴바이와 야드버트의 관 위에 올라섰다. 관이 두 개이니 더 높은 곳에서 더 멀리 볼 수 있겠지. 서니의 죽음은 느렸고 두 사람의 죽음은 빨랐다는 사실 때문에 그런 차이가 있는 거라고 호의적으로 해석하고 싶지만 그게 잘 안 된다. 그리고 그런 자신에 대해 분노가 느껴진다. 결국 나도, 우리도 포인도트 부인을 서니의 관 위로 끌어올리려 애쓰고 있지 않은가. 아직 관 위로 오르지 말라고, 그 관이 열릴지도 모른다고 말하는 부인에게 우리는 당혹감을 느끼고 있지 않은가. 우리가 갈 길을 먼저 갔다고 해서 덴워드에게 화를 내는 것은 부당하다.

복잡한 심회에서 도망치고 싶은 기분 때문인지, 그런 일에 탁월한 솜씨를 가지고 있는 여름 때문인지는 알 수 없지만 나는 잠에 빠져들었다.

흥미롭게도 내가 졸고 있다는 것을 의식할 수 있었다. 혹은 졸고 있다는 것을 의식하고 있는 꿈인지도 모르지만, 어쨌든 난 몇 가지 익숙한 것들과 함께 괴이한 것들을 보았다. 물론 둘은 구분되지 않았다. 이를테면 내 책상과 그 위에서 꿈틀거리고 있는 뱀 두 마리는 내게 똑같이 친숙했다.

"뭘 하는 거지?"

"둘이 아니라 하나야."

책상 위의 뱀은 두 마리가 아니라 반으로 잘린 한 마리였다. 붉은 피로 물들여져 있는 꼬리 쪽 반은 미레일이 가져왔던 그것이다. 미레일이 저걸 놔두고 갔었군. 머리 쪽 반도 피로 물들어 있었다. 그래서 초록색이었다. 피는 원래 초록색이 맞다.

"붙여줄까?"

"기다려봐."

적색 부분은 녹색 부분을 꿈틀꿈틀 좇고 있었다. 그리고 녹색 부분은 적색 부분을 꿈틀꿈틀 좇고 있었다. 결과적으로 두 토막은 내 책상 위에서 원을 그리며 빙글빙글 돌고 있었다. 좀 더 속력을 내봐. 조금만 더 노력하면 원래대로 합쳐질 수 있을 것 같은데.

"아무리 빨리 돌아도 하나가 될 순 없어."

묘한 말이군. 빨리 달리면 따라잡을 수 있잖아. 아닌가? 빨리 달리면 더 멀어지는 건가? 속도는 아무 관계가 없나? 서니 포인도트가 말했다.

"티르 아저씨. 제가 언제 죽었어요?"

"푸른 사슴의 달 8일."

"2일 아니에요?"

"넌 2일에 죽었지. 하지만 우리가 널 8일에 꺼냈어."

"왜 꺼냈어요?"

"묻으려고."

서니는 귀를 쫑긋 세웠다. 그렇지 않은 아이들이 어디 있겠냐만은 어린 카닛은 참 귀엽다. 서니는 콧구멍을 발름발름하며 책상을 내려보았다. 그 애의 얼굴에 불만이 떠올랐다.

뭐가 문제인지 알 수 있었다. 뱀 두 토막이 그리고 있는 원에 중심

점이 없었다. 서니는 오른손을 들었다. 그 집게손가락은 난생처음 보는 칼이었다. 서니는 칼날을 똑바로 세워 원의 중심을 살짝 찔렀다.

서니는 손을 다시 들어 올렸다. 그러자 책상 표면이 움직였다.

꿀이 손가락을 따라 늘어나듯 책상 표면이 칼을 따라 위로 끌려 올라갔다. 그러자 뱀 토막들의 움직임에 변화가 나타났다. 책상 표면이 가운데로 끌어 당겨지자 뱀 토막들이 그리던 원의 지름이 줄어들었다. 동시에 서로를 쫓던 뱀 토막 사이의 거리도 짧아졌다. 적색 부분은 녹색 부분을 따라잡았고 녹색 부분도 적색 부분을 따라잡았다. 조만간 하나가 될 수 있을 것 같았다. 끊어졌던 것이 이어지고 녹색 피와 적색 피가 섞일 것이다. 아하. 그렇게 해야 되는 것이군.

그런데 뱀이 원래 반지 모양이던가?

저대로 합쳐지면 반지 모양의 뱀이 될 것이다. 그건 이상한 일 같았다. 나는 추궁하는 눈으로 안셀 치즐하트를 보았다. 안셀은 뒤가 구린 표정으로 말했다.

"세상은 지상과 지하를 모두 포함하는 개념이어야 하지."

믿기 어려웠다. 바퀴 두 개만 가지고 달리는 수레를 만들려고 했던 발명가가 하는 말이니까. 안셀이 그걸 뭐라고 불렀더라. 자전? 자전 어쩌고 하는 말이었는데. 어쨌든 안셀은 그 두 바퀴 수레가 가만히 서 있으면 쓰러지지만 달리면 안전해진다고 주장했다. 언어도단이다. 가만히 서 있어도 쓰러지는데 달리면 더 위험해져야 마땅하지 않은가.

다행히 한 달 후 안셀이 이 세상에 새로운 요리를 전달해야 하는 자신의 사명을 깨달았기에 두 바퀴 수레는 개발이 중단되었다. 오직 케이토만이 그 사태를 아쉬워했다. 케이토는 그 두 바퀴 수레에 어떤 가능성이 있는 것 같다고 말했다. 우리 도시에 산 지 오래되지 않아서 한 소리거나 나를 암살하려고 한 소리임이 분명하다. 이 도시에서 그런 위험한 운송 수단의 시험 운전자는 당연히 '믿음직한' 보안관 조수여야 했다. 그 위험하기 짝이 없는 물건을 시승하던 나는 하마터면 다시는 딱딱한 음식을 먹지 못하게 될 뻔했다.

안셀이 원하는 것이 무엇인지 깨달았다. 뱀을 저런 모양으로 만드는 것은 바퀴를 만들기 위해서다. 이번엔 바퀴 하나짜리 수레를 계획하고 있는 모양이다. 두 개도 많다고 생각하나 보지. 그 수레가 어디로 굴러가게 될지는 모르지만 나는 거기에 탈 생각이 절대 없다. 바퀴가 두 개일 땐 그래도 좌우로만 쓰러질 뿐 앞뒤로 쓰러지진 않았다. 하지만 바퀴가 하나라면 그게 어디로 쓰러질지 누가 안단 말인가. 나는 칭얼거리며 케이토를 보았다.

"나는 저기에 타기 싫어."

케이토는 대답 대신 으르렁거렸다. 왜 그러나 했더니 은팔찌를 벗은 늑대 모습이었다.

대부분의 사람들은 죽음을 상징하는 그림을 요청받으면 해골 모양을 그릴 것이다. 하지만 나는 늑대 모양으로 그린다. 내 죽음은 그 깊이를 알 수 없는 눈동자를 가진 덩치 큰 늑대다. 자기 죽음이 어떤 모습인지 안다는 것도 어쩌면 행운이다.

"케이토."

케이토가 다시 으르렁거렸다. 다행스럽게도 지금 당장은 내 머리를 뜯어낼 수 있을 것 같지 않다. 한 손은 어깨에 멘 남자에 얹어두고 있었고 다른 손은 옆구리에 낀 소녀를 고정시키고 있었으니까. 물론 물어 뜯는다는 선택이 남아있지만.

"케이토?"

늑대가 어깨를 크게 꿈틀거리며 숨을 들이마셨다. 동시에 나는 숨을 멈췄다.

꿈이 아니었다.

심장이 조만간 제 위치를 벗어날 것처럼 쿵쾅거렸다. 어디서부터 긁어야 할지도 모를 정도로 피부 전체가 가려웠다. 표정을 바꾸면 죽는다. 숨을 크게 쉬어도 죽는다. 나는 오른손을 왼쪽 허리로 슬그머니 움직이며 발바닥에 힘을 주었다. 그럴 수 있으면 정말 좋겠지만 케이토를 향해 책상을 걷어차는 것은 불가능하다. 칼을 앞으로 내민 채 의자째 뒤로 쓰러지는 것이 그나마 취해볼 수 있는 저항 수단이다. 두 사람이나 들고 있으니 동작이 빠르지는 않을 것이다.

그렇지도 않군. 늑대는 옆구리에 있는 소녀를 내려놓더니 어깨에 메고 있던 남자도 내려놓았다. 그때 나는 케이토의 오른쪽 손목에 은팔찌가 끼여 있는 것을 보았다.

은팔찌 하나를 낀 채 변신했어?

갑자기 많은 생각이 떠올랐고 내 다음 행동은 그 모든 생각과 상관없이 이루어졌다. 나는 칼자루를 놓고 벌떡 일어났다. 그동안 케이토는 너덜너덜해진 옷 한쪽에서 은팔찌를 꺼내어 왼쪽 손목에 찼다.

다음 순간 케이토는 점잖지 못한 옷차림의 음악 선생이 되어 사무실 바닥에 주저앉았다.

"케이토!"

나는 책상을 돌아 그에게 다가갔다. 케이토는 거칠게 숨을 몰아쉬느라 대답을 하지 못했다. 케이토가 내려놓은 사람들은 미레일 요란하스와 버샤드 포인도트였다. 미레일의 모습은 조금 전 사무실을 떠났을 때에 비해 크게 다르지 않았다. 하지만 자기가 어디 있는지도 제대로 깨닫지 못하는 것 같았다. 포인도트의 모습은 심각했다. 의식이 없을 뿐만 아니라 몸 이곳저곳에 피가 묻어 있었다. 포인도트에게 치명상이 있는지 살피고 있을 때 케이토가 말했다.

"보안관은 어디 있지?"

"점심 먹으러 나갔어. 어떻게 된 거지?"

"빨리 불러오는 것이 좋겠어. 자네가 단독 공적에 굶주려 있는 것이 아니라면."

"무슨 공적?"

"무차별 살인을 막는 것."

손끝이 얼어붙는 것 같았다. 무슨 소리냐고 따져야 했지만, 말도 잘 나오지 않았다. 그때 미레일이 묘하게 감정이 없는 목소리로 말했다.

"저를 죽이려고 했어요."

나는 겁에 질려 미레일을 돌아보았다. 미레일은 그런 말에 어떤 감정을 담아야 하는지 아직 모르는 것이 분명했다. 어떻게 알 수 있겠는가? 미레일은 무미건조하다 못해 심드렁하게 들리는 목소리로 말했다.

"포인도트 부인이 저를 죽이려고 했어요."

5

나는 절대를 가늠하지 못했다.

변명이야 가능하다. 절대라는 것은 그야말로 절대적이어서 그것의 역전을 상상할 수 없을 정도인 것이다. '그렇지 않다면—' 어쩌고 할 수 있다면 그것은 절대가 아닐 가능성이 높다. 따라서 절대가 무너진 상황에서 무슨 일이 일어날지 예상하지 못했다는 것은 당연한 일이다.

분명히 맵시 있는 변명이다. 하지만 마음에 평화를 가져오지는 못하는 변명이다. 케이토가 보안관에게 말했다.

"대충 두 가지 이유인 것 같습니다. 첫째는 외로운 서니에게 친구를 보내주는 것입니다. 둘째는 미적거리는 두 분을 재촉하는 것이지요."

그래서 포인도트 부인은 뱀 토막을 들고 부활에 대해 상담하러 간 미레일을 죽이려고 했다. 묘지에서 그 집을 내려다보던 케이토가 재빨리 늑대로 변신하여 달려가지 않았다면 경악과 공포에 얼어붙은 버샤드 포인도트는 미레일을 구하지 못했을 것이다. 케이토의 저항에 직면한 포인도트 부인은 어디론가로 도망치고 말았다.

절대가 역전되면 모든 것이 바뀐다. 죽음이 절대적인 위상을 잃고 가변적인 것이 될 경우 순박한 시골 아낙네가 흉포한 살인마로 바뀔 수도 있는 것이다. 죽음이 부활의 전단계에 불과하다면 살인은 아무것도 아닌 것이 되기에.

케이토는 포인도트 부인을 붙잡지 못한 것을 안타까워했다.

"정말 미안합니다. 미레일과 포인도트 씨를 보호하면서 싸우다 보니

부인을 제압할 수가 없었어요. 팔찌 하나가 남아있다 보니 자꾸 잡생각
도 떠올랐고."

창고를 뒤적거리던 보안관이 노호했다.

"미안하긴 개뿔! 젠장. 용서하게. 신경이 날카로워졌어. 자네는 더 바
랄 수 없이 잘해주었어."

보안관이 도대체 무얼 찾는지 궁금해졌다. 내 시선을 느낀 보안관
은 방패를 찾고 있다고 말했다. 방패? 그게 뭐더라. 아, 그렇지. 우산과
비슷한 것이다. 뭔가를 막을 때 쓰는 것. 그런데 그게 우리와 무슨 관
계지?

"방패를 왜 찾는 거죠?"

"카닛을 상대하려면 필요해."

저것이 이파리 하드투스다. '말도 안 돼! 그럴 리 없어! 믿지 않겠
어!'라고 말하는 대신 방패를 찾아 창고를 뒤지는 사람.

"보안관님. 설마……"

"입 닫아라, 응? 죽일 생각은 없어. 그리고 죽을 생각도 없어. 너도
하나 챙겨."

"그런데 우리 사무실에 그런 것이 있었어요?"

있었다. 이파리 보안관은 줄다리기 대회 우승 기념 방패를 들었고
나는 안셸이 연극 「장미와 방패」를 공연하겠다는 야심을 품었을 때 소
도구로 제작한 방패를 들었다. 유래를 따진다면 내 방패의 방어력이 더
높다고 할 수 있다. 「장미와 방패」에서 방패는 프나다 남작의 칼 불곰
을 막아냈던 주사이 벨컨의 방패 겨울 호수를 말하는 것이니까. 하지

만 벨컨 공작령에 보관되어 있는 그 유서 깊은 겨울 호수(봄이 만인에게 올 때까지 절대 깨지지 않는다 해서 겨울 호수다. 그리고 만인의 마음이 봄의 꽃 동산이라면 방패는 어차피 필요 없다. 아마 그 방패는 영원히 안 깨질 거다.)에 비하면 내 모조품은 치킨 수프의 장래를 예감한 암탉을 상대할 때나 쓸모 있을 것 같은 물건이었다. 화려한 글씨로 '축, 우승'이라고 쓰여 있지 않다는 것이 그나마 위안이 되었다. 이파리 보안관은 다시 케이토를 칭찬하고는 이를 악물었다.

"최악의 경우를 가정해 두도록 하자. 그러면 대처가 부족할 일은 없을 테니까. 서니의 친구가 필요하다고 했으니 역시 아이들을 노릴 가능성이 높아. 아이들이 죽이기도 쉬울 테고."

누가 내 뒤통수에 대고 줄질을 하는 것 같았다. 사무실 구석에 웅크리고 앉아 모든 이의 눈치를 보던 포인도트도 기절할 것 같은 표정을 지었다. 안타깝지만 보안관은 주어진 시간을 포인도트를 달래는 것에 쓰는 대신 나에게 적절한 지시를 내리기 위해 쓸 수밖에 없었다.

"그러니까 그 나이의 애들이 있는 곳 위주로 순찰을 돌도록 해. 사람들한텐 애들 집안에 두고 절대로 부인에게 문을 열어주지 말라고 전해. 대신 보안관 사무실로 보내라고 해."

"그럼 한 사람이 여기 남아있어야 하는데요. 하지만 혼자서 어떻게 도시 전체를 감당할 수 있습니까? 케이토에게 부탁하실 생각입니까?"

"안 되지. 자네가 해 준 일은 정말 고맙게 생각하지만, 케이토. 그래도 팔찌 하나는 도박이야. 항상 성공할 수는 없지."

널리 알려져 있듯 위어울프를 친절한 이웃으로 남아있게 하는 은팔찌는 두 개다. 그리고 그 두 개의 팔찌가 없는 상태에서도 위어울프와 선린 관계를 유지하고 싶다면 튼튼한 성채가 필요하다. 단순해서 이해하기 쉽다. 복잡한 경우는 팔찌가 하나인 경우다. 팔찌를 하나만 벗을 경우 억제력은 반으로 줄어들며, 따라서 위어울프는 자신의 의지에 따라 줄어든 억제력을 뛰어넘어 야수로 변신할 수 있다. 그리고 억제력을 뛰어넘게 만든 그 강한 의지는 야수로 변한 상태에서도 유지된다. 케이토가 미레일과 버샤드를 구한 것이 바로 그 방식이었다. 두 사람을 구해야 한다는 의지가 있었기에 케이토는 팔찌 하나가 남아있는 상태에서도 변신할 수 있었고 두 사람을 안전하게 사무실까지 데려올 수도 있었다.

하지만 그것은 보안관의 말처럼 도박이다. 성난 개가 목줄을 물어뜯듯이 야수가 된 위어울프가 홧김에 나머지 팔찌를 빼서 팽개칠 가능성은 적지 않다. 그 경우 위어울프는 생사관이 이상해진 카닛과 비교하기 어려울 만큼 위험해진다. 나는 그런 위어울프를 만난 적이 있고 내가 아직까지 살아있는 것은 그 위어울프가 죽었기 때문이다.

케이토는 이해한다는 듯이 고개를 끄덕였다. 보안관이 말했다.

"그리고 케이토 자네는 부인과 싸웠으니까 자네 냄새를 맡으면 부인이 사무실로 안 들어오려고 할지도 몰라. 자네는 시내를 돌며 아이들을 집으로 돌려 보내주면 좋겠군."

"그렇게 하겠습니다. 그러면 사무실엔 누가?"

보안관은 레피란을 보았다. 레피란이 움찔했고 동시에 나도 어깨를 꿈틀했다.

"우리가 나가면 문 닫아걸고 덧창도 다 잠가. 그리고 일몰 한 시간 전이 되면 바로 판사님을 깨워. 그때 일어나실 수 있지?"

"왜죠?"

"알면서 묻지 마."

레피란의 얼굴이 딱딱하게 굳었다. 그녀는 나와 그녀가 동시에 떠올린 추측을 말했다.

"포인도트 부인이 여자라는 점을 이용할 수 있다고 생각한 거예요?"

"멋지지 않아? 문제가 된 사람은 여자인데 지금 이곳엔 남자 뱀파이어가 있지."

역시 그랬군. 레피란은 강한 거부감을 보이며 말했다.

"사법관의 입에서 불법이 멋지다는 말이 나오다니, 부끄러운 줄 아세요. 절대 안 돼요."

"불법 아니야. 천성적인 카리스마가 불법이라는 내용은 법전 어디를 뒤져봐도 없어. 그게 불법이면 정치인들은 모조리 감옥으로 가야 할걸. 연설가나 작가도 가야 할 테고 바람둥이들도……"

"뱀파이어의 정신 조작을 처벌한 판례는 수십 개가 넘어요!"

레피란의 전문 지식을 이용한 강공이었다. 하지만 이파리 보안관은 여유 있게 받아넘겼다.

"그건 카리스마를 이용하여 일으킨 다른 범죄에 대한 처벌이었어. 유혹해서 사기를 치면 사기죄고 동의 없이 피를 빨면 상해죄지. 범죄를 저지르게 하면 간접정범이 되고. 유혹하는 행위 자체를 처벌한 판례는 하나도 없어. 어떤 정신 나간 판사가 천성적 특성을 처벌하는 미친 짓을 하겠어? 세상을 뒤집게 될 것이 뻔한데."

레피란이 낭패감과 경악을 보였다. 나도 깜짝 놀랐다. 그건 법전이 어디 있는지도 헷갈리는 보안관이 거론할 법률 지식이 아니었다. 그 작은 기적을 설명할 수 있게 된 것은 마그파라 판사의 관을 향하는 레피란의 시선을 본 후였다. 뱀파이어 판사 친구가 있으니 이파리 보안관이 뱀파이어 관련 법률을 잘 아는 건 당연한 일이었다. 보안관이 빠르게 말했다.

"너도 아까 마녀가 되는 것만으로는 불법이 아니라고 말했잖아. 비슷한 거야. 윤리적 비난이야 할 수 있지만, 불법이라고는 할 수 없어. 그리고 지금은 윤리적 비난도 하지 마. 도시락 네가 판사님 보호하고 싶어 하는 건 잘 알지만, 유부녀를 유혹했다는 추문이 두려워서 유아 살해를 막지 않았다면 그게 더 큰 추문이 될 거야. 판사님도 그렇게 생각하실걸. 그러니 깨워서 내 말 전해. 포인도트 부인이 사무실로 오면 유혹해서 붙잡아두라고."

레피란은 시간을 낭비하는 사람은 아니었다.

"가능한 시간이 되면 깨워 드리긴 하겠어요. 당신의 요청도 전하겠어요. 하지만 판사님께 그 요청을 재고하시라고 강력하게 권할 거예요."

"좋아. 버스. 자네는 집으로 돌아가. 혹 부인이 돌아올지도 모르니까. 부인이 돌아오면 무슨 수를 써서든 붙잡아둬."

"보안관님."

이파리 보안관은 포인도트를 똑바로 바라보더니 그에게 척척 걸어갔다. 웅크리고 있는 그의 어깨에 보안관의 손이 올라가자 포인도트는 움찔했다. 보안관이 말했다.

"걱정 마. 30년 뒤에 아내한테 늙었다고 구박받게 해주겠어."

포인도트는 울지도 웃지도 못하는 얼굴이 되었다. 보안관은 씩 웃고는 내게 따라오라고 손짓했다. 비슷한 행동을 할 수 있으면 좋겠지만, 확신이 부족했던 나는 포인도트를 외면한 채 보안관을 따랐다.

사무실 밖으로 나오자 비로소 보안관의 얼굴에 근심이 떠올랐다. 보안관은 목적 없이 주위를 둘러보며 입매를 씰룩거렸다. 조금 후 그가 말했다.

"미레일은? 충격 많이 받았어?"

"다행히 많이 무서워하는 것 같지는 않았습니다. 제 생각엔 케이토가 변신하는 모습에 더 큰 인상을 받은 것 같습니다."

"자기 죽이려고 하는 사람과 맞닥뜨린 것보다?"

"아마도 포인도트 부인이 살인자처럼 보이지 않았겠지요. 죽음이 대수롭잖은 일이라고 생각하고 있으니까요. 부인이 대수롭잖은 일인 것처럼 행동해서 미레일도 큰 두려움을 느끼지 못한 것 같습니다. 물론 제가 그러기를 바라서 그렇게 보였을 수도 있습니다."

"제발 마음에 큰 상처로 남지 않아야 할 텐데. 요란하스 부인이 잘 추슬러주길 바라야겠군. 좋아. 흩어지자. 내가 북쪽으로 돌지. 너는 남쪽으로 돌아. 부인을 찾든 못 찾든 일몰까지 사무실로 돌아와. 무슨 일 있으면 호각 불고."

보안관은 더 이상의 지체없이 몸을 움직였다. 나도 반대편으로 움직였다. 얼마 있지 않아 보안관의 외침이 들려왔다.

"포인도트 부인! 들리면 이리 좀 와요! 이야기 좀 합시다!"

좋은 생각이다. 포인도트 부인이 듣고 도망칠 것을 걱정하는 것은 무의미하다. 후각과 청각이 예민한 카닛이니까 발각당하지 않으려 애써봐야 소용이 없다. 차라리 부르는 편이 낫다.

부름에 대한 대답처럼 실골목 안쪽에서 비명이 터져 나왔다.

나는 무슨 소린지도 모를 소리를 지르며 실골목 안쪽으로 뛰어들었다. 골목 끝에 있는 문을 어깨로 밀치고 들어서자 큰 마당이 나왔다. 마당엔 잡화점 주인 핀도 페산의 부인이 무릎을 꿇고 두 명의 아이를 몸으로 가리듯 끌어안고 있었다. 그녀에게 다가가려는 찰나 무엇이 움직인다는 느낌이 들었다. 방패로 몸을 가리며 돌아선 나는 담장을 향해 뛰어가는 카닛 여인의 뒷모습을 보았다.

"멈춰요! 포인도트 부인!"

테나 포인도트는 내 말을 무시하며 담장을 훌쩍 뛰어넘었다. 맨몸이면 어떻게 뛰어넘겠지만 무장까지 한 채 넘을 재주는 없었기에 나는 페산 부인에게 다가갔다. 그러다가 나는 걸음을 멈췄다. 페산 부인의 옆에는 쇠스랑이 하나 떨어져 있었다. 쇠스랑 날에는 피가 묻어 있었다.

"페산 부인. 괜찮으십니까?"

페산 부인은 석상처럼 꿈쩍도 하지 않았다. 해일을 몸으로 막으려는 사람 같았다. 그녀의 어깨를 건드리자 부인은 자지러지는 소리를 내질렀다. 나는 황급히 물러나며 말했다.

"부인! 부인! 접니다. 보안관 조수 티르입니다!"

몇 번이나 더 자기소개를 한 끝에 겨우 페산 부인의 고개를 들어 올릴 수 있었다. 그녀의 손과 얼굴에는 붉은 점이 잔뜩 찍혀 있었다. 분명히 핏방울이 튄 자국이었지만 상처는 보이지 않았다. 나는 다시 쇠스랑을, 그리고 담장을 살폈다. 그리고 나는 마당에서 담장으로 이어지는 핏자국을 발견했다.

"페산 부인. 혹시 포인도트 부인을 공격했습니까?"

"죽었어요?"

머리카락이 곤두서는 것 같았다. 페산 부인은 눈을 희번덕거리며 말했다.

"내 자식을, 내 아들들을 건드리려고 했어요. 그 미친년이 그랬다고요."

어머니의 품에 안겨 있는 베진 페산과 기건 페산은 생기가 하나도 없는 것이 밀랍 인형처럼 보였다. 나는 바깥양반을 부르고 문단속을 단단히 하라는 말을 웅얼거리고 몸을 돌렸다. 그러자 페산 부인은 내 옷을 잡아 찢을 듯이 부여잡았다.

"어딜 가는 거예요? 우리를 지켜야지요! 보안관 조수잖아요!"

"부인. 저는 포인도트 부인을 체포해야 합니다. 상처를 입었다면 빨리 치료도 해야 되고……"

"살인자를 치료해주느라 우리 모자는 죽어도 된다는 거예요? 예? 불쌍한 우리 모자가 자기 집에서 죽는 꼴을 보고 싶다는 거예요?"

"부인. 살인자라고 하셨는데, 누가 죽을 뻔했는지 생각해 보세요. 이대로 포인도트 부인이 죽으면 당신이 살인자가 되는 겁니다."

"살인자요? 그걸 말이라고! 자식을 지킨 거예요! 우리 아들들을 지킨 거라고요! 어미가 되어서 그런 꼴을 보고만 있으라는 거예요? 그럴 수는 없……"

"압니다! 그래서 부인을 체포하지 않는 겁니다. 일단은 말입니다. 하지만 저를 계속 붙잡아서 포인도트 부인이 적절한 처치를 받지 못하게 방해하면 중범죄가 될 수도 있습니다. 그러니 들어가서 문단속 단단히 하세요. 포인도트 부인을 체포한 뒤에 다시 찾아뵙겠습니다."

나는 더 이야기하지 않겠다는 듯 단호하게 페산 부인을 뿌리쳤다. 마당을 뛰쳐나가는 나의 뒤통수를 향해 날카로운 목소리가 날아왔다.

"티르! 멈춰요! 우리를 죽게 내버려 둘 거예요?"

나는 뒤를 돌아보지 않고 숨도 쉬지 않은 채 골목을 빠져나왔다. 한길로 접어든 후에야 겨우 숨을 쉴 수 있었다.

보안관과 나의 우려는 너무도 빨리 현실화되었다.

미레일 요란하스가 당한 일에 대한 소문이 퍼지지 않길 바라는 것은 모닥불 옆에서 눈이 녹지 않길 바라는 거나 마찬가지다. 다른 사람도 아닌 자기 자식들이 위험에 노출되었다는 것은 그 부모를 돌아버리게 하기에 충분하다. 따라서 나는 포인도트 부인이 아이들을 해치는 것을 막아야 할 뿐만 아니라 겁먹은 부모들이 포인도트 부인을 살해하는 것도 막아야 했다. 티르 스트라이크 하기의 모범적인 예라고 할 수 있군.

빌어먹을. 레피란이 린치에 대해 언급한 지 반나절도 지나지 않아 그것이 뚜렷한 가능성을 띠게 되는군. 이파리 보안관이 우스꽝스러운 방패까지 동원하며 무리하게 두 사람만으로 사태에 대응하는 이유를 깨달았다. 의용대를 조직하면 훨씬 간단하겠지만 의용대는 처형단이 될 가능성이 높다.

숨이라도 좀 고를 여유가 있으면 좋았으련만 그렇지 못했다. 포인도트 부인이 달아난 방향에서 다시 난폭한 욕지거리와 비명이 들려왔다. 열심히 달려갔지만, 포인도트 부인의 모습을 발견하지는 못했다. 대신 공황 상태에 빠져 돌멩이를 던지고 있는 하린 필데오를 발견했다. 나는 사정을 물을 겨를도 없이 하린이 돌멩이를 던지는 방향으로 뛰었다. 저주스럽게도 그 방향은 요란하스가 있는 곳이었다.

숨이 턱에 닿도록 달려간 나는 장작 패는 도끼를 켠 채 포인도트 부인과 대치하고 있는 네지르 요란하스를 보았다. 포인도트 부인은 내게 등을 보이고 있어 그 얼굴을 볼 수 없었지만, 요란하스의 얼굴은 잘 볼 수 있었다. 끔찍했다. 눈빛만 놓고 볼 때 요란하스는 이미 포인도트 부인을 살해한 후 각을 뜨고 있는 중이었다. 나는 포인도트 부인보다는 요란하스를 겨냥하여 버럭 고함을 질렀다.

"테나 포인도트!"

포인도트 부인이 내 쪽으로 얼굴을 반쯤 돌렸다. 그녀의 오른쪽 어깨는 피투성이였다. 페산 부인의 일격이 꽤 야무졌던 모양이다. 평생 당해본 적이 없는 고통일 텐데도 포인도트 부인은 미소를 지었다.

"티르. 이제 서둘러야겠다는 생각이 들어요?"

"테나 포인도트. 황제 폐하께서 제게 내려주신 권리에 따라 당신을 살인 미수로 체포합니다. 순순히 체포에 응하십시오."

"살인? 그런 건 없어졌어요. 티르. 왜 그걸 모르죠?"

"부인! 일을 크게 만들지 말아요. 지금도 이미 심각합니다. 저와 함께 보안관 사무실로 가셔야 합니다. 이렇게 돌아다니다간 당신이 죽습니다."

"죽어요? 어떻게? 살인이 없어진 건 죽음이 없어졌기 때문이에요."

"제발, 부인. 저와 함께 사무실로…… 그만둬요, 요란하스 씨!"

포인도트 부인을 향해 살금살금 다가서던 요란하스가 움찔하며 멈춰 섰다. 그는 배신감이 담긴 눈으로 나를 쏘아보았다. 아마 내가 그를 위해 포인도트 부인의 주의를 끌고 있었다고 생각한 모양이다.

"티르. 저 여자는 내 딸을 죽이려고 했어. 아무 이유도 없이."

포인도트 부인이 읊조리듯 말했다.

"서니도 아무 이유도 없이 죽었지요."

"그건 당신 딸이 멍청해서야!"

패악스럽게 외친 요란하스는 자신이 내뱉은 말의 무도함에 스스로 질린 것 같았다. 그는 얼굴이 벌겋게 변한 채 자기합리화에 들어갔다. 당연히 말이 지저분해졌다.

"죽은 건 죽은 것이고, 응? 불쌍한 건 불쌍한 거지만, 말은 똑바로 해야지. 자기 죽을 줄 모르고 제 발로 구덩이로 빠진 걸 뭐라고 말하겠어? 멍청하다고 해야 하잖아? 우리 모두를 고생시켰어! 미안한 줄을 알아야지. 은혜를 이런 식으로 갚는 것이 말이 돼? 우리가 얼마나 그 아이를 구하려고 애썼어? 하늘이 알고 땅이 알아!"

"아무것도 모르는 양반. 당신 딸은 안 죽을 것 같아요? 그 애도 언젠간 죽을 거예요. 저는 미레일을 영원히 살게 해주려는 거예요."

"미친 소리 집어치워!"

"화가 나죠? 겁이 나죠? 딸이 죽을 뻔했다는 것이 너무너무 끔찍하죠? 요란하스 씨. 왜 그런 걱정을 계속하고 싶어 하는 거예요? 미레일은 병에 걸려 죽을 수도 있고 사고로 죽을 수도 있어요. 10년쯤 뒤에 미레일이 어떤 빌어먹을 놈팡이의 자식을 낳다가 죽으면, 요란하스 씨. 기분이 어떨 것 같아요?"

네지르 요란하스는 저 유명한 표정을 지었다. '뭐? 자식이 자라기도 한다고?' 솔직히 나도 놀랐다. 저 미레일이 자라고, 남자를 만나고, 결혼을 해서 자식을 낳는다고? 상상하기 어려웠다. 하지만 포인도트 부인의 말처럼 그건 10년만 지나면 일어날 일이다. 일단 그 사실을 인식하자 미레일의 죽음도, 그 어린 소녀의 죽음도 현실성을 띠었다. 실제로 이 세상에 고작 6년밖에 머물지 못하고 떠난 서니 포인도트도 있지 않은가.

"미레일이 죽게 내버려 두고 싶어요?"

"누가 죽는다는 거야? 내 딸이 당신 딸처럼……"

땅이 흔들렸다.

지진이다. 얼마 전 폐광의 환기공을 노출시켰던 것과 같은. 여기저기서 뭔가가, 평소엔 움직이지 않던 뭔가가 부르르 떨리는 소리가 나고 곳곳에서 물건 떨어지는 소리, 깨지는 소리가 났다. 요란하스의 집 안에서도 그릇인지 뭔지가 쏟아진 듯 댕그랑 퉁탕 하는 소리가 울렸다. 그리고 비명이 들렸다. 여자애의 비명 소리. 네지르 요란하스가 기겁하여 외쳤다.

"미레일!"

요란하스가 집 쪽을 향해 움직인 것과 지진이 끝나는 것은 거의 동시의 일이었다. 집안에서 들려오는 울음소리에 안도했다. 울고 있다면 큰 사고는 없는 모양이다. 문을 붙잡으려던 요란하스는 갑자기 현재의 상황을 깨닫곤 몸이 굳었다. 그는 무슨 이런 일이 있냐는 듯이 멍한 얼굴로 포인도트 부인을 쳐다보았다. 곧 그의 얼굴이 분노와 굴욕으로 벌겋게 물들었다.

포인도트 부인은 우아한 승자라고 할 수 있었다. 그녀는 요란하스를 무시하고 내 쪽을 향해 말했다.

"빨리 그 칼을 찾아줘요. 티르. 요란하스 씨도 그걸 원해요."

멈추라고 말할 겨를도 없었다. 포인도트 부인은 느닷없이 요란하스를 향해 달렸다. 요란하스가 비명과 신음의 중간쯤 되는 소리를 지르며 몸을 웅크리자 포인도트 부인은 그를 뛰어넘었다. 그녀는 집 옆을 돌아 아까부터 봐뒀던 듯한 뒷문을 박차고 뛰쳐나갔다.

포인도트 부인을 따라 달리긴 했지만, 허리를 구부리고 있는 요란하스의 곁에 다가서자 저도 모르게 발을 멈추고 말았다. 요란하스는 무릎에 두 손을 짚은 채 아래를 내려다보고 있었다. 떨어뜨린 도끼를 보고 있었지만, 그의 머릿속에 도끼에 대한 생각이 있는 것 같지는 않았다. 나는 그의 어깨를 붙잡았다.

"요란하스 씨! 들어가서 문단속하세요!"

요란하스는 무슨 말을 웅얼거리며 도끼를 집어 들었다. 그가 집으로 향하는 모습만 확인한 다음 나는 포인도트 부인이 사라진 방향으로 달렸다. 그리고 뒤를 돌아보지는 않았다.

한 시간쯤 피 말리는 소동이 반복되다가 갑자기 고요해졌다.

그 한 시간에 무거운 것을 묶어 깊은 바다에 던져버리고 싶다. 우리 도시에 대해 전혀 모르는 외부인이 그 한 시간을 봤다면 우리 시민들의 인사법이 비명을 지르는 것인 줄 알았을 것이다. 눈이 뒤집힌 부모들은 아이를 지켜내었다. 다친 아이는 한 명도 없었다. 하지만 나는 많은 피를 보았다.

아이들이 놀던 골목에, 시민들이 한담을 나누던 노변에, 우리 소도시의 담장과 문과 벽에 피가 튀었다. 신성모독을 목격한 기분이었다. 우리 시민들이 겁에 질려 시민 한 명을 죽이려 하고 있었다. 하지만 피 흘리는 도망자는 공격자들을 조롱하고 동정했다. 그리고 그들 모두를 살려주겠다고 말했다. 그 대가로 포인도트 부인은 삽날과 부엌칼, 부지깽이, 돌멩이를 받았다.

이 미친년, 저리 꺼져!

보안관 사무실로 가세요!

가까이 오지 마!

보안관! 뭐 하는 거예요?

남자애들은 자경단이라는 미명 하에 사냥대를 조직하여 나섰다가 이파리 보안관의 흉악하기까지 한 꾸지람을 듣고 해산했다. '저기 그 여자가 간다! 잡아라!' 따위로 떠들고 놀면 꽤 재미있으리라 생각했던 모양이다. 나는 꾸지람에서 끝내지 않았다. 어쨌든 난 보안관 조수니까 책임도 더 적다. 그래서 나는 침착하게 주위를 둘러본 다음 몇몇 녀석들의 정강이를 세게 걷어차 주었다. '이 대가리에 피도 안 마른 놈들아, 가서 방에 갇혀 수득수득 메말라가고 있는 불쌍한 동생들하고나 놀아줘라. 어디 끼어드는 거냐?' 내 성격에 맞지도 않는 소리를 떠들어댄 걸 보니 나도 참 상태가 말이 아니었던 모양이다. 다행히 그 사내애들 주위에는 우리 자기 왜 차냐고 외쳐서 나를 돌아버리게 만드는 처녀들은 없었다. 남자애들보다 더 현명한 여자애들은 이미 집안에서 동생들을 지키고 있었으니까.

열심히 움직이고 열심히 떠들었지만 내가 뭘 제대로 하고 있다는 느낌은 전혀 들지 않았다. 오히려 모든 것을 엉망진창으로 만드는 것 같았다. 그런 상황에서 맞이한 고요는 구원이자 저주였다. 나는 텁텁한 입안에서 겨우 목소리를 짜냈다.

"포인도트 부인?"

대답이 없었다. 단속적으로 들려오던 비명과 폭력의 소음도 들리지 않았다.

나는 흙먼지 풀풀 날리는 인적 없는 네거리 가운데 서 있었다. 여름 오후의 기갈 든 햇빛이 몸서리쳐지게 쏟아지는 그곳은 개구리 한 마리를 몇 초 만에 절명시킬 것 같았다.

느낌이 그렇다는 말이다. 사실 개구리는 의외로 끈질긴 데가 있다. 심한 가뭄이 들면 어떤 개구리들은 땅속에 몸을 묻은 채 비를 기다린다. 겨울에도 마찬가지다. 개구리들은 겨울에 죽었다가 봄에 되살아난다.

죽었다가 되살아난다고? 나는 피식 웃었다. 곧 멈추리라 생각했던 웃음이 잘 멈춰지지 않았다. 입술이 바싹 말라 낙엽 밟는 소리가 날 것 같은 상황에서 그렇게 웃을 수 있다는 것이 놀라웠다. 얼마 후 나는 입가에 웃음의 찌꺼기를 지저분하게 묻힌 채 북향인 건물 벽에 기대어 땅에 주저앉았다. 등이 서늘했다. 나는 무릎에 두 팔을 얹은 채 아무 곳이나 향해 말했다.

"포인도트 부인. 귀 좋으시잖아요. 내 목소리 들리면 제발 이리 좀 오세요. 이제 그만해도 되잖습니까."

나는 혹 포인도트 부인의 대답이 들리지 않을까 하며 귀에 집중했다. 하지만 유념할 만한 소리는 들리지 않았다. 아이들의 까르륵거리는 소리와 물장구 소리가 들리지 않는 것이 무엇보다 괴로웠다. 음울한 고요라고 말하고 싶지만, 매미 소리가 카랑카랑해서 그럴 수 없었다.

75, 21, 75, 21, 46666……

저놈의 매미들을 나무째 불태우고 싶다. 하지만 그래 봐야 땅속에서 굼벵이들이 잔뜩 기다리고 있을 테니 별 소용이 없을 것이다. 아니, 나무를 불태우면 굼벵이들도 먹을 것이 없어서 죽으려나? 그러면 몇 년 동안 매미 소리에 시달리지 않을 수 있을까?

75, 21, 75, 21, 쿠르르르……

매미 소리가 좀 이상하게 바뀌었다. 저것들이 내 분노를 눈치챘나? 묘한 일이군. 하지만 곧 그것이 전혀 자연적이지 않은 소리라는 것을 깨달았다. 소리가 들려오는 쪽으로 고개를 돌렸다.

저편에서 무엇인가가 다가왔다.

구름 한 점 없는 오후였기에 시야에 들어오는 것은 모두 뚜렷했다. 하지만 나는 내가 보고 있는 것을 '무엇'이라고 표현할 수밖에 없었다. 그게 도대체 뭔지 알 수 없었다. 꽤 시끄러운 소리를 내며 다가오고 있긴 했지만, 위협적으로 보이지는 않았다. 아니, 덜컥거리는 꼴이 오히려 당장이라도 무너지지 않을까 걱정스러웠다. 위쪽에 있는 잔뜩 긴장한 안셀의 얼굴도 무섭다기보다 웃음을 머금게 했다. 안셀 치즐하트? 나는 그 물건의 일부가 안셀이라는 것을 깨달았다. 머릿속이 복잡해지려는 찰나 겨우 과거의 기억이 떠올랐다.

안셀은 힘겹게 몸을 좌우로 흔들며 자신의 발명품인, 뭐더라? 어쨌든 그 물건을 굴리고 있었다. 한때 나를 죽일 뻔하고 케이토로 하여금 안셀을 존경하게 만들었던 그 물건이다. 나는 안도감과 경악을 동시에 느끼며 안셀을 보았다. 자신의 발명품을 굴리는 것에 모든 주의를 쏟고 있던 안셀은 내게 가까이 다가온 후에야 나의 존재를 깨달았다.

"깜짝이야! 티르. 거기 앉아서 뭐해? 더위 먹었어?"

도시에 일어난 소동을 깨닫지 못했냐고 묻는 건 의미 없다. 나는 그 발명품에 약간의 변화가 일어난 것을 확인할 수 있었다. 보나 마나 안셀은 오후 내내 그 물건을 만지작거리고 있었을 테고 따라서 이 도시에 무슨 일이 일어났는지도 모를 것이다. 현 상황에 대해 알려줘야겠지만 어쩐지 그러고 싶지 않았다.

"모양이 바뀌었네요?"

나는 그 발명품의 뒤쪽을 가리켰다. 원래 그 물건은 앞뒤로 바퀴 두 개가 달려 있었다. 하지만 지금은 뒤쪽 바퀴가 두 개로 늘어 총 세 개의 바퀴를 달고 있었다. 안셀이 땀을 뻘뻘 흘리면서 자랑스럽게 말했다.

"응. 바퀴를 하나 늘렸어. 세발자전거라고 부를 거야. 이제 훨씬 안정적이지?"

맞다. 자전거였지. 치즐하트류 암살구가 아니라. 고개를 끄덕이던 나는 갑자기 오싹함을 느꼈다. 안셀이 잘하면 희나리에 불도 붙일 수 있을 것 같은 눈빛으로 나를 응시했다.

"타 볼래?"

"사양할게요. 지금은 바빠서. 안셀 당신도 빨리 집으로 돌아가는 것이 좋겠어요."

안셀은 왜 그래야 하냐고 묻지 않았다. 지금 그의 머릿속에서 세발자전거의 시험보다 더 중요한 일이 없을 테니까.

"이거 더 시험해 봐야 하는데. 아직 평지만 움직여서 실험이 부족해."

바로 오늘 아침까지만 해도 정신 의학에 관심을 두던 안셀이 왜 갑자기 발명가로 돌아갔는지 궁금해졌다. 정신 의학자 안셀이라면 이야기하기가 편할 텐데.

"그런데 그걸 왜 다시 꺼냈어요?"

"응. 오늘이 사흘째라는 것이 갑자기 떠올라서. 그런데 그거 겨울 호수 아니야? 뭐? 아, 미안해. 아까 아침에 의장님하고 이야기하다가 그 이야기가 나왔어. 오늘이 그 사람들 묻은 지 사흘째 되는 날이라는 것 말이야."

서니를 말하는 거냐고 되물으려다가 안셀이 복수를 사용했음을 깨달았다.

"덴워드의 동료들이오?"

"그래. 그 사람들."

"그런데 그 사람들하고 그…… 자전거하고 무슨 관계가 있는 거죠?"

"무슨 관계냐니. 그 사람들이 죽은 이유가 바로 운송 수단의 문제점 때문이었잖아. 마차는 정말 위험한 물건이야. 사람들이 더 안전하게 움직일 수 있는 운송 수단이 시급히 개발되어야 해."

그래서 위험한 마차를 대신할 물건이 바퀴 세 개 달린 수레란 말이지. 두 개 달렸을 때보단 확실히 발전한 것처럼 보이지만, 그렇다면 네 개는 더 안전하지 않을까? 그리고 힘들게 저 발판을 밟는 대신 가축을, 예를 들어 말 같은 것을 길들여서 끌게 하면 어떨까? 멋지다. 위험한 마차를 대신할 새로운 운송 수단이 탄생했다.

예의상 입 밖으로 꺼낼 수 없는 이야기를 속으로 중얼거리며 나는 미소를 지었다. 안셀은 내 미소를 오해했다.

"그래. 그리고 죽은 말들은 무슨 죄야? 이카드는 정말 운이 좋았어."

"운이 좋다고요? 사고를 당했는데?"

"아, 그렇기야 하지만 그래도 말들이 다 죽은 큰 사고를 당하고도 까딱없이 살아났잖아. 게다가 서니가 일을 당한 것이 바로 근처라서 우리가 곧장 와서 구해줄 수도 있었고. 그렇지?"

고개를 끄덕이려던 나는 갑작스러운 충격에 입을 다물었다. 아마도 고된 구조 작업에 심신이 지쳤기 때문이겠지만, 그래도 이해가 잘 안 된다. 어째서 그 사고를 처음 보았을 때 깨닫지 못했던 것이지?

내가 정말 어이없는 사고를 목격했다는 것을.

리판 골짜기에서 죽은 것은 그루퀘 폴바이와 소엘린 야드버트만이 아니다. 마차를 끌던 말 여덟 마리도 죽었다. 그런데 그건 말이 안 되는 일이다. 마차를 끄는 말의 숫자가 늘어날수록 마차와 말의 연결은 단단해지는 것이 아니라 더 유연해진다. 그렇지 않으면 말들이 서로의 움직임을 방해하기 때문이다. 따라서 팔두마차가 사고를 당하는 경우 몇몇 말들은 사고의 피해를 덜 받은 채 끌채에서 풀려날 가능성이 충분히 높다. 그런데 사고 당시 여덟 마리의 말이 모두 죽었다. 그것은 사람이 달리다가 다리 두 개가 동시에 부러지는 일만큼이나 희한한 일이다. 나는 넋이 빠져서 말했다.

"말 여덟 마리가 다 죽었죠?"

"음? 그랬지. 그래서 초니네 가게에서 말고기 내놓았잖아. 자네도 먹어봤어? 양념이 좀 과했지만 그래도 괜찮더라고."

"지상과 지하의 주인은 악마예요."

"뭐?"

"아까 아침에 저는 지상과 지하의 주인은 신일 거라는 식으로 말했지요. 하지만 그건 제가 잘못 알았던 거예요. 지상과 지하의 주인은 악마를 나타내는 말이었어요."

나는 레피란에게 들은 이야기를 간단히 설명했다. 안셀은 갑자기 변화하는 화제에 당혹해하면서도 예의 바르게 맞장구쳐주었다.

"그게 그렇게 되는 거야? 그렇구나. 그런데 그게 왜?"

"신의 엉덩이가 안전해졌거든요."

그 말은 안셀에게도 감당하기 어려웠던 모양이다. 안셀은 걱정스러운 표정으로 나를 보았다. 하지만 설명해 줄 겨를이 없었다. 머릿속에서 번개 같은 속도로 사고가 이루어져 그것을 따라잡기도 벅찼다.

이파리 보안관이 신에게 서니 살해 혐의를 두었을 때 나는 멍청한 우리가 신의 속내를 짐작할 수는 없다는 말로 대답했다. 그때만 해도 편의주의적 신도인 나는 별생각 없이 지상의 모든 일을 신이 관장한다고 믿었다. 흔히 사랑하던 이들을 잃은 자들에게 '신이 데려간 것'이라고 말하는 바로 그 감각으로. 하지만 레피란의 설명에 따르면 서니의 죽음과 신은 아무 관련이 없다. 서니는 악마가 관장하는 땅에서 죽었으니까.

그리고 악마가 관장하는 바로 그 땅에서 어이없게도 말 여덟 마리가 동시에 죽었다.

그 때문에 덴워드 이카드는 이곳에 발이 묶이게 되었다. 칼 한 자루와 함께.

이곳에는 지상과 지하의 주인을 위해 칼을 찾고 있는 이가 있다.

어쩌면 이런 구름 잡는 소리에 신경을 쓰는 것 자체가 더위 먹은 증거인지도 모른다. 하지만 어깨가 뻐근했다. 나는 그것이 티르 스트라이크 하는 옳은 방법인지 궁금해하며 머뭇머뭇 몸을 돌렸다. 저기, 휴스트라넬 방향에……

"티르. 자네 이야기 참 재미있는 것 같기는 한데 잔파드로스 신관님이 들으면 안 좋아하실 것 같아. 그러니 그런 이야기는 하지 말라고."

"잔파드로스 신관님이오?"

"그래. 아무리 신관님이 마음이 넓다고 해도 그런 이야기를 어떻게 좋아하실 수 있겠어?"

"역시 신관님이 필요할까요?"

안셀은 본격적으로 내 정신 건강을 의심하기 시작한 것 같았다. 헤벌레 웃어주는 것 외엔 별도리가 없었다.

아직 얼개를 잡기는 어렵지만, 뭔가가 맞아떨어지는 것 같은 불쾌한 기분이 든다. 황제를 위해 비밀스럽게 행동하는 기사단, 말 여덟 마리가 동시에 죽은 기이한 사고, 딸을 되찾기 위해 무슨 짓이든 할 어머니, 지상과 지하의 주인, 징조일지도 모르는 초록 피…… 신의 전사가 필요한 것일까? 아니다. 나는 한없이 폭주하는 자신을 느끼고 자제력을 되찾으려 애썼다. 조금 더 확실해질 때까지 기다려야 한다. 지금 당장은 그런 이야기를 할 수 없다.

포인도트 부인이 백금기사단이 운반하던 악마의 칼을 그 주인에게 돌려주고 그 대가로 서니를 되찾으려 한다는 이야기를.

아무리 사람 좋은 잔파드로스 신관이라 해도 그런 이야기를 들으면 기가 막혀 화를 낼 것이다. 나 스스로부터가 자신에게 화가 나는 이야기다. 나는 방패를 안셀에게 내밀었다.

"안셀. 혼자 집까지 갈 수 있겠습니까?"

"어, 왜 이걸?"

"전 나라부스 의장님 댁에 가봐야겠습니다. 당신도 빨리 집으로 돌아가세요. 하지만 포인도트 부인과 맞닥뜨릴지도 모르니 그때를 대비해서 가지고 계세요."

"포인도트 부인과 맞닥뜨렸는데 왜 방패가 필요해?"

짐작대로였다. 안셀은 이 도시에 무슨 일이 일어났는지 몰랐다.

"부인이 서니에게 친구들을 보내려 하고 있습니다."

미심쩍은 얼굴로 나를 보던 안셀이 갑자기 꿈틀했다. 바퀴가 세 개
나 되는데도 자전거가 뒤집힐 정도로. 나는 그 자전거를 붙잡으며 덧
붙였다.

"그러면 매정한 우리들이 무거운 엉덩이를 들어 올려 부활에 대해
본격적으로 고민하게 될 거라고 생각하는 것 같습니다. 이해하셨죠?"

그건 정말 이해했는지 묻는 것이 아니라 그냥 대화를 끝내기 위한
말에 가까웠다. 더 지체할 수 없었던 나는 안셀에게 억지로 방패를 쥐
여 주었다. 그리고 나도 무슨 뜻인지 알 수 없는 손짓을 해 보였다. 말
이 가끔 그러하듯 손짓도 때론 무의미하기 때문에 의미심장할 수 있다.
안셀이 어찌나 진지하게 고개를 끄덕이는지 미안한 마음이 다 들었다.

나는 침묵원을 향해 달렸다.

악마란 무엇일까?

고백하건대 이것은 나와 어울리는 질문은 아니다. 내 인생을 비참하
게 만드는 요소들을 남김없이 나열해도 악마는 '머리를 긁다가 기겁하
게 되는 두피에 난 여드름' 항목보다 낮은 곳에 있다. 기억을 돌이켜보
니 악마에 대해 마지막으로 진지하게 고민했던 것은 배고픔이나 목마
름 해결과 별 관계 없는 음식을 내 돈 주고 사기 전이었던 것 같다. 그

러니까 백 년 전이다(느낌상 그렇다는 말이다.).

참으로 오랜만에 악마에 대해 고민해 보았지만 백 년 전보다 나아진 건 별로 없었다. 나는 그만한 자기 혐오에도 불구하고 무너져 내리지 않는 존재에 대해 감도 잡을 수 없다. 악마는 도대체 자기 혐오를 어떻게 견딜까? 악마가 자기 혐오에 빠져 있으리라는 것은 자명한 일이다. 자신보다 더 끔찍한 것은 없을 테니까. 아무리 끔찍해도 자신이니까 사랑한다는 식의 설명은 어불성설이다. 신앙을 단순히 신의 존재를 믿는다는 의미로만 본다면 악마는 우주 최고의 신도다. 악마보다 더 확실하게 신의 존재를 아는 자가 어디 있겠는가. 그리고 신은 우주에서 가장 사랑스러운 존재일 것이다. 신이 사랑스럽다는 것을 누구보다 잘 알면서도 신을 증오하는 악마가 그 추하디추한 자신은 사랑한다? 말이 안 된다. 그렇다고 해서 악마에겐 애초에 감정이 없다고 말하는 건 모순에 빠지는 길이다. 그렇다면 악마는 신을 증오하지도 않을 테니까.

악마는 분명히 증오할 수 있고, 그 친구가 아는 범위에서 가장 증오스러운 것은 그 자신이다. 나 같은 여가 활동형 신앙인도 그 정도는 어렵잖게 짐작할 수 있다. 내가 짐작할 수 없는 것은 자기 혐오를 견뎌내는 방법이다. 악마는 거울을 볼 때나 일기를 쓸 때 무슨 생각을 할까?

악마는 포인도트 부인을 내게 보내면서 무슨 생각을 했을까?

내가 죽든 포인도트 부인이 죽든 악은 실현된다?

그 친구 수완가로군.

나는 기대어 서 있던 나무를 밀치며 앞으로 나섰다. 숨어 있는 것은 의미가 없다. 모습을 감춰도 냄새까지 지울 수는 없으니까.

황혼을 앞둔 늦은 오후. 주홍빛 대지 위로 그림자들이 고요히 페르다이할로 흐르고 있었다. 동쪽에 있는 밤이라는 이름의 바다로. 조만간 그 바다가 우리 머리 위로 범람할 것이다. 나는 왼손으로 칼집을 쥔 채 다가오는 테나 포인도트를 똑바로 쳐다보았다.

포인도트 부인은 긁히고 찢기고 잘리고 베이고 뚫려 있었다.

나는 일기에 절대로 기록하고 싶지 않은 그 한 시간을 기억한다. 하지만 포인도트 부인이 그 한 시간 동안 그렇게 많은 상처를 입었다는 것을 믿을 수는 없었다. 물리적으로 불가능한 일은 아니다. 처절한 싸움이 벌어질 경우 사람은 단 몇 초 만에 피투성이가 될 수 있다. 하지만 나는 그런 일이 우리 도시에서 일어났다는 것을 받아들이기 어려웠다.

포인도트 부인은 온갖 농기구와 연장의 흔적으로 뒤덮여 있었다. 왼쪽 눈은 사물을 보는 능력을 영원히 상실한 것이 분명했고 양손의 손가락을 합쳐도 서너가 이 땅에 머무른 햇수에 미치지 못했다. 전쟁터의 외곽이라면, 배후에 검은 연기가 피어오르고 검은 하늘에 검은 새들이 날아다니는 그런 장소라면 충격이 덜했을 것이다. 포인도트 부인에게 저질러진 일을 한 사람들과 그 일이 일어난 장소에 대해 생각하자 구역질이 치솟았다.

포인도트 부인은 통증을 느끼지 못하는 사람처럼 말했다.

"보안관 조수님. 영특도 하시지."

현기증이 날 것 같았다. 나는 객관적인 사실에 집중하기로 했다. 그녀는 이곳에 그 칼이 있다는 것을 어떻게 알았을까?

"부인. 어떻게 이곳이라는 걸 아셨습니까?"

"조금 전 다시 독미나리를 먹었지요."

놀라지 않을 수 없었다. 나는 눈을 크게 뜬 채 포인도트 부인을 바라보았다. 부인은 머리를 옆으로 조금 기울였다.

"진작 그랬어야 했어요. 보안관과 당신에게 맡겨둔 건 시간 낭비였지요. 먼젓번에도 독미나리였어요. 그게 열쇠였지요. 경계에 가까이 다가가는 것. 그래서 그걸 먹었어요. 조금만 먹었지만, 효과는 충분했어요. 경계가 가까워졌죠. 그리고 그 순간 모든 것이 놀랍도록 분명해졌어요. 오죽하면 진작 깨달을 수도 있었다는 생각이 다 들지 뭐예요."

나는 메마른 입안을 적시며 포인도트 부인을 노려보았다. 포인도트 부인은 칼집을 쥐고 있는 내 왼손을 보았다.

"나도 죽일 거예요? 여자들에게 당신은 재앙이군요."

포인도트 부인이 어디서 그 숫돌을 구했는지 궁금했다. 저렇게 말을 예리하게 갈 수 있는 숫돌을.

"지데 양, 서니, 그리고 테나. 젊은 여자, 어린 여자, 늙은 여자 가리지 않네요. 대단해요."

"서니는 제가 죽인 것이 아닙니다."

"구하지 못했죠. 지데 양을 구하지 못한 것처럼."

팔이 돌덩이처럼 느껴졌다.

"그렇게 생각하신다면 할 말 없습니다. 저도 서니에 대해 깊은 유감을 느낍니다. 하지만 부인은 죽지 않을 겁니다."

"비난받는 것 같아요? 아니에요. 티르. 그렇게 생각하지 마요. 나는 당신을 비난하는 것이 아니에요. 살인은 더 이상 비난의 대상이 아닐 거예요."

온종일 쌓인 햇빛이 바닥에서 응결하여 반짝거리고 있다. 공기는 너무도 뜨거워 추울 지경이다. 동상에 걸린 듯 간지러운 손가락을 구부렸다 폈다 한 다음 나는 호각을 꺼냈다. 호각을 입술로 가져가는 내 모습을 보며 포인도트 부인이 말했다.

"죽음은 사라지고 살인은 취향의 문제가 될 거예요."

나는 호각을 불었다. 동시에 포인도트 부인이 온몸의 상처에서 피를 뿜어내며 내게 돌진했다.

제국군 신병들이 부모 죽인 원수 보듯 나를 보던 시절, 카닛이 내 골칫거리였던 적은 없다.

쉽게 짐작할 수 있는 것처럼 오크나 트롤 신병은 위험하다. 인간은 고만고만하다. 엘프는 별로 위험하지 않다. 적으로 둔다면 물론 위험한 종족이지만 동료나 부하일 경우엔 안심해도 된다. 여기까지는 보통 사람들의 예상과 같을 것이다. 하지만 언제나 그렇듯이 사람들의 예상과 현실이 다른 경우가 있는 법이고 내 경험상으로는 미노타우르와 유니콘이 그러했다. 언뜻 생각하기에 상관의 악몽일 것 같은 이 난폭한 종족들은 병영 안에서는 비할 바 없는 신사 숙녀들이다. 성격이 고와서가 아니라 다른 이유에서이긴 하지만.

카닛은? 사람들의 예상 그대로다. 우리 모두 카닛을 잘 알지 않는가. 싹싹한 카닛, 걸핏하면 귀를 늘어뜨리고 기죽은 표정을 짓는 카닛, 슬퍼하는 사람의 곁에 말없이 앉아 있기를 좋아하는 카닛. 군대에서도 마찬가지다. 카닛이 군인이 되는 일 자체가 드물긴 하지만 얼마 되지 않는 그 카닛들은 결코 상관에게 위협이 되지 않는다.

내 정수리에 매일 벼락이 떨어지지 않는 것을 가리켜 이상기후라고 떠들어대던 녀석들 사이에서도 잘 지냈던 내가, 이 평화로운 개척도시에서 내가 한 번도 걱정했던 적이 없던 카닛에게 공격당하는 것을 가리켜 뭐라고 불러야 할까.

물론 티르 스트라이크 하기라고 부른다.

빌어먹을. 오크와 트롤 신병들이 왜 그렇게 나를 싫어했겠냐. 내가 그 녀석들에게 하던 짓의 백 분의 일도 내게 되돌려줄 수 없었기 때문이지. 포인도트 부인의 엉성한 첫 번째 공격을 피하며 다리를 걸 때 나는 긴장할 필요도 느끼지 못했다.

낭패감을 느꼈다.

앞으로 내민 포인도트 부인의 두 손을 피하며 바닥을 쓸 듯 그녀의 왼쪽 다리를 건 내 대응은 스스로 평가해도 완벽했다. 하지만 포인도트 부인은 땅으로 쓰러지는 순간 오른쪽 다리와 왼손으로 땅을 박차며 다시 뛰어올랐다. 허공에서 몸을 뒤튼 부인은 두 손으로 바닥을 짚으며 네 발로 부드럽게 착지했다. 그녀는 그 자세 그대로 머리를 좌우로 흔들며 나를 노려보았다.

그 모습을 보자 심장 박동이 빨라졌다. 다리가 많은 적수는 정말 상대하기 버겁다. 인간이 자기 몸무게의 반도 안 되는 짐승에게 살해당하곤 하는 이유가 바로 그것이다. 네 발 동물의 안정적인 자세에 비하면 두 발 동물들은 사실 매 순간 묘기를 부리는 것이나 다름없다. 그리고 버샤드 포인도트가 카닛의 커다란 체격에도 불구하고 광부일을 할 수 있는 것은 하루종일 막장을 기어 다녀도 아무렇지 않을 정도로 네 발걸음에 능숙하기 때문이다.

어느 정도 예상은 했지만, 눈으로 직접 그 자세를 보자 막막해지는 기분이 들었다. 반사적으로 칼자루를 움켜쥐었다가 나는 다시 칼을 놓으며 황급히 뒤로 물러났다. 포인도트 부인이 웃으며 말했다.

"죽이는 것이 처음도 아니면서."

"그래서 그런 일을 해선 안 된다는 것을 잘 알게 되었습니다."

포인도트 부인은 뒤로 조금 물러나더니 두 발로 섰다. 벌어진 상처에서 피가 흘러나와 그녀의 몸을 적셨다. 나는 떨리는 오른손을 바짓자락에 닦았다.

"저는 즐겁게 살 겁니다."

포인도트 부인의 모습이 푸르스름하게 보였다. 해가 진 모양이다. 빛이 줄어들었다. 하지만 공기 중엔 뜨거운 바람이 떠돌았다.

"살아있으니까 살 겁니다. 지데를 기억하면서 살 겁니다."

포인도트 부인은 고개를 약간 돌려 다른 방향을 바라보았다. 나는 그녀의 옆얼굴을 향해 말했다.

"포인도트 부인. 그냥 살면 됩니다. 아직 되돌아갈 수 있습니다. 더 이상 아무도 다쳐선 안 됩니다. 저와 함께 사무실로 가시죠."

먼 곳을 보던 부인이 나를 돌아보았다.

"되돌아갈 수 있지요."

반색하려 했다. 하지만 그녀의 얼굴을 똑바로 본 나는 얼어붙었다.

"바로잡을 수 있어요. 티르. 되돌아갈 수 있어요. 당신이야말로 나를 도와야 해요. 어쩔 수 없이 잃어야 했던 사람들을 되찾을 수 있어요. 지상과 지하의 주인에게 칼을 돌려주기만 하면 돼요."

"부인. 악마를 도울 수는 없습니다!"

포인도트 부인은 카닛의 저 유명한 기죽은 표정을 지어 보였다. 하지만 주눅 든 것이 아니라 어이가 없어서 그러는 것 같았다. 나는 다급하게 말했다.

"말도 안 되는 일이지만, 설령 죽은 자가 정말 되살아날 수 있다 해도 그건 악마의 소행일 겁니다. 왜 악마와 손을 잡는단 말입니까? 왜 악마에게 서니를 넘겨주려는 겁니까?"

"신이니 악마니 하는 것이 무슨 상관이에요? 죽지 않으면 그것들은 우리와 아무 상관 없어요!"

"뭐라고요? 예. 죽지 않는다면 혹 그럴지도 모르지요. 하지만 영원히 그럴 것 같습니까? 영생을 줄 수 있는 것은 신뿐입니다. 악마가 서니를 잠깐 동안 되살려낼 수 있다 해도 그건 더 큰 해악을 끼치기 위한 미끼일 겁니다."

포인도트 부인은 귀를 세웠다 젖혔다 하며 나를 노려보았다.

"당신은 이해하지 못하는군요."

포인도트 부인이 허리를 굽혔다. 그녀의 두 손이 땅을 짚었다. 다시 네 발로 선 그녀를 보자 온몸의 뼈가 술래잡기를 시작한 것 같은 느낌이 들었다. 포인도트 부인은 동정 어린 목소리로 말했다.

"미안하지만 잠시 죽어 있어요. 여유 되는대로 곧 살려줄 테니까."

어떤 살의도 없는 말투였다. 하지만 죽는다는 확실한 예감이 들었다. 내 죽음은 분노에 찬 늑대일 줄 알았다. 받아들일 생각은 없지만 그래도 그런 죽음은 납득할 수 있다.

나는 결코 살의도 없는 카닛 아낙네를 예상한 적이 없다.

포인도트 부인이 달려들었다.

그녀가 내 목을 노리고 있다는 것을 의식적으로 알았던 것은 아니다. 하지만 나는 반사적으로 두 손을 목 뒤로 깍지끼며 몸을 웅크렸다. 이빨 쓰길 좋아하는 짐승이나 사람에게 공격받을 때 이 자세 추천한다. 게다가 이 자세는 칼을 뽑을 수 없다는 장점도 있다. 그건 장점이 아닐 수도 있지만.

무의식적인 대응 덕분에 목은 다치지 않았다. 대신 왼팔이 끊어질 뻔했다. 나는 왼팔에 정확히 어떤 상처를 입었는지 살펴볼 엄두도 내지 못한 채 몸을 돌렸다. 물어뜯길 좋아하는 동물들의 특징 하나 더 알려 주겠다. 그런 동물들은 공격과 공격 사이에 간격을 두는 일이 드물다. 한 번 공격을 시작하면 계속 그것을 이어간다. 물기는 박치기와 마찬가지로 바짝 붙어야 쓸 수 있는 기술이므로 그들은 거리를 계속 좁힌다. 포인도트 부인의 경우에도 마찬가지였다. 그녀는 어느새 첫 번째 공격의 연장이라고 부르고 싶은 두 번째 공격을 감행하고 있었다.

나는 함성을 지르며 오른손으로 칼자루를 움켜쥐었다. 그 동작은 포인도트 부인을 물러나게 했다. 그녀는 칼이 닿는 범위의 몇 배나 되는 거리까지 물러나 땅에 바짝 엎드렸다. 그녀의 몸에서 피가 후드득 떨어졌다. 나는 칼자루를 꼬나쥔 채 그녀를 노려보았다.

돌 것 같다. 오른팔까지 다치면 칼을 뽑고 싶어도 뽑을 수 없다. 무력하게 죽을 생각은 결코 없다. 하지만 무력하게 죽이는 것은 또 어떤가.

지데를 죽일 땐 이런 고민은 없었다.

우리 도시의 존경받는 시민인 랜돌 마타피 교수는 집안의 가보인 바이올린 아스레일 치퍼티의 다음 주인은 가장 뛰어난 바이올린 연주자여야 한다고 믿는 음악가였다. 그리고 아스레일 치퍼티를 구하러 이 도시를 찾아왔지만 자신의 실력에 자신이 없었던 지데는 더 유망한 연주자를 라이칸스롭으로 만들어 통제한다는, 지금 생각해 보면 참 발상이 유치한 장난을 쳤다. 절박했기에 유치했던 건가. 그건 명백히 폭력 사건이고 사건을 처리하러 출동한 치안관은 격렬하게 저항하는 현행범에게 실력 행사를 해야 했다. 내 생애에서 영원히 지우고 싶은 그 순간, 나는 서슴없이 그녀의 목을 잘랐다. 무슨 일을 하는지 깨닫지 못할 정도로 자연스러운 동작이었다. 하지만 무슨 일이 일어날지 알고 있는 이 두 번째는 너무 괴롭다. 포인도트 부인을 죽이는 것은 버샤드 포인도트를 두 번째 케이토로 만드는 것이다. 한 번도 너무 많다고 할 그런 짓을 두 번이나 해야 하나.

갑자기 포인도트 부인이 움직였다.

무슨 생각을 하기도 전에 반사적으로 칼을 뽑았다. 나는 칼을 앞으로 내찌르는 내 팔을 믿을 수 없다는 듯이 바라보았다.

칼끝은 포인도트 부인에게 닿지 않았다.

완전한 혼란에 빠지기 직전 나는 포인도트 부인이 앞이 아닌 뒤로 움직였음을 깨달았다. 허공을 찌른 나는 중심을 잃고 한쪽 무릎을 꿇었다. 그 순간 공격당했다면 나는 점심으로 뭘 먹을지에 대한 고민에서 영원히 해방되었을 것이다. 하지만 포인도트 부인은 다가오는 대신 똑바로 일어섰다. 두 발로 일어선 포인도트 부인은 침묵원 본관 쪽을 날카롭게 바라보았다. 그녀의 귀가 빳빳하게 섰다. 나는 입술을 핥았다. 들켰군. 마침내 그녀가 깨달은 것이다.

이 소동에도 불구하고 침묵원의 주인인 나라부스 의장이 나타나지 않는다는 것을.

"의장님은 어디 갔죠?"

나는 무릎을 꿇은 채 움직이지 않았다. 부인의 얼굴에 두려움이 떠올랐다. 그녀가 입술을 뒤틀자 새하얀 이가 드러났다.

"빼돌렸군요. 그래서 태연히 나를 기다렸던 거야."

지금쯤 나라부스 의장은 역사에 비슷한 사례가 있었던지 의심스러운 배달을 하고 있을 것이다. 용감한 전령이나 사자, 운반자가 많았다 해도 보랏빛 칼을 등에 멘 채 나뭇가지에서 나뭇가지로 움직인 자는 드물 테니까. 겉모습의 괴상함과 별개로 그것은 완전히 합법적인 일이다. 소지 허가가 없다는 이유로 칼을 운반하길 꺼리는 나라부스 의장을 설득하기 위해 나는 그를 임시 보안관 조수로 임명해야 했다.

침묵원의 나무들은 그대로 서쪽 숲으로 이어지고 서쪽 숲은 도시 북쪽의 측백나무숲까지 이어진다. 따라서 몸이 날렵한 사람이나 나라부스 의장처럼 나무에 대해 잘 아는 사람은 땅에 발을 딛지 않고도 몇 킬로미터씩 움직일 수 있다. 몸에서 식물 냄새밖에 나지 않는 야채 뱀파이어가 식물 냄새 그득한 나무 위를 움직이는 것이다. 게다가 곧 밤이 올 것이다. 카닛이 아무리 후각이 좋다 해도 찾아낼 수 없다. 신경 쓰이는 건 그 청력뿐이지만, 그래도 상관없다. 카닛은 달리기는 잘해도 나무 타기는 못한다.

포인도트 부인의 송곳니가 날 선 단검처럼 빛났다.

"어디 있죠?"

"부인. 부탁입니다. 저와 함께 사무실로 가시죠. 다 잘 될 겁니다."

포인도트 부인은 내 대답을 듣지 못하는 것 같았다. 그녀는 혼잣말을 중얼거렸는데 자신이 무슨 짓을 하는지도 모르는 것 같았다.

"다시 독미나리를 먹으면……"

섬뜩한 기분이 들었다. 그녀가 아무렇지도 않게 초현실적인 수단을 말했기 때문에? 아니다. 초현실적인 수단이 있는 한 내가 필요 없다고 판단한 그녀가 나를 공격할 것이라 예상했기에? 아니다.

나를 질리게 한 것은 포인도트 부인이 독의 남용으로 죽는 것이 최선인지도 모른다고 생각하는 나 자신이었다.

전신이 얼어붙는 그 순간 포인도트 부인이 고개를 돌렸다. 포인도트 부인은 시내 쪽을 보며 가볍게 킁킁거리더니 다시 나를 돌아보았다. 의미를 읽을 수 없는 표정으로 나를 보던 그녀가 옆으로 움직였다. 세 걸음 정도 옆으로 걷던 포인도트 부인은 곧 전력으로 도망쳤다. 숲의 음영이 그녀의 모습을 감추었다.

무슨 일인지 짐작하는 것은 어렵지 않다. 내 호각을 들은 이파리 보안관이 오고 있는 것이다. 내가 느끼지 못한 발소리와 냄새를 느낀 포인도트 부인은 몸을 피하기로 결정한 것이다.

동쪽을 보았다. 하지만 다가오는 보안관을 보기 위해서는 아니다. 나는 하늘을 보았다.

휴스트라넬을 향해 밤이 범람하고 있었다. 그 바다에는 예쁜 물고기들이 살고 있다. 반짝거리는 조그마한 물고기들. 저걸 별이라고 하지. 누가 지었는지 이름 참 잘 지었다.

먼 곳에서 들려오는 이파리 보안관의 고함을 들으며 나는 기절했다.

6

심하게 더위를 먹은 상태에서 도시를 일주하다시피 하고 잠깐 죽어 있으라는 카닛의 제안을 정신없이 사양하고 찢어진 왼팔에서 피까지 흘리는 바람에 정신을 잃었던 티르 스트라이크 보안관보는 다음 날 새벽에 깨어났다. 이파리 보안관은 그렇게 알고 있었고 그 때문에 좀 답답한 꼴을 겪어야 했다. 실제로 나는 한 3분 뒤에 깨어났으니까.

"티르. 그건 내 엉덩이다. 긁지 마라."

"어쩐지 통 시원하지 않더라니. 제 엉덩이는 어디다 숨겼죠?"

이파리 보안관은 내 귀밑머리를 잡아당겼다. 눈물을 조금 흘린 후 정신을 차렸다.

나는 촛불의 주홍빛으로 가득한 보안관 사무실의 긴 의자에 앉아 있었다. 일상적인 것으로 가득한 공간에서 평소와 다른 것은 내 몸 아래에 깔려 있는 담요와 내 책상에 엎드린 채 자고 있는 포인도트뿐이었다. 나는 버샤드의 모습을 넋 놓고 바라보다가 이파리 보안관에게 말했다.

"왜 포인도트 씨가 여기 있죠?"

"너를 발견해서 데려온 것이 버스야."

"보안관님 아니었어요?"

보안관은 주전자에서 물을 따르며 말했다.

"너 안셀 만나서 침묵원으로 간다고 말했지? 안셀이 무슨 일인지 알아보려고 버스에게 들렀다가 네 이야기를 해줬어. 버스는 그 이야기 듣고 침묵원으로 갔지. 거기로 가던 도중에 호각 소리 듣고 부리나케 달려가 봤더니 네가 피투성이가 되어 쓰러져 있던 거야. 나는 조금 후에 도착해서 버스와 함께 너를 여기로 데려왔어."

나는 왼팔을 내려다보았다. 붕대가 두툼하게 감겨 있었다.

"봇뜨리가 치료해주고 갔어. 깨어나면 손 잘 움직이는지 확인해보라고 했어. 움직여 봐."

손가락 느낌이 좀 이상했고 팔이 상당히 아팠지만, 왼손을 움직이는 것에는 무리가 없었다. 보안관은 안심하며 물잔을 내밀었다. 물을 마시던 나는 갑작스러운 깨달음에 다시 주위를 둘러보았다. 평소와 다른 것이 하나 더 있어야 하는데.

"마그파라 판사님 어디 있죠? 레피란은?"

"야경 중이시다. 밤에는 어차피 깨어 있어야 하니까 도와주겠다고 하셨다. 지금 하늘을 돌며 수상한 것이 없는지 보고 계셔."

판사가 떠난 줄 알고 기겁했던 나는 안심하며 물을 마저 마셨다. 보안관은 송곳니를 톡톡 두드렸다.

"그런데 너 어떻게 부인이 나라부스 의장님을 노릴 줄 알았던 거냐?"

"나라부스 의장님을 노려요?"

"의장님을 지키러 간 것 아니냐? 그리고 기습을 받아서 실패한 것이고."

보안관은 주어진 상황만 가지고 합리적인 추리를 했던 모양이다. 보안관은 내 칼이 칼집에 꽂혀 있다는 사실을 통해 내가 기습을 받았다고 판단했고 침묵원에 나라부스 의장이 없다는 사실을 통해 내가 거기로 간 이유가 의장을 보호하는 것이었다고 추리했다.

"아니오. 칼을 뽑지 않은 것은…… 말로 설득해 보려고 했기 때문입니다."

이파리 보안관은 입을 꾹 다문 채 내 얼굴을 뚫어지게 바라보았다. 나는 화제를 바꿨다.

"부인이 이카드의 칼을 가지러 거기로 올 것 같았습니다. 그래서 먼저 거기로 달려간 겁니다. 제가 부인을 통제하지 못할 경우를 생각해서 의장님에게 그 칼을 부탁했고요. 의장님은 그 칼을 가지고 포인도트 부인이 갈 수 없는 곳으로 가셨습니다."

"부인이 갈 수 없는 곳?"

나는 위를 가리켰다. 보안관은 곧 이해했다.

"나무 위로군. 그래. 카닛은 나무를 못 타지. 그런데 부인이 왜 그 칼을 노린다는 거냐? 그 칼이 거기 있다는 것은 어떻게 알았고?"

어려운 대목이었다. 내 설명이 보안관을 납득시킬 수 있을 것 같지 않았다. 게다가 나도 내 설명을 납득하지는 못했다. 나는 조금 생각한 후 일어나 옷을 찾았다.

"저도 그 대답을 확실히 알고 싶습니다. 텐워드 이카드가 도와줄 수 있을 것 같군요. 거기로 가야겠습니다. 지금 당장."

"이 시간에? 날 밝은 후에 가면 안 돼?"

"안 됩니다. 지금 당장 가야 합니다. 그리고 마그파라 판사님도 함께 가셔야 합니다."

이파리 보안관은 고개를 갸웃했다. 그는 책상에 엎드려 자고 있는 포인도트 쪽을 살피고는 목소리를 낮추어 말했다.

"이카드는 남자니까 판사님이 어떻게 할 수는 없을 텐데?"

사레들릴 뻔했다. 나는 그런 유혹이 설령 가능하다 해도 황족한테 시도할 생각은 없다고 말한 다음 옷을 챙겨 입었다. 그동안 보안관은 포인도트를 깨웠다.

우리들 앞에서 눈을 뜬 것은 포인도트의 반, 혹은 3분의 1쯤인 것 같았다. 예의 바르게 내 안부를 묻고 부인의 일에 대해 사과했지만, 그 후로 포인도트는 아무 말도 하지 않으려 했다. 말을 할 염치가 없다고 생각하는 건지, 그렇잖으면 슬픔보다 더 슬픈 피로에 빠진 것인지 알기 어려웠다. 그의 기분을 북돋아 주고 싶었지만 다친 팔을 내보이며 다 괜찮을 거라고 말해봐야 가식처럼 들릴 것 같았다. 게다가 시간도 없었다. 나는 포인도트에게 함께 가자고만 말했고 포인도트의 3분의 1은 말

없이 일어나 우리를 따라왔다.

밖으로 나온 우리 세 사람은 사무실 앞에 섰다. 촛대를 들고나온 보안관이 밤하늘을 향해 그것을 흔들었다. 얼마 후 무엇이 날아오는 것이 보였다. 캄캄한 밤하늘 때문에 접근을 알아차렸을 때는 이미 꽤 가까워진 후였다. 어둠의 일부가 갑자기 관으로 변하는 것 같았다. 포인도트와 나는 저도 모르게 주춤했다.

레피란을 태운 무거운 관이 땅에 부드럽게 내려앉았다. 레피란이 비켜서자 관뚜껑이 열렸다.

시엔피르 마그파라 판사가 관 속에서 일어났다.

이파리 보안관은 남자에겐 마그파라 판사의 매력이 소용없다고 말했다. 나도 일반적으로는 그 의견에 찬성한다. 하지만 내가 판사에게 여자가 아닌 남자를 홀린 적이 있냐고 묻는 일은 절대로 없을 것이다. 대답을 듣는 것이 두려우니까. 초상화를 그리려면 목탄이나 붓보다는 자와 양각기를 먼저 찾게 될 것 같은 용모의 판사가 나를 바라보았을 땐 오금이 다 저렸다. 젠장. 언제나 느끼는 거지만, 그냥 자기 얼굴 보여주고 돈 받아도 부자 될 수 있겠다. 마그파라 자신은 그보다는 더 사회에 공헌하는 생활 방식을 선택했지만(아니, 저 얼굴을 많은 이에게 보여주는 것도 충분히 사회 공헌일 것 같은데…… 그만 생각하자.).

이백오십삼 회 생일을 앞두고 있는 마그파라 판사는 판사로 재직한 기간도 백오십 년이 넘는다. 인간인 나는 내가 살아온 나날의 다섯 배가까운 시간 동안 한 가지 일에 종사하는 느낌을 상상하기 어렵다. 내가 짐작할 수 있는 것은 백오십 년이 지난 지금 마그파라 판사는 매번

재판을 주재할 때마다 기시감을 느낄 거라는 사실이다. 물론 검증되지 않은 추측이다. 판결문 이외의 방법으로 재판에 대해 말하는 판사는 없고 마그파라 판사 또한 법정 밖에서는 아무리 사적인 자리라도 자신이 심리했던 사건들에 대해 논평하지 않는다. 하지만 역사가 자주 보여 주는 자기 답습을 볼 때 내 추측이 크게 빗나갔을 것 같지는 않다. 똑같은 실수와 똑같은 판단 착오, 똑같은 욕망과 똑같은 갈등 때문에 법정을 찾게 되는 그 수많은 사람들을 백오십여 년 이상 심판해 온 마그파라 판사가 사람에 대한 어떤 생각을 가지게 되었는지 추측해 보는 것은 오싹함을 불러일으키는 일이다.

판사는 내 왼팔에 시선을 보내며 말했다.

"괜찮소, 스트라이크 보안관보?"

용모와 어울리는 미성이다. 나는 한숨을 쉬고 싶은 것을 억눌러야 했다. 여자가 아니라서 다행이야.

"예. 염려해 주셔서 감사합니다. 판사님. 많은 분들이 신경 써주셔서 무사합니다."

"두 사람을 찾지 못했소."

"두 사람? 아, 의장님은 안전합니다. 의장님은 제 부탁을 받아 잠시 몸을 피하고 계신 겁니다."

판사는 오른손 집게손가락으로 내 옷을 가리켰다.

"설명해 주겠소?"

"죄송합니다. 저는 레피란 서기가 설명해 주기 전까지는 이게 피라는 것도 알지 못했습니다. 제가 생각하기에 설명해 줄 사람은 따로 있는 것 같습니다. 괜찮으시다면 그곳으로 모시고 싶습니다. 판사님께 부탁드릴 것도 있고요."

"안내하시오."

마그파라 판사는 관을 향해 돌아서더니 보안관 사무실로 가라는 손짓을 했다. 나는 그를 제지했다.

"관과 함께 가주셨으면 합니다."

판사는 나를 흘깃 보더니 손을 돌렸다. 둥실 떠오른 관은 따라갈 준비가 되었다는 듯 판사의 뒤편에 대기했다. 나는 네 사람과 관 하나를 시장 저택으로 안내했다.

시내의 모습은 으스스했다. 여름밤인데도 문과 창문이 모두 닫혀 있었으니까. 그건 우리 도시에선 꽤 무서운 광경에 속하는 모습이다. 나는 보안관 조수가 습격당했다는 소문이 퍼졌냐고 물었다. 보안관은 끙하는 불만스러운 소리로 대답을 대신했다.

시장 저택에 도착해서 문을 두드리자 금방 완전한 옷차림을 하고 있는 스메스가 나타났다. 비상사태라는 것을 확실히 느낄 수 있는 모습이었다. 그리고 비상사태에는 사소한 일은 넘어가는 법이다. 스메스는 우리가 관과 함께 나타난 것에 별로 신경 쓰지 않았고 그래서 우리는 관까지 포함하여 응접실로 안내되었다. 잠시 후 응접실에 나타난 몬도 시장 또한 실내복이 아닌 평상복 차림이었다. 몬도 시장은 내 모습을 보자마자 울음을 터뜨릴 뻔했는데, 아무래도 내가 죽을까 봐 굉장히 무서웠던 모양이다. 하긴 이 도시에 두 명밖에 없는 치안관 중 한 명이 죽기라도 하면 도시의 치안력이 반으로 줄어드는 것은 말할 필요도 없거니와 도시가 완전한 공황 상태에 빠지게 될 것이다. 흥분해서 횡설수설하는 시장을 달랜 다음 나는 스메스에게 부탁했다.

"이카드 씨를 깨워주세요. 그리고 우리가 좀 만나겠다고 전해줘요."

부적절한 시간에 관까지 대동하여 찾아온 방문객들에도 놀라지 않았던 스메스였지만 체류 중인 손님의 안면을 방해하라는 말을 듣자 당황했다. 스메스는 쭈뼛거리며 객실로 올라갔다. 조금 후 스메스는 더 당혹한 표정을 지은 채 내려왔다.

"이카드 씨는 여러분 중 단 한 명과 만나겠다고 하셨습니다."

보안관이 송곳니를 두드리며 물었다.

"누구와?"

"그건 여러분이 결정하라고 하셨습니다."

머쓱한 입장이 되었다. 이곳엔 나 외에 시장과 순회판사, 법원 서기, 그리고 보안관이 있었고 직급으로 따진다면 나는 최하위였다. 고맙게도 보안관이 쿵 하는 소리를 내더니 내 쪽을 향해 고갯짓을 했다.

"올라가 봐. 네가 오자고 한 거니."

보안관이 먼저 그렇게 말하자 다른 이들도 그것이 기정사실인 것처럼 느끼는 것 같았다. 나는 그들에게 눈인사를 보내고 객실로 올라갔다.

덴워드도 스메스와 시장과 마찬가지로 옷을 제대로 차려입고 있었다. 오늘 밤 편안하게 자고 있는 사람이 있기나 한지 의심스러워졌다. 옷차림은 말쑥했지만, 표정은 그렇지 못했다. 덴워드는 퀭한 눈으로 내 손과 허리 쪽을 관찰했다. 그의 얼굴에 좌절감과 두려움이 떠올랐다.

내가 침묵원에서 포인도트 부인과 대적했다는 이야기가 그의 귀에도 들어간 모양이다. 나는 그를 안심시키듯 손바닥을 들어 보였다.

"안심해. 내가 빼돌렸으니까."

덴워드의 태도 변화는 인상적이었다. 그는 안도감과 경악을 동시에 드러내었고 그중 어떤 것에 자신을 맡겨야 할지 모르는 것 같았다. 잠시 후 덴워드는 침대에 걸터앉으며 말했다.

"빼돌렸다고요?"

"그래."

"그래서 당신이 올라온 것이군요. 다른 사람도 소재를 압니까?"

"아니."

내 말을 들은 덴워드는 일단 안심하기로 한 것 같았다. 그는 앞머리를 쓸어넘기고 말했다.

"당신은 뭘 알고 있습니까?"

나는 일단 대답을 삼간 채 덴워드의 모습을 살폈다. 흔히들 하는 말로 초췌하다고 할 모습이었지만 내가 보기에 덴워드는 살이 빠진 것이 아니라 뼈가 줄어든 것처럼 보였다. 나는 그의 앞쪽에 의자를 가져다 놓고 앉았다.

"자네가 이야기해 준 것만큼 알게 되겠지."

"예? 아무것도 모른다는 말입니까?"

"몇 가지 짐작하는 것은 있어. 확증이 없기 때문에 공상에 가까운 것들이긴 하지만."

"그렇다면 제가 당신의 짐작을 확인해 드리길 바라는 겁니까?"

"그렇다고 볼 수 있지."

나는 덴워드의 검은 얼굴을 똑바로 바라보았다. 다른 경우와 다른 인물이라면 할 말을 미리 정해둘 수 있었겠지만, 이 경우엔 그러기 어려웠다. 엄밀하게 말해서 내가 그에게 바라는 것이 진실이 아니기 때문이다. 그래서 나는 그의 말을 기다리기로 했다.

놀랍게도 덴워드는 내 마음을 읽는 것처럼 말했다.

"당신은 진실을 원합니까?"

"언제나 진실이 거짓보다 낫다고 생각해. 하지만 언제나 고백이 침묵보다 낫다고 생각하지는 않아."

"그렇게 말씀해 주시니 안심이 됩니다. 스트라이크 씨. 제겐 지키겠다고 맹세한 비밀이 있습니다. 당신에게 많은 것을 말할 수는 없지만, 그나마도 다른 사람들에게 알리지 않겠다고 약속해 주시지 않으면 말할 수 없습니다. 단 한 분과 이야기하겠다고 한 것도 그 때문이었습니다."

"좋아. 나도 호기심은 가지고 있지만, 지금은 호기심 충족보다 문제 해결이 더 급해."

"고맙습니다. 제가 한 맹세 때문에 제가 먼저 정보를 제공할 수는 없습니다. 당신이 질문해주셨으면 좋겠습니다. 그 질문을 듣고 대답할 수 있는 것이면 대답하겠습니다. 하지만 지나치게 직설적인 질문은 피해 주셨으면 합니다."

덴워드는 자신이 호의를 보이고 있다고 생각하는 것 같았다. 화근을 가지고 온 자가 누구냐고 묻고 싶었지만 아무래도 유치한 짓이다. 덴워드도 나름의 희생을 치르고 있을 것이다. 나는 잠깐 동안 할 말을 정리했다.

"이 세상의 주인이 있다고 가정해 보지."

좋은 시작인 것 같다. 덴워드의 눈이 빛났다.

"이 세상에 주인이 있는데도 우리가 알지 못하는 것은 그자가 다른 주인들과 달리 소유하기만 할 뿐 통치하지는 않기 때문이야. 여기까지는 말이 되나?"

"계속하시죠."

"그래도 세상의 주인이니까 그자는 원한다면 아주 놀라운 일도 해낼 수 있을 거야. 팔두마차의 말 여덟 마리를 동시에 즉사시킨다거나, 빨래를 초록색으로 물들인다거나, 심지어 죽은 자를 되살리는 일도 가능할지 모르지."

"계속하시죠."

"그런데 부활은 다른 경우와는 차원이 다른 특별한 사건이지. 불의의 사고로 소중한 사람을 잃은 자들에게 부활은 무엇과도 바꿀 수 없는 선물일 거야. 하지만 나는 그게 어쩐지 마음에 안 들어. 혹시 내가 왜 그렇게 느끼는지 설명해 줄 수 있나?"

덴워드는 잠시 생각에 잠겼다. 대답을 몰라서가 아니라 어떻게 대답하느냐를 고민했던 것 같다. 조금 후 덴워드는 주의 깊게 말했다.

"스트라이크 씨가 말한 부활은 명사죠. 그게 동사형으로 쓰일 땐 자동사입니까, 타동사입니까?"

놀라운 질문에 잠시 할 말을 잃었다. 내 조악한 언어학 실력으로 볼 때 부활의 동사형이면 '부활하다'이고 그건 죽은 뭔가가 살아난다는 소리이니 주어만 있고 목적어는 없다. 따라서 자동사다. 하지만 포인도트 부인이 원하는 상황을 문장으로 표현하려면 주어 '지상과 지하의 주인'과 목적어 '서니 포인도트'가 있어야 한다.

내가 스스로도 잘 이해하지 못한 상황에서 어리숙한 질문을 했음을 깨달았다. 주어 외에 목적어도 있다면, 관점이나 평가도 둘일 수 있다. '고양이가 쥐를 잡아먹는다'라는 문장에서 고양이와 쥐가 '잡아먹는다'라는 술어에 대해 같은 평가를 내릴 리는 만무하지 않은가. 그런데, 이 경우에 그게 문제가 되나? 잡아먹는 것이 아니라 부활인데? 부활 당하는 것이 뭐가 나쁘다는 건가. 그게 나쁠 수 있나? 잠깐만. 주어 쪽이 그걸 나쁘게 생각할 수 있다는 암시인 건가? 뭐가 뭔지 모르겠군. 혼란스러워졌기에 일단 그 정도만 정리해 두고 대화를 잇기로 했다.

"내가 제시한 조건이라면 타동사겠군. 부활시키다."

"그렇다면 판단하기 편하도록 쉬운 예를 들어보지요. 그걸 '목동이 죽은 소를 부활시키다'라는 말로 바꿔 볼까요?"

"응? 목동?"

"그렇다면 그건 목동들에게 무엇과도 바꿀 수 없는 선물 맞겠군요. 더 이상 땡볕 아래에서 건초 만들다가 일사병에 걸려 쓰러질 일은 없지 않겠습니까? 소 한 마리를 겨우내 먹이려면 건초가 몇 수레씩 필요한데 그 짓을 안 해도 되는 거죠. 마음껏 게으름 부리다가 겨울이 오면 소들을 다 죽여버리면 됩니다. 봄에 되살려내면 되니까요."

다시 멍한 얼굴을 할 수밖에 없었다. 다른 이들도 그렇겠지만 나도 어느 정도 자기중심적인 사람이고 만사를 나나 나와 가까운 것과 연관 지어 생각할 수밖에 없다. 부활 같은 심오하고 놀랍고 진지한 문제라면 특히 그러하다. 목동? 건초? 이게 다 무슨 소리냐는 심정이었다. 그런데 그게 틀린 말은 아니다. 덴워드는 담담한 어조로 계속 말했다.

"양치기도 좋아할 것 같군요. 양 떼 데리고 산에서 내려올 필요가 없죠. 그냥 겨울이 오면 산 위에서 양들 다 죽인 다음 혼자서 가뿐하게 내려오면 됩니다. 그리고 봄이 와서 날이 풀리면 혼자 휘파람 불며 산을 올라가 죽은 양들 살려내면 되겠네요. 마구간지기도 행복하겠군요. 매일같이 끙끙거리며 수레로 말똥을 실어나를 필요가 없습니다. 그냥 말을 다 죽이면 됩니다. 죽은 말은 똥을 안 싸니까요. 죽은 말은 비싼 곡물을 먹지 않는다는 점도 장점이죠. 그리고 주인어른이 말 타야겠다고 말하면, 그때 살려내면 됩니다. 정말 좋은 선물 맞겠군요."

목구멍까지 차오르는 온갖 부정의 말들을 나는 하나도 뱉어낼 수 없었다. 말도 안 되는 소리 하지 말라고 말하려면 먼저 죽은 것이 되살아나는 문제에 대해 말을 꺼낸 자가 누군지 생각해봐야 한다. 아니, 이건 변명이다. 나는 덴워드가 무슨 말을 하는지 알 수 있었다.

백금기사는 내 눈을 똑바로 보며 말했다.

"그런데 타동사라면 목적어의 관점에도 한 번 서봐야겠군요. 소와 양과 말에게 그건 선물일까요?"

나는 입술을 깨물었다. 내 얼굴을 유심히 살피던 덴워드가 고개를 끄덕였다.

"부활은 말입니다, 스트라이크 씨. 그 행위의 대상을 죽어도 별 상관없는 것으로 만드는 것 같군요."

그 자명한 논리를 왜 깨닫지 못했는지 기가 막혔다. 의사는 사람의 살갗을 째도 된다. 다시 꿰맬 수 있으니까. 그러니 의사는 사람의 살갗은 칼질해도 되는 곳이라는, 다른 자가 가지고 있다면 나 같은 자들의 주목을 한몸에 받게 될 의견을 가지고 있어도 된다. 절대 그럴 수 없다는 의사가 있다면 그쪽이 오히려 문제다. 그렇다면 되살릴 수 있는 자라면?

"목동이나 양치기, 마구간지기는 자기들이 소와 양과 말들을 사랑한다고들 하지요. 사실 자유를 빼앗고 뭔지 이해도 못 할 노동을 시키고 필요하면 언제든 죽이면서 하는 말이지만, 그래도 우리는 그게 어처구니없는 헛소리라는 식으로 반응하진 않습니다. 어쨌든 때 되면 먹이고 물 길어다 마시게 해주고 추울까, 더울까 신경 쓰고 맹수로부터 지키려 애쓰니까요. 그런데 말입니다. 그건 죽으면 되살릴 수 없기 때문에 그러는 겁니다. 뻔한 이야기라서 떠올리기 어렵지만, 진짜 이유는 바로 그겁니다. 죽으면 되살릴 수 없기 때문에. 그런데 그렇지 않다면? 그러면 그런 이기적인 사랑마저도 없어지겠지요. 왜 힘들게 보살핍니까? 아무렇게나 대해도 됩니다. 내팽개쳐둬도 되고, 귀찮고 거치적거린다는 이유로 다 죽여도 됩니다. 그리고 아쉬워지면 되살려내면 되고요. 소와 양과 말은 그런 상황을 어떻게 이해해야 할지 모를 수도 있겠군요. 되어본 적이 없어서 모르겠습니다. 하지만 그게 우리라면 어떨지 짐작할 수 있을 것 같습니다. 그런 힘을 가진 자를, 우리는 어떻게 대해야 할까

186

요?"

나는 대답하지 않았다. 빌어먹을 주어는 우리가 아니다.

"예. 우리는 그 힘을 가진 그를 사랑해야 합니다. 모든 것을 다 바쳐
야 합니다. 우리를 아무것도 해줄 필요가 없는 존재로 여기고 실제로
그렇게 행동하겠지만, 그의 필요에 따라 죽였다 살렸다 하겠지만, 그래
도 우리는 그의 환심을 사려 애써야 합니다. 그렇잖으면 죽어도 되살아
날 수가 없으니까요. 땅속에 묻혀서 그가 우리를 기억해주길 애타게 기
원해야 합니다."

벼락을 맞은 기분이었다. 고개를 들어 덴워드를 볼 수가 없었다. 그
랬다간 즉각 그의 얼굴에 주먹을 날릴 것 같았기에. 그래서 대신 왼팔
을 움켜쥐었다. 둔한 것에서부터 날카로운 것까지 다양한 통증이 동시
에 느껴졌다.

"우리는 그에게 죽어도 아무 상관 없는 것들이고 이제는 눈에 보이
지도 않는 것들인데도 말입니다…… 참으로 우습지 않습니까? 말도
안 되는 소망이지요. 하지만 우리는 그래야 할 겁니다."

무의식적으로 억눌렀던 호흡을 겨우 재개할 수 있었다. 서니를 비유
한 건 아닌가 보다. 그래도 심장이 찢어지다 만 느낌은 여전했다.

"그렇게 우리 모두가 지상과 지하의 주인에게 자의로 귀속되면 그는
소유할 뿐만 아니라 통치도 하겠죠. 그게 어떤 모습일까요. 목동은 소
를 마음대로 부리지만 그래도 먹이고 지켜줍니다. 국가는 필요하면 국
민을 전쟁터로 보내 살인자가 되거나 살해당하라고 요구할 수 있지만
그래도 안전과 질서를 줍니다. 하지만 그는? 아무것도 안 주겠지요. 숨

쉬는 자유마저, 가장 비참한 노예라도 가지고 있는 그 자유마저 안 줄 겁니다. 그가 필요하다고 생각하면 우리는 숨을 쉬지 말아야 하니까요. 끔찍하군요. 역사상 가장 비참한 노예였다 해도 그들은 모두 죽으면 되살릴 수 없는 존재들이었습니다. 역시 당연한 이야기라 떠올리기 힘들지만 어떤 착취자도 그 사실만큼은 절대 무시할 수 없었습니다. 하지만 우리의 처지는 그 노예들만도 못하게 될 겁니다. 그걸 도대체 뭐라고 불러야 할지도 모르겠군요. 거치적거리지 않도록 상자나 창고에 넣어두었다가 필요하면 꺼내 쓰는 연장? 그게 그나마 비슷한 것 같군요. 애석하게도 이 연장은 느낄 줄 알고 그걸 표현할 줄 알고 괴로워하고 슬퍼하고 분노하고 그 때문에 미쳐버릴 줄 압니다만. 스트라이크 씨가 가정한 지상과 지하의 주인에 대한 제 생각은 대강 이렇습니다."

나는 지상과 지하의 주인이라고 말한 적 없다고 지적하는 대신 목이 잠겨 말했다.

"……그렇군. 너와 죽은 동료들은 그런 상황을 막으려 했던 거야?"

덴워드는 놀라운 극기를 보여주었다. 그는 담담하게 말했다.

"계속하시죠."

자신의 임무에 대해 떠들고 싶은 욕망이 꽤 클 텐데 덴워드는 그러지 않았다. 비밀을 엄수하는 칭찬받을 태도지만 아쉽게도 그럴 수 없었다. 분명히 해두어야 할 부분이었다. 나는 다급하게 말했다.

"대답해 줘야겠어. 왜냐하면 나는 자네가 스스로 행동을 결정하는 사람이 아니라 어떤 인물에게 봉사하는 사람일 거라고 의심하고 있거든."

덴워드의 얼굴에 상당한 변화가 나타났다. 그는 나를 뚫어지게 바라보았다. 하지만 그 목소리는 여전히 평온했다.

"그래서요?"

"지상과 지하의 주인에게 영합하려는 사람이 한 명도 없을 거라고는 할 수 없어. 우리 포인도트 부인이 좋은 예가 되겠지. 자네에게 상전이 있다면 그 상전은 물론 자네가 충성을 바칠 만큼 훌륭한 인물일 거야. 하지만 훌륭한 이들도 판단 착오를 할 때가 있지. 만약 자네 상전이 지상과 지하의 주인에게 영합하여 부활과 영생을 얻는 것이 더 낫다고 생각하는 인물이면 어떻게 하지? 자네들이 움직인 이유가 그런 영합을 위한 것이었다면?"

덴워드의 얼굴에 경멸감과 감탄이 함께 떠올랐다. 잠시 후 덴워드는 고개를 한 번 끄덕였다.

"대단한 상상력이군요. 불쾌하지만 합리적인 추측이라고 해야겠습니다."

"그러면 대답해 주겠어?"

덴워드는 주저 없이 대답했다.

"저는 숨 쉬는 자유마저 박탈당하고 죽음으로써도 해방될 수 없는 노예가 되고 싶은 생각은 추호도 없습니다. 그리고, 제가 모시는 주인이 있다면 그에게 결코 그런 일이 생기지 않게끔 필사적으로 막을 겁니다."

"자네가 만일 기사라면, 기사의 명예를 걸고 맹세할 수 있겠지?"

덴워드는 미소를 지었다.

"그랬을 겁니다. 하지만 가정해서 맹세하는 건 의미가 없지요. 그러니 제 가문을 걸고 맹세하겠습니다. 그렇게 미천한 가문은 아닙니다."

웃음을 터뜨릴 뻔했다. 그래. 미천한 가문은 아니겠지. 나는 목소리를 가다듬어 말했다.

"그렇다면 자네의 여행은 지상과 지하의 주인의 이익에 반하는 것이라고 가정해도 되겠군. 그런데 고인이 된 자네의 동료들이 없으면 이 여행은 성공할 수 없는 건가?"

덴워드는 잠시 생각한 다음 말했다.

"목표를 반드시 맞추고 싶다면 화살은 최대한 많이 쏘는 것이 현명하겠죠."

그런가. 한 사람이라도 목표에 도착시키기 위해 많은 인원을 파견한 건가. 덴워드의 이동 수단이 팔두마차였다는 사실이 새삼스러운 의미로 떠올랐다. 어쩌면 출발할 때는 세 명이 아니었는지도 모른다. 더 많은 인원이었지만 도중에 불가사의한—팔두마차의 말 여덟 마리가 동시에 죽는 것과 비슷한—사고가 일어나곤 해서 줄어들고 줄어들다가 여기에 겨우 세 명이 도착했고, 그리고 이제 한 명이 남은 건가.

덴워드의 빠른 회복을 조금 이해할 수 있게 되었다. 그루퀘 폴바이와 소엘린 야드버트는 가장 최근에 죽은 동료에 불과했는지도 모른다.

"그렇다면 자네 혼자서도 이 여행을 끝마칠 수 있다는 거지?"

"끝마칠 수 있습니다."

"좋아. 믿겠어. 하지만 자네에겐 한 가지 해결해야 할 문제가 있지."

"뭐죠?"

"포인도트 부인."

"그렇군요. 그 부인이 틀림없이 방해를 하겠군요. 대처할 방도가 있습니까?"

"있어. 일어나게."

이미 말했듯이 덴워드는 당장 나가도 될 만큼 옷을 완벽하게 차려입고 있었다. 나는 침대 옆에 놓여 있던 짐 상자를 집어 들었다. 덴워드는 놀란 표정으로 말했다.

"지금 말입니까?"

"대화는 충분히 나눴으니까. 내 생각엔 나는 이미 너무 많은 것을 안 것 같은데. 그렇잖아? 그러니 움직일 때야. 나를 믿어."

"……제가 맡겼던 물건은?"

"때 되면 넘겨주지. 걱정 마."

덴워드는 머뭇거리더니 침대에서 일어났다. 무리 없이 걷는 것을 보니 여행을 감당할 수 있을 만큼 체력이 회복된 것 같다. 나는 그에게 눈을 한 번 찡긋해 준 다음 객실을 나왔다.

응접실로 내려가자 사람들은 설명을 기다리는 얼굴로 나를 보았다. 애석하지만 나에겐 그들에게 줄 것이 없었다. 나는 소개가 필요한 이들에게 간단히 서로를 소개한 다음 단도직입적으로 말했다.

"마그파라 판사님. 이 청년을 좀 태워주시지 않겠습니까?"

"그래야 하오?"

"예."

"좋소."

나이 먹은 뱀파이어는 이래서 좋다. '나는 운송업자가 아니다. 그래야 하는 이유가 뭐냐. 저 청년의 목적지가 어디냐.' 같은 말을 하지 않는다. 나는 그 말들이 어디서 나올지 알고 있다.

"잠깐만요. 티르. 판사님은 운송업자가 아니에요. 왜 그래야 하죠? 저 청년은 어디로 가는 건데요?"

마그파라 판사는 아무 일도 하지 않아도 이미 자기 과시 중이라는 걸 모르는 건 레피란뿐인 것 같다. 하긴 그게 가까운 사람의 특징이다. 레피란이 챙겨주지 않아도 마그파라 판사의 체면이나 존엄이 손상받는 일은 거의 불가능하다. 내가 판사에게 무리한 요청을 한다면 그래야 할 절박한 필요성이 있기 때문이다. 판사는 그걸 이해하고 있지만, 레피란은 이해하지 못했다. 나는 엄숙하게 말했다.

"레피란. 이 청년의 여행은 어쩌면 역사에 기록된 그 어떤 일보다 중요한 일일 수 있습니다. 그리고 현재 그 일을 도와주실 수 있는 것은 판사님뿐입니다."

레피란은 눈을 크게 뜨더니 좀 더 주의 깊은 눈으로 덴워드를 살폈다. 그리고 적절하게도 말은 하지 않았다. 마그파라 판사와 레피란을 납득시킨 나는 덴워드를 납득시키는 일을 시작했다. 관을 타고 가라는 내 말을 들은 덴워드는 감탄과 당황을 동시에 드러냈다.

"이런 건 듣지도 못했습니다. 그리고 그 사실이 놀랍군요. 하늘을 날 수 있는 관이니 이동 수단이 될 수 있다는 것은 당연한 일인데."

꼭 당연한 일은 아니다. 관은 침대만큼이나 사적인 공간이고 다른 사람의 침대에 함부로 올라갈 수는 없는 법이다. 그리고 보통 뱀파이어는 지하실이 있는 집에 머물기 때문에 관이 이동 수단으로 사용될 수 있다는 것을 깨닫기는 더욱 어렵다. 지하실을 가지고 다닐 수 없는 순회판사에게나 관이 휴식의 장소가 아닌 이동 수단일 수 있다(그리고 그의 공혈인에게도 그러하다.). 덴워드가 이해한 후 나는 사람들에게 양해를 구하는 고갯짓을 한 다음 이파리 보안관의 귀에 대고 속삭였다.

"고요한 밤이니 소리가 얼마나 퍼질지 알 수 없습니다. 포인도트 부인의 귀를 감안해서 조용히 말해야 합니다. 해 뜰 때까지 얼마나 남았습니까?"

"한 시간 반? 두 시간은 안 될걸."

빡빡하군. 기절은 예상치 못한 변수였고 그 때문에 여유 있게 잡았던 계획이 다급한 것이 되었다. 나는 최대한 빠르게 계획의 개요를 전달했다. 다행히 별 설명이 없어도 보안관은 내 말을 이해했다. 이파리 보안관은 한 번 씩 웃더니 몸을 돌려 마그파라 판사와 포인도트 쪽으로 다가갔다. 나는 덴워드에게 다가가 역시 귓속말로 말했다.

"잠시 후 자네와 나와 레피란은 빈 관을 타고 소란스럽게 이 집을 떠날 거야. 관이 비어 있어도 공혈인인 레피란이 조종하면 움직일 수 있어. 그리고 보안관님은 판사님과 포인도트 씨와 함께 우리 뒤에서 조용히 따라올 거야."

덴워드의 숨소리가 조금 커졌다.

"우리가 미끼군요."

"정확히 말하면 내가 미끼지. 포인도트 부인은 내게서 알아낼 것이 있으니까. 하지만 관이 있으니까 해가 뜰 때까지 기다릴 거야. 뱀파이어

관을 보면 누구든 그렇게 생각하니까. 그러니 아마 거리를 둔 채 따라오겠지. 그때 뒤에서 따라오던 보안관과 다른 분들이 부인을 붙잡을 거야. 포인도트 씨가 냄새로 부인을 찾고 보안관님이 부인의 기습을 막고 판사님이 부인을 유혹하는 거지.”

레피란에게도 귓속말로 계획을 전했다. 레피란은 흥미로워하며 동의했다. 마지막으로 나는 몬도 시장에게 해야 할 일을 가르쳐주었다.

몬도 시장은 열성적으로 내 말을 따랐다. 조금 과하다 할 정도였다. 시장은 가솔을 다 깨워 우리를 전송하게 했다. 그 결과로 우리는 정말 소란스럽게 떠날 수 있게 되었다. 하지만 덴워드와 레피란, 그리고 짐 상자를 실은 관과 함께 내가 밖으로 나갔을 때 길거리는 휑하니 비어 있었다. 나는 닫힌 문들을 바라보았다. 그토록 큰 소란이 일어났으니 보통의 경우라면 주변의 시민들 모두가 밖으로 나왔을 것이다. 그리고 시민들은 우리가 어디로 가는지를 묻고, 그 목적지에 대해 아는 척하고, 그 목적지를 아는 사람에 대해 아는 척하고, 그 목적지를 아는 사람에 대해서도 아는 척할 수 없으면 아무 관계도 없는 자신의 과거 여행담을 늘어놓고, 그러면서 아무도 그 이유를 모르는 횃불 행진이 이루어졌을 것이다. 그것이 우리 소도시의 정상적인 모습이다.

하지만 그 새벽, 우리 도시의 문들은 단단히 잠긴 채 열릴 줄 몰랐다.

나는 억지로 침을 삼킨 다음 말없이 북쪽을 가리켰다.

서니의 시신을 꺼낸 것은 나흘 전이지만 상식적으로 생각한다면 서니는 열흘 전에 죽었다. 누가 죽은 지 열흘째 되는 날 해야 하는 일이 그 유족을 상대로 덫을 놓는 것이라면 세상은 내가 추측하거나 기대하는 것보다 훨씬 황당한 것임이 분명하다. 개구리 울음소리 울려 퍼지는 네펜지스 강변을 걸으며 나는 그 발견에 대해 기뻐해야 할지 짜증을 내야 할지 고민했다.

내 뒤쪽으로는 큼직한 관이 지면에서 50센티미터쯤 되는 높이로 뜬 채 조용히 따라오고 있었다. 관뚜껑 위에는 레피란과 덴워드가 짐 상자를 가운데 둔 채 등을 마주하고 앞뒤로 앉아 있었다. 한 사람 더 앉을 공간은 충분히 있었지만 나는 걷는 것을 택했다. 앉아 있는 것보다는 서 있는 것이 습격에 대처하기 나을 테니까. 멀리서 보면 내가 좀 이상하게 생긴 수레를 끄는 것처럼 보였을 것이다. 가까이 다가오면 바퀴가 없을 뿐만 아니라 내가 끌지도 않는다는 것을 알게 되겠지만, 겉보기에 우리 모습은 평화로웠다.

시장 저택을 나온 후 반 시간쯤 지났을 때 레피란이 지나가는 말처럼 말했다.

"걷고 있는 걸 보니 안쓰럽군요. 티르. 말이 있으면 좋을 텐데."

"있으면 좋겠지요. 순찰하기도 편할 테고. 하지만 우리 사무실 운영비로 그렇게 돈이 많이 드는 짐승을 기를 수는 없어요."

"그렇겠지요. 아, 탈 줄은 알아요?"

"예."

"저는 어떨 것 같아요?"

"당신이오? 관도 타시니까 말은 더 잘 탈 것 같은데요."

"저도 바로 그렇게 생각했거든요? 잡을 것이 없는 관 위에서도 균형을 잘 잡으니까 고삐랑 등자 같은 것이 있으면 더 잘 탈 줄 알았던 거지요. 그래서 언젠가 어느 후작님에게 말을 사려고 했던 적이 있어요. 그 후작님의 조카 되시는 분이 타던 말인데 그분은 기사가 되어서 군마를 타야 했기 때문에 그 말은 필요가 없었어요. 그래서 후작님은 탈 줄 알면 제게 싸게 팔겠다고 하셨어요. 그 이전까지 한 번도 말 타 본 적이 없는 주제에 무턱대고 말에 올랐죠. 하마터면 목이 부러질 뻔했어요. 말하고 관은 정말 다르더라고요. 어찌나 혼이 났는지 그 말 이름이 잊히지 않아요."

레피란이 왜 수다를 떠나 의아해하던 나는 갑자기 그녀가 무슨 말을 하려는지 깨달았다.

"이름이 뭐였는데요?"

"이카드."

나는 뒤를 흘깃 돌아보았다. 어둠 속이었지만 레피란이 내가 처음 보는 얼굴을 하고 있다는 것은 잘 알아볼 수 있었다. 덴워드의 등을 보고 나서 나는 레피란에게 고개를 끄덕여 보였다. 레피란은 급하게 숨을 들이마시더니 딱딱하게 굳었다. 관이 앞으로 기울어지지 않을까 걱정될 정도였다.

그녀의 모습을 보던 나는 무의식적으로 어깨를 폈다. 그러고 보니 나도 꽤 긴장하고 있었다. 나는 목을 가볍게 흔들었다.

레피란은 아마도 내가 알지 못하는 덴워드의 본명까지 추측해 냈을 것이다. 그것이 잘된 일인지 아닌지 알 수 없었지만, 개인적으로 마음에 드는 일이긴 했다. 황족인 덴워드에게는 무기를 쓸 수 없다. 나는 그 사실을 알고 있었지만 내가 안다는 사실을 공식화한 적은 없으므로 그의 정체를 모르는 척하며 무기를 들이댈 수도 있었다. 하지만 이제 레피란이 그 사실을 알게 되었으므로 나는 덴워드에게 함부로 무기를 쓸 수 없……

소름이 끼쳤다. 레피란이 걱정스러운 목소리로 말했다.

"왜 그래요?"

"아닙니다. 뭘 잘못 들었나 봅니다."

나는 먼 곳에 귀를 기울이는 시늉을 잠깐 해 보았다. 그리고 잇새에 끼어있는 두려움을 빼내려는 것처럼 혀를 꿈틀거렸다.

며칠 전 덴워드에게 칼을 쓸 수 없다는 사실을 처음 알았을 때도 두려움을 느꼈다. 그때의 두려움은 설명 가능한 것이었다. 두 명의 치안관이 이 넓은 개척도시의 치안을 감당할 수 있게 만드는 힘은 장검의 권위에서 나온다. 이파리 보안관과 나는 그 권위가 조건부로나마 마비되는 것이 마땅치 않았다. 하지만 지금은 왜?

나는 눈살을 찌푸리며 앞을 바라보았다. 왜 덴워드를 공격할 수 없다는 사실이 이렇게 신경 쓰이는 것이지? 낯선 타향에서 사고를 당한 열다섯 살짜리 소년이 받아야 할 것은 동정이지 경계가 아닐 것이다. 그런 경계심을 설명할 수 있는 황당한 가설이 하나 있긴 하다. 덴워드가 반드시 지켜야 하는 비밀을 내가 약간이나마 알고 있다는 것.

혀를 찰 수밖에 없다. 실로 피해망상이다. 덴워드의 인격에 대해서는 아는 바가 별로 없지만 나는 무엇이 합리적인지는 알 수 있다. 덴워드의 입장에서 볼 때 편들어줄 사람 하나 없는 이 땅에서 보안관 조수를 찔러 죽이는 것은 입막음을 하는 것이 아니라 더 큰 소동을 일으키는 짓이다. 아무리 비밀을 지키고 싶다고 해도 덴워드는 나를 공격할 수 없다.

그런데, 반대의 경우는?

내 얼굴에 핏기가 사라지는 것을 느낄 수 있었다. 얼굴을 쓰다듬으려고 팔을 반쯤 들어 올렸다가 황급하게 다시 내렸다.

그래서였나? 덴워드를 제압하면 지데를 부활시킬 수 있기 때문에?

소매 속에서 팔이 떨렸다. 서두르길 정말 잘했다. 포인도트 부인의 손뿐만 아니라 얼빠진 보안관 조수의 손에서도 덴워드를 구해야 하니까. 인복이 없는 이파리 보안관을 동정하며 나는 걸음을 서둘렀다. 하지만 곧 머릿속을 지우는 것보다 동전을 쓰다듬어 양각을 지우는 것이 훨씬 쉽다는 것을 알게 되었다. 도저히 지데와 부활에 대한 생각을 떨칠 수 없었다.

죽음이 부활의 전제조건에 불과하다면 살인자는 더 이상 살인자가 아니다.

티르 스트라이크도 더 이상 살인자가 아니게 된다.

제기랄! 덴워드의 말이 옳다. 그런 끔찍한 세상은……

왼팔이 아팠다. 봇뜨리가 실수로 약 대신 엉뚱한 걸 바른 것이 아닌가 싶다. 붕대를 풀고 상처에 찬물을 끼얹으면 더없이 상쾌할 것 같다. 물론 바보 같은 생각이다. 어깨까지 아파져 오는 것 같다. 혹시 상처가 썩고 있는 것이 아닐까? 이대로 팔이 썩어서 죽게 되면 어쩌지. 몸 왼편 전체에서 열이 나는 것 같다. 머리가 어지럽다. 제기랄. 머리가 너무 어지럽다……

"예. 레피란?"

"예?"

"불렀잖아요."

"아니오. 그런 적 없는데요?"

나는 레피란을 보았다. 조금 전보다 레피란의 얼굴이 잘 안 보였다. 조금 놀라며 하늘을 바라보았다. 밤새도록 걸은 것 같은 기분이었는데 아직도 하늘은 캄캄했다.

"미안합니다. 새소리 같은 걸 잘못 들었나 보군요."

레피란은 목소리를 낮췄다.

"여자 목소리였어요? 혹시 그 부인일까요?"

우리는 숨을 죽인 채 걸어온 길을 돌아보았다. 하지만 개구리 울음소리보다 더 의미 있는 소리는 아무것도 들리지 않았다. 내가 속삭였다.

"이야기는 안 하는 것이 좋겠습니다. 우리는 못 들어도 저쪽에선 우리 목소리를 들을 수 있을지도 모르니까."

"알아요. 그래서 지금까지 입을 다물고 있었지요. 하지만 너무 조용히 있으면 저쪽에서도 이상하게 생각하지 않을까요? 시내에서 이만큼 떨어졌으니 조금 떠드는 것도 방심하는 것처럼 보여서 괜찮지 않겠어요?"

그렇긴 하다. 하지만 무슨 말을 해야 할지 알 수 없었다. 덴워드도 딱히 할 말이 없는 것 같았다. 결국 레피란이 의견을 제시한 사람으로서 소음을 내기로 했다.

소음이라고 부르는 것은 미안한 일이었다. 레피란은 노래를 불렀다.

레피란은 가사 없이 콧노래를 불렀다. 듣기 좋은 가락이었지만 무슨 노래인지 알 수 없었다. 레피란도 오래 사는 엘프이고 항상 붙어 다니는 그녀의 상사 역시 나이가 적지 않은 사람이니 어쩌면 엄청나게 오래된 노래인지도 모른다.

좀 더 듣다 보니 흥미로운 특징을 더 발견할 수 있었다. 레피란의 콧노래는 원래 그런 식으로 불러야 되는 노래인 것 같았다. 그 증거로 가끔 휘파람이나 혀 차는 소리, 입술 붙였다 떼는 소리 같은 것이 섞여 나왔다. 노랫말을 그런 식으로 바꾼 거라고 생각하긴 어려웠다. 사람이 내는 소리가 아니라 동물의 소리 같았지만, 장단이나 가락은 분명히 사람의 것이었다. 묘하고 아름답고 투명한 노래였다.

아픔이 느껴지지 않았다.

나는 얼빠진 미소를 지었다. 노래를 듣다 보면 호흡이 노래의 장단을 따라가는 경우가 많다. 레피란의 부드러운 노래에 맞춰 내 호흡이 안정되었고 걷는 것이 편해졌다. 그래서 왼팔의 통증을 느끼지 않게 되었다. 주의를 기울이면 아픔이 거기 있다는 것을 알 수 있었지만, 그것을 외면하는 것은 어렵지 않았다. 편안한 기분 속에서 나는 한숨이 나오는 것을 느꼈다. 즐거운 한숨이지만 동행자들에게 쓸데없는 걱정을 줄 수 있었기에 나는 고개를 반대편으로 조금 돌린 채 조심스럽게 입을 벌렸다.

머리카락을 쭈뼛 서게 만드는 포효가 들려왔다.

한숨이 딱딱한 것이라면 내 이는 다 부러졌을 것이다.

반쯤 나온 한숨을 도로 삼킨 다음 나는 칼을 뽑아 들었다. 그 동작에서부터 뒤로 돌아서서 달려가는 동작까지는 스스로 생각해봐도 꽤 근사했다. 그다음 장면이 멋쩍은 것이 되고 말았지만. 나는 관의 옆부분을 탁 치며 말했다.

"피해요!"

말 옆구리 때리듯이 관을 치고 말했지만, 레피란이나 덴워드 모두 경악한 나머지 이상하다는 것을 느끼지 못했다. 관이 힘차게 달려나가지 않는다는 사실에 당황해하던 나는 조금 후에야 어이없는 짓을 했다는 것을 깨달았다. 나는 얼굴을 붉힐 겨를도 없이 레피란의 팔을 두드렸다.

"피해요! 위로!"

레피란은 내 말을 이해했다. 하지만 그 말을 따르지는 않았다. 첫 단추를 잘못 끼웠나 보다. 레피란은 내 어깨를 붙잡으며 말했다.

"당신도 올라와요! 다친 사람이 왜 설쳐요!"

말다툼할 새가 없었기에 나는 덴워드를 짐 상자 쪽으로 밀어붙이듯이 하며 관에 걸터앉았다. 곧 관이 둥실 떠올랐다. 낯선 움직임에 겁이 나서 다리로 관을 끌어안았다. 관은 지상에서 5미터쯤 되는 높이에서 멈췄다. 칼과 부상 때문에 양손이 다 불편한 나를 지지하기 위해 덴워드가 내 허리를 붙잡았다. 그가 다급하게 말했다.

"판사님 일행이 부인을 공격한 걸까요?"

"잡아줘서 고마워. 곧 알게 되겠지. 레피란! 안 되겠어요. 다시 내려갑시다. 나는 보안관님을 도와야 해요."

"걱정 말고 가만있어요. 여자는 판사님 못 이겨요!"

덴워드는 날카로운 헛웃음 소리를 내고 말았고 나도 얼굴에 복잡한 주름을 만들어야 했다. 무슨 말을 하고 싶은지야 이해할 수 있지만, 그 표현이 꼭 대단한 바람둥이를 말하는 것 같다. 그때 다시 포효가 들려왔다.

긴장하지 않을 수 없었다. 계속해서 소란이 일어난다는 것은 마그파라 판사가 포인도트 부인을 유혹하지 못했다는 뜻일까? 가능성이 적은 일이지만 만약 정말 상황이 그렇다면 문제가 심각해진다. 참지 못한 내가 아래로 뛰어내리려 했을 때 덴워드가 말했다.

"누가 옵니다."

나는 칼을 움켜쥐며 눈을 크게 떴다. 무엇인가가 이쪽으로 달려오는 것이 느껴졌다. 움직임은 곧 그림자가 되었다. 덴워드가 다시 속삭였다.

"네 발로 달려오는 것 같은데요. 카닛 같습니다."

내가 대답하기도 전에 저편에서 대답했다.

"티르. 나야."

그 목소리는 버샤드 포인도트의 것이었다. 내 몸을 붙잡고 있던 덴워드의 손에서 긴장이 빠져나가는 것을 느낄 수 있었다. 얼마 후 포인도트가 우리 앞에 도착했다. 그는 우리를 올려다보는 대신 관 아래의 허공을 보며 웅얼거렸다.

"끝났어."

이렇게 물어야 된다는 것이 가슴 아팠다.

"붙잡았어요?"

포인도트는 힘없이 고개를 끄덕였다. 잠시 후 그는 띄엄띄엄 말했다.

"보안관님과 판사님이 테나를 붙잡아두고 있어. 나보고 가서 알려주라더군."

이파리 보안관의 그 지시에는 포인도트를 그 자리에서 떠나보내려는 의도가 더 많이 담겨 있겠지. 뒤를 흘깃흘깃 돌아보는 포인도트의 모습을 보니 당장이라도 부인에게 돌아가고 싶은 것 같았다. 하지만 그곳에 가면 보게 될 건 정신이 나간 채 보안관에게 붙잡혀 있는 아내의 모습이다. 돈을 내고서라도 관람 거부를 해야 할 광경 아닌가.

나는 레피란에게 관을 내려달라고 부탁했다. 관이 땅에 내려선 다음 나는 덴워드와 함께 땅에 섰다.

"레피란. 판사님은 곧 관 안에 들어가셔야 하니까 당신은 빨리 돌아가야 해요. 관과 함께 가서 판사님을 태우고 다시 돌아오세요."

"당신은요?"

"우리는 가던 방향으로 계속 갈 겁니다. 포인도트 씨? 우리와 함께 갑시다."

포인도트는 깊은 생각에 잠긴 듯한, 그러니까 멍청해 뵈는 얼굴로 말했다.

"함께?"

이곳에 온 것은 포인도트의 5분의 1 정도인 것 같았다. 그가 돌아가겠다고 고집을 피울까 봐 강경하게 말했다.

"예. 포인도트 씨. 같이 갑시다."

포인도트는 조금 머뭇거리더니 말없이 고개를 끄덕였다. 레피란은 하늘을 한 번 바라보고는 관을 뒤쪽으로 돌렸다. 곧 그녀와 관이 우리 곁을 떠났다. 셋만 남게 되자 덴워드와 버샤드는 서로 눈을 마주치지 않으려 했다. 서로 얼마나 어색할지 가늠하기도 어렵다. 다행히 그들에게 시킬 일이 있었다.

"그럼 가지요. 마지막으로 만나볼 사람이 있습니다. 이 앞쪽에서 만나기로 했지요."

나는 말을 끝내자마자 앞으로 걸어갔다. 덴워드가 머뭇머뭇 내 뒤를 따라 걸었고 포인도트는 뒤를 흘끔흘끔 바라보며 발을 움직였다. 두 사람이 아무 말도 하지 않는다는 사실이 고마웠다. 내가 무심히 저지른 일에 경악하느라 정신이 없었기 때문이다.

레피란이 떠남으로써 이곳엔 덴워드의 정체를 아는 사람이 나밖에 남지 않게 되었다.

별들은 아직 찬란하지만, 밤은 이미 묽게 변해 있었다. 언제 시간이 그렇게 흘렀나 의아했다. 어쨌든 밤이 새벽으로 바뀌는 그 짧은 순간은 지나간 후였다. 따라서 나 대신 레피란을 돌려보낸 것은 합리적인 일이다. 일출이 오기 전에 마그파라 판사는 관에 들어가야 하고 관을 움직일 수 있는 것은 레피란이므로.

일출이 다가오고 있다.

살인자의 새날이 다가오고 있다.

빌어먹을. 무슨 수를 써도 벗을 수 없는 굴레엔 익숙해질 수 있다. 그 굴레를 자신의 다섯 번째 수족쯤으로 여길 수도 있다. 하지만 굴레가 벗겨질 가능성이 생기면 사람은 미치게 된다. 나는 다시 어머니가 되고 싶다는 테나 포인도트의 소망에 대해 고개를 가로저을 수 있었다. 하지만 다시 결백한 사람이 되고 싶어 하는 나 자신에게 그러는 것은 너무도 어려웠다. 덴워드는 어디로 가는 건지 궁금하다는 듯 앞쪽만 살폈고 포인도트는 부인이 있는 뒤쪽에만 관심을 두었다. 그래서 두 사람 모두 나에겐 시선을 보내지 않았다.

그들이 살인자를 보기 싫어서 시선을 회피하는 것처럼 느껴졌다.

지데는 빌어먹을 살인 미수범이다. 내 앞에서 두 번째 팔찌를 벗어 던졌을 때 지데는 자기 목숨도 던진 것이나 다름없다(왜 사람들은 다른 사람 다 죽어도 자기만은 안 죽는다고 믿는 걸까?). 또 지데는 닷새 동안 산 채로 지옥을 겪지도 않았다. 죽음이 자비롭다는 개똥 같은 소리에도 진실이 있다면 그것은 지데의 죽음에서 찾아볼 수 있을 것이다. 나는 순식간에 지데의 목을 날려버렸다. 지데는 자기가 죽는 줄도 몰랐을 것이다.

문제가 되는 것은 그녀를 죽인 칼이 내 손에 쥐어져 있었다는 점이다.

고상하지 않다는 비난은 얼마든지 감수하겠다. 결국 내가 구하고 싶은 것은 꽃다운 나이에 죽은 여자가 아니라 죽지 않기 위해 살인자가 되어야 했던 퇴물 칼잡이다. 따라서 지데가 되살아나도 절대로 사과는 하지 않을 것이다. 물론 감사도 받지 않을 것이다. 지데에게 해줄 말은 내 눈앞에서 꺼지라는 말뿐이다. 지데가 떠나면 케이토도 떠날 테지만, 어차피 무덤까지 함께 걸어갈 길동무는 자신뿐이다. 나만 결백하다면, 나를 견딜 수 있다면, 나를 보듬을 수 있다면……

내게 다가오던 세상이 멈췄다.

눈이 뻑뻑하고 등허리가 뻐근했다. 졸도했다가 깨서 곧장 유가족 사냥을 하는 짓이 얼마나 건강에 해로운지 알 수 있었다. 나는 비난하는 눈으로 세상을 보았다. 왜 멈췄지?

그야 내가 걸음을 멈췄기 때문이다.

나는 허기에 찬 시선으로 주위를 두리번거렸다. 산머리에 기대어 누운 왼쪽 하늘에는 아직 밤의 생기가 남아있었지만, 오른쪽 하늘은 새하얗게 시들어 있었다. 내 살인자의 얼굴을 덮어주던 친절한 밤이 시들고 있다. 해가 떠오르면 더 이상 기회는 없다. 칼은 덴워드의 손에 들어갈 것이다. 관에 탄 판사와 레피란이 올 것이다. 덴워드는 관을 타고 떠날 것이다. 떠오른 태양은 내 살인자의 얼굴을 비출 것이다.

기온이 올라가면서 왼팔의 통증이 더 커지는 것 같다.

나는 뒤로 돌아섰다.

앞쪽보다 뒤쪽에 관심을 두고 있던 포인도트는 내가 걸음을 멈추자마자 아예 뒤로 돌아섰다. 내가 볼 수 있는 것은 그의 등뿐이었다. 덴워드는 입술로는 담담함을, 눈썹으로는 의혹을 그리며 나를 보고 있었다. 하지만 그것은 적개심 어린 의혹은 아니었다. 열다섯 살. 아직까지는 믿고 싶으면 믿는 나이다.

"이카드."

"예?"

"고마워."

"……그건 제가 할 말인 것 같은데요."

"그제 말이야. 내 자랑거리가 누군가의 죽음밖에 없는 처지가 된다면 정말 부끄러울 거라고 했지."

"기억합니다."

"그 말을 하게 해줘서 고마워."

덴워드는 내가 오크 경전어로 말하고 있는 것이 아닌가 하는 표정을 지었다. 설명해 줄 수는 없었다. 설명을 하는 것은 나무를 깎아 모형 나무를 만드는 짓이 될 가능성이 높다. 그래서 나는 미소만 지어주고는 옆을 돌아보았다.

우리가 서 있는 길 서쪽으로는 측백나무숲이 우거져 있었다. 내가 날다람쥐라면 측백나무숲에서 날고 싶다. 삼나무에 비하기는 어렵지만, 측백나무도 꽤 키가 큰 편이니 나는 맛도 있을 테고 무엇보다도 잎이 부드러우니까. 반대로 전나무숲이나 소나무숲에선 별로 날고 싶지 않다. 그 뾰족한 잎들 사이로 날다간 온몸에 바느질 자국이 날 것 같다. 내가 본 날다람쥐들은 대개 나뭇잎 모양보다는 먹이 취득 가능성에 더 신경 쓰는 것 같았지만.

물론 내가 측백나무로 다가간 것은 활공의 가능성을 시험하기 위해서는 아니다. 나는 근처에 있는 측백나무들 중 가장 큰 나무 밑으로 다가갔다. 나무 밑동에 선 나는 감탄했다. 카닛이 이렇게 가까운 곳에서도 냄새를 맡지 못하다니.

나는 나무 위를 향해 말했다.

"내려오세요. 받쳐 드릴게요."

덴워드와 포인도트는 깜짝 놀라서 측백나무 위를 바라보았다. 비늘 덮인 손가락 같은 측백나무의 잎들이 자연스럽지 않은 방식으로 흔들렸다.

그리고 나라부스 의장의 모습이 나뭇가지들 사이에서 나타났다.

나라부스 의장은 밤새 나무를 탄 사람치곤 꽤 생생해 보였다. 나무 위가 그렇게 불편하진 않았던 모양이다. 누가 야채 뱀파이어 아니랄까 봐. 나라부스 의장은 세상에서 제일 큰 날다람쥐처럼 민첩하게 나무 아래로 내려왔다. 내가 도와줄 필요도 없었다. 땅에 내려온 나라부스 의장은 별말 없이 손만 붙임성 있게 흔들어 우리에게 인사했다.

포인도트가 넋이 빠진 얼굴로 말했다.

"냄새가 없었는데? 아."

포인도트도 왜 자신이 냄새를 맡지 못했는지 깨달은 모양이다. 나라부스 의장은 멋쩍은 표정을 짓다가 때마침 할 일 생각났다는 듯 등으로 손을 가져갔다. 그는 등에 메고 있던 짐을 풀어 내게 건넸다.

"고생하셨습니다. 의장님."

"아냐. 어릴 땐 자주 나무 위에서 밤을 보내곤 했지. 오랜만에 그랬더니 꽤 재미있었어."

나는 새끼로 감싼 칼을 잠시 내려다보았다. 이 칼을 손에 쥔 순간 고통스러운 갈등에 빠지게 될 거라 예상했지만 의외로 아무 감흥이 느껴지지 않았다. 그냥 끝났다는 기분밖에 들지 않았다. 나는 몸을 돌려 덴워드를 보았다.

덴워드의 모습은 가관이었다. 그는 경악과 절망감을 모두 표현하기엔 얼굴 근육이 모자란 사람처럼 보였다. 왜 그러는지 알 것 같다. 덴워드는 조금 전 내 말을 살인을 후회한다는 말로 이해했을 것이다. 물론 나는 그 살인을 후회한다. 하지만……

나무로 나무를 깎고 싶지 않았다. 나는 칼을 덴워드에게 내밀었다. 덴워드는 새끼가 둘둘 말려 있는 그 칼을 내려다보며 말했다.

"뭡니까?"

"자네 칼."

덴워드는 놀란 눈으로 나를 보더니 새끼를 더듬더듬 풀었다. 곧 아름다운 보랏빛 칼이 그 모습을 드러내었다. 덴워드는 칼을 위아래로 훑어보았다.

"제 칼이군요."

덴워드의 목소리가 약간 바뀌었다. 옛 기억을 자극하는 목소리였다. 제국군에 들어와 진검을 처음 쥐게 되는 신병들이 저런 목소리를 내곤 했다. 사람을 죽일 수 있는 무기를 쥐었다는 사실에 어깨가 굳지만 동시에 세상이 눈 아래로 보이게 된다. 사전에 그러지 말라고 주의를 주어도 꼭 한두 녀석은 홀린 눈으로 칼을 휘둘러보곤 한다. 나는 덴워드가 콧바람을 길게 내뿜거나 한숨을 내쉬길 기다렸다.

덴워드는 그러지 않았다. 뜻밖에도 그는 오른손에 칼을 쥔 채 가볍게 손목을 흔들었다. 그 행동이 어색한 것으로 느껴졌기에 나는 고개를 갸웃했다. 덴워드는 칼을 수습하는 대신 그것을 쥔 채 나를 보았다.

덴워드는 아무 말도 하지 않았다. 그것은 내가 예상했던 상황과 달랐기에 나 또한 아무 말 없이 그를 마주 보았다. 두 사람의 침묵이 한 사람의 침묵보다 두 배로 더 조용하지야 않다. 하지만 중압감은 두 배 이상이다. 덴워드와 나는 거의 동시에 뭔가 잘못되었다는 느낌을 받았고 상대가 그렇게 느낀다는 것도 깨달았다.

덴워드가 먼저 시선을 거두었다. 그는 내 모습을 위아래로 훑더니 몸을 옆으로 조금 틀어 나라부스 의장을 살폈다. 그의 얼굴이 점점 일그러졌다.

마지막으로 포인도트를 살핀 덴워드는 발작을 일으켰다.

비유가 아닌 사실 그대로의 발작이었다. 원래 검은 피부가 아니었다 해도 그 순간에는 시커멓게 변했을 것 같다. 튀어나올 듯 커진 눈, 경련하는 볼, 그리고 목구멍에서 새어 나오는 불쾌한 소리. 잠깐 동안이지만 나는 덴워드가 죽거나 영구적인 혼수상태에 빠지게 될 거라 확신했다.

실제로 덴워드가 보인 다음 반응은 더 고약한 것이었다. 덴워드는 기합이라고 부르기도 애매하고 비명이라 하기에도 어정쩡한 소리를 내며 칼을 들어 올렸다.

내 몸에서 진정한 행동파라고 할 수 있는 부분은 역시 손이다. 오랜 세월 관찰해 본 바에 의하면 내 손은 먹을 것이 있으면 가장 먼저 다가간다. 그래 봐야 언제나 입에게 뺏기게 되는데도 결코 그 짓을 그만둘 줄 모른다. 그 순간에도 내 손은 '덴워드가 심각한 발작을 일으켜 무의식적인 움직임을 하고 있구나' 따위의 멍청한 생각을 하고 있는 머리를 대신하여 행동에 들어갔다. 칼을 뽑아 든 손은 내 몸의 다른 부분에게 요청했다. '친구들, 따라와!' 그 요청에 부응하여 허리와 다리가 움직였다. 나는 덴워드의 어떤 공격에도 대응할 수 있는 위치와 자세를 취했다.

하지만 실제로 덴워드가 공격을 감행했을 때 나는 그것을 도저히 막을 수 없었다. 나는 덴워드의 칼이 나라부스 의장의 복부를 향해 날아가는 모습을 속수무책으로 보아야 했다.

무장하고 있는 자와 비무장인 자 중 상대의 공격에 더 취약한 것은 누구일까? 무장한 자는 분명 상대로 하여금 공격을 재고하게 하는 예방의 효과를 누릴 수 있다. 하지만 예방이 무의미해지는 순간, 즉 상대가 반드시 공격하겠다고 결심하고 그걸 행동으로 옮긴 순간엔 적극적 대응만이 중요해진다. 그런데 무엇이 적극적 대응일까? 칼밥을 남부럽지 않게 먹은 칼잡이는 상대의 공격을 인지하면 먼저 자기 무장부터 챙긴다. 당연한 대처이지만 이것은 관점에 따라 '시간 낭비'로 볼 수 있다. 반면 애초에 꺼내들 무장이고 뭐고 없는 사람은 그런 시간 낭비 없이 숙련된 칼잡이들은 시도하기 힘든 놀라운 기술을 시도할 수 있다. 놀라운 기술이라고 말했지만 사실 그건 술집이나 노름판, 시장 같은 곳에서 느닷없이 칼부림이 일어났을 때 자주 구경할 수 있는 기술이다. 그리고 엄청난 바보짓처럼 보이지만 의외로 성공률도 높은 편이다.

나라부스 의장을 찌르려는 덴워드의 팔목을 포인도트가 덥석 움켜쥐었다.

칼잡이답게 칼부터 뽑던 나는 깜짝 놀라 그 모습을 바라보았다. 곧 버샤드와 덴워드는 장검을 함께 높이 쳐든 채 춤을 추기 시작했다. 버샤드의 난입을 예상치 못해 잠깐 휘둘리긴 했지만 덴워드는 역시 기사다운 대응을 보여주었다. 덴워드는 버샤드를 슬쩍 밀었다가 그대로 칼과 팔을 이용하여 버샤드의 왼팔을 얽어 끌어당겼다. 그렇다. 무장하고 있거나 비무장이거나 하는 건 사실 그리 큰 문제가 아니다. 처한 상황에서 자신이 가지고 있는 것의 가치와 용도를 재빨리 알아내고 그것을 현실화시키는 실행력과 침착함이 중요하다. 덴워드의 경우를 놓고 본다면, 그는 칼의 용도를 베고 찌르는 무기가 아닌 결박 장치 및 지렛대로 순식간에 바꿨다. 그것을 '놓쳤다간 자신을 베고 찌를 무기'로만 여겼던 버샤드가 그 좋은 체격에도 불구하고 휙 날아가 버린 건 당연한 일이다.

포인도트는 땅에 나가떨어지며 '캥!' 하는 소리를 냈다. 하마터면 그 품위 없는 비명이 포인도트의 유언이 될 뻔했다. 머리끝까지 화가 치민 황족 소년이 그대로 칼을 휘두르려 했기 때문이다. 하지만 이미 시간은 게으르기 짝이 없는 보안관 조수라도 상황에 개입하기엔 충분할 만큼 지난 상태였다.

나는 거칠고 우악스럽고 무시무시하면서, 가만히 내버려 둬도 칼날이 덴워드 근처에도 가지 않을 횡 베기를 선사했다. 고맙게도 덴워드는 내 칼을 막는 쓸데없는 짓을 한 다음 뒤로 물러섰고 나는 그 틈을 노려 나라부스 의장과 포인도트를 등지고 섰다. 그러곤 약간 더 위험하지만 역시 막을 수 있는 기술 하나를 더 던져주어 덴워드에게 되받아치기를 감행하게 만든 다음 검의 타격 중심 윗부분을 호되게 갈겨주었다. 덴워드는 팔이 홱 비틀어지는 느낌에 질겁하며 다시 크게 물러났고 나는 빈틈을 보인 백금기사의 콩팥을 적출하는 대신 고함을 질렀다.

"물러나요! 도망쳐요!"

"안 돼!"

덴워드가 단말마에 가까운 소리를 지르며 달려들었다. 아찔한 순간이었다. 덴워드의 돌격은 자기를 돌보지 않는 것이었다. 그 말은 내가 아무리 엉성한 공격을 하더라도 덴워드는 막지 못했을 거라는 뜻이다. 하지만 바로 그때 매일 아침 찾아오는 새로운 하루는 역시 기적임이 드러났다. 떠오른 태양이 덴워드의 눈에 햇빛을 쏘아 보낸 것이다. 질겁한 덴워드는 눈을 감은 채 칼을 마구 흔들며 물러났다. 나라부스 의장과 포인도트가 도망치는 것을 곁눈질로 확인한 나는 덴워드에게 집중했다. 머리를 절절 흔들던 덴워드가 눈물이 그렁한 눈으로 나를 보다가 고함을 질렀다.

"뭡니까!"

순간적으로 간담이 서늘해졌다. 황족에게 무기를 사용했다는 사실을 떠올리자 심장이 멎을 것 같았다. 하지만 왼팔의 통증과 함께 가슴속을 짜르르 울리는 오기도 피어올랐다. 어쨌든 피습당한 것은 우리 시민이고 나는 이 도시의 보안관 조수다. 그 사실이 세상의 무엇보다도 중요한 사실처럼 생각되었다.

"칼 버려!"

나는 대답도 기다리지 않고 덴워드에게 쇄도했다.

내가 이 시대 최고의 칼잡이라고 주장할 생각은 추호도 없지만 그래도 왼팔 하나가 고장 났다고 해서 밑천 거덜 난 꼴을 보일 칼잡이는 아니라고 자부할 수 있다. 내 수준이 그 정도였다면 제국군이 내게 급료를 지불하지 않았을 거라는 점은 둘째치고서라도 내 목숨을 보전하기도 어려웠을 것이다. 근력이나 민첩성에서 나와 아예 수준이 다른 신병들에게 박살 났을 테니까. 조금 전 포인도트를 날려 보낼 때의 모습으로 보건대 덴워드도 제대로 검을 익힌 것 같았지만 그래도 무장 해제는 신병을 죽이지 않고 가르쳐야 했던 내게 더 익숙한 분야다.

하지만 덴워드는 내 모든 기술을 무력화시키는 대단한 방어 기술을 펼쳐 보였다. 그는 나를 무시했다.

내가 아는 무장 해제 기술은 모두 상대방의 공격을 전제로 하는 것이다. 자신을 공격하지도 않는 적을 무력화시키는 기술을 익힐 칼잡이가 어디 있겠는가. 덴워드는 나를 깨끗이 무시한 채 도망치는 두 사람을 향해 달려갔다. 정신이 나간 듯한 소년이 장검을 휘두르며 쫓아오자 저 멀리서 슬금슬금 도망치던 두 사람은 그야말로 엉덩이에 불이 붙은 기세로 도망쳤다. 두 사람은 곧 측백나무 숲으로 뛰어들어 모습을 감췄다.

그리고 덴워드는 계속 나를 무시한 채 숲으로 달려갔다. 어이가 없었지만 그렇다고 해서 홧김에 등을 찌를 수도 없었기에 나는 덴워드의 다리를 향해 가위차기를 날리는 것으로 만족하기로 했다. 나의 인도적인 대응 덕분에 덴워드는 공중에서 한 바퀴 돌아 목이 부러질 기세로 땅을 들이받았다. 재빨리 일어난 나는 그의 보랏빛 칼을 저편으로 걷어차고는 신음하고 있는 덴워드에게 칼을 겨누었다.

"불법무기 사용, 공무집행 방해, 살인 미수…… 제기랄. 뒤에 서면으로 제출하지. 그건 대강 넘어가고, 미쳤냐? 도대체 무슨 짓이야?"

덴워드는 대답하지 못했다. 내 인도적 대응이 남긴 후유증이 만만찮았던 모양이다. 몇 번이나 헛구역질과 숨넘어가는 소리를 내던 덴워드가 가까스로 말을 꺼냈다.

"당신 미쳤어요?"

"술, 여자, 재밋거리는 빼고?"

"누가 당신이랑 에조벤 샤이트 이야기하자고…… 왜 그래요!"

"그 질문 포장도 안 뜯고 반환합니다. 이 미친 자식아. 뭐 하는 짓거리야! 왜 사람을 찌르려고 한 거야!"

"나보고 찌르라고 했잖아요!"

이 녀석이 정말 돈 건가? 이제 곧 내게 '당신한텐 저 목소리가 안 들려요?'라고 물을 건가?

"내가 언제!"

"내가 임무를 끝낼 수 있는지 물었잖아요? 나한테 칼 넘겨줬잖아요? 찌르라는 것 아니었어요? 그래서 찌른 건데? 지상과 지하의 주인에게 칼이 넘어가는 것을 막으려고……"

"뭐? 그게 무슨 소리야. 나라부스 의장님이 지상과 지하의 주인이라고?"

"예? 무슨 소리예요. 지상과 지하의 주인은 식물이잖아요?"

식물? 식물? 식물?

"뭔물?"

"식물이요. 줄기와 뿌리를 가진 자요!"

순간 세상의 다른 소리들이 사라졌다. 대신 이명이 들려왔다.

나무와 풀은 '지상과 지하'에 걸쳐서 산다.

지상에 사는 것도 아니고 지하에 사는 것도 아니다. 동시에 양쪽에 산다. 뿌리는 지하에, 줄기와 잎은 지상에 있기 때문에. 맞아요. 안셀. 체면이 땅에 떨어졌다는 말을 하면 식물들은 의아해할 거예요. 그건 바닥이 아니니까요. 우리의 바닥은 식물에겐 허리쯤일까요? 덴워드는 숨도 못 쉬며 나를 보다가 질겁했다.

"몰랐어요?"

"악마인 줄 알았는데."

"뭐라고요?"

"지상과 지하의 주인 말이야. 악마 아니었어? 식물이야?"

덴워드는 입을 헤벌린 채 나를 멍하니 바라보았다. 같은 표정을 짓고 싶었지만 그다지 미래 지향적이지도 않았거니와 떠오르는 질문들도 방기할 수 없었다. 나는 황급히 질문했다.

"그런데 나라부스 의장님은 왜 찌르려고 한 거야?"

"당신 정말 아무것도 모르고…… 악마라니…… 무슨 헛소리야. 악마라니……"

"의장님은 왜 공격한 거야!"

"그야…… 칼을 재배할 자니까……"

분명히 흠잡을 데 없는 제국어이긴 한데 이해가 안 된다. 뭘 재배해?

"뭐라고?"

마침내 덴워드가 충격에서 빠져나왔다. 그는 격분하여 외쳤다.

"그자는 동물의 배신자예요! 지상과 지하의 주인을 위해 칼을 재배할 야채 뱀파이어라고요!"

"칼을 재배하다니, 무슨 소리야. 그 칼은 저기 있잖아."

내가 걷어찬 보랏빛 칼을 가리켰다. 내 손길을 따라 칼을 돌아본 덴워드는 어이없다는 표정으로 나를 보다가 경기를 일으켰다.

"맙소사, '메뚜기'가 그 칼이라고 생각했던 거예요? 그래서 빼돌렸다고요? 어떻게 그런 말도 안 되는 착각을…… 아니에요! 저건 동물의 배신자를 찾아내기 위한 칼이에요! 우리는 저 메뚜기의 인도를 받아서 여기까지 온 것이고!"

"칼을 따라오다니, 그게 무슨 소리야?"

"메뚜기는 마법검이에요! 동물의 배신자를 찾아내기 위해 시인들이 만든 칼이라고요. 보세요! 당신이 가지고 있어야 하는데 어느새 그 야채 뱀파이어에게 가 있잖아요!"

"내가 가지고 있어야 한다고?"

질문하다가 문득 덴워드가 무슨 소리를 하는 건지 깨달았다. 덴워드는 내 짐작 그대로 말했다.

"보관증이오! 내가 당신한테 보관하고 있으라고 했잖아요! 칼이 이동하는지 확인하려고 그런 거예요. 그런데, 봐요. 메뚜기는 저 야채 뱀파이어에게 갔잖아요! 그게 바로 저 야채 뱀파이어가 그자라는 증거라고요! 그래서 난 찌를 수밖에……"

"제기랄. 그건 마법이 아니야. 내가 내린 결정이라고. 이 습한 여름에 칼을 보관할 만한 건조한 장소를 찾으려다가 의장님의 창고를 고른 것뿐이라고. 건조한 목재 창고 말이야."

"뭘 모르는 건 당신이에요. 그게 바로 마법이 이루어지는 방식이라고요!"

통렬한 비아냥을 던져주려다가 문득 의혹을 느꼈다. 단지 건조한 보관 장소가 있다는 이유로 장검을 민간인에게 맡긴 내 태도가 자연스러웠던 건가? 장검이 보안관 사무실에 있다고 증명하는 문서를 작성한 직후에 장검을 사무실이 아닌 다른 곳으로 옮긴 그 행동은 나다운 것이었는가? 그 당시 어색한 기분은 전혀 들지 않았다. 그리고 사실 지금도 마찬가지다. 나 자신을 표현할 말 중에 원칙주의자 같은 건 없으니까. 그게 티르 스트라이크 하기의 그릇된 방법 같지는 않다…… 하지만 덴워드의 말처럼 그 때문에 저 메뚜기라는 칼이 나라부스 의장에게 가게 된 것도 사실이다.

"지금까지도 저 칼은 자기가 그렇게 하기로 결정했다고 믿는 사람들의 손에 의해 이동했다고요! 2년 전 보관되어 있던 장소에서 처음 나올 때도 그랬어요. 그 불목하니는 자식 약값을 마련하기 위해 저 칼을 훔쳤어요. 우리는 모두 평범한 도난 사건이라고 생각했지만 대신, 어, 그러니까 어떤 현명한 분이 저 칼이 드디어 움직이기 시작한 거라고 판단했어요. 과연 저 칼은 도망치던 장물아비의 짐에서 흘러나왔다가 우연히 그걸 주운 용병의 손으로 움직였고, 그 용병이 강도를 당한 다음 강도의 손으로 옮겨갔어요. 제기랄. 생각해 보니 꼭 자기 결정에 따른 일만은 아니었군요. 소유자가 탄 배가 폭풍에 시달리다가 엉뚱한 항구에 도착하기도 하고 도박에 판돈 대신 걸렸다가 소유자가 바뀌기도 하고…… 그 후로도 계속 이 손 저 손으로 옮겨갔어요. 자연스럽게! 이름 그대로 메뚜기처럼! 우리 모두는 정신없이 추적만 할 수밖에 없었어요. 처음에는 백 명이 넘었는데 계속해서 논리 없이 제멋대로 움직이는 칼을 따라서 온 세상을 돌아다니다 보니 겨우 세 명밖에……"

추리 하나는 맞았군. 어린애가 포함된 고작 세 명이 황제 폐하를 위해 움직였던 것이 아니라 세 명밖에 남지 않았던 것이군. 하긴 그래야 말이 되지.

"그러니까 자네와 자네 친구들은 저 메뚜기인지 뭔지 하는 마법검의 인도를 받아 동물의 배신자를 죽이러 왔다는 거지? 그런데 동물의 배신자가 뭐야?"

"식물에게 칼을 만들어주어 식물의 왕을 등극시켜 모든 동물을 식물의 노예로 만들 야채 뱀파이어입니다!"

이게 왈왈이야, 멍멍이야, 컹컹이야?

"동물을 식물의 노예로 만든다고? 어떻게?"

"어떻게라니! 바봅니까? 당신 그 팔은 왜 다친 건데요?"

왼팔을 바라보았다. 조금 전의 충격 때문에 상처가 벌어진 건지 붕대가 벌겋게 물들어 있었다. 보기 사나운 광경이었지만 눈을 뗄 수가 없었다. 덴워드가 하려는 말이 무슨 뜻인지 알 것 같았기에. 덴워드는 내 지능을 완전히 불신하기로 결정했는지 설명을 덧붙였다.

"식물의 편에 붙은 여자가 당신을 공격한 거잖아요! 독미나리를 먹고 그렇게 되었다면서요!"

어제 포인도트 부인은 말했다. '조금 전 다시 독미나리를 먹었지요.'

"포인도트 부인이…… 식물의 편이 된 거라고?"

"그래요! 죽은 딸을 살리려고! 아까 시장님 댁에서 다 이야기하지 않았습니까? 잠깐만. 당신 그때도 악마에 대해 이야기하고 있었던 겁니까?"

멍청하고 불쌍한 표정을 지을 수밖에 없었다. 아, 그래. 맞아. 그런 이야기 했었지. 부활을 휘둘러 우리를 하찮게 만들어버리는 독재자와 학대받고 멸시받으면서도 자발적으로 충성하는 우리. 하지만 그건 악마 이야기였는데. 악마였다고. 식물이라면…… 식물이라니. 악마라면 어울리지. 식물? 갑자기 머릿속이 어두컴컴해지는 것 같고 갈피를 잡을 수가 없게 되었다.

덴워드는 곧 발을 쾅쾅 구를 것 같았다. 그러나 정체를 숨긴 황족은 보다 건설적인 행동을 하기로 했다. 그는 땅에 떨어진 메뚜기를 대뜸 집어 들었다. 순간적으로 칼을 휘두를 뻔했다가 간신히 참았지만, 덴워드는 내 기세를 깨닫지 못했다.

"도대체 어디까지 도망간 거야, 제기랄. 불러요! 도로 불러들여요! 카닛이라면 당신 목소리 들을 수 있을 테니까!"

"불러오면? 그러면 의장님을 죽일 건가?"

"그것 때문에 여기까지 온 거예요! 칼이 재배되면 손을 쓸 수 없어요. 그 전에 칼을 재배할 야채 뱀파이어를 죽여야 해요!"

"어, 그러니까 자네 지금 보안관보한테 당신네 시민을 죽이는데 협조 좀 부탁한다고 말하는 건가?"

"제발 바보 흉내 그만둬요!"

"뭐라고?"

"이건 그렇게 지엽적인 문제가 아닙니다. 도시도 아니고 국가도 아니에요. 인간이라는 종의 문제도 아니고 사람이라는 과의 문제도 아닙니다! 이건 물벼룩부터 드래곤까지 모두 포함하는 계의 문제라고요! 지금 위험에 처한 건 동물계란 말입니다!"

물벼룩부터 드래곤까지라. 그 둘이 같은 범주에 묶인다는 사실이 기막혔다. 물벼룩이 쥐를 볼 때 느끼는 기분이 쥐가 드래곤을 볼 때의 느낌과 비슷할 텐데. 어쩌면 물벼룩과 드래곤은 서로를 불가지론적 존재로 치부할지도 모르겠다. '들어는 봤는데 말이야. 그런 말도 안 되는 게 진짜로 있다는 거야?' 그토록 다른 둘을 함께 외연으로 하는 단어? 물론 나는 동물이라는 말을 알고 있고 자주 쓰기도 한다. 그리고 그것이 식물에 대비되는 말이라는 것도 머리로는 안다. 하지만 내가 동물과 식물이라고 말할 때 그것들은 남자와 여자처럼 대등한 가치를 가진 말은 아니다. 그보다는 전경과 배경에 가깝다.

그렇다. 전경과 배경. 그게 맞다. 내게 식물들은 언제나 배경이다. 없으면 놀랄 테지만 있는 동안에는 있다는 사실도 거의 인식하지 못하는 것들. 덴워드가 저토록 핏대를 세우고 있음에도, 그리고 이성적으로 생각해 보면 꽤 긴장할 만한 일인 것 같은데도 도무지 위기감이나 긴박감을 느끼기 어려운 이유가 바로 그것이다. 식물이 동물을 지배하다니.

농담으로밖에 들리지 않잖아.

"의장님을 부르진 않겠어. 난 아직 자네가 무슨 소리를 하는 건지 잘 모르겠어. 잘 알지도 못하면서 책임지지도 못할 일을 하는 건 치안 관이 아니라도 할 짓이 아니지. 반면 자네의 경우엔 법률이 명백히 금 지하고 있는 행동을 이미 저질렀지. 의장님에게 상해를 입히려 했어. 칼 버려."

덴워드는 이런 무지와 아집의 절묘한 결합은 듣도 보도 못했다는 표 정으로 나를 노려보았다. 이 자식아. 너도 조금은 도와줘야 나도 도와 줄 명분이 생기는 거 아냐. 대충 못 알아먹겠어?

못 알아먹은 모양이다. 덴워드는 공격 자세를 취했다.

상황이 그 누구도 '그래도 좋은 면을 봐야지'라는 말을 꺼내기 힘 든 방향으로 흘러가고 있음을 느꼈지만, 도리가 없었다. 어쩔 수 없이 대응 자세를 잡았을 때 나는 분노로 이글거리던 덴워드의 눈에 갑자기 의문과 두려움이 떠오르는 것을 보았다. 덴워드는 입술을 마구 빨아들 이다가 탁한 목소리로 말했다.

"임무를 실패할 순 없어."

덴워드가 자기 정당화에 들어갔다는 것을 알 수 있었다. 변신한 위 어울프를 선 채로 효수한 보안관 조수와 싸우지 않아야 하는 이유라면 야 어렵잖게 찾을 수 있을 것이다. 그런데 그 정당화의 결과가 충격적이 었다. 덴워드는 자세를 바꾸었다. 놀랍게도 그것은 내가 본 가장 완벽 한 방어 자세였다. 누구에게라도 추천할 만한 그 궁극의 방어 자세를 수련하기 위한 방법은 이러하다. '시간을 내서 제국을 하나 세운 다음 황제가 되어라. 귀찮다면 당신 가족 중 누군가에게 대행시켜도 된다. 당신이나 당신 가족 중 누군가가 이미 그 번거로운 과정을 거쳤다면 바로 사용할 수 있다.'

덴워드는 칼을 거꾸로 하여 땅에 세우더니 폼멜 위에 두 손을 겹쳐 얹고 똑바로 섰다.

입술을 깨물었다. 덴워드와 빠르게 눈빛을 교환해본 결과는 내 예상대로였다. 덴워드는 신분을 밝히진 않겠지만 여차하면 그러겠다는 뜻으로 그 자세를 취한 것이었다. 절로 칼끝이 아래로 떨어지고 말았다.

내 눈을 똑바로 들여다보며 덴워드가 말했다.

"잘 들으십시오. 제발 잘 들으십시오."

"……내 귀가 두 개라고 두 번씩 말할 필요는 없는데."

"진지하게 들으십시오! 나는 그 야채 뱀파이어를 찾아내 죽일 겁니다. 그가 칼을 재배하고 나면 늦습니다. 그 전에 죽여야 합니다. 당신이 이 상황을 조금이라도 이해한다면 당신은 나를 도왔을 겁니다. 이건 당신과 당신이 아는 모든 것을 위한 일이니까요. 하지만 그러기 어려울 테니, 부탁합니다. 제발 방해만 하지 말아주십시오."

"제기랄. 설명을 해봐. 덮어놓고 살인을 눈감아달라니, 그게 말이 되는 소리……"

말을 맺지 못한 채 나는 무의식적으로 봉수대 방향을 흘끔 쳐다보고 말았다. 빌어먹을 유니콘 같으니.

"설명을 한다 해도 살인을 눈감아주는 건 쉽지 않겠지만."

덴워드는 어이가 없다는 표정으로 나를 훑어보았다. 순간 그 녀석이 무슨 말을 할지 깨달았다. 내가 뭐라 말하기도 전에 덴워드의 입에서 그 말이 튀어나왔다.

"당신은 그 여자를 죽인 것이 부끄럽지 않다고 했잖습니까?"

녀석의 말은 굶주린 맹수였다. 내 배를 가르고 뜨뜻하고 부드러운 내장을 탐식하는. 현기증과 저림도 고통이었지만, 무엇보다 견딜 수 없는 건, 허기였다. 배 속이 차갑게 식어가는 듯한 허기에 견딜 수가 없었다. 내 표정을 보던 덴워드가 적선하듯 말을 던졌다.

"시험받은 적도 없는 도덕을 지키고 있다고 착각하는 다른 얼간이들이라면 몰라도 당신은 그러지 마십시오!"

그리고 덴워드는 나라부스 의장을 쫓기 위해 숲으로 뛰어들었다.

개인적 관점임을 전제하고 말하는데 결혼식에서 상용되는 저 유명한 문구 '죽음이 두 사람을 갈라놓을 때까지'는 헛소리계의 공작쯤 되는 헛소리다. 갈라놓다니. 죽음만큼 확실하게 두 사람을 결합시키는 것도 드물다. 나는 지데의 살인자고 지데는 나의 피살자이며 그 사실은 물벼룩부터 드래곤까지 세상의 모든 동물이 덤빈다 해도 바꿀 수 없다. 그런데 뭐가 '갈라놓을 때까지'냐.

멋진 생각이 떠올랐다. 정확히 왜 멋진지는 알 수 없었지만 당장 시행한 걸 보니 멋진 생각이 맞나 보다.

나는 머리를 쥐어뜯으며 비명을 질렀다.

어이, 세상. 내 비명 소리 어때? 10점 만점에 몇 점?

7

관에 걸터앉은 채 한쪽 뺨을 괴고 나를 내려다보던 이파리 보안관
이 긴 한숨을 내쉬고 말했다.

"티르. 네가 세상을 사랑하는 건 잘 알겠는데, 아침부터 그러진 마
라. 사랑할 때도 때와 장소라는 것이 있다."

"전 세상을 애무하고 있는 중이 아니라 그냥 땅에 얼굴 박고 있는
건데요."

"아니. 넌 세상에 대한 끓어오르는 사랑을 주체하지 못해서 명백히
실패할 수밖에 없는 포옹을 하려고 애쓰고 있는 중이야. 난 아침부터
땅에 얼굴 박는 조수는 필요 없거든."

"진정한 사나이라면 빈털터리가 된 채 징징 울며 개평 달라고 조르
고, 취한 채 옛 애인 창문 밑에서 고함지르고, 아침부터 맨땅에 얼굴을
박을 수 있어야 합니다. 그 당연한 권리를 제한당한다면 전 보안관 조
수 그만두겠습니다."

"으음. 사나이의 권리를 내세우다니, 할 수 없군. 그런데 네 후임이 될
가능성이 높은 사람이 누군지는 알지?"

"……일어났습니다."

땅에 엎어져 있는 나를 보고 놀랐다가, 보안관과 내 대화를 들으며
점점 혼란스러워하던 레피란은, 내가 벌떡 일어서자 끝내 두 손 들었다
는 표정을 지어 보였다. 보안관은 내가 옷을 터는 것을 보다가 퉁명스럽
게 말했다.

"도대체 무슨 상황이야? 다른 사람들 어디 갔어?"

"덴워드 이카드가 나라부스 의장님을 죽이려고 했고, 그래서 의장님과 포인도트 씨는 함께 도망쳤습니다. 이카드는 칼 들고 두 사람을 따라갔고요."

"……살려달라는 소리 들릴 때쯤 찾으면 되겠군."

"그편이 찾기도 쉽겠죠."

레피란이 다시 혼란에 빠졌다.

"이것 봐요. 그게 무슨 소리들이에요, 그러면 늦잖아요!"

"살려달라고 외치는 건 덴워드 이카드다. 도시락."

"예?"

"의장님 옆에 버스가 있다고 했잖아. 씩씩거리며 따라오는 인간한테 숲속에서 붙잡힐 카닛은 없어. 이카드는 여기 지리도 잘 모르고. 버스가 작심하고 술래잡기해 주면 몇 시간 내에 이카드 입에서 사람 살리라는 소리 나오게 돼. 티르가 사람 죽이겠다는 작자 안 따라가고 여기서 땅한테 애정 표현하고 있었던 건, 그렇게 될 걸 다 예상했기 때문이 아니라, 그냥 이 녀석 머리가 판정 외 등급이라 그런 것이고."

"그래도 부모님이 주신 머리라서 제겐 소중해요. 다른 머리에 한눈 팔지 않고 평생 함께할 겁니다."

"끝내고 시작해. 이카드가 왜 우리 시의회 의장님을 죽이려 한다는 거야? 우리 시 예산 구조가 마음에 안 든대?"

자, 드디어 이 질문이 나오는군. 나야 원래 적당한 답 없이 문제를 만나는 경우가 많지만, 이번엔 특히 당혹스럽군. 나는 대답하는 대신 마그파라 판사의 관에 앉아 있는 마지막 사람을 보았다.

테나 포인도트는 묶여 있지도 않았다. 어째서 그런지 알 것 같았다. 시엔피르 마그파라 판사가 관에 들어가기 전 그녀에게 도망치지 말라고 명령했을 것이다. 포인도트 부인은 그런 자신의 상태에 분노하고 있는 것 같지도 않았다. 아마도 레피란이 해준 듯한 응급 처치가 된 모습으로 포인도트 부인은 조용히 땅만 내려다보고 있었다. 나는 그녀의 모습에 유의하며 말했다.

"이카드는 나라부스 의장이 지상과 지하의 주인을 위해 칼을 재배할 야채 뱀파이어이기 때문에 그를 죽여야 한다고 말하더군요."

보안관은 뜨악한 표정으로 나를 바라보았다. 한편 레피란은 눈이 휘둥그레져서 말했다.

"그 야채 뱀파이어가 악마를 위해 칼을 재배한다고요?"

"아뇨. 레피란. 악마가 아니랍니다. 제가 처음에 착각했던 것처럼 신도 아니고요. 지상과 지하의 주인은 식물이래요."

레피란이 이파리 보안관을 흉내 내기 시작했다. 그때 드디어 포인도트 부인이 고개를 들어 올렸다. 얼굴의 반이 붕대에 감겨 있었지만, 나머지 반에는 미소가 어려 있었다. 나는 그녀를 계속 보며 말했다.

"예. 식물이 지상과 지하의 주인이랍니다."

"아니, 식물이라니. 이거 참, 당혹스러워서. 식물이요? 식물? 풀과 나무 말하는 거예요?"

그때 포인도트 부인이 입을 열었다.

"생명의 주인이죠."

우리는 부인을 쳐다보았다. 시선은 똑같지 않았다. 레피란과 나는 해명을 기대하는 시선을 보냈지만, 이파리 보안관은 '언제 웃으면 됩니까, 부인?'으로 번역되는 눈빛을 하고 있었다. 포인도트 부인은 이파리 보안관의 도전적인 시선에 아랑곳하지 않고 말했다.

"줄기와 뿌리로 지상과 지하를 이어요. 죽음과 삶을 잇죠. 그래요. 동물은 꿈도 꿀 수 없는 위대한 힘. 생명을 만들어내는 힘이 식물에겐 있지요."

레피란이 항의했다.

"동물은 생명을 만들어낼 수 없다고요? 하지만 부인은…… 아니, 그건 출산을 담당하는 성별이 입에 담기엔 잘못된 말 아닌가요?"

"당신은 딸을 낳지 않았냐고 말하고 싶었어요?"

레피란의 얼굴이 창백해졌다. 포인도트 부인은 고개를 끄덕였다.

"예. 아가씨. 딸을 낳았죠. 여섯 해 동안 길렀고요. 그러니까 짜증을 슬슬 내기 시작할 때죠. 오냐오냐하던 시기는 지나고 버릇을 가르친답시고 꾸중도 하고 험한 말도 하기 시작할 때였죠. 올해 들어 그 애한테 제대로 웃어준 적이 있는지 기억도 안 나요. 대신 하지 마, 안 돼, 혼날래? 같은 말을 입에 달고 있었죠. 무슨 배짱으로 그랬는지 모르겠어요."

"죄송합니다. 부인. 정말로…… 유감이에요."

"이제는 웃어줄 수가 없어요. 다시 땅속에서 꺼냈는데, 예전 모습 그대로였는데, 그럴 수가 없었어요. 한 번만 웃어줄 수 있으면 좋겠는데."

포인도트 부인의 표정엔 별 변화가 없었지만 레피란은 당장이라도 울음을 터뜨릴 것처럼 보였다. 그때 부인이 묘한 말을 꺼냈다.

"이상하지 않아요? 바뀐 건 하나도 없는데."

"예?"

"서니는 구멍에 빠지기 전 모습과 다를 것이 없었어요. 머리도, 이도, 손도, 발가락 하나까지도 그대로였어요. 조금 커졌다는 것뿐이지 제가 낳은 그대로였죠. 하지만 그 애한테 웃어줄 수가 없었어요. 아가씨. 제가 정말로 그 애한테 생명을 줬나요? 그랬다면, 왜 다시 줄 수 없죠?"

"그건, 저, 그건……"

"왜냐하면, 전 서니에게 생명을 준 적이 없기 때문이죠. 전 그냥 서니를 낳았을 뿐이에요. 가만히 생각해 보니 정말로 그랬어요. 그렇지 않아요? 만일 6년 전 그 애를 낳고 나서 그대로 내버려 뒀다면 그 애는 몇 시간 만에 죽었을 테죠. 하지만 서니는 지난 6년 동안 살아있었어요. 어떻게 그럴 수 있죠? 지난 6년 동안 그 애를 살아있게 한 건 뭐였죠?"

레피란은 어안이 벙벙해져서 말했다.

"그건…… 예? 어, 그거야……?"

"그 애는 생명을 먹었기 때문에 살아있는 거예요. 제가 서니한테 준 건 생명이 아니라 생명을 먹는 능력이죠."

레피란은 멍한 눈으로 포인도트 부인을 바라보기만 했다. 부인이 계속 말했다.

"육식 동물은 초식 동물을 먹고 초식 동물은 식물을 먹죠. 동물은 스스로 생명을 만들어내는 것이 아니라 다른 곳에서 가져와요. 하지만 식물은 흙과 물과 바람과 햇빛이라는 생명이 없는 것들을 먹어요. 어디서 가져오는 것이 아니에요. 아시겠어요? 어디서 생명이 오는 건지? 식물이 생명을 만들어내는 거예요. 이 세상에 꽉 차 있는 생명은, 당신도 나도 보안관님도 티르도 모두 식물이 만들어낸 거예요. 그게 없으면 우리 모두는 똑같은 무게와 부피의 고깃덩어리와 다를 것이 없어요."

"무슨 말씀을 하시는 건지는 알겠는데……"

"그리고 우리가 정말로 고깃덩어리가 되면, 우리가 죽어서 지하로 사라지면, 뿌리가 우리를 빨아들여서 다시 생명을 부여하여 이 지상에 돌려놓죠."

그 말을 하며 보인 포인도트 부인의 미소에 소름이 돋았다. 부인은 약간 몽롱한 어조로 말했다.

"그래요. 식물은 죽은 것을 되살려요. 지하와 지상에 걸쳐 있기 때문에 지하와 지상을 잇는 통로죠. 죽음과 삶의 통로에요. 죽은 자들은, 우리 곁을 떠나 지하로 갔던 이들은 그 통로를 통해 다시 지상으로 돌아와요."

"부인. 그건 부활이 아니에요. 순환이라고 할 수는 있겠지만, 부활은 아니에요."

"지금까지는 그랬죠."

"예?"

"명령이 없으니까 식물들은 아무렇게나 되살렸죠. 하지만 명령이 있다면 달라질 거예요. 누가 명령하냐고요? 나라부스 의장님이 칼을 재배하면 식물왕이 나타날 거예요. 그분이 명령하죠."

"식물왕이오?"

이 평범하기 짝이 없는 두 단어의 결합이 이렇게 생경하다는 사실이 놀랍다.

"예. 왕께서는 그 칼을 들고 생명을 만들어내는 자신의 신민들 중하나에게 명령하실 거예요. 나무가 좋겠네요. 그래요. 왕께서 어떤 나무에게 명령하시는 거예요. 뿌리로 서니를 빨아들여서 서니를 맺으라고. 그러면 나무는 충실하게 명령을 따를 테죠. 왕의 명령이니까. 평소에 늘 하던 일이니까."

레피란이 경악한 것이 분명했다. 관이 조금이지만 분명하게 요동을 쳤으니까. 포인도트 부인은 비웃음 가득한 표정으로 말했다.

"여러분들은 살아있는 서니도 죽여서 땅 밖으로 꺼냈죠. 하지만 식물은 죽은 서니를 살려서 땅 밖으로 꺼낼 거예요."

나는 식물을 사랑한다. 보리와 감자, 옥수수 등에 보내는 내 애정은 특기할 만하다. 그것들이 주요 식량이자 술의 주된 원료라는 것을 떠올린다면 내가 식물에게 보내는 애정이 어떤 수준인지 짐작할 수 있을 것이다. 나는 농부도 아니고 심마니도 아니며 나무꾼도 아닌 데다 정원 가꾸는 재주도 없다. 그런 내게 식물은, 이미 말했지만, 언제나 배경이다. 그런 식물을 느닷없이 전경으로, 그것도 모자라 생명의 원천이자 죽음과 삶의 통로로 이해해야 한다는 것은 내게 심각한 정신적 도전이다. 게다가 죽은 딸이 열리는 나무라니.

이파리 보안관은 입을 뻐끔거렸다. 익숙지 못한 사람이 그 모습을 보면 오르락내리락하는 거대한 송곳니 때문에 위축되기 십상이다. 하지만 지금 그 누구보다 위축된 건 보안관 자신인 것 같았다. 보안관은 레피란에게 다가오라는 손짓을 하고는 우리 둘을 관에서 조금 떨어진 곳으로 데려갔다. 포인도트 부인을 그냥 내버려 둔 걸 보니 확실히 부인은 관을 떠날 수 없는 모양이다. 거리가 떨어지자 보안관은 투덜거렸다.

"사람 바보 취급하는 것 같아서 화가 나기까지 하는 헛소리인데, 이 카드도 같은 생각을 하고 있단 말이지?"

"이카드의 그 보라색 칼 말입니다. 이름이 메뚜기인 모양인데, 녀석의 말에 따르면 바로 이런 상황을 대비하기 위한 마법검이랍니다."

이파리 보안관은 당장 얼굴을 찌푸렸다.

"마법검? 밤이슬 맞아도 녹이 안 슬어? 숫돌에 갈지 않아도 항상 예리해? 아, 그래. 드래곤을 죽일 수 있지?"

"그건 모르겠고 식물왕을 위해 칼을 재배할 야채 뱀파이어를 찾아낼 수는 있다더군요."

"얼씨구? 칼이?"

"그렇습니다. 이카드는 메뚜기가 이곳까지 온 것도, 제가 메뚜기를 나라부스 의장님의 목재 창고에 보관해야겠다는 생각을 하게 된 것도 바로 그런 마법의 작용이라고 설명하더군요."

나는 보안관에게 그 칼이 어떻게 움직이는 건지에 대해 대강 설명했다. 보안관은 바보 취급당했다는 표정을 지었다.

"허! 티르, 어쩌냐? 그 칼이 의장님을 찾아낼 수 있다면 아무리 버스가 의장님 곁에 있다 해도 그 칼을 쥔 이카드는 꼭 의장님을 찾아내 겠네?"

"그 칼은 스스로 목적지에 도달할 뿐이지 누군가를 데려가는 건 아 닌 모양입니다. 분명히 그 칼은 이카드의 손을 벗어나 저한테 왔었습니 다. 폴바이나 야드버트는 도중에 죽기까지 했고 이야기를 들어보니 이 전의 다른 소유주들도 여러 명 죽었던 모양입니다. 그러니까 나침반 같 은 건가 봅니다. 항상 정확하게 남북을 가리키긴 하지만 배를 항구에 데려다주는 건 아닌 거죠. 따라가려고 애쓸 순 있지만 실패할 수도 있 고요."

비꼬던 보안관은 내 진지한 대답에 기가 차는 것 같았다. 물론 이파 리 보안관은 '너희들 왜 계약 맺을 때 연대 보증인으로 신을 세우지 않 아? 그러면 확실하잖아?' 같은 농담으로 인간들을 비웃는 과격한 오크 들과는 다르다. 그 정도라면 보안관이 되기도 어려웠을 테니까. 하지만 그래도 이파리 하드투스는 불가지론자보다는 무신론자에 가깝고 모든 초자연적인 현상들을 아직 설명할 방도가 없을 뿐인 자연현상으로 대 하는 편이다. 그런 그에게 내 대답은 희극 대사처럼 느껴질 것이다. 하 지만 난 인간인걸.

"어쨌든 당신이 가장 총애하는 '그자'들을 보내 일을 처리하게 할 만큼 '그분'도 이 일을 심각하게 여기고 있는 건 분명합니다."

이파리 보안관의 송곳니들이 다시 상하운동을 시작했다.

"우라질. 네가 왜 사나이의 권리를 행사 중이었는지는 알겠군."

아무리 이파리 보안관이라고 해도 황제 폐하께서도 심각하게 여기는 일을 정신 나간 헛소동쯤으로 취급하긴 어려울 것이다. 괴로워하는 보안관을 보던 레피란이 동정심을 일으켰다.

"하지만 나라부스 의장님이 식물왕을 위해 칼을 만들게 된다는 그 야채 뱀파이어라는 확고한 증거는 없어요. 어쩌면 또 한 명의 운반자일지도 몰라요. 지금껏 자기도 모르게 그걸 운반했다는 다른 운반자들과 같이. 그분은 보안관 조수가 자신에게 부탁했다는 꽤 정당한 이유에 의해 칼을 여기까지 운반……"

"그렇게 생각하고는 싶지만 역시 포인도트 부인이 걸립니다. 바로 여기에 그 식물왕의 존재에 대해 알고 그 출현을 바라는 사람이 있다는 것이 심상찮습니다. 아무래도 메뚜기가 자기 목표를 달성했다는 느낌입니다. 이카드도 그렇게 판단했을 것 같고요."

"미…… 치…… 겠…… 네!"

경애하는 보안관의 자기 진단이 옳을까 봐 염려스러웠다. 그러다가, 정말로 두려워졌다. 보안관이 입을 쩍 벌리고 눈을 뒤집으려 했기 때문이다.

"버스도 알아?"

"예?"

"버샤드 말이야! 부인은 알고 있지만, 버스는 모르잖아. 식물왕이라는 어처구니없는 것이 나타나서 딸을 되살려준다는 이야기. 지금 의장님은 버스와 함께 있다고?"

침울하게 그렇다고 대답하려다가 표현할 감정을 잘못 골랐음을 알게 되었다. 보안관처럼 경악해야 옳다. 카닛의 귀! 어쩌면 버샤드 포인도트는 지금 자기를 추적하는 덴워드의 기척에만 집중하고 있을지도 모르지만, 만약 그 말도 안 되는 청력으로 우리 이야기를 들었다면……

"여보!"

보안관과 나, 레피란은 세상에서 가장 무서운 단어를 들은 것처럼 질겁하여 관 쪽을 돌아보았다. 아이고, 망할! 버샤드는 몰라도 포인도트 부인은 우리 이야기를 분명 들을 수 있다. 그리고 부인의 몸은 마그파라 판사의 관을 떠날 수 없어도 그 목소리는 아니다.

"의장님을 데리고 도망쳐요! 칼을 만들게 해야 해요! 칼을! 식물왕의 칼을! 그러면 식물왕이 서니를 되살려줄 거예요! 내가 미친 소리를 하는 것 같으면 그 소년을 붙잡고 물어봐요! 그 소년은 그걸 막으려고 온 거예요! 그래서 의장님을 죽이려고 한 것이죠! 알겠죠? 나는 헛소리를 하는 게 아니에요! 서니, 서니가 살아날 수 있어요!"

인간과 오크와 엘프는 각자 종족적 전통에 걸맞은 비명을 지르며 관으로 달려갔다. 그리고 곧 자신의 타고난 종을 원망하게 되었다. 아무도 트롤이 아니었다. 길게 튀어나와 있고 이가 근사하게 돋아 있는 카닛의 입을 틀어막으려면 그 정도는 되어야 할 테니까. 포인도트 부인은 물어뜯으려는 몸짓으로 우리 팔을 움츠러들게 하면서 계속 고함을 질렀다. 아무래도 상대가 아낙네인지라 한 대 갈긴다는 생각은 조금 후에야 떠올랐다. 다행히 그걸 떠올린 사람이 보안관이었기에 실행 단계의 머뭇거림은 없었다. 레피란은 부인을 때려 졸도시키는 보안관의 모습을 짐승 보듯 쳐다보았지만, 항의는 하지 않았다.

"망할. 당장 이카드를 찾아야겠다. 버스가 부인의 말을 확인하려고 할 테니까."

어떻게? 보안관과 나는 난감하여 서로를 쳐다보다가 주위를 둘러보았다. 이 빌어먹을 숲속에서 이카드를 찾아내려면 카닛이어야 할 것이다. 포인도트는 그 조건을 충족하지만 우리는 아니다.

"도시락 너 눈하고 귀 좋지? 관을 타고 숲 상공으로 날아가면 찾아낼 수 있겠어?"

레피란은 바로 그 말을 따르려다가 멈칫했다. 그러곤 자기 머리카락을 움켜쥐었다.

"부인은 관을 떠날 수 없어요. 판사님이 주무시기 전에 그렇게 명령했으니까. 부인이 상공에서 깨어나면……"

아무래도 위험하다. 보안관은 지금 내려놓으면 되잖냐고 말했지만, 레피란은 부인이 기절에서 깨어나면 바로 관을 찾아올 거라 말했다. 레피란이 결정을 내렸다.

"두 분은 관과 함께 일단 도시로 돌아가세요. 부인을 여기 놔둘 순 없으니까. 저 혼자 찾아보죠."

"같이 가자."

"티르는 쉬어야 해요. 상태가 말이 아니잖아요. 버샤드 포인도트 씨가 만약 부인의 외침을 못 들었다면 이카드를 피해서 보안관 사무실로 도망칠 수도 있어요. 운이 좋아야 그렇겠지만, 그 경우를 대비해서 거기서 기다리는 것이 좋겠어요."

더 나은 생각을 떠올릴 수 없었기에 할 수 없이 그 말을 따르기로 했다. 보안관은 포인도트 부인이 깨어나 또 고함을 지를 경우를 대비해 아예 부인의 긴 입을 끈으로 꽁꽁 묶고 두 손도 결박했다. 레피란은 관에게 우리 둘을 따라가라고 명령하고는 지체없이 숲속으로 사라졌다.

충실한 관에 졸도한 부인을 얹고 돌아오는 길은 참담했다. 밤새 퍼마시다가 해 뜬 후에 집으로 돌아가는 주정뱅이가 된 것 같았다. 지금 머릿속에 들어와 있는 내용으로 볼 것 같으면 명성 자자한 독주들이 주는 숙취 이상의 것을 아낌없이 선사하고 있다. 이건 그냥 토해서 내보낼 수도 없다.

"식물왕이라. 식물왕이라…… 시금치의 왕, 호박의 왕? 아, 정말 바보 같다."

"세계수."

"응? 뭐?"

"세계수, 우주수요. 지상 만물의 중심이 되는 나무. 하늘과 땅을 잇는 나무. 우주를 품는 나무. 옛 전설에는 그런 것이 나옵니다. 어떤 식물이 모든 것의 원천이라는 건 꽤 전통적인……"

"그거야 너희 인간들이나 엘프가 하는 소리겠지. 노움이나 트롤의 전설엔 특별한 돌이나 진흙도 나온다. 그걸 뭐라더라? 모석? 세계석? 흥. 돌의 왕은 없으려나."

이파리 보안관은 세계수 전설이 식물왕의 출현을 예언한 것인지도 모른다는 주장을 전개하려는 내 의도를 단숨에 박살했다. 하긴 정말로 그런 예언이 있었다면 모든 종족에게 비슷한 내용이 전해지고 있어야 한다. 하지만 보안관의 냉철한 지적처럼 노움이나 트롤에겐 그런 것이 없다. 보안관이 으르렁거렸다.

"그 식물왕이라는 것이 나타나면 정확히 뭐가 문제인 거냐?"

"그 녀석 말로는 포인도트 부인이 바로 그 문제의 답이라던데요."

"죽음이 아무것도 아니게 된다? 잠깐만. 그게 문제인 건가? 이거야 원. 워낙 희한한 소리라서 생각을 좀 해봐야겠는데. 어, 음. 죽은 사람이 살아나게 되면…… 어, 그게 뭐가 문제지?"

"우리를 부활시킬 수 있는 것은 우리를 죽어도 아무 상관 없는 것으로 만들지만 우리는 우리를 그렇게 만드는 것을 사랑해야 하니까요."

"하? 하…… 흠."

이파리 보안관은 송곳니를 초조하게 두드려댔다. 나는 덴워드가 들려준 목동과 양치기와 마구간지기의 이야기를 말했고 그러자 보안관은 송곳니를 비틀어댔다. 물론 그게 비틀어지는 물건은 아니지만. 나는 발치의 풀을 보다가 고개를 들었고, 오싹해졌다. 모든 곳에 식물이 있었다. 눈에 잘 들어오지도 않는 배경이었지만 일단 인식하자 없는 곳이 없이 나를 둘러싸고 있는 식물들을 확인할 수 있었다. 당연하다. 식물이 없는 사막 같은 곳이라면 사람도 못 살 테니.

"……덴워드는 이건 계의 문제라더군요. 동물계요. 전체 동물계. 그러니까, 필요한 동물은 살려내고 필요 없는 건 죽이고. 그렇게 많이 고민하지 않아도 돼요. 실수였다고 판단되면 언제든 다시 살려내면 그만이니. 그냥 무작정 다 죽여놓고 시작하자는 식으로 해도 되겠군요. 그리고 식물에게 도움이 안 되는 동물은 영영 살아날 일이 없고. 영원히 역전 불가능한 지배 체계가 되는 거죠."

이 으스스한 예언에 대한 보안관의 반응은 의아함이었다.

"그게 무슨 소리야. 야, 갈대밭이 왜 갈대밭인데?"

"그 질문 칠삭둥이쯤 되는 거 같은데요. 날 다 채워서 나온 질문 같진 않군요."

"그렇지? 어디 보자. 밀밭은 다른 식물이 자라지 못하도록 농부가 잡초를 제거하니까 밀밭이 되는 거야. 그런데 갈대밭은 사람이 그렇게 만든 것도 아닌데 갈대밭이 되지. 왜? 갈대가 난 곳에는 다른 식물이 자라지 못하거든."

어라?

"소나무 숲도 그래. 소나무 난 곳엔 다른 나무들이 자라지 못하지. 풀도 제대로 안 나서 소나무 숲에 들어가면 마른 솔잎만 밟히잖아."

"식물들끼리도 서로 경쟁한다는 말이군요. 하긴 우리가 보기엔 꼼짝도 하지 않는 것 같지만……"

"자기 나름대론 코피 터지도록 싸우고 있는 거지. 수액 흘리도록이라고 할까? 그런데 말이다. 어떤 식물은 이 동물이 필요하지만 다른 식물은 그 동물이 필요 없거나 심지어 없어지길 바라는 경우가 없겠냐?"

평소에 생각해 본 적도 없는 소재에 취해본 적도 없는 입장이라 막막하기만 했다. 보안관은 자신의 박복함에 괴로워하며 말했다.

"말했잖아. 밀밭! 밀 입장에선 농부가 있으면 좋지. 반대로 잡초들은 농부 따위 꺼지라는 심정일 테고."

"아."

"그러니 이상하다는 거야. 넌 조금 전에 그냥 식물에게 협조적인 동물이라고 했지만, 그놈의 식물이라는 것이 하나가 아니잖아. 식물들도 천차만별이고 요구 조건이 다 다르다고. 예를 들어 미나리는 세상이 몽땅 늪이 되면 좋겠다고 말할 테고 감자가 그 말을 들으면 그게 무슨 악몽 같은 소리냐고 기겁하겠네. 안 그래? 식물마다 바라는 게 다 다른데 어떤 동물이 식물에게 도움이 되고 어떤 동물은 안 된다고 어떻게 정할 수 있냐?"

확실히 그냥 배경이라고 뭉뚱그릴 수 있는 것이 아니군. 민들레 한 포기라도 자신의 삶이 있고 자신의 고유한 바람이 있다는 말씀이렷다. 수긍이 가는 이야기다.

"하지만 정말로 죽은 자를 살릴 수 있다면 사람 지배는 잘할 수 있을 것 같은데요."

보안관이 끙 소리를 내더니 다시 송곳니를 두드리기 시작했다.

"하긴 그보다 더 큰 지배력도 없겠네. 불경스러운 소리 좀 하자면 너희들 종교의 중요 영업 수단이 그거지? 내 말만 잘 따르면 죽은 뒤에도 안 죽거든요 하는 소리 말이다. 아무 증거도 없는데 장사 기막히게 하지. 어이. 하늘 보면서 저 이 사람 몰라요. 하는 표정 짓지 마. 내가 종교 전쟁 벌이자고 한 소리 아니라는 거 알잖아."

"예. 죽음을 정말로 피하게 해준다면 그보다 더 큰 힘은 없겠지요."

보안관은 송곳니 두드리기를 멈추고는 입을 꽉 다물었다.

우리 시민들은 잔인무도한 아동 연쇄살인마 테나 포인도트를 하룻밤 만에 체포하여 귀환한 보안관과 보안관 조수를 칭송하고 싶은 것 같았다. 포인도트 부인은 한 명의 아이도 죽이지 않았지만, 행동보다

의도가 더 중요한 판단 기준이라면 그런 시민들의 평가도 잘못되었다고 하긴 어렵다. 애석하게도 보안관과 내가 화려하게 치장한 백마를 타는 대신 흙투성이 두 발을 질질 끌며 걷고 있었고 죄수 포인도트 부인이 수레에 쇠사슬로 묶여 있는 대신 날아다니는 관이라는 심히 당혹스러운 물건에 타고 있었지만, 대로를 걸어가는 우리 셋과 대로 양쪽에 늘어선 시민들의 모습은 개선식이라 부르기에 부족함이 없었다. 하지만 보안관과 보안관 조수 모두가 우거지상을 하고 있었기에 사람들은 환호를 보내지도, 죄인에 대한 비난을 퍼붓지도 못한 채 안절부절못했다. 그 상황을 어떻게 해야겠다고 생각한 몬도 시장이 인파 가운데서 나와서는 헛기침을 하고 우리를 치하하려 했다. 언제나 일신의 수고로움을 돌보지 않고 간악한 악에 용감히 맞서는 정의와 상식과 윤리의 옹호자들이여. 이 복된 아침, 이 영광스러운 귀환을 목도함에 우리 모두는······

"이야기가 길어 간단히 말할 수 없지만 억지로 그렇게 하면, 이번엔 버스가 문제를 일으킬지도 모릅니다. 부창부수라고 할까요."

"켁!"

정말로 저렇게 말했다. 고위 공직자의 격에 맞는 표현이라 생각한다.

"버, 버샤드 포인도트도 미쳤다고?"

"그건 아닙니다. 사실 포인도트 부인도 그냥 미쳤다고 말하긴 좀 어폐가 있습니다. 젠장. 이걸 어떻게 말해야 할지도 모르겠군요. 일단 시민들은 모두 집에 돌아가 문 걸어 닫고 있게 하십시오. 빨리."

고맙게도 몬도 시장은 어떻게 된 거냐고 따지는 대신 즉시 행동에 들어갔다. 모두들, 모두들 즉시 귀가하시오! 문제가 아직 좀 남아있는지도 모르겠소! 어서들! 괜찮다는 이야기가 나오기 전까지 바깥출입을 삼가도록 하시오! 사람들도 우리 둘의 표정과 시장의 반응에 놀라 순순히 그 말을 따랐다. 그동안 고심하던 보안관은 시장에게 아인켈 우체국장과 어부 마하단 쿤, 사냥꾼 니바이 알루스, 음악교사 케이토를 사무실로 좀 보내주십사 부탁했다. 그 인명들은 다시 몬도 시장을 얼어붙게 만들었다. 저 무해해 보이는 목록을 우리 소도시의 사정에 어두운 이들을 위해 바꾸면 이렇게 된다. 트롤, 마법검사, 호랑이 아니제이, 위어울프를 좀 데려오세요.

난쟁이 마하단 쿤이 가장 먼저 보안관 사무실에 나타났다. 한때 마법사를 모시던 일종의 호위무사였던 마하단 쿤은 자신의 주인에게서 주변의 공간을 조종하는 마법을 부여받았다. 그 능력 덕분에 난쟁이 마하단은 그보다 훨씬 큰 신장의 검사들과 대등하게 겨루었고 사실상 거의 모두를 압도할 수도 있었지만, 이곳에 정착하게 된 후 그것이 어부에게도 좋은 능력임을 발견했다. 그가 네펜지스 강에 조각배를 띄우고 물고기와 자신의 거리를 조종하며 작살질을 하는 모습은 참으로 봐줄 만하다. 작살은 가만히 있는데 물고기가 날아와 꽂히는 것처럼 보인다. 아, 여담인데 마하단이 여기에 정착하게 된 건 그가 모시던 마법사가 여기서 죽었기 때문이고 그 마법사가 죽은 건 자신의 강대한 마법을 후계자에게 전수하다가 어떤 보안관 조수의 방해를 받았기 때문이다. 그래서 마하단은 울적할 땐 그 보안관 조수의 멱을 따는 상상으로 기분을 달래곤 한다. 내 사교술을 찬양하라.

다음에 나타난 건 니바이 알루스. 어떤 종하고도 결합이 가능하다는 저 전설적인 아니제이 이야기는 사실이다. 니바이의 어머니는 기품 있는 암호랑이였고 아버지는 당찬 아니제이였다. 그렇게 좋은 분들 사이에서 어떻게 저런 자식이 나왔는지. 니바이는 피에 굶주려 있지도 않고(어머니의 얼굴에 먹칠하는 자로다!) 여성들 앞에선 수줍음을 타는 얌전한(종을 불문하던 네 아버지의 명예를 생각해라!) 청년이다. 그런 청년이 인간 모습으로 변하기 위해선 인간 여자에 관련된 음란한 상상을 해야 한다는 건 훌륭한 코미디 소재다. 그러니까, 사람들은 그렇게 알고 있다는 말이다. 아는 사람은 적지만 사실 사냥을 위해 호랑이 모습으로 돌아갔다가 다시 인간 모습으로 변할 때 니바이는 한두 마디로 설명하기 힘든 상황 탓에 여장을 해야 했던 어떤 보안관 조수를 상상한다. 내진짜 성별을 알게 되었을 때 니바이가 느꼈던 배신감은, 인간으로 변신할 때 내 여장 모습을 상상하는 것이 가장 효과적이라는 걸 알게 되었을 때 거의 증오 수준으로 바뀌었다. 어쩔 수 없이 그 모습을 계속 이용하느라 증오는 나날이 깊어지고 있다. 내 사교술을 찬양하라.

그리고 케이토가 나타났다. 내가 죽인 위어울프 지데의 전 약혼남인 위어울프. 좋아하는 사색 장소는 약혼녀의 묘지. 묘지를 휴대할 수 없기 때문에 이 도시에 정착했다. 내 사교술을…… 아, 젠장할. 사람 살려! 우체국장 아인켈이 사무실에 들어섰을 땐 반가워 눈물이 날 것 같았다. 정말 같이 있기 껄끄러운 인물 셋에 이어 나타난 아인켈의 모습은 트롤이 아니라 천사처럼 보였다(물론 트롤 천사를 말하는 건 아니다.).

마하단을 제외하면 모두들 체구 당당한 사내들이었고 특히 아인켈은 엄청난 수준이었기에 사무실이 미어터질 것 같았다. 자신이 불러들이긴 했지만, 막상 이런 인물들이 한자리에 모이자 이파리 보안관도 앞이 좀 아득해지는 기분을 느끼는 듯했다. 하지만 다급한 상황을 잊지는 않았기에 바로 본론으로 들어갔다.

"일단 상황 설명부터 하겠어. 당치않은 이야기처럼 들리겠지만, 일단은 그냥 들어줘. 얼마 전 리판골에서 일어난 마차 사고의 생존자 덴워드 이카드에 대해선 다들 들었을 거야. 상인으로 알고들 있겠지만 그게 아니야. 그 소년은 자기 정체를 숨긴 채 어떤 위험한 존재를 찾던…… 신분이 예사롭지 않은 인물이었어. 보안관 사무실에서 그 소년의 장검을 보관하고 있다는 이야기는 다들 들었겠지? 그 소년의 말에 따르면 그건 그 위험한 존재를 찾아내는 마법검이라더군. 그런데 여기에 장검을 보관하고 있다는 소문이 나면 귀찮아질 거라고 생각한 티르가 그걸 나라부스 의장님의 창고에 숨겨두었어. 티르는 거기가 건조해서 칼이 녹슬지 않을까 봐 그런 건데 그 소년은 그것이 마법검의 마법이 발휘된 거라고 판단한 모양이야. 그러니까 우리 나라부스 의장님이 바로 그 위험한 존재라는 거지. 그래서 이카드는 나라부스 의장님을 살해하려고 결심했어."

케이토와 마하단, 아인켈뿐만 아니라 나와 케이토와 한 자리에 있게 되었다는 것 때문에 짜증스러워하던 니바이까지도 경악했다. 아인켈이 다급하게 물었다.

"나라부스 의장님은 어디 있습니까, 보안관? 무사한가요?"

"의장님은 버샤드 포인도트와 함께 도망쳤어. 지금 이카드가 그 마법검인가 뭔가 하는 칼 들고 둘을 추적 중이지."

"아, 카닛과 함께 있다면 일단은 안심이군요."

"그런데 문제가 하나 더 있어. 음. 쉽게 설명하기 어려운데, 그래. 이카드는 그 존재가 위험한 까닭은 죽은 자를 살릴 수 있기 때문이라고 믿고 있어. 그 사실을 버스가 알게 되면 어떻게 될까?"

네 사내의 눈이 휘둥그레졌다. 마하단이 결박당한 채 관에 앉아 있는 포인도트 부인을 보며 말했다.

"아니, 그러면 부인이 그런 소동을 일으킨 건…… 근거가 있어서 한 행동이었단 말입니까? 정말로 죽은 자가……"

소름이 돋았다. 마하단 쿤에겐 꼭 살려내고 싶은 인물이 있다. 죽은 주인 까로 트랙스. 갚기 힘든 은혜를 베푼 주인에 대한 충성심도 커다란 이유겠지만, 그것만이 유일한 이유는 아니다. 이미 말했듯이 까로 트랙스는 마법사였다. 그러니까 흔해 빠진 마술사가 아니라 누대에 걸쳐 마법을 계승 받은 진짜 마법사로 사람들이 들어도 믿지 않을 14대째 전수자였다. 하긴 공간을 조종하는 그 언어도단적인 능력을 보지 않았다면 나도 믿지 않았을 것이다. 그 마법사는 이 도시에서 15대째 전수자에게 마법을 전수하려다가 내 방해를 받아 전이에 실패하고 사망했으며 마하단은 그 마법의 계승이 끊어진 것을 지극히 애통해했다. 만약 그의 주인이 살아나면 14대나 이어졌던 그 강대한 마법도 살아날지 모른다. 마하단은 그 위대한 마법이 사람들을 어디까지 데려갈 수 있는가에 커다란 기대를 품고 있었다.

"그건 모르겠어. 지금은 그게 가장 급한 문제는 아니야. 이카드가 나라부스 의장님을 죽이려 하고 있다는 것이 첫 번째 문제이고, 이카드가 그러려는 이유를 알게 되면 버스가 무슨 짓을 할지 알 수 없다는 것이 두 번째 문제야. 그러니 지금 당장 나라부스 의장님의 신병을 확보해야 해. 죽은 자가 살아나느니 하는 이야기가 무슨 소린지 차분히 알아보는 건 그 후의 일이야. 마하단, 케이토. 내가 눙치거나 어물쩍 넘어가지 않고 사실을 말한 건 역시 바보짓이었을까?"

그래. 제길. 나는 쳐다보기도 힘든 케이토도 있다. 나는 케이토의 목소리만 들었다.

"고래로 죽은 이를 되살리는 비법에 대한 이야기는 흔했지요. 열이면 열 허튼소리고 산 자의 상처를 다시 헤집는 사악한 장난이었습니다. 믿을 수 없습니다. 하물며 야채 뱀파이어에게 그런 능력이 있다는 이야기는 들어보지도 못했습니다. 식물을 조종하는 야채 뱀파이어와 동물의 부활이라면 앞뒤도 맞지 않는 것 같고요. 쿤 씨. 당신은 한때 이 세계에서 가장 위대한 마법사였을지도 모르는 분을 모셨지요. 혹 고인께서 부활에 대해 언급하시는 걸 들은 적이 있습니까?"

"들었습니다. 시체를 조종하거나 하는 것이 아니라 진짜 부활을 말하는 거라면 그건 개도 안 물어갈 헛소리라고 하셨지요."

걱정스럽게 둘을 쳐다보던 아인켈과 니바이의 얼굴이 조금 밝아졌다. 보안관은 좋아진 분위기를 틈타 단숨에 상황을 정리하기로 했다.

"지금 도시락이, 아, 그러니까 레피란 법원 서기가 숲속에서 세 사람을 추적하고 있어. 혹 찾아냈을지도 모르지만, 카닛을 쫓는 건 쉽지 않으니 가능성은 낮겠지. 그리고 이미 말한 이유 때문에 버스 자신이 이상 행동을 보일 수도 있어. 그래서 자네들한테 부탁이 있어. 나라부스 의장님을 찾아 데려와 줬으면 좋겠어. 버스가 얌전히 따라오면 함께 데려와도 좋지만, 혹시라도 의장님을 내놓지 않으려 한다든가 하는 사태가 일어나면 강제력을 좀 써도 좋아. 이카드는 건드릴 필요 없어. 도시락에게 맡겨둬."

케이토가 의아해했다.

"여성에게요?"

"손에 칼 쥔 소년이니 그게 오히려 안전해. 이카드는 정신 나간 살인마가 아니라 자기 신념에 따라 의장님을 죽이려고 하는 거니까." 무슨 뜻인지 알 것 같다. 사내들은 고개를 끄덕였다. "자네들에겐 혹 반발할지 모르는 버스를 배제하고 나라부스 의장님을 데려와 주길 바라는 거야. 의장님을 데려오면 이카드도 따라올 테지. 도와주겠나?"

네 사람은 그러겠다고 말했다. 보안관은 네 사람의 생업을 방해하고 싶지 않으니 오전 동안만 수색해 달라고 했다. 몇 사람이 시간을 더 할애할 수 있다고 말했지만, 보안관은 고개를 가로저었다. 정오가 지날 때까지 찾을 수 없다면 그건 버스가 이상한 뜻을 품고 나라부스 의장님과 함께 몸을 숨긴 것이 확실해지는 것이니 다른 수단을 강구해야 한다는 것이었다. 네 사내는 굳은 얼굴을 하고서 서둘러 사무실을 떠났다.

이파리 보안관은 잠시 머리를 움켜쥐었다가 관 위에 앉아서 사나운 표정을 짓고 있는 포인도트 부인에게 다가갔다.

"그 입을 풀어드리면 가만히 있을 겁니까?"

포인도트 부인은 멋지게 고개를 가로저었다. 보안관은 두 손 들었다는 시늉을 해 보이고는 내게 말했다.

"이래 가지고선. 할 일이 없군. 너 마지막으로 잔 것이 기절이었지? 좀 쉬어라. 나도 다리 좀 뻗어야겠다."

"예? 할 일이 없다니. 시민들에게 전부 맡겨둔단 말입니까?"

"어쩔 수 없잖냐."

보안관은 포인도트 부인과 관을 가리켰다. 무슨 소린가 하다가 갑자기 레피란이 내렸던 명령이 떠올랐다. 레피란은 관에게 우리 둘을 따라가라고 했다. 그리고 포인도트 부인은 관을 떠날 수 없다.

이파리 보안관이 왜 평소에 하지 않던 짓을 한 건지 그제야 깨달았다. 상황이 아주 안 좋을 때도 다른 사람 손 빌리지 않는 보안관이지만 지금 우리 두 사람은 보안관 사무실 밖으로 나갈 수가 없다. 우리가 나가면 관이 따라올 테고 포인도트 부인도 따라올 것이다. 시험 삼아 나 혼자 나가보려는 몸짓을 하자 관은 나를 슬그머니 따라왔다. 내가 움직인 거리의 절반가량을. 가만 살펴보니 나와 보안관의 중간 지점에 있는 것으로서 우리 둘을 따라가라는 레피란의 명령을 이행하려는 것 같았다.

그래. 이렇게 될 줄 알아서 보안관은 곧장 아인켈과 마하단, 니바이, 케이토를 불러들였구나. 나는 기막혀하며 의자에 털썩 주저앉았다. 정말 어이없군. 저 밖에서 분명히 미성년자로 구분해야 할 꼬맹이가 사람 하나 잡겠다고 칼 들고 날뛰고 있는데 보안관과 보안관 조수가 다른 시민들에게 일 떠넘긴 채 사무실에 처박혀 있다니. 물론 그 자원 봉사자들이 하나같이 녹록지 않은 인물들이긴 하지만 상황만 놓고 보면 영락없는 직무 유기다. 게다가 니바이와 케이토를 함께 움직이게 하는 건……

안다. 내가 부활에 대해 생각하기 싫어서 익숙한 의무에 매달리는 거.

부활은 개도 안 물어갈 헛소리라고?

까로 트랙스에 대해 생각했다. 어찌 보면 그도 내 손에 죽은 자라고 할 수 있다. 지데의 경우와 달리 내가 그에게 칼을 휘두르진 않았지만. 사실 그와는 접촉도 제대로 하지 않았다. 우리 도시에 올 당시 까로 트랙스는 이미 흑사병에 걸려 있었고 잔명이 얼마 남지 않았다는 사실을 깨닫고는 우리 도시의 지독한 염세주의자였던 마술사에게 자기 마법을 전이하려고 했다. 기적적으로 14대나 성공적으로 전수된(그게 얼마냐고? 관계자에 따르면 7,400년이란다. 중간에 장수 종족들이 섞여 있어서. 74년도 아니고 74세다.) 마법이 사라질 판국이었으니 그도 절박했을 것이다. 이해는 되지만 세상이 망하길 바라는 무의식적 소망을 가진 얼간이에게 그토록 위험한 힘을 쥐여 주려 한 건 역시 끔찍한 모험이다. 나는 까로 트랙스 같은 강력한 마법사가 흑사병에 걸린 것 자체가 자기도 모르게 주변인을 파멸로 몰아가는 특징을 가졌던 그 마술사 션 그웬 때문이었다고 믿는다. 그런 녀석이 그 무시무시한 힘까지 손에 넣으면 무슨 일이 벌어졌을지 짐작하기도 두렵다. 까로 트랙스도 아마 그 위험을 꿰뚫어 보았겠지만, 마법사와 호위무사는 일단 마법을 보존해놓고 빨리 16대 전수자를 찾아 다시 마법을 전이시키면 된다고 합리화하고는 그 짓을 시작했다. 위험을 무릅쓸 수 없었던 나는 그것을 방해했고, 15대 전수자가 될 뻔했던 션 그웬은 전이 실패로 즉사했다. 까로 트랙스 본인은 좌절과 흑사병으로 죽었다. 처음부터 끝까지 말 한 번 제대로 나누지 못했고 손끝 하나 대지 않았지만, 그래. 내가 죽였다고 할 수도 있다.

하지만 정확히 말한다면 내가 죽인 건 마법이었다. 14대나 전수되어, 한 난쟁이 주변의 작은 공간이지만 어쨌든 공간을 자유로이 조종하는 경지까지 이른 무시무시한 마법. 마하단 쿤이 언젠가 인간을 저 별바다 너머로까지 데려가 줄 거라 기대했던 마법.

부활이 가능해진다면 그 마법도 되살아날 수 있을까?

……가지가지 하는군. 티르 스트라이크. 이번엔 까로 트랙스와 그 마법을 끌어들여 부활을 정당화하려고 하고 있나? 그냥 지데를 끌어들여. 똑같이 한심한 짓이지만 그게 그나마 덜 비열할 테니. 살인자가 아니게 되고 싶다는 거지? 네 냉담함에 그녀가 추워하는 것도 당연하지.

"그런데 이 여름에 추우십니까, 포인도트 부인?"

잠깐 보안관 사무실에 멍한 시선 교환이 일어났다. 나는 '입이 묶여서' 말을 할 수 없는 포인도트 부인을 멍하니 쳐다보았고 보안관은 그런 나를 멀거니 쳐다보았다. 뭔가 심히 부끄러운 짓을 저지른 기분에 당황했다.

"아니, 보안관님이 말했습니까? 여자 목소리였는데. 그러니까 포인도트 부인……?"

"졸았구나. 그냥 누워 자라. 관 때문에 멀리 못 가니 저기 긴 의자에 뭐라도 깔고."

"잠깐만요. 땔감 가져와서 불 피우라고 말한 게…… 보안관님 아니었습니까?"

"무슨 소리야. 이 여름에 불은 무슨 불을 피워. 게다가 우리 사무실이 석탄 난로 쓰지 벽난로 쓰냐? 땔감이 어디 있어."

"그건 그런데, 제가 들은……?"

들어? 뭘 들었나? 생각해 보니 그런 기억이 없다. 내 귀에 어떤 목소리가 흘러들어왔다는 기억이. 여자 목소리? 왜 여자 목소리라고 말한 거지? 여자 목소리든 남자 목소리든 아무 말도 못 들었는데.

아무래도 정말 졸았나 보다. 부상 때문에 체력이 생각했던 것보다 더 떨어진 건가. 이 상황에서 누워 잔다는 선택은 전혀 내키지 않았지만, 어차피 지금은 아무것도 할 수 없는 상태고 필요할 때 제대로 움직이려면 억지로라도 좀 쉬어두어야겠다.

그런 결정을 내린 탓에 보안관도 압박감을 받아 집중력이 현저히 떨어진 상태임을 알게 되었다. 내가 담요로 몸을 두르고 몇 시간 전 기절해 있던 긴 의자에 다시 누워 호흡을 고르자 잠시 후 보안관은 내가 정말 잠들었다고 생각했다. 예민한 상태라면 내가 깨어 있다는 걸 눈치챘을 텐데.

"포인도트 부인. 고개를 끄덕이는 것 정도는 해주시겠습니까? 당신이 그 식물왕인지 뭔지에 대해 알게 된 건 독초를 복용했기 때문입니까?"

담요 속에서 갑자기 다리를 긴장시키느라 쥐가 날 뻔했다. 나는 악
소리를 참으며 숨소리를 힘껏 억눌렀다.

"쳇. 이 질문에 대답하지 않는 것이 특별히 소용이 있습니까? 그 식
물왕 이야기는 아마 세상에 아는 자가 극히 적은 특별한 지식일 겁니
다. 어쨌든 부인이 알 만한 이야기가 아니죠. 주변의 누구에게 들었을
거라고도 생각되진 않아요. 부인이 그 이야기를 하기 시작한 것도 그때
그 일 이후였고. 아, 그래요. 인정해 줘서 고맙습니다. 도대체 왜 독미나
리를 먹으면 모르던 사실을 알게 된다는 건지 납득이 안 되지만 현상
을 부정해봐야 소용이 없고, 내가 지금 관심이 있는 건 다른 문제입니
다. 혹시 알고 있는 것이 더 있습니까?"

더 참을 수 없어 실눈을 뜨고 살폈다. 다행히 보안관은 내게 등을 보
이고 있었고 포인도트 부인은 이파리 보안관의 눈을 피해 엉뚱한 곳을
보고 있었다. 보안관이 말했다.

"더 있군요. 흠."

포인도트 부인이 보안관을 노려보았다. 보안관은 그 시선을 가볍게
받아냈다.

"그럼 이 짓 좀 더 해 봅시다. 일단 말입니다. 이런 생각을 해봤습니
다. 문제가 되는 건 식물왕인데 덴워드가 찾는 건 식물왕이 될 누군가
가 아니에요. 그를 위해 칼을 재배할 야채 뱀파이어입니다. 그런데 내
가 칼에 대해 좀 아는데, 칼이 있어도 그 칼자루 쥔 자가 없다면 그건
그냥 쇳덩이거든요, 부인? 그러니까 칼을 재배할 야채 뱀파이어를 없애

든 그 칼을 쥘 식물왕을 없애든 결과는 마찬가지인 것 같단 말입니다."

실눈만 뜬 내가 포인도트 부인의 눈에서 읽을 수 있는 건 경계심뿐이었다. 하지만 보안관은 좀 다른 걸 읽은 듯했다.

"아, 그래요. 그렇군요. 칼이 중요한 것이군요."

포인도트 부인이 눈에 띄게 움찔했다. 보안관은 송곳니를 느릿하게 톡, 톡 두드리며 말했다.

"역시 내가 칼에 대해 아는 것이 좀 있지요. 칼 없으면 보안관이나 일반 시민이나 다를 것이 없다는 거. 불경스럽게 말하면 황제관이 없으면 폐하나 우리나 똑같은 사람이라는 거지. 그렇군. 그 뭐냐, 상징이라는 것이군요? 그래서 이카드 패거리도 칼을 재배할 야채 뱀파이어를 찾은 것이고. 그렇다면 그 식물왕이라는 것은…… 흐음."

포인도트 부인의 눈에서 불꽃이 튀었다. 보안관의 뒤통수가 갸웃거렸다.

"음? 뭐? 경멸인 것 같은데. 에, ……부끄러움을 알라? 아. 그래. 무력한 여인을 이렇게 묶어놓고 제멋대로 그 속마음을 읽어내는 건 신사도에 어긋난다, 그런 소리? 맞나 보군요. 이보슈. 포인도트 부인. 나야 어차피 신도 존중할 줄 모르는 건방진 오크지만 말입니다, 내가 당신을 다른 부인과 같은 예절로 대한다면 그건 존경받아야 하는 부인네들과 유아 살해 기도자를 동등하게 대우하는 것이니 그야말로 신사도 위반일 텐데?"

묶여 있는 카닛의 입에서 복잡한 소리가 새어 나왔다. 보안관은 그 소리에 귀를 기울이다가 말했다.

"아아. 대강 알겠네. 죽음이 없어졌다는 그 소리신가. 그런데 말입니다. 하나 묻겠는데, 부인 자신이 죽은 사람 되살려줄 수 있는 것도 아니잖습니까? 응? 되살려내는 건 그 식물왕이라며?"

포인도트 부인의 눈이 커다랗게 변했고 뒤로 누워 있던 귀는 꼿꼿해졌다. 보안관은 으르렁거림이 섞인 목소리로 나직하게 말했다.

"직접 되살릴 수 있는 놈이 내 조수를 죽이려고 해도 기분 더러울 판에 본인도 아니면서 왜 날뛰어?"

보안관과 포인도트 부인 위로 무거운 침묵이 내려앉았다. 잠시 후 그 침묵에 눌린 것처럼 포인도트 부인의 두 귀가 옆으로 내려앉았다. 굴복은 아니었다. 분명히 의지가 꺾인 건 아니었다. 자식을 되찾으려는 어미의 의지를 누가 꺾겠는가. 하지만 테나 포인도트도 본질적으로는 점잖은 시골 부인이다. 자신이 평생 따라왔기에 자신의 일부가 된 것들을 마구 내팽개칠 순 없었다.

눈물이 흘러내리지 않도록 조심스럽게 떴던 실눈을 도로 감았다.

보안관은 나를 죽여도 상관없는 자라고 생각하진 않았다. 그가 피력한 견해가 비길 데 없는 탁견은 아니다. 감히 낙관적 소망을 품어본다면 대부분의 사람들이 주위 사람들을 그렇게 생각할 것이다. 즉, 흔해빠진 견해다. 하지만 내겐 보안관이 나를 그렇게 생각하고 사람들이 다른 이들을 그렇게 여긴다는 것이 가장 중요한 사실인 것처럼 느껴졌다.

덴워드는 우리가 그를 사랑해야 한다고 말했다. 왜 그런 종교 냄새나는 말을 쓴 건지 알 것 같다. 우리는 또 다른 우리들, 주변인들을 사랑할 수 없게 된다. 그들 모두가 언제 죽어도 아무 상관 없는 자들이 되니까. 굳이 신경 쓸 가치가 없다. 예를 들어…… 아아…… 서니가 죽어도 상관없는 애였다면 우리들이 그 고생을 했을 리가 없다.

죽은 자를 부활시킬 수 있는 자는 우리를 서로 사랑할 수 없게 만든다. 역시 그건 아니다.

체력이고 정신력이고 다 떨어진 상태에서 머릿속으로 급히 짜 맞춘 엉망진창의 논리라는 건 그 상황에서 어렴풋이 깨달을 수 있었다. 살짝만 뒤집어도 답변하기 곤란한 반박 논리를 여러 가지 만들어낼 수 있을 것 같다. 하지만 나는 그러지 않았다. 잔뜩 지친 데다 왼팔도 확 떼버리고 싶을 만큼 쑤신 그 보안관 조수에겐 그 정도 논리면 가치가 충분하다. → 잠을 잘 수 있게 해주었다.

수면세라는 것에 대해 들어보았는가? 그러니까 잠에 부과하는 세금 말이다. 농담처럼 들리겠지만 실재했던 세목이다. 과거 마차리아 지방의 어느 영지에서 영주가 노환으로 타계했을 때 일어난 일이다. 잘 알겠지만, 그곳은 털 많은 종족은 얼씬도 않는 더운 지방이다. 그런데 영주의 직계 후손이 없어 그 자리를 잇게 된 머나먼 친척이 상대적으로 선선한 지방 출신이었다. 생각도 못 한 영지를 받았으니 행운에 감사하고 신전에 예물이나 두둑이 봉헌하면 그만이었을 텐데 새 영주님께서는 그만 영지를 발전시키겠다는 의욕에 불타버렸다. 영민들이 직계가 아닌 자신을 선대와 비교라도 할까 봐 걱정했는지도 모르겠다. 그런 영주에게 오후에 한두 시간씩 낮잠을 자는 영민들의 관습은 태업 행위처럼 보였다.

마차리아 외에도 더운 지방에선 그런 관습 흔히 찾아볼 수 있다. 한 낮의 햇볕이 너무 뜨거워 업무 효율도 떨어지고 사실상 기진맥진하기 쉽기에 나름대론 합리적인 행동이지만 어떤 합리적인 행동도 관례화 되면 문제를 일으키기 마련이다. 오전에 시간이 많이 필요할 듯한 일이 생기면 오후로 미뤄버리는 경향 같은 것이 그러하다. 물론 저녁 늦게까지 일해서 일을 마친다 해도 잘 생각해 보면 그건 다른 일을 할 수도 있었던 하루의 반을 버리는 셈이 된다.

새 영주님이 이렇게 꼼꼼히 계산해 보았던 건지, 아니면 자신이 의논을 하거나 급히 업무를 보려고 해도 낮잠 시간이라면서 사라지는 신료들을 보다가 부아가 치민 건진 모르겠지만 어쨌든 영주는 그렇게 자고 싶으면 돈 내고 자라고 선언하고 말았다. 기회비용의 관점에서 정당화된다고 여겼던 모양이지만 영민들은 당연히 반발했고 다른 지방 사람들도 자는 것에 세금을 부과하는 것에 당혹감을 느꼈다. 황제 직소니 뭐니 하는 뒷이야기가 좀 따른 후에 결국 이 전대미문의 수면세는 흐지부지되고 말았지만 어떤 극작가를 위한 소재 하나는 제공했다.

많은 경우 잠든 사람은 시체로 취급된다. 물론 당신이 잠든 사람에게 불침을 놓거나 하면 시체 훼손이 아닌 폭행으로 나와 면담 좀 해야겠지만 잠든 사람 자신은 행위능력이고 의사능력이고 없다. 사법적으로 시신이나 마찬가지인 셈이다. 그렇다면 수면세는 죽음에 부과하는 세금이 된다. 사망세라는 사위스러운 이름으로 불리던 세목들이 없었던 것은 아니지만 그건 따지고 보면 상속세인 경우가 많다. 그렇지 않다면 죽은 자를 산 자로 둔갑시켜 인두세를 걷는 것 정도인데 이건 범죄이니 논외다. 누구도 죽음을 대상으로 세금을 거두진 않았다. 사실할 수도 없고. '어이, 시체. 죽었으면 세금 내. 안 내면 확 살려버린다?' 헛웃음이 나오는, 에조벤 샤이트나 쓸 직한 대사다.

그런데 그 작자는 정말 그런 걸 하나 써버렸다. 아마 또 이상한 연기 마시고 붕 뜬 상태에서 썼음 직한 「올라지의 세리」에 그런 장면이 나온다. 거기 보면 살아서 감당키 어려운 끔찍한 곤경을 피해 죽음으로 도망친 어떤 자살자가 나오는데, 세리가 자살자의 시신이 누워 있는 침상을 향해 '당신의 죽음은 분명 돈을 내고 살 만한 편익이니 세금을 지불하라'고 말한다. 그러자 침대 옆에 있던 작은 서랍장이 쿵 쓰러지며 그 아래에 있던 돈주머니가 드러난다. 관객들이 움찔하거나 비명을 질렀다가 갑자기 복잡한 기분에 빠지는 걸로 유명한 장면이다.

"그러니까 부활하기 싫은 사람은 사망을 유지하기 위해 식물왕에게 세금을 내야겠죠? 어, 그러지 마요. 어, 잠 깼어요. 어, 정말이에요. 아하앙! 싫엉, 안 돼엥, 하지 마아앙!"

이파리 보안관은 정나미 떨어진다는 듯이 내 코를 붙잡고 흔드는 짓을 그만두었다. 나도 소름이 돋으려던 참이었기에 참 고마웠다. 보안관은 따라오라는 손짓을 하곤 그대로 사무실 밖으로 뛰쳐나갔다. 무의식중에 담요 팽개치고 따라가다가 흠칫한 건 이미 사무실 밖으로 나온 후의 일이었다. 놀라서 다시 사무실 안을 들여다보니 관은 그대로였고 포인도트 부인도 그대로였다. 그리고 못 볼 걸 봤다는 표정으로 나를 외면하고 있는 레피란도 보였다. 일단 관의 강제 동행이 끝난 이유를 알았기에 다시 몸을 돌렸다. 성큼성큼 걸어가는 보안관을 따라잡자 보안관이 나직하게 설명했다.

"네 시간쯤 지났다. 대충 두 시간 전에 도시락이 이카드를 데려왔어. 이카드도 막상 숲에 들어가서 헤매다 보니 자기가 말이 안 되는 짓을 하고 있는 걸 깨달았던 건지 얌전히 따라왔고. 그리고 조금 전 니바이가 버스와 의장님을 찾아낸 것 같다. 크게 어흥 소리를 내더군. 이카드에게 무슨 소리인지 설명해 줬더니 먼저 거기로 달려갔다. 우리도 지금 거기로 가고 있고."

"어디죠?"

그때 다시 호랑이의 포효가 들려왔다. 그래서 나도 방향을 알 수 있었다. 포효가 들려온 건 묘지 방향이었다.

나는 침묵한 채 보안관을 따라 걸었다. 시민들이 아직 시장의 경고를 진지하게 받아들이고 있는 듯 거리에서는 사람 그림자 하나 찾아볼 수 없었다. 다만 우리의 발소리를 들었는지 간혹 창문가에 얼굴이 나타나 질문이나 응원의 표정을 보냈다. 애매하게 희망적인 표정을 돌려주며 집에 있으라는 몸짓을 하는 것이 고작이었다.

한 번 더 호랑이 소리를 들은 후 우리는 실포 언덕으로 오르는 자드락길 앞에 도달했다.

"저기 있군."

등에 배낭을 멘 커다란 호랑이가 오도카니 앉아 있었다.

네발 동물에게 사람의 배낭은 그리 좋은 도구는 아니다. 배낭을 메고 네 발로 기어보면 무슨 말인지 알 것이다. 두 발로 설 경우 배낭은 아래로 떨어지며 잘 고정되지만 네 발로 서면 배낭은 등 위에 얹힌 형태가 되고 착용자의 움직임에 따라 그 뒤통수를 때릴 수도 있다. 하지만 니바이가 고안한 저 훌륭한 물건처럼 배낭끈을 네 개로 만들고 거기에 네 다리를 끼워 멘다기보다 입는 것 비슷하게 만들면 호랑이의 거센 움직임에도 배낭은 잘 고정된다. 니바이가 그런 수고까지 해가며 배낭을 메는 덕분에 우리 시민들이 야외에서 갑자기 맞닥뜨린 호랑이 때문에 심근경색을 일으키는 일은 일어나지 않는다. 보안관과 내가 호랑이를 보고도 태연히 다가간 것도 그 배낭 덕분이다. 물론 자기가 누군지 알리는 효과보다는 배낭의 원래 목적이 더 중요한 것이긴 하지만. 보안관은 주위를 둘러보고는 호랑이에게 말했다.

"니바이. 이카드는 어디 있나?"

니바이가 입을 열었다. 물론 호랑이는 말을 할 수 없다. 호로롱 후루룽 소리에 보안관은 혀를 찼다.

"인간이 되는 것이 좋겠군. 티르. 자세 잡아."

보안관 이파리 하드투스에 대한 내 모든 경애와 별개로, 그 순간 그 늙은 오크의 다리를 걷어차고 싶은 내 욕망은 순결하고 절실했다. 발가락이 부러지도록 세게 걷어차고 싶었다.

배낭 멘 호랑이가 똑바로 서더니 인간 남성의 모습으로 변했다.

니바이가 벌겋게 변한 얼굴을 숙인 채 배낭을 풀었다. 그가 배낭에서 옷을 꺼내 입는 동안 나는 하늘만 바라보았다.

아무 말도 하고 싶지가 않았다.

아니제이는, 그러니까, 아니제이 같다. 다른 말로 표현하기가 어렵다.

아니제이가 어떤 종하고도 결합할 수 있는 건 '그런 기분이 들면' 그 종으로 변하기 때문이다. 니바이 알루스에겐 부엉이 누나와 오크 형도 있고 사마귀 여동생도 있다. 그러니까 니바이의 박애주의적인 부친께서는 부엉이와 오크, 호랑이, 사마귀를 상대로 그런 기분이 들었던 모양이다. 그분의 마지막 짝을 보면 알겠지만 니바이에게 배다른 동생이 더 생길 일은 없다. 그분의 모든 사랑이 다 그렇지만 마지막 사랑은 정말이지…… 미안하다. 장렬했다는 말 외엔 논평할 말이 하나도 안 떠오른다.

니바이의 선친 이야기는 이 정도로 줄이겠다. 어쨌든 다른 형제자매들과 마찬가지로 니바이도 기본적으로는 어머니를 따라 호랑이다. 다만 니바이는 사마귀 여동생과 함께 아버지의 능력을 이어받은 아니제이이기 때문에 다른 종의 이성을 보고 그 모습으로 변할 수는 있다. 온갖 차별주의적인 혐오 발언이 쏟아져나올 것 같으면 그건 아니제이의 본성이라는 것을 떠올리도록. 다른 종으로 변할 수 있는 것만이 아니라 다른 종에게 관심을 느낄 수 있는 것 자체가 이미 아니제이의 타고난 특징인 거다. 능력이 의식을 결정한다고 할까. 니바이는 선친만큼 개방적이지는 않아서 인간과 오크로만 변신할 수 있다. 그렇다. 암호랑이를 제외하면 인간 여성과 오크 여성에게만 관심을 느낄 수 있다는 말이다. 그래서 수호랑이 니바이는 인간 여성과 관련된 '모종의' 상상을 해서 '특정한' 감정 상태가 되면 그녀와 결합할 수 있는 인간 남성으로 변할 수 있다. 오크 여성과 관련된 상상을 하면 오크 남성도 될 수 있지만, 제국 시민 자격을 인간 남성으로 얻었기 때문에 주로 인간 남성을 선택한다(여담으로 사마귀 여동생은 니바이와 달리 사마귀 형태를 취하는 일이 거의 없다 한다. 그녀의 경우엔 다른 종에 관심을 느낄 수 있다는 것이 행운이었던 셈이다. 사마귀는 수명이 너무 짧으니까.).

그리고 최근 니바이에게 제일 잘 통하는 상상 속의 인간 여인은 나다. 상식이 있다면 내 미모에 대한 착각을 하진 않겠지. 내 외모가 호랑이나 오크와 헷갈릴 용모라고 판단한다면 그건 그나마 현실에 가깝고. 나는 그냥 니바이의 아니제이적 성향의 발현이라고만 생각한다.

어쨌든, 그러니까 니바이는 방금……

오늘 날씨가 참 맑구나. 좋은 여름날이야.

"그 소년은 내가 대화할 수 있는 상태가 아님을 알게 되자 바로 저 위로 뛰어 올라갔습니다."

"응? 그러면 왜 따라가지 않았나?"

니바이는 방어적인 표정을 지었다.

"솔직히 말씀드리죠. 저기 올라가고 싶지가 않습니다."

"뭐?"

"저 위에 있는 건 확실합니다. 카닛 냄새는 확실하고, 의장님 냄새는 모르겠습니다만 음성을 몇 마디 들었습니다. 워낙 희미해서 무슨 말인지 알아들을 정도는 아니었습니다만. 그런데 저 위로 올라가려니 다리가 안 떨어지더군요. 지금은 올라갈 수 있을 것 같습니다만, 안 그럴 겁니다."

역시 변신을 하며, 과묵하지만 말해야 할 이유가 있으면 머뭇거리지 않는 케이토가 언젠가 설명해 준 적이 있다. '자기에게 솔직해야 한다고 말하는 사람들도 있지만, 그들도 감정을 전혀 숨기지 못하는 사람을 만나면 불편하겠지. 당사자는 그런 자신이 어떻겠어. 생각해봐. 자기 통제력이 강한 사람이라면 어지간히 화가 나도 그걸 드러내지 않을 수 있겠지. 그런데 난 그럴 수 없어. 내가 늑대 모습으로 변했다면 그건 내가 머리가 돌 만큼 화가 났다는 이야기잖아. 다른 이들은 무서운 모습이라고 생각할지 모르지만 나는 화가 나서 깩깩거리며 팔을 휘두르는 원숭이가 되었던 듯한 기분을 가끔 느껴. 그래. 창피해. 그걸 이해했다면 이제 알루스 군의 인간 모습을 한 번 생각해봐. 자넨 그게 정상적이고 이상할 것 없는 모습이라고 느낄지 모르지. 자네 모습과 같으니까. 하지만 군의 인간 모습은 사실 지금 욕정 때문에 무분별해졌다고 고백하는 거나 다름없는 모습이야. 자네는 깨닫지 못한다 해도 알루스 군은 그런 자신을 의식할 수밖에 없어. 그러니 그와 대화할 땐 항상 그걸 염두에 둬. 물론 그걸 드러내면 안 되겠지?' 덕분에 니바이의 거부를 이해할 수 있었다. 니바이는 지금의 자신이 내린 판단보다는 자신이 좀 더 냉정했을 때 내린 판단을 따르겠다고 말한 셈이다. 그렇다면 호랑이는 왜 이 평범한 언덕을 올라가는 걸 거부했던 걸까?

"말로 설명할 수는 없습니다. 그냥 그러면 안 된다고 느꼈습니다."

"알겠어. 흥미진진한 이야깃거리지만 상황이 적절치 않군. 이카드가 올라간 지 얼마나 됐지?"

니바이는 대답하는 대신 손을 들어 올렸다. 언덕 바로 아래쪽에 있어서 묘지는 제대로 보이지 않았지만, 그 중간을 힘겹게 올라가는 소년의 뒷모습은 잘 보였다. 사고에서 회복되지 않은 채 지난밤에 잠도 제대로 못 자고 모험을 한 소년다운 체력이다. 그 추적자의 상태도 그리 좋진 않았지만, 익숙함이라는 건 굉장한 유리함이다. 똑같은 일이라도 익숙한 사람은 훨씬 힘을 덜 들이고 그 일을 해낸다. 도시를 걷고 언덕을 오르는 단순한 일조차 그러하다. 보안관과 나는 늘상 다니던 언덕을 쉽게 올라가 덴워드를 따라잡았다.

"이카드! 거기 서. 같이 가자!"

덴워드는 기겁했다. 자신의 거친 숨소리 때문에 뒤에서 꽤 시끄럽게 다가가던 우리를 눈치채지 못했던 모양이다. 뒤로 돌아선 그는 두 손으로 쥔 메뚜기를 가슴 앞으로 들어 올렸다. 하지만 우리는 경계하는 대신 지금 뭐 하시냐는 표정을 지었다. 덴워드도 비슷한 기분을 느꼈던 모양이다. 칼을 슬그머니 옆으로 눕히는 그의 입에서 곧 놀라서 그랬다, 엉겁결에 그랬다 같은 변명이 나올 것 같았다.

하지만 덴워드는 우리가 나라부스 의장 암살에 도움이 되지는 않을 거라는 생각을 떠올린 모양이다. 그의 얼굴이 변했다. 나는 이맛살을 찌푸렸고 보안관은 "안 돼."라고 말했다. 그게 무슨 신호인 양 덴워드는 몸을 돌리더니 죽을 둥 살 둥 달리기 시작했다.

보안관은 짧게 욕설을 뱉고는 걸음을 재촉했다. 우리 둘 다 그렇게 서두르진 않았다. 덴워드의 모양새는 달리는 것이었지만 그 속도는 동네 산책 중인 버나드 교장과 자웅을 겨룰 만했다. 우리는 머지않아 그가 멈춰 서서 무릎을 짚거나 심지어 토할지도 모른다고 거의 확신했다.

실제 일어난 일은 더욱 희극적이었다. 제 발에 걸리기라도 한 듯 갑자기 허우적거리더니 덴워드가 콰당하며 앞으로 쓰러졌다. 도의상 '저런!' 하는 소리를 내긴 했지만 나와 보안관 모두 쓴웃음을 짓지 않을 수 없었다.

보안관과 내가 앞으로 콰당 콰당 쓰러졌다.

앞으로 팔을 뻗는 그 고마운 무의식적 행동 덕분에 코가 뭉개지진 않았다. 그런 것이 없었다면 얼굴이 납작해진 다음에야 겨우 알아차렸을 난데없는 전락이었다. 하도 어처구니가 없어 보안관과 나는 일어나지도 못한 채 서로를 쳐다보았다. 그때 저 앞에서 욕설 소리가 들려왔다. 덴워드가 일어나더니 다시 뛰기 시작했다. 우리가 이 말도 안 되는 우연을 해명하기보다 급히 덴워드를 쫓아야 한다고 결정한 건 당연하다. 보안관과 나는 급히 일어나 덴워드를 향해 달렸다.

콰당, 콰당, 콰당.

세 사람이 거의 동시에 앞으로 고꾸라졌다.

아래쪽에서 우리를 보고 있을 니바이가 얼마나 황당했을지 상상도 하기 어렵다. 하지만 아무리 기가 막힌다 해도 우리 세 사람만큼은 아닐 것이다. 보안관과 나는 다시 조금 전의 자세, 그러니까 두 무릎과 두 손바닥으로 땅을 짚고 서로를 쳐다보는 망신스러운 자세를 취했다가 동시에 고개를 돌려 앞을 쳐다보았다. 세상에서 제일 우스꽝스러운 얼굴이 우리를 쳐다보고 있었지만, 도저히 웃을 수가 없었다. 바닥에 주저앉은 덴워드는 그야말로 넋이 빠진 얼굴로 우리 둘을 쳐다보고 있었다. 뭐라 위로해야겠다는 생각이 다 들 정도였지만 내 처지도 말이 아닌지라 그냥 입만 벌리고 있을 수밖에 없었다. 그때 세상에서 제일 웃긴 오크 목소리가 들려왔다.

"도꼬마리 — 이?"

이파리 보안관은 자기 바짓자락을 살피고 있었다. 상사의 본을 따라 나도 그렇게 해보았다. 이거 직급에 따른 차이인가? 내 바짓자락에 붙어 있는 건 도꼬마리가 아니라 도둑놈의갈고리였다. 여름철이 오면 이런 것 한두 개 붙이고 다니는 건 당연하지만 이런 모습은 처음이다. 얼핏 봐도 수십 개는 가볍게 넘을 도둑놈의갈고리 열매가 서로 단단히 얽혀 내 바짓자락과 주변의 풀을 잇고 있었다.

"이, 이게 뭐지?"

덴워드의 목소리에 보안관이 맥빠진 목소리로 말했다.

"어디 보자. 수크령 같은데."

"그게 뭡니까?"

"어, 그냥 풀이야. 씨에 털 같은 것이 있어서 여기저기 잘 달라붙어."

잠깐만. 우리 세 사람이 풀씨에 걸려 나자빠졌단 말인가? 그게 말이 되나? 풀씨가 달라붙는 것이 아니라 풀씨에 달라붙어 쓰러졌다고? 상식의 세계에선 일어날 수 없는 사건이지만 내 바짓자락에 달라붙은 저 도둑놈의갈고리 열매 덩어리는 그런 참사도 충분히 일으킬 수 있을 것처럼 보였다. 실제로 넘어지기도 했고. 그때 보안관이 목이 메어 외쳤다.

"수, 수크령!?"

친절한 이웃의 태도는 아니겠지만 나와 덴워드는 미친 사람 보듯 이파리 보안관을 보는 짓을 멈출 수 없었다. 하지만 이어진 보안관의 말은 우리 등골에 소름이 돋게 만들었다.

"수크령은 가을에 달라붙는데?"

근육들이 제멋대로 꿈틀거리는 것을 억누르며 다시 바짓자락을 내려다보았다. 그래. 시기가 조금 다르다. 도둑놈의갈고리는 앞으로 두어 주는 있어야 그 짜증 나는 열매가 맺힐 것이다. 보안관의 말처럼 수크령은 아예 계절이 다르고. 이건 있을 수 없는 풀씨다. 덩이졌다는 것 외엔 이상할 것이 없는 도둑놈의갈고리가 말할 수 없이 불길하고 끔찍해 보였다. 기다란 독사가 다리를 감고 있는 것처럼 보였다고 할까.

우리 셋은 악을 쓰며 바짓자락을 손바닥으로 털었다. 들판으로 산으로 뛰어다니는 개구쟁이를 둔 어머니라면 잘 알 거다. 그게 턴다고 홀홀 털려 나가는 물건이 아니라는 것을. 말 타는 목동들이 괜히 챕스를 입는 것이 아니다. 아, 그래. 나 제정신 아니다. 챕스가 풀씨 때문에 입는 것이 아니라는 것 정도는 안다. 하지만 누가 지금 내게 옷 한 벌 사주겠다고 제안하면 서슴없이 그걸 고르겠다. 아니면 질 좋은 가죽 바지나. 직물에 달라붙은 풀씨들은 도무지 떨어지질 않았다. 결국 풀씨들을 덕지덕지 붙인 모습으로 일어날 수밖에 없었다.

우리 세 사람은 여름 한낮의 햇빛을 흠뻑 받아 초록색으로 불타는 풀밭에 서 있었다. 경사는 완만하고 풀들은 기름져서 거의 진부함마저 느껴지는 평화로운 풍경이었다. 어떻게 봐도 양 떼와 챙 넓은 모자를 쓴 양치기 아가씨가 서 있을 곳이었지 패잔병처럼 숨을 몰아쉬고 있는 치안관들과 백금기사가 서 있을 곳이 아니었다. 하지만 우리는 한 발만 잘못 내디디면 낭떠러지에 떨어질 사람처럼 긴장한 채 눈을 희번덕거렸다. 그 까마득하기까지 한순간 결단을 내린 건 덴워드였다. 황족다운

지도력이라고 할까. 그 망할 놈은 다시 달리기 시작했고 우리는 '어이!' 정도로 해석할 수 있는 뭔가 말 같잖은 소리를 내며 덴워드를 따랐다.

콰당, 콰당, 콰당.

아, 좀!

옷에 이미 그런 것들이 붙어 있어서 더 잘 달라붙게 된 것 같은 기분이다. 어불성설이다. 풀씨들은 서로 달라붙진 않는다. 그랬다간 자기들끼리 엉켜서 파종에 방해가 될 테니. 자연의 조화인 셈이다. 하지만 우리 사정은 달랐다. 바지는 물론이거니와 이젠 상의에도 달라붙어 있는 여러 풀씨들은 주변의 다른 풀씨들과 사정없이 얽혔고 우리는 꿀항아리에 빠진 파리 같은 꼴이 되었다. 움직이면 움직일수록 꿀이 달라붙어 빠져드는 것이다.

다시 땅에서 물장구를 치는 듯한 기괴한 동작들을 볼썽사납게 수행한 끝에 우리 셋은 비틀거리며 일어났다. 이젠 정말이지 두려움이 아니라 화가 치밀 지경이라 손 닿는 곳에 누가 들어오든 무조건 멱살을 붙잡고 싶었다. 그때 덴워드 그놈이 또 움직이려 했다. 보안관이 울분을 가득 담아 고함을 질렀다.

"야, 인마! 그만해!"

"풀이 나섰다고요!"

"뭐?"

"이런 빌어먹을. 풀들이 나섰단 말입니다!"

"그래, 햇볕이 많이 뜨겁다. 그렇지?"

덴워드는 이런 멍청한 오크를 봤나 하듯이 씩씩거리며 우리에게 다가왔다.

"모르겠습니까! 보면 알 수 있는 것 아닙니까! 아까 그건 가을에 나는 풀이라면서요? 때도 아닌데 풀들이 씨를 퍼뜨려서 우리를 막는 걸 보면 모르겠습니까? 풀들이 자기네 왕의 등극을 위해 나섰단 말입니다! 그 어리석은 표정 당장 저리 치우지 못해요?"

보안관과 내가 그런 평가를 받았다 해도 할 말은 없다. 우리 둘은 턱이 빠질 지경이 되어 덴워드를 쳐다보고 있었으니까. 보안관이 물었다.

"그런데 너 어떻게 온 거냐?"

덴워드가 눈을 홉떴다. 수십 미터를 넘어지지 않고 우리에게 다가온 자신의 위업을 그제야 깨달은 모양이다. 우리 둘과 자기 몸을 번갈아 쳐다보던 덴워드는 어떻게 되나 보자는 듯이 다시 언덕 위쪽으로 걸어갔다.

달리지 않았기 때문에 당장 넘어지진 않았다. 하지만 느릿한 움직임에도 풀씨들은 얽혔고 곧 덴워드는 갯벌에서 걸으려 애쓰는 사람 같은 꼴이 되었다. 발이나 팔이 제때 움직이지 않아 이리 기우뚱거리고 저리 허우적거리는 모습이 조금도 우습지 않았다. 공포스러웠다. 갈채를 받을 만춰자 연기를 펼쳐 보이던 덴워드가 덜덜 떨며 다시 우리 쪽으로 돌아섰다. 그러곤 경이적일 만큼 정상적인 걸음으로 우리에게 걸어왔다. 그 짧은 실험이 — 그리고 그 이전에 우리가 겪은 그 낭패스러운 사고들이 — 시사하는 의미는 분명했다.

우리가 묘지로 다가가는 것을 막고 있었다.

풀들이.

<u>8</u>

존경받는 사법관이 벌거벗고 백주에 야외를 거니는 것이 허용될 수 있는가? 어림없다고 대답하진 말길. 현명한 사람이라면 상황에 따라 다르다고 대답할 것이다. 내가 챕스니 가죽옷이니 하는 것을 바랐던 것을 기억하는가? 가죽옷이 필요하면 그냥 벗으면 되잖으냐는 명안을 내놓은 건 우리 세 명이 도대체 언덕바지에서 뭘 하고 있는 건지 궁금해 죽을 지경이 되어 찾아온 안셀 치즐하트였다. 위대한 안셀, 지혜로운 안셀, 으슥한 곳에서 단둘이 좀 만나고 싶은 안셀. 나는 내 가죽에 속옷 한 장 걸치고 비참하면서 비장한 기분으로 풀밭에 뛰어들었다.

풀들이 자신의 씨앗을 동물에게 무임승차시키기 위해 사용하는 건 갈고리 같은 털만이 아니다. 질경이 같은 경우 씨앗 껍질에서 점액이 나온다. 그래서 봄에 질경이를 밟으면 씨앗 껍질에서 나온 점액 때문에 씨앗이 신발 바닥에 붙고 사람들은 걸어 다니며 질경이 씨앗을 퍼뜨리게 된다. 그런 식으로 접착제를 쓰는 풀씨들도 있다는 걸 미리 떠올렸어야 하는 건데. 애석하게도 접착제만이 아니었다. 가시풀이라고 아시나? 며느리배꼽이나 쐐기풀은? 열 걸음도 걷기 전에 노출된 피부에 풀씨들이 달라붙어 긁히고 찢겨 미칠 지경이 되었다. 믿기 어렵겠지만, 풀로 고문당하는 기분이었다. 하지만 풀들은 패잔병에게 승자의 관용을 베풀어주었다. 덴워드가 이미 마쳤던 실험과 마찬가지로 돌아올 땐 저항이 없었다. 이미 내 가죽이 너덜너덜해진 후라 많이 고마워하긴 힘들었지만. 언덕 아래로 내려온 내가 분노와 통증으로 몸을 떨며 다시 옷을 입는 동안 안셀은 놀라워하며 고개를 끄덕였다.

"진짜로 풀들이 언덕을 지키고 있네."

나는 으르렁거리지 않으려 애쓰며 — 호랑이에게 그래 봐야 무슨 의미인가. — 니바이에게 질문했다.

"니바이. 이런 걸 예상했던 거야?"

"아까 말했을 때 못 들었습니까? 그냥 올라가면 안 된다고 느꼈을 뿐입니다. 이런 건 상상도 못 했습니다. 상상하려고 해도 안 될 것 같은 일이긴 하군요. 나라부스 의장님께서 나무를 가지고 정말 놀라운 일을 하시는 건 잘 알지만, 풀들한테 이런 것도 시킬 수 있으신 겁니까?"

"의장님이? 의장님이 우리를 왜 막아?"

"예? 그건 모르겠고, 일단 풀들이니까 야채 뱀파이어가 한 일 아니겠습니까?"

"그 야채 뱀파이어가 한 일이 아닐 겁니다. 풀들이 스스로 나선 거예요!"

한 사람만 빼고 그곳에 있던 모든 이가 덴워드를 외면했다. 안셀은 마치 반가운 도전이라도 받았다는 듯이 말했다.

"식물은 의지가 없어. 이 친구야. 감각도 없고, 사고도 없어. 이건 의장님께서……"

"당신이 의지와 감각과 사고라고 여기는 그건 확실히 없겠죠."

경악할 수밖에 없었다. 첫 번째 대답으로 안셀 치즐하트로 하여금 입을 다물고 자신이 들은 말에 대해 생각하게 만들다니! 이것이 가장 고귀한 핏줄의 힘이란 말인가. 그러나 덴워드의 조바심 넘치는 얼굴을 볼라치면 이건 아무래도 사고로 일어난 기적 같다.

"뱀파이어가 동물을 조종하듯 야채 뱀파이어는 식물을 조종할 수 있습니다. 하지만 뱀파이어가 생명을 주지 못하는 것처럼 야채 뱀파이어도 식물을 태어나게 하지는 못합니다! 그런 것이 가능했다면 야채 뱀파이어는 전략 자산이었겠죠!"

⋯⋯우리 시민들에겐 좀 비약적이다. 그래. 야채 뱀파이어가 식물을 마음대로 자라나게 할 수 있다면 그건 풍작을 가져올 수 있다는 뜻이다. 그리고 국력을 결정하는 요인 중에 식량 생산량보다 더 확실하게 나라의 힘을 좌우하는 것은 드물다. 따라서 야채 뱀파이어들이 우리의 평범한 이웃으로 있다는 것은 그들에게 그런 능력이 없다는 뜻이다. 정치학과 경제학, 군사학이 기본 소양일 평소의 지인들이 청중이었다면 나무랄 데 없는 논리 전개였음은 인정하겠다, 백금기사. 다행히도 덴워드는 적절한 첨언으로 자신의 논리를 구출했다.

"그러니까, 작물도 식물입니다. 나라부스가 식물을 마음대로 자라게 할 수 있다고요? 매년 봄 이곳 농부들이 경쟁적으로 나라부스를 찾아 자기 논밭에 신경 좀 써달라고 읍소하는 일이 벌어집니까? 돈을 주면서 그러는 일은? 나라부스와 농부가 작물 증산분을 몇 대 몇으로 나누기로 신사답게 계약한다거나?"

안셀과 니바이의 얼굴에 이해의 빛이 떠올랐다. 덴워드의 상상력에 대한 감탄과, 그가 우리 시의회 의장을 부르는 방식에 대한 거부감도.

"그렇⋯⋯네. 생각 안 해 봤는데, 그렇구나. 의장님께선 식물을 태어나게 하실 순 없는 모양이군. 이미 태어난 식물을 조종하실 수는 있어도."

"예. 저건, 저 계절에 맞지도 않는 풀의 출현과 이 초자연적인 훼방은 야채 뱀파이어가 한 일이 아닙니다. 풀들이 스스로 결정한 겁니다. 그런 걸 할 수 있는 건 식물 자신들밖에 없으니까요."

니바이가 인간의 얼굴에서 빛나는 호랑이 눈이라는, 주변인들을 불편하게 해도 할 수 없을 때만 보여주는 눈빛을 했다.

"좋습니다. 당신은 도대체 뭘 알고 있는 겁니까? 참 궁금하군요."

나는 덴워드를 존경하게 되었다. 최소한 5초 정도는, 그리고 5년 후에도 '그 자식, 그때는 참 대단했지.'라고 솔직하게 인정할 수 있을 거라 확신한다. 덴워드는 사람으로 변신한 호랑이를 향해 차갑게 말했다.

"당신은 도대체 어떤 질문할 자격이 있습니까?"

덴워드의 대꾸가 니바이에게 일으킨 반응은 안셀의 그것과는 완전히 달랐다. 니바이의 얼굴과 옷 아래의 근육이 꿈틀거리는 모습에 소름이 돋은 나는 칼자루 근처의 손을 꿈틀거렸다.

파국을 막아낸 건 홀연히 나타난 마하단 쿤이었다. 마하단 쿤은 물리적으로 불가능한 방식으로 니바이를 만류했다. 마하단은 니바이보다 키가 세 뼘 이상 작았지만 그런 것에 개의치 않고 니바이를 차갑게 '내려다보았다.' 공간을 조종하는 그 해괴한 능력에 직접 당하자 니바이도 말문이 막힌 것 같았다. 사실 그 상황에서 더 대단한 건 마하단의 마법보다 그의 배짱이겠지만. 몸을 돌린 마하단은 덴워드에게도 똑같은 시선을 보냈다.

내가 마하단과 처음 칼을 맞댔을 때가 생생하게 떠올랐다. 덴워드는

자신이 고개를 숙인 채 난쟁이를 '올려다보고' 있다는 사실에 혼란스
러워했다.

"어? 어떻게? 아니, 키가……?"

"덴워드 이카드? 안녕. 나는 마하단 쿤이라고 해. 이건 마법이야."

"마법? 당신 마법사입니까?"

"아니. 한때 마법사를 모셨지. 보다시피 내가 워낙 훤칠하다 보니 다
른 사람들이 불편할까 봐 그분이 내게 이 마법을 걸어주셨어."

"그 공간을 조종한다는…… 그게 정말 공간을 조종하는 거
였……?"

"어떤 면에서 본다면 자네 허리에 있는 그 검과 나는 비슷하지. 둘
다 마법사의 피조물이지. 그러니 내가 몇 마디 할 권한은 있을 거라고
봐. 내가 하고 싶은 말은, 덴워드 이카드, 마법사가 아니라면 입조심하
라는 거야. 자넨 마법검을 가지고 있는 거지 마법사가 아냐."

덴워드는 분노하여 가슴을 내밀었다. 난쟁이를 상대로 하면 아마 열
에 아홉은 무의식적으로 할 선택이겠지만 마하단에겐 아무 소용이 없
었다. 마하단은 아무 일도 없었다는 듯이 화제를 바꿔버렸다.

"그 샤레모라는 봉수지기, 소문으로 들었던 것 이상이더군요. 보안
관님. 맞닥뜨리자마자 대뜸 그 가소로운 마법 있으면 괜찮을 줄 알았
냐면서 덤비더라고요. 누가 언제 그런 말을 했다고. 그런데 허튼소리
하는 유니콘은 아니더군요. 죽는 줄 알았습니다."

"하? 샤레모한테는 자네도 못 당하나?"

"뿔이야 어떻게 피해도 그 뒤에 있는 것 전부가 치명적이라서. 수레

에 들이받히면 부딪힌 부분이 어디냐는 이미 문제가 아니잖습니까. 답안 나오더군요. 화가 나서 보안관님게 봉수대 출입 허가 같은 거라도 받아서 가야겠다 싶어서 돌아왔다가 이쪽이 소란스러워서 찾아왔습니다. 멀리서 얼핏 몇 마디 들었는데, 풀들이 문제입니까?"

보안관은 탐탁잖은 어조로, 하지만 계속 안절부절못하는 덴워드가 끼어들긴 어려울 정도의 기세로 빠르게 실포 언덕에 펼쳐진 장애물에 대해 설명했다. 마하단은 곰곰이 생각에 잠긴 얼굴을 하더니 굉장히 엉뚱하게 들리는 말을 꺼냈다.

"조금 전 제가 했던 말을 스스로 뒤집는 꼴이 되겠지만, 옛 주인을 모시던 중 얻어들은 말을 하나 해야겠군요. 이걸 학계라고 불러야 할지 호사가라고 불러야 할지 모르겠습니다만, 어쨌든 대방벽을 쌓은 거인에 대한 흥미로운 이야기를 하는 이들이 있습니다."

"뭐라고? 지금 무슨……"

"거인이라고 하면 어떤 모습이 상상되십니까?"

마하단은 물러날 마음이 없는 듯했다. 그걸 깨달은 보안관이 못마땅함을 내비치며 말했다.

"키가 탑처럼 큰 사람 아닌가."

"예. 좀 더 우락부락할 수 있고 이상하게 생겼을 수도 있지만, 기본적으로는 사람과 같은 모습에 키만 커다란 사람이지요. 그렇게들 상상합니다. 화가들에게 그림을 그리게 해도 그런 모습으로 그리고요. 그런데 혹시 기하나 역학을 공부하는 이들이 하는 이런 이야기 아십니까? 사람의 열 배에 달하는 거인은 존재할 수 없다는 이야기 말입니다. 기하의 원리에 따르면 길이가 두 배로 늘면 면적은 네 배로, 부피는 여덟 배로 늘어나기 때문이라더군요. 그러니 사람의 키가 두 배로 커지면 그의 살갗은 네 배나 넓어지지만, 그 안에 담아야 하는 몸은 무려 여덟 배로 커지기 때문에 키가 절반인 원래 사람에 비해 피부가 받는 부담이 두 배로 늘어나지요. 키가 세 배면 살갗은 아홉 배, 몸은 스물일곱 배 하는 식으로 극단적으로 늘어나므로 열 배가 되면 도저히 형태를 유지하지 못하고 무너져버린답니다. 그래서 사람과 형태는 같으면서 크기만 열 배 큰 거인은 존재할 수 없다고 알고 있습니다."

나도 비슷한 이야기를 아는데. 표면적과 체적의 비율 때문에 생기는 문제는 또 있다. 기적적으로 무너지지 않는다 해도 그 거인은 체온 때문에 위험에 빠질 거다. 사람의 피부가 따스하다는 건 신진대사를 통해 생긴 열을 피부로 내보낸다는 뜻이다. 그런데 거인은 몸에 비해 열을 방출할 피부가 작다. 체적은 세제곱으로 늘어나지만, 표면적은 고작 제곱으로만 늘어나니까. 열이 축적될 테고, 어쩌면 그 거인은 자기 체온 때문에 자기 장기가 익는 황당한 꼴을 당할지도 모른다.

"사람보다 열 배나 큰 자라면, 그건 그냥 열 배 큰 사람이 아니라 사람과 전혀 다른 구조와 재질을 가진 무엇이어야 하는 겁니다. 그리고 이 세계엔 사람과 전혀 다른 재질을 가지고 있어서 그 키가 열 배를 훌쩍 넘기도 하는 생물이 있지요."

보안관이 목을 꿈틀거렸다.

"나무? 나무 말하는 건가?"

"그 거인의 전설은 움직이는 나무에 대한 이야기였다는 겁니다. 그렇다면 여기서 중요한 건 크기가 아니겠지요. 그게 워낙 현시적인 특성이라서 수천 년 동안 전해졌을 수 있지만, 진짜 중요한 건 그게 행동하는 나무라는 점입니다. 의식이 있었다는 이야기죠."

덴워드의 숨소리는 참 듣기 싫었다. 그런데 그보다 더 큰 숨소리가 있었다. 니바이가 머뭇거리다가 말했다.

"저, 혹시, 주목이 된 아니제이에 대해 들어보셨습니까?"

사람들의 시선은 니바이를 빨갛게 만들었다. 수줍음과 비폭력을 연결시키는 일반적인 편견과 달리 수줍음과 폭력성은 별 관계가 없다. 오히려, 물론 비약일 수 있지만, 비례할지도 모른다. 수줍음이 없다는 건 붙임성이 좋다는 말이고 그 말은 타인의 단점이나 불쾌함도 쉽게 참아 넘긴다는 말이 될 수도 있으므로. 니바이는 그곳에 있는 꽤 많은 사람의 시선 전부를 피하는 묘기를 선보이며 말했다.

"이건 그냥 이야기입니다. 예. 그냥 옛이야기요. 그러니까, 주목은 이가화입니다. 자웅이주라고도 하지요. 많은 꽃들의 암술과 수술이 한 꽃에, 즉 일가에 모여 있지만 이가화는 두 꽃으로 나뉘어 있습니다. 암수가 있는 나무가 있다는 이야기는 들어보셨겠지요? 주목에는 수주목, 암주목이 있는 겁니다. 아니제이들 사이에 전해지는 이야긴데 옛날 옛적 어느 아니제이가, 아, 그 아니제이는 여자였습니다. 어떤 주목 수나무를 보고…… 음. 아시겠죠?"

이파리 보안관은 몸을 돌려 초니의 주점까지 구보로 달려가고 싶은 것처럼 보였다. 그런 일이 벌어지면 나는 구령 붙이며 상관을 충실히 따를 것이다. 헛 둘, 헛 둘. 물론 그는 이파리 하드투스이므로 그러지 않았다.

"주목 암나무로 변했다?"

"예, 예. 그 이야기에서 그 아니제이는 수년 동안 꼼짝없이 나무로 지내다가 근처를 지나던 어떤 지체 높고 잘생긴 남자 인간을 보고 여자 인간이 되었답니다. 그리고, 음, 여자 쪽에서 두루뭉술하게 설명했던 건지 남자 쪽 상상력이 과했던 건지 모르겠습니다만, 남자는 자기가 저주에 걸려 나무로 변했던 여자를 구하게 된 거라고 믿게 되었다더군요."

와장창 소리와 함께 어린 시절의 일부가 깨지는 소리가 들렸다. 어, 설마. 어, 설마? 그 모든 옛이야기들 속의 그와 그녀들이 아니제이들이었다고?

"이야기입니다! 그냥 이야기라고요! 저는 나무로 변했다는 아니제이나 그런 아니제이를 안다고 말하는 아니제이를 만나 본 적이 없습니다!"

"그래, 알겠어. 그런데?"

"저는 말입니다, 예전에 그 이야기를 생각하다가 이상하다고 느꼈거든요. 아니, 뭐, 이상한 점이 한둘은 아닙니다만, 제가 말씀드리고 싶은 건, 음, 식물은, 음, 우리는 그냥 우리 자신이 그러니까 식물도 그러리라 넘겨짚지만, 그래서 그 이야기에서 그 부분을 흘려넘기지만, 사실 식물은 성별이 있다 하더라도 이성에 관심이 없잖습니까?"

"흠? 뭐? 글쎄. 관심이라기보다, 아니, 아예⋯⋯"

"수나무는 그냥 바람에 꽃가루를 날려 보낼 뿐입니다. 어떤 특정한 암나무를 겨냥해서 그러는 것이 아니에요. 암나무도 아무 꽃가루든 날아오면 그냥 수분을 하고요. 어떤 이상적인 수나무를 고르는 것이 아닙니다. 바람이 아니라 벌이나 나비의 도움을 받는 경우도 마찬가지입니다. 곤충들이 자기 꽃가루를 어느 꽃에 가져가는지 꽃들이 눈곱만큼이라도 신경 쓰겠습니까? 심지어 완전히 다른 꽃에, 수분이 되지도 않을 꽃에 가져간다 해도 아무 상관 안 하죠."

"그래. 그건 그렇지. 그러니까 자네 말은?"

"주목으로 변했다는 것부터가 말이 안 되지만, 만에 하나 그게 사실이라 해도 그 경우 그 아니제이는 다시 인간이 될 수가 없습니다. 애초에 눈이고 뭐고 달려 있지 않아서 남자 인간을 느낄 수도 없어야겠지만, 설령 느낀다 해도 그 남자에게 아무런 매력도 못 느껴야 하니까요."

보안관은 부드럽게 말했다(그래서 무서웠다.).

"하나부터 열까지 말이 안 되는군. 그래서 자네가 하고 싶은 말은?"

"그러니까…… 예. 쿤 씨의 말을 듣다 보니 그런 생각이 들었습니다. 그게 만약 사실이라면, 움직이고 행동하고…… 생각하는 식물이 있다면, 그 식물에 매혹을 느끼는 아니제이도 있을 수 있잖겠습니까? 그리고 식물로 변했다 해도…… 음. 어쩌면 그 이야기는 실제를 기반으로, 아니면 어느 정도…… 전설이라는 건…… 죄송합니다. 제가 정리를 잘못 하겠군요."

"사실일 겁니다. 분명히 사실을 기반으로 했을 겁니다."

덴워드가 조급하게 동의했다. 보안관 내버려 두고 나 혼자 구보하고 싶어졌다. 헛 둘, 헛 둘. 초니의 주점에서 어떤 불운한 피해자든 붙잡고

서 심층 심리의 표출과 불만족일 수밖에 없기에 만족스러운 인생에 대해 세 시간 정도만 떠들고 싶다. 우리 도시의 언덕에 초자연 현상이 현재 진행 중이 아니라면. 그곳에 우리 시민 두 명이 있을 거라 추정되지 않는다면. 안셀 치즐하트가 안셀 치즐하트가 아니었다면.

"그렇다면 자네가 저 풀들과 대화할 수 있을까?"

안셀의 말에 니바이는 고개를 갸웃했다. 그는 눈을 크게 떴다. 그리고 웃으려 했고, 그러다가 경악했다.

"무슨…… 아니, 그건…… 이것 보세요! 도대체 그게 무슨 말씀입니까, 치즐하트 씨?"

"이 청년의 말도 그렇고, 마하단의 이야기나 자네 이야기도 그렇고. 아무래도 식물들이 의도를 가지고 행동한다는 사실을 하나의 가설로 받아들일 정도의 분위기는 조성된 것 같은데. 그렇다면 이쪽에서도 그냥 밟고 지나간다는 평소의 방식이 아니라 다른 접촉 방식을 한 번 고민해 볼 필요가 있는 것 아냐? 자네가 옛이야기 속의 그 여인처럼……"

보안관이 송곳니를 쑥 내밀었다.

"맹수는 의도를 가지고 있어. 힘닿는 한 영역을 지키고 자기 배를 채우겠다는 확실한 의도를 가지고 있지. 그렇다고 해서 자넨 맹수를 상대로 대화하려 할 건가?"

"저 풀들은 맹수보다는 이성적이지 않아? 물러나면 그냥 보내주잖아. 바로 그 점이 진짜 신경 쓰이는 부분이었거든. 토론의 결과는 어떻게 나올지 모르지만, 일단 토론 자체는 가능한 대상 같은데."

정말 인정하고 싶지 않았던 부분을 아무렇게나 꺼내놓는군. 그렇다고 해서 풀들과 대화할 수 있는 것도 아니라서 신경 끄고 있었는데, 니바이가 예상치 못한 재료를 내놓고 안셀이 그걸 기상천외한 방식으로 요리해서 나한테 먹이려고 할 줄은 몰랐다. 그런데 덴워드가 반대하고 나섰다.

"그럴 필요 없습니다. 언덕에 불을 놓아야 합니다."

안셀이 대경하여 대답했다.

"자넨 알아차리기 어려울지 모르지만, 저긴 우리 조부모님이나 부모님, 가족과 친지와 이웃들이 쉬고 있는 곳인데."

"나도 그 정도는 압니다. 내 조상의 무덤도 아니니 함부로 대해도 된다고 생각하는 망나니도 아니고요! 그걸 알면서 말한 겁니다. 그 방법밖에 없어요! 그 검은 재배되는 거라고 했습니다. 야채 뱀파이어가 저기에 있는 풀이나 나무로 그걸 길러낼 겁니다. 그러니 풀과 나무를 싹다 없애야 해요! 창조할 수는 없으니까, 재료가 없다면 만들 수 없어!"

덴워드에 대해 악감정을 품고 있는 이도 저 친구의 행동력에 대해선 뭐라 하기 어려울 것 같다. 덴워드는 이런 문제로 왈가왈부할 대상이 우리가 아니라는 사실을 금방 깨달아버렸다.

"시장님을 찾아뵈야겠습니다." 그는 자신이 머물던 시장 저택으로 향하려는 듯 몸을 움직이다가 걸음을 멈췄다. "시청은 어디 있습니까?"

보안관은 그를 진정시켜야겠다고 생각했다.

"이봐. 고삐를 좀 잡아당기지."

"시청은 어디 있냐고요!"

덴워드의 행동력을 공정하게 평가한 이는 우리 보안관에 대해서도 그리해야 할 것이다.

"제기랄. 소란 행위 그만두지 못하겠나, 덴워드 이카드?"

"뭐라고요?"

"저 위엔 우리 시민들이 있을 것으로 추정돼. 방화는 말할 것도 없거니와, 자네 지금 아주 거창한 규모로 화형식을 열자고 말하고 있는 거나 다름없어. 다중 살인이지. 모두 엄중히 다뤄지는 중범죄들이야. 자넨 그걸 선동하고 있다고. 공공 안전을 위협하는 소란 행위의 구성 요건에 그리 부족하지 않아!"

두려웠다. 덴워드가 언제든 꺼내 판을 뒤집어버릴 수 있는 강력한 수단인 신분 공개를 가지고 있다는 사실이 아니라 보안관이 사용한 희미한 암시를 그가 알아들을지 알 수 없다는 점이. 보안관은 방금 신분을 공개하고 상황을 장악하려고 나섰다간 미친놈으로 취급해서 감옥에 처넣어버리겠다고 공갈을 친 것이다. '너도 봤지, 티르? 그러잖아도 헛소리만 잔뜩 주워섬기더니 끝끝내 자기가 황족이라고 하잖아. 거기서 그만 확 돌더라고.' 오, 젠장. 덴워드는 열다섯 살이다. 숨겨둔 정체를 드러내는 행동의 그 같잖은 매력에 머리끝까지 빠져 있다 해도 전혀 탓할 일이 아니다.

내가 백금기사를 과소평가했음을 엄숙하게 인정한다. 열다섯 살 덴워드는 내가 누군지 아느냐고 외치는, 쉰한 살이 해도 꼴 보기 싫은 그 짓을 하지 않았다. 오히려 네가 누군지 아느냐고 외쳤다.

"그렇다면 신민의 안녕을 책임지는 이로서 자신의 의무를 다하십시오. 이 지역에 일어나는 이상 사태에 대한 나름의 통찰과 그 해결책이 있습니까?"

"뭐? 통찰? 응?"

"당연히 가지고 있어야 할 그런 것이 없다면, 그것을 가지고 있다고 주장하는 이를 이 지역의 황제 대행권자에게 안내하는 것이 황제의 신민을 수호하는 당신의 책무일 텐데요."

이파리 보안관은 말문이 막히는 듯했다. 텐워드는 사실상 아무것도 철회하지 않았고 양보하지도 않았다. 하지만 이런 식으로 주장하는 사람을 공공 안녕의 적으로 규정하는 건 꽤 껄끄럽다.

"저 언덕에 불을 지르자는 건 내 주장입니다만 그걸 실행할지 말지 결정할 사람은 시장님 아닙니까? 지금 행정권을 발동하기에 앞서 다양한 의견을 청취해야 하는 시장님의 직무를 방해하겠다는 겁니까?"

행동력은 그냥 행동력일 뿐이다. 그게 성취를 담보하는 것처럼 보이는 건 착시다. 좋은 행동력으로 남보다 먼저 파국을 맞이한 자들은 그 사실을 말하지 않거나 말할 수 없게 되니까. 이파리 보안관의 행동력은 패배를 빠르게 선언하는 것에 쓰여야 했다. 보안관은 텐워드를 향해 손을 내밀었다.

"예?"

"자네 칼. 자네 소지 허가증 아직 구경도 못 했어. 아까 그 꼴 보니 무장한 채 시장님께 데려가고 싶지 않군."

거부할지도 모른다고 생각했지만, 텐워드는 순순히 메뚜기를 뽑아 들었다. 몬도 시장을 만나는 것이 더 중요하다고 생각했거나 아니면 메뚜기가 움직이는 것에 여전히 관심이 많은 것인지 모른다. 보안관은 그 칼을 내게 던졌다. 허리띠 오른쪽에 검을 꽂아 넣자 보안관이 시무룩하게 말했다.

"티르. 시청에 다녀오겠다. 넌 여기서 사람들이 언덕에 접근하지 못하게 해라. 무슨 일 있으면 호각 불고."

니바이의 수고에 다시 감사를 표한 보안관은 땅에 걸어찰 만한 뭔가가 없나 살피는 사람의 걸음걸이로 덴워드와 함께 떠났다. 니바이도 그대로 떠나려 했지만, 안셀이 그를 붙잡았다.

"저 친구가 진짜 시장님을 설득해서 실포 언덕에 불을 놓으려 하면 어떡하지?"

"시장님께서 설마 그걸 허락하시겠습니까. 이렇게 가까운 곳에 불을 놨다간 도시 전체가 위험해질 텐데."

"하지만 풀이 진짜 이상하게 굴잖아. 이봐, 니바이. 아까 했던 이야기 말인데……"

니바이는 붉으락푸르락하며 말했다.

"치즐하트 씨! 아까 내가 분별없이 이야기를 꺼낸 것은 인정하겠습니다. 그러지 말았어야 했어요. 그런데 뭔가가 잘 맞아떨어진다는 생각에 그만 앞뒤 재지 않고 이야기를 하고 말았습니다. 하지만 그건 아무 의미 없어요. 그냥 옛날이야기란 말입니다. 나는 풀이 될 수 없습니다. 사실 풀 같은 건 일부러 신경 쓰지 않으면 눈에 잘 들어오지도 않아요. 그건 배경 아닙니까."

배경. 니바이도 그렇게 말하는군. 식물에 대한 동물의 관점을 잘 표현하는 말인가.

"제가 양이나 염소였다면 그보다는 더 관심을 가졌을지 모르겠군요. 가끔 초식 동물의 시각이 궁금합니다. 그들에겐 산과 들이 만찬장인 걸까요? 사람에 비한다면 음식 접시가 눈에 보이는 온 세상에 놓여 있는 것과 같을까요?"

니바이도 제법이군. 안셀의 관심사를 비트는 재주가 자못 훌륭하다. 내가 보기에 안셀은 초식 동물의 세계관이라는 유혹에 7할 이상 넘어갔다. 다른 상황이었다면 그를 확실히 다른 사유로 — 그리고 덤으로 다른 직업으로 — 추방할 수 있었을 것이다. 하지만 이 상황에선 좀 부족했다. 짧은 순간 시야의 초점이 약간 흐려졌던 안셀은 곧 철없는 젊은이는 곤란하다는 미소를 머금었다.

"글쎄. 그것도 재미있는 이야기지만 말이야, 지금은 그런 이야기 하고 있을 때가 아니잖나?"

좌절하지 마라, 니바이. 내가 증인이다. 넌 훌륭했다. 마하단에게 동의를 구하려고 쳐다보았더니 그 마법검사/어부는 언덕을 올려다보고 있었다. 안셀의 말이 이어졌다.

"아까 덴워드의 말은 그럴듯했어. 그래. 의장님은 식물을 자라나게 할 수는 없으신 거야. 하긴 그러실 수 있다면 왜 채소를 사서 드시겠어? 다들 하는 행동이라 눈치채진 못했지만, 그분이 식물을 태어나게 할 수 있다면 그런 일을 할 필요가 없었던 건데. 정말 받아들이기 어렵지만, 덴워드 말마따나 저건 풀들이 스스로 한 일이라고 보는 것이 옳을 것 같아. 그렇다면 우리는 풀들한테 왜 그러는 거냐고 물어봐야 하지 않겠어? 식물이 진짜 의지를 가지고 행동하고 있다면 그 의지가 뭐냐고 물어봐야지. 안 그래? 사람이 둘이나 있는 언덕에 덮어놓고 불을 지를 게 아니라!"

보안관 조수의 급료 두 달 분 정도는 자신 있게 걸 수 있는데, 안셀을 움직이고 있는 가장 큰 원동력은 사람이 풀로 변하는 걸 두 눈으로 보고 싶다는 호기심일 거다(실수였다는 니바이의 말은 옳다.). 하지만 그가 자신을 속여가며 거짓말을 하고 있는 건 아니다. 실제로 두 사람을 진지하게 염려하고 있을 테고. 그랬기에 니바이도 그 설득력에 정면으로 대응하기 어려웠다. 니바이의 선택은 결국 도주였고, 머뭇머뭇 떠나려는 그에게 안셀이 바짝바짝 다가가는 애처로운 모습이 펼쳐졌다. 니바이를 구출하려던 나는 마하단의 손가락이 움직이는 모습을 보았다. '이리 좀 와보겠나?'

할 수 없이 니바이의 무운을 속으로 빌어주고 마하단의 옆에 나란히 서서 참 볼만하다는 듯이 언덕을 바라보았다. 마하단이 속삭였다.

"그 소년은 정의를 주인으로 섬기나?"

한때 세계 최고의 마법사였을지도 모르는 이를 모시고 세상을 주유했던 인물이다. 놀랄 것도 없다.

"내 추측도 그래. 추측뿐이고."

"그렇군. 티르. 난 여섯 달 이후는 절대로 못 내다보는 제후와 공경들을 만나봤네. 물론 옆에 서서 본 거지만 알아보긴 어렵잖더군. 세상을 지배하는 것도 그냥 아저씨, 아줌마들이라고. 그러니 높은 분들이다 뜻이 있어서 하는 일이라는 소리는 내게 잠꼬대로밖에 여겨지지 않

아. 하지만 이 건에 대해선 유보적일 수밖에 없군. 풀들이…… 진짜 사람을 막는단 말이지? 지팡이 짚은 노인도 올라갈 저런 언덕을 세 명의 팔팔한 남자들이 못 올라갔다고?"

"사실이야."

"황당하군. 저 언덕이 모든 세상이 되면?"

"……"

"안 좋군. 진짜. 식물이 없는 곳은 없으니. 그런 곳은 사람이나 다른 동물도 못 살 테지. 웃기네. 이건 뭐 싸우고 어쩌고 하기 전에 이미 정복당해 있는 꼴이군."

"응?"

"아, 그냥. 선입견. 식물이 적이라면 그 꼴이 참 우습다고. 적은 보통 바깥으로부터 오는 것이잖아. 사실 절대로 그렇잖지만, 일반 상식으로는 그렇지. 그런데 이 경우엔 우리가 적지 한가운데 있는 거잖아. 게다가 그 적지야말로 우리가 살 수 있는 유일한 땅이고. 적을 물리치면 우리가 못 살게 되고. 이건 자기 자신이 인질이라고 해야 하나. 아주 특이한 개념이 필요할 것 같은데."

나도 정리가 잘 안 되긴 하지만 마하단이 무엇을 지적하고 있는지는 알 것 같다. 난쟁이는 불만스럽게 턱을 긁적였다.

"이건, 정말 개념 하나하나를 창조하며 생각해야 할 문제인 것 같은데. 불을 놓는 것도 그래. 아까 니바이가 나무는 이성을 모른다고 했지. 맞는 말인 것 같아. 그렇다면 동료 의식은? 여기 풀들을 불사르면 그건 온 세상을 점령하고 있는 다른 나무와 풀들을 끌어들이는 짓일까?"

"독버섯은 자기가 죽어!"

질겁해서 돌아보니 어느샌가 안셀이 우리 뒤편에 와 서 있었다.

"독버섯은 먹은 자를 죽이지만, 먹혀야만 쓸 수 있는 무기는 결국 아무리 강력하다 해도 자기도 죽는 걸 전제하는 무기라고. 꿀벌의 침과 비슷해. 무기는 자기를 보호하기 위한 것이라는 개념에 배치되지. 그런 무기가 뭘 뜻하지?"

마하단이 고개를 끄덕였다.

"다른 독버섯들을 보호할 수 있지요. 무슨 말씀인지 알겠습니다." 마하단은 겸연쩍게 말했다. "그런데, 제 옛 주인께서 버섯은 식물이 아니라고 하셨는데요."

"알아. 곰팡이, 버섯, 이런 것들은 식물처럼 자라지만 식물처럼 햇빛을 마시는 대신 동물처럼 다른 생물을 먹지. 비유잖아. 그냥 그게 떠올랐을 뿐이야. 다른 독초라도 상관없어. 논리는 같으니."

안셀이 독미나리를 떠올리곤 그걸 언급하기 싫어서 무의식적으로 독버섯으로 바꿨을지 모른다는 의혹이 든다. 마하단은 긍정의 몸짓을 했다.

"예. 그게 동료 의식이 맞는지 모르겠습니다만, 확실히 무시하기 힘든 점을 지적하셨습니다. 안셀. 불을 지르는 건 포인도트 씨와 나라부스 의장님에게도, 이 도시에게도, 그리고 다른 여러 의미에서도 영민한 대응이 못 되는 것 같습니다."

안셀이 들었냐는 표정으로 니바이를 돌아보았다. 저런. 도망치지 못하고 끌려왔구나. 그리고 안셀은 안셀다운 짓을 했다.

"자넨 저기 올라가고 싶지 않았다면서. 그렇다면 자넨 저기 올라가 직접 경험하기도 전에 풀들의 방문 사절 의도를 느꼈다는 말이잖아. 자네와 저 풀들이 통할 수 있다는 이야기 아닐까?"

이마를 때리고 싶었다. 아, 맞다! 워낙 울화통 터지는 경험을 한 직후라 까먹고 있었는데. 니바이도 자신의 경험에 대한 이 훌륭한 설명에 흠칫하더니 멍한 얼굴이 되었다. 안셀은 흥분하여 말했다.

"그래. 아니제이의 놀라운 포용력! 자네들의 특징은 달리 말하면 우리 같은 이는 상상도 하기 어려운 엄청난 포용력이라고 할 수 있어. 상대를 받아들이는 것이 아니라 상대와 같은 것이 되는 것이니 포용력이 아니라고 말하는 이들도 있지만 그게 아냐. 자네들의 변화는 애정의 싹틈 이후의 일이잖나? 변하기 전부터, 상대와 같아지기 전부터 이미 애정을 느낄 수 있는 거야. 변화는 단지 그 애정의 결실이지. 정확히 말하자면 결실을 맺기 위한 중간 과정이라고 할까. 그건 됐고, 그러니까 자네들은 완전히 다른 타인을 가납하고 사랑할 수 있는 거야. 그런 놀라운 포용력과 무한한 사랑이 종을 뛰어넘을 뿐만 아니라 계를 뛰어넘을 수도 있는 거야!"

안셀은 호사스러운 말들을 폭포처럼 쏟아냈다. 옆에서 듣고 있던 내가 압도될 정도였으니 니바이가 어땠을지는 짐작하고도 남았다. 안셀의 복음을 접한 그는 마침내 자신이 태어난 이유를 알게 되었다. 응? 물론 당신이 태어난 이유와 같다. 새로운 시대를 열기 위해서다. 머뭇거리던 니바이는 결국 풀이 되도록 노력해 보겠다고 안셀에게 약속하고 말았다. 그래서 얼마 후 실포 언덕 앞으로 찾아온 케이토는 내 정신 상태를 의심하게 되었다.

"다시 말해봐. 티르. 알루스 군이 지금 뭘 하고 있다고?"

"풀이 되려 하고 있어! 태초 이래로 늘 우리 곁에 있었으나 존재론적 장벽 탓에 미지의 존재였던 식물과 대화하기 위한 동물의 사자가 되기 위해!"

케이토는 뚝새풀 앞에 무릎을 꿇고 밀어를 속삭이는 니바이를 물끄러미 보았다가, 니바이의 뒤편에 서서 주먹을 불끈 쥐고 용을 쓰고 있는 안셀을 보았다가, 마지막으로 나를 보았다. 그리고 그는 자신이 최고의 친구 자격이 있음을 당당히 증명했다. 아주 간단하게 나를 끔찍한 상태로 이끎으로써. 그는 나직하게 말했다.

"아하……"

정신을 차렸다.

나는 보안관 사무실에서 자신이 왜 술을 마시게 되었는가를 설명하던 주취자들의 심정이 어땠는지 깨닫게 되는 우울한 체험 속에서 케이토에게 현 상황을 설명했다. 포인도트 씨와 나라부스 의장님이 현재 묘지에 있을 것으로 추정됨, 그런데 풀들이 식물적인 방식으로 언덕 진입을 막고 있음, 나라부스 의장이 식물을 위해 일할 특별한 야채 뱀파이어라 믿고 있는 덴워드 이카드는 풀들이 동물 전향자를 보호하고 있다는 결론을 내렸음. 그래서 그는 불을 질러 풀들의 저항을 처리하고 싶어 함, 그리고 사태의 폭력적 전개를 염려한 안셀은 우리 동물을 대변하게끔 니바이를 설득했음, 그리하여 니바이는 현재 풀이 왜 사랑스러운지 자신을 납득시키려 하고 있음.

열심히 설명했건만 다 늘어놓고 보니 내 정신의 온전함을 증명하는데 그다지 도움이 안 됨을 알 수 있었다. 다행히 수색에 나서기에 앞서 보안관이 몇 마디 해두었기에 케이토가 따뜻하게 웃으며 '응. 그래. 다 괜찮아, 티르.' 같은 말을 꺼내는 일은 벌어지지 않았다.

"덴워드 이카드는 나라부스 의장님이 죽은 자를 살려낼 존재라고 믿는 것 아니었나?"

"사실은 죽은 자를 살려낼 존재를 불러낼 수 있는 사람이야. 간단히 말하면, 우리 의장님은 식물의 왕에게 대관식을 거행해 줄 존재이고 왕위에 오른 식물왕은 뿌리로 죽은 것을 빨아들여 살아있는 열매를 맺는 식물의 능력으로 땅속에 있는 죽은 자를 다시 지상으로 불러낸다는 거야."

"……아! 그런가."

"어, 그래."

"그래서 야채 뱀파이어였군. 뭐랄까, 정말 생뚱맞다고 생각했거든. 식물즙만 드시는 얌전한 분한테 무슨 그런, 너무 엉뚱해서 비난하고 싶은 마음조차 안 드는 혐의인가 했어. 그런데 식물이라니."

나는 내가 알고 있는 것을 다 털어놓았음을 알게 되었다. 그래 봐야 식물왕 부분밖에 없지만. 무릎을 꿇고 있던 니바이부터 사람이 풀로 변하는 광경을 놓칠세라 눈도 깜빡이지 못하고 있던 안셀과 조용히 듣고 있던 마하단까지 전부 눈을 크게 뜬 채 나를 바라보고 있었다.

"식물왕? 식물왕이라니. 그게 ……이카드가 나타날까 걱정하는 존재인 건가?"

"덴워드는 저 풀들이 왕의 탄생을 보호하고 있다고 여기는 것 같더군."

"의장님께서 어떻게 식물왕을 즉위시킨다는 거죠?"

"덴워드 왈 의장님은 식물왕의 검을 재배할 야채 뱀파이어라더군. 그게 왕권의 상징 같은 건가 봐."

"포인도트 부인이 말하던 지상과 지하의 주인의 검은?"

"덴워드 가라사대 지상과 지하의 주인이 식물이랍니다. 뿌리가 있으니까. 지상과 지하에 걸쳐있어서."

"흠." "헷." "호오."

그래. 될 대로 되라지. 황실에서 비밀리에 처리하는 일이라고 해서 계속 입 닫고 있는 것도 마땅찮다. 그쪽에서 자기 정체를 공개하고 비밀 유지를 도와달라 요청한 적도 없고. 아니, 이런 일이라면 그걸 비밀로 유지해야 할 까닭이 뭔가. 사실이라면 모든 동물계의 운명이 걸려있는 일인데. 잘못 안 것이라면 너무 창피한 일이라서?

동물 중에 다른 배신자가 나올 거라 예상 가능하기 때문이다.

나도 안다. 안 까먹었다. 부활.

까먹겠냐.

"허튼소리가 심하군."

케이토가 침울하게 말했다. 그냥 넘기기 어려운 모욕을 당한 듯한 얼굴이었다. 그는 겉옷 주머니에 두 손을 깊숙이 찔러넣었다.

"죽은 자를 빨아들여 다시 살려낸다고? 수치를 모르는 미친 소리를……"

마하단은 팔짱을 꼈다.

"케이토 선생. 저 풀들은 실제로 우리의 존경하는 보안관과 보안관 보를 막아섰다던데요."

"그런가요, 쿤 씨?"

케이토가 우리를 가로질러 뚜벅뚜벅 걸어갔다. 길 앞쪽에 도달한 케이토는 언덕을 올려다보더니 겉옷을 벗어 얌전히 내려놓고는 소매를 걷어붙였다. 그러고는 오른쪽의 은팔찌를 뺐다.

늑대로 변한 케이토는 그냥 늑대보다는 두 발 걷기에 좋은 몸을 가지고 있다. 하지만 그가 네 발 걸음에 서툰 건 아니다. 늑대 모습이 된 케이토는 바람처럼 언덕을 뛰어 올라갔다.

형용할 말이 안 떠오르는 광경이 펼쳐졌다.

네 발로 뛰기 때문인지 케이토는 우리처럼 콰당 콰당 쓰러지지 않았다…… 고 말할 수 있었으면 좋겠지만, 네 발 동물도 쓰러진다. 개나 고양이가 신나서 달리다가 극적으로 나동그라지는 모습은 다들 봤을 것이다. 상대적으로 중심이 낮아 사람처럼 심하게 다치지는 않지만, 어쨌든 넘어지긴 넘어진다. 케이토도 마찬가지였다. 거대한 늑대는 이리 구르고 저리 튕겼다. 우스꽝스럽지는 않았다. 육식 맹수가 사냥을 할 때 우리 칼잡이들이 말하는 보법 같은 건 없다. 그것들은 달리고 구르며 보는 사람의 몸이 아파져 올 정도로 온몸을 내던진다. 케이토의 모습이 그러했다. 그 와중에 풀씨와 찢어진 풀잎들이 폭풍처럼 솟아올랐다. 압도되어 말이 안 나올 지경이었다.

도저히 빠른 속력이라곤 할 수 없지만, 대부분의 시간을 네 발로 서 있지 못했지만, 그래도 케이토는 물러남 없이 언덕을 꾸준히 올랐다. 조금만 더 있으면 언덕의 반을 지날 것 같다. 저기 있는, 저 커다란 풀까지 도착하면 정확히 반……

그런데 저게 무슨 풀이지? 저게 풀이야, 나무야?

케이토가 캥! 하는 비명을 지르더니 십수 미터를 데굴데굴 굴렀다.

팔을 잡는 단단한 손길이 느껴졌다. 내려다보니 내 손은 칼자루를 쥐고 있었고 그 팔목은 마하단의 손이 움켜쥐고 있었다. 마하단이 말했다.

"가까이 가지 마."

마하단은 보라는 듯이 턱짓을 했다. 케이토는 쓰러지는 것보다 빠른 속도로 일어나 섰다. 그의 몸 곳곳에 어려 있는 핏자국에 숨이 막혔다. 그런데 언제 저렇게 온몸에 넌출과 넝쿨이 감긴 거지? 그리고, 넝쿨이라니? 무슨 넝쿨? 케이토는 포효했고, 마하단이 일어날 거라 염려한 일이 일어났다. 음악교사는 분노에 찬 거친 동작으로 왼쪽의 은팔찌마저 뽑아버렸다. 달라진 건 없다. 하지만 위어울프의 모습이 더 커진 것처럼 보인다.

그런데 커진 것은 위어울프만이 아니었다. 게다가 그건 진짜로 컸다.

어느샌가 실포 언덕의 모습이 바뀌어 있었다.

가장 키 큰 풀들도 내 허벅다리에 미칠까 말까 하던 눈에 익은 언덕이 아니었다. 기하학이 잠시 눈을 감아준 틈에 사람보다 열 배 큰 거인이 탄생한다면 쓸 수 있을 만한 부채가 거기 있었다. 저게 도대체 뭐야? 2미터가 훌쩍 넘을 듯한 장대 같은 줄기 위에 부챗살처럼 잎사귀가 나 있는 저 희한한 풀들은 뭐냐고? 낯빛이 허옇게 바뀐 마하단이 더듬더듬 속삭였다.

"마차리아에서 봤는데. 열대 식물이야. 여기선 자랄 수도 없는 거야. 아니, 종자 자체가 없을 거라고! 어떻게 된 거지?"

"계절을 무시하더니 장소도 무시하는군."

내 입이 나도 무슨 소린지 모를 소리를 중얼거렸다. 생전 처음 본 열대 식물이 위협적인 소리를 냈다. 특별히 괴상한 짓이라곤 할 수 없다. 이 땅의 나무들도 바람이 불면 잎사귀들이 비벼지며 소리를 낸다. 한 여름 밤 들려오는 나무들의 쏴아— 하는 소리에 더위를 잠시 잊고 마음이 푸근해지는 경험은 다들 해보았을 것이다. 그것과 원리는 같았다. 그런데 비수처럼 길고 뻣뻣한(그래. 꼭 비수 같다.) 그 잎사귀들이 서로 부딪히자, 열대 사람들에겐 마음이 푸근해지는 소리일지도 모르지만, 내가 듣기엔 간담이 서늘해지는 소리가 났다. 타타타타탓? 트르르르륵? 흉내도 못 내겠다. 세상에서 제일 큰 곤충이 나를 향해 날아오는 듯한 섬뜩함만 확실히 말할 수 있었다. 어찌나 생경했는지 나는 눈이 휘둥그레진 채 입을 벌리는 고식적인 반응밖에 할 수 없었다. 하지만 케이토는 그걸 도전으로 받아들였다. 케이토는 가슴을 내밀고 머리를 젖히더니 사냥의 노래를 불렀다.

오우우우……!

오싹한 기분 속에서 나는 반사적으로 외쳤다.

"니바이 알루스!"

나도 니바이에게 이것저것 조금씩 들어서 알게 된 이야기지만, 호랑이와 늑대는 알고 보면 엄청난 원수지간이다. 고양이와 개라서 그런 것은 아니고 그 둘이 사냥감을 놓고 경쟁할 수밖에 없는 대형 육식 동물이기 때문이다. 호랑이는 먹지도 않을 늑대를 죽이는 버릇이 있는데, 늑대의 번식력을 생각해 보면 왜 생겼는지 대충 짐작이 가는 버릇이다. 즉 호랑이에게 늑대는 해충인 셈이다. 위어울프 케이토는 니바이에게 아무 유감이 없지만 원래 호랑인 니바이는 케이토에게 자기도 어쩌지 못하는 살해 충동을 불쑥불쑥 느낀다고 한다. 아아, 데로네. 우리 도시 진짜 지루하지?

내 선제적 외침에 니바이는 나를 보았다가 켕기는 표정을 지으며 나를 외면했다. 식은땀을 닦는 건 현명하지 못하다. 나는 그냥 눈만 엄하게 부라렸다. 니바이와 나 모두 알고 있는 연극이다. 한때 제국군 검술 사범이었던 나에게 누가 칼 한 자루 들고 호랑이와 싸우라고 말한다면, 나는 칼을 단단히 꼬나쥐고 그 짓을 명령한 사람에게 돌격할 거다. 니바이는 양식 있는 청년이기 때문에 내게 꿀리는 듯이 행동할 뿐이다.

케이토가 어느샌가 앞을 가로막은 벽이 된 열대 식물들을 향해 달려들었다.

늑대는 분노에 차서 나무처럼 큰 풀을 할퀴고 부러뜨리고 물어뜯었다. 팔찌 하나를 더 뺐을 뿐인데 기세가 완전히 달랐다. 그 흉흉함에 거리가 꽤 먼데도 뒷걸음질 치고 싶어졌다. 그러나 애초에 승산이 없는 싸움이다. 한여름에 벌목이나 제초 작업 같은 걸 해 본 사람이라면 알 거다. 식물은, 물리력으로 제거하려 하면, 사람 진이 빠지게 만든다. 수십 톤의 바위를 들어 올리는 수 톤밖에 안 되는 기중기나 수백 톤의 전함을 고정시켜 두는 수백 킬로그램의 계류삭 같은 것을 가능하게 하는 것이 식물이다. 가만 생각해 보면 정말 믿어지지 않을 만큼 질기고 단단한 것들이다.

　게다가 케이토가 당면한 문제는 그것만이 아니었다. 그가 얼굴 가까이 오는 것을 마구잡이로 물어뜯고 앞다리를 거칠게 휘두르고 몸을 집어 던질 때마다 넌출이, 넝쿨이, 생전 처음 보는 기묘한 잎사귀가 게으르지만 사악한 거미가 뽑아내는 거미줄인 양 그의 사지에 휘감기고 있었다. 언덕에서 내가 겪었던 일이 떠오르며 등줄기가 서늘해졌다. 나를 걸음마도 못 뗀 사람처럼 만들어버린 건 고작 풀씨들이었다. 그런데 지금 케이토를 휘감고 있는 건 성난 수소도 매어둘 수 있을 것 같은 다량의 줄기와 넝쿨들이다.

　"그만해! 돌아와! 돌아오라고, 케이토! 내려올 땐 괜찮으니까!"

　케이토는 내 외침을 들은 시늉도 하지 않았다. 빌어먹을. 은팔찌 두 개를 다 뺐었지! 니바이가 빠르게 말했다.

　"조금만 변해도 될까요, 티르?"

　니바이는 내 대답을 기다리지 않았다. 옷을 벗는 대신 갈기갈기 찢다시피 하며 니바이는 호랑이로 변했다. 호랑이들끼리도 예쁘다고 생각할지 의심스러운 눈에선 불꽃이 일렁였다. 벌어진 입안에선 트롤도 갑옷 생각이 간절해질 이빨들이 번득였다. 그리고 니바이가 포효했다.

　잠깐 동안 또 지진이 일어났다고 생각했다.

　니바이의 울음은 많이 들어 익숙하다고 생각했지만 이제 보니 니바이는 지금껏 '날씨가 좋군요.'나 '가내 두루 평안하신지요.' 정도로 울었나 보다. 호랑이 니바이가 작심하고 포효하자, 그게 '경거망동하지 마.' 수준인지 '뒈질래?' 수준인지는 모르겠지만 모든 신경이 엉킨 실타 래처럼 변하는 가운데 다리가 풀리고 눈앞의 광경이 빛깔을 잃었다.

니바이는 그렇게 딱 한 번 포효하고 다시 인간 모습으로 돌아왔다. 그리고 그걸로 충분했다. 분노에 눈이 멀다시피 한 위어울프도 그 살벌 한 호령에는 반응했다. 풀들에 대한 맹목적 공격을 멈춘 케이토가 우 리 쪽을 돌아보았다. 눈빛을 알아볼 거리는 아니었지만, 상상은 가능 하다. 그리고 그가 바지 주머니에서 은팔찌를 꺼내는 모습은 똑똑히 보였다.

우리는 안도하려 했고, 그러지 못했다.

은팔찌는 팔목에 들어가지 못했다.

완전히 무의식적으로 행하는 평소의 행동이 뜻밖에 불가능해졌을 때의 당혹감은 그 거리에서도, 그리고 늑대 모습이어도 쉽게 알아볼 수 있었다. 케이토는 한 뼘 정도의 거리를 두고 더 가까워지지 않는 자 신의 두 팔을 믿을 수 없다는 듯 내려다보았다. 그다음 일어난 일은 은 팔찌 두 개가 없었기에 일어난 일인 것 같다. 가만히 멈춰 서서 자신의 몸이 어떤 식으로 결박되어 있는지 살피는 대신 케이토는 난폭하게 몸 부림을 쳤다.

다시 풀잎이 흩날리고 찢어진 넝쿨들이 집어 던져진 뱀처럼 허공을 어지럽혔다. 피류 가게에 화난 멧돼지가 뛰어들면 볼 수 있을 법한 광경 이다. 진동은 가지와 줄기와 잎사귀를 통해 전달되었고 마치 숲의 일부 분이 춤을 추는 것 같은 소름 끼치는 광경이 펼쳐졌다. 그런데, 숲? 숲이라고? 언제 저기에 숲이 생긴 거지? 실포 언덕의 윗부분은 낯선 풀들과 기괴한 관목들로 이루어진 잡목림으로 덮여 있었다. 이곳 토박이는 아니지만 그래도 적지 않은 기간 동안 이곳에 산 내가 한 번도 본 적이 없는 실포 언덕의 모습이었다. 이젠 도시 어느 곳에서도 묘지가 보이지 않을 것 같다.

낯선 풀들 사이에 알아볼 수 있는 풀도 있었다. 이 지역에 대나무가 자라던가? 저건 파초 같은데. 이건 열대 지역에 가더라도 볼 수 없을 광경인 듯했다. 그곳이라고 해서 연못도 없는 언덕 위에 부들이 자랄 리는 없으니까! 회전초 몇 개가 구르다가 쓰러지는 커다란 풀에 맞아 튕겨 오르는 모습에선 놀랄 기분도 들지 않았다.

케이토가 사라졌다.

도대체 어떤 식으로 나타나게 된 건지 알 수가 없는 풀숲이 그의 모습을 덮어 감추었다. 수풀 윗부분이 몇 번 거칠게 요동치다 잠잠해지는 것을 보며 우리는 악다구니를 썼다.

"케이토! 케이토오오!"

온갖 노력에도 불구하고 나는 마하단을 떼어놓을 수 없었다. 마하단은 그야말로 내 바짓가랑이를 붙들고 늘어지며 언덕을 올라가려는 나를 막았다.

"좀 가만있어! 이젠 돌아내려 올 땐 안전하다는 보장이 없어! 전체가 덫이라고! 가만있어 봐. 내가 해볼 테니."

"안 돼. 자넨 더 위험해. 몸이 작잖아."

"어, 그게 장점 아닌가? 붙잡힐 부분이……"

"아까 자네가 말했잖아! 자넨 나보다 표면적 비율이 높아. 몸은 가벼운데 붙잡힐 부분은 더 많은 거라고!"

마하단은 눈을 크게 떠 나를 보더니 피식 웃었다.

"그렇게 되나? 그렇군. 그거 말 되네. 기하는 자네가 나보단 나은 모양이군. 그런데 난 이게 있잖아."

마하단이 까불거리듯 앞으로 한 발 내디뎠다고 생각된 순간 그가 사라졌다. 기함하려는 찰나 내가 선입견 때문에 헷갈린 것을 깨달았다. 마하단은 그의 걸음으로는 대여섯 발짝, 내 걸음으로는 세 발짝쯤 앞으로 이동해 있었다. 당연히 거기 있으리라 생각했던 곳에 없어서 그가 순간적으로 사라진 것처럼 보였던 것이다. 공간 조종. 숨이 막혔다. 마하단이 대경한 나에게 손가락을 들어 보였다.

"요령은 두 발이 동시에 땅에 닿지 않아야 한다는 거야. 오른발이 땅에 붙은 상태에서 왼발이 대여섯 걸음 앞으로 가면 곤혹스러운 사태가 일어나겠지?"

몸이 찢어지는 건가? 으아. 왜 춤을 추듯 움직이는 건지 알겠군. 폴짝폴짝 걸어야 한다. 내가 이해한 순간 니바이가 고함을 질렀다.

"잠깐! 오른발을 내디뎠는데 왼발이 풀에 붙잡히면?"

급히 걸음을 멈추느라 마하단은 앞으로 고꾸라질 뻔했다. 깽깽이 뜀을 하며 겨우 자신을 추스른 마하단이 핏기가 가신 얼굴로 니바이를 돌아보았다. 그리고 자신의 두 다리를 내려다보더니, 조심스러운 동작으로 뒤로 물러났다. 그는 얼떨떨한 얼굴로 니바이에게 고개를 숙여 보이곤 풀밭을, 아니, 이젠 숲 비슷하게 변한 실포 언덕을 올려다보았다.

"생각을 좀 해봐야겠는데."

마하단은 바닥에 쭈그리고 앉더니 돌을 집어 땅에 그림을 그리며 어떻게 움직일지를 고민하기 시작했다. 현인들에겐 학구적 아름다움을 느낄 수 있는 광경인지 모르겠지만 나 같은 천박한 사람에겐 그냥 답답하고 울화통 터지는 장면이었다. 나는 아무런 신호도 없이 냅다 언덕을 향해 달렸다.

물론 달리면서 발소리를 감출 수야 없다. 마하단은 들고 있던 돌멩이를 팽개치며 외쳤다.

"야, 이 멍청한 놈아!"

거의 10미터 가까이 달렸는데 기세로 밀고 올라간 거리가 고작 네 걸음 반이었다.

정말로 네 걸음 반이었다.

뻘밭이나 늪을 걷는 것과는 분명히 달랐다. 발바닥에 닿는 바닥의 느낌이 불확실한, 어디까지가 공기이고 어디부터가 바닥인지 발로 디뎌봐도 알 수 없는 그런 느낌과는 확실히 다르다. 언덕의 땅은 대로를 걸을 때처럼 확실하게 내 발바닥을 튕겨 올렸다. 빠져든다는 느낌은 전혀 없었다. 이걸 뭐라고 비유해야 할지. 마차의 제동 장치가 생각난다. 걸음을 멈춘 말들이 뒤에서 날아오는 마차에 부딪히지 않게 해주는 멋진 장치인 제동 장치는 계속 돌려는 바퀴를 마찰력으로 멈춘다. 뭔가 기계적인 결합이 아니라 면과 면이 맞닿아서. 물론 마찰력도 기계적인 고정이지만, 내가 무슨 말을 하는지는 알 것이다. 쐐기나 날름쇠, 빗장 같은 것이 바퀴 테를 파고들어 가지는 않는다는 말이다. 아아, 그래. 너무도 작아서 눈에 보이지 않는 무수한 쐐기나 날름쇠, 빗장들이라고 말하면 부정할 순 없다. 하지만 현실 생활에 쓰이는 크기와 감각이라는 것이 있잖은가. 그러니까 내 말은, 내가 계속 돌고 싶은 바퀴인데 제동 장치가 나한테 닿은 기분이었다는 것이다. 바퀴가 어디에 빠진 것도 아니고 바큇살이 어디에 걸린 것도 아니고 바퀴 테를 바닥에 못 박은 것도 아닌데. 바퀴에 동정심이 들고 우리가 바퀴에게 아무렇지 않게 저지르는 폭행에 몸서리가 쳐질 것 같았다. 그건 이루 말할 수 없이 울화통 터지는 감각이었다.

그리고 그 짜증과 분노는 돌아올 수 없다는 것을 알게 되었을 때 순식간에 공포로 바뀌었다.

니바이와 마하단, 안셀은 내 얼굴만 보고도 상황을 알게 되었다. 니바이의 경우엔 믿지 못하겠다는 듯이 반응했다.

"티르? 장난치는 거 아니죠? 제기랄. 미쳤어요? 이런 때 무슨 정신 나간 장난이에요!"

자기도 자기가 무슨 말을 하는지 모르나 보다. 마하단은 신경질적으로 얼굴과 목을 쓸어 만지며 함부로 움직이지 말라고 반복적으로 외쳤다. 거미줄과 날벌레에 관한 뭔가 유익한 이야기를 한 것 같은데 나도 제정신이 아니어서 무슨 말을 하는지 알아들을 수가 없었다. 움직이지 말라니. 그 상황에서 정말 따르기 힘든 요구였다. 내가, 내가 풀밭에 서서 움직이지 못하고 있었다. 이런 일이 있나! 겨우 마하단의 말을 들을 생각을 하게 된 건 신경질적으로 내리친 오른팔이 도대체 어떻게 고정되었는지도 알 수 없는 방식으로 고정되었을 때였다. 팔을 움직일 수

가 없었다. 나는 겁에 질려 남은 왼팔을 하늘 높이 들어 올린 채 굳어

버렸다.

기다리라고 말하고 어딘가로 사라진 안셀이 밧줄을 가지고 돌아왔

다. 안셀은 우리 도시 최고의 밧줄 묘기꾼답게 — 폭주하던 베바디네

수소 뿔에 단 한 번의 시도로 올가미를 거는 데 성공함으로써 얻은 호

칭이다. 그리고 그 위업의 결과로 안셀은 성난 수소에게 질질 끌려가는

방식으로 우리 도시를 산책한 최초의 인물도 되었다. — 자신감 넘치는

태도로 곧장 올가미 매듭을 짓기 시작했다. 마하단이 위험을 지적했다.

"잘못 던지면 그 밧줄도 저 수풀에 얽혀버릴지 모릅니다. 단단한 봉

같은 것이 낫지 않을까요? 그런 걸 지금 어디서 가져와야 할지 모르겠

지만. 아, 티르! 자네 사무실에 장창 같은 건 없나?"

"사무실에 가서 내 트리뷰셋 옆을 한 번 찾아봐. 아니다. 설거지통에

정박시켜둔 내 전함에 올라가 봐. 승함 허락할 테니. 젠장. 장창은 무슨!

그런 거 없어. 그런 건, 잠깐. 그런 건 니바이가 가지고 있지 않아? 사냥

꾼이니까."

"제가 무슨 창을 씁니까? 저한테 그런 허가 내준 기억이 있어요?"

없다. 도대체가 이 동네 직업인들은 다 왜 이 모양이야. 어부는 고기

를 잡아당겨 작살에 꿰질 않나, 사냥꾼은 덫이나 창도 안 쓰고 자기 발

과 턱으로 사냥하고. 믿을 건 전직 밧줄 묘기꾼(경력 15초)밖에 없나?

"걱정 마."

안셀은 두 손으로 올가미를 빙빙 돌리느라 턱으로 내 쪽을 가리켰

다. 나는 땀을 줄줄 흘리며 내 왼손을 올려다보았다. 누가 봐도 올가미

과녁이군. 이 과녁의 좋은 점은 스스로 움직여서 명중될 수 있다는 점일까? 마하단의 물고기처럼?

내 왼손은 물고기만도 못했다. 안셀이 호기롭게 던진 올가미는 내 왼팔의 처절한 허우적거림에도 불구하고 목표를 빗나갔다.

마하단과 니바이는 아쉽다는 반응도 하지 않았다. 대신 그들은 필사적으로 느릿하게 ― 딱 그랬다. ― 밧줄을 슬슬 잡아당겼다. 처음엔 그 밧줄이 다시 회수될 것처럼 보였다. 밧줄은 문제없이 끌려갔다. 그러나 어느 순간 밧줄이 무엇인가에 턱 걸렸다. 우리 네 사람은 소리 없는 비명을 지르며 서로를 쳐다보았다.

안셀과 마하단, 니바이가 매달려 얼굴이 시뻘게지도록 용을 쓰며 잡아당겼지만, 밧줄은 꿈쩍도 하지 않았다. 내 처지도 처지였지만 그 순간에는 그자들이 울음을 터뜨리지 않을까 두려워졌다. 어쩌나 황망한 얼굴들을 하는지 그런 어이없는 걱정을 진지하게 할 수밖에 없었다.

나도 울 수 있도록, 제발 한 명이라도 울어줬으면 좋겠다고 생각하며 힘없이 호각을 꺼냈다.

9

이파리 보안관은 뭐라 묘사하기 힘든 얼굴로 나를 보다가 어딘가로 사라졌다. 조금 후 그는 어딘가에서 떼어온 큼직한 문짝을 내 앞에 휙 던졌다. 문짝 위를 걸어온 보안관과 자신을 저주하며 달려온 안셀, 마하단, 니바이가 힘을 합쳐 나를 끌어냈다. 하지만 손 여덟 개로도 부족하여 칼까지 필요했다. 몸 여기저기가 베였지만 나는 풀밭 밖으로 탈출하는 데 성공했다.

무릎에 손을 짚거나 아예 주저앉아 숨을 몰아쉬던 우리들은 곧 피가 얼어붙을 듯한 광경을 보게 되었다.

넝쿨과 뿌리 같은 것들이 문을 뒤덮고 있었다. 아무리 길게 보더라도 1분 남짓이다. 보안관과 세 사람이 문짝 위로 걸어와 손과 칼을 사용하여 내 결박을 풀고 나를 데리고 다시 문짝을 밟고 돌아 나와 숨을 돌릴 때까지 걸린 시간은 그 정도다. 그 사이에? 안셀이 그 상황에 대해 무슨 논평을 하려는 순간 뻐걱! 하는 흉흉한 소리가 울렸다. 우리는 문짝이 쪼개지고 그 사이로 풀잎이 튕겨지듯 일어나는 광경에 숨도 쉬지 못했다. 보안관이 신음했다.

"별생각 없이 해버린 것이 다행이군. 두 번은 못 할 짓이네. 자, 여러분. 조금 물러나는 것이 좋지 않겠어?"

모두들 동의하고 70미터쯤 물러났다. 남자 다섯 명이 서로의 눈치를 보지 않고 물러난 거리가 그 정도였다는 사실이면 우리 심리 상태를 설명하기에 모자람이 없을 것이다. 그리고 거리가 멀어지자 실포 언덕의 기막힌 모습이 눈에 더 잘 들어왔다.

기절이 자의적 행동이라면 서너 번쯤 해버리고 싶었다. 일단 연습 삼아서.

더운 지방에 사는 이들은 촌놈 취급할지 모르겠지만 나는 바나나라는 놈을 난생처음 보았다. 마하단이 이름을 가르쳐준 그 나무를 나는 굉장히 싫어하게 되었다. 생김새 어디에도 특별히 불쾌한 부분은 없지만, 위치가 문제다. 어떻게 넌출월귤 옆에 저런 것이 서 있단 말인가. 그리고 그사이에 왜 삼들이 돋아 있지? 나무를 상상하라고 하면 항상 원기둥을 떠올리던 내 상식은 축성술을 아는 듯한 나무 앞에서 무너져버렸다. 우리 중 그 이름을 아는 사람이 하나도 없는 그 나무는 줄기 단면이 불가사리 꼴일 것 같았다. 저걸 부벽 줄기라고 불러야 하나. 그리고 저 나무는 도대체 왜 옷을 입고 있는 거야? 엄청난 규모의 다른 착생 식물들로 뒤덮여 있어야 할 정도로 추위를 타는 거야? 그리고 저 꽃들! 무슨 꽃이 저래? 왜 꽃이 생가죽으로 만든 것 같은 꼴이야? 저런 꽃을 좋아하는 곤충들은 도대체 뭐가 문제인 거야? 멍청한 선인장들, 빌어먹을 선인장들, 아랫부분이 고사리들에 둘러싸여 있고 윗부분은 담쟁이에 감싸여 있는 선인장들! 선인장에 익숙한 지역 사람들도 저 모습엔 고개를 가로저으리라.

"언제 저 지경이 된 거야? 자네들 봤나?"

케이토가 올라가던 무렵이었다. 갑자기 풀 외에 다른 것, 아니, 풀은 맞는데 낯선 것들이 보였다. 그 이후론 모두들 시야가 극도로 좁아진 상태여서 뭘 제대로 보지 못했다. 우리들 중 아무도 보안관에게 적절한 상황 보고를 할 수 없었다.

"뭐? 케이토가?" 보안관은 가슴을 부풀리더니 언덕을 향해 고함을 질렀다. "케이토! 대답해!"

모두들 숨소리를 낮춘 채 귀를 기울였지만, 아무것도 들리지 않았다. 보안관은 이를 갈더니 허리를 뒤로 더욱 젖혔다.

보안관은 미친 듯이 기침을 했다. 거의 질식할 지경으로. 그리고 그는 눈을 사정없이 비비고 입을 열었다 닫았다 하며 언덕을 올려다보았다. 유별난 행동이라 할 순 없었다. 거기선 선풍적으로 유행 중인 행동이었으니.

저게 도대체 얼마지? 90미터? 100미터? 다른 기괴한 나무들을 한순간에 보잘것없는 관목 같은 것으로 만들어버린 네 그루의 나무는 그러잖아도 어처구니없는 풍경화이던 실포 언덕의 모습을 아예 수학적으로 괴상한 것으로 만들어버렸다. 우리의 조그마한 언덕 위에 그 언덕 높이보다 키가 큰 나무라니. 너무 불균형해 보여서 세상이 확 뒤집힐 것만 같았다. 우리의 전직 식물학자가 감탄했다.

"붉은 삼나무야. 세계 최대 생물이지."

보안관은 괴롭게 씩씩거렸다.

"저 세계 최대 생물께서는 도대체 몇 살에 저렇게 장성하시나?"

"한 이천 년이나 삼천 년 정도? 이런 긴 시간을 흔히 상대하는 다른 분야에 비해 이건 놀랍도록 정확해. 죽은 나무의 연륜을 세면 되니까."

이천 년은커녕 이천 일이나 이천 초 전에도 언덕 위에 저런 건 없었다는 걸 잘 아는 우리들은 머리를 감싸 쥐었다. 학자적 결벽성에 대한 욕구를 느낀 안셀은 그러지 않았지만.

"그런데 세계 최대라는 건 완전히 정확한 표현은 아니야. 저 나무도 보이지 않는 뿌리까지 포함시키면 저것보다 더 대단할 테지만 크기라는 건 여러 기준으로 잴 수가 있거든. 하지만 지면에서부터 재어서 저것에 필적하는 생물은 없으니 세계 최대라고 불러도 되겠지."

다른 기준으로 저것보다 더 큰 생물이 뭔지 알고 싶지도 않다. 그런 것 근처에 가고 싶지도 않다. 보고 싶지도 않다! 공간을 조종하는 마하단이 겨우 상황을 인정할 용기를 냈다.

"종자도 없이 저기서 자라난 것이 아니라, 다들 어디서 온 것이군요."

보안관이 송곳니를 위협적으로 내밀었다.

"나무가 어, 떻, 게?"

"아마도 이, 렇, 게?"

마하단은 폴짝폴짝 뛰며 세 번 위치를 바꾸었고 나는 마하단 님께 내 행복과 장수를 기원하고 싶은 충동에 잠시 시달렸다. 보안관은 이마를 긁고 뺨을 긁은 후 팔까지 긁다가 쉰 목소리로 말했다.

"저 잎도 없는 가시투성이 나무는 사막에 나는 거지? 선인장? 그리고 다른 것들도⋯⋯ 그렇다면 수백에서 수천 킬로미터를 이동했다는 거야?"

내가 대답을 겸해 말했다.

"그리고 아마 시간도."

이 여름날에 달라붙었던 수크령을 떠올린 보안관이 괴로운 기침 소리를 냈다. 수크령만이 아니다. 지금 저 위엔 분홍색 벚나무와 붉은 단풍나무를 배경으로 노란 해바라기들이 서 있다. 배색이야 볼만하지만, 그것들이 언제 그런 색깔인지를 떠올려보면 참 예쁘장한 지옥도다.

"이건 아무래도 상부에 알려야 할 일 같군. 우리 선에서 해결할 문제가 아냐."

"그러면 나라부스 의장은 죽는 거야?"

안셀의 말에 흠칫한 이들은 많았지만, 고개를 돌려 그를 본 사람은 없었다. 안셀은 괘념치 않고 말했다.

"덴워드 이카드 말이야. 그러니까 결국 나라부스 의장을 태워죽이자는 소리를 하는 거지?"

그래. 역시 안셀이군. 그걸 입 밖으로 꺼내는 사람은. 덴워드는 구출에 대해 한마디도 하지 않은 채 불을 지르자고만 했다. 그리고 공개적으로도 비공개적으로도 나라부스 의장을 죽여야 한다는 자신의 주장을 철회한 적이 없다. 지금 같이 세상이 이상해진 상황이라도 하나 더하기 하나는 일단 둘로 봐야 할 것이다.

어쩌면 덴워드는 나라부스 의장이 일종의 사고로 죽었다는 식으로 우리가 스스로를 기만할 수 있도록 배려를 베푼다고 생각하고 있을지도 모르겠다. 아니면 자기 손을 더럽히지 않고 임무를 완수할 방법이 생겼다고 생각하고 있을지도 모르겠고. '저 괴상한 풀과 나무를 보라. 태워야 한다!' 단순하다. 그걸 생각하면 계속 괴상해지고 있는 실포 언덕이 덴워드를 돕고 있는 것처럼 보였다. 보안관이 성마르게 말했다.

"철없는 꼬맹이가 내린 결정과 중앙에서 온 당국자가 내릴 결정이 같을 거라는 보장이 어디 있어."

"나이야 어쨌든 이카드는 저런 엄청난 일이 일어날 것을 예상한 자들이 그 예방과 처리를 맡긴 사람이잖습니까. 그자들은 그 일에 필요한 마법검도 이카드에게 주었고요. 제국이 넓다 해도 그런 일을 할 자들은 굉장히 한정적일 것 같은데요. 이카드가 신분이 높은 사람이라고 보안관님께서도 말씀하셨죠?"

니바이의 질문에 보안관은 입을 꽉 다물었다. 마하단이 툭 내뱉었다.

"백금기사일 거야. 이건 칙령이다, 이거지."

마하단의 고발을 감당할 수 없는 충격으로 받아들이는 사람은 없는 것 같았다. 상황이 이 지경이니 당연한 일이다. 하지만 역시 칙령이라는 단어가 육성으로 언급되자 안색이 싹 바뀌는 것은 어쩔 도리가 없는 것 같았다. 니바이가 경외감을 담아 속삭였다.

"검은 피부의 인간."

"의장님이 왜 세상을 망하게 한다는 건데!"

이파리 보안관은 어느 때든 쉽게 물러날 사람이 아니다. 하지만 이번엔 적수들이 쥔 무기가 만만찮았다.

"의장님이 문제가 아니라 포인도트 부부 같은 이들이 문제가 되는 거 아닙니까?"

마하단이 보안관의 머릿속에서 무슨 꼴을 당하고 있는지 알아내는 것에는 독심술도 필요 없을 것 같았다. 마하단도 알아차렸겠지만, 그 용감한 난쟁이는 신경 쓰지 않았다.

"왜 더 많은 권력과 자원을 사용할 수 있는 공개적인 기관이 아니라 비밀리에 일을 처리하는 것이 전문인 자들이 이 일을 맡았는지는 자명한 것 같군요. 이 일이 공개된다면…… 상상도 하기 어렵군요. 당사자인 야채 뱀파이어의 의지는 중요하지도 않고, 사실 물어볼 필요조차 없겠군요." 마하단은 내 허리 쪽을 곁눈질했다. "그래서 칼이었군."

무슨 소린지 물어보려는 찰나 그 의미를 깨달았다. 그렇군. 그래서 뭔가를 찾아내는 물건이 칼 형태를 가지고 있었던 거였어. 찾아내자마자 죽이라고. 당사자가 어떤 인물인지 알아보거나 할 필요가 없으니까. 그건 아무 의미 없으니까. 바로 죽여야 하는데, 그 순간에 적절한 도구가 없을까 봐, 또 적절한 도구가 없다는 핑계를 댈까 봐 칼 형태로 만들어둔 거야. 먼 옛날의 똑똑한 자들이.

내가 똑똑하지 않아서 정말 다행이다.

아무도 실포 언덕을 덮어둘 가로세로 300미터짜리 손수건을 가지고 있지 않았던 탓에 모든 시민들이 실포 언덕에 나타난 세계 최대 생물을 목격하게 되었다. 시장의 명령과 자신의 두려움에도 불구하고 시민들은 기가 막혀 밖으로 나왔고 그렇게 골목을 흘러 대로를 채우며 언덕으로 다가온 이들은 괴기스럽다는 점에선 붉은 삼나무에 못지않은 그 아래쪽의 모습을 보고는 우뚝 멈춰 섰다. 넋이 나간 시민들의 인파를 본 이파리 보안관은 내가 겪었던 재난을 떠올리고는 다급하게 외쳤다.

"가까이 오지 마시오! 절대로 언덕 가까이 가면 안 돼! 위험하오!"

물론 적절하지만 절실한 외침이라고 할 순 없었다. 저 상황을 보고 가까이 다가서고 싶은 자들은 그리 많지 않을 테니. 인파 제일 앞에 있는 자들은 혹시 앞으로 더 밀려날까 봐 전전긍긍하고 있는 것 같았다. 그들이 움직이지 않는 것을 확인한 이파리 보안관이 급히 머리를 감싸쥐고 생각했다.

"언덕 뒤편에 뭐가 있지? 어디 보자. 음, 음음. 니바이? 자네 다리가 제일 빠를 것 같군. 좀 도와주겠나? 베바디네 농장과 에존하우어가, 측백나무관, 대장간에 들러서 아무리 신기해 보여도 절대로 실포 언덕에 다가가지 말라고……"

니바이는 보안관이 말을 맺기도 전에 획 움직였다. 사람들이 많아지자 그 어쩔 수 없는 수줍음이 꿈틀하려는 차에 잘됐다는 심정도 있었을 것이다. 그는 상태가 별로 좋지 않은 옷을 벗지도 않고 호랑이로 변하더니 그대로 달려갔다. 넝마를 걸친 호랑이가 멀어지는 모습을 일별한 후 보안관은 이 사태를 어떻게 해야 하나 고민했다. 그때였다.

"보안관! 포인도트 부인이 뭔가를 한 겁니까?"

이파리 보안관이 흠칫하여 인파를 보았다. 사람들을 헤치고 앞으로 나와 자신이 말했음을 뚜렷이 한 것은 네지르 요란하스였다.

"포인도트 부인! 테나 포인도트 말입니다. 그 여자가 뭔가를 한 겁니까? 그래서 언덕이 저렇게……"

보안관이 그를 향해 움직이기 시작하자 네지르는 입을 닫았다. 붉으락푸르락하는 네지르의 모습이 위험해 보였다. 자신이 한 짓을 믿을 수 없다는 심정과 자포자기적인 결기가 뒤섞여 있었다. 언제나 안 좋은 조합이다. 이파리 보안관은 네지르의 코앞까지 다가가서는 최대한 낮은 목소리로 말했다.

"자네 지금 무슨 소리를 하는 건가, 네즈?"

"……애들을 죽이려고 했잖아요!"

"그랬어? 나와 티르는 다른 일로 바빠서 몰랐나 보군."

네지르는 얼굴이 시뻘게진 채 악을 썼다.

"바보 취급하지 말아요! 그래요. 당신들이 그 여자를 잡았죠. 그런데 그러자마자 우체국장에 케이토 선생과 알루스 군, 그리고 저기 있는 쿤 씨까지 불러들였잖습니까! 그 여자를 잡기 전이 아니라 잡고 나서! 모두들 뭔가 있다고 수군거리고 있었어요. 그 여자가 잡히기 전에 뭔가 고약한 걸, 힘들게 뒤처리해야 할 걸 남겼다는 소리 아닙니까?"

"포인도트 부인은 아무것도 남기지 않았어. 뭘 남긴단 말인가? 저건 부인과는 관련이 없는 문제야. 내가 그 사람들을 불러모은 건 행방불명된 나라부스 의장님을 찾기 위해서였어."

네지르는 자신이 들은 말을 소화하기 위해 잠시 입을 다물었다. 그리고 보안관은 그가 말을 정리할 틈을 주지 않았다. 보안관은 우렁차게 말했다.

"무슨 소리들을 할지 모르니 말해두지. 두 번 말하지 않을 테니 모두들 잘 들어! 좋아. 이게 보안관 사무실 공식 성명이야! 얼마 전 마차 전복 사고로 시장님 댁에 머물게 된 덴워드 이카드는 사실 세상에 심각한 위험을 가져올 야채 뱀파이어를 찾아 세상을 돌아다니다 사고를 당한 사람이야. 그는 자연의 규칙으로는 설명할 수 없는 신비한 힘이 자기를 그 야채 뱀파이어에게로 이끈다고 주장해. 그리고 그는 우리 나라부스 의장님이 바로 그 야채 뱀파이어라고 믿고 있어. 여기서 사고를 당해 멈췄으니까."

사람들 사이에서 신경질적인 웃음과 맥빠진 한숨 같은 것들이 들려왔다. 당연한 일이다. 세상에 심각한 위험을 가져올 야채 뱀파이어를 찾아다닌다는 말은, 종차별의 위험성이 크지만, 이해 편의를 우선시하여 말한다면 위험한 토끼나 저주받은 오리를 찾고 있다는 말처럼 들리기 십상이다. 거기에 신비한 힘 운운하는 이야기까지 곁들여지자 참으로 한심스러운 분위기가 만들어질 수밖에 없었다. 하지만 그들은 이파리 보안관의 딱딱한 얼굴과 보안관 조수의 경범죄로 분류해야 할 외양, 그리고 무엇보다 언덕 위의 풍경을 무시할 수 없었다. 조소의 분위기는 빠르게 의혹으로, 그리고 염려로 바뀌었다.

"그래서 이카드는 의장님을 해치려 했고 의장님은 사라졌어. 나는 이카드를 만류하면서 동시에 의장님을 찾아내 보호하려고 힘센 장정들을 모았고. 나는 지금 의장님이 저 위에 있다고 믿고 있어. 그리고 덴워드 이카드는 저 모습을 식물들이 의장님을 보호하려고 나선 거라고 설명하고 있어."

자신의 채무나 자신의 미래 같은 사소한 분야를 제외하고는 언제나 날카로운 차이리 미크루가 말했다.

"식물들이 나서요? 어, 저, 보안관님. 말이 좀 이상한 것 같은데요. 물론 나라부스 의장님이야 좋은 분이지만, 식물들이…… 그건 토끼들이 늑대를 보호하려고 나섰다거나 양들이 사자를 지키려 한다는 말 같잖아요? 의장님이 그렇다는 건 절대 아니지만."

"응. 그 말이 맞아. 차이. 그런데 이카드가 생각하는 위험한 야채 뱀파이어라는 건, 쉽게 말하자면 식물들이 자기네들의 왕을 선출하게끔 도와줄 사람이라더군. 그러니까 저 식물들은 자기들에게 왕을 선물해 줄 야채 뱀파이어를 보호하려고 왔다는 거야."

차이리가 말이 안 되는 의문이 더 말이 안 되는 설명으로 보답받을 때 어떤 표정을 짓는지 알게 되었다. '식물의 왕?' 그러나 차이리는 자신의 기분을 재치있는 형태로도 무례한 형태로도 표시하지 못했다. 시민들은 창백해지거나 털이 서거나 울퉁불퉁해진 얼굴로 서로를 쳐다보며 의문과 대답을 교환했다. 여러 다양한 형태가 있었지만 기본형은 하나인 것 같았다. 우리 보안관이 어딘가에 머리를 세게 부딪힌 걸까요? 친애하는 이웃이여. 내키지 않겠지만 언덕을 직시하세요.

보안관은 적절한 때까지 기다린 다음 네지르를 똑바로 쳐다보며 말했다.

"그 말이 맞는지 아닌지는 나도 몰라. 하지만 이 건은 포인도트 부인과는 아무 관계 없어!"

"엄밀히 말하면 무관하지는 않습니다!"

보안관이 이를 드러내지 않기 위해 입에 힘을 주고 바라보는 가운데 인파를 헤치고 덴워드가 나타났다. 고개를 들어 살펴보니 저 뒤편에서 다가오기 싫다는 듯 미적미적 걸어오는 몬도 시장의 모습도 보였다. 덴워드는 인파 앞으로 나섰고, 그러자 이곳에 있지도 않은 연단에 그가 올라선 듯한 느낌이 들었다. 덴워드는 보안관을 향해 환하게 웃기까지 해서 그가 보안관을 포옹하지 않을까 걱정되었다. 보안관도 그런 기분을 느낀 듯 몸을 긴장시켰지만, 덴워드는 그냥 고개만 꾸뻑했다. 어떻게 될지 알겠군.

"잘 설명해 주셔서 고맙습니다. 역시 시민들을 잘 이해하시는 분이 하셔야 마땅하군요. 저는 절대로 그렇게 쉽게 설명할 수 없었을 겁니다."

그리고 덴워드는 그 환한 표정을 지우지도 않은 채 몸을 홱 돌려 보안관을 외면하고 사람들을 향해 섰다. 그런 협의나 업무 조정은 없었지만 이로써 보안관은 덴워드를 위해 상황을 사전 보고 한 셈이 되어버렸다. 사람들도 자연스럽게 덴워드의 말을 들을 준비를 갖췄다. 열다섯 살 맞아? 진짜 만만찮다.

"보안관님의 설명은 모두 사실입니다. 저기서 모든 식물을 지배할 식물왕이 탄생할 것입니다."

사람들이 어떤 기분을 느꼈을지는 뻔하다. 내가 그 말을 처음 들었을 때 느꼈던 기분과 같을 테니. '식물왕?' 다시 한번, 이 어려운 상황에서도 실소들이 터져 나왔다. 희미하고 조심스러웠지만, 형태는 뚜렷한 실소는 사람의 증거라고 할 수도 있을 것이다. 하지만 덴워드는 그 소리가 들리지 않는다는 듯이 말했다.

"그리고 식물왕은 죽은 것을 되살릴 수 있을 겁니다."

……저 결단력도 진짜 열다섯 살답지 않군. 일행을 다 잃고 홀로 외딴곳에 남았다면 소년이 아니라 노련한 성인이라도 비밀의 문자적 정의에 매달리기 십상일 텐데. 게다가 이건 보통 비밀도 아니다. 마하단이 짐작한 것처럼 공개 기관에 맡겼다간 무슨 일이 생길지 몰라 백금기 사단에 맡길 수밖에 없었던 비밀이다.

사람들의 경악이 걷잡을 수 없는 소음으로 변하기 직전 덴워드가 말했다.

"예! 살릴 수 있습니다. 정말입니다! 그래서 포인도트 부인이 넘어간 거죠!"

좋은 어휘 선택이군. 혼란스러워하고 경계하는 사람들을 향해 덴워드는 해명하는 대신 더 큰 의문을 던졌다. 그는 끔찍해 참을 수 없다는 투로 반복했다.

"죽은 걸 살려낼 수 있단 말입니다!"

네지르 요란하스가 어깨를 꿈틀거렸다.

"이봐. 그러면 서니가……"

"당신 농부처럼 보이는군요. 혹시 닭 치십니까?"

요란하스가 당황했다. 왜 그러는지 알 것 같았다. 질문도 뜻밖의 것이었거니와 네지르 요란하스는 농부가 아니었다. 하지만 그는 순간적으로 어떻게 대답해야 할지 헷갈렸을 것이다. 왜냐하면, 농부가 아니라도 시골에 사는 이라면 자주 그러듯이.

"닭은 몇 마리 기르는데. 왜?"

"닭 잡을 땐 어떻게 하십니까?"

"어떻게 하다니. 모탕에 놓고 칼이나 도끼로 목을 치지."

"그렇게 말하고 부르면 닭이 옵니까?"

요란하스는 어이없다는 듯이 실소했다.

"그런 닭들도 있을지 모르지만 나는 보통 닭장에 들어가서 닭 날갯죽지를 잡는데."

"닭장에 닭을 두십니까? 하긴 그게 편하겠죠? 닭을 다 풀어놓고 필요할 때마다 산으로 들로 뛰어다니며 닭 잡는 것보다는?"

"그러면 다른 방법이 있나?"

"그러니까 닭의 이동성을 죽여놓으시는군요?"

"응?"

"날개야 새치곤 시원찮지만 어쨌든 다리는 달려 있으니 닭은 제 마음대로 돌아다닐 수 있습니다. 하지만 당신은 닭장을 이용해서 닭의 이동성을 죽여놓으셨지요. 그래야 닭이 필요할 때 바로 수중에 넣을 수 있으니까. 맞습니까?"

"이동성을 죽이다니, 희한한 말도 다 들어보겠네."

"희한하다고요? 우리가 늘 하는 행동인데? 닭장이나 울타리는 뭡니까? 닭이나 가축의 이동성을 죽이는 거죠. 감옥은 뭡니까? 벌 받아야 할 자들의 이동성을 죽이는 겁니다. 성벽은 뭡니까? 위협이 될 수 있는 자들의 이동성을 죽이는 거죠. 둑은 뭡니까? 물의 이동성을 죽이는 거죠. 벽은? 햇빛이나 냉기의 이동성을 죽이는 겁니다."

"허, 뭐, 그렇다고 해도 되겠지. 그런데 이거 다……"

"어째서 죽일 수 있는 거죠?"

"응? 뭐?"

"이동성을 죽여도 되는 이유가 뭐죠? 원할 땐 언제든 살려낼 수 있기 때문이죠. 아시는지 모르겠습니다만 문이라는 신비로운 발명품이 있습니다. 그게 뭐냐면, 이동성 부활 장치입니다. 보통 닭장엔 닭장 문을 달고 감옥에 감옥 문을 달고 성벽에 성문을 달고 둑에 수문을 달고 벽에는 창문을 달죠. 그리고 이 문들을 열면, 놀랍게도 죽었던 이동성이 되살아납니다. 그러니 문을 가지고 있다면 이동성을 죽여도 되는 겁니다."

문이라는 것에 대한 이런 해석은 떠올려본 적도 없다. 언젠가 케이토에게 들었던 말이 생각난다. '우리가 집을 만드는 건 온 세상을 가둬두기 위해서다. 어디에? 집 바깥에.' 자신의 생각이 아니라 가이너 카쉬냅이라는 마법사가 한 말이라는데, 말장난이라고 생각했지만 덴워드의 말을 들으니 이제 그게 무슨 소린지 이해가 된다.

하지만 그 깨달음에 놀라워하며 새로운 관점의 습득에 즐거워하기엔 논조가 불길했다. 덴워드에게 이미 설명을 들었던 나뿐만 아니라 다른 이들도 그가 무슨 이야기를 하는지 깨달았다.

"죽여도 되는 정도가 아니라 죽이는 편이 훨씬 낫습니다. 필요할 때마다 산으로 들로 닭 잡으러 뛰어다니지 않아도 되니까. 안 그렇습니까?"

"자네……"

"그러면, 이동성이 아니라 정말 죽은 걸 살릴 수 있다면? 죽여버리는 것이 백 배, 천 배 낫지요. 시설비가 안 들잖습니까? 우리가 부서질까, 가둬둔 것이 달아날까 걱정할 필요도 없고요. 다 죽여버리고 필요할 때 살려내면 됩니다. 안 그렇습니까?"

요란하스가 허옇게 질려 말했다.

"자네 말은, 음. 자네 말은……"

"식물왕은 우리를 다 죽일 겁니다. 다시 살려낼 수 있으니까!"

요란하스는 턱을 떨어뜨린 채 아무 말도 하지 못했다. 차이리 미크루가 머뭇머뭇 끼어들었다.

"어, 잠깐. 우리는 닭을 먹고 계란을 먹지만, 식물은 우리를 안 먹잖

아. 그러면 도망칠까 봐 죽여둘 이유가 없잖아."

"살려두면 계속 식물을 죽이잖습니까?"

"뭐?"

"당신 곡물 안 먹습니까? 채소 안 먹습니까? 나무로 만든 집에 살지 않습니까? 혹시 벽돌집입니까? 그 벽돌은 나무 말고 뭐 다른 거로 구웠습니까? 당신 그릇은 뭐로 구웠습니까? 질그릇이나 사기그릇 안 쓰고 금속그릇만 씁니까? 그건 목탄 말고 뭐로 만들었습니까? 가구는 나무 아닙니까? 문짝은 나무 아닙니까? 의자와 탁자와 옷장과 침대는? 요리할 때도 추울 때도 절대로 식물은 안 태웁니까? 당신은 밧줄도 안 쓰고 끈도 안 쓰고 실도 안 씁니까?" 덴워드가 주변을 죽 둘러보는 시늉을 했다. "혹시 여러분 배짱 좋게도 한 명 빠짐없이 식물의 사체를 걸치고 있다는 건 알고 계십니까? 불온한 모습을 보이는 식물들 앞에서?"

이 어처구니없는 고발에 당황하여 내 몸을 내려보았다가 그게 정확한 지적임을 깨닫고 피가 식는 기분을 느꼈다. 우리는 전부 옷을 입고 있었다. 그건 직물로 만든다. 그리고 직물은…… 목덜미가 섬뜩해지는 느낌에 뒤를 돌아보았다. 사람보다 쉰 배는 큰 나무들이 탑처럼 서 있었고 그 아래에 시간과 공간을 초월한 식물들이 도열해 있는 광경엔 변화가 없었다. 그러나, 놀랍게도 조금 전보다 더 무시무시하게 보였다.

자신들이 입고 있는 것의 기원을 떠올리며 당혹해하는 이들을 향해 덴워드가 말했다.

"식물에게 우리가 어떻게 보이겠습니까?"

차이리를 포함하여 아무도 그 말에 대답하지 못했다. 덴워드도 대답을 기다리진 않았다. 그는 두려움 그 자체의 화신이 된 것처럼 우리를 엄습했다.

"식물에게 우리는 식물 살해에 미친 괴물입니다! 우리는 식물을 먹을 뿐만 아니라 잘라서 다른 것으로 만들고 불을 만들기 위해 태웁니다. 불! 불이 특히 파괴적이지요. 우리와 동물의 차이가 뭐죠? 우리는 식물을 태웁니다. 그게 가장 큰 차이입니다. 식물을 태워 물질의 성질을 바꾸는 열을 만들어내지 못하면 우리 문명이라는 것은 존재할 수도 없습니다. 우리만큼 식물을 소비하는 동물은 없습니다. 식물왕에게 우리는 가장 가증스러운 적입니다. 그런데 바로 그 식물왕에게 '죽은 것을 살려내는 힘', 바꿔 말해서 그 무엇이든 '죽여도 아무 상관 없는 것'으로 바꿔버리는 힘, 그래서 '죽이는 것이 훨씬 낫다'는 판단을 합리적인 것으로 만드는 힘이 있단 말입니다!" 덴워드가 손을 들어 가리켰다. "아시겠습니까, 포인도트 부인?"

덴워드가 이름을 잘못 말했다고 생각하려는 찰나 그 소년이 팔을 뻗어 손가락질을 하고 있는 것을 발견했다. 모든 사람들의 얼굴이 한 방향으로 돌아갔다.

인파 조금 뒤편, 땅 위에 내려앉은 마그파라 판사의 관 앞에 두 여자가 서 있었다. 고드름처럼 얼어붙은 레피란과 녹아내린 양초를 떠올리게 하는 포인도트 부인이었다.

아아, 왜지? 왜? 짐작은 간다. 언덕의 저 모습을 보고서 레피란이 가만있을 수 없었던 게지. 우리가 무슨 일을 당했나 걱정도 되었고. 그래서 그녀는 포인도트 부인을 홀로 사무실에 남겨두는 대신 관과 함께 온 것이다. 부인은 판사의 관에 매여 있고 판사의 관은 레피란의 명령을 따르니 괜찮을 거라고 생각했겠지. 지금도 실질적으로는 그러하다. 그녀는 다른 사람으로부터 안전하고 다른 사람도 그녀로부터 안전하다. 그리고 나는 그 사실에 안도할 수 없었다.

"당신은 속았습니다. 포인도트 부인."

"으우이 ― 이익!"

아직도 입이 묶여 있는 포인도트 부인은 부정의 말을 외칠 수 없었다. 그녀가 할 수 있는 건 억눌린 비명뿐이었다. "어욱, 흐으윽, 으이이익!" 그 모습을 보다 못한 레피란이 손을 뻗어 포인도트 부인의 입을 묶은 매듭을 붙잡았다. 혹시 보안관이 저지하나 싶어 돌아보았지만, 이 파리 보안관은 그러지 않았다.

레피란의 분투 끝에 단단한 매듭이 풀렸다. 포인도트 부인은 숨을 몰아쉴 여유도 없이 갈라지는 목소리로 외쳤다.

"거짓말이야!"

다른 사람들은 물론이거니와 레피란도 포인도트 부인에게서 흠칫하며 물러났다. 포인도트 부인과 덴워드 사이에 빈 공간이 나타났다. 나는 포인도트 부인이 그대로 다가올까 경계했지만, 그녀는 그러지 않았다. 마그파라 판사의 관에서 멀어질 수 없어서 그런 듯하다. 포인도트 부인은 현재의 장소에 그대로 서서 약간 어색한 거리를 두고 계속 고함을 쳤다.

"허튼소리야, 미친 헛소리야! 죽음이 없어져! 다시는 죽지 않게 되는 거야. 영원히 아무도 죽지 않아도 되는 거야! 궤변을 늘어놓지 마. 뭐? 닭장이 어째? 문이 어떻다고? 다 죽인다고? 살려내는 것이, 생명을 주는 것이 어떻게 죽이는 것으로 바뀐다는 거야? 억지 쓰지 마!"

덴워드가 싸늘한 경멸을 보였다.

"부인께서 직접 보여주지 않았습니까? 아이들이 얼마든지 되살아날 수 있다고 믿자 부인은 아이들을 어떻게 대했습니까."

포인도트 부인은 흠칫하며 입을 다물었다. 특히 신경 쓰이는 건 요란하스의 얼굴이었지만 도저히 그에게 집중할 수가 없었다. 비슷한 얼굴이 한둘이 아니었으니. 포인도트 부인도 주변의 불온한 시선을 느낀 듯 사방을 두리번거렸다.

그녀의 반응은 공포도, 좌절도, 실의도 아니었다. 그녀는 분노했다.

"그 애들은 왜 살아있는데!"

주변의 분노가 더 커졌지만 동시에 묽어졌다. 물을 타 양을 늘린 술처럼.

"왜 시끄럽게 웃고 멍청한 소리를 늘어놓고 무례하게 꺅꺅거리며 뛰어다니는 건데! 서니는 죽었는데! 우리 착한 딸, 똑똑한 내 딸은 죽었는데. 땅속에 묻혀서, 먹지도 마시지도 못하고, 그렇게 끔찍하게, 고통스럽게 죽었는데! 불공평해. 왜 내 딸만!"

그녀의 상실감과 분노가 우리를 물어뜯었고 질근질근 씹었다.

"그것들도 잠깐 죽어봐야 해. 서니가 무슨 심정이었는지 알아야 해! 상관없어! 다시 살아날 수 있으니까! 죽어도 된다고! 그래. 그래서 다 죽이려고 했다!"

요란하스가 못 참겠다는 듯이 외쳤다.

"그러면 당신부터 좀 경험해 보지 그러……!"

요란하스는 그녀의 자살 시도를 떠올린 모양이다. 어쨌든 내 뇌리엔
그게 떠올랐다. 얼굴을 붉히는 요란하스를 포인도트 부인은 무시무시
한 눈초리로 노려보았다. 그러나 그녀는 아무 말도 하지 않고 다시 덴
워드를 보았다.

"그리고 자기네 아이들이 죽으면 모두가 식물왕을 바라게 될 테니
까. 그래서 다 죽이려고 했어. 그래. 그게 내 이유야. 하지만 식물왕이
뭣 하러?"

"이미 말했습니다. 우리 문명은 식물을 태우는 것만으로……"

"그따위 문명 버리면 되잖아! 죽어도 되살아날 수 있다면 다 쓸모없
는 것들인데! 전부 안 죽으려고 만든 것들이잖아!"

어안이 벙벙해졌다.

접근은 비약적이고 어조는 투박하지만, 논리는 확고하다. '문명은
안 죽으려고 만든 것이다.' 이 도발적이기까지 한 정의를 벗어나는 문명
분야를 찾기가 예상외로 어려웠다. 아니, 원천적으로 불가능하다. 문명
이란 결국 살기 위한 도구니까.

그런데 죽어도 되살아난다면?

안 죽기 위한 모든 도구는 의미를 잃는다.

덴워드도, 그 똑똑한 백금기사도 순간적으로 말문이 막힌 것 같았
다. 조금 지체한 그는 자신을 다잡듯이 강한 어조로 말했다.

"그 어떤 경우에도 우리는 먹어야 합니……"

"굶어 죽어도 되살아나는데 뭐 하러!"

이번 타격은 좀 더 큰 것 같았다. 텐워드는 질린 얼굴로 포인도트 부인을 바라보았다. 그리고 포인도트 부인은 말을 쏟아냈다.

"굶어 죽어도 되살아나는데 뭐 하러 먹어? 농사도 지을 필요 없고 가축도 칠 필요 없어. 얼어 죽어도 되살아나는데 옷은 왜 입고 집은 왜 지어? 불은 왜 피워? 더 많이 가지려고 아등바등할 필요가 없어. 아무 것도 필요 없으니까. 내 걸 뺏길까 봐 전전긍긍할 필요도 없고 남의 것을 탐낼 필요도 없어. 둘 다 아무것도 가지고 있지 않으니까. 그냥 살면 되는 거야! 뭐가 문제야? 뭐가 문제냐고?"

"……그게 삶입니까? 먹지도 마시지도 않고 아무것도 하지 않으면서 그냥 숨만 쉰다? 그러다가 굶어 죽으면 다시 살아나고, 얼어 죽어도 다시 살아나고? 그리고 아무것도 하지 않다가 또 굶어 죽고, 또 얼어 죽고? 영원히 죽었다, 살았다만 반복하라고? 무한한 시간을 가지고 있는데도 아무것도 하지 않고? 제기랄. 그러면 왜 사는데? 죽은 것과 다를 것이 하나도 없잖아!"

"서니와 함께할 수 있어!"

"네 딸과 함께 아무것도 하지 않는 것이겠지! 그렇다면 네 딸이 없는 것과 무엇이 다른가!"

"뭐라고? 뭐? 감히……"

"이 우둔한 것아. 눈은 제 얼굴을 못 보지만 귀는 제 말을 들을 수 있다. 남에게 내 말 좀 들으라고, 내 말도 말이라고 분통 터뜨리고 억울해하기 전에 너 먼저 네 말을 제발 좀 들어라! 가증스러운 기적이 벌어져 네 여식이 돌아온다면 너는 그 가엾은 것에게 무엇을 해줄 건가? 먹일 건가? 네가 스스로 말했다. 굶어 죽어도 상관없다고! 그러니 모두 굶어 죽어야 한다고! 입힐 건가? 네가 스스로 말했다. 얼어 죽어도 상관없다고! 그러니 모두 얼어 죽어야 한다고! 안 죽으려고 만든 것들일 뿐이니 다 버려도 된다고? 그렇다면 네 여식에게도 아무것도 해줄 필요가 없겠구나. 그래도 되살아날 테니! 그래, 네가 여식에게 줄 수 있는 것이 뭐냐? 그것이 이미 한 번 겪었던 것을 영원히 겪어야 된다는 몰인정한 선고 말고 뭐가 있느냐!"

포인도트 부인은 돌로 만든 카닛처럼 보였다. 여전히 숨을 쉬고 몸을 떨고 있었지만, 그 순간 포인도트 부인은 무생물보다 더 죽어 있었다.

"그렇다면 그 아이에게 네가 어머니냐? 이름만 어머니일 뿐 아무것도 아니다. 그 애가 죽어도 죽어도 되살아나게 하는 건 식물왕이고 그 식물왕의 심기를 건드려선 안 되는 너는 아무것도 해선 안 된다. 이게 도대체 무슨 어처구니없는 모순에 자가당착인지…… 가장 어처구니없는 건, 그게 네가 바랄 수 있는 최선의 것이라는 점이다! 너는 식물왕이 그 짓을 해야 할 이유를 대지 않았어! 식물왕이 도대체 왜 그것을 계속해서 살려내야 하느냐? 뭣 하러?"

포인도트 부인은 덴워드의 특징을 묘사하기 시작했다.

부인은 덴워드의 종족과 성별, 연령, 가족 관계, 식습관, 재정 상태 등에 대한 자신의 견해와 가정을 열정적으로 피력했다. 군대에서도 못 들어본 욕설이라고 하면 대단히 강한 표현 같지만 사실 군대의 욕설 문화는 내가 보기엔 고만고만하다. 물론 워낙 몸이 고되고 계속되는 긴장 상태를 해소해야 할 필요가 있기 때문에 상당히 기발한 욕설들이 만들어지기는 한다. 하지만 그것들은 전술한 기원을 보면 짐작할 수 있듯 상대를 공격하기 위한 것이라기보다는 자기 기분을 풀기 위한 것들에 가깝다. 공격을 원한다면 거기엔 욕보다 직관적이고 효과적인 수단들이 잔뜩 있다. 수틀리면 무기 들고 날뛸 수 있는데 뭐하러 상대 기분을 망칠 욕설을 만들어내느라 고생하겠나. 만약 복무 기간이 2, 3년 정도로 상대적으로 짧고 전쟁 가능성이 낮아서 무사히 제대할 가능성이 높은 이상한 군대가 존재한다면 혹 모르겠다. 잠깐 참으면 되는데 살인자가 될 수야 없으니 그 경우엔 인격적 모욕 수단이 발달하게 될 것 같다. 이제 어떤 집단이 대단히 악랄한, 자기 기분과 상관없이 오직 상대 기분을 더럽히고 인격을 열화시키는 것에 특화된 저열한 욕설 문화를 만들어낼 수 있을지 짐작할 수 있을 것이다. 서로를 물리적으로 어떻게 하기가 어려운 자들이다. 유감스럽게도 우리 모두의 어머니들인 어떤 집단 또한 그런 유형에 상당히 부합한다.

포인도트 부인은 소름 끼치는 욕설들을 퍼부었다. 그러나 그 강렬함에도 불구하고 포인도트 부인의 욕설이 덴워드에게 주는 효과는 미미했다. 그녀가 가진 정보가 워낙 적었기 때문이기도 하겠거니와 덴워드는 이미 그녀를 경멸하고 있었다. 심리적 우열이 어느 이상으로 차이가 난다면 욕설은 패배자의 울부짖음이 되어버린다. 우리 모두에게 그 광경의 의미는 분명했다.

보다 못한 보안관이 레피란에게 눈짓을 했다. 레피란은 놀란 표정으로 자기 입을 가리켜 보였다. '다시 입을 묶으라고요?' 보안관은 눈을 질끈 감았다가 뜨더니 판사의 관을 가리켰다.

이파리 보안관의 생각이야 타당했다. 마그파라 판사는 포인도트 부인에게 관 옆에 머물라고 했고 따라서 레피란이 관을 사무실로 데려가면 부인 또한 그 뒤를 따를 것이다. 문제는 여러 가지 사정으로 신경이 곤두선 보안관이 고함을 질러버렸다는 점이다.

"판사님을 도로 사무실로 모시고 가라고!"

거의 순식간에 자신이 어떻게 될지 깨달은 포인도트 부인이 비명을 질렀다.

보안관은 그 비명에 놀라긴 했지만 경계심을 느끼진 않았다. 나도 그러했다. 그저 포인도트 부인이 비명을 지르며 사무실을 향해 걸어가는 보기 언짢은 광경을 예상하며 이맛살을 찌푸렸을 뿐이다. 그런데 다음 순간 비명이 뚝 멈췄다.

포인도트 부인은 눈만 껌뻑이며 꿈쩍도 하지 않았다. 그러자 전혀 소란스럽지는 않았지만 굉장한 광경이 펼쳐졌다. 모든 이들이 부인이 보고 있는 방향을 향해 고개를 돌린 것이다. 물론 나 또한 그리했다.

실포 언덕에서 누가 내려오고 있었다.

그저 사람이 걸어오는 평범한 모습이었지만 당연하게도 전혀 평범해 보이지 않았다. 인간? 인간인가? 하얀 옷을 입은 인간 같다. 그리고 몸이 작은 거나 움직임을 봐서는 여자 같고. 그 외엔 아직 거리가 있어 알아보기 어렵다. 감질난 사람들이 주춤주춤 발을 내딛는 것을 본 보안관이 단호하게 외쳤다.

"언덕에 가까이 가지 말라 했소!"

보안관과 같은 생각인 이들은 많았다. 그들은 몸을 내미는 사람들의 팔이나 어깨를 잡아 다급하게 뒤로 당기고는 실포 언덕을 가리켰다. 뒤로 당겨진 사람들은 뒤숭숭한 꿈에서 갑자기 깨어난 것처럼 흠칫하거나 몸을 부르르 떨었다. 그러나 반대로 꿈에 빠져드는 이도 있었다.

"서니? 서니지?"

후각과 청각은 굉장하다 해도 카닛은 시력이 변변찮다. 포인도트 부인처럼 지긋한 경우엔 100미터 거리에서 인간과 엘프도 구분하지 못할 것이다. 그래도 카닛과 인간을 구분하지 못한다는 건 좀 당혹스러웠다. 부상 때문인가. 아니면 희망이 눈을 가린 건가. 레피란이 말했다.

"아닙니다. 부인. 인간 같은데……?"

같은 판단을 내렸던 우리들은 놀라서 레피란을 보았다. 아마 이곳에 있는 이들 중 가장 눈이 밝을 레피란은 우리 모두가 성인 인간 여성이라고 생각했던 자를 뚫어지게 바라보았다.

"인간이 아닌가?"

몇십 초 가량 침묵의 시간이 흐른 후 나는 의혹에 차서 레피란을 돌아보았다. 아직까지 용모를 확인하기는 어려웠지만, 언덕을 내려와 우리에게 다가오고 있는 것이 인간 여자라는 것은 확실했다. 그런데 레피란도 확실해졌다는 듯이 말했다.

"인간이 아니군요."

보안관이 신경질적인 어조로 질문했다.

"무슨 소리냐, 도시락?"

"태어날 땐 인간이었겠군요. 라이칸스롭이에요. 화사하네요."

순간적으로 케이토가 돌아오는 거라는 말도 안 되는 망상에 빠졌다. 엄청난 고생 끝에 여자로 보일 정도로 초췌하고 줄어들어서…… 그럴 리가 없다. 우리를 향해 우아하게 걸어오고 있는 사람은 여자가 맞다. 내 인간의 눈으로도 그건 확실히 말할 수 있다.

몸에 기운이 죽 빠지며 현기증이 났다.

"티르."

돌아보니 이파리 보안관이 내 팔을 단단히 움켜쥐고 있는 모습이 보였다. 눈앞이 흐려 만물이 흐릿해 보였지만 동시에 보안관의 눈동자에 비친 내 모습은 놀랄 정도로 선명하게 보였다. 땀범벅이 된, 죽도록 겁에 질려 있는, 울화통 터지도록 한심해 보이는 남자다.

"정신 차려."

"보안관님."

이파리 보안관은 내 팔을 한 번 더 강하게 움켜쥐었던 것 같다. 그는 그렇게 오랫동안 딴청을 피울 수 없다는 듯 다시 여자 쪽을 보았고 그 때문에 나는 배신감과 분노를 느꼈다. 그쪽을 보지 마. 거기엔 아무것도 없어. 왜 나를 속이는 거야. 사람 놀리지 말라고!

하얀 옷을 입은 여자가 계속 다가온다. 휙 사라지지도 않고. 그 옷이 수의라는 것을 깨달았다. 아무것도 신지 않은 맨발이다.

'화사하네요.' 그래. 위어울프답게 미녀다.

정말로 보기 싫은 얼굴이다!

사람들의 겁먹은 웅성거림 가운데서 어떤 이름이 슬쩍슬쩍 섞여 나왔다. 내 귀를 찔러 맞구멍을 내버릴 듯한 이름이다. 맞지? 맞아. 내가 봤어. 아닌 것 같은데? 잠깐 본 거잖아. 아니야. 후후랑 피피에 걸고 확실해. 그릴 리가 없잖아! 그래도 맞는걸. 제기랄, 맞다고. 그렇다면 죽은 사람이?

지데가 걸음을 멈췄다.

날붙이에 대한 과도한 환상을 품고 있는 육체적, 정신적 소년들이 철석같이 가능하다고 믿는 이야기가 있다. 사람 목을 한 번에 뎅겅 자르기. 그러니까 그냥 목을 베는 것이 아니라 머리와 몸통을 분리해 버린다는 그 이야기 말이다.

충분히 짐작하겠지만, 사람 목이 수수깡이냐고 되묻고 싶어지는 이야기다.

동맥이나 기도 정도를 베는 거야 어렵잖지만 사람의 목 전체를 완전히 절단하는 건 정말 어렵다. 실제로 그 일을 하는 자들이 가장 잘 알 테니 사형 집행인에게 한 번 문의해 보라. 늘 그 일을 하는 건장한 사람이 도끼나 전용 집행검을 이용해도 성공을 완전히 확신하기 어려운 것이 참수이고, 그래서 간혹 실력 좀 떨어지는 집행인은 자른다기보다 다진다에 가까운 처참한 모습을 보이며 사형장을 엉망진창으로 만들어놓기도 한다. 아마 집행인들도 도끼도, 집행검도 아닌 보통 장검으로 한 번에 참수한다는 이야기를 들으면 환상 좀 버리라고 말할 것이다.

그런데 그게 남자 임신하기 정도의 일이냐 하면, 그렇지는 않다.

처형대의 죄수와 달리 격투 상대는 움직인다. 목표 포착이 어려워진다는 점에선 당연히 단점이지만 사용할 수 있는 힘이 늘어난다는 점에선 장점이다. 당신이 트롤이 아니라면 아무리 힘이 좋다 해도 잠든 사람이나 죽은 사람을 머리 위로 들어 올리긴 어려울 것이다. 하지만 춤추는 도중이라면 당신의 춤 상대로 하여금 말 그대로 하늘을 날게 할수도 있다. 무용수는 두 사람 몫의 힘을 쓸 수 있기 때문에 그런 일이 가능한 것이다. 단칼에 목 자르기도 이와 유사하다. 상대의 움직임에 맞춰 상대가 스스로 자기 머리를 자르게 한다는 기분으로 칼을 가져가면 사람 목도 단칼에 절단할 수 있다. 심지어 상대가 별로 움직이지 않아도 가능하다. 인식하긴 어렵지만 서 있거나 앉아 있는 사람은 무거운 머리를 지탱하기 위해 항상 자기 목에 힘을 주고 있다. 따라서 베는 이가 더 빠르고 정확하게 움직이면 필요한 힘을 채울 수 있다(따라서 상대가 누워 있거나 엎드려 있으면 정말 어렵다. 사형 집행인들이 가끔 곤욕을 치르는 것도 그 때문일 것이다.). 정말이냐고?

내가 해봤다…… 고 말하고 싶지만, 지금은 설득력이 없을 것 같다.

과거 내가 머리를 잘랐던 여자가 나를 향해 미소 짓고 있는 이런 상황에선.

"안녕. 티르."

가장 무서운 악몽을 깬 채로 꾸는 기분이어야겠지만 너무도 현실감이 없어서 그냥 멍하기만 했다. 나는 내 입이 움직이는 대로 내버려 두었다.

"말 놓던 사이는 아니었던 거로 기억합니다만."

"그랬지. 자기랑 그런 친교를 나눌 시간은 없었어. 전부 합쳐도 10분이 안 되지? 그리고 자기가 나를 죽였지."

"그 몇 초 전에 당신이 나를 죽이려 했지요."

"우리 참 그땐 어렸다. 그지?"

지데가 저런 성격이었나? 내가 알게 뭔가. 그녀가 말한 대로 난 살아 있는 지데를 딱 몇 분만 보았다. 비무장이라도 항상 무장하고 있는 거나 다름없는 위어울프인지라 시내에 들어올 때 보안관의 허락을 구하러 왔을 때 몇 분 만났고 시내에 들어오고 나서 얼마 후 그녀가 상황을 엉망진창으로 만든 직후 그녀 인생의 마지막 몇 분을 만났다. 그래. 합쳐도 10분이 안 되겠어.

"목 좀 그만 쳐다봐. 남자란 자기가 여자한테 남긴 것을 꼭 그렇게 확인하고 싶은 거야? 여자가 아무렇지 않으면 막 짜증 나?"

사실 내가 보고 있었던 것은 보조개였다. 지데에게 보조개가 있었군. 케이토도 마찬가지지만 위어울프답게 어느 정도 서늘한 인상이라 보조개 같은 것은 생각도 못 했는데. 내가 죽였지만 알지 못했던 것을, 그녀가 되살아나는 바람에 알게 되었다.

속이 뒤집힐 것 같았다.

"너무하잖아요. 스트라이크 씨! 내 모습이 성에 차지 않는다 해도 면전에 대고 구역질을 하는 건 잔인해요. 신사가 되셔야죠!"

"……당신은 죽었어."

"자기는 누구보다 확실하게 나에 대해 그렇게 말할 권리가 있겠지."

지데는 다시 귀여운 보조개를 내 눈에 쑤셔 넣더니 이파리 보안관에게 시선을 돌렸다.

"오랜만이네요, 보안관. 제가 여기 있어도 된다는 허락, 아직 유효하죠?"

"너 뭐야?"

"이런. 상사든 조수든 하나 같이……"

보안관이 오크의 전투 함성을 내질렀다. 우리 도시 최고의 숙취 제거 수단 중 하나로 통하는 함성이다. 제아무리 무신경한 작자라도 공포감에 정신이 번쩍 들지 않을 수가 없다. 방글거리던 지데 또한 단숨에 얼굴이 딱딱해졌다. 이파리 보안관이 으르렁거렸다.

"딱 한 번만 더 묻는다. 너 뭐야?"

"지데입니다. 당신 조수가 죽인 위어울프죠."

보안관은 어떻게 대답하면 한심한 상황을 피할 수 있나 고민하는 것 같았다. 그러나 그 전에 포인도트 부인이 천둥 같은 기세로 외쳤다.

"지데? 당신이 그 지데예요? 죽었죠? 죽었다가 살아난 거죠!"

지데는 깜짝 놀라 물러나더니 귀를 막는 시늉을 해 보이며 웃었다. 포인도트 부인은 제자리에서 펄쩍펄쩍 뛰며 외쳤다.

"티르한테 죽었던 그 연주자 아가씨 맞죠? 죽은 사람이 되살아나는 거죠! 케이토 씨가? 케이토 씨가 지상과 지하의 주인을 위해 뭘 한 건가요? 예? 그래서 왕이 당신을 부활시켜준 거예요?"

소름이 돋으며 갑자기 통증은 좀 제쳐놓아도 되는 것이 되었다. 지데는 포인도트 부인의 어깨를 잡아 진정시키는 시늉을 했다.

"부인. 진정하시죠."

"맞아요! 되살아난 거죠? 죽었는데 되살아난 거죠?"

지데는 왼팔을 들어 올려 있지도 않은 바이올린을 턱에 괴는 시늉을 하더니 왼쪽 손가락들과 오른손을 우아하게 움직였다. 활대가 움직이는 것이 보이는 듯했다. 여주인공의 화려한 등장? 마지막으로 오른손을 멋지게 추어올려 가상의 활로 하늘을 찔러 보인 그녀가 웃으며 고개를 숙여 보였다.

"예. 되살아났어요."

포인도트 부인이 털썩 주저앉았다. 줄줄 흘러내린 눈물이 그녀의 얼굴 털을 거멓게 물들였다.

지데가 갑자기 다가오는 바람에 나와 보안관은 움찔했다. 하지만 그녀는 우리를 지나쳐 포인도트 부인에게 다가갔다. 아마 부인을 위로하려 했던 것 같지만 확실치는 않다. 재빨리 다가온 레피란이 그녀와 포인도트 부인의 사이에 섰고 그러자 지데는 걸음을 멈추고 오히려 뒤로 물러났다. 순간 그녀의 얼굴에 번득인 살기를 볼 수 있었다. 나는 지데가 엘프를 강제로 라이칸스롭으로 만들려다가 발각당해 죽었다는 것을 떠올렸다. 혹시 원래부터 엘프를 별로 안 좋아한 거였나? 그래서 그런 계략도 꾸밀 수 있었고?

그녀가 되살아나는 바람에 알게 되는 그녀에 대한 사실들이 앞으로 몇 개나 더 있는 거지?

"안녕하세요. 저는 레피란이라고 합니다. 시엔피르 마그파라 판사님의 순회법정에서 서기를 맡고 있지요. 마그파라 판사께선 현재 이 안에

계십니다만 시간이 적절하지 않아 소개해 드릴 수 없군요."

"예. 저도 뵙고 싶지만, 지금 나오시면 잿더미가 되시죠?"

확실히 친선을 염두에 둔 말투는 아니군. 레피란은 아랑곳하지 않았다.

"지식을 편의주의적 대상으로 여기고 싶다면 그렇게 이해하셔도 괜찮아요. 엄밀히 말하면 노상에 방치된 시신에 일어날 수 있는 일이 일어날 뿐이지만."

지데는 싸늘하게 웃었다. 레피란 또한 부드럽게 미소짓더니 고개를 약간 갸웃했다.

"그런데 당신, 죽었다 되살아났다고 주장하는 건가요?" 레피란은 이파리 보안관을 향해 말했다. "사망확인서가 발부되었나요?"

자신의 의료인 자격에 그 누구보다 강렬한 의혹을 품고 있는 봇뜨리였지만 지데의 검시에서는 맥을 짚지도, 호흡을 확인하지도, 동공을 검사하지도 않고 그냥 한 번 흘깃 쳐다보기만 했고 아무도 그의 검시가 잘못되었다고 생각하지는 않았다. 보안관이 인정하자 레피란은 고개를 끄덕였다.

"그렇다면 당신을 사법 해부하는 것엔 문제가 없겠군요."

두 여인은 서로를 물끄러미 쳐다보더니 깔깔 웃기 시작했다. 등에 식은땀이 흐르는 듯했다. 잠시 후 레피란은 웃음을 멈췄지만, 에조벤 샤이트가 '그녀의 미소는 철퇴'라는 대사를 쓸 때 염두에 두었을 법한 미소는 남겨둔 채 질문했다.

"그래서, 우리 지데 양께서는 무슨 용건으로 되살아나셨죠?"

"사절이에요. 식물이 사람들에게 보내는 전언을 가지고 왔죠." 지데는 딱 레퍼란이 '무슨 내용인가요?'라고 물어야겠다는 생각이 들 때까지 기다렸다가 자기가 먼저 말하는 신비로운 재주를 보였다. "그래서 잠깐 실례해야겠네요."

지데는 주변을 살펴보는 시늉을 하다가 이파리 보안관을 향해 섰다.

"보안관님. 제국 전체에 소식을 전하는 것엔 얼마나 시간이 걸리죠?"

"……어떤 소식이냐에 따라 다르지만, 반년 정도?"

"설마. 한 달이면 충분하지 않아요?"

"허튼소리. 제국이 얼마나 넓은데?"

"황제의 붕어나 새 황제 등극 소식 같은 것이 제국 전체에 퍼지는 것에 얼마나 걸리죠? 제국 정부는 절대로 4주를 넘기지 않는다는 걸 내심 자랑하지 않아요?"

그랬나? 이파리 보안관이 제도 관리들 속마음을 알 게 뭔가. 한때 거기 살았던 나도 그런 이야기는 듣지 못했는데. 그러나 내가 그나마 익숙한 군사학에 기반하여, 정확히 말하면 전쟁사학에 기반하여 생각하면 말이 되는 것 같다. 제국 변방이나 국경에서 일어난 변고가 한 달 넘도록 중앙에 알려지지 않은 역사는 떠오르지 않는다. 화산 폭발이나 지진 같은 자연재해의 경우도 그렇고 전염병 같은 경우도…… 흐음. 확실히 4주는 안 넘을 것 같다.

"그래. 그런 소식들이라면 눈 깜빡할 사이에 전달되지. 하지만 다이슈리 황제께서는 제신다 공주께서 딸 하나 아들 둘 낳고 그 애들이 커서 할아버지 찾아올 때까지 따님이 결혼한 줄도 몰랐어. 안 그래?"

지데는 웃으며 수긍했다.

"말 되네요. 하지만 모든 사람이 반드시 알아야 되는 중요한 이야기라면 충분히 빠르게 전달되겠죠?"

"그런 중요한 이야기를 가져오셨나?"

"앞으로 120일 후 인류의 1/3이 죽을 거라는 이야기라면 어떤가요?"

<u>10</u>

지데는 여러 번 말하기 싫으니 되도록 많은 사람들이 이야기를 들을 수 있는 곳을 마련해달라고 요구했고 그렇게 많은 목격자들이 그런 충격적인 소식을 접한 상황에서 몬도 시장은 그 요구를 거절할 수 없었다. 심정 같아서는 보안관과 내게 다 떠넘기고 싶었겠지만 '보안관! 티르! 저 죽었는지 살았는지 모를 여자를 어서 데려가시오. 어, 그래. 부활은 아마 범죄일 테니까! 확실해! 그리고 처리 결과는 서면보고 해요.' 그랬다간 시민들이 가만히 있지 않을 것이다. 그래서 두 시간 후 급한 대로 내가 구해온 망토를 수의 위에 걸치고 샌들을 신은 지데는 우리 도시의 공회당에서 급하게 달려온 시민들을 바라보며 같은 말을 반복했다. '앞으로 120일 후 인류의 1/3이 죽을 겁니다.'

"뭐라고?"

"그리고 300일 후 다시 1/3, 그러니까 살아남은 자들 중 반이 죽을 테고요."

사람들이 이게 무슨 해괴한 소린가 하는 얼굴로 서로를 바라볼 때 안셀의 목소리가 울렸다.

"겨울? 겨울이 올 때?"

이게 무슨 소리야? 나는 사람들과 함께 안셀을 바라보았다. 안셀은 손가락을 구부렸다 폈다 하며 뭔가를 세는 시늉을 하고 있었다.

"우리가 있는 북반구에선, 어, 120일 후쯤이면 겨울이 오겠지요. 그리고 지금 한참 겨울일 남반구는 한 300일 정도 기다려야 다시 겨울이 돌아올 테고…… 맞습니까?"

지데는 우아하게 고개를 끄덕였다.

"현명한 분이 계시는군요."

지데와 달리 안셀 치즐하트를 잘 아는 우리 시민들은 이 발언에 조금 복잡한 기분을 느껴야 했다. 물론 오래 그러지는 않았다. 거론되고 있는 주제가 너무 심각해서. 자기도 모르게 발언권 같은 것을 얻게 된 안셀이 말했다.

"그러면 적도 근방에 사는 사람은?"

지데도 이제 안셀에 대해 뭔가를 좀 알게 되었…… 아닌가? 지데는 반가워하는 것 같았다. 기대하기 어려운 질문이었는데 정말 똑똑한 사람이 있어서 다행이라는 투였다.

"그분들은 죽지 않을 가능성이 상대적으로 높죠."

"아무래도 겨울이 오면 사람이 죽는다는 이야기인 것 같은데, 맞습니까?"

"맞습니다."

"왜?"

"앞으로 인류는 식물을 태울 수 없게 될 테니까. 얼어 죽는 거죠."

잠깐 동안은 거대한 침묵이 공회당을 가득 채웠다. 얼마 있지 않아 엄청난 소음이 터져 나왔지만. 사람들은 너나없이 질문하고, 비명을 지르고, 욕설을 내뱉었다. 지데는 그 소음에 지지 않기 위해 목소리를 돋우거나 하지는 않았다. 대신 두 팔을 높이 들어 올리더니 오른손으로 왼쪽 팔찌를 붙잡았다. 그녀는 눈에 잘 들어오는 커다란 동작으로 팔찌를 빼냈다.

과거의 기억이 되돌아와 머리를 후려갈기는 바람에 입으로 뇌를 뱉어낼 것 같았다. 초니의 주점이었고, 케이토는 기절해 있었다. 그리고 지데는…… 내가 그녀를 죽이기 직전의 모습이다. 제기랄. 그때도 저러더니. 늑대로 변신할 것처럼 겁을 주면 다 해결될 거라고 믿고 저러더니. 아직도 그 버릇을 고치지 못했어? 죽었다 깨도 고칠 수 없는 버릇인가? 그러나 이번에는 지데의 목이 떨어지지 않았다. 기겁한 청중들은 입을 다물거나 여전히 떠드는 옆 사람의 입을 틀어막으며 지데를 가리켰다. 고요가 되돌아오자 지데는 느긋한 동작으로 팔찌를 도로 손목에 끼워 넣었다.

"감사합니다. 여러분. 예. 여러분의 주의를 끌기 위해서 이야기를 좀 비틀어 보았어요. 제가 전하고 싶은 정확한 용건은 앞으로 사람들은 식물을 태울 수 없다는 거예요. 먹거나 다른 용도로 쓰는 건 괜찮지만 태우는 건 안 돼요. 그 사실을 인류 전체에게 알려야 할 테니 유예 기간은 주어질 거예요. 그게 120일이죠. 120일 이후부터 인류는 식물을 태울 수 없습니다."

사람들이 다시 안셀을 쳐다보았다. 안셀은 두려움보다는 호기심 쪽에 좀 더 경도된 듯한 얼굴로 말했다.

"왜 식물을 태울 수 없다는 겁니까?"

"식물들이 더 이상 사람의 손에 불타지 않겠다고 결정했으니까요."

"……그렇군요. 어, 그 결정을 우리가 수용해야 하는 이유는? 우리는 착하니까?"

"아니오. 손해를 보지 않기 위해서죠."

"식물을 태울 경우 무슨 손해가 있죠?"

"식물을 태울 경우 여러분은 부활할 수 없어요."

"하?"

"그러니까 이런 이야기예요. 식물은 사람에게 제안을 하는 거죠. 더 이상 식물을 태우지 않겠다고 약속하고 그 약속을 엄중히 지킨다면, 그 대가로 식물은 사람이 죽어도 되살아나게 해주겠다는 거예요. 최근 식물은," 지데는 가슴에 손을 얹어 보였다. "그런 힘을 손에 넣었거든요."

안셀조차도 말문이 막힌 모양이다. 내 예상보다는 훨씬 짧은 시간 동안만 그랬지만.

"잠깐, 잠깐만. 우리가 불을 쓰지 못해서 겨울에 얼어 죽게 된다 해도 식물이 우리를 되살려준다는 말 같은데, 그러니까 식물 태우지 말라는 이야기 같은데, 어, 그렇다면 그냥 식물 태우고 안 얼어 죽는 것에 비해 뭐가 나은 거죠? 물론 식물에겐 많은 차이가 있겠지만 말입니다."

"아시는지 모르겠지만 저는 얼어 죽지 않았어요."

안셀이 급히 숨을 들이마셨다. 공회당 내부의 대부분의 사람들과 마찬가지로.

"사고나…… 다른 이유로 죽는다 해도? 죽으면 무조건?"

"얼어 죽든 굶어 죽든 사고로 죽든 병으로 죽든 다 되살아날 거예요. 앞으로 절대 식물을 태우지만 않는다면."

너무도 엄청난 이야기에 사람들은 기뻐해야 할지 슬퍼해야 할지도 모르는 기색이었다. 어쨌든 나는 그랬다. 머릿속에서 뭔가 빠르게 계산이 이루어지고 있는 듯한 기분은 드는데 가만히 보니 하나같이 말이 안 되는 논리들이 어처구니없는 결론만 끌어내고 있었다. 지테는 그런 우리들의 침묵 위에 자신의 낭랑한 목소리를 뿌렸다.

"일단 뻔한 이야기 좀 할게요. 참고 들어주세요. 지상의 모든 생명은 태양으로부터 오는 거예요. 그 태양으로 풀잎이 자라고, 그 풀잎을 진딧물이 먹고, 그 진딧물을 무당벌레가 먹고, 그 무당벌레를 벌이 먹고, 그 벌을 개구리가 먹고, 그 개구리를 뱀이 먹고, 그 뱀을 족제비가 먹고, 그 족제비를 늑대가 먹죠. 그런데, 이것 보세요. 풀, 진딧물, 무당벌레…… 무려 여덟 단계까지 가요. 궁리를 잘하면 열 단계도 만들어낼 수 있을 것 같지만 그건 시간 많은 분께 맡기죠. 그러니까 식물은 햇빛을 여덟 단계의 생물을 지탱할 수 있는 거대한 생명으로 바꾸는 거죠. 여러분은 엉뚱한 곳에서 기적을 찾지만 사실 여러분의 곁에서 늘 일어나고 있는 식물의 이 행동, 햇빛을 생명으로 바꾸는 것이야말로 기적에 가까워요. 하지만, 정말 놀라운 일이긴 하지만 완전한 기적은 아니에요. 무에서 유를 창조할 수는 없죠. 뭔가를 담으려면 그릇이 필요하듯이 식물도 빛을 생명으로 바꾸려면 거기에 형태를 줄 재료, 즉 담을 그릇이 필요해요. 식물 자신의 몸이 바로 그 그릇이죠. 그리고 그 그릇은 뿌리로 끌어 올린 것들로 만들어지는 것이고. 정리할게요. 식물은 뿌리로 끌어 올린 것들로 자신을 생명의 그릇으로 만들고 햇빛을 생명으로 바꿔 그 그릇에 담는다. 그리고 동물은 생명의 그릇에 담겨 생명의 형태로 고정된 햇빛을 먹는다. 별것 아닌 이야기를 괜히 멋 부려서 말한다고 여기실지 모르지만 이런 관점을, 실제를 정확히 반영하는 이런 사고방식을 가져야만 앞으로 할 제 이야기를 이해하기 쉽기 때문에 말하는 거예요. 여기까지는 어렵지 않죠?"

사람들은 고개를 끄덕였고 그러지 않은 이들도 굳이 그럴 필요가 없다고 느껴 가만히 있는 것 같았다. 지데는 만족했다는 몸짓을 해 보였다.

"좋아요. 계속하죠. 이런 체계 내에서 식물은 동물에게 먹혀도 문제가 되지 않아요. 햇빛은 언제든 무궁무진하게 쏟아지는 것이고 필요한 건 그릇을 만들 재료뿐인데, 그건 동물이 돌려주거든요. 여러 단계를 거치며 점점 식물에게서 멀어지는 것 같아도 반드시 돌아와요. 살아있을 땐 분변으로, 그리고 죽으면 동물 자신의 시신이라는 형태로. 무슨 말인지 알겠죠? 이게 생명의 대순환이라고 일컬어지는 것이죠. 사실 그릇의 순환이라고 하는 것이 낫겠지만. 그런데 말이에요. 이 세상에는 그릇 재료를 돌려보내지 않는 동물이 있죠."

"……우립니까?"

"인류에는 여러 종이 있고 공통점을 찾는다면 말을 한다거나 지성이 있다거나 하는 것들이 있겠죠. 하지만 식물이 보기에 인류는 불을 쓰는 동물이에요. 그것도 드래곤처럼 스스로 불을 만들어내는 것이 아니라 식물을 태워서 불을 만들죠. 식물은 이걸 견딜 수가 없어요. 이미 말했듯이 다른 동물들은 식물에게서 가져간 것을 식물에게 돌려보내요. 하지만 사람이 쓰는 불은? 여러분들 모두 불이 뭔지는 알겠죠. 거기선 열과 빛이 나요. 이게 문제죠. 연기와 재는 그나마 빗물에 녹아서 땅에 다시 스며들겠지요. 하지만 열과 빛이 되어 흩어진 것들은? 식물은 그걸 활용할 수 없어요. 전부 사라진다고요."

전혀 생각지 못한 이야기에 어안이 벙벙해졌다. 지데가 말한 것들 중에 내가 모르는 부분은 없다. 그런데 그걸 조합한 결과는 충격적이었다. 옆에서 이상한 소리가 들려 돌아보니 눈에 핏발이 선 덴워드가 보였다. 백금기사는 목인지 가슴인지 명확하지 않은 부위에서 도대체 어떻게 내는지 알 수 없는 소리를 내고 있었다. 하지만 그 의미는 비교적 뚜렷했다. 어쩔 수 없는 긍정.

보안관과 나, 레피란, 그리고 포인도트 부인은 연단에서 가장 먼 청중들 뒤편에 있었다. 주된 이유는 관을 떠날 수 없는 포인도트 부인이었다. 그녀를 사람들 사이에 둬도 되는지 아직 알 수 없었고, 또 관을 가지고 청중 안으로 들어가는 것도 불편했기에 우리는 판사의 관과 함께 벽 가까이 있었다. 그런데 덴워드는 언제 우리 곁으로 온 건지 모르겠다. 문득 그의 검을 내가 가지고 있다는 것이 떠올랐다. 나는 자연스러운 동작으로 양쪽 칼자루를 움켜쥐었다. 얼마나 자연스러웠는지는 모르겠지만.

"뭐, 사실 다른 동물들도 완전히 돌려보내지는 않아요. 체온이 있는 동물들이 특히 그렇죠. 어떤 동물에게 체온이 있다는 말은 자신이 섭취한 생명의 일부를 열의 형태로 바꿔 허공에 뿌린다는 뜻이니까. 그래도 체온은 그렇게 높지 않으니까 괜찮은 거죠. 하지만 사람의 낭비는 너무 심해요. 지독하다고 할 수 있을 정도죠. 이걸 생각해 보세요. 금속을 다루려면 숯이 필요하죠. 나무가 숯이 될 때 얼마나 줄어드는지 아세요? 중량비는 보통 4:1이에요. 쉽게 말해 나무 넷을 태우면 숯 하나를 얻는다는 거죠. 숯 만들 때 벌써 4분의 3이 사라져요. 그렇게 무지막지한 낭비를 하면서 숯을 얻었으면 이제 금속을 다룰 차례죠. 그런데 대장간을 구경해본 분들은 그곳이 엄청나게 덥다는 것은 잘 아시겠죠. 숯을 태울 때 그 상당 부분은 그냥 주변 공기를 데우는 데 쓰이는 거예요. 금속을 다루는 일에 쓰이는 건 극히 일부죠. 식물이 보기엔 기가 막혀 말도 안 나오는 미친 짓이죠. '가져간 것들을 돌려 보내줘야 다시 그릇을 만들고 태양을 담아서 또 보내줄 수 있는데. 저게 뭐 하는 짓이지? 다 죽자는 건가?' 그런데 최근 식물은 죽은 것을 되살려내는 능력을 가지게 된 거죠."

청중은 숨도 제대로 쉬지 못한 채 죽었다 살아난 여자를 바라보았다.

"제가 최근이라고 했지만 그건 정확한 표현은 아니에요. 앞서 말했듯이 식물은 원래 죽은 동물을 뿌리로 빨아들여서 살아있는 줄기나 가지, 잎을 만들어내는 능력을 가지고 있었으니까요. 식물이 최근에 손에 넣은 건 죽은 동물을 '과거의 형태'로 재구성하는 능력이에요. 지금까지처럼 가지나 잎, 과일 등으로 재구성하는 대신. 쉽게 말해서 죽은 자가 나무에서 다시 자라난다고 생각하면 될 거예요."

포인도트 부인이 그렇게 말하는 것을 이전에 들었지만, 여전히 으스스한 이야기다. 죽은 자가 열리는 나무라니. 훔쳐보거나 곁눈질하는 이들도 있었지만 어떤 이들은 잔파드로스 신관을 똑바로 쳐다보았다. 내가 있는 위치에선 신관의 얼굴을 볼 수 없었고 약간의 뒷모습만으로는 신관의 심리를 알 방법이 없었다.

"그래서 식물은 그 힘을 이용하여 인류의 생존을 보장하는 대신 인류가 불을 포기하게 하겠다고 결정한 거예요. 이건 차라리 구원에 가까워요. 지금 같은 방식이라면 결국 인류도 멸망하게 될 거예요. 인류가 식물을 태우면서 생명의 그릇 재료를 돌려보내지를 않으니 식물도 아무리 태양 빛이 쏟아진다 해도 그걸 담을 그릇을 만들 수가 없으니까요. 결국 인류는 식물을 다 불태우고 세상을 잿더미로 만든 다음 멸망할 거예요. 그런 멸망을 피하려면 식물을 태우는 짓을 그만둬야 하죠. 하지만 그러면 우리는 살 수가 없죠. 진퇴양난이죠. 그런데 생존을 책임져주겠다는 엄청난 제안을 받은 거잖아요. 그것은……"

"영생이야!"

포인도트 부인이 느닷없이 고함을 지르는 바람에 펄쩍 뛸 뻔했다. 놀라서 돌아보는 사람들을 향해 포인도트 부인은 승리감에 몸부림치며 외쳤다.

"영원히 사는 거라고! 죽지 않아! 내가 뭐랬어. 내가 뭐라고 했냐고!"

지데는 고개를 가로저었다.

"부인. 그건 아니에요. 노화가 있으니까."

"예? 노화?"

"이렇게 생각해 보세요. 여든 살에 죽은 카닛을 되살려내면 여전히 여든 살 먹은 카닛이죠. 되살아난 보람도 없이 얼마 있지 않아 또 죽겠네요."

"아······? 어, 그건······ 예?"

"그런 사람을 계속 되살려내는 건 잔인하지 않아요? 물론 그렇게라도 계속 살고 싶어 하는 사람이 있을 수도 있죠. 그걸 평가하진 않겠어요. 하지만 식물이 그 소망을 들어줘야 할 이유는 없어요. 예. 식물은 여러분에게 거짓말을 할 생각은 없어요. 그럴 이유도 없고요. 식물의 제안은 여러분이 앞으로 식물을 태우지 않는다는 조건으로 늙어 죽을 때까지의 삶을 보장해 주겠다는 거예요. 영생? 안 돼요. 노화 때문에 의미가 없어요. 늙어 죽은 사람은 되살아나지 않을 거예요. 그분들은," 지데는 정확히 잔파드로스 신관 쪽을 보며 말했다. "신에게 가는 거죠. 그리고 내세에 그분들이 받아야 하는 것들을 받게 되겠죠."

뒷모습밖에 보이지 않았기에 순전히 내 상상이지만 잔파드로스 신관은 폭발시킬 기회를 기다리던 분노를 갑자기 뺏긴 것 같았다. 지데는 자신 있게 말을 이었다.

"하지만 사고나 질병 등으로 제명에 못 죽은 사람은 되살아나게 될 거예요. 겉보기엔 굉장한 차이가 있지만, 의미만 놓고 보면 사실 우리가 이미 하고 있는 일과 같아요. 지금도 우리는 아플 땐 약초를 먹으면서 어떻게든 늙어 죽을 수 있을 때까지……"

포인도트 부인이 달려들듯 말했다.

"그러면 서니는 되살아나는 거죠?"

"음, 저, 부인. 그런데 서니가 누구죠?"

"예? 어떻게 몰라요! 식물왕이 당신을 되살려줬는데! 식물왕에게 검을 만들어줄 야채 뱀파이어를 보호하고 데려간 것이 누군데!"

"제가 모든 것을 아는 건 아니에요. 제가 사람들에게 전해야 하는 것만 알고 있죠. 그러니까 부인께서 식물을 위해 어떤 일을 했고 그 대가로 그 서니라는 사람이 되살아나길 바라시는 건가요?"

"내 딸이에요! 서니는 내 딸이라고! 불쌍하게 죽은 내 딸. 왜, 왜 당신이 되살아난 건데. 내 딸이 아니고!"

지데는 이 폭언에 그냥 고개만 갸웃했다.

"미안하게 됐네요. 그런데 그 이유는 알 것 같군요. 따님이 죽은 것이 언제죠?"

"닷새 전이에요!"

열흘 전일 수도 있고. 닷새 전은 서니를 땅에서 꺼낸 날이다. 그게 고작 닷새 전이었나? 지데가 말했다.

"그렇다면 식물이 뿌리로 따님을 흡수할 시간이 없었을 텐데요."

"예?"

"부인. 제 말 못 들으셨어요? 식물은 죽은 동물을 흡수해서 재구성한다고요. 닷새 전이라면 아직 따님은, 음, 식물이 쉽게 흡수할 수 있는 형태가 아닐 텐데요. 저는 그런 형태였을 테고요. 제가 죽고 나서 몇 년 지났죠?"

급하게 숨 들이마시는 소리와 희미한 구역질 소리 같은 것이 들렸다. 있을 리 없는 소리지만 사람들의 안색이 확 바뀌는 소리도 들리는 것 같다. 머리가 아프고 속이 메슥거리고 팔다리가 저려 왔다. 그래서인가? 그래서 지데인가? 나를 심근경색으로 죽이려고 지데가 온 것이 아니라 지데가 죽은 지 몇 년 지났기 때문에 시신이 충분히……

"그리고 그 애가 어린가요? 그렇다면 지금 제가 하는 것처럼 이야기하기는 어려울 텐데요. 식물은 그래서 저를 전령으로 선택한 거라고 생각해요."

"그러면, 그러면 서니는 언제 돌아오는 거죠?"

"부인. 그러니까 시간이……"

"썩어야 해요?"

"음. 예. 부인. 맞아요. 2, 3년이면 충분할 거라고 생각해요."

포인도트 부인이 털썩 주저앉았다. "2, 3년이라니." 부인은 넋이 나간 듯이 계속 중얼거렸다. "하지만 되살아나…… 돌아오는 거야…… 2, 3년이라니?"

조만간 우리 시에 소화불량 환자가 대량으로 발생할지도 모르겠다. 사람들은 부인에게 잘됐다고 말해야 할지 그러지 말아야 할지 알 수가 없어서 곤혹스러운 것 같았다. 지데는 다짐하듯 말했다.

"물론 사람이 앞으로 식물을 태우는 짓을 그만두어야 하고요."

포인도트 부인이 귀를 쫑긋 세웠다. 잠깐 동안이지만 그녀는 '언제 그렇게 말했냐!'고 따지려는 것처럼 보였다. 물론 그럴 수야 없었다. 지데는 '처음부터' 그렇게 말했으니까. 지데는 다시 청중 전체를 향해 말했다.

"저 부인께서 방금 좋은 것을 지적해 주셨어요. 예. 시간은 좀 걸려요. 죽자마자 되살아나는 건 아니에요. 하지만 분명히 되살아나긴 해요. 지금의 저처럼. 식물은 그걸 증명해 보이기 위해서 저를 보낸 거예요. 앞으로 식물을 태우지 않는다면 우리 모두 그렇게 될 수 있어요. 무슨 사고를 당한다 해도 몇 년만 지나면 되살아나요. 우리가 식물에게 저질러온 짓들에 비하면 이건 정말 황송하리만큼 관대한 제안 아닌가요?"

어젯밤부터 눈도 제대로 못 붙인 채 하루 종일 온갖 희한한 일을 다 겪은 레피란이 꾸벅꾸벅 조는 모습을 보자 마그파라 판사는 '안에 들어가 쉬면 어떻겠냐'고 제안하며 관을 가리켰다. 나는 판사가 좀 괴상한 농담을 하나 생각했지만, 레피란은 비어 있는 관에 태연하게 들어가 눕더니 편안하게 잠들었다. 저걸 신경이 굵은 거라고 해야 할지 익숙함이라는 건 참 대단하다고 해야 할지 모르겠다. 생각해 보니 두 사람이 밤에 이동하거나 할 땐 저러는 것이 합리적일 것 같다. 레피란은 자주 관을 이용했던 것이겠지. 고맙게도 관뚜껑이 덮이는 바람에 정신 산만해지는 광경은 오랫동안 보지 않아도 되었다.

마그파라 판사는 포인도트 부인에게 관 곁에 머물지 않아도 된다 말했고 보안관은 그녀에게 유치장에 들어가 눈 좀 붙이라고 말했다. 포인도트 부인은 서니가 부활하게 된 것에 기뻐해야 할지 그게 몇 년 뒤의 일이라는 것에 슬퍼해야 할지 알 수 없어서 혼란스럽던 차에 조용히 생각을 정리할 수 있게 된 것이 반가운 눈치였다. 그리하여 보안관 사무실엔 레피란이 들어 있는 관을 제외하면 보안관과 나, 덴워드 이카드, 시엔피르 마그파라 판사, 그리고 지데가 남게 되었다.

이건, 굳이 명칭을 붙이자면 거수자 불심검문 정도가 될 것 같다. 사실대로 말하자면 시장이 자신의 끔찍한 골칫거리를 마침내 우리한테 떠넘긴 것이 될 테고. 아마 우리 보안관 사무실이 지데의 신빙성을 조사하고 대응의 필요성이나 방법론 등을 정하게 되는 것이겠지. 이파리 보안관이 보안관 사무실에서 이야기 좀 하자고 말하자 지데는 순순히 따라왔고, 모두가 자리를 잡은 후엔 환하게 웃으며 우리들의 턱에 한 방을 날렸다.

"그래서, 언제 시작할 건가요, 판사님?"

아무도 그걸 입 밖에 내진 않았지만, 보안관과 나, 마그파라 판사 모두 제일 처음 무슨 일이 일어날지 알고 있었다. 그리고 덴워드는 모르겠지만 지데는 이미 알고 있었던 모양이다. 그 일은 일어나지 않았다. 마그파라 판사는 고개를 가로저었다.

"당신을 매혹할 수 없을 것 같소. 아가씨."

이파리 보안관이 벌떡 일어나 칼자루에 손을 얹었다. 그 얼굴엔 분노와 함께 승리감도 함께 떠올랐다.

"자, 이제 정체를 밝히시지. 너 뭐 하는 괴물이야?"

"하?"

"너 사람 아니잖아!"

지데는 콧방귀를 뀌더니 마그파라 판사에게 설명하라는 듯한 눈짓을 보냈다. 판사는 지데의 초상화를 그리는 화가가 된 양 그녀를 면밀하게 살피며 말했다.

"하드투스 보안관. 비유가 어떨지 모르겠는데, 나 같은 사람은 품질에 비해 가격이 싼 물건이 있으면 필요성과 상관없이 그 자체로 매혹을 느낀다오." 두 세기 반 넘게 산 판사의 거짓말 같았지만, 비유로 받아들이기로 했다. "그래서 꼭 필요하지 않은 것이라도 그걸 사고 싶어져. 그걸 사면 돈을 버는 것 같고. 하지만 진짜 부자들, 돈이 좀 많은 정도가 아니라 상식을 뛰어넘는 부자들은 안 그런다더군. 그들은 필요가 없으면 그냥 안 사. 돈이 많아서 얼마든지 살 수 있는데도. 어린 친구들은 그런 모습에 의아해하지. '꼭 필요하지 않다 해도 돈이 많으니까 얼마든지 사도 되는데? 나라면 그럴 텐데.'라고 생각하지. 하지만 보안관 같은 지긋한 사람이라면 왜 그런지 아리라 믿소."

보안관은 초조감을 애써 억눌렀다.

"예. 저 같은 사람에게 가격이 싸다는 건 장점이죠. 하지만 부자에겐 애초에 가격이 아무 문제가 되지 않으니까 가격이 저렴하다는 것도 특별히 장점이 아니지요. 장점이 없으니까 구미가 당기지 않는다는 당연한 이야기입니다. 그런데요?"

"내가 보기에 이 아가씨는 살고자 하는 마음이 없소. 그런데 그 말이 일반적으로 일으킬 수 있는 오해와는 다른 방식으로 그런 것 같소. 그래서 먼저 어쭙잖은 비유를 든 거요. 그러니까 이 아가씨의 태도는 물건 가격에 대한 부자의 그것과 유사한 듯하군."

멍한 기분이 되었다가, 어렴풋이 이해를 하고 나자 더욱 멍해졌다. 절대 죽을 일이 없다고 확신한다면 살려고 애쓸 마음도 생기지 않는다는 건가?

그게…… 그렇네?

"매혹의 기저에는 사실 파괴의 위협이 담겨 있소. 거칠게 표현하면 자기를 죽일 수 있는 것에 영합하려는 심리 작용이지. 사람이 무언가에 매료된다는 건 대개 그러하오. 꼭 육체적 위험만을 말하는 건 아니오. 자신의 세계관을 파괴하는 걸작, 혹은 놀라운 재능 같은 것도 같은 이치지. 미남이나 미녀? 세상에서 제일 사랑스러운 존재라는 자신의 위치를 위협하지. 자기를 위협하는 것에 매료되는 거요. 물론 그것을 혐오할 수도 있고…… 사람의 마음이란 건 복잡하니까. 어쨌든 기본 구조는 그렇소. 그런데 이 아가씨는 죽을 것을 두려워하지 않소. 정확히 말하면 죽음 자체를 꺼리지 않는 것 같군. 그래서 나는 이 아가씨에게 위협이 되지도 않고 이 아가씨를 매혹할 수도 없을 듯하오."

죽어도 되살아나니까. 이미 그랬으니까. 지데가 말했다.

"매혹한 다음 사실만을 말하게 할 작정이었죠? 그럴 필요 없어요. 전 사실만 말하고 있으니까."

가만히 듣고 있던 텐워드가 처음으로 입을 열었다.

"유예 기간이 120일이라고 했죠. 120일 후 우리가 식물을 태운다면 어떻게 되는 겁니까?"

지데는 대답할 듯 입을 조금 벌렸지만, 말을 꺼내는 대신 다시 입을 다물고 빙긋 웃었다. 덴워드는 목을 꿈틀거렸다.

"우리가 혹시 사고나 질병으로 죽으면 되살아날 수 없게 되는 겁니까? 그런데 그거 친숙한 상황 같은데요."

"식물을 안 태우면 우리가 다른 방법으로는 절대 얻을 수 없는 엄청난 것을 얻을 수 있는데 왜 태워야 하니?"

"불이 없으면 우리 문명을 도저히 유지할 수 없으니까. 우리의 모든 것은 불에서 나오는 거니까."

"그러면 석탄이라도 태워. 모든 산을 민둥산으로 만들고 모든 들판을 황무지로 만들지 않아도 되잖아."

"……석탄은 너무 비싸요. 땅속에서 캐내야 하니 위험하고, 또 더럽죠. 캐내면 다시 자라나지 않고."

"식물도 다시 자라나지 않아. 아까 다 설명했잖아. 지금 사람이 하는 방식으로는 식물도 재생할 수 없어. 원시림이라는 이름이 생긴 건 그게 따로 구분지을 만큼 귀해졌기 때문이겠지? 모든 숲이 원시림이라면 원시림이라는 말이 필요하지도 않잖아. 우리는 더 이상 옛사람들처럼 산더미 같은 화장단에 영웅의 시신을 얹어놓고 태우면서 기분 낼 수 없어. 시신은 그냥 얌전히 땅에 묻어야 하지. 왜 그렇지?"

덴워드는 허를 찔린 표정이었다. 그리고 나도 기가 막혔다. 정말 그렇군. 원시림이라는 말이 있다는 건, 영웅의 시신이 놓인 화장단과 밤하늘로 치솟는 불기둥에 관한 묘사는 옛날 서사시에서만 볼 수 있는 이유는…… 정말이야. 그리고 그런 내게 지데가 다시 강타를 날렸다.

"이 도시만 봐도 그래. 사실상 제국 내에 충분한 식물이 없다 보니 개척도시를 만들 필요가 생긴 것 아냐. 제국 내에 식물이 충분하다면 왜 외딴곳을 개척을 해야 해? 숲을 베고 싶은 만큼 베어내도 계속 숲이 되살아난다면 뭣 하러?"

우리 도시는 좋은 광물이 많이 나기 때문에 생긴 거라고 정정하고 싶었지만 아무래도 눈 가리고 아웅 하는 짓이 될 것 같다. 도시의 주요 수익이 광업뿐이라면 굳이 여러 종족이 모여 사는 도시가 생길 이유는 없다. 노움이나 고블린, 키는 크지만 네 발로 쉽게 돌아다니는 카넛 등 광업에 유리한 종족들로만 구성된 도시 쪽이 훨씬 유리하다. 쉽게 말해서 광업에 종사하지도 않는 인원들이 함께 거주하면서 광부들에게 돌아갈 물자들을 소비한다면 광산 도시로는 비효율적이라는 말이다. 이 소도시는 다른 개척도시와 마찬가지로 고향을 떠나온 이들이 만든 도시이고 고향을 떠나 개척을 나서야 했다는 건, 물론 모험심의 충족이라는 낭만적 이유로 위장할 수도 있겠지만, 현실적으로 본다면 고향에 뭔가가 부족해졌다는 뜻이리라. 그리고 덴워드도 이미 말했고 우리 모두가 잘 알듯이 우리의 모든 것의 기본은 불이다. 태울 것이 부족해서 개척을 나서는 것이다? 부정하기 힘든 단순 명확한 진실이다.

"인류는 이미 자살하고 있어. 자기 발판을 태워버리고 있지. 그게 다 타버리면 추락할 거야. 인류 스스로가 식물을 태우는 짓을 줄여야 할 판국이야. 그래서 현명한 황제들께서 도벌을 강력 범죄로 취급하여 중하게 벌하도록 하시고 보호림을 곳곳에 지정하신 거잖아. 똑똑한 사람들, 앞날을 내다볼 줄 아는 사람들은 알고 있다는 거지. 하지만 상당수 사람들은 사는 문제 때문에 그런 걸 생각하기 어렵고, 식물 부족을 몸으로 체감하기가 어렵고, 식물 태우기를 중단할 경우 피해가 너무 커서 중단할 수가 없지. 그런데 식물이 그 피해를 벌충해주겠다는 거야. 지성이 있다고 자부한다면 받아들이는 것이 당연하잖아."

덴워드가 험악하게 상체를 내밀었다.

"우리가 정말 머리가 나쁘고 근시안적이고 자기파멸적인 동물이라서 그래도 식물을 계속 태운다면?"

지데는 한숨을 쉬었다.

"식물은 실력 행사를 할 거야. 인류의 숫자를 대폭 줄이겠지. 그리고 그 경우 부활은 없어."

"역시 그렇군요. 어떻게 실력 행사를 할 겁니까? 나무가 지나가는 사람의 정수리를 잘 겨냥해서 쓰러지기라도 할 겁니까?"

덴워드의 의식적인 조롱조에도 불구하고 실포 언덕을 생각하지 않을 수 없었다. 나무 사이에서 꼼짝 못 하던 케이토의 모습과 보안관이 구해줄 때까지 풀들에 붙잡혀 있어야 했던 내 모습이 떠올랐다. 실력 행사? 식물의? 웃을 수가 없었다.

"나는 몰라. 내가 할 일과 상관없는 거라서 알려주지 않았나 봐."

이파리 보안관이 송곳니를 내밀었다.

"알려줬다? 누가, 어떤 식물이 너한테 이 모든 걸 알려준 건데?"

"어머, 보안관님. 식물이 무슨 말을 해요."

"팔찌 벗어."

보안관을 잠시 살핀 지데는 두 손을 들어 만류하는 손짓을 해 보였다.

"미안해요. 보안관님. 말해봐야 받아들이지 않을 것 같아서 저도 모르게 그랬어요. 사실대로 말하죠. 식물은 저한테 말을 하지 않았어요. 저는 그냥 알게 되었고요."

"듣고 있어."

"거기에 대해선 더 말할 것도 없어요. 식물은 제가 알아야 할 것들을 알게 한 상태로 되살려낸 것 같아요. 전 어딘지 모를 숲에서 되살아났어요. 이 도시 근처의 숲이겠지만 설명을 할 수가 없네요. 그냥 나무와 꽃이 많았다는 것밖에. 그렇게 신경도 쓰지 않았어요. 왜냐하면, 저는 제가 죽었고, 되살아났고, 그렇게 한 건 식물이고, 우리는 120일 내에 식물 태우기를 중단해야 한다는 사실 등등을 알고 있었거든요. 그걸 누구에게 듣거나 어디서 읽은 기억은 전혀 없었고요. 주위가 제대로 눈에 들어오겠어요? 저도 제가 알고 있는 사실에 놀라서 주변의 나무들에게 말을 걸어봤어요. 하지만 나무나 풀이 대답을 하지는 않았어요. 대신 이 옷과 제 팔찌들이 땅에 놓여 있는 것을 발견했죠. 그제야 제가 토끼나 다람쥐와 같은 차림새라는 것을 깨달았고요." 지데는 망토를 조금 벌려 수의를 내비쳤다. "이거 저 묻을 때 입혔던 옷이에요? 그렇군요. 어쨌든 급히 이걸 입은 다음 대답을 해줄 수 있는 식물이 있지 않나 찾으며 계속 걸어 다녔어요. 아마 저도 모르게 아래쪽으로 걸었던 것 같아요. 올라가는 것보다는 그게 편하잖아요. 그러다가 갑자기 키 큰 나무들이 사라졌고, 도시가 보였고, 사람들이 보였어요. 그다음부터는 보안관님이 목격자죠."

보안관은 입을 다물고 자신이 들은 말을 정리하는 것 같았다. 덴워드가 내게 질문했다.

"이 여자의 무덤도 거기 있습니까?"

나는 고개를 끄덕였다. 덴워드는 다시 지데에게 물었다.

"거기는 묘지였습니다. 혹시 다른 사람을 못 봤습니까? 야채 뱀파이어나 카넛은?"

"이미 말했듯이 못 봤어. 거기가 묘지였어? 그렇게는 안 보이던데."

"그러면 식물왕도 못 봤습니까?"

"식물왕이 도대체 뭐야? 아까 그 부인도 계속 그렇게 말하던데."

"맙소사. 당신을 되살려낸 것이 식물왕입니다! 죽은 걸 살려낼 수 있다고 일컬어지는 존재란 말입니다. 그게 예언입니다. 어떤 야채 뱀파이어가 동물을 배신하고 식물왕의 검을 재배할 것이다, 그 검을 쥔 자가 모든 식물을 지배하게 될 것이며 죽음을 추방할 것이다!"

"아하. 그런 예언이 있었구나. 왜 애가 여기 있나 했지. 넌 그 예언 때문에 온 사람인 거야? 그러면 물어봐도 되겠네. 왜 진작 그 검을 재배하게 해서 식물왕이라는 것이 나타나게 하지 않았어?"

"뭐라고요?"

"죽음이 없어진다면서? 그런 예언이 있었다는 걸 알았다면 진작 그렇게 했어야지."

덴워드의 온몸에서 핏기가 빠져나가는 것 같았다.

"무슨…… 아둔한…… 소립니까! 어떻게 우리의 존재를 스스로 그렇게 격하시킨단 말입니까. 어떤 존재가 죽음을 무효화시킬 수 있는 힘을 가지고 있다면 다른 자들은 그자에게 있어 전부 죽어도 상관없는 것이 된단 말입니다!"

"어? 아? 흠. 그것도 말 되네. 그런데……"

"당신만 해도 사람들의 떼죽음을 가지고 농담을 하지 않았습니까! 120일 후에 인류의 1/3이 얼어 죽을 거라고? 어? 그게 할 소립니까? 사람이 죽어도 아무 상관이 없었던 거잖습니까!"

지데의 눈이 화르륵 불타올랐다. 하지만 그녀는 언성을 높이는 대신 더 낮췄다.

"경험자라서."

나도 모르게 박수를 칠 뻔했다. 만약 그랬다면 나 자신이 제일 심하게 나를 경멸했을 것 같다. 덴워드는 힘이 죽 빠진 얼굴로 멍하니 지데를 바라보았다. 그가 회복할 시간을 벌어주고 싶었던 건 아니지만 어쩐지 나도 한마디 할 수 있는 기회가 온 것 같아서 내가 말했다.

"그런데 당신, 왜 케이토에 대해선 아무 말도 하지 않는 거지?"

"자기? 무슨 말을 하는 거야?"

"당신이 나타나고서 제법 시간이 지났는데 케이토가 아직까지도 얼굴을 비치지 않는 걸 이상하게 여기는 눈치가 없어서."

"응? 설마 케이토가 여기 있는 거야? 그러고 보니 아까 그 부인도 케이토 이야기를 한 것 같은데."

혼란스러워하다가 내가 아는 것을 남도 알 거라 넘겨짚었다는 것을 알게 되었다. 지데가 죽었다 되살아났다면 케이토가 약혼녀의 무덤이 있는 땅에 정착했다는 건 알지 못할 수도, 아니, 알지 못할 것이다. 나는 간략히 상황을 설명했다. 지데는 입을 가린 채 고개를 숙였다.

"항상 이상한 데서 바보 같더니. 진짜 멍청하게 구네." 그녀가 고개를 들었다. "죽여줘서 정말 고마워, 티르. 얼간이와 자동 파혼이잖아."

이런 말에 대꾸할 수 있는 달변가가 있을지 몰라도 그 재주가 딱히 부럽지는 않다.

"그래서, 저 숲으로 뛰어들어갔다고?"

"마지막으로 봤을 땐 가지와 넝쿨 같은 것에 얽혀서 꼼짝 못 하는 모습이었어. 그리고 곧 보이지 않게 되었고."

"식물이 그런 일도 할 수 있는 건가. 그러면 실력 행사라는 것도 충분히 가능하겠네."

갑자기 깨달은 두 가지 사실에 소름이 돋았다. 지데는 케이토가 죽었다고 생각하고 있다. 그리고 그 사실에 아무런 불만이 없다. '그래도 되살아날 테니까?' 어느샌가 기운을 되찾았는지 덴워드가 어떻게든 트집을 잡고 싶다는 바람을 숨기지 못한 채 말했다.

"알아야 할 것을 다 안 상태에서 되살아나 여기로 보내졌다? 그렇다면 당신은 그냥 편지나 다름없군요. 편지를 붙잡고 이것저것 물어봐야 의미는 없죠. 거기 적혀 있는 것 이상을 절대로 말할 수가 없을 테니!"

"이 편지지 좀 봐. 정말 예쁘지?"

"거짓말이 쓰여 있어도 편지는 모를 테고!"

"응?"

"당신은 식물이 알아야 된다고 결정한 것을 알고 있는 것뿐이잖습니까. 식물이 처음부터 당신을 속일 작정이었다면? 그래서 우리한테 엉터리 정보를 전달하려 한 것이라면? 그 얼어 죽을 120일인지 뭔지는 단지 우리를 혼란시키고 당황하게 만들어서 시간을 벌려는 수작이라면?"

"시간을 벌어서 뭣 하게?"

"식물왕이 정말 나타나긴 했습니까? 당신은 아무것도 못 봤다고 했습니다. 야채 뱀파이어가 식물왕의 검을 재배하고 누군가가 그 검을 쥐어야 식물왕이 되는 겁니다. 그런데 그 야채 뱀파이어가 실종된 지 아직 만 하루도 되지 않았어요. 그 사이에 식물왕의 검을 재배했다고? 재배입니다! 그건 분명히 시간이 걸린다는 뜻…… 그런데…… 죽은 사람이 벌써 돌아왔다고?"

덴워드는 뭐가 뭔지 모르겠다는 얼굴로 지데를 바라보다가 두 손으로 머리를 감싸 쥐고 허리를 숙였다. 지데는 뺨을 받친 채 덴워드를 바라보며 어떻게 할까 고민하는 것처럼 보였다. 그녀의 결정은 위로였다.

"얘. 너무 속상해하지 마. 나쁜 일은 없어. 응. 그러니까 자존심 문제인 거지? 네가 죽어도 되살려주는 자가 있다면 막 비굴해지는 것 같고 그자에게 네 생사가 달려 있는 것 같고, 그런 거지?"

덴워드는 어떻게 그런 어처구니없는 착각을 할 수 있느냐는 듯이 지데를 노려보았다. 조금 머뭇거린 지데는 다시 자신감을 끌어모아 상냥하게 말했다.

"이건 거래야. 서로 대등하게 맺는 거래. 사람은 식물을 더 태우지 않는다. 대신 식물은 그로써 사람이 잃게 되는 생존 가능성을 보장한다. 단적인 예로 얼어 죽을 수 있으니까. 그래서……"

"그로써 생은 존중할 수 없는 것이 되겠군요."

"얘."

덴워드가 목을 뒤로 꺾다시피 하며 머리를 들어 올렸다. 그는 핏발 선 눈으로 지데의 아름다운 얼굴을 올려다보다가 천천히 허리를 폈다.

"아까 포인도트 부인 덕분에 확실히 깨달았습니다. 사람이 안 죽는 다면, 안 죽으려고 하는 모든 행동을 하지 않아도 되겠군요."

"응?"

"그렇잖습니까? 일? 왜 합니까. 그런다고 굶어 죽겠습니까. 가지고 싶은 것이 있으면 그냥 그 소유자를 패 죽이고 가지면 되겠군요. 그런 다고 정말 살인자가 되는 것도 아닌데. 내가 거꾸로 당할 가능성? 그게 뭐 어쨌다는 겁니까. 죽지 않는데. 그러니 더더욱 뭘 가지려고 애쓸 필 요가 없죠. 그래 봐야 다른 자들에게 두드려 맞겠다는 소리밖에 더 됩 니까. 그리고 어차피 아무것도 가지고 있지 않아도 죽을 일이 없는데. 훌륭한 악순환이군요."

"하아…… 옆에 계신 보안관님에게 한 번 물어봐. 수감이 왜 벌이냐 고. 먹여주고 입혀주고 재워주면서 살기 위한 일을 아무것도 할 필요 가 없는 환경을 제공해주는 건데 그게 어째서 벌이냐고. 목소리를 잃 은 가수가 왜 절벽에서 몸을 던지고 풀릴 듯한데 아무리 애써도 안 풀 리는 문제 앞에서 수학자가 왜 발광한다고 생각하니? 노래를 부르지 못해도, 그따위 수학 문제 풀지 않아도 사는 것에는 아무 문제가 없는 데? 얘, 넌 눈사람도 만들어본 적 없니? 아침에 일어나 눈이 하얗게 내린 모습을 보곤 따뜻해지면 다 녹아버릴 아무짝에도 쓸모없는 걸 만들기 위해서 급히 달려나가 본 적 없어?"

"……모든 사람이 죽을 걱정이 없어지면 미를 추구하고 지식을 탐구하고 자신을 발전시킬 거란 말입니까? 그것참 사람에 대한 예리한 관점이군요."

"비꼬는 거야? 실제로 일어난 일인데? 역사 공부 좀 하지 그러니."

"뭐라고요?"

"사는 문제에서 해방되면 모두가 아무것도 하지 않는 나태와 퇴폐와 야만이 도래할 거라고? 그렇게 말하고 싶니? 역사를 돌아보면 가장 많은 사람을 사는 문제에서 해방시킨 민족은 농경민족이야. 농경민족은 더 작은 공간에서 더 많은 생산물을 더 쉽게 얻었어. 그리고 우리가 멋지고 훌륭하다고 생각하는 건 거의 대부분 그자들이 만들어낸 것이고. 유목민족은 자기 먹을 것 찾느라 분주해서 다른 걸 만들어낼 여유가 없었으니까. 그래서 끝내주는 발라드를 남긴 유목민족은 많아도 쓸 만한 소나타를 만든 유목민족은 드문 거지. 소수만 생산 노동을 해도 전체 구성원이 살 수 있는 농경민족만이 먹을 것 찾아다니지 않아도 되는 전문가들을 기를 수 있었고 그 전문가들이 고도의 예술과 우월한 학문, 복잡한 정치와 경제 등을 만들어냈어. 그걸 모르니?"

그럴 리가 없다. 나 같은 자도 아는 걸 황족이 모를 리가. 과연 덴워드는 내가 상상도 못 할 방식으로 맞받아쳤다.

"허튼소리! 그 집단들은 항상 구성원들이 서로를 죽일 수 있었습니다. 그러니 만인을 만인에게서 보호하기 위해 예절과 규칙과 법규가 발생할 수 있었고! 지붕 아래에 들인 자는 반드시 보호한다거나 손님을 신령으로 여기는 관념 등 비슷비슷해 보이는 접대 관습이 세상 곳곳에 있는 이유가 설마 보편적인 인류애 때문이라고 말할 겁니까? 자기가 낯선 곳에서 살해당하지 않으려면 자기도 낯선 이를 보호해야 하기 때문이죠, 아닙니까? 복잡한 정치? 추장과 전사 계급은 뭔데요? 공물이나 돈, 노동력을 바치지 않으면 죽이겠다는 협박을 할 수 있어야 나타날 수 있는 자들이잖습니까!"

……오우. 지데는 인정한다는 듯 고개를 끄덕였다.

"훌륭한데. 역사 공부 좀 하라는 소리는 섣부른 것이었음을 인정하고 사과할게. 나름 관점이 있구나. 그래서……"

덴워드의 말은 끝난 것이 아니었다.

"계부에게 지속적으로 성폭행을 당하는 어떤 소녀가 있다 가정해보죠. 비현실적인 가정은 아니죠, 예? 어느 날 그녀는 도저히 견딜 수 없어서 계부를 부엌칼로 찔러 죽였습니다. 모든 용기를 끌어모아 그렇게 했죠. 그런데 당신 말대로라면 그 계부는 몇 년 뒤에 되살아나는 겁니까? 그리고 다시 의붓딸을 강간하고요? 그녀가 자신의 끔찍한 처지에 절망해서 자살할 수도 있겠죠. 하지만 그녀는 몇 년 뒤에 되살아날 텐데요. 그리고 계부한테 계속 강간당해야 합니까?"

"그 새끼를 잡아서……"

"사형이오? 그게 의미가 있습니까?"

지데는 살기등등한 표정을 지었다. 하지만 그 얼굴 한구석엔 불안감도 있었다. 덴워드의 목소리가 조금씩 높아졌다.

"그렇잖습니까. 우리가 도저히 같이 살 수 없는 어떤 개자식을 매달아 죽인다 해도 몇 년 뒤엔 그 개자식이 살아나는 것 아닙니까? 그러면 다시 매달아야 합니까? 사형은 두 번 집행할 수 없는 것이 불문율입니다만, 그걸 바꿔야 합니까? 매달지 말고 목을 자를까요? 그런데 당신도 그런 식으로 죽었다고 들었습니다. 지금 모습을 보니 그것도 쓸모가 없는 모양이군요. 그렇다면 무슨 수단으로……"

지데가 한 손을 들었다. 덴워드는 덤벼들 듯 — 혹은 도망칠 듯? — 몸을 긴장시켰지만 입을 다물긴 했다. 잠시 후 지데가 약간 목멘 채로 말했다.

"그래서 넌 모두가 서로를 어떻게 할 수 없으면 아무도 서로를 존중할 수 없으니까, 결국 어떤 것도 이루어지지 않을 거라고 말하고 싶은 거니?"

"그렇게 표현하고 싶다면, 예. 좋습니다. 그렇습니다. 그게 식물왕이 우리에게 주려는 세상입니다. 아마 식물이라서 모르고 그랬을 수도 있지만, 그건 인류가 맞이할 수 있는 최악의 멸종입니다."

"……개인적 이해가 얽혀 있는 사람의 말이라 별로 무게가 느껴지진 않겠지만, 나는 그렇게 생각하지 않아. 비명횡사하지 않는다는 건 좋은 것이야. 그리고 한계까지 보장된 삶은, 그때까지는 보장이 없어서 미처 주목하지 못했던 것들에 대한 사람의 관심을 자극할 거라 예상해. 그리고 그게 뭘지 기대돼."

몇 번째 이 말을 되뇌는지 모르겠지만 하지 않을 수 없다. 지데가 저런 사람이었나? 케이토는 자기가 돌보지 않으면 감당할 수 없는 사고를 처버릴 것이 분명한 아슬아슬한 여자를 놔둘 수 없다는 마음과 애정을 혼동해서 결혼을 결심했던 것이 아니었나? 아니면 이건 죽다 살아나면 사람이 변한다는 흔한 말로 간단히 설명할 수 있는 것인가? 지데는 분명 그 누구보다 확실하게 그 전제조건을 달성했다.

지데가 언급한 개인적 이해라는 말에 덴워드는 더 이상 토론을 계속할 의욕이 사라져버린 듯했다. 뜨겁게 진행되던 대화는 촛불이 꺼지는 모습을 연상시키는 형태로 중단되었고 지데는 마그파라 판사에게 말했다.

"일단은 제도로 가야 할 것 같아요. 음. 제가 정확하게 알고 있는 건지 모르겠지만, 판사님께서는 황제 폐하에 대해서만 책임을 지죠?"

"원칙적으로는 그렇소. 물론 현실이야 좀 다르지만. 황제 폐하께서 내 지원 업무를 처리하고 계실 수야 없잖소. 아마 폐하께서는 내 존재도 모르실 거요. 내가 착임한 건 선선제 때니까."

"아하. 그래도 판사님께선 알현을 요구할 수 있죠?"

"요구는 불가능하오. 폐하껜 그 무엇도 요구할 수 없소. 하지만 실용적인 의미라면, 가능하오."

"그럼 판사님께 도움을 부탁드려야겠네요. 전 죽었다 살아난 사람이라는 명목으로 이 사람, 저 사람이 돌려 보는 희귀한 구경거리가 되고 싶은 생각은 없어요. 사람들 대하는 건 아무래도 저 같은 사람이 훨씬 많아진 후가 좋겠어요. 120일이 그렇게 많은 시간도 아니고요. 그러니 되도록 폐하께 바로 보고하고 싶어요. 다른 누구보다도 폐하께 보고하는 것이 가장 확실하게 제 임무를 다하는 것일 테니까. 판사님께서 그걸 도와주실 수 있으실까요?"

"……당장은 뭐라 대답하기 어렵소. 물론 이런 사태를 보고하지 않을 수는 없지만, 일단은 내 늙은 머리를 혹사시키고 다른 이들의 지혜도 구해야 할 것 같소. 그건 내가 깨어 있는 동안, 그러니까 밤 동안만 가능하오. 이동이라면 내겐 낮 동안 이동을 책임질 수 있는 서기가 있으니 언제라도 가능하오."

"알겠어요. 그러시죠."

그리고 지데는 자신이 죽기 전 묵었던 여관에 선불을 냈었다고 말하며 ― 며칠 전의 일인 것처럼 말했다. ― 거기로 가서 자겠다고 했고 밤중에 여관이 뒤집어질 것을 염려한 보안관은 케이토의 집에 가서 자라고 권했다. 지데는 케이토의 집이라는 말에 호기심을 보였고 보안관은 본인이 안내하겠다고 했다. 아무래도 내가 죽인 여자와 내가 단둘이 밤길을 걷게 되는 것이 내키지 않았던 것 같다. 혹시 지데가 내게 복수를 할까 걱정한 것인가? 그럴지도 모르지. '어차피 되살아날 테니까 너도 한 번 죽어봐.'

"제가 다녀오겠습니다. 판사님과 의논하실 것도 있으실 테고."

보안관은 염려하는 기색을 거의 완벽하게 감춘 채 고개를 끄덕였다.

5분 후, 나는 닥치고 앉아 있으라고 말하지 않은 이파리 보안관에 대한 원망을 느꼈다.

낯선 이와 함께 있어도 편안한 사람이 있고 그렇지 않은 사람도 있다. 나는 굳이 따지자면 후자에 좀 가깝다 생각하지만 아마 상당수 사람들도 그러하리라 생각한다. 낯선 것을 경계할 줄 모른다면 생존 감각이 부족하다는 뜻이 될 수 있으니. 그런데 완전히 전자에 속하는 소수라 해도 자기가 죽인, 그런데도 아는 것이 거의 없는 사람과 단둘이 길을 걸으면 도대체 무슨 말을 꺼낼지 궁금하다. 고향이 어디예요? 음악은 언제부터 했어요? 케이토와는 어떻게 알게 되었고요? 이게 할 소리냐.

"저, 나 어땠어?"

지데의 볼이 부풀었고 그 입술은 꽉 오므라들었다. 으흡, 프힙 하는 소리를 작게 냈지만, 용케 참아낸 지데가 수줍어하며 말했다.

"죽는 줄 알았어."

이번엔 내가 괴상한 숨소리를 몇 번 내야 했다. 기지는 대수롭잖지만 지데의 어조와 몸짓이 절묘했다. 그리고 갑자기 울고 싶은 기분이 되었다.

해가 진 지 얼마 되지 않았지만 상현이라 달은 이미 머리 높이 떠 있었다. 여름밤, 바람은 부드럽고 낮 동안의 더위가 남긴 손자국이 여기저기 남아있다. 어둠 때문에 언덕의 기괴한 모습이 제대로 보이지 않는 것이 다행이라고 말하고 싶지만, 그럴 수가 없다. 뭔가가 보이는 것보다 보이지 않는 것이 때론 사람을 더욱 위축시킨다는 것을 알게 되었기에. 언덕 위쪽의 하늘에 별들이, 검푸른 밤하늘이 보이지 않는다. 삐죽삐죽하고 낯선 암흑뿐.

"뭐 먹지 않아도 돼?"

"글쎄. 아직은 배가 고프다는 느낌은 안 드네. 케이토가 뭘 가지고 있는지 살펴보지."

"아아."

"그런데 보안관도 그렇고 자기도 그렇고 옷이 왜 그래? 나 죽어 있는 동안 치안관들의 복장에 대한 이상한 규칙이 생긴 거야?"

"빨래하다가 실패했어."

"아아."

"혹시 기대하고 있을진 모르지만, 용서를 구하진 않을 거야."

"내가 왜 그런 모욕을 기대하겠어."

"아무 원망이 없는 거야?"

"되살아나고 한 10분 정도는 자기 배를 찢으면 무슨 냄새가 날지 궁금해하긴 했어."

나는 공격하기 위해선 최소한 하나의 은팔찌는 빼야 하는 늑대인간은 기습이 어렵다는 사실에 안도하지 않았다. 내 칼잡이 경력이 그 정도는 아니다. 세상엔 반드시 내가 모르는 기술이 있고 누구에게나 비장의 수단이 있다는 것을 알 정도는 된다.

"아아."

"그런데 10분쯤 지나니까 내가 바본가 하는 생각이 들었어. 이미 나를 간단히 죽일 수 있다는 걸 증명한 사람한테 다시 덤비다니. 첫 번째 실수는 바보짓이 아니잖아. 두 번째 실수가 바보짓이지. 안 그래?"

"그렇다고들 하지. 실수는 외동이 아니라는 말도 있고."

"나는 대가를 치렀고 기적이라고밖에 할 수 없는 선물을 받았고 앞날에 대한 커다란 기대도 있어. 바보짓은 안 해."

"정말 그렇게 생각해? 나는 정리를 잘 못 하겠지만, 그러니까 사람이 급사할 염려가 없으면 더 고상해질 수 있다는 거야?"

"난 그렇게 생각하지만, 조금 전 그 꼬맹이한테 당해서 자신감이 좀 꺾였어. 그 꼬마는 뭐야? 이 사태를 예상하고 온 사람이라는 것은 알겠는데 그래도 나이가 적잖아. 나야 연주가 나부랭이라서 천재도 많이 알아. 세상엔 어른들 피눈물 흘리게 하는 꼬마들이 있지. 하지만 나도 어떤 능력은 오직 시간을 써야만 얻을 수 있다는 것 정도는 아는데. 지금은 그런 능력이 필요한 거 아냐?"

"혈통으로 그 비슷한 걸 얻을 수는 있지."

"오."

"이카드도 원래부터 책임자는 아니었던 것 같아. 홀로 남은 생존자가 정확하겠지. 간단히 말하면 이카드 일행은 식물들이 그 죽은 자를 되살리는 능력을 손에 넣지 못하도록 할 작정이었던 것 같아."

"그 식물왕이라는 거?"

"그런 것 같아. 하지만 모진 고생 끝에 이카드 혼자 여기까지 도달하게 된 거지."

"그랬어? 그래서 그렇게 사나운 거였네. 나는 그 고생 끝에 맞이한 실패의 증거다?"

"그렇게 보였겠지."

"흐으음. 알겠어. 이해는 되네. 그래도 그 애 때문에 기분이 좀 상했어. 보안관 사무실에 가기 전까지는 정말 기분 최고였는데. 자기 생각은 어때? 솔직히 말해서 사람들은 먹고사는 것에 문제가 없어야 예술에 신경을 쓸 수 있어. 배가 고파 죽을 지경인데 좋은 음악이 무슨 소용이 겠어? 음악가 자신도 그래. 음악을 하고 싶으면 말이야, 무용곡 연주하다가 레가토 조금만 넣으면 스탭이 꼬여버리는 후원자에게 박자 감각이 대단하다고 거짓말할 줄 알아야 해. 전투 함성 지르는 법 배우면 집에 불이 났을 때나 도둑이 들었을 때 쏠쏠하게 써먹을 그 딸내미한테는 타고난 가수라고 마음에 없는 소리를 해야 하고. 웃기는. 그래. 경험에서 우러나온 이야기야. 후원자에게 보낼 인사니 선물이니 하는 것에 신경 쓰지 않고, 아예 후원자 같은 것 두지 않고 지쳐 쓰러질 때까지 연주만 할 수 있으면 좋겠다는 생각 정말 많이 했어."

등골이 서늘해지는 상상이 떠올랐다. 혹시 지데가 그렇게 무리한 짓을 했던 이유가……

"그래서 아스레일 치퍼티를 꼭 얻고 싶었지. 그걸 가지고 있으면 더이상 후원자는 필요 없으니까. 아, 역시. 내가 아는 케이토라면 이런 이야기 안 했을 것 같았어. 맞지?"

나는 고개만 끄덕였다. 말을 하기 어려웠다.

"자기 배 속 냄새에 대한 호기심을 잃은 후 내 머릿속에 있는 것들에 대해 생각해 봤어. 그리고 비명을 지를 뻔했지. 좋아서 말이야. 이제부터 아무것도 하지 않아도 늙어 죽을 때까지 시간이 확실히 주어진다! 실컷 연주만 해도 아무 상관 없다! 무슨 말인지 알겠지?"

"알 것 같아."

지데는 갑자기 풀이 죽은 것처럼 보였다. 대다수 사내들로 하여금 언제든 어머니를 그리워하게 만들 수 있는 그녀가 왠지 작고 힘없는 사람처럼 보였다.

"나는 사람들이 좋아할 거라고 생각했어. 늙어 죽을 때까지 절대 안 죽잖아. 물론 불을 쓰는 것을 중단해야 하니까 저항은 반드시 있을 거라고. 그게 당연하지. 하지만 모두들 곰곰이 잘 생각해 보면 기뻐할 거라고 생각했어. 그런데 그 아이는 내가 뭘 대단히 잘못 생각하고 있다는 투로 말하더라? 티르. 정말 사람은 자기를 죽일 수 있는 것만 진심으로 존중할 수 있는 거야?"

"응?"

"인생이 나를 죽일 수 없다면, 그러면 나는 인생을 존중할 수 없는 거야?"

이게 예술가인 건가. 내 칼잡이 머리와 감수성으로는 따라가기가 어렵다. 지데는 내 어정쩡한 반응에 실망한 듯했다. 그녀는 어깨를 으쓱였다.

"모르겠어. 하지만 말이야. 대단한 변화가 일어날 거라는 건 분명하잖아? 세상이 뻔한 것이기보다는 예상할 수 없는 것인 편이 좋지 않아?"

"지진, 산불, 홍수, 전쟁, 역병, 가뭄, 태풍. 예상할 수 없는 것이 꼭 좋은 건 아닌 것 같은데."

"그것들도 어쩌면 재미있어질걸."

"뭐?"

"안 죽잖아."

"아……"

말문이 막히는군.

"전쟁은 빼야겠네. 아무 쓸모 없는 짓이잖아. 아니, 잠깐. 어쩌면 대규모 시합 같은 느낌으로 존속할 수도 있겠네. 남자들이 좋아하겠지?"

좀 부끄러웠다. 정말로 그럴 것 같았기에. 아무도 죽을 일이 없다면 사내들은 대규모로 모여서 전쟁놀이를…… 으으음. 그리고 그 감정과 별개로 지데에 대해 혀를 내두르고 싶었다. 어떻게 저런 걸 상상하지? 일단 죽음이 없어진다는 사실을 진심으로 받아들이면 나도 저런 사고가 가능해질까? 그게 내 문제일 거다. 아직까지 받아들일 수가 없다. 죽었다 살아난 사람과 함께 걷고 있음에도 불구하고.

"죽을 염려가 없으면 위험해서 상상만 해보던 일을 다 해볼 수 있잖아. 가슴이 뛰지 않아?"

이 발언만큼은 내가 알고 있던 지데의 극히 작은 조각에 일치하는군. 해적과 무법자의 정신. 자기가 바라느냐를 유일한 판단 기준으로 삼고 그 외 다른 것들은 모두 방해 가능성으로만 계산하는 것. 장애가 없거나 무시할 만하다면, 앞으로.

더 참지 못하고 눈물을 쏟고 말았다. 흐르기 시작한 눈물은 곧 걷잡을 수 없는 것이 되었다. 나는 급히 뒤로 돌아섰다.

"티르?"

"잠깐만, 잠깐만! 거기 있어. 잠깐만."

나도 내가 무슨 말을 하는지 알아듣기 어려웠지만, 지데는 용케 이해한 모양이다. 그녀는 내 앞으로 돌아오거나 나를 건드리지 않은 채 내 뒤에 머물렀다. 나는 어둠을 노려보고, 이를 악물고, 얼굴을 잔뜩 일

그러뜨린 다음 겨우 말을 꺼냈다.

"나는 당신의 모든 남아있던 날들을 뺏었어."

"……응. 그랬지."

"당신 남자 같아. 그런 모욕은 기대하지 않는다고?"

"그래? 그런가. 내가 여자들하고 잘 어울리는 편은 아니었지. 내 팔찌를 보면서 그것 참 예쁘네요 하고 말 거는 여자는 별로 없었으니까. 하지만 그런 식으로 따지면 남자들하고도 그리 매끄러웠던 건 아니었는데. 남자들은 수틀리면 자기들 척추를 접어버릴 수 있는 여자를 어떻게 대해야 할지 몰라 곤혹스러운 것 같더라고. 왜? '됐어. 늘 이런 식이야.'라고 말했어야 해? 너무하잖아요, 스트라이크 씨. 여자를 모두 트집 잡기와 책임 떠넘기기에 집착하는 존재라고 생각하는 거예요? 어머! 내가 방금 트집 잡았나?"

"그건 중요하지 않아. 중요한 건 내가 그걸 몰랐다는 사실이야."

"응?"

"나는 당신이 사람들과 어울리고, 재미있게 이야기하고, 때론 싸우기도 하고, 한 번도 경험해 본 적이 없는 것들을 해보고…… 케이토와 결혼하여 가정을 꾸리고 함께 생을 보내고 함께 늙어갈 수 있는 가능성을 다 날려버렸어. 물론 거기에 대해 사과하는 건 당신을 모욕하는 짓이지. 당신이 아무런 판단 능력도, 책임 능력이 없다고 말하는 짓이고. 난 그렇게 생각했어. 하지만 난 '당신'도 그렇게 생각할 거라는 건 알 수가 없었어."

"잘됐네. 흔치 않은 기회를 얻었으니. 사실 이전엔 누구도 가져본 적이 없었던 기회지."

"내가 말을 잘 못 하는 것 같군. 지금껏 스스로에게도 별로 말할 필요가 없었던 거라서. 그러니까 나는 당신이 어떤 사람인지 몰랐다는 거야. 이렇게 말하면 오해할 것 같지만, 자기가 죽인 암사슴에게 새끼들이 있는 걸 알게 된 풋내기 사냥꾼의 기분은 어떨 것 같아?"

한참 후 등 뒤에서 기뻐 어쩔 줄 모르는 듯한 목소리가 들려왔다.

"봤냐? 이게 바로 일석이조!"

입술을 거세게 불고 말았다. 나는 어깨를 들먹이며 웃다가 말했다.

"진짜 남자 같네."

뭔가가 등을 쿡 찔렀고, 스스로도 어이없을 만큼 소스라치며 홱 돌아섰다. 손가락을 곧게 편 지데가 나를 보며 생긋 웃었다.

"스트라이크 씨. 악의 없이 하는 말이라는 건 알지만, 언사를 좀 가려주세요. 상처받아요."

"이 미련한 자가 저지른 터무니 없는 결례에 용서를 구할 말도 없습니다. 지데 양."

지데는 고개를 좌우로 갸웃거리며 나를 바라보았다. 뭔가 말할 듯한 느낌이었지만 지데는 그러는 대신 눈웃음만 보인 다음 몸을 돌려 걸음을 옮겼다.

'이게 바로 일석이조!' 그냥 그러면 되나. 나는 내 인생을 가지도록 허락받은 것인가. 지데의 살인자가 아니라? 지데도 이제는 티르 스트라이크의 피살자가 아니니까? 그건 그렇다. 지데는 죽지 않았으니까. 내 앞에서 걷고 있으니까.

지데가 비명을 질렀다.

놀라서 앞을 보는데 지데가 기겁하며 나를 돌아보았다.

"왜 그래? 음? 자기 왜 여자 목소리를……?"

순간적으로 떠오른 일곱 가지 반응 중 아무것도 고르지 않는 여덟 번째 대책을 선택한 내가 자랑스럽다. 틀림없이 그럴듯하고 교활한 듯한 그 반응들은 모두 틀린 것이었을 테니까. 문제는, 그래서 내가 어떻게 반응했는지 나도 모르겠다는 점이다. 내가 지금 어떤 얼굴을 하고 무슨 감정을 드러내고 있는 거지? 나는 내 허파와 간과 횡격막과 갈비뼈 등에게 저 정신 나간 심장 좀 꽉 붙들고 있으라고 명령했다. 내 명령을 죽어라 듣지 않기로 악명 높은 것들에게.

"미안. 자기. 내가 뭐 새 소리 같은 걸 잘못 들었나 봐."

뭔가 반응을 하지 않을 수 없고, 아홉 번째 대책 같은 거야 있을 수 없기에, 먼저 떠올렸던 것 중 세 번째 반응을 조심스럽게 시험해보았다. 죽었다 깨서 정신이 혼란스러운 자가 나를 노릴지도 모른다는 공포를 섬세하게.

지데는 자신의 정신이 올바르다는 것을 농담으로 증명하려 했다. 이번엔 저놈이다! 횡격막! 저 얼빠진 놈을 붙잡아라. 안도의 한숨은 안 돼!

이번엔 다른 사람도 들었다.

무슨 소린지 모르겠다. 하지만, 그러나, 그런데?

이번엔 나 혼자 들은 것이 아니다.

이게 무슨 소리지?

케이토의 오두막에서 '그 년'의 흔적을 찾겠다면서 여기저기를 째려보는 지데에게 건투를 빌어준 다음 밖으로 나왔다. 얼마 동안은 태연하게 걸을 수 있었지만, 오두막에서 나를 볼 수 없다는 것이 확실해지자 더는 걷고 싶지 않아졌다. 길옆의 나무에 등을 기대려 하다가 '나무? 식물?' 갑자기 꺼림칙한 느낌에 몇 걸음 더 옮겼다. 고맙게도 돌담이 보였다. 케이토의 오두막 옛 주인이 텃밭을 보호하기 위해 만든 낮은 돌담에 기대앉은 나는 내가 아는 기억 회상법이 뭔지 회상하려 했다. 젠장. 항상 이런 식인가.

뭔가, 뭔가가 있다. 오래되었다는 느낌은 아니고, 요 며칠인가? 확실친 않지만 그런 것 같다. 최근 내가 아무렇지 않게 무시한 무엇인가가 있다. 그러지 말았어야 하는 무엇인가. 여자 목소리? 여자 목소리? 왜 여자 목소리라는 말이 중요하다고 느껴지는 거지. 내가 잘못 들었다고 생각하고 잊어버린 여자 목소리? 어렴풋이 그런 기억이 나는 것 같다. 그런데 이게 흐려진 기억인지 내 소망이 만든 착각인지 알 도리가 없다. 그런데 내가 왜 그 기억을 떠올려야 하지? 내가 있지도 않은 여자의 목소리를 듣는다는 걸 깨닫는 게 도움이 되는 건가?

~빨리!~

급히 몸을 폈다가 돌담에 뒤통수를 부딪히는 바람에 그대로 기절할 뻔했다. 아니, 몇 초 정도는 정신을 잃었던 것 같다. 뒤통수를 움켜쥐고 신음하며 눈앞의 별들이 사라지길 기다리다가 겨우 내가 무슨 꼴을 당했는지 깨달았다. 그나마 뒤통수를 쥐고 있는 것이 왼손이고 내 오른손은 어느샌가 장검을 뽑아 든 채 앞쪽의 여러 방향을 두서없이 겨냥하고 있다는 걸 깨닫고는 완전히 비참한 기분까진 느끼지 않았다. 누군가가 내 모습을 봤다면 못 본 척해주려 애썼을 것 같지만.

"누구야?"

대답은 없었다.

눈에 잔뜩 힘을 주고 앞을 확인해보았다. 별다른 건 보이지 않았다.

돌담 뒤쪽? 뒷목이 서늘해지며 아픔도 잠시 사라졌다. 나는 무심하게 일어나는 척하다가 그 동작의 중간쯤에서 갑자기 몸을 앞으로 던지며 뒤로 돌아섰다. 발이 미끄러졌지만 적절한 순간에 한쪽 무릎을 꿇은 덕분에 모로 쓰러지진 않았다. 아무래도 취한 사람의 동작 비슷한 걸 해버린 것 같고 무릎에 불이 나는 것 같았지만 넘어지지 않았다는 것이 중요하다. 자, 거기 있나?

오래된 텃밭에 무성하게 자란 잡초들밖에 보이지 않았다.

주의 깊게 사방을 확인하고 똑바로 선 다음 한 번 더 그렇게 했다. 사람이라곤 보이지 않았다. 내 기분을 추스르려면 상당한 수준의 재담이 필요할 것 같았다. 아니면 정신병 진단에 높은 평판을 가진 의사의 보증이. 아니다. 난 미치지 않았다. 지데도 들었잖아. 그리고 조금 전 난 확실히 그 냄새를 들었……

얼어붙고 말았다.

냄새? 방금 냄새라고 했나? 냄새를 '들었'고?

다 집어치우고 아무 일도 일어나지 않았다는 듯이 행동하고 싶은 욕구가 너무 컸다. 실제로 나는 몇 걸음 걸으며 칼날을 칼집으로 가져갔다. 하지만 식물왕이라는 해괴한 것이 나타나고 죽은 사람이 돌아오고 앞으로 식물을 태워선 안 된다는 선언이 공표된 이 상황에선 무엇 하나 무시할 수가 없었다.

그 어떤 어처구니없는 일이라도 받아들이는 것이 무시하는 것보다는 덜 어리석은 짓일 것 같다.

끙끙거리는 소리를 낸 다음 나는 다시 장검을 들어 어깨에 걸쳤다. 다시 한번 사방을 확인하고, 이가 갈리는 것을 꾹 참은 다음, 크게 숨을 들이마셨다. 아니, 그 전에 일단 마음의 준비를 해야 했다. 평생 아무 생각 없이 해온 행동이고 조금 전까지도 별생각 없이 했던 짓인데도 불구하고 코로 공기를 빨아들이려 하자 손으로 뱀을 만지려는 것보다 더 긴장되었다.

내 숨소리에 내가 기겁할 뻔했다. 예상외로 크고 괴상한 소리가 나서.

심장이 벌렁거리는 것을 억누르며 냄새를 검토했다.

울화가 치밀 정도로 아무것도 느껴지지 않았다. 냄새 같은 건 없다. 아니, 있기야 하겠지. 하지만 나는 인간이다. 조향사나 요리사가 아니라 보안관 조수다. 퇴비 냄새나 바다 냄새, 타는 냄새, 꽃 냄새, 피 냄새 같은 강렬한 것이라면 모를까 이런 평범한 자드락길에서 풍기는 냄새를 구분할 수는 없다. 맥이 풀리며 후각이 얼마나 못 미더운 감각인가 하는 생각에 빠졌다. 미각과 후각의 공통점이 뭐냐는 질문 혹시 들어봤나? 정답은 자기 입증엔 도움이 안 되는 감각이라는 것이다. 자기를 만질 순 있고, 자기가 내는 소리를 들을 수도 있다. 그래서 사람은 특정 상황에서 자기 팔을 꼬집거나 스스로를 끌어안거나 혼잣말을 하거나 노래를 부르기도 한다. 하지만 혼란스러운 상황이나 두려운 상황에서 자기 냄새를 맡거나 자기 맛을 보려고 하는 사람이 있다면 그런 건 희극에서나……

~제발. 이대로라면 위험해!~

제국군 검술 사범이 뭔지 알려주겠다. 먼저 이걸 생각해 보라. 순수하게 이론적으로, 세상에 오직 한 종류의 사람만 있다고 가정해 보자. 서로 전쟁을 벌이는 두 나라의 병사들이 모두 한 종인 것이다. 그렇다면 그 괴상한 세계의 군대엔 검술 사범 같은 건 없거나 있다 해도 중요도가 낮을 것이다. 이쪽이든 저쪽이든 상대가 뭘 할 수 있고 뭘 못 하는지는 뻔한 것이고 그렇다면 개인의 무용보다는 조직력이 훨씬 중요할 테니까. 하지만 현실에선? 하나의 종으로 부대를 만들면 보급 쪽에선 정말 좋아하겠지만 병참병들도 그게 이루어질 수 없는 꿈임은 잘 알고 있다. 어떤 종이 있다면 그 종의 약점을 추궁할 수 있는 다른 종이 반드시 있기 때문이다. 미노타우르만으로 백인대 같은 걸 만들어버리면 위세가 대단하긴 할 거다. 보는 것만으로 오금이 저리겠지. 그렇다면 적 지휘관은 트롤이라도 내보내야 할까? 천만에. 상식이 있는 지휘관이라면 ― 일단 배를 잡고 웃은 다음 ― 소수의 카닛들을 내보낼 거다. 몇 명의 카닛 유격병들이 적절한 지형에서 미노타우르 백인대 하나를 와해시키는 데 몇 시간이면 충분할 거다. 미노타우르의 힘이야 압도적이지만 지구력이 떨어지고 감각이 그리 예리하지 않아 카닛들을 상대하다 보면 너무 화가 치밀어서 바위를 들이받고 제 목을 부러뜨리는 자들까지 나타날 거다. 하지만 그 카닛들을 상대로 오크들을 내보내면? 이제는 카닛들이 곡소리를 내게 된다. 카닛을 추적하기 힘든 건 오크도 마찬가지지만 오크들은 그냥 단순하게 지구력 대결을 걸어서 지쳐 쓰러진 카닛들을 하나씩 주워 담을 거다. 그리고 그 용감한 오크들은 전투 함성 지르고 미노타우르들에게 돌격한 다음 장렬히 산화할 테고. 이렇듯 단일 종은 약점이 있기 때문에 현실의 군대에선 이종을 섞어놓을 수밖에 없다. 그리고 그런 이종 집단에 일사불란한 조직력을 바라는 건 도둑놈 심보다. 그리하여 병사 개개인의 전투 능력을 관리하는 자의 존재가 요구된다. 병사 한 사람 한 사람을 살펴 그가 잘할 수 있는 것과 그가 특정한 이종을 아군이나 적으로 만났을 때 맞닥뜨릴 문제점 등을 가늠하여 개별적으로 훈육하는 지도자가 필요한 것이다. 이 지도자는……

~이게 딴 생각이야? 이걸 꼭 해야 해? 도움이 된다면 뭐든 해버려. 대신 서둘러!~

몸이 너무 떨려서 쓰러질 것 같다. 이제 이 냄새가 어디서 나는지 알겠다. 그 년 찾기 대결의 승자는 나인 것 같은데, 지데. 당신은 못 찾겠지만, 나는 찾아냈어.

내 옷에서 나는 냄새다.

그리고 그 냄새는, 언어다.

나무가 나를 공격했다.

11

"이 비겁한 나무 같으니! 덤비기 전에 선전포고는 해야지! 이를테면 나뭇잎을 적대적 색채로 물들인다거나, 뭐, 궁리해 보면 방법은 있을 거 아냐. 그러니 나무라서 말 못 한다는 건 변명이 안 돼!"

내 말에 그리 신경 쓸 필요는 없다. 어쨌든 나는 내 말에 전혀 신경 쓰고 있지 않다. 제국군에서 온갖 종의 신병을 상대했던 과거 덕분에 이종 격투에 대해선 나름 이력이 있지만 지금 상황에 써먹을 과거의 기억은 하나도 떠오르지 않는다. 공간을 조종하는 마하단 쿤과 싸웠을 때보다 더 막막하다. 상대가 키가 20미터를 훌쩍 넘는 미루나무라는 것 때문에 그런 것은 아니다. 도대체 나무에게 어떻게 공격당했는지, 내가 무엇을 피했는지 알 수가 없다는 점 때문이다. 그 증거로 아까 내가 기대려다가 말았던, 그리고 조금 전 나를 공격했던 미루나무는 지금도 그 자리에 그대로 서 있다.

나무답게, 뻣뻣하게, 미동도 없이.

그 사실보다 더 사람을 곤혹스럽게 만드는 건 나도 그냥 제자리에 서 있다는 점이다. 나는 분명히 뭔가를 피했다. 그게 뭔지도 모르겠고 어떻게 피했는지도 모르겠지만, 아슬아슬하게 그렇게 했다. 그리고 지금 나는 어깨에 장검을 걸치고 내가 냄새를 듣고 있다는 사실에 놀라 다리를 떨던 조금 전의 모습 그대로다. 아니, 다리는 떨고 있지 않다. 화를 내는 것이 도움이 되겠다는 판단 하에 아무 말이나 떠드는 동안 다리는 다시 고정되었다. 어쨌든 특기할 만한 자세 변화는 없다. 내가 뭘

한 거지?

미루나무가 다시 나를 공격했다. 톱밥으로 만들어 닭장에 깔 자식이!

피했다. 내가 했다는 것이 믿어지지 않는 수준의 회피다! 뭘 하진 않았지만.

다시 공격이 날아와, 아니, 가해져, 아니, 있었, 이런 젠장.

피했다. 야, 이 자식아! 네 어머니는 아무 미루나무 꽃가루든 다 받았다지?

미루나무도, 나도 아무것도 하지 않았지만.

일어날 리 없는 일이지만 내 이야기를 연극으로 상연하려는 극단이 있다면 이 혈투를 그럴듯하게 연출하느라 애먹을 것 같다. 미루나무와 내가 그냥 서로 노려보고—아니, 노려보고 있는 건 눈 달려 있는 나뿐이지만.—있을 뿐이니까. 불쌍한 무대 감독이 '이건 굉장한 격투 장면입니다, 관객 여러분. 잔뜩 긴장해 주세요.'라고 쓴 팻말이라도 들고 돌아다녀야 할지도. 일종의 실험적 연출이 되려나. 음향 쪽에서 각고의 노력을 기울여야겠지. 내 현실에선 음악조차 없다. 사람이 정신을 놓는 건 정말 쉬운 일인 것 아닐까. 하지만 그냥 의식의 저편으로 날아가기엔 두려움이 컸다. 뭔지 모를, 있었다는 증거를 하나도 제시할 수 없는 미루나무의 공격은 치명적인 것이었다. 내 본능이라고 해야 할 뭔가가 그렇게 판단했고 감각이 포착한 모든 증거가 그 판단에 위배되고 있음에도 불구하고 그걸 부정할 수가 없었다.

내 쪽에서 공격할 방도는 없나? 다가가서 칼로, 어, 밑동이라도 쳐봐? 그 외관상의 한심함은 잠시 제쳐놓고, 다가가도 되나? 이게 내가 익히 아는 간격이 제일 중요한 그런 싸움과 같은 건가?

의문은 더 큰 공포를 가져왔다. 간격이 상관이 없다면 도망은 불가능하다.

어느샌가 내가 물에서 막 빠져나온 사람처럼 땀을 줄줄 흘리고 있음을 깨달았다. 이건 어리석은 짓이다. 시간을 더 끌어봐야 심신을 소모한 끝에 자포자기식으로 행동할 테고 그런 식으론 소득을 기대할 수 없다. 아직 머리가 돌아가고 몸에 여유가 있을 때 행동해야 한다.

나는 뒤로 물러났다.

대부분 신체 능력의 절정기이고 공격성이 왕성해서 어쩔 줄 모르는 상태였던 제국군 신병들에게도 항상 강조했던 가장 훌륭한 대책이다. 뭔지 모르면 일단 물러나라. 용기는 네가 아는 상대에게만 발휘해라. 그래. 너보다 세다는 걸 알면서 덤빈다면 그건 용기일 수도 있다. 하지만 뭔지 모르는 상대에게 덤빈다면 넌 무조건 얼간이다. 어렵지 않잖아. 알겠나? 전술가나 지휘관이라면 고개를 가로저을지 모르지만 나는 검술 사범이었다. 둘은 다르다.

미루나무가 다시 공격했고, 터무니없이 실패했다. 정확하게 뭐가 어떻게 터무니없냐고 묻는다면 대답할 말은 없지만, 눈싸움에서 맞닥뜨릴 수 있는 공격만도 못했다는 인상은 확실하게 느꼈다. 물러난 것이 옳았나. 대여섯 걸음쯤 더 물러난 후 확신을 가질 수 있도록 조금 기다렸다. 가만히 서 있을 뿐이지만 신발 속에서 발이 미끄러져 낙상을 입을 것 같다. 언제 저렇게 땀이 찼는지 모르겠다. 견디기 어려워서 빠르게 얼굴을 한 번 훔쳤다. 땀이 후드득 떨어져 조금 놀랐다. 공격은 없었다.

다시 몇 걸음 더 물러난 후 견디기 어려워서 땅바닥에 주저앉았다.

숨 쉬는 데 옆구리가 아파왔다. 며칠 동안 노동 강도가 지나치게 높았다. 소맷자락으로 얼굴을 닦다가 그대로 팔을 멈췄다. 그리고 소매에 코를 대고 숨을 들이마셨다. 내 적응력이라는 것이 스스로 생각해 봐도 참 대단하군.

"좋아. 설명해. 이게 다 무슨 일이야?"

언어였던 냄새는 느껴지지 않았다. 쉽지도 않은 호흡을 할애하여 이쪽저쪽 소매에 앞섶도 잡아당겨서 열심히 냄새를 맡아봤다. 하지만 내 것이라서 알아차리기도 힘든 땀 냄새뿐이었다. 좀 퀴퀴했다.

"빌어먹을, 대답해!"

대답은 없었다. 억지로 화를 내면서까지 유지하려 했던 심각한 기분이 사그라들었다. 지금 내가 도대체 뭘 하고 있는 거지? 미루나무를 째려보다가 헐떡거리고, 자기 옷 냄새를 맡으며 실망하고 있다. 여름밤에 할 수 있는 가장 현명한 일 같진 않다. 방금 죽었다 살아난 사람을 바래다주고 오지 않았다면 완전히 의기소침해졌을 것 같다.

정신 차리자. 일단 어떤 존재가 내게 말을 걸고 있었다는 점은 인정하자. 방금 전엔 분명히 접촉이 있었고 이전에도 몇 번 그랬던 것 같은 기분이 든다. 그리고 그건, 내게 구조를 요청하고 있었다. 아직도 땀이 배어 나온다는 것이 신기했지만, 식은땀이 흘렀다. 지금 반응이 없는 건 그것에게 뭔가 문제가 생긴 것인가?

그리고 그건, 아무래도 비누풀이겠지?

이걸 통찰이라고 하긴 어려울 테고 직관이라기에도 애매하다. 다른 용의자를 떠올릴 수 없는 수사관의 단정이라고 해야 할까. 수사관은 항상 단정을 피하고 모든 것을 의심해야 한다고? 물론 맞는 말이다. 그런데 말이다, 그건 추리에 적용되어야 할 덕목이고 수사는 추리의 동의어가 아니다. 수사관도 사람이고 뭔가를 하려면 스스로에게 동기를 부여해야 한다. 모든 것이 의심스럽다면 아무것도 할 수가 없다. 따라서 때때로 수사관은 교양 있는 사람이라면 낯부끄러워 신경 쓰지 않을 희미한 단서만 손에 쥐고서도 자기가 무조건 옳다고 믿어야 한다. 그렇게 믿고 행동해야 자기가 틀렸다는 것도 더 빨리 알 수 있기 때문에 더욱 그러하다.

"좋아. 내게 접촉하려는 미지의 존재가 있고, 얼마 전 내 옷은 괴상한 색으로 변했어. 일단 이 둘이 관련성 있는 사건이라고 간주하지. 지나친 억측은 아니라고 봐. 대답해. 비누풀."

대답은 없었다. 이런 식으론 안 되나 보다.

딴생각을 하자. 딴생각을! 이유는 모르겠지만 그게 효과가 있었다는 느낌이 든다. 그런데 막상 하려고 하면 잘 안 되는 것이 딴 생각이다. 아무거나, 아무거나 붙잡아. 생각의 씨앗을. 시작하기만 하면 돼. 어디 보자. 미루나무가 나를 공격했어. 그것참 키 더럽게 크다. 키? 나라부스 의장이 예전에 그런 말을 한 적이 있지. 어쩌다 나온 말이더라.

'티르. 나무는 왜 큰 것일까?'

내가 농담으로 대답하려는 걸 눈치챈 의장은 곧 친절하게 풀어 말했다. '생각해 봐. 나무가 크다는 건 줄기가 길다는 뜻이겠지. 그런데 그게 커져야 할 이유가 언뜻 잘 안 떠오르거든. 동물이라면 근육이 크면 더 힘이 세거나 더 빠르게 움직일 수 있겠지만 움직이지도 않는 식물이 줄기가 길어야 할 이유가 뭘까? 햇빛은 잎으로 받고 물과 양분은 뿌리로 빨아들이잖나. 키우려면 그 부분들을 키워야지. 안 그래? 게다가 줄기가 크면 뿌리가 받는 부담도 커져. 키가 크면 물과 양분을 더 높이 끌어올려야 한다는 이야기니 잎에도 안 좋아. 그거 조금 더 올라간다고 햇빛이 더 강해지는 것도 아니고. 그러니 줄기를 키운다는 건 제 살 깎아 먹기 같잖아. 나무는 왜 키가 큰 걸까?'

태어나면서부터 본 광경이라 인식하지 못했지만 의장의 이야기를 들으니 참 어이없는 낭비 같았다. 고민해 보았지만 답을 떠올릴 수 없어서 항복하는 표정을 짓자 야채 뱀파이어는 빙긋 웃었다.

'키가 크면 정말 좋은 점이 있거든. 옆에 있는 형제들에게 그늘을 드리울 수 있어. 자기는 홀로 햇빛을 받으면서.'

이제 생각났다. 내가 식물의 온유함과 그것을 사랑하는 선량한 성품 따위에 대한 상투적인 이야기를 꺼내자 의장이 한 말이다.

'어쩌다 장신을 타고 난 나무가 있었겠지. 그 나무는 키가 작은 형제들에게 그림자를 드리우며 더 잘 자랐을 거야. 그리고 더 튼튼한 씨앗을 더 많이 뿌릴 수 있었을 테고. 그 씨앗들은 부모를 닮았을 테니 역시 장신이 될 가능성이 높겠지. 물론 그보다 더 커지는 성질을 타고난 것들도 있었겠지만 이미 말했듯이 너무 크면 불리한 점들도 있거든. 웃자라는 바람에 부실해진 줄기가 돌풍에 부러진다거나, 물 끌어 올리기 어려워서 잎을 많이 못 만든다거나, 벼락을 잘 맞는다거나, 기타 등등.
하지만 그런 피해를 최소화할 수 있는 범위 내에선 키가 커지는 것이
옆에 있는 형제들을 폭행하기에 유리하지. 그냥 그늘 드리우는 것 가지
고 폭행이라는 말은 좀 과한 것 같은가? 동물에겐 대수롭잖은 거라도
식물에겐 목을 조르는 짓과 마찬가지잖아. 그러니 그리 말할 수 있지.
그런 순환이 반복되면? 드디어 모든 나무가 다 커지는 거지. 형제들을
제일 잘 폭행한 혈통의 후손들이니까. 그러니 내 질문에 대한 답은 이
거야. 나무는 왜 키가 큰가? 그건 수 없는 세월 동안 무수히 반복된 폭
력의 결과다. 그런데 자네 나무의 온유함이라고 했나?'

~봉수대!~

급히 몸을 돌렸고, 그러자마자 실수했다는 기분을 느꼈다. 미루나무
가 나를 공격했다.

왕은 왕국의 호부라는 이야기 알아?

그리 많이 알지는 못하는데.

아는 만큼 이야기해 봐.

원시적인 왕의 개념이지. 집단 중에 어떤 특별한 사람이 있어. 이 사
람은 특별하기 때문에 집단에 닥쳐오는 재난을 막아내는 부적이 될
수 있지. 그게 왕이라는 거야. 어찌 보면 지금의 개념과도 비슷하지. 현
대의 황제나 왕도 그 첫 번째 의무는 국민의 수호일 테니까. 그런데도
그걸 원시적이라고 말하는 것은, 고대인들은 가뭄이나 홍수, 폭풍, 지
진 같은 문제에 대처할 의무도 상쾌하게 왕에게 돌렸기 때문이야. 세계

관이 달라서 그랬겠지. 어쨌든 그런 왕을 호부왕, 액막이 왕 등으로 부르지.

그 정도면 충분히 알고 있네. 그런데 호부는 재난이나 액을 막아주는 것이지만 또한 재난이나 액을 맞는 것일 수도 있다는 것은 알아?

방패를 생각해 보면 쉽지. 방패가 말도 안 되게 튼튼해서 무슨 화살이든 다 튕겨낸다 해도 벽 같은 곳에 걸린 채 사람을 맞히지도 않을 화살만 튕겨내고 있다면 쓸모가 없어. 방패는 사람 대신 화살을 맞아줘야 의미가 있다는 거지. 호부도 마찬가지. 정말 신통해서 무슨 불행이든 다 막아내는 호부라도 아무도 없는 집에서 혼자 그러고 있다면 그건 별 의미가 없어. 사람에게 향하는 걸 대신 맞아줘야 해. 그래서 액막이 말고 액받이라고도 하는 것이고.

방패 예시 괜찮네. 방패 파는 사람이나 이야기꾼이라면 지극히 튼튼해서 절대 부서지지 않는 겨울 호수 같은 방패에 대해 이야기해도 되겠지만 네가 칼잡이라면 제일 좋은 방패는 적절한 순간 적절한 위치에서 네 골통 대신 깨진 방패라는 것을 알겠지.

옳은 말이야. 그런데 내가 칼잡이인가? 내가 누군데?

그렇다면 왕은?

내가 누구냐고?

내가 누군지 깨달았다. 티르 스트라이크. 과거 제국군 제12군단 검술 사범이었다가 잘 보이고 싶은 여자 때문에 군수품 밀반출을 저지르고 직업을 잃고 이 도시로 굴러들어와 보안관 조수를 하고 있는 인간 남자다. 자신의 업무가 동네 잡부와 다를 것이 뭐냐는 질문을 스스로에게 던지지 않기 위해 애쓰고 있는 주제에 자기를 죽이고 싶어 하는 자들을 연중무휴로 모집하고 있는 사교 효율 안 좋은 작자다.

다시 졸도하고 싶어지는군.

이마로 땅을 들이받고 싶은 충동을 억누르며 일어났다. 뺨을 털고, 호흡을 가누고, 멍한 기분으로 내 몸을 내려다보았다. 뭘 제대로 보고 있진 않았다. 머릿속에서 와글거리는 대화의 후유증 때문에 정신이 없어서. 잠에서 갑자기 깨어나는 바람에 맥락도 맞지 않고 두서도 없는 꿈의 뒷부분이 기억나는 경우야 간혹 있었지만 이건 또 무슨 의미심장한 헛소리인…… 잠깐. 내가 졸도했다고?

모든 것이 잠시 머릿속에서 사라지며 나는 질겁한 고양이 흉내를 냈다. 진짜 고양이가 보면 느려터진 모습이겠지만 어쨌든 상당한 속도로 일어서서 방어 자세 비슷한 것을 잡기는 했다. 그러자 더욱 불안해졌다. 주변에서 불안의 원인을 찾을 수 없어 의아해하다가 겨우 이유를 깨달았다. 몸에서 느껴지는 감각들 때문이다. 관절이 굳어 있는 느낌, 오랫동안 눌려 있던 느낌, 저린 느낌, 기타 등등.

내가 정신을 잃고 있던 시간이 길다.

그럭저럭 자세를 잡고 있건만 더 불안해졌다. "미루나무!" 내가 미쳐가나 하다가 겨우 그게 무슨 말인지 깨닫고는 미루나무가 있는 방향을 찾아보았다. 어디더라? 이쪽? 저쪽? 그러고 보니 조금 전에도 둘러봤는데. 왜 그냥 지나쳤지?

그야 미루나무가 없었기 때문이다.

몇 번 다른 방향을 바라보며 자신을 속여보았지만 그럴 수가 없었다. 이전에 그 미루나무를 특별히 주목한 적은 없지만, 케이토의 집으로 이어지는 이 길은 내가 잘 아는 것이고 내 뒤통수로 확인했던 돌담의 위치도 명확하다. 미루나무는 길이 왼쪽으로 구부러지는 지점 오른쪽에 있어야 한다. 그러나 보이지 않았다.

조심스럽게 다가가 확인해 보았다. 이윽고 발견하게 된 것에 뭐라고 감상을 느껴야 할지 알 수가 없었다. 바닥엔 땅을 파헤친 자국이 있었다. 얼핏 봐서 쟁기를 끌고 간 자국 같았지만, 규모가 엄청나고 깊이도 예사롭지 않았다. 너무 나이를 먹어서 자신이 말이나 소라고 믿게 된 드래곤이 거대한 쟁기를 만들어 끌고 다니면 이렇게 될까? 아니, 어처구니없는 데다 드래곤이 들으면 목숨이 위험할 수도 있는 상상은 할 필요 없다. 이건 여기 있던 미루나무가 떠나며 남긴 자국이다…… 이게 말이 되냐.

파헤쳐진 자취를 따라간다는 안이 떠올랐지만 그게 현명한 생각이라는 느낌은 들지 않았다. 치안관의 관점에서도 관할 구역 내에 움직이는 나무 같은 것이 있다면 일단 그 소재나 동향을 확인해둬야 할 것 같지만, 그놈과 맞닥뜨리게 되면 어떻게 해야 하지? 나는 아직도 미루나무가 나를 어떻게 공격했는지 알지 못한다. 혹시나 해서 얼굴도 만져보고 몸 이곳저곳도 점검해 보았지만 새로 생긴 상처는 없었다.

일단 어둠 때문에 얼마 보이지 않는 자취만 가지고 억지로 미루나무의 목적지를 가늠해 보았다. 약간 남쪽으로 치우친 서쪽? 딱히 떠오르는 것이 없는 방향이다. 도심은 거의 반대쪽이고 이쪽으로 농장이 몇 개 있기는 하지만 미루나무가 그 농장들에 가야 할 이유를 모르겠다. 게다가 그러려면 길이 안 좋다. 산등성이를 넘어야 하니까. 움직이는 나무의 이동 습관이 어떤지는 모르지만, 상식적으로 올라가는 것보다는 좀 돌아가더라도 내려가는 것이 쉬울 텐데. 사람의 경우 이렇게 엉뚱한 방향으로 올라간다면 이유가 뭘까. 합리적인 이유가 있기는 하다. 능선에 올라 그걸 따라 움직이고 싶을 경우……

나는 자취를 따라 걷기 시작했다.

이 위쪽으로 올라가 주먹봉 방향 능선을 타면 봉수대로 이동하기 편하다. 워낙 정신이 없어서 까먹었는데, 나는 봉수대에 가야 한다. 뭔가가 내게 도움을 구하며 봉수대에 대해 말했었다. 그런데 내가 사무실로 돌아가지 않으면 보안관은 내가 지데에게 살해당했다고 추측할지도 모르는데? 아니. 보안관은 지데가 어디 있는지 알고 지데에게 물어보면 그녀는 내가 떠났다고 알려줄 거다. 어쩌면 그 와중에 이 자취를 발견할 수도 있고. 어쨌든 이런저런 잡념을 떠올리는 내 머리와 달리 내 다리는 멈출 줄 모르고 꾸준히 움직이고 있다. 경험상 아는데 그놈들을 말리긴 쉽지 않다.

그토록 큰 자취이니 따라가기 어렵잖아야겠지만 밤에 산등성이를 오르는 것 자체가 그리 쉬운 일이 아니었다. 발치에는 짙은 어둠이 그득해 발 딛는 곳이 제대로 보이지 않았고 나무와 풀 사이로 쏟아져 들어오는 달빛은 뭔가를 비춰주는 조력자이기보다 시야를 흐리는 훼방꾼에 가까웠다. 미루나무가 그 덩치 탓에 되도록 트여 있는 곳으로 이동했다는 점이 그나마 다행이었다. 그러나 그것이 남겨둔 자취 때문에 발목이 아파져 오는 것은 어쩔 도리가 없었다. 발을 디딜 정확한 위치를 모른 채 긴장하여 다리를 움직이고 예상보다 빨리, 혹은 늦게 발이 땅을 만나는 일이 계속되다 보니 다리 곳곳이 아파 왔고 허리까지 뻐근해졌다. 하늘도 제대로 보이지 않는 상황에서 방향을 가늠할 시각적 표식은 없었다. 그저 높이 감각과 내 머릿속 방향 감각에 의지하여 움직였다.

관절들을 평소에 취하지 않는 이상한 각도로 꺾어가며 거대한 나무와 바위 사이를 비집고 빠져나갔을 때 갑자기 주변이 마법처럼 탁 트였다. 어느샌가 능선을 타고 부는 질풍과 물 부족 때문에 나무들이 크기 어려운 높이에 도달해 있었다. 숨을 돌리기 위해 멈춰 서서 땀범벅이 된 얼굴을 훔쳐냈다. 달빛을 받고 있는 몇몇 봉우리들 덕분에 내가 어디쯤 있는지 대충 알아볼 수 있었다. 올라오기만 했으니 사실 도로 내려가거나 할 가능성은 애초에 적었지만(그런 걱정도 있었다.) 그래도 원래 목표했던 곳 가까이 있다는 것에 행운을 만난 기분이었다.

가슴에 달라붙은 옷을 잡아당기던 내 눈에 불빛이 들어왔다.

횃불은 아니고, 각등 같은데. 우리 도시에서야 구하기 쉬운 물건이다. 광부들이 쓰는 것이 워낙 많으니. 따라서 그것만 가지곤 뭘 짐작하기는 어렵다. 서너 개 정도인 것 같고, 직선거리로는 한 300미터쯤? 산에서 그건 정말 300미터 거리일 수도 있고 3킬로미터나 다름없는 거리일 수도 있다. 하지만 사람이 들고 움직이는 불빛이 분명했기에 반가웠다. 바로 옆에 누가 있어 주는 듯한 기분마저 들었다. 각등인지라 소유자들의 얼굴을 알아볼 수는 없었지만 어디로 가는 것인지는 알아볼 수 있었다. 봉수대 방향이군. 주변의 봉우리들과 능선의 위치 관계를 다시 따져보며 결론을 확인하려다가 '다른 것'을 발견했다.

처음에는 산의 일부가 움직인다고 생각했다. 어둠 속에서 검은 것이 움직이고 있었고 내가 아는 그 무엇의 움직임과도 달랐다. 저 먼 능선에 하나, 오른쪽 계곡에 하나…… 둘? 확실치가 않다. 하지만 내 가늠을 믿는다면 대단히 크다.

나무들인가.

뜻밖에 마음이 가라앉았다. 이제는 익숙해진 것인지, 아니면 밤중에 산을 오른 덕에 기운이 빠져서인지 모르겠다.

"나무들이 왜 봉수대로 가는 거지?"

대답은 없었다. 이쪽의 의사소통 수단에 문제가 있는 건가. 하지만 나는 내 의사를 담은 냄새를 풍기는 기술 같은 건 없는데. 요구가 과하잖아.

아직도 계속되는 미루나무의 자취 — 발 자취? 뿌리 자취? — 를 따라 걸었다. 능선에 오른 덕분에 앞이 잘 보였고 장애물도 줄어들었지만 동시에 굴러떨어질 위험도 늘어나서 달릴 수는 없었다. 능선에서는 양쪽으로 구를 수 있고 다급할 때 붙잡을 것도 부족하니까. 그 사실이 불만스럽고 걱정스러웠다. 각등을 든 사람들은 나무들의 접근을 알고 있을까, 아니면 그런 일은 상상도 못 하고 있을까? 아무래도 후자에 가깝다고 판단하는 것이 옳겠지. 위험을 무릅쓰고 달려야 하나. 그러다가 낙상이라도 입으면 아무 도움이 안 될 텐데. 불현듯 미루나무가 남긴 자취 안쪽을 따라 달리면 어떨까 하는 생각이 들었다. 홈을 따라가는 듯한 효과가 있지 않을까? 그런 생각을 하며 자취를 내려다보다 갑자기 궁금해졌다. 왜 소리가 없는 거지?

내가 따라온 자취로 보건대 나무는 땅을 파헤치며 이동하는 것 같다. 그리고 지금도 시야 내에서 몇 개의 나무가 움직이고 있다. 그렇다면 굉음이 들려야 할 것 같은데. 잠깐. 그런데 굉음이 나야 하나? 쟁기질할 때 무슨 소리가 나던가? 특별히 떠오르는 소리가 없다. 아무래도 땅을 쉽게 파고들게끔 궁리하여 만드는 물건이니 격렬한 소음 같은 건 나지 않는 듯하다. 돌이나 바위를 때린다면 또 모르지만. 그런데 산 위의 흙은 거의 그것들만큼 딱딱할 텐데.

마음이 급했지만 잠시 몸을 낮춰 파헤쳐진 자국을 손으로 더듬어보았다. 지금껏 신경을 안 써서 몰랐는데, 뭐랄까, 파헤쳐진 땅의 입자가 예상외로 고운 편이다. 잘 빻은 밀가루 같다는 의미가 아니라 거칠게 파헤친 땅 주변에서 흔히 볼 수 있는 딱딱한 덩어리들이 그다지 만져지지 않는다는 말이다. 이건 뭘까. 괴상한 상상이 떠오른다. 내 변변찮은 지식에 따르면 풍화 작용의 주요 원인엔 햇빛과 물 외에 식물도 있다. 설마 땅을 파헤치는 것이 아니라 풍화시키며 이동하는 건가. 뿌리는 원래 조용히 땅을 뚫고 들어가는 물건이긴 한데……

공격이 날아왔다.

피하지 않았다. 맞을 리가 없으니까.

"뭘 공격하는 거야? 나는 내가 아냐."

좀 부족한 기분이어서 그보다 더 심한 조롱은 따로 없을까 고민하다가 휘청했다. 방금 내가 뭐라고 그랬지?

땅이 흔들렸다.

또 지진인가. 산에서 겪는 지진은 아래쪽에서 겪었던 그것보다 훨씬 굉장했다. 모든 나무들이 동시에 푸르르 떨리고 잎들이 부서지듯 흩날리며 수백만 푸대의 모래를 한꺼번에 쏟는 듯한 소리가 울렸다. 어디서 쩡—쩡—하는 메아리가 들려왔다. 낙석인가. 굴러떨어진 돌이 바위를 때리고 있는 건가. 이 어둠 속에선 낙석이 날아와 내 머리를 직격해도 땅에 쓰러질 때까지 깨닫지 못하겠군. 그 전에 높은 곳으로 올라와서 다행이군.

미루나무의 모습은 황당했다.

뭐, 나무 자체엔 아무런 잘못된 점이 없었다. 이런 고지대에 나무 한두 그루가 뜬금없이 서 있는 일도 간혹 있기야 하다. 하지만 어디를 봐도 토질 좋은 계곡 같은 곳에 있어야 할 이런 장대한 미루나무가, 뭐랄까, 그릇에 아무렇게나 꽂아놓은 숟가락처럼 비스듬하게 서 있는 광경이라니. 나무에 그런 표현을 쓰는 것이 어떨지 모르지만, 꼭 좌초한 꼬락서니다. 떠올리고 보니 딱 맞는 표현이다. 조금 전의 지진 때문에 이렇게 기울어진 건가?

'내가 누군데! 내가 내가 아니라면, 나는 누군데!' 가만히 있어. 그게 도움이 된다면 모든 역사가들이 자기 저서에 한두 문장은 할애해야 한다는 의무감을 느끼게 될 발광을 해 보이겠어. 하지만 그런 발작은 아무 도움이 안 될 것이 뻔하잖아.

지금껏 따라온 자취는 미루나무의 밑동 부분에서 끝나 있었고 그 뒤로는 보이지 않았다. 이 미루나무가 여기까지 와서 멈췄다고 봐야겠군. 도움이 될지 의심스러웠지만 밑져야 본전이라는 마음에 장검을 뽑아 들었다. 나무가 경계심을 드러내지는 않았다. 다시 납도하고 싶은 기분을 꾹 참고 앞으로 다가갔다. 그리고 조심스럽게 칼끝으로 미루나무를 건드려보았다.

칼끝으로 나무를 건드리는 느낌뿐이었다. 뭔가 대단히 저열한 녀석이 되는 기분이었지만 꾹 참고 칼끝을 비틀어가며 나무 표면을 쑤셔보았다. 덕분에 멍청이가 된 기분까지 느낄 수 있었다. 멋지군.

공격이 있었다. 특기할 만한 아무런 가치도 느낄 수 없었다.

칼을 그대로 손에 든 채 미루나무 곁을 지났다.

나는 봉수대로 가야 한다. 내가 누군지는 모르지만.

미루나무 뒤편에서 돌출한 암봉을 도느라 시간을 좀 잡아먹어야 했다. 희미한 달빛이나마 비추는 쪽으로는 도저히 돌 수 없었기에 발 디딤을 눈으로 확인할 수가 없는 그늘 쪽으로 돌아야 했다. 그곳도 막혀서 오도 가도 못 하게 될 가능성을 고려하면 자기 응원이 필요했다. 괜찮아. 지데는 살아 돌아왔어. 나는 이제 살인자가 아니야. 괴상한 논리군. 정확히 말해 논리도 뭣도 아니군. 주술적 사고방식이라고 하던가. 내가 살인자가 아니라면 자연법칙이 내 살 권리를 보장해야 한다는 건가? 터무니없군. 이 그늘에 있을지도 모르는 이끼를 밟아도, 뭘 착각한 밤새 한 마리만 날아와도 나는 저 아래로 굴러떨어져 죽을 수 있는데.

"나는 내가 아냐."

그렇다는군.

"그럼 난 뭐지?"

답을 알잖아.

봉수대가 시야에 들어왔다. 봉수지기는 당연히 2교대나 3교대로 돌아가야 할 테지만 샤레모는 혼자서 일한다. 그가 잠을 자지 않느냐고? 샤레모가 수면도 증오하는지 모르겠지만, 그런 이유에서는 아니다. 여기선 신호 보낼 일만 있고 받을 일은 없기 때문이다. 일단 동쪽과 서쪽은 신경 안 써도 되고, 북쪽으로부터도 신호 받을 일은 없다. 여기서 북쪽에서 신호가 온다면 그건 대방벽의 그것뿐인데 거기에 문제가 생겼다면 주변의 모든 봉화와 다른 통지 수단이 작동할 테니 우리 것이 절실하지는 않다. 그렇다면 남쪽에서 오는 신호뿐인데, 남쪽에서 신호가 온다면 그건 오거, 그러니까 총동원령밖에 생각할 수 없다. 제국의 모든 전력이 필요하니 하던 일 집어치우고 당장 다 모이라는 신호 말이다. 하지만 황제께서도 우리 고장에서 뭔가 쓸만한 것이 올 거라 기대하지는 않으실 거다. 그러니 결국 어느 방향으로부터도 신호 받을 일은 없고 오직 신호 보낼 일뿐이니 봉수지기는 한 명만 있어도 된다. 이제 공무원의 못된 습성에 관련된 악담이 하고 싶어졌다면, 중앙에 구원 요청을 보낼 수단은 일단 마련해둔 처사에 대해 생각해 본 다음에 그렇게 하라. 사실 우리 봉수대는 요충지에 놓이는 전통적인 봉수대라기보다는 개척 지역을 위한 제국 정부의 배려로 보는 것이 맞다.

"내가 티르를 뺏었다고? 그래서 티르가 가진 것들을 다 가지게 되었고, 결과적으로 티르나 다름없게 되었다고? 그게 무슨 괴상한 도둑질이야?"

내 말이.

그렇다면 그 갈등들은? 신호를 보내려고 누가 올라오는 건가? 일견 말은 되는 것 같다. 지테는 제도로 가서 황제에게 알리겠다고 말했지만, 사람이 가기에 앞서 비상 상황을 알리는 건 쓸모가 있어 보인다. 그런데 봉화로 그런 신호도 보낼 수 있나? 유래를 생각하면 우리 것은 아마 일반적인 군사용 봉화와는 의미가 다를 거다. '적의 포착, 접근, 월경, 교전' 같은 내용보다는 '심각한 전염병 발생, 의료 구조단을 요청' 같은 신호를 보내기 위한 것일 테니. 그래도 '죽은 자가 살아 돌아왔으며, 그자는 인류의 식물 연소 중단을 바라는 식물의 뜻을 가지고 온 식물의 대변인입니다. 대응책과 지시를 바랍니다.'라는 의미를 담은 봉화 신호는 없을 텐데.

내 의문에 대한 해답을 아는 봉수지기는 나를 따스하게 환영했다.

"넌 또 뭐 하는 병신이냐!"

"티르 스트라이크." 어느 정도는.

봉수대 앞에 서 있는 샤레모는 밑손질 끝난 식재료를 노려보는 꼬치 같았다. 저 뿔에 꿰어 저 눈빛으로 구우면 되겠군. 분기탱천한 유니콘을 마주하고 있던 사람들이 몸을 돌려 나를 보았다. 이파리 보안관은 내가 여기 있다는 것에 놀라고 짜증스러워하는 표정을 지었지만, 그 눈엔 안도감이 빛났다. 그리고 그 옆으로 몬도 시장과 덴워드 이카드의 모습이 보였다. 샤레모가 다시 으르렁거렸다.

"이 미치광이들을 데리러 온 거지? 빨리 데리고 꺼져!"

몬도 시장은 보안관의 등 뒤에 숨고 싶은 것을 필사적으로 참는 듯했다. 시장이 여기 왔다는 것이 놀라웠다. 보안관과 나는 몬도 시장이 시민들에게 절대로 봉수대 근처에 가면 안 된다고 끊임없이 강조하는 것에 별 유감이 없는 편이다. 당신이 나 같은 부류의 치안 관계자라면 의아해할지도 모르겠다. '그러면 일부 소년이나 청소년이 봉수대가 이 세상에서 제일 재미있는 장소가 아닐까 의심하는 역효과가 날 텐데?' 일단 동병상련의 뜻을 표하고 설명하겠다. 육성으로 인정한 적은 없지만, 몬도 시장은 샤레모를 무서워한다. 물론 샤레모는 누구에게든 공포증의 원인이 될 만한 작자이긴 하지만, 무례한 상상을 해본다면 시장이 첨단공포증을 가지고 있거나 어린 시절 말에게 채였을지도 모르겠다. 어쨌든 그가 봉수대 접근 금지를 강조할 때 거기엔 항상 진정성이 듬뿍 담기게 되고 덕분에 어린 시민들이 전술한 오해를 일으키는 일은 없다. 보안관과 나를 지옥 자유 통행권을 가진 사람쯤으로 여기는 부작용은 있지만.

나는 샤레모를 무시하며 보안관에게 보고했다.

"지데를 배웅하고 오다가 이상한 것을 발견하고 추적하던 도중 불빛을 보고 왔습니다."

"이상한 것? 뭔데?"

"움직이는 나무입니다. 몇 그루가 현재 여기로 접근 중인 것 같습니다."

낮에 실포 언덕에 나타난 괴현상 때문에 내 보고는 그렇게까지 괴상한 것이 되진 않았다. 이파리 보안관의 어깨가 무릎 아래로 내려가는 듯했고 덴워드의 눈에선 불꽃이 튀었다. 몬도 시장은 사방을 동시에 보려 하며 자기 목을 고문하다가 다급하게 말했다.

"샤레모 씨, 들었습니까? 샤레모 씨!"

"두개골 열고 침 뱉어줄 놈이 하나 더 있네. 골 마른 놈들이 왜 이렇게 많아. 나무가 움직이긴 뭘 움직여!"

몬도 시장은 질겁하여 귀를 막을 듯 팔을 움찔거렸다. 보안관은 내사례를 본받았다. 그는 샤레모를 무시하며 말했다.

"불 네 개 올리기로 하고 올라온 거다."

"사거? 사거면 전군 출동 준비 아닙니까? 우리 건 다릅니까?"

"우리 것도 네 개와 다섯 개는 다른 봉화와 같아. 그런 걸 보내면 도대체 무슨 미친 소린지 알아보러 누가 올 수 있다는 거지."

"아아."

그렇군. 봉화가 온 것이 다른 방향이었다면 사거를 본 제국의 모든 무력은 출동 준비를 갖추겠지만, 이 방향에서 온 신호라면 상식적으로 그렇게 반응할 것 같다. 말도 안 되는 신호를 보내는 것도 때론 좋은 신호다 이거지. 그러면 아예 오거를 올려버리면 어떨까 하다가 그러지 않는 이유도 바로 깨달았다. 경제적 손실이 너무 크다. 제국의 거의 모든 산업 활동이 일시적으로 중단될 테니까. 사거도 상당한 피해를 가져오겠지만 그래도 제국의 모든 전투력을 즉각 소환하는 오거에 비하면 훨씬 낫다. 그렇다면 몬도 시장은 사거를 승인하기 위해 어쩔 수 없이 온 것이겠군. 구두나 서면으로는 거절할 것이 뻔한 샤레모를 설득하기 위해서. 그런데 샤레모는 시장이 직접 나타났는데도 사거 점화를 완강히 거부하고 있는 모양이다. 애석하지만 이 또한 상식적인 반응이다. 봉수지기는 이 조그마한 개척도시가 모든 제국군에게 비상을 걸려 하는 것에 어이없어하고 그 이유에 기막혀했다. 그는 죽은 자가 돌아왔다는 이야기를 자신에 대한 모욕으로, 그리고 식물이 자기 뜻을 전달하려고 그랬다는 설명을 우리의 유언으로 받아들이겠다는 뜻을 다양한 방식으로 피력했다.

보안관은 다시 그를 무시했다.

"여기로 접근 중이라고? 얼마나? 속도는? 위협으로 봐야 하나?"

"둘은 확실하고 어쩌면 셋일 수도 있습니다. 5분에서 10분 정도면 도달할 것 같습니다. 위협성에 대해선 명확히 말하기 어렵습니다."

"끙. 세상 돌아가는 이야기나 하자고 올 리는 없겠지. 알겠어. 접근 감시해." 보안관은 샤레모에게 외쳤다. "야, 유니콘! 알았으니 불 피워."

"이 정신 나간 오크야. 그따위 신호를 보내면 전 제국군이 병영 문 닫아걸고 모든 인원 원대 복귀시켜서 완전 무장 지급하고 공문서 파기할 준비하고⋯⋯"

"나도 알아. 누구한테 떠들어. 불 피워."

"사형 집행도 바로 이루어진다. 상관없냐?"

어? 아.

보안관도 이 이야기엔 움찔했다. 바르고 선량한 시민들은 알 필요가 없는 이야기이긴 하다. 바르고 선량한 시민들의 안위만을 염려하는 치안관은 떠올리기 어려운 이야기고. 위급 상황이 오면 제국은 당연히 신민들을 돕기 위해 모든 역량을 끌어모으지만, 또한 사람들의 시선이 닿지 않는 곳에서 돕지 않을 자들을 냉혹하게 배제한다. 그런 자들에게 역량을 낭비해서 도움이 필요한 자를 방치할 수는 없으니까. 운이 좋은 잡범들은 조기 석방의 행운을 누리겠지만 그러잖아도 혼란스러워질 수 있는 사회에 풀어놓을 수 없는 강력범들은…… 세상에 쉬운 일은 없고, 공무원 되는 것도 겉으로 보기만큼 쉬운 일은 아니라고만 말하겠다. 보안관이 신음했다.

"그건 솔직히 생각 못 했다."

"그러면 이제 생각해라, 얼간이."

그러나 이파리 보안관의 다음 반응은 고심에 잠기는 것이 아니라 덴워드를 돌아보는 것이었다.

"그래서 함께 오려고 한 거냐?"

덴워드는 대답하는 대신 앞으로 걸어 나갔다. 그는 샤레모의 정면에 섰다. 하지만 그보다는 시장과 보안관과 나에게 등을 보이는 것에 더 집중하는 듯했다. 그는 우리 세 사람에게 보이지 않도록 샤레모에게 뭔가를 했다. 뭘 보여주거나 특정한 손짓을 한 것 같다. 그러니까 대충 그런 행동을 할 때의 뒷모습이었다.

샤레모가 경직했다.

잠시 후 우리 봉수지기는 불만스러워하는 듯한 투레질 소리를 냈다. 덴워드는 샤레모에게 더 바짝 다가서더니 그 귓가에 대고 속삭였다.

샤레모가 홱 돌아섰다. 그가 뒷발로 덴워드를 걷어차 버릴 거라는 확신에 가까운 예감을 느꼈다. 샤레모라면 그냥 정면에서 들이받을 텐데도. 물론 샤레모는 그러는 대신 봉수대 안쪽을 향해 걸어갔다. 덴워드가 그 뒤를 따랐고 보안관과 몬도 시장이 불안한 모습으로 걸음을 옮겼다. 감시 임무를 맡은 나는 제자리에 남았지만, 봉수대는 봉우리 정상의 200제곱미터가 넘을까 말까 한 좁은 설비이고 시야를 가리는 것이 없어 모든 것을 관찰할 수 있었다. 급히 걸어간 보안관이 덴워드에게 말했다.

"이봐. 좀 더 생각을 해봐야겠는데."

덴워드는 야멸치게 못 들은 척했다. 그 걸음걸이라는 것이 정박용 밧줄로 묶어놓아도 줄을 끊고 걸어갈 것처럼 단호했다. 문득 한 가지 의문이 떠올랐다. 그게 누구 발상이었을까? 중앙을 놀라게 할 신호를 보내보자는 의견 말이다. 낮에 보안관이 비슷한 말을 했기에 자연스럽게 보안관의 발상이라고 생각하고 넘어갔다. 하지만 조금 전 보안관은 '올 수 있다는 거지'라고 말했다. 그건 남의 말을 인용하는 말투일 수도……

'말려! 붙잡아!'

"어이!"

몬도 시장은 펄쩍 뛸 만큼 놀랐고 보안관은 칼자루를 부여잡았다. 나는 두 사람을 지나쳐 덴워드에게 다가서 그 팔을 붙잡았다. 그런 접근을 예상 못 했던 덴워드는 깜짝 놀라 내 손을 뿌리치고는 험악하게 나를 노려보았다. 이건 아마 쓸모가 없을 거다. 하지만 도박하는 심정으로 말했다.

"이카드. 뭘 할 생각이지?"

덴워드는 내 정강이라도 걷어차고 싶은 것처럼 보였다. 하지만 소년은 주먹을 꽉 움켜쥐고 격분을 참아냈다. 그는 목이 멘 채로 차분하게 말했다.

"다시는 그러지 마십시오."

역시 안 되는군. 홧김에 고함을 지르며 다 이야기하는 일이라도 벌어지길 기대했건만. 나는 떨떠름하게 고개를 숙여 보였다. 그런데 덴워드는 봉수대 쪽을 흘깃 보더니 다시 입을 열었다.

"후후와 피피에 건다는 말이 있죠. 무슨 뜻인지 아십니까?"

"……동극의 페르다이할과 서극의 휴스트라넬에 건다는 말이지. 아이들이나 성질 급한 어른들이 그 이름을 발음하기 어려워서 그렇게 된 것이고."

"이상한 이야기죠? 동극이나 서극은 있을 수 없죠. 세상은 둥근 거라서 동쪽으로 계속 가든 서쪽으로 계속 가든 제자리로 돌아오게 되니까. 물론 그런 식으로 말하면 북극이나 남극도 마찬가지지만."

"거긴 회전축이니까. 그래서 북극에선 모든 방향이 남쪽이 되고 남극에선 모든 방향이 북쪽이 되지. 하지만 모든 방향이 서쪽이 되는 점이나 모든 방향이 동쪽이 되는 점 같은 건 없어."

"잘 아시는군요. 그런데도 그런 말을 쓰는 이유도 아십니까?"

"페르다이할과 휴스트라넬은 절대로 서로 가까워져선 안 된다는 것에 동의하고 서로에게서 최대한 멀어지기로 했지. 하지만 자네 말대로 세상은 둥근 것이고, 그래서 계속 멀어지다 보면 오히려 다시 가까워져. 그래서 페르다이할은 휴스트라넬에게서 더 멀어질 수 없는 곳까지, 그리고 휴스트라넬은 페르다이할에게서 더 멀어질 수 없는 곳까지만 날아간 다음 그곳에 머물기로 했어. 그게 북극이나 남극과 비슷하니까 일종의 시적 표현으로 동극, 서극이라고 불리지. 페르다이할은 어느 쪽으로 가든 휴스트라넬에게 다가가는 것이 되고 휴스트라넬은 어느 쪽으로 가든 페르다이할에게 다가가는 것이 된다는 거지."

옆이 갑자기 확 밝아져 돌아보니 첫 번째 봉화대에 불이 올랐다. 샤레모는 두 번째 봉화대로 다가가더니 그 위를 덮고 있는 방수포를 뿔로 매섭게 찔렀다. 안쪽에 뭔가 마찰식 점화장치 같은 것이 있는지 곧 두 번째 불길이 치솟았다.

"그 둘이 왜 가까워져선 안 되죠?"

"동극의 화염과 서극의 화염이 매듭지어지면 불을 태우는 불이 되니까."

"저는 그 표현이 어찌 보면 꽤 무성의하다고 생각합니다. 아마 대단히 뜨겁다는 뜻이겠지요. 그런데 불을 태우는 불이 있다면 물을 적시는 물도 있을까요? 그러면 그 물은 더 축축한 물이 됩니까? 더 축축한 물은 뭐고요? 상상하기가 어렵습니다."

"후후와 피피에 걸고 말하는데, 똑바로 설명하지 않으면 한 방 먹을 줄 알아."

덴워드가 갑자기 끅끅 소리를 내며 웃었다. 혹시 착란 같은 것을 일으킨 건가 염려하며 주위를 두리번거리는데 네 번째 봉화대에서 물러나는 샤레모가 보였다. 아무래도 제국 내 사형수들은 내일 저녁을 보기 어려울 모양이다. 이런 짓을 하는 것을 어떻게……

샤레모가 다섯 번째 봉화대로 다가가 뿔로 찔렀다.

넋이 나간 채 다섯 번째 불기둥을 바라보았다. 오거? 오거라고? 다섯 개의 봉화?

"잘못, 잘못 붙였어요. 샤레모 씨!" 시장의 다급한 고함 소리가 들렸다. "그거 꺼요, 꺼. 꺼야 해. 이미 네 개 다 했……"

곧 몬도 시장은 커억 거리는 소리밖에 내지 못하게 되었다. 그를 조롱할 마음도, 동정할 마음도 전혀 들지 않았다.

여섯 번째?

샤레모, 왜? 왜 여섯 번째 봉화대에 다가가는 거지?

저 여섯 번째 봉화대는 다른 봉화대 중 하나가 벼락을 맞거나 지진 등으로 무너졌을 경우를 대비해서 만들어두는 것 아닌가? 수리하느라 봉화를 올리지 못하는 일은 없어야 하니까 예비로 마련해둔 것 아닌가? 그런데 다시 생각해 보니 그런 설명을 어디서 들은 기억은 없다. 그냥 봉화는 원래 오거까지밖에 없는데 내가 본 봉화대엔 항상 연통이 여섯 개 있어서 그렇게 미루어 짐작했을 뿐이다. '제국의 모든 전투력 집합'이라는 신호 외에 무슨 신호가 더 필요하다는 말인가. 세상이 곧 멸망할 테니 제국의 모든 사람은 마지막 즐길 거리나 알아보세요? 그런 신호라도 있어야 된다는 건가?

"후후와 피피에 걸고? 흐, 흐흐, 후후와 피피에 걸어요?"

덴워드가 미친놈처럼 키들거리며 내 말을 반복하고 있었다. 더 참지 말고 녀석의 멱살이라도 붙잡아야 하는 건지, 여섯 번째 봉수대를 겨냥하는 샤레모를 보고 있어야 하는 건지 고민할 필요는 없었다. 그냥 샤레모를 보고 있을 수밖에 없었다.

거침없는 기세로 여섯 번째 불길이 올랐다.

육거? 육거라니. 여섯 개의 불길이라니. 오거라면, 지난 수백 년 동안 어떤 사람도 본 적 없는 다섯 개의 불꽃이라면 차라리 경외감 어린 공포에라도 빠졌을지도 모르겠다. 바보처럼 매혹된 채 어설픈 서사시를 지어보려고 애썼을 수도 있다. 하지만 여섯 개의 불꽃이라니. 뭔가가 대단히 잘못되었다는 느낌일 따름이다. 이 부조리하고 멍청한 사태는 나와 아무 관련이 없음을 만인에게 증명해 보이고 싶은 충동뿐이다.

"식물을 태우지 말라고 했죠."

덴워드가 표백된 어조로 웅얼거리듯 말했다. 여섯 개의 불빛에 비친 그의 얼굴엔 그림자가 없었다.

"죽은 것을 살릴 수 있는데, 태우지는 말라고 했죠. 태운 건 못 살려낸다는 말이겠죠. 열과 빛이 되어 흩어진 건 다시 못 끌어모은다 이 말이겠죠."

"이카드?"

"모든 봉수대에는 반드시 여섯 개의 연통을 놓는다. 다섯 개의 불꽃으로 족함에도 불구하고 그리하는 까닭은 여섯 번째 불꽃이 사람을 위한 것이 아니기 때문이다. 서로 헤어지기로 결정한 두 드래곤은 그들이 다시 조우해야 할 필요성을 가늠할 권한을 그들 사이에 있는 자들, 즉 사람에게 일임했다. 그리하여 사람의 봉수대에 두 드래곤을 위한 여섯 번째 연통을 놓는다."

무엇을 인용하는 건지 모르겠지만 그건 전혀 중요하지 않다. 조금 전의 경고에도 불구하고 명확히 설명하는 짓만큼은 하지 말라고 요구하고 싶어졌다. 물론 의미가 없다. 무슨 소리를 하는 건지 이해할 수 있었으므로. 그래서 나는 덴워드가 말하도록 내버려 두었다.

"페르다이할과 휴스트라넬이 올 겁니다. 불을 태우는 불이 뭔지 상상할 필요가 없겠군요. 직접 보게 될 테니. 화염의 매듭이 식물왕을 묶을 겁니다."

어둠 저편, 잔트빌 봉수대가 있을 곳으로 추정되는 곳에서 불빛이 하나둘 나타났다. 조금 후 그것은 여섯 개가 되었다.

그건 아마도 모든 것이 수포로 돌아갔을 때, 그러니까 백금기사단의 노력이 실패하고 야채 뱀파이어의 검이 재배되고 식물왕이 탄생했을 때의 수단으로 내정되어 있었을 것이다. 사람이 동원할 수 있는 가장 강력한 불을 소환하여 식물왕은 물론이거니와 그 주변까지 깡그리 태워버리는 것. 제국에겐 함께 있으면 너무도 위험해서 활용할 수 있는 가장 큰 벽, 즉 세계 그 자체를 둘 사이의 벽으로 이용하기로 한 호연지기 넘치는 두 드래곤을 불러올 수 있는 수단이 있으므로.

"제국의 봉수대가 두 드래곤이 있는 곳까지 이어진다는 거야? 그럴 리 없어. 제국이 아무리 넓다 해도 세계의 반을 차지하고 있지는 않아. 세계의 정반대편에 있는 두 드래곤에게 신호가 가려면……"

"상관없습니다. 제국의 동쪽 끝과 서쪽 끝에서 여섯 개의 봉화가 오르기만 하면 됩니다. 그다음부터는 페르다이할과 휴스트라넬이 자신들의 수단으로 확인할 겁니다."

"……좋아. 하지만 동극과 서극이 인류의 명령을 따른다고? 드래곤이? 하나도 아닌 두 드래곤이?"

"명령이 아닙니다. 하청이라고 하는 편이 낫겠죠. 둘은 서로 만날 수 없기 때문에 위험을 무릅쓰고서라도 반드시 만나야 할 때가 오더라도 알 수 없습니다. 그래서 그걸 판단할 책임을 우리에게 청부한 겁니다. 제3자의 판단을 따른다는 점에서 객관성 확보라는 이점도 있습니다. 드래곤들이 서로의 판단을 맹목적으로 추종하긴 어려우니까요. 우리는 그냥 경보 장치…… 예. 만나야 할 시간임을 알려주는 종소리 같은 겁니다. 우리 판단이 잘못되었다면 두 드래곤은 어설픈 판단으로 중대한 재난을 야기한 책임을 적절하게 물을 겁니다. 당신 말처럼 그냥 드래곤도 아닌 두 드래곤의 추궁이겠죠. 오남용의 가능성은 없습니다."

"네가 지금 하고 있는 건 오남용이 아니라고 확신해?"

덴워드는 변호하지도, 항의하지도 않았다. 그는 사과했다.

"미안합니다."

"무슨 소리야?"

"미안합니다. 여러분의 도시는 소멸할 겁니다."

비명인지 노성인지 알 수 없는 소리를 내며 몬도 시장이 달려들었다. 시장은 덴워드의 어깨를 부여잡고 흔들며 외쳤다.

"무슨 소린가? 응? 자네, 자네 그거 무슨 소린가!"

"당장 거기서 떨어져. 시장."

자기가 무슨 짓을 하는지 알지 못한 채 황족을 겁박하고 있는 몬도 시장을 만류하는 샤레모의 방식이 좀 고약했다. 그는 덴워드의 뒤편에서 그 머리 너머로 뿔을 내밀어 몬도 시장의 얼굴을 겨냥했다. 몬도 시장은 숨넘어가는 소리를 내며 뒤로 물러나다가 다리가 꼬여 땅바닥에 주저앉았다. 그를 부축하려 했지만, 시장은 내 손을 무시한 채 덴워드의 바짓자락을 부여잡았다.

"도대체 무슨 말이냐고! 도시가 소멸하다니!"

"시장님…… 후후와 피피가 올 겁니다. 후후와 피피에 걸고 말한다는 건 내 말이 거짓이라면 내게 가장 끔찍한 일이 벌어질 거라는 뜻이죠? 바로 그 가장 무섭고 끔찍한 일이 벌어질 겁니다. 휴스트라넬과 페르다이할이 와서 그들의 화염을 엮을 겁니다. 식물왕을 불태우기 위해서요. 유감스럽지만 그 근처에 있는 것도 전부 불탈 겁니다. 여러분의 도시 말입니다."

"하지, 하지만, 불이 여섯 개야. 넷이 아니라고. 넷! 여섯! 어, 왜? 잘못되었, 신호가, 엉터리 신호가, 잘못되었으니까, 전달이, 후후랑 피피? 그럴 리가! 그건 애들 하는 소린데! 애들 소리잖아!"

두려움 탓에 시장은 논리를 구성하는 법도, 조리 있게 말하는 법도 잊어버린 모양이다. 그 얼굴만 보고 있자면 더 나쁜 상태로 전락할 수도 있을 것 같아 우려스러웠다. 덴워드도 시장에겐 말이 통하지 않겠다는 듯 내 쪽을 향해 말했다.

"내려가서 땔감을 올려 보내주십시오."

입 밖으로 나오려는 온갖 말들을 검토해보았지만 쓸만한 말이 하나도 없었다. 그래서 그중 제일 괜찮은 말을 하기로 했다. 나는 침묵으로 대답하며 덴워드의 이어지는 말을 기다렸다.

"신호는 몇 시간 내에 제도에 도달할 테고 거기서 두 가지 일이 벌어질 겁니다. 하나는 육거를 즉각 동쪽 끝과 서쪽 끝으로 전달하는 겁니다. 페르다이할과 휴스트라넬에게 신호를 전달하는 거죠. 그리고 특별한 임무를 가진 이들이 제도를 출발할 겁니다. 그자들은 육거의 시발점을 찾아 봉화들을 거슬러 찾아올 겁니다. 그러니 그 사람들이 이곳에 도착할 때까지 불을 유지해야 하고…… 땔감이 필요합니다."

"그자들은 무엇 때문에 오는 거지?"

덴워드는 내 말을 듣지 못했다. 자기 말을 듣느라 여념이 없어서.

"항상 땔감이 필요하죠…… 항상."

"이카드."

덴워드는 내키지 않는 투로 설명했다. 그의 말에 따르면 제도에서 온다는 자들은 특별한 수단을 이용하여 두 드래곤을 목표 장소로 유도하기 위해 찾아오는 자들이다. 쉽게 말해 여섯 개의 불꽃을 보고 날아오는 휴스트라넬과 페르다이할에게 '여기가 바로 그곳'이라고 목표 지점을 짚어주러 온다는 말이다.

"땔감을 올려보내지 않아서 불을 꺼트리려 해도 소용없습니다. 두 드래곤의 불을 엮을 장소를 경솔하게 정할 수는 없으니 그들은 여러 경로로 확인할 겁니다. 이곳의 불을 꺼트린다 한들 저 남쪽의 봉수지기는 신호가 이곳에서 왔다는 것을 증언해 주겠지요? 예. 불을 계속 유지하는 건 그 사람들의 편의를 도모하는 것에 불과하고 그걸 관둔다 한들 결정적인 방해도 될 수 없습니다. 그러니 그냥 협조적인 태도를 보이는 것이라고 생각하고 불을 유지하는 것이 좋을 겁니다. 여러분의 이주와 재정착을 도와줄지도 모르는 사람들이니까요."

이주와 재정착이라는 말에 몬도 시장이 다시 심근경색의 기미를 보이기 시작했다. 어느샌가 나 대신 서고 있던 경계도 팽개치고 곁으로 다가와 듣고 있던 이파리 보안관은 어깨와 목을 보기 흉하게 꿈틀거리고 있었다. 그가 살기등등하게 속삭였다.

"너 방금 우리 보금자리와 일터와 재산과 꿈…… 모든 것을 날려버릴 절차를 시작해 놓고서 뭐가 좋은지 알라고 충고하고 있는 거냐?"

지금 보안관은 메두사와도 눈싸움할 수 있을 것 같다. 텐워드의 얼굴에서 핏기를 찾아보기 어려웠다. 하지만 그는 소년이었다. 그것도 두 드래곤을 부른 소년이다. 그는 보안관을 외면하는 대신 울부짖었다.

"그러면 나더러 어쩌라고! 어쩌라는 거야! 만 하루도 안 지났는데 재배가 끝났어. 죽은 자가 돌아왔어! 그게 뭐야? 뭐냐고! 너무하잖아. 이건 엉터리야. 뭔가 손 써 볼 틈도 없잖아. 뭐? 아니. 기회는 있었어. 당신! 오늘 아침 당신이 방해하지 않았다면 동물의 배신자를 제거하고 끝났을 거야! 마지막 기회가 있었다고!"

그게 오늘 아침의 일이었나. 생각해 보니 그 말이 맞다. 어쩌면 시간적으로 어제 아침인지도 모르겠지만, 그 많은 일들이 벌어지고도 아직 하루가 지나지 않은 것은 사실이다. 보안관이 항의했다.

"지데는 시간이 120일이나 있다고 했잖아. 그러면……"

"그래서? 그래서 뭐? 불을 쓰지 말라고 했잖아! 왜지? 왜 그게 무슨 소린지 이해를 못 하는 거지? 다시 돌과 뼈다귀로 돌아가야 한다는 이야기잖아. 겨우 수십 명씩 무리를 지은 채 벌거숭이 모습으로 황야를 떠돌며 이것저것 주워 먹는 신세로 돌아가라는 소리잖아!"

무슨 소린가 하다가 사용하는 시간 개념이 다르다는 것을 깨달았다. 덴워드는 일상에 쓰이는 사회학적 시간 개념이 아닌 고고학적 시간 개념을 사용하고 있었다. 지질학적 시간 개념이 아니라는 걸 고맙게 여겨야 하나.

"모두들 그 저능한 여자 수준인 거야? 죽지 않는 인류가 만들어낼 아름다운 세상 같은 지독한 헛소리나 늘어놓은 그 여자는 차라리 정상 참작의 여지가 있어. 본인이 죽었다 살아났으니까. 부활을 긍정할 수밖에 없으니까. 하지만 너희들은 변명의 여지도 없어! 죽지 않게 해주겠다는 소리가 그렇게 매혹적이야? 그 달콤한 소리에 귀가 멀어 비참한 짐승으로 되돌아가라는 그 뻔한 소리도 못 알아듣는 거야? 식물왕이 사람들을 잘못 봐도 진짜 잘못 봤다고 생각했는데, 그게 아니었군. 잘못 본 건 나였어!"

덴워드는 황홀경에 빠진 사람마냥 몸을 기괴하게 비틀며 우리를 성토했다.

"보금자리가 어째? 일터와 재산과 꿈? 식물왕의 요구를 받아들인다면 너 스스로가 내던져야 하는 것들이다. 그중 식물을 불태우지 않고 유지할 수 있는 것이 얼마나 있느냐? 단 하나도 없어! 항상 주변에 있어서 문명이 얼마나 손에 넣기 힘든 엄청난 것인지 모르지? 대수롭잖은 것 같지? 천만에. 지상에 있는 수십만 종의 동물들 가운데 사람만이 문명을 손에 넣는 데 성공했다. 성취 가능성이 수십만 분의 1이란 말이다! 필요 이상으로 낭만적으로 취급되는 비행은 조류도, 곤충도, 박쥐 같은 포유류나 날치 같은 생선도 손에 넣은 흔해빠진 기술이지만 식물을 불태워 거의 무궁무진한 힘을 뽑아내어 세상을 자기 뜻대로 변화시키는 기술은 딱 하나만이 손에 넣었어! 그걸 포기하라는 소리를 면전에서 들었는데 아무것도 느끼지 못하는 거냐?"

변성기를 예전에 넘긴 소년이 흥분으로 날카로운 목소리를 내는 것이 거북했지만, 그 말에 담겨 있는 여러 고찰들은 당혹스러울 정도로 심금을 울렸다. 주변을 공기처럼 둘러싸고 있는 문명이기에 과소평가한다? 일리 있는 이야기다. 그래서 비행 같은 것을 꿈꾸며 이 기적은 알아보지 못한다? 반박하기 어렵다. 그리고 그 기적은 식물을 태우는 것에서 비롯된다? 할 말 없다. 덴워드는 기진맥진하여 헐떡였다.

"선조께서 당신들이 피땀 흘려 창조해낸 것임에도 불구하고 후손이라는 이유로 공짜로 물려준 귀한 것들에 대한 최소한의 경의라도 있었다면 너희들은 아까 공회당에서 그 여자에게 욕설을 퍼붓고 물건을 집어 던졌어야 한다. 늙어 죽을 때까지 살게 해주겠다는, 불 깐 돼지나 반길 소리에 혹하는 대신……"

이 자식의 문제가 도대체 뭘까. 아니, 가장 깊은 곳에 있는 문제야 뭔지 대강 깨달았다. 하지만 이런 의식 구조를 만들어낸 요인은 뭐라고 말해야 좋을까. 젊음이라고 하는 불불치병? 아무래도 가장 혐의가 높다.

잔혹하게도 확인하고 싶어졌다. 이게 나인가?

"사내애의 보물은 대답과 표지판, 주머니라더군."

보안관이나 다른 이들은 뜨악한 표정을 지었지만, 덴워드는 경계심을 드러냈다.

"대답과 표지판이 뭔지 알겠어. 사내애는 질문을 하고, 사내애에겐 갈 곳이 필요하다는 말이겠지. 그런데 혹시 주머니가 뭔지 알아?"

"주머니에는 자질구레한 도구나 열쇠 꾸러미 같은 것을 담아둘 수 있습니다. 소년은 많은 수단들을 가지고 싶어 한다는 거죠. 언제 쓰일지 몰라도 말입니다. 심지어 수단만 많이 가지고 있으면 목적이 없어도 행복할 수 있는 것이 소년이라는 말입니……"

말끝을 도로 삼킨 덴워드가 경악했다. 급작스럽게 드러나는 그의 격렬한 불안감과 분노에, 놀랍게도 마음이 착 가라앉는 것을 느낄 수 있었다. 내가 정확히 뭔지 모르겠지만 티르가 즐겁게 사귈 만한 자는 아닌 것 같군.

"죽은 자를 살려낼 수 있는 자에게 가장 큰 위협을 느낄 자는 누굴까? 의사는 정답이 아냐."

덴워드의 모습에서 더 이상 질문이 필요 없다는 것을 알게 되었다. 역시 그렇군.

"취소할 방법이 있으면 지금 말해. 기회는 더 없어."

혼란에 빠진 소년의 검은 얼굴이 몇 번이나 나를 향했다가 떠났다. 그를 더 쥐어짜는 것은 의미가 없다. 왜 내가 그래야 하는가. 내게 그를 비난할 자격이 있단 말인가. 어쩌면 티르 스트라이크라면 그랬을지도 모른다는 느낌은 든다. 덴워드는 조금 전 이 도시를 날려버리라는 신호를 제도로 보냈다. 티르는 저 소년에게 화를 내고 끔찍한 심리 상태에 빠지도록 획책했을지도 모르겠다. 어쩌면 육체적 폭력을 가하려 할지도 모르겠다. 하지만 티르 스트라이크가 아닌 나는 그러고 싶지 않다. 덴워드가 자신이 해야만 하는 일을 납득하기 어려워서 자신을 미혹시

415

킬 호사스러운 이유들을 발명하고 그것을 무리하게 패용한들, 그게 어쨌다는 건가. 어쨌든 그는 거부할 수 없었다.

황제의 경쟁자 탄생을 저지하라는 명령을 백금기사가 어떻게 거부하겠는가.

죽은 자를 살려낼 수 있는 자에게 가장 큰 위협을 느낄 자? 물론 살인자다. 부탁이니 손에 칼을 쥐고 침을 질질 흘리는 광인을 연상하지는 말길 바란다. 살인이 가장 중요한 수단인 자를 말한다. 그래. 국가는 유일한 합법적 폭력의 소유자다. 사람의 자유를 구속할 수 있고, 전쟁터에 나가 살인자가 되거나 살해당하라고 명령할 수 있고, 영원히 함께 살 수 없다고 결정한 자의 목에 삼 밧줄을 두르거나 참수검으로 내려칠 수도 있다. 다른 이가 결코 가지고 있지 않으며 절대로 가져서도 안 된다고 우리 모두가 믿는 그 권리가 없다면 국가는 통치를 할 수 없다.

더 쉽게 말할 수도 있다. 당신이라면 누구를 따를 텐가. 당신이 잘못을 저지르면 죽일 자? 아니면 당신이 죽어도 되살려줄 자?

죽은 자가 되살아날 수 있게 된다면, 다른 수많은 일들이 벌어지겠지만, 상술한 이유로 제국은 확실하게 사라질 것이다.

덴워드의 상관들에겐 그게 가장 심각한 문제였을 테고 행동을 취하기에 충분한 이유였을 것이다. 그리고 덴워드에게도 그거면 충분할 거라 여겼을 테고. 하지만 그렇지 않았다. 덴워드는 열다섯 살이었으니까. 그래서 덴워드는 그들이 말해주지 않은 수많은 이유들을 혼자서 발견해내야 했다. 부활이 사람의 가치를 떨어뜨린다고 주장하고, 부활은 절대로 피할 수 없는 통제임을 설파하고, 불의 상실은 우리를 원시적인 수렵 채집민으로 돌아가게 할 거라고 외쳐야 했다. 똑똑하니까 그럴 수 있겠지. 앞뒤도 안 맞는 헛소리로 단정할 만한 것은 하나도 없다. 문제는 그 이유라는 것들이 감수성을 자극하기 어렵다는 점이다. 하나같이 피부로 실감하기가 어려운 이야기니까.

백금기사가 왜 황제를 위해 움직인다는 것만으로 감정적인 만족을 느끼지 못하냐고? 시시한 질문을 하는군. 두 이름으로 대답하겠다. 그루퀘 폴바이, 소엘린 야드버트. 높은 확률로 그들의 본명이 아닐 테고, 그 외에도 수많은 이름이 있겠지만 내가 아는 것이 둘뿐이라 어쩔 도리가 없다.

알겠어, 티르?

나는 기다렸다. 내겐 덴워드를 궁지에 몰아넣고 그의 자기 합리화를 고발하고 그가 영웅이 아님을 울며 자인하게 만들 권리 같은 건 없다. 그리고 의도도 없다. 내게는 두 드래곤의 소환을 취소할 방도가 있는지, 있다면 그게 무엇인지 알아내는 것이 훨씬 중요하다. 나는 기다렸다.

"진짜야?"

샤레모의 경악과 울화가 가득한 목소리에 내가 덴워드로부터 아무것도 들을 수 없게 되었음을 직감적으로 깨달았다. 샤레모는 목을 이리저리 흔들며 밤하늘을 쳐다보고 있었다. 시선이 그렇게 높은 이유야 뻔하다.

셋이었군. 봉수대를 포위한 나무는 세 그루였다. 엄청난 거목은 아니었지만, 관목보다 큰 식물을 찾기 어려운 이 산봉우리에서는 위압감이 대단했다. 보안관은 칼을 뽑아 들었고 나도 그렇게 했지만 그걸 가지고 뭘 해야 할지는 도무지 떠올릴 수 없었다. 나는 네 약점이 어딘지 다 안다는 표정으로 나무를 쏘아보기라도 해야 하나.

덴워드가 신음인지 흐느낌인지 구분하기 어려운 소리를 내더니 봉수대로 달려갔다. 그는 연통에서 불붙은 장작 하나를 뽑아 들더니 가까이 있던 소나무인지 가문비나무인지 확실치 않은 나무를 향해 집어 던졌다. 조준은 그리 훌륭하다 할 수 없지만 일어난 결과는 꽤 고무적이었다. 나무가 뒤로 물러났다. 도대체 어떻게 그랬는지는 전혀 알 수 없었지만. 그러고 보니 나무들이 움직이지 않고 있었다. 그냥 포위한 듯한 모습으로 서 있을 뿐. 그게 시사하는 바는…… 덴워드가 고장 난 풀무 소리를 내며 샤레모를 향해 말했다.

"내가 알기로 봉화대는 연료의 재공급 없이도 두 시간은 타오를 수 있어야 합니다만?"

"이런 날씨라면 여섯 시간도 가."

덴워드는 시장에게 손가락질했다. 몬도 시장은 샤레모의 뿔에 겨누어졌을 때만큼이나 질겁했다.

"내려가세요. 당장! 시간 낭비하지 말고! 지금도 봉화는 제도로 달리고 있습니다. 토론이나 회의, 그런 건 없어요. 모든 건 자동으로 진행될 겁니다. 시민들에게 휴대할 수 있는 귀중품만 가지고 도망치라고 알려주십시오. 피난은 가능합니다만 머뭇거릴 여유까지 포함해서 그런 건 아닙니다. 그 언덕에서 15킬로미터는 떨어져야 할 겁니다. 아마 사나흘 안에. 그러니 서로 화를 내고 비난하고 앙심을 품고 설득하는 짓에 시간을 낭비했다간 이동할 시간도 안 남을 겁니다. 아까운 마음에 뭐 하나 더 들고 가려는 사람에겐 선 채로 증발하게 된다고 확실히 말해 주십시오. 봉수지기! 당신도 떠나십시오. 여기선 할 일 없으니까. 이 사람들을 아래로 안내해요. 하지만 돌아와야 합니다. 그게 당신 의무입니다. 나뭇짐을 가지고 돌아와요. 빨리 가요!"

"이카드."

"빨리 가라고 했잖습니까!"

덴워드는 돌을 집어 들어 짐승을 쫓듯 우리에게 던지기 시작했다. 어쩔 수 없이 머리를 가린 채 물러날 수밖에 없었다. 의사를 교환한 건 아니지만 우리는 봉수대 뒷길, 그러니까 내가 걸어온 곳과 반대 방향으로 달렸다. 그곳의 나무들 간격이 가장 넓어 보였고, 샤레모가 바로 그 길로 달려갔기 때문에. 조금만 내려가자 곧 왜 움직이는 나무가 그쪽에 없었는지 알 수 있었다. 커다란 나무가 이동할 만한 길이 아니었다. 밤 중에 빠르게 내려왔다간 우리 목을 부러뜨릴 만한 험로를 그나마 내려올 수 있었던 건 시장과 보안관이 아직까지 들고 있던 각등 덕분이었다.

정신없이 달리던 몬도 시장이 멈춰선 건 간신히 숨을 좀 고를 만한 위치에 도달했을 때였다. 시장은 내려온 길을 올려다보았다. "데려가야, 하지 않나?" 샤레모는 들은 척도 하지 않고 계속 달렸지만 이파리 보안관은 배려심을 보여주었다. "시장님. 일단 사람들에게 알려야 합니다." 몬도 시장은 그 정도 소득에 만족하고 좋은 사람이 될 수 있는 모험을 더 시도하진 않았다. 나로 말할 것 같으면 주변에서 접근하는 다른 나무가 없는지 살펴보느라 당장이라도 허공으로 날아가 버릴지도 모르는 상태였다. 그러나 묘하게도 죽을 거라는 느낌은 들지 않았다. 나는 티르 스트라이크가 아니니까. 그러니 티르가 죽을 리 있나.

머리가 터질 것 같은데도 괴롭지가 않았다. 기묘한 침착함이 내 머리를 사지의 고통과 분리하는 느낌이다.

휴스트라넬과 페르다이할은 모든 문제를 깔끔하게 태울 것이다.

대략 반 시간 후 우리는 산 아래로 내려왔다. 샤레모는 힘들지 않은 기색이었지만 밤중에 산길을 급하게 움직인 것인지라 나는 내려온 것인데도 눈앞이 허옇게 변할 정도로 힘들었다. 시장과 보안관도 마찬가지였다. 몬도 시장은 아예 땅에 주저앉아 헐떡이고 있었는데 그냥 드러눕지 않는 건 그러기도 힘들어서인 것 같았다. 보안관도 허리를 구부리고 무릎을 짚은 채 씩씩거렸다. 그러나 곧 이파리 보안관은 놀라운 극기력을 보이며 몸을 세웠다. 그러고는 다가오는 페르다이할과 휴스트라넬을 발견하겠다는 듯이 동쪽과 서쪽을 번갈아 바라보았다. 맥이 풀리는 기분을 느껴야 할지 진심으로 공감해야 하는 건지 혼란스러워하던 나는 보안관이 넋이 나간 듯이 혼잣말을 중얼거렸을 때 가슴이 철렁하는 기분을 느꼈다. 내 가슴은 아닌 것 같았지만, 충격은 컸다.

"의장님과 버스, 케이토는 어떻게 하지?"

<u>12</u>

나는 비누풀이다. 온전한 정신으로 엄숙하게 그렇게 주장하긴 하지만, 이게 비약적 추론의 결론이라는 사실이 불만스럽긴 하다. 어엿한 광기의 결론? 글쎄. 내가 반박할 입장은 아닌 것 같다. 내 주장을 뒷받침할 객관적 증거라곤 하나도 가지고 있지 않으니까. 내 몸은 티르 스트라이크라는 인간의 것이고 내가 가지고 있는 기억은 티르 스트라이크의 것이고 내 사고 방식도 그러하며 인격 — 초격이라고 해야 하나. — 도 티르의 것이다. 태도가 좀 다르다는 느낌이 있긴 하지만 티르 스트라이크도 항상 초지일관하진 못했던 보통 사람이었던지라 이 또한 내가 티르 스트라이크가 아니라는 결정적 증거라고 할 순 없다. 한편 나는 비누풀이었던 시절의 기억 같은 건 가지고 있지 않으며 비누풀의 세계관 같은 것이 무슨 소린지 감도 잡을 수 없거니와 심지어 비누풀에 대해 아는 것도 티르가 아는 정도밖에 없다. 그러니까 세탁할 때 넣는 풀이다. 이게 자기 정체성이라면 슬픈 일이다. 하지만 이 모든 정황 증거와 상관없이 나는 티르 스트라이크가 아니라 비누풀이다. 흥분한 위어울프가 내 멱살을 붙잡아 흔들어 잠에서 깨웠을 때도 나는 티르 스트라이크가 아니었다.

"이게 다 무슨 미친 소리야!"

"미안. 나 티르 스트라이크 할게."

"도와주지."

지데는 내 뺨을 찰싹 올려붙였다. 이건 참, 뭐랄까. 신선하군. 아침에 눈 뜨자마자 여자한테 따귀를 맞은 남자가 어떤 기분을 느껴야 하는진 모르겠지만 내 경우엔 화도 나지 않았다. 비누풀이라 원래 뺨이 없었기 때문에? 글쎄. 아닌 것 같다. 내 성격은 뺨이 있는 자의 것이니까.

"작품에 손대지 마세요."

쓸데없는 소리를 한 덕분에 나는 아침부터 여자의 침 세례를 받은 남자도 되었다. 나한테 이따위 성격과 말투를 넘겨준 티르를 저주하고 싶어지는군(저주하고 싶어진다고 생각하는 것도 티르의 성격인가? 젠장.). 안 간힘을 다해 입술을 다물었음에도 불구하고 나한테 침을 뿌려버린 지데는 얼굴이 빨개진 채 주머니를 뒤졌다. 하지만 소득이 없자 지데는 더욱 당황했다. 어제 부활하고 밤엔 약혼자의 집에서 잔 사람이 손수건을 챙겨 다니긴 어렵겠지. 그나마 수의 차림은 아니군.

"괜찮아. 어차피 세수해야 하니까 닦든 말든 똑같아. 이게 남자라는 동물이지. 그 옷은 어디서?"

"케이토가 내 여행 가방을 보관하고 있었어. 나도 그러는 것이 좋을까?"

"세수한다고?"

"바보. 좋아. 머리에 열 오른 채 흥분해서 날뛰고 그래 봐야…… 알겠어. 조금 기다려봐." 지데는 가슴에 두 손을 얹고 숨을 골랐다. 자신의 양 뺨을 세게 문지른 후 그녀가 다시 말했다. "미. 안. 해. 자. 기. 도. 무. 섭. 고. 격. 정. 이. 많. 을. 텐. 데. 내. 감. 정. 만. 내. 세. 워…… 못하겠어!"

"그래도 5분만 기다려줄래?"

내게도 그 5분은 간절했다. 얼굴에 물 좀 바르고 나니 겨우 내 상황이 머릿속에서 정리되었다. 그러자 짜부라질 것 같은 느낌이 들었다. 환상적이군. 내가 비누풀이라는 사실도 아직 어떻게 할 수 없어서 그냥 내버려 두고 있는데.

정말로 내가 비누풀인가? 티르의 옷에 물든 채 티르의 몸을 둘러싸고 기회를 노리다가 미루나무의 뭔지 알 수 없는 공격을 받아 티르가 어딘가로 사라지자 그 몸과 기억을 뺏었다고? 그렇다면 나와 미루나무는 공범 관계인가? 이 도둑질의 웃기는 점은 이득이 뭔지 모르겠다는 점이다. 티르 스트라이크의 무엇이 필요해서 그런 짓을 했든 현재 나는 티르 스트라이크의 정체성 하에서 그것을 쓸 수밖에 없다. 보다 쉽게 말해보자. 내가 남의 돈을 훔친다면 그건 그 돈을 내가 바라는 식으로 쓰고 싶기 때문이다. 그런데 원래 소유자의 정체성까지 훔쳐서 (과거의 내가 바라던 방식이 아닌) 원래 소유자가 원했을 것이 더없이 확실한 방식으로 훔친 돈을 쓴다? 그렇다면 도둑질을 왜 하냐? 그런데 그게 지금 내 상황이지 않은가.

내가 원래 정신이 나간 비누풀이어서 그랬을 수도 있지만 그런 종류의 가정을 도입한다는 건 아무것도 설명하지 않겠다는 말이다. 역시 너무 끔찍해서 무의식 저편으로 밀어둔 가설을 검토해봐야 하나. 나는 미루나무와 공범이 아니다. 실제로 나는 티르와 구분된 나인 상태에서 티르에게 뭔가 계속 요청하고 있었다. 그런데 미루나무의 공격으로 나를 도와줘야 할 티르가 어딘가로 사라지자 나는 할 수 없이 티르의 유산을 챙겼다?

기절할 것만 같다.

나는 '티르'의 상실을 그 어떤 존재보다 절절하게 슬퍼할 수 있다. 내가 바로 '티르'니까. 그렇다면 '티르'는 남아 있다는 말이다. 이게 무슨 괴상한 모순이지. 더군다나 나는 '티르'가 되는 바람에 사라진 '비누풀'에 대해서도 슬퍼해야 하는 건가? 하지만 내가 비누풀인데. 내 두뇌가 몸과의 연결 통로를 막고 혼자 있게 해달라고 외치는 소리가 들리는 것 같군. 뭐가 문제인지 어렴풋이 짐작은 가지만 이걸 어떻게 말로 바꿔야 할지 모르겠다. 내가 가지고 있는 티르의 지적 능력에선 불가능한 일인 듯하다. 자기 지식을 다른 누군가가 물려받아 쓸 가능성도 염두에 두고 살았어야지, 티르!

어젯밤의 심적 상태가 돌아왔다. 현재로선 어떻게 할 도리가 없다. 일단은 티르 스트라이크 한다.

"무슨 이야기를 들었지?"

내가 세수하는 동안 할 말을 정리해 둔 것인지 지데의 대답은 간결했다.

"제국은 식물왕을 제거하기 위해 지난밤 두 드래곤을 불렀다, 조만간 속칭 후후와 피피, 그러니까 휴스트라넬과 페르다이할이 날아와 이 주변을 잿더미로 만들 것이다, 그 전에 최대한 멀리 도망쳐야 한다, 그렇잖으면 태양과 겨룰 만한 화염을 맞고 선 채로 증발하게 될 것이다, 현재 실종 상태인 사람들에 대한 수색이나 구조 작전은 없다."

"대부분 사실이야. 수색과 구조 부분은 잘 모르겠지만. 어디서 들었어?"

"자기는 모르는 일이야? 지금 그 유니콘이 사방을 돌아다니면서 방금 내가 한 말 외치고 있는데?"

보안관이 고장 나기 직전인 조수 대신 샤레모에게 협조를 요청한 걸까. 나는 보름 넘게 이어지고 있는 비정상적인 상황 때문에 —나는 비누풀? 혹시 현실 도피인가?— 내가 상당히 약해졌고 그래서 어젯밤 산에서 내려오자마자 기절하듯 잠들었다가 방금 깨어난 거라 그동안의 일은 모른다고 솔직하게 말했다. 지데는 자신을 죽였던 사람을 걱정스럽게 살펴보며 띄엄띄엄 말했다.

"그 유니콘 붙잡고서 케이토는 어떻게 되는 거냐고 물었더니 구할 방법도, 여유도 없다고 하던데. 그래서 여기로 온 거야. 그 유니콘 말투는 막돼먹었지만 미친 건 아닌 것 같던데. 자기야. 혹시 내가 잘 모르는, 헛소리 외치고 다니기로 이 근방에서 유명한 미친 유니콘……"

"대부분 사실이라고 했는데."

"그래, 그랬지." 지데도 혼란스러운 모양이군. "그 두 드래곤이 진짜 있는 거야? 그러니까, 동쪽과 서쪽을 나타내는 고전 문학적인 표현이 아니라?"

어, 그만. 침착을 되찾으려고 그러는 모양이지만 너무 많이 뒤로 갔어. 그런데 지금 시간이 어떻게 되는 거지?

"왜 그래?"

나는 거치적거리지 않도록 벽에 바싹 붙어 있는 관을 가리켰다.

"저 관에 있는 것이 누군가 하는 의문이 들어서. 어젯밤 저기엔 레피란이 들어갔어. 지금 시간이…… 판사님이 들어가셔야 하는 시간인 것 같은데."

"그 엘프는 아까 그 포인도트 부인에게 식사를 가지고 갔어."

이러고도 내가 보안관 조수라니. 내 일을 다른 사람들이 다 하고 있었군. 정작 나는 수감자에 대해 아무 생각도 못 하고 있는데. 나는 티르가 아닌 비누풀이지만 부끄러웠고 이 감정을 어떻게 받아들여야 할지 몰라 당혹스러웠다. 그리고 그걸 결정하기도 전에 레피란이 뒷문을 열고 들어섰다.

"미안합니다. 레피란. 내 일인데."

"보안관이 잠깐 들러서 음식 놓고 갔어요. 나는 가져다준 것뿐이에요. 신경 쓸 것 없어요. 그리고 지금 당신 어디 조용한 곳에서 한 달은 쉬어야 할 것 같은 모습이에요." 레피란은 경솔하게 말했다는 듯한 자책감을 보였다. "애석하지만 당분간 쉬는 건 엄두도 낼 수 없겠군요. 시민들을 대피시켜야 할 테니. 보안관은 시장님과 의논하러 갔어요. 얼핏 듣기로 라비드에 가야 할 것 같다고 하던데 무슨 이야기인지는 모르겠어요."

"라비드? 라비드…… 아아, 배, 네펜지스 강. 적절한 이동 수단을 마련하기 어려운 시민들을 배로 실어나를 계획인가 보군요. 거기 치안대는 네펜지스 강 경비를 위한 경비정을 몇 척 가지고 있습니다. 저도 일단 시장님께 가봐야겠군요."

문으로 향하는 나를 지데가 막아섰다. 그녀의 눈이 활활 불타올랐다.

"내 생각엔 그렇지 않은데, 자기. 자기가 지금 당장 해야 할 일은 인류가 지금껏 받아본 적 없고 받을 수도 없는 보물을 어떤 모자란 황족 꼬마가 걷어챘다고 최대한 빨리 제도에 보고하는 거야. 두 드래곤을 돌려보내도록!"

"지데. 봉화나 드래곤보다 빠르게 움직일 방법은 없어. 그리고 그건 아마 미리 결정된 일이었을 거야. 아무리 노력해도 식물왕의 탄생을 막을 수 없다면 막대한 피해를 무릅쓰고서라도 두 드래곤을 불러 식물왕과 그 주변을 한꺼번에 불태운다. 그런 식의 예비 계획이 있었던 것이겠지. 그걸 취소시킬 가능성은 없어."

"그 바보들은 황권이 위협받을까 봐 그런 거잖아!"

어려운 추리는 아니겠지.

"그렇겠지."

"식물이 뭘 원하는지 알지도 못한 채 그저 자기중심적으로 생각한 거야! '뭐? 죽은 사람을 살릴 수 있다고? 그렇다면 만인이 그자에게 복종하겠네? 황제의 적이다!' 이런 단선적인 사고의 결과잖아. 창피하지도 않은 거야? 그런 얄팍한 사고방식이? 남들도 다 자기 수준이라 믿는 천박하고 탐욕적인 바보의 전형적 행태네. 게다가 그 용렬함으로 도대체 무슨 짓을 저지르는 거야? 어떻게 그런 걸 놔둘 수 있어!"

덴워드 이카드 가로되, "식물왕이 버리라고 요구하는 건 사소한 것이 아냐. 지데. 불이잖아. 우리를 이만큼 오게 만든 힘의 정수라고. 식물은 그걸 포기하고 짐승이 되라는 거잖아."

"무슨 소리야? 사람을 이만큼 오게 만든 건 지성이야! 어떻게 그런 반지성주의적인 소리를 아무렇지 않게 하는 거지? 그리고 불이 아냐.

식물을 태우지 말라고 했잖아. 다른 걸 태우는 건 아무 상관 없다는 소리잖아!"

내 생각에도 그런 대체 연료를 수배하고 실험하고 채용하기에 사흘은 차고 넘치는 것 같다는 말을 목구멍까지 끌어올렸을 때 레피란이 말했다.

"지데 씨. 스트라이크 보안관보는 실질적으로 가장 중요한 말을 맨처음에 한 것 같은데요. 설령 당신 주장이 다 맞다 해도 시간 내에 이 상황을 취소할 현실적인 방법이 없어요. 그가 구할 수 있는 사람들을 구할 수 있게 해요."

"헛소리하지 마, 엘프!"

지데가 레피란의 눈알을 뽑아버리지 않은 건 상대가 손 닿는 거리 밖에 있었기 때문인 것 같았다. 그러나 마그파라 판사의 법정에서 절규와 원망과 저주를 충분히 목격했을 레피란은 위축되지 않았다. 그녀는 거의 무표정에 가까운 얼굴로 지데를 마주 보기만 했다. 상대의 침착한 모습에 지데가 더욱 침착을 잃었다.

"사람들을, 모든 사람들을 언제 어이없이 죽을지 모르는 이 비참한 처지에 묶어두는 짓을 가지고 뭐? 구해? 헛소리, 정신 나간 헛소리야!"

문 두드리는 소리가 났다.

뭔가 맥이 풀리는 기분을 느끼며 말했다. "들어오세요." 잠시 후 다시 문 두드리는 소리가 났다. 의아해하며 문으로 다가갔다.

문 옆에 네지르 요란하스가 몽둥이를 머리 위로 들고 기다리고 있었다.

428

나는 엉덩방아를 찧을 기세로 물러났다. 이게 뭐지? 문은 닫혀 있었다. 놀라운 일은 아니다. 내가 아직 문을 열지 않았으니까.

그런데 이 광경은 뭐지? 이게 광경인가?

뭔가가 등을 때리는 바람에 오줌을 지릴 정도로 놀라며 뒤를 돌아보았다. 내가 벽까지 물러났나? 정신없이 눈을 굴리다가 멍한 눈으로 나를 보고 있는 지데와 레피란을 보았다. 잠시 후 지데는 내 쪽으로, 레피란은 문 쪽으로 몸을 기울였다.

나는 정신없이 손을 흔들었다. 다행히 나를 훔쳐보며 움직이던 레피란이 바로 걸음을 멈췄다. 나는 문밖에 시민 정신을 잠시 잊기로 한 자들이 있으니 문을 열어선 안 된다는 수신호를 만들어내기 위해 창의력을 총동원했다. 성과는 형편없었지만, 레피란은 움직이지 않았고 나는 그것에 만족했다. 레피란에게 옆으로 물러나라는 보다 명료한 신호를 보낸 후 나는 조심스럽게 문 쪽으로 다가갔다.

다시 문 두드리는 소리가 났다. "나갑니다! (사이네!)" 가까스로 뒷말은 도로 삼켰다. 초조한 표정으로 문을 두드리던 사이네 오번은 안도하며 물러났고 팔에서 힘을 빼던 네지르 요란하스는 다시 몽둥이를 머리 뒤로 힘껏 넘겼다. 내가 지금 뭘 보고 있는 거지? 내가 지금 인지하고 있는 이건 어떻게 생각해도 시각은 아니지만 나는 그걸 시각으로밖에 해석할 수 없었다. 시점까지 꽤 뚜렷했다. 왜 이렇게 낮은지는 모르겠지만. 보안관 사무실 맞은편에서 조금 왼쪽에 있는 이더스 부인의 정원이다. 그 정원에 엎드린 채 우리 사무실 쪽을 보면 이렇게 보일 것이다. 문이 열리고 네지르가 내 뒤통수를 내리치면 바로 보안관 사무실로 돌입

할 태세인 사내들은 전부 열 명쯤 되는 것 같다.

나는 문에 빗장을 걸었다. 오랫동안 쓰지 않은 거라 굉장한 소리가 날지도 몰라 좀 성급하게 움직였지만, 뜻밖에도 그리 큰 소리는 나지 않았다. 나는 다시 뒤로 물러났고 의아해하는 두 사람에게만 들리도록 작게 속삭였다.

"문밖에 매복이 있습니다."

레피란과 지데는 눈을 크게 떴다. 두 사람은 동시에 문을 돌아보았고, 조금 있다가 미쳤다는 소리를 듣고 싶지 않다면 뭔가 해명해야 하지 않겠느냐고 제안하는 눈으로 나를 보았다. 나무랄 수 없는 시선이군.

"그 몽둥이 당장 치워요, 요란하스 씨!"

문밖에서 우당탕 소리와 비명 소리가 들려왔다. 나는 공중제비라고 부르기에 그리 부족함이 없는 모습으로 뒤로 물러나는 사이네의 모습을 비웃었고 바로 뒤편에 있던 보비크 미크루와 뒤엉켜 쓰러지는 네지르 요란하스의 모습에 심술궂은 즐거움을 느꼈다. 그리고 지금 내가 돌아버린다면 그건 확실한 직업재해 아닌가 생각했다.

지데는 곧 숨이 넘어갈 듯했다.

"어떻게?"

레피란은 양쪽 귀 뒤에 손바닥을 세우고는 열심히 집중하는 얼굴이 되었다.

"숨소리…… 숨소리…… 어, 지금 들리긴 하는데……"

뭐라 할 말이 없었던 나는 아무것도 걱정할 것이 없으니 안심하라는 표정밖에 짓지 못했지만 아무래도 내 표정은 두 사람을 더욱 두렵게 만드는 것 같았다. 그때 밖에서 네지르 요란하스가 외쳤다.

"티, 티르!"

"예. 요란하스 씨."

"어차피 도망쳐야 하잖아? 응? 전부 도망쳐야 하잖아. 그러니까, 데려갈 수가 없잖아. 그렇다고 해서 놔두고 갈 수도 없고. 굶어 죽으라는 소리잖아. 그렇지? 응?"

"무슨 소린지 모르겠습니다."

"테나 포인도트를 내놔!"

······아, 그건가.

사랑도 증오도 이해할 수 있어야 가능하다. 혹은 이해했다는 착각이라도 있어야 한다. 우리 시민들이 실감할 수 있는 증오의 표상은 누구인가. 식물왕이니 황제니 하는 가늠하기도 힘들고 뭐가 뭔지도 모를 대상이 아닌, 자신이 이해할 수 있고 해석할 수 있고 측량할 수 있다고 자신할 수 있는 대상은? 너 때문에 내가 피해자가 되었다며 노호하고 네가 이 모든 사태를 불러왔음을 자인하라고 을러댈 수 있는 대상은?

네지르 요란하스에겐 테나 포인도트였다. 그녀가 미레일을 죽이려고 했으니까. 그리고 우리 조상과 친지와 이웃과 친구들이 묻혀 있는 언덕에 기화요초가 돋아나게 했고 식물왕인지 뭔지 하는 괴물을 불러냈으며 끝내 죽은 자까지 돌아오게 만들었다. 그래서 제국이 우리 도시를 깡그리 불태우게 된 것이다. 전부 테나 포인도트 때문이다.

요란하스가 우리 시민 모두와 마찬가지로 내 인성이나 도량 등과 관계없이 나를 깊이 경외한다는 점이 문제였다고 할 수 있다. 뒤통수를 내리치는 것도 어떤 면에선 존중의 표시다. 정정당당하게 정면에서 덤비거나 할 생각도 해선 안 되는, 기습이 전혀 자존심 상할 일이 아닌 상대로 인정받은 것이니까. 그것참 뿌듯하네. 나는 티르 스트라이크가 아니지만.

"그 애가 경기를 해. 티르."

내 뺨을 쥐어박고 싶어졌다.

"주변에서 뭐가 빠르게 움직이면 비명을 질러. 밥도 제대로 못 먹고 잠도 제대로 못 자. 간신히 잠이 들어도 반 시간도 못 자고 일어나. 그리고 아무 말도 하지 않고 그냥 울어. 울지 않으면 그냥 멍하니 있거나. 뭘 물어도 대답도 하지 않고 눈도 안 마주치면서, 그냥 멍하니 있어. 알겠어, 티르? 그 미친년이 그 밝은 애를 어떻게 만들었는지?"

난도질이다. 그 표현의 섬뜩함에 살이 에는 것 같지만, 그건 난도질이다.

네지르는 우리 모두 합리적인 사람 아니냐고 주장했다. 설득력 높군.

"어차피 감옥에 가둬놓고 굶어 죽으라고 할 순 없잖아. 꺼내서 쫓아버릴 거잖아. 넌지시 그럴 수밖에 없잖아. 우리가 알아서 해줄게. 응?"

죽이겠다는 생각은 없을 거다. 자기를 철저하게 통제하겠다는 결심은 없겠지만, 아마 의식적으로 죽이겠다고 마음먹고 있는 건 아닐 거다. 분노가 풀리도록 흠씬 때려주겠다는 생각이겠지. 많은 이들이 폭행에 대해 착각하는 것처럼. 폭행은 분노를 풀지 않는다. 오히려 증폭한다. 제대로 한 방 넣어서 상대가 쓰러지면, 걷어찬다. 아마 죽일 거다. 틀림없이 죽일 거다.

"돌아가서 피난 준비나 해, 이 아저씨들아. 가족들 돌보라고!"

"당장 나와! 자네 지금 자기 꼴이 어떤지……"

"싫으면 들어와! 죽고 싶은 순서대로! 나 지금 상태가 별로 안 좋아서 확실히 보장해 줄 수 있는 건 처음 다섯 명뿐이야. 다섯 명은 확실히 죽여주겠어! 여섯 번째부터는 내가 보장 못 해. 곱게 죽을지 죽을 때까지 매일 피눈물 흘리며 후회하게 될지는 운이야! 그래도 죽지 않을 가능성이 있으니 여섯 번째 자리가 경쟁률 높은 자리가 될 것 같은데? 어때, 마본? 당신이라면 관심 갈 것 같은데. 실속에 눈이 멀었으면서 공치사는 또 더럽게 좋아하잖아. 잘해보시지? 그런데 다우드, 이 미친 영감탱이야. 당신은 좀 빨리 들어와! 쥐뿔도 없는 주제에 낄 데 안 낄 데 구분 못 하고 주책 부리는 당신 때문에 평생 속앓이 한 할멈 생각하면 꼭 내 손으로 장사 치러주고 싶거든. 그러니 반드시 다섯 번째 안으로 들어오라고. 레산, 이 개자식아! 그 채찍은 도대체 어디서 가져왔냐? 저 주받은 악녀를 채찍질하시겠다고? 어린놈이 돌아도 아주 더럽게 돌았군. 넌 빨리 들어와도 살려준다. 그 채찍으로 네 등가죽을 벗겨놓을 때 살아 있어야 하니까!"

남자들이 질린 얼굴이 되어 사방을 살폈다. 몇 사람의 얼굴에 드디어 제대로 된 공포가 떠오르는 것을 흡족한 기분으로 바라보았고, 내가 그것을 보고 있다는 사실에 돌아버릴 것 같은 기분을 느꼈다. 레피란이 진부하지만 나쁘다고 하기도 어려운 추리를 내놓았다.

"티르. 당신 마술사였어요?"

"솔직히 말해 내가 볼 수 없는 것을…… 어떤 방식으로 인식하고 있기는 합니다. 하지만 이건 마술이나 마법은 아니라고 생각합니다. 왜 그런지는 모르겠지만."

레피란은 나를 지그시 보다가 어깨를 으쓱였다.

"뭐, 죽은 사람도 돌아오고 휴스트라넬과 페르다이할도 날아올 판국이니. 그건 천천히 해명해 보죠. 하드투스 보안관이 돌아올 때까지 버틸 작정인가요?"

"처음엔 그럴 생각이었는데, 지금은 모르겠습니다. 저쪽도 그것 때문에 초조해하지 않을까 걱정이 되네요. 빨리 결정지었으면 좋겠군요. 그냥 몸을 빼낼 수 있으면 빼내고 싶은데. 일단 보시다시피 지체는 시키고 있습니다만."

레피란이 방긋 웃었다.

"좋네요. 누가 다치느니 내가 겁먹고 도망친 겁쟁이가 되는 것이 낫다?"

남부끄러운 소리도 잘하는군. 지데가 두 팔을 들어 흔들었다.

"자기야. 내가," "하지 마." "하나만 빼면," "하지 말라고." "왜 그러는지는 아는데," "주변 상황에 휩쓸려서 자기 통제 못 하고 나머지 팔찌도 빼는 일은 절대 없다는 말 내 앞에서 하긴 어려울 텐데." "여자의 과거를 언제까지라도 기억하는 남자는! 세심하다는 소리 들을 수 있겠네." "드디어 내 부단한 노력이 결실을."

지데도 과잉 대응이 사태를 악화시킬 가능성이 있다는 것에 동의했다. 군중은 이 점이 문제다. 미흡한 대응과 과도한 대응 사이의 간격이 굉장히 좁아서 적당한 대응 수위를 찾아내기가 어렵다. 내부에서도 자신들끼리 주변인의 눈치가 보여서 유화적이거나 타협적인 태도를 제안할 적절한 시점 찾아내기가 쉽지 않은데 외부에선 오죽할까. 레피란이 이러면 뭔가 보이지 않을까 궁금하다는 듯 문을 쏘아보다가 두 손 드는 시늉을 해 보였다.

"그 레산이라는 사람, 채찍 버렸어요?"

"잘 안 보이게 들고 있군요. 아빠 거나 할아버지 거라서 버릴 순 없나 본데요."

"보면 화날 것 같은데. 할 수 없죠."

"예?"

"내가 붙잡아놓고 있을 테니까 포인도트 부인을 데리고 빠져나가요. 뒤쪽 관사에서 어떻게 빠져나갈 방법이 있겠죠? 부인이 여기 있다는 것이 확실한 상황에선 계속 쓸데없는 주목을 끌 수도 있으니 위치를 모호하게 하는 것도 괜찮겠네요. 아까 어느 분 말대로 대피하면서 부인을 여기 계속 놔둘 수도 없는 문제이고."

사거가 오르면 형 집행이 서둘러 이루어지지. 지금 오른 건 오거도 아닌 육거지만. 어쨌든 비상 상황에서의 범죄자 처리 문제는 일반인들은 신경 쓸 필요 없는 치안관의 고민거리이긴 하다. 문자적 정의로 알고 있던 것과 현실에서 내가 직접 맞닥뜨리는 것의 차이는 언제나처럼 이번에도 크군. 세상은 아름다워.

"여기 치안관은 납니다."

"아픈 치안관이죠."

"보안관이 올 때까지 기다리면……"

레피란은 뒷문 쪽으로 움직였다. 밥 가져다주면서 열쇠 어디 있는지는 이미 확인했겠지.

몇 분 후 지데와 포인도트 부인과 나는 보안관 관사의 부엌문을 통해 밖으로 빠져나왔다. 비밀이기는커녕 시민들 거의 모두가 아는 출입구이지만 그곳을 감시하는 자는 없었다. 하긴 처음엔 기습할 생각이었으니 굳이 속내를 들킬 수 있는 포위 같은 건 염두에 두지 않았을 테고 그 후로도 기가 막히는 상황에 정신이 없었던 그 사내들은 흩어질 생각을 못 했을 것이다. 그들을 뻔히 보고 있으니 도망치는 건 간단했다.

그랬다. 전부 다 보였다. 당분간 계속 이렇게 말할 것이다. 보인다고. 하지만 이건 시각이 아니다. 내가 눈앞에 겹쳐지는 여러 장면들 때문에 혼란스러워하거나 비틀거릴 일은 없다. 앞을 보며 걷는 동안 동시에 주변의 소리를 듣고 살갗으로 바람을 느끼는 것처럼 이건 시각 외의 다른 감각을 통해 들어오는 정보다. 하지만 내가 모르는 감각이고, 그래서 나는 그걸 본다고밖에 말할 수 없다.

……문이 열리며 나온 건 허공에 살짝 뜬 마그파라 판사의 관이다. 문이 열리자마자 뛰어들 기세였던 사내들은 기가 꺾이며 놀라 물러난다. 밖으로 나온 관은 사내들을 쳐다보듯 좌우로 흔들거리더니 사내들에게 옆을 보인 모습이 된다. 다른 관점으로 본다면 사무실 입구를 막은 장애물이랄까. 네지르 요란하스가 조급한 어조로 관을 향해 외친다.

"비켜주십시오!"

그렇게 외치고 나서야 요란하스는 자기 모습에 상당한 코미디의 요소가 있음을 깨닫는다. 옆에 있던 사내들 중 사이네 오번도 좀 어이없다는 듯 요란하스를 본다. 하지만 다른 자들은 요란하스의 고함에 어떻게 반응하나 궁금하다는 듯 열심히 관을 바라본다.

반응한 건 관을 뒤따라 나온 엘프다.

"그렇게 말해봐야 못 알아들어요."

레피란은 걸어 나오는 동작 그대로 다리를 들어 올린다. 그리하여 레피란은 장애물이었던 관을 간단히 연단으로 바꿔놓는다. 그리고 그 이상으로 시사적이다. 저것이 이파리 하드투스가 별 고민 없이 도시락이라 부르는 사람, 도시락이 멸칭이 될 수 없는 레피란, 시엔피르 마그파라 판사의 법원 서기다.

"많이 시끄럽네요. 무슨 일이죠?"

"들었잖습니까! 테나 포인도트를 내놓으시오!"

"아, 예. 그 말. 듣기야 다 들었죠. 스트라이크 보안관보에게 하는 말인 것 같아서 무시했어요. 나한테는 수감자를 풀어줄 권리 같은 건 없으니까. 하지만 계속 같은 말을 외치니……"

네지르가 들고 있던 몽둥이를 위협적으로 흔든다.

"말장난하지 마요! 소란은 나도 원하지 않습니다. 당신 말마따나 당신은 이 사무실과 아무 관계도 없는 사람이니까 그냥 옆으로 물러나면 돼요. 그러지" "않으면?"

갑작스러운 개입에 네지르는 혼란에 빠진다. 레피란은 한 번 더 말한다.

"그러지 않으면?"

"어…… 그러니까, 큰코다칠 거라고요."

"문장 돌려쓰기 보기 안 좋아요. 되도록 하지 마요. 앵무새나 구관
조도 하는 일이고 사고를 언어로 정돈할 수 있는 그 고귀한 능력을 스
스로 욕보이는 짓이니까."

"뭐요? 어, 무슨 소립니까?"

"요구가 받아들여지지 않으면, 뭐죠, 싸우겠다는 건가요?"

"싸움은 무슨! 싸움이 되나? 당신이……"

시작부터 호기뿐 자신감은 별로 없었던 발언은 끝까지 이어지지도
못한다. 느슨하게 팔짱을 낀 채 사람들을 보던 레피란이 팔을 풀어 머
리카락을 귀 뒤로 쓸어넘긴다. 분명히 그런 흔한 동작 같은데 갑자기
그녀의 손이 예상 못 했던 방식으로 몇 번 움직이고 레피란이 두 손을
내리자 그녀의 머리채는 어딘가에서 나타난 가죽끈에 묶여 정리되어
있다. 아마 여행자가 그럴 때를 대비해 흔히 손목에 감아두는 끈을 이
용하는 재주인 것 같은데 그 원리만 대충 알 뿐, 나더러 그녀의 동작을
정확히 재현하라고 하면 한 사흘 정도는 연구하고 연습할 시간이 필요
할 것 같다. 머리를 묶은 레피란은 왼쪽 소매를 걷어 올리더니 오른쪽
소매도 걷어 올리며 오른손을 앞으로 뻗어 까딱거린다.

"좋아요, 하죠."

사람들은 당혹감을 드러낼 뿐 움직이지는 않는다. 네지르가 온갖 요
구와 항의와 호소를 담아 말한다.

"저, 아가씨?"

레피란은 입술을 비죽 내민다.

"법원 서기. 글쎄. 피 한 번 보죠. 그런데 그 전에 그쪽 피와 이쪽 피가 다르다는 건 미리 말해줘야 공정하겠네요. 뭐 격이 다르다느니 하는 이상한 의미로 받아들이진 마세요. 그냥 이쪽 피는 수취권 설정이 된 피라는 말일 뿐이에요. 쉽게 말할까요?" 레피란은 손가락으로 목 옆 부분을 슬쩍 쓸어내린다. "그러니까 이 피는 이미 예약이 되어 있다는 말이야." 사람들의 시선이 일제히 레피란의 발 아래에 있는 관을 향한다. "당신들이 제멋대로 그 피를 쏟을 경우 예약 손님께서 어떻게 나올까?"

사내들의 얼굴이 사색이 된다. 평소엔 상상도 할 수 없는 무도하고 잔혹한 짓을 쉽게 저지르게 만드는 군중의 분노도 본능적 공포를 뛰어넘는 일을 수월하게 해주진 않는다. 흥분한 군중 근처에서 찢어지는 목소리로 '뱀이다!'라고 외치는 것이 어떤 효과를 가져올지 상상해 보라. 그리고 군중은 분노를 빠르게 증폭시키는 것만큼이나 공포 또한 빠르게 증폭시킨다……

나는 내가 보는 보안관 사무실 앞 풍경을 요약해서 지데에게 전달했다. 지데는 볼을 부풀렸다.

"내가 하려던 거랑 별로 다를 것도 없잖아. 뭐야? 엘프가 하면 공감이 아냐?"

"왜 엘프를 싫어해? 여기서 오른쪽으로."

오른쪽 골목으로 접어들면서 지데는 손을 들어 자신의 귀를 가리켰다. 뭐? 아니 그게…… 어. 진지한 문제일 수도 있겠네.

"내가 배배 꼬인 것일지도 모르지. 그게 맞을 거야. 하지만 나는 엘프의 뾰족한 귀를 보면 신경이 쓰여. 내가 알지도 못하는 소리를 들으며 내가 상상할 수도 없는 차원에서 내 연주를 평가할 수 있는 건가? 그런 걸 말하는 엘프는 없지만, 혹시 모두들 예의가 발라서 그러는 것 아닐까? 그러다 보니 신경 쓰이고, 무섭고, 결국 화를 내게 되는 것이지. 애들같이."

"레피란은 사태가 나빠지면 관을 타고 날아가 버리면 돼."

지데는 수긍했다.

나와 지데, 포인도트 부인 모두 시민들에게 잘 알려진 얼굴이지만 세 사람이 얼굴을 감추고 걷는 건 주목을 한몸에 받겠다는 이야기다. 어차피 변장은 처음부터 논외였다. 성공한다 하더라도 문제니까. 이곳은 대도시가 아닌 조그마한 개척도시이고 누군지 모를 외부인은 머리 대신 호박을 달고 다니는 사람만큼이나 시선을 끌게 될 거다. 그렇다고 해서 무방비하게 도시를 가로지르는 건 나와 지데, 포인도트 부인이 어디로 갔는지 궁금해하는 사람에게 그걸 알려줄 사람을 수백 명 단위로 양산하겠다는 말이다. 레피란은 아마 이런 문제는 생각하지 못했겠지. 하지만 내겐 신경 써야 할 문제이고, 나는 크게 신경 쓰지 않았다.

"여기서 그 내리막길로."

우리는 누구의 눈에도 보이지 않았다. 우리를 볼 가능성이 있는 자들을 내가 모두 보고 있었으니까. 모조리 보이는 것은 아니지만 모자란 부분은 시민들에 대한 보안관 조수의 지식으로 메울 수 있었다. 그리고 이제 이 기상천외한 정보의 원천이 무엇인지 어느 정도 짐작이 간다. 에존하우어 저택의 뒤편을 돌면서 나는 세탁실 뒤편의 텃밭에 심어져 있는 비누풀을 보았다. 그리고 그곳에서 보면 2분 전 내가 본 광경을 볼 수 있을 거라는 것을 확인했다.

그 점을 깨닫거나 진지하게 고찰해본 적은 없는데, 알고 보니 비누풀이 이 도시를 점령하고 있었군. 물론 밀이나 쌀, 보리 등이 사람에게 훨씬 중요한 것들이고 대군을 움직여 영웅들을 무더기로 죽일 수도 있는 식물들이겠지. 좋은 정원을 조성하고 관리할 여유가 있는 이들은 멋지고 화려한 풀과 나무들을 심을 테고. 하지만 부유하든 검소하든 모든 사람이 자기 집 텃밭이나 담장 아래처럼 일상의 바로 근처에 두고 기르는 풀은 비누풀인 듯하다. 모두들 빨래는 해야 하니까. 유용하거나 귀한 다른 식물들이 받는 대접에 비하면 기른다고 말하기도 어렵군. 그냥 옆에 와준 것을 고맙게 여기며 함께 사는 대상이라고 해야 하나.

나 말이야, 나.

내가 비누풀이니까. 이 도시 전체에 내가 있으니까. 모든 텃밭과 담장 밑과 빨래터 옆과 세탁실 화분 안에 내가 있으니까. 그래서 이 도시 전체를 볼 수 있으니까. 내가 가진 티르의 지식은 이 이야기에 논평도 하기 싫다는 반응을 보였다. 그러나 내가 이 이야기를 이 정도로 받아들이는 것도 분명 티르의 의식 덕분일 것이다. 묘하군, 사람은(묘하다고 생각하는 것도 티르의 성격일 거라고? 알아. 그러니까 비누풀 돌게 만들 소리 그만해. 나 거품 문다? 그걸로 유명하다고?).

"샤레모 저 자식. 진짜 신났군."

"뭐?"

"당신도 만났다고 했지? 모두들 도망치라고, 안 그러면 선 채로 숯덩이가 될 거라고 외치면서 돌아다니는 일이 좋아 죽을 지경인가 봐."

"흐응. 역시 그런 부류였구나. 망했다고 외치면서 쾌감 느끼는."

그렇게 보인다. 나는 지금껏 아무 말도 하지 않고 있던 포인도트 부인을 돌아보았다. 더 이상 지체할 수가 없다.

"포인도트 부인. 지금 한 곳에 있다가 위치 노출당하고 싶지 않아서 돌아다니고 있기는 한데 계속 이럴 수는 없습니다. 부인께서도 이곳에서 도망치셔야 해요. 그런데 지금 아무한테나 도움을 청할 수는 없습니다. 피난길에 부인을 동행시키고 확실히 비밀로 해주실 만한 분 없을까요? 조금이라도 미덥지 않다면 힘들어도 부인 혼자 도망치셔야 합니다. 어쩌시겠습니까?"

거의 지체 없이 나온 포인도트 부인의 대답은 불만족스러운 것이었다.

"식물왕에게 가겠어요."

"부인."

"가서 알려야 해요. 드래곤들이 오고 있다고. 그러면 식물왕이 어떻게 할 거예요. 그런 선물을 주겠다는데 감히 이렇게 보답하다니. 죽은 자를 살려주겠다는데."

지데가 주먹을 들어 올렸다.

"맞아요, 부인! 식물왕에게 가요. 드래곤? 드래곤이 문제예요? 그러면 드래곤을 죽였던 자를 부활시키면 돼요! 어쩌면 주사이 벨컨이나

만자르, 아니면 가이너 카쉬냅이 돌아올지도 몰라요!"

"그 사람들이 유명한 사람들이에요? 전 아는 것이 없어서."

"드래곤을 죽였거나 퇴치한 옛사람들이에요. 드래곤 슬레이어들이죠."

내가 알기로 그중에 드래곤을 죽였다는 명명백백한 증거를 남긴 자는 없다. 주사이 벨컨의 경우엔 그런 세간의 헛소문에 항의까지 표했던 걸로 안다. 만자르는, 글쎄. 대단한 인물이긴 하지만 선전 책동의 효과를 잘 알았던 인물이기도 하다. 두하인의 정복을 위해 꼭 필요하다고 생각했다면 그런 헛소문 정도는 꾸며냈을 법하다(거짓이라도 놀라운 일이다. 어느 심심한 드래곤이 어떤 놈인지 얼굴 한번 보자면서 찾아올 수도 있는 일 아닌가.). 가이너 카쉬냅은 은팔찌 변신 제어구의 발명으로 라이칸스롭 사이에서 유명한 인물이라 나는 케이토와 교류하기 전까진 이름도 몰랐던 자다. 그리고 그런 사실로 보아 드래곤을 죽인다는 엄청난 일을 해냈을 것 같진 않다. 모르는 일이긴 하지만.

포인도트 부인은 이 엄청난 발상에 탄복했다는 표정이었다.

"맞네? 이미 업적을 확실히 세운 옛날의 영웅들을 얼마든지 불러올 수 있군요? 죽어도 다시 되살릴 수 있고?"

그건 괜찮군. 시간이라는 이 짜증 나는 현상 때문에 사람이 겪게 되는 문제는 (자기 자신을 포함하여) 뭘 할 수 있는지 전혀 증명되지 않은 자들과 함께 미래를 도모해야 한다는 것이다. 그런데 이미 검증이 끝난 자들을 활용할 수 있다고? 멋지긴 하네. 느슨하게 웃으려던 나는 갑자기 아찔한 기분을 느꼈다. 인류가 어떤 난제를 맞닥뜨리더라도 관련 분야에서 역사상 가장 뛰어난 거로 정평이 난 인물을 데려와서 해결시키면 된다? 그건 참 대단한데.

그런데 역사상 가장 똑똑했던 인물들을 데려오면 식물을 쓰지 않는 불을 만들게 할 수도 있을까?

지데가 갑자기 숨넘어가는 소리를 냈다. 포인도트 부인과 나는 그녀가 발작을 일으킬지도 모른다고 절반 가까이 확신했고 그 경우에도 늑대로 변하게 되는 건지 알 수 없어 두려워졌다. 다행히 지데는 늑대의 포효 대신 함박웃음을 터뜨렸다.

"그래! 식물을 태우지 않는 불! 제일 영리했던 사람들이 돌아온다면 그런 불을 만들어낼 수도 있을지 몰라!"

티르의 머리로 떠올릴 수 있는 거야 뻔하지. 응. 티르의 머리야.

"하지만 어떻게 식물왕에게 갈 건데? 어디 있는지는 알아? 아, 저 언덕이겠지. 그런데 저 언덕에는 아무도 올라갈 수 없어."

"나는 얼마든지 오갔는데?"

"당신이야 사절이니까 보내줬겠지. 이쪽에선……"

"왜 그래?"

"잠깐만 기다려줄래?"

지데는 기다려주었다. 나는 좀 먼 거리에서 비누풀 근처를 지나치는 난쟁이를 조심스럽게 살폈다. 주변에 다른 비누풀이 몇 그루 더 있었기에 그의 행동을 읽고 목적을 추측하는 것이 어렵지 않았다.

그런데 마하단. 자네 지금 뭐 하고 있는 건가?

목적지가 분명해지자 포인도트 부인은 더욱 침착한 얼굴이 되었다. 그러니까 죽어가는 사람처럼. 상황을 놓고 볼 때 놀랄 일은 아니다.

귀를 눕힌 채 풀을 뜯는 토끼를 닮았다고들 하는데 나는 몇 년째 보고 있어도 그런 느낌을 받지 못하는 토끼봉 아래로 접어들었다. 많은 사람들과 무거운 장비들이 며칠씩 오간 곳이라 길은 잘 다져져 있었다. 내가 이 길을 오간 것은 횟수를 세기도 어렵고, 그래서 떨떠름하게도 친근한 기분이 느껴졌다. 길과 그 노변에 있는 몇몇 흔적들은 왜 생겼는지도 명백히 기억난다. 저곳은 흙 수레바퀴가 빠졌던 곳이다. 여러 사내들이 힘을 합쳐 그걸 빼냈을 땐 잠깐 동안 웃을 뻔했고, 그래서 모두들 소스라치는 기분을 느꼈어야 했지. 저곳은 차이리 미크루가 미끄러졌던 곳이다. 상당히 호되게 넘어졌는데 놀랍게도 아무 데도 다치지 않고 심지어 까진 곳조차 없어 모두들 감탄했었지. 그리고 이 앞은……

마하단은 오래전부터 우리의 접근을 눈치채고 있었다. 그리고 몇 킬로미터 앞에서부터 그를 보고 있었던 나는 그가 숨어 있던 나무를 정확히 가리키며 말했다.

"이리 나와, 마하단."

마하단 쿤은 짜증을 참는 얼굴로 나타났다. 우리 일행 중 포인도트 부인의 모습에 어떻게 반응해야 할지 알 수 없다는 점이 특히 그의 고민거리인 것 같았다. 결국 마하단은 다른 두 사람이 거기 없는 것처럼 내게 말했다.

"무슨 일이야?"

"도피 중이야. 몇몇 사람들이 파옥을 하고 죄수를 끌어내 린치를 하고 싶어 해서."

"허? 분풀이를 하고 싶다면 덴워드 이카드를 찾아가야 하는 거 아냐?"

"애를 죽이려고 한 사람은 이카드가 아니니까. 잘 알고 지내던 사이였는데 끔찍한 배신감을 준 사람도 아니고."

포인도트 부인은 내게 달려드는 대신 마하단에게 질문했다.

"쿤 씨. 여기서 뭘 하고 있는 거죠?"

마하단은 포인도트 부인에게 대답할까 잠시 고민하다가 내 쪽을 향해 말했다.

"어젯밤 지데 양의 이야기를 듣고 집에 돌아가 생각하다가 문득 언덕으로 접근할 방도가 있을지 모르겠다는 생각이 들었어. 풀이 문제라면 풀이 없는 곳을 이용하면 되지 않나 하는 생각이 들어서."

"계속해 봐."

"여긴 환기공이었어. 그 말은 이 아래에 갱도가 있다는 말이지. 폐광으로 들어가서 거꾸로, 그러니까 아래쪽에서부터 올라가 서니를 구하는 걸 검토해 봤던 것 기억나나? 구조대까지 한꺼번에 매몰될까 봐 포기했었지. 그런데 자네 그 폐광 입구가 어딘지 아나?"

"실포 언덕이지. 광산이 망하는 바람에 자다 실포 씨가 그 땅을 시에 넘겼고, 접근성은 좋지만 물이 없어서 농사에도 쓸 수 없고 지하가 부실해서 건물도 올릴 수 없는 곳이라 시에서는 그 땅을 묘지로 쓰기로 했지. 그래서 저 언덕은 별로 대단할 것이 없는데도 소나무 언덕

446

이나 서쪽 언덕 같은 흔한 이름이 아니라 거창하게도 인명을 딴 실포 언덕이라는 이름을 가지고 있는 거지."

"내가 보안관 조수 앞에서 무슨 오만을."

"그러니까 자네 생각엔 여기로 들어가 지하를 통해 실포 언덕으로 갈 수 있다는 건가?"

"그래. 식물이 없는 곳이잖아. 이 길로 가는 사람은 식물들도 방해할 수 없다고."

곡괭이와 삽, 각등, 밧줄 등을 들고 여기로 오는 마하단을 보면서 그가 무엇을 할 작정인지 궁리할 시간이야 충분했다. 나는 마하단과 대화를 나누며 여기까지 오던 도중 두어 번 해봤던 짓을 반복해보았다. 하지만 여전히 이 아래는 보이지 않았다. 당연한 일이다. 이 아래의 갱도엔 비누풀은커녕 아예 식물이라는 것이 없을 테니. 햇빛이 닿지 않으니까.

"이미 많이 파헤쳤으니까 조금만 더 파면 돼. 그러면 아래의 갱도로 이어질 거야. 내가 갱내 구조도를 확인해 봤는데 길도 그렇게 복잡하지 않아."

파헤칠 필요도 없다고 말해주려다가 그만두었다. 어차피 보면 알게 될 테니.

포인도트 부인은 열하루 동안 서니가 묻혀 있던 곳에 생긴 시원스럽기까지 한 구멍을 보고 주저앉았다. 서니가 빠졌던 환기공은 완전히 내려앉아 땅에 구멍이 뻥 뚫려 있다시피 했다. 어젯밤의 지진 때문인 듯하다.

"안쪽이 무너졌거나 재채기만 해도 무너질 정도로 불안정한 상태일 수도 있어."

마하단은 내 지적을 무시한 채 들고 온 밧줄을 고정시킬 장소를 찾는 일에만 열중했다. 뒤에서 그의 팔을 잡으려 시도해 보았지만 마하단은 보지도 않고, 그리고 움직이지도 않고 피해버렸다. 내가 그의 팔이 있으리라 생각한 곳에는 그의 팔이 없었다. 마하단은 나무에 밧줄을 둘러 묶고 난 후에야 내게 돌아섰다.

"티르. 나는 가야 해. 만약 두 드래곤이 정말 식물왕을 죽일 거라면 그 전에 그 식물왕이라는 자를 만나서 어떻게든 담판을 짓고 내 주인이나 션 그웬을 되살려내야 해."

"역시 그건가."

"시간은 충분히 지났어. 지데 양만큼은 아니지만 두 사람도 꽤…… 부패했을 거야. 부활시키려고 하면 바로 부활시킬 수 있어. 불가능한 이유, 안 되는 이유 같은 것이 없다고. 이런 기회를 그냥 지나친다면 나는 미쳐버릴 거야. 엄중히 경고하겠어, 티르. 나를 방해하지 마."

"마하단. 식물왕이 왜 자네 요구를 들어줘야 하나?"

"그런 건 닥쳤을 때 해결할 문제야. 아직 만나지도 못했고 어떤 자인지도 모르는데 내가 뭘 준비해야 하나? 쓸데없는 정력 낭비지. 어쩌면 식물왕은 역사상 가장 강력한 마법사가 자신에게 도움이 될 거라고 생각할 수도 있잖아. 그분 주위엔 항상 그런 자들이 있었어."

마하단은 묵직한 밧줄 사리를 어깨에 건 채 나를 밀치듯 지나쳤다. 그러나 곧 그에게 두 번째 장애물이 나타났다. 마하단은 미심쩍어하며 지데를 올려다보았다. 지데는 조심스럽게 마하단을 손가락질하며 말했다.

"실례하겠어요. 당신 주인이라는 사람이 마법사인가요?"

"……그렇습니다. 지데 양. 겸양할 필요를 조금도 못 느끼면서 말하는데 창세 이래 최고의 마법사였습니다. 진짜 마법사들은 자기 마법을 후대에게 전이해줄 수 있고, 또 그런 식으로 마법을 전수받은 자야말로 진짜 마법사입니다. 그런 전수가 이루어질 때마다 마법은 더욱 강대해지고요. 내 주인은 14대째 전수자셨습니다. 14대! 그분의 마법은 열세 번을 실패 없이 전수된 강대한 마법이란 말입니다! 그게 어떤 마법인지 상상도 못 하실 테고 나도 이해가 부족해서 쉽게 설명할 순 없지만, 예를 보여 드릴 순 있습니다."

마하단이 사라졌다. 기겁하는 지데에게 나는 그녀의 뒤편을 가리켰다. 뒤로 돌아선 지데는 어느샌가 그녀를 지나친 마하단을 발견했다. 마하단은 정중히 고개를 숙였다.

"예. 그분께서는 내가 신장 때문에 불편하지 않도록 주변의 공간을 조종할 수 있게 해주셨지요. 그 정도의 마법이었단 말입니다. 사람이 절대로 잃어서는 안 되는 마법, 반드시 지켜나가야 할 마법이었지요. 하지만 이 도시에서 15대째 전수자에게 마법을 전달하려 했을 때 불행한 사고가 일어나 전수자와 그분 모두 돌아가셨습니다. 만약 그분이……"

"……돌아온다면 식물을 태우지 않아도 되는 불을 만들 수 있겠군요!"

"……예?"

"그렇잖아요! 그렇게 대단한 사람이라면 새로운 연료를 찾아내는 일 정도는 할 수 있잖아요!"

"그…… 렇겠지요?" 마하단이 당혹감에서 빠져나왔다. "그렇습니다! 예! 그 정도 일은 하실 수 있지요! 새로운 연료가 필요하다는 생각 같은 건 못 하셔서, 예. 그게 필요하다는 것을 모르셔서 관심을 두시진 않으셨지요. 하지만 그분께 적절한 시간만 주어진다면 반드시 그런 걸 찾아내실 겁니다! 그러면? 이런, 세상에. 그러면? 어떻게 되는 거지?"

"우리는 식물왕의 요구를 들어줄 수 있어요! 아무 어려움 없이! 그리고 식물왕은 그 대가를 지불할 테고요. 모든 이들이 늙어 죽을 때까지 확실하게 사는 삶! 덴워드 이카드나 황제가 아무리 억지를 쓰고 싶어도 그런 상황에선 어쩔 수 없어요. 두 드래곤을 물러나게 할 거예요!"

뒷부분은 약간, 아니, 상당히 비약적이다. 말이 안 되는 수준까지 떨어진 건 아니라서 반박할 수는 없었지만. 황제의 개인적 성품이나 인격 같은 것에 대해 자신 있게 말할 처지가 아니라 단언하긴 어렵지만, 확실히 저 정도면 황제도 마냥 무시하긴 어려울 것이다. 만약 저기에 덧붙여 식물왕이 사람 지배에 아무 관심이 없다는 한마디만 덧붙여준다면……

하지만 저 아래로 내려가는 일이 정말 안심하고 결행해도 되는 일인지 알 수 없었다. 나는 환기공 근처로 다가가 아래를 내려다보았다. 어쩐지 홀릴 것 같은 기분이 들었다. 광업에 대해 그리 아는 바가 없어 몰랐는데 환기공이 이렇게 큰 것이었나? 하긴 사람이 파낸 구멍이니 사람이 들어가 작업할 정도의 크기는 되어야겠지. 그런 큰 크기였지만 그 래도 바닥은 보이지 않았고 감도 잡을 수 없었다. 지표 근처에서는 한 눈에 들어오지도 않던 환기공의 둥그스름한 벽이 구멍 중심으로 수축하며 검게 어둠으로 변할 뿐이었다.

이 아래로 내려간다고?

빛이 닿지 않는 지하로?

평생 느낀 적이 없는 공포에 심장이 멎을 것 같았다. 나는 두려움 같은 걸 모른다는 말이 아니다. 지하로, 어둠 속으로 들어간다는 사실이 이렇게까지 두려워질 줄은 몰랐다. 그 때문에 당황했다. 이게 어떻게 된 거지?

내가 비누풀이라서?

별다른 사고도 없이 제시된 가설이 참으로 그럴듯했다. 영원히 햇빛이 들지 않는 곳이라니. 물고기에 비한다면 물이 없다는 이야기와 마찬가지다. 나는 겁먹은 눈으로 환기공 안에 밧줄을 드리우는 마하단을 보았다. 어떻게 저 안으로 들어가겠다는 거야. 나라면 당장 나 자신을 잃어버릴 텐데.

나 자신? 나 자신?

비누풀? 티르 스트라이크?

마하단과 지데, 그리고 포인도트 부인이 들어갈 순서를 놓고 의논하는 동안 나는 밧줄을 붙잡았다. 그리고 떨어지다시피 환기공을 미끄러져 내려갔다.

한 번 막혔다가 뚫린 환기공치고 그 내부는 꽤 튼튼했다. 흘러든 빗물 같은 것에 이곳이 무너졌다간 처참한 사태가 일어날 테니 아예 필요 이상으로 튼튼하게 만들었던 것이 아닌가 막연하게 추측해 보았다. 어쨌든 벽을 툭툭 차면서 상당한 속도를 낼 수 있었고 바닥에 섰을 때도 숨이 가쁘거나 하지 않았다. 위에서 볼 땐 캄캄한 어둠뿐이었는데 이 아래에 서니 약간의 빛을 느낄 수 있었다. 바닥엔 흙더미가 쌓여 있었지만, 그 흙더미와 환기공 사이로 틈이 보였다. 손을 집어넣어 헤집어 보니 그 틈 뒤편 아래쪽에 큰 갱도가 있음을 알 수 있었다. 그리고 나는 티르 스트라이크였다.

정말로 나는 티르였다. 너무도 확신이 느껴져 오히려 약간 불안할 정도였다. 그런데, 이건 도대체 뭘까. 내 기억은 전부 연속적이고 끊어진 부분은 잠들거나 기절하는 등 원래 그랬던 곳뿐이다. 비누풀이었을 때 비누풀의 시각(?)을 이용하며 사무실을 빠져나와 이곳까지 온 모든 과정이 생생하게 기억난다. 그렇다면 잠시 뺏겼던 건 역시 정체성뿐인가?

"이쪽으로 비스듬히 올라가면서 한 1킬로미터 정도야. 그리 멀지 않아."

놀란 기색을 감추고 돌아보자 어느샌가 내려온 마하단이 내게 곡괭이를 내밀고 있었다. 그걸 받아드는데 마하단이 지나가는 말처럼 말했다.

"그런데 왜 따라온 건가?"

내 정체성을 뺏어간 비누풀로부터 자신을 되찾으려면 비누풀이 두려워하는 지하의 어둠 속으로 들어가야겠다고 판단했거든. 내가 그런 시도를 할 수 있었던 것도 저 위에서 비누풀이 위축되었기 때문일 거야. 그런 거지.

"이 길이 중간에 막혔거나 막힌다면 사람 손이 하나라도 더 있어야 하지 않겠어."

마하단은 코웃음을 쳤다. 잠시 후 포인도트 부인과 지데도 아래로 내려왔다.

흙더미를 별로 많이 치우지 않아도 되었다. 몸이 빠져나갈 정도의 구멍이 난 후 흙더미에서 미끄러지며 아래로 내려설 수 있었다. 갱도는 내가 생각한 것보다 꽤 넓었다. 광산에서는 노움이나 네발로 잘 걷는 카닛 같은 자들이 유리하다고 들어서 나 같은 경우엔 제대로 서지도 못할 높이일 거라 예상했는데 바닥에서 천장까지의 거리가 내 키의 두 배는 되어 보였다. 광부의 아내인 포인도트 부인이 설명했다.

"여긴 환기공도 이어져 있는 수평갱이니까요. 여기를 비좁게 만들면 횡갱이나 사갱을 파기 어려워요. 파낸 흙이나 암석, 그리고 광물들을 처리하기도 어렵고. 그리고 여기를 좀 크게 만들어줘야 수평갱 입구로부터 환기도 잘 되죠."

그러니까 여기가 사람의 순환계에 비유하면 대동맥이나 심장 같은 곳인가 보군. 잘은 모르지만.

어쨌든 그 덕분에 지하를 걷는 일이 어렵지 않았다. 각등 때문에 어둠도 그리 문제 되지 않았고. 하지만 왁자하게 떠들 분위기는 아니었기에 모두들 숨소리를 낮춘 채 걸었다. 그래서 사람들과 함께 있으면서도 내 상황에 대해 생각해 볼 수 있었다.

이대로라면 갱도 이동은 어렵잖게 끝날 것 같다. 서니가 이곳에서 죽었던 것을 생각하면 어처구니없는 일이긴 하다. 그런데 순조롭게 실포 언덕으로 나가게 되면 비누풀이 다시 내 정체성을 뺏으려 할까? 그런데, 그게 나쁜 건가? 비누풀은 자신이 가지고 있는 것이 전부 나의 것이라 말하며 그에 맞춰 행동했다. 그러니까 그가 한 행동은 전부 내가 할 법한 행동들이었다는 말이다. 환기공 안으로 뛰어든 것도 그게 내가 할 법한 행동이었던 걸까? 그러고 보니 녀석의 목적은 뭐였지? 정체성을 가져갔지만, 그 구조가 완전히 나다. 그렇다면 안 뺏은 것과 다를 것이 없다. 혹시 나를 돕고 싶었던 것일까? 비누풀이 비누풀이었기에 내가 사무실에서 무사히 빠져나와 이곳까지 이른 것도 사실이다.

"나는 사람처럼 사고할 필요가 있었어. 너와 대화하려면 그럴 필요가 있었지. 그런데 의식을 결정하는 건 뭐지? 형태지. 그래서 네 형태를 좀 빌리기로 했지. 너와의 대화엔 그게 제일 적절한 의식인 것 같아서."

"……내, 내 몸을 탐냈다고?"

"하지 마. 풀한테 맞을래? 그 몸을 뭐 하러. 그냥 네 옷에 어렸지. 그러면 너처럼 행동하게 될 테고 그로써 네 것과 비슷한 의식을 가지게 될 테니까."

"아."

그거 말 되네. 옷이 되어 입혀지면 그걸 입은 사람이 '사람은 이렇게 움직이는 겁니다' 하고 직접 알려준다고?

야광충이 흐리게 빛나는 밤바다에서 소금기 어린 바람이 불어온다. 내 형태를 빌린 비누풀은 내 모습을 하고 있었다. 딱히 어딘가에 초점을 맞추지 않은 눈으로 바다 방향을 바라보고 있는데, 곧 바다를 향해 지리멸렬한 고함을 지를지 해변 근처의 주점으로 단호하게 걸어갈지 가늠하기 어려운 모습이었다. 그 모습을 보다가 문득 이상한 것을 깨달았다.

"잠깐만. 그러면 왜 여자였지? 자신할 수는 없지만, 여자 목소리를 들었던 것 같은 기억이 있는데. 그래. 지데도 여자 목소리라고 했어."

"여자 목소리 맞았을 거야."

"나를 흉내 냈다면서 왜?"

"처음엔 다 여자니까."

"응?"

"성별에 기본이니 하는 말은 대단히 우스꽝스럽지만 이해하기 편하게 말하자면 생물의 기본 성별은 여자야. 너도 처음엔 여자였지. 남자가 될 아이는 일단 어머니 배 속에선 여자 형태로 시작한 다음 태어나기 전에 조정하는 것이거든. 그래서 네 가슴에 쓸데없이 젖꼭지가 달려 있는 거야. 조정하고 남은 흔적이지. 폐경이 된 여자는 살짝 남자처럼 변하지만 거세가 된 남자는 두드러지게 여성적으로 변하는 것도 그 때문이고. 말 나와서 하는 말인데 네 고환에는……"

"일단 아버지한테 말조심부터 하자, 아들."

"아버지는 무슨. 네가 나라면 널 뭐라고 부를 것 같아? 네 성격이 내 성격이야."

"너를 이파리라고 부르겠다. 내가 제일 존경하는 분의 이름을 따서."

"보안관 앞에서 '이파리! 이파리!'하고 나 부르면 재미있을 것 같아서 그런다는 것을 내가 모르겠냐."

"너는 사실 내 아들이 아니다."

"그래서인지 나도 여자로 시작하더라고. 물론 그때는 여자가 뭔지 남자가 뭔지도 몰랐었고 지금 와서 돌아보니 그랬다는 거야."

"내가 네 아들이다!"

"적당히 대화가 가능한 의식 정도만 만들어내면 되는데, 그런데 그 망할 미루나무가 공격을 하는 바람에. 할 수 없이 대강 만들어둔 의식 의 모자란 부분, 모자라다는 건 양적인 표현이고 질적으로 따지면 훨 씬 더 큰 의미가 담긴 말을 써야겠지만, 어쨌든 그 부분을 네 것으로 다 채워야 했지. 그런데 그랬다간 완전히 내가 너라고 생각하게 될 것 같더라고. 그러니까 내가 옷이 된 티라고 생각하게 될 위험이 있었어. 미완성의 의식으로도 그래선 안 된다는 것을 알 수 있었지. 그래서 내 가 비누풀이라는 건 잊지 않으려고 애썼지. 어떻게 그렇게 했는지는 모 르겠어. 나 지금 풀보다는 사람에 가까운 상태라서 말이야. 어떻게 네 옷에 어릴 수 있었는지도 기억이 나지 않아. 식물인 내가 기억이라는 걸 할 수 있는지도 솔직히 모르겠고. 어쨌든, 난 내가 비누풀이라는 건 확실히 해두기로 했지. 그런데 그러니까 네가 자신이 비누풀이라고 생 각하면서 제멋대로 내가 되더라?"

"지난밤부터 지금까지 나는 나였어?"

"네가 생각하는 의미로는, 응. 맞아."

다른 의미도 있냐고 묻고 싶었지만, 대답을 감당할 수 있을지 자신 이 없었다.

"그러고는 간신히 너와 대화할 수 있게 된 나를 싹 무시하더군. 대강 이해는 돼. 내가 비누풀이니까 비누풀과 대화하는 건 말이 안 된다는 거지. 아까 네가 보고 있다고 생각한 건 다 내가 보고 있던 거였어."

퉁명하게 사과하려다가 내가 들은 말을 급히 반추해 보았다.

"잠깐만. 넌, 넌 그러니까, 모든 비누풀이야?"

"응. 나는 비누풀이야. 정확한 표현이라고 할 순 없지만, 종으로서의 비누풀이지."

나를 닮은 비누풀은 한숨을 내쉬었다. 내가 한숨을 쉬면 저런 모습인가? 이런 젠장. 자주 하지 말아야겠는데.

"하지만 사람들이 쓰는 그 종이라는 건 번식 가능한 개체들의 집단이라는 말이지. 틀린 말은 아니지만, 굉장히 협소해. 모든 부분의 총합 이상의 무엇을 나타내지 않아. 넌 티르 스트라이크가 네 모든 뼈와 살과 피 등의 합이라고 생각해? 네가 손톱을 깎으면 네가 티르 스트라이크라고 여기는 것이 그만큼 줄어드는 거야?"

"그건 아닌 것 같군. 그래. 아냐. 그러니까 넌 세상의 모든 비누풀의 합 이상이다?"

"그러니 네가 낳지도 않은 아들보다 더 너를 닮은 네 아들도 될 수 있지."

이 비누풀 녀석의 성격이나 말버릇 등을 욕하는 건 누워서 침 뱉기가 되는 거지? 강적이군.

"네가 온 세상의 비누풀이라면, 왜 아까 나는 온 세상을 보지 않은 거지?"

"봤어. 전 세계의 모습이라는 건 네가 도저히 이해할 수 없는 거라서 그냥 안 본 걸로 한 거지."

"뭐?"

"티르. 당신 뇌는 모자란 부분은 상상해서 끼워 맞추고 불필요한 부분은 뻔히 거기 있는 것도 없는 거로 쳐. 쉽게 말해 그냥 자기 맘대로 본다고. 보는 거니까 독서를 예로 들어볼까. 평생 몇 번이나 읽은 책에서 뒤늦게 오자를 발견한 적 있지? 분명히 이런 이름의 등장인물이라고 알고 있었는데 다른 사람과 책 이야기를 하다가 그 사람이 말해준 뒤에야 저런 이름의 인물이어서 놀란 적도 있잖아. 내가 다 기억해. 왜 그랬을까? 눈에 뻔히 들어오는 것도 머릿속에서 '대강 이럴 것이다'라고 상상하는 것에 끼워 맞춰서 보니까 그랬지."

비슷한 이야기를 어디서 들은 적 있는데. 아니, 확실히 들었다. 이파리 보안관한테서. 절대로 목격담을 곧이곧대로 받아들여서는 안 된다고 했었지. 사람들이 자기 눈으로 분명히 봤다고 말하는 것 중 상당수는 자기가 보고 싶은 대로 본 것이니까. 목격자가 사악한 의도를 가지고 거짓말을 한다는 말이 아니다. 정말로 그렇게 보는 것이다. 나는 수긍하며 달빛 아래 묘하게 거무튀튀하게 보이는 물보라를 바라보았다.

"아쉽네. 온 세상을 보고 있었는데 그걸 못 봤다니."

"원한다면 다시 시도해 봐도 좋아. 여전히 그럴 수 있으니까. 하지만 안 보일걸."

호승심이 일어 도전에 응했다. 어디 해 볼까. 그래. 보인다. 이 갱도는 안 보이지만 여기는 우리 사무실이고 여기는 핀도 폐산의 잡화점이고 여기는, 아니, 이 소심한 녀석아. 더 멀리! 그럴 수 있다고 하잖아. 더 먼 곳을, 온 세상을 한 번에……

안 보이네. 젠장.

"그런데 왜 내가 아직도 이런 식으로 볼 수 있는 거지? 난 이제 티르인데?"

"아까도 티르였다니까. 한 번도 티르가 아니었던 적은 없어. 쉽게 말해 내가 자신이 비누풀이라는 것을 지나치게 강조하는 바람에 너도 자기가 비누풀이라고 착각했던 것뿐이지."

"아, 참. 그랬지."

"네가 여전히 나를 입고 있어서 그럴 거야. 다행이지. 그렇게 보는 것이 도움이 될 테니까."

"응?"

"티르. 여기서 이쪽으로 나가면 넌 다시는 돌아오지 못할 수도 있어."

"뭐?"

"그리고 그 상태로 휴스트라넬과 페르다이할의 화염 매듭을 두드려 맞고 재가 될 테지. 돌아가서 아까 들어왔던 곳으로 나가야 해. 티르. 넌 봉수대로 가야 해."

"허?"

"아까 환기공 입구에서 끔찍한 공포를 느꼈지? 비누풀이라서 햇빛이 없는 곳을 싫어한다고? 이봐, 티르. 귀엽기도 하지. 그러면 비누풀은 밤엔 미쳐버리겠네?"

"……패륜이다! 아들이 아버지를 부끄럽게 하다니!"

"제 발로 덫에 들어가지 말고 봉수대로 가라는 내 외침을 네 멋대로 그렇게 해석했던 거야."

"네가 바라는 건 뭐지? 애초에 나와 대화를 나누려고 한 이유가 뭐지? 나한테 무슨 말을 했던 거야?"

"여러 가지가 있는데 내용은 다 비슷비슷해. 정말 희한하게 각색해서 받아들이더군. 그 웃기는 뱀은 뭐고 난롯불은 뭔지. 억지로 끼워 맞추면 난롯불은 아마 내가 휴스트라넬과 페르다이할의 위협을 말했을 때 그중에서 딱 불만 받아들인 영향이겠지. 그 뱀은 덴워드 이카드가 죽어야 다른 자들이 살 수 있다는 말을 그렇게 받아들인 것 같고."

"뭐?"

"티르. 당신은 봉수대로 가서 덴워드 이카드를 죽여야 해."

칼자루를 부여잡았다.

"다시 말해봐."

"아버지. 고정하세요."

칼을 뽑았다. 비누풀은 고개를 내젓고는 허리를 구부려 잘 마른 불가사리를 집어 들었다. 그는 그걸 바다로 던졌다.

"응. 내 착각이었어. 나는 칼 차고 있는 당신들이 사람 죽이는 자들이라고 생각했거든. 그렇게 생각했던 것 같아. 그 지데의 경우도 있고. 이제는 아니라는 거 알아. 하지만 당신에게 바라는 일이 바뀐 건 아니야. 말들을 죽였을 때 해결될 거라고 생각했는데 그래도 그 애는 살아나더라."

"말들…… 그 마차의 말들? 그 말들을 네가 죽였다고?"

"내가 죽인 건 아냐. 뜻이 같은 다른 식물이지. 말 먹이에 섞여 들어간 독초야."

"황제 폐하께서 내게 내려주신 권리에 따라 살인 모의, 살인 미수, 그리고 다중 살인 혐의로 체포한다."

"이제는 잘 아니까 이렇게 대답해야 한다는 것도 알아. 티르. 덴워드 이카드가 죽어도 되살아나면 되잖아. 지데가 그랬듯이."

말문이 막혔다. 또 이거냐. 포인도트 부인이 말하던 이거냐? 그런데 지데가 돌아온 후로 그 논리에 대해 그냥 경멸을 표할 수가 없다. 부활이 가능하다면 살인이 정말 살인이 아니잖아. 그러면 누군가의 명줄을 끊는 행위는 정확하게 뭐가 되는 거지?

"그쪽 관념으로 보면 좌절 때문에 울부짖는 친구에게 술 퍼마시게 해서 곯아떨어지게 하는 거나 위험한 난동을 부리는 작자에게 한 방 먹여서 재워놓는 것과 비슷한 거야. 너도 필요하다고 생각하면 그런 일을 마다하지는 않겠지, 안 그래? 되살아날 수 있다면 잠깐 죽는 건 상관이 없어. 그냥 목숨에 대한 관점이 다른 거지. 그러니 그쪽 관념만 가지고 이쪽을 악당으로 몰아붙이지는 마. 그거 기준의 강요야. 이 말이 여기 쓰인다는 것이 기막히긴 하겠지만."

대답할 말이 떠오르지 않아서 내밀고 있던 칼을 도로 납도하는 것으로 대답을 갈음했다. 확실히 기가 막힌다. 기준의 강요라니. 그러나 이토록 다른 생사관들에 공통으로 적용할 수 있는 기준이라는 것이 있을 수 있을까? 회의적이다. 고심 끝에 일단 대화를 잇기로 했다.

"덴워드 이카드가 왜 죽어야, 혹은 잠시 잠들어 있어야 하는 거지? 식물왕 탄생의 방해 요소이기 때문이라는 대답밖에 안 떠오르는데. 그렇다면 좀 이상하잖아. 식물왕의 탄생을 방해할 수 있으니까 일단 죽이고 식물왕이 탄생한 후에 살려낸다? 그쪽에서 보면 합리적일지 몰라도 이쪽에선 그냥 식물왕이 탄생하지 않으면 다 해결되는 것 아니냐는 질문을 참기 어려운데."

"티르. 식물왕은 나타나지 않았어."

"뭐?"

"식물왕은 아직 나타나지 않았다고."

"무슨 소리야. 죽은 자가 살아 돌아왔잖아!"

"그건 그냥 식물의 능력이야."

"응?"

"식물이 하는 일이라고. 여러 사람이 내게 이야기해 줬잖아. 죽은 것을 빨아올려 산 것으로 바꾼다고. 늘 하는 일이야. 그래서 식물왕이 있든 말든 상관없어. 식물왕이 없다 해도 식물은 죽은 자를 되살려낼 수 있어."

"아…… 하?"

"그리고 아직 식물왕의 검도 재배되지 않았어. 식물왕의 검은 야채 뱀파이어가 재배해야 하는 거야. 책장 하나 재배하는 데 몇 년이 걸리는 그 사람이. 이 경우엔 책장과 달라서 시간이 덜 들긴 하지만 그래도 어느 정도의 시간은 필요해."

"아니, 잠깐만…… 식물왕이 없다면, 그러면 우리 도시는? 우리 도시는 왜 파괴되어야 하는 건데?"

"그렇지?"

"그래서 이카드를 죽여야 한다고? 잠깐! 순서가 다른데."

"티르. 넌 그 소년을 이미 잘 알아. 그 애는 뭐지?"

밤바다 저편에서 고래가 울었다.

고래의 매끄러운 등이 살짝 반짝였다. 이 해변에서 보니 작은 물결처럼 보인다. 깊고 둔중한 울음소리는 크다고 할 수 없었지만, 이 머나먼 거리에서 몸을 울리게 했다. 대답하고 싶은 충동이 치솟았다. 하지만 나는 고래처럼 울 수 없다.

"쪽팔리는 것이 싫은 아이지."

"응."

"그거 좋아하는 사람도 있나."

"그 때문에 세계를 날려버린다면, 그건 문제지."

"세계?"

"그 때문이라고 하는 건 가혹하겠지. 이제 가."

"나 여기서 나가게 되면 굉장히 놀랄 테지?"

"이젠 좀 덜 그러겠네. 영리하게 미리 선수를 쳐놓는군. 하지만 계속 경험하게 될 거야."

"그 애를 죽이고 싶지 않아."

"난 이제 아버지 아들이니까 이해해. 하지만 돌아가서 죽여야 해. 그러지 않으면……"

듣고 싶지 않군. 레피란이 상투적 문구에 대해 뭐라고 말했는지 못 들었나, 비누풀? 나는 갱도로 돌아왔다.

몸 곳곳이 저렸다. 피부에 남아 있는 바닷바람의 기억이 가려웠다. 응. 확실히 미리 자신에게 경고해 두니 그렇게 놀라지는 않는군. 그러니까 녹은 뇌를 콧구멍으로 뿜는 일은 피할 수 있었다는 말이다.

뭐, 뭐, 뭐지? 몽유병? 그게 아니라 섬망이라고 하던가? 아니, 그냥 환각인가. 거기가 어디였지? 밤바다? 무슨 밤바다? 여긴 바다의 꿈도 꾸기 힘든 갱도 안쪽인데. 비누풀이 나한테 무슨 짓을 한 거지? 비누풀은 무죄이고 그건 내가 창조한 환상인가?

답을 낳지 못하는 불모의 질문들만 쌓이는군. 그렇다면 해명보다 행동이 중요한 걸까. 봉수대로 돌아가 덴워드를 죽이라고? 왜? 그 애가 이 도시를 통구이하겠다고 결정해서? 아뿔싸. 처음부터 너무 강한 걸 꺼냈다. 정신 차려라. 그 애는 더 중요하다고 확신하는 것을 위해 그렇게 행동했다. 의도는 결과를 정당화해 주지 않지만, 결과만 중시하겠다면 판결은 별로 필요도 없다. 그리고 그런 이유로 소년에게 칼질을 할 순 없다. 망할 놈의 아들내미 같으니. 아버지는 아무것도 묻지 않고 무조건 아들 편이라고 믿는 거냐? 설명은 좀 하라고.

"다 왔네."

마하단의 말에 코에 힘을 줬다. 녹은 뇌가 뿜어져 나올까 봐. 앞을 보니 마하단이 들고 있는 각등 불빛에 널빤지들이 드러나 있었다. 처음 보는 것이지만 뭔지 짐작하는 것은 어렵지 않았다. 갱목에 못질하여 폐광 입구를 막아놓은 널빤지들이다. 여기가 입구란 말인가. 저 바깥이 실포 언덕이고? 어느새? 내 환각인지 뭔지가 도대체 어느 정도로 이어졌던 거지? 그때 마하단이 자신의 머리를 때렸다.

"곡괭이라도 가져왔어야 하는 건데."

우리는 연장을 전부 환기공 아래에 놔두고 왔다. 거기서 볼 때 우리의 일은 그냥 넓은 갱도를 걷는 것뿐인 것처럼 보였고 장애물에 대해선 그리 생각하지 못했다. 그래서 무거운 물건을 전부 챙겨갈 필요는 없다고 생각했다. 이 널빤지를 어떻게 하지?

"오래된 것일 테니까…… 잠깐 물러나 봐. 마하단."

아니, 아냐. 봉수대로 가야 한다. 거기서 덴워드를 죽여야 한다.

미친 소리. 현재 진행형으로.

발이 낡은 널빤지를 뚫고 밖으로 나가며 균형을 잃지 않도록 조심해서 걸어찼다. 그러다가 맥점이라고 해야 할지, 뭐 그런 부분을 제대로 찬 듯했다. 널빤지가 쪼개지는 대신 전체가 한 덩어리가 되어 마치 돌쩌귀 부서진 문짝인 양 바깥쪽으로 쓰러졌다. 앞이 뻥 뚫리며 맹렬하게 쏟아져 들어오는 빛에 우리는 신음하며 눈을 감아야 했다. 그런데 눈을 부시게 만드는 것은 단지 햇빛만이 아닌 것 같다. 당장은 알아볼 수 없었고, 그래서 우리는 눈을 가늘게 뜨거나 혹은 깜빡거리는 등 각자의 비법을 쓰며 빛에 적응했다. 잠시 후 겨우 앞이 보였다.

약간 긴 시간이 지난 후 나는 마하단에게 돌아섰다. 그리고 단호하게 질문했다.

"자네 이 정도로 길치였어?"

13

나는 실포 언덕의 모습을 잘 안다. 그리고 지금의 실포 언덕이라 해도 어떤 것들이 보일지는 예상할 수 있다. 빽빽한 나무와 풀들이겠지. 굴곡은 완만하지만 고저 차는 제법 있는 구릉들과 마치 산정호처럼 보이는 커다란 호수가 보일 리는 없다.

호수라니. 이 근방에서 이런 호수는 본 적이 없다. 조금 전 갱도 안쪽의 우리 눈을 유린했던 것은 호수의 반사광이었다. 좀 더 다가가서 살펴보니 물이 놀랍도록 투명하고 잔잔해서 각도에 따라 아예 물이 없는 것처럼 보일 지경이었다. 어떻게 이럴 수가 있지. 호반 한쪽을 차지하고 있는 암벽엔 넝쿨이 치렁치렁 늘어져 있고 우리가 나온 광산 입구도 그 암벽에 난 것이었다. 그리고 호수 반대편 쪽으로는 대단히 낮은 곳에 있는 평야를 흘깃 볼 수 있었다. 저 아래쪽의 평야와 이곳을 잇고 있는 것은 제법 가파른 경사지인 듯하지만, 호수를 넘어가서 보지 않는 이상은 거기 정확히 뭐가 있는지 알아볼 수 없었다. 조금씩 보이는 저 아래쪽의 평야는 짧은 풀이 빽빽이 난 초원이었다. 동서남북을 가늠할 수 없어 눈을 찡그리고 하늘을 보았다. 하지만 거의 흰빛에 가까운 밝은 하늘에서 태양을 찾기가 어려웠고 찾은 후에도 방위를 알기 어려웠다.

포인도트 부인과 지데, 마하단, 그리고 나는 당혹감 가득한 얼굴을 서로에게 보냈다. 잠시 후 떨떠름하게 의견이 교환되었다. 다시 광산으로 들어가 지나친 갈림길이 없나 찾아본다는 안이 제일 먼저 나왔고,

곧 폐기되었다. 이건 그냥 길을 잘못 들어서 올 수 있는 곳이 아니다. 여긴 우리 도시 근처도 아니다. 결국 일단 움직여본다는 안이 열의 부족한 동의를 받았다. 우리는 넝쿨들이 장막처럼 늘어진 암벽을 옆에 두고 호숫가를 따라 걸었다.

"물고기가 안 보이는데."

"물이 지나치게 맑아서 그런가. 수초도 안 보여."

"그렇군. 여기로 들어오는 강이 어디 있는 거지?"

"그냥 용출하는 것 아닐까 싶은데."

곧 할 말도 떨어졌다. 침묵 속에서 암벽의 굽이를 돌아갔을 때 눈앞에 작은 숲이 나타났다. 암벽이 쪼개진 틈을 타 안쪽으로 범람해볼까 고민하는 듯한 숲이었다. 그리고 그 숲 앞, 커다란 바위에 한 남자가 앉아서 수면을 바라보고 있었다. 세운 무릎에 팔꿈치를 얹고 이쪽 뺨을 손으로 받치고 있어 얼굴이 잘 보이지 않았다.

지데가 비명을 질렀다.

우리도 기겁했지만, 수면을 보던 남자도 깜짝 놀라 머리를 돌렸다. 그러자 나 또한 비명을 질렀다. 바위 위에 있는 건 케이토였다.

우리를 발견한 케이토가 바위에서 벌떡 일어났다. 그는 바위에서 뛰어내렸고 그동안 달려간 지데는 이미 그 앞에 도달해 있었다.

"케이토!"

지데가 케이토를 와락 끌어안았다. 케이토는 당황하여 머리를 이리저리 비틀었다. 지데의 얼굴을 자세히 볼 수 있는 각도를 찾고 싶은 듯했다. 하지만 지데는 한 사람이 될 기세로 케이토의 품을 파고들고 있어서 케이토의 노력은 무위로 돌아갔다. 케이토는 머뭇거리다가 손을 들어 올렸다. 그 손이 지데의 머리카락을 향해 천천히 움직였다. 그의 손이 닿자마자 지데가 펑 하고 사라질 것이라 거의 확신하고 있는 것처럼 보였다. 그러나 손은 닿았다.

케이토의 눈에 눈물이 맺혔다.

"지데…… 정말 지데야?"

"케이토 이 바보야! 바보, 바보야! 도대체 여기서 뭐 하고 있는 거야? 응?"

케이토는 아무래도 똑똑히 보지 않으면 가슴이 터질 것 같다는 투로 지데의 어깨를 붙잡았다. 허리를 구부린 케이토는 머리를 이리저리 움직이며 지데의 눈과, 지데의 이마와, 지데의 두 귀와 뺨과 입술을 살폈다. 그러는 동안 지데는 바보처럼 웃으며 케이토의 두 뺨을 계속 쓸어내렸다.

"도대체 왜 이렇게 푸석푸석해. 몇 년이나 지났다고. 밥은 제대로 먹고 다닌 거야? 응? 이것 봐. 머리 모양 좀 봐. 왜 그러고 다니는 거야? 여자 없는 티 정말 이렇게까지 내야 해? 응? 그렇게 다른 년들한테 신호 보내고 있었어? 아하하. 아니야. 아니야. 농담이야. 도대체 왜, 케이토. 내가 잠시 옆을 비우면 이렇게 되는 거야. 이제는 괜찮아. 내가……"

케이토가 지데의 손을 잡았다. 그는 붙잡은 그녀의 두 손을 아래로 끌어내리더니 상체를 뒤로 젖혔다.

"당신 누굽니까?"

나는 웃으려 했다. 케이토가 자신의 미래를 시궁창에 처박는 모습을 비웃으려 했다. '그때 네가 했던 그 형편없는 농담 기억나?'를 20년 후에 들어도 항의하기 힘든 실수다. 케이토. 좋은 농담이 안 떠오르면 그냥 가만히 있지 그랬어.

그런데 지데가 웃지 않았다. 처음엔 어설픈 미소 비슷한 것을 지으려 했지만, 그녀가 케이토의 눈을 본 순간 덜 여문 미소는 순식간에 그녀의 얼굴에서 떨어져 나갔다. 그녀는 어리둥절하여 말했다.

"자기야?"

케이토는 혐오스럽다는 투로 진저리를 쳤다. 그러나 그 동작엔 과장이 있었다. 나는 그의 모습에서 안도를 발견했고 그 발견에 혼란스러웠다. 안도감이라니, 그게 뭐야?

"그만두세요."

"케이토. 왜 그래? 응? 오랜만이라 낯설어서 그래? 아, 시간이 좀 흘렀지?"

케이토는 호기심을 드러냈다. 맙소사. 호기심이 저렇게 끔찍한 거였나?

"당신 왜 지데 비슷한 모습을 하고 있는 겁니까?"

"케이토?"

"우연히 그렇게 생길 수도 있다고 생각하고 싶지만, 나를 부르는 모습이라든가 지금 태도 같은 걸 볼 때 아무래도 뭔가 고약한 의도가 있다고 가정할 수밖에 없군요."

"케이토! 도대체 무슨 헛소리를 하는 거야! 자기 여기서 무슨 짓을 당한 건데?"

지데를 물끄러미 보던 케이토가 고개를 갸웃하더니 내 쪽을 바라보았다. 그 눈에서 뭔가 속임수가, 흑심이, 꿍꿍이가 보이길 애타게 바랐지만 그런 것은 보이지 않았다.

"티르. 이 숙녀분 자기가 지데라고 믿는 건가?"

내 목소리는 스스로 놀랄 만큼 침착했다. 넋이 나가서 그런 것이겠지.

"그 사람 지데가 아냐?"

"자네도 몰랐나? 이런······" 케이토는 지데를 위아래로 훑어보았다. 세상에 어떤 사람이 자기 약혼자를 저렇게 쳐다볼 수 있는지 상상도 못 하겠다. 무례하거나 야비한 시선은 아니지만 어떤 연인의 감정도 느낄 수 없는 눈길이었다. 그 증거로 지데는 뺨을 맞은 듯한 얼굴이 되었다. "그 정도인가. 하긴." 케이토는 그녀를 향해 정중히 고개를 숙였다. "잠시 실례해도 되겠습니까?"

"뭐? 케이토, 뭐?"

케이토는 지데의 손을 천천히, 조금도 서두르지 않고 빼려면 언제든지 빼라는 듯이 들어 올렸다. 지데는 자신의 손을 보다가 케이토의 얼굴을 보다가 했지만 저항하지는 않았다. 케이토는 한결같이 부드러운 동작으로 지데의 왼쪽 손목에서 팔찌를 뽑아냈다. 지데가 움찔했다. 케이토는 동작을 멈춘 채 허락을 구하듯 가만히 있었다. 두 사람의 눈빛이 어지럽게 얽혔다. 조금 후 케이토는 다시 고개를 숙여 보이고는 지데의 오른팔에서도 나머지 팔찌를 뽑아냈다.

케이토는 지데의 두 팔찌를 모아쥐고는 뒤로 한 걸음 물러났다.

지데는 케이토를 보지 않았다. 그녀는 자신의 두 팔목을 내려다보고 있었다. 여전히 사람 모습인 채로.

그녀는 늑대로 변하지 않았다.

케이토는 지데의 오른손을 당겨 손바닥 위에 두 팔찌를 얹었다. 지데는 무의식적으로 받아들였는데 당장이라도 그걸 떨어뜨릴 것 같았다. 자신의 오른손에 아무 신경도 쓰지 않는 듯했다. 케이토는 친절한 동작으로 지데의 손가락을 구부려 팔찌들을 쥐게 했다. 그러나 그 자상함엔 명확하게 금 그어진 한계가 있었다.

"그럴 수도 있죠."

지데는 입술을 파들파들 떨기만 할 뿐 아무 말도 하지 못했다.

"두 팔찌를 다 뺀 이후에도 변하지 않을 수도 있어요. 일단 팔찌를 끼기 시작한 후에는 거의 일어나지 않는 일이지만, 그래도 그런 경우도 있기는 하다더군요. 하지만 팔찌가 없으니 변하겠다고 생각만 해도 변할 수 있을 텐데요. 사실 생각하기도 전에 변하죠. 한 번 해보시죠. 털난 야수가 되어 하늘을 향해 울어보세요."

지데는 신음인지 비명인지 구분 짓기 어려운 소리를 내며 몸을 곧추세웠다.

고양이가 꼬리를 부풀린 정도의 효과도 나지 않았다. 여전히 그녀는 인간의 모습이었다. 지데는 몸부림을 치듯 머리를 흔들고 상체를 흔들었다. 거칠게 출렁이는 그녀의 머리카락에, 곧추세운 그녀의 발뒤꿈치에 가슴이 먹먹했다.

지데는 헐떡이며 자신의 상체를 끌어안았다. 커다랗게 뜬 눈은 충혈

되어 있었고 얼굴은 땀범벅이었다. 팽팽하게 당겨진 피부에선 이질적인 빛이 맴돌았다. 헉헉거리던 그녀가 주먹으로 입을 훔쳤다. 그러다가 손에 쥔 팔찌가 그녀의 입술을 짓누른 듯했다. 움찔하며 팔을 뗀 지데는 팔찌들을 보다가 급히 그것을 양쪽 손목에 끼워 넣었다. 도중에 하나를 떨어뜨린 지데는 황급히 쪼그려 앉아 허벅다리로 떨어지는 팔찌를 잡아내고는 쪼그려 앉은 모습으로 마저 끼워 넣었다. 팔찌들을 어찌나 세게 잡아당겼던지 자칫하면 팔꿈치 위로 올라가 버릴 것 같았다. 그러고도 두어 번 더 팔찌를 밀어 올린 지데가 비틀거리며 일어났다.

"죽어서, 음. 케이토. 자기야. 나 참. 내가 왜 이럴까. 창피해라. 나 죽었다 살아나서……"

"당신은 지데가 아닙니다."

"케이……토. 제발…… 그런 말……"

"당신 안엔 늑대가 없어요. 있을 수 없는 일임을 전제로 말하는데, 만약 지데가 되살아났다면 지금 그녀는 자기를 되살려낸 자를 공격하고 있을 겁니다. 그리고 처절하다는 말은 그런 그녀의 모습을 가장 완곡하게 표현하는 말이 되겠죠."

케이토의 눈에서 눈물이 흘러내렸다. 얼굴 근육을 하나도 일그러뜨리지 않은 채 그가 울었다.

"당신은 내 암늑대도, 내 약혼녀도 아닙니다."

지데가 무의식적으로 케이토의 얼굴을 향해 손을 들어 올렸다. 눈물을 닦아내려는 그 손길을, 케이토는 차분하지만 단호하게 밀어냈다. 지데는 버림받은 자신의 손을 보다가 비명을 질렀다. 그녀는 비명을 지르며 숲으로 뛰어갔다. 그녀의 모습이 숲속으로 사라졌다.

케이토는 그녀를 돌아보지 않았다.

한참 후 마하단의 목소리가 얼어붙은 공기를 갈랐다.

"선생의 약혼자가 아닙니까?"

"아닙니다. 쿤 씨."

마하단은 내 쪽을 보았다. 그래. 그는 살아 있는 지데를 본 적도 없고 지데의 목을 날려버리지도 않았으니까. 그는 저런 얼굴로 내게 해명을 요구할 수 있다.

그 얼굴에 주먹을 꽂아 넣고 싶었다. 몹시.

"나는 지데라고 생각했어. 한 번도 가짜라는 생각은 못 했는데."

"자네가 비난이나 질책을 받을 일은 아니라고 말해주지. 그런 말이 듣고 싶은 거라면. 하지만 지데가 아니야."

"그렇다면 그녀는 누구지? ……뭐지?"

케이토는 눈을 감고 찌푸린 미간을 두 손가락으로 짚은 채 생각에 잠겼다가 말했다.

"모르겠군. 이런 표현이 어떨지 모르지만, 필사본 같다는 생각은 들어. 초인적인 실력을 가진 필경사가 한 자도 틀리지 않고 베껴 쓴 마법처럼 정확한 필사본. 내용만 본다면 다를 것이 하나도 없어. 같은 책이라고 해도 돼. 하지만 같은 책이 아니야."

"내용이 같다고?"

"이건 비유야. 티르."

"내용이 같다면, 케이토. 한 자도 다르지 않다면……"

"티르 스트라이크! 못 알아먹겠다면 계속 비유로 말해주지. 소중한 사람이 특별한 뜻을 담아 자네에게 선물한 책을 어떤 얼간이가 훼손했다고 쳐. 그리고 그 바보가 화를 내는 자네에게 똑같은 책 사주면 되지 않느냐고 말해. 그 책을 받으면 자네는 아무 일도 없었다고 생각할 건가? 한 자도 다르지 않은, 내용이 똑같은 책을 받았으니까?"

입을 다물었다. 마하단은 희미한 신음 소리를 냈고 포인도트 부인은 불안감에 사로잡혀 우리 세 사람과 숲을 번갈아 쳐다보았다.

"저기, 케이토 씨. 여기가 어디죠? 저 안쪽에 뭐 위험한 건 없나요?"

"아까 그 사람은 어떻게 될지 모르겠습니다만 제 경험상 저 안에서 헤매다 보면 언제나 이곳으로 나오게 되더군요."

"이곳으로 나온다고요?"

"예. 여기가 어딘지는 저도 모르겠습니다만. 저는 이런 곳을 도시 근방에서 본 적이 없습니다. 혹시 여러분 중에는? 예. 그렇습니까."

마하단이 자신의 질문이 중요하다는 걸 확신하는 사람의 어조로 말했다.

"그런데 선생. 선생의 약혼녀가 되살아나면 그분은 자신을 되살려낸 자를 공격할 거라고 했습니까?"

"그럴 거라고 거의 확신합니다. 쿤 씨."

"어, 내 생각엔 엎드려 절해야 할 것 같은데?"

"왜? 살려달라고 부탁한 적도 없는데? 내 암늑대는 자기 목숨을 걸었고, 치르겠다고 공언한 대가를 확실히 치렀습니다. 누굴 사기꾼으로 만들 생각입니까."

이 형언하기도, 납득하고 싶지도 않은 귀족주의라니. 지데도 어젯밤 그런 모습을 보이긴 했지만, 케이토의 것은 아예 질이 다르다는 느낌이다. 마하단은 어안이 벙벙하여 케이토를 훑어보다가 고개를 내둘렀다.

"선생…… 대단하시네요."

"별말씀을요."

케이토의 싸늘한 어조에 마하단은 울화가 치미는 듯했다. 하지만 그는 자신이 어디 있는지도 모르는 상태에서 가짜 약혼자까지 만난 사람에게 시비를 걸 수는 없었던 듯하다. 그는 케이토를 외면하고 숲을 보았다. 케이토는 내게 말했다.

"그런데 어디로 온 건가? 이 호반 양쪽을 두어 번 왕복했지만, 좌우 모두 암벽에 막혀 있던데. 나갈 길처럼 보이는 건 저기 숲밖에 없고. 하지만 거기서 나오진 않았잖아."

"저쪽에 널빤지로 폐쇄된 광산 입구 있잖아? 거길 부수고 나왔어."

케이토는 내 정신 상태가 의심스럽다는 얼굴이 되었다.

"티르. 거기에 그런 입구 같은 건 없었는데."

"……지금 가보면 있을 거야."

"좋아. 아까 그 숙녀는 누군가?"

그래서 나는 케이토가 사라진 후 일어난 일들을 정리해가며 말했다. 환기공을 통해 광산으로 들어와 정확히 가늠하기 어려운 시간 동안 광산을 걸었다는 대목까지는 사실대로 말했지만, 비누풀과 나눈 대화에 대해선 함구했다. 케이토는 가짜 지데가 전한 내용에 관심이 있는 듯했다.

"식물을 불태우지 않는 대신 비명횡사에 면역? 그런 이야긴가?"

마하단이 말했다.

"예. 그리고 우리는 새로운 불을 만들어낼 마법사들을 요구하러 식물왕을 찾아가는 길이었습니다."

케이토는 물끄러미 마하단을 보다가 고개를 가로저었다.

"안됐군요. 쿤 씨."

"예?"

"당신 옛 주인인 까로 트랙스나 션 그웬을 부활시키고 싶은 것이겠죠? 이해합니다. 그런데 저들은 죽은 자를 부활시키는 것이 아니라 진짜를 흉내 낸 가짜를 만드는 모양이군요. 그리고 그 가짜는 진짜가 가지고 있던 것을 가지고 있지 않습니다. 목도하셨다시피 아까 그 여인은 은팔찌를 끼고 있었지만 그걸 벗고 변하지는 못했죠. 어쩌면 장차 당신이 옛 주인이나 션을 만나게 될 수도 있을 겁니다. 하지만 그들은 가짜 마법사와 가짜 전수자일 수 있고, 누구도 마법을 가지고 있지 않을 수도 있습니다."

문득 손이 따끔하여 내려다보니 내가 주먹을 질겅질겅 씹고 있다는 것을 깨달았다. 이 자가 지금 뭐라고 말한 거지? 가짜라고? 마하단은 넋 나간 얼굴로 중얼거렸다.

"부활이 아니라고?"

"저는 부활이라는 모욕을 당한 지데를 본 적 없습니다."

포인도트 부인이 고함을 질렀다.

476

"이 미친놈이!"

부인은 케이토를 잡아먹을 듯한 흉흉한 기세로 욕설을 퍼부었다. 케이토는 아무 반응도 보이지 않았고 그러자 포인도트 부인은 넌더리를 내더니 암벽 사이의 숲을 향해 척척 걷기 시작했다. 뒤이어 마하단이 원망에 사로잡힌 눈으로 케이토를 보고는 몸을 핵 돌렸다. 그 뒤를 따라가려다가 케이토를 보자 케이토는 고개를 끄덕였다.

"돌아올 거야. 안 그런다면 자네들은 빠져나갔다는 말이니 그건 좋은 소식이지. 가보게."

"같이 가지."

"난 몇 번 해봤다고 했잖나. 그리고…… 지금은 좀 혼자 있고 싶군."

퍼뜩 정신을 차린 나는 말 없이 고개만 숙여 보이고는 숲으로 빠르게 걸어갔다. 그리고 숲으로 들어간 뒤에도 뒤쪽으로부터 드높은 귀족적 정신의 소유자가 소리 죽여 내는 울음소리가 들릴까 귀 기울이지는 않았다.

가짜라니. 이 개자식들. 이 더러운 놈들!

포인도트 부인과 마하단은 함께 있었다. 지데는 보이지 않았다.

주변을 둘러보는 시늉을 하니 마하단이 고개를 가로저었다. 나도 모르겠어. 우리 세 사람은 숲속에서 길 잃은 아이들인 양 불안해하며 주변을 두리번거리고 또 아무것도 보지 않으려 했다. 마하단이 갈무리하기 힘든 분노에 힘겨워하며 말했다.

"여기가 도대체 어디지?"

비누풀과 함께 있었던 해변을 떠올렸다. 계속 경험하게 될 거라고 했지.

"자네 생각엔 어때? 나 지금 갱도에 고여 있던 유해 기체를 들이마시고 졸도한 채 환각을 보고 있는 걸까? 제길. 이게 환각이라면 자네 대답도 전부 내가 만들어낸 것일 테니 아무것도 증명 안 되겠군."

"자네가 결코 상상하지 못할 대답을 해주고 싶지만 떠오르는 것이 없군."

마하단은 투덜거리다가 자신을 다잡았다.

"아니. 이건 환각이 아냐. 이게 내 환각이라면 자네나 케이토 선생이 그렇게 조리 있게 말할 리가 없어. 좋아. 그런데," 마하단은 포인도트 부인을 똑바로 보는 대신 그 근처로 눈길을 보냈다. "식물이 원본을 닮은 사본을 만들어내는 거라고? 죽은 사람을 꼼꼼하게 조사해서 모든 것이 똑같은 걸 만들어낸 다음 부활했다고 주장하는 거라고?"

포인도트 부인이 날카롭게 말했다.

"하나도 다른 점이 없이 똑같다면, 그건 같은 것 아니에요?"

마하단의 눈이 휘둥그레졌다.

"부인. 하지만 그건 원본이 아니잖습니까."

"뭐가 다른지 말해보시죠. 방금 모든 것이 똑같다고 말했다는 거 기억하면서. 아, 원본이 이제 없다는 것도 기억해야겠군요."

마하단은 허어, 허! 소리로 원군을 불렀다. 그게 나라는 것은 알 수 있었지만 용감하게 개입할 수가 없었다.

"사본은 사본입니다. 누가 원본 대신 사본을 비싼 돈 주고 삽니까!"

"당신은 상처가 아물면 기겁해요?"

"예?"

"어디 찢어지거나 베인 후에 상처가 아물면 기겁하느냐고요. 내가 바뀌고 있다면서 발작해요? 다시 고쳐진 내 몸은 이제 더 이상 원본이 아니라고 좌절해요?"

마하단이 갑자기 차분해졌다. 그는 경계심 어린 눈길로 포인도트 부인을 보다가 나직이 말했다.

"정보가 중요하다는 겁니까? 그것에 따라 그대로 수복할 수 있게 해주는 정보가?"

"잘은 모르겠지만 그 말이 맞는 것 같네요."

마하단은 생각에 잠겼다. 그러나 곧 그는 고개를 가로저었다.

"같지가 않습니다. 그 아가씨는 늑대로 변신하지 못했어요. 위어울 프가 변신을 못 했다고요."

포인도트 부인은 이 지적에 대응하지 못했다. 그녀는 조바심을 드러내며 귀를 까딱거리다가 걸음을 휙 옮겼다. 그런 사소한 문제로 나를 귀찮게 하지 말라는 듯이. 마하단은 잇새로 쉬이익 하고 한숨을 내쉬었다. 뭐라 중얼거리던 그는 다른 도리가 없다는 듯 포인도트 부인의 뒤를 따라 걸었다. 혹시 지데의 모습이 보이지 않을까 다시 주변을 두리번거린 후 나도 움직였다.

케이토의 말이 있었기에 나무들이 갈라지며 다시 호수가 나타날 것을 반쯤 기대하고 있었다. 그러나 나무들의 분포는 계속 바뀌었고 경사는 일방적이었다. 오르막길로 바뀌는 일 없이 완만한 내리막길이다. 이곳이 엄청나게 잘못된 곳이라서(현실 세계가 아닐 가능성을 충분히 열어

두고 있는 상태다. 안 그럴 수가 없어서.) 계속 내려가면 높은 곳에 도달하게 되는 곳일 수도 있지만 아무래도 호수로 돌아가지는 않을 것 같다는 느낌이 커졌다. 어떻게 된 걸까. 케이토는 거기 갇혀 있었던 건가?

마하단의 바로 뒤를 따르다 그가 아무렇지 않게 지나친 나뭇가지에 얼굴을 부딪힐 뻔했다. 고개를 숙이고 통과했고, 고개를 들었을 때 내가 뭘 보고 있나 당황했다.

포인도트 부인이 두 팔을 옆으로 펼친 채 기성을 지르며 달려가고 있었다. 당황하여 나도 모르게 덩달아 달리려고 다리를 긴장시킨 순간 그대로 무릎을 꿇고 말았다. 나는 그 상태로 팔을 허우적거렸다. 그 손이 용케 마하단의 팔목을 부여잡았다. 뻣뻣하게 굳어 있던 마하단이 흠칫하여 나를 보았다.

"티르?"

"마하단. 저기 있는 거…… 저것…… 내가 생각하는 그거 맞나?"

"그런 것 같아."

마하단이 나를 일으켜 세웠다. 공간 조작은 여전히 기능하는군. 신장 차이 때문에 팔을 붙잡아 일으키는 일이 불가능해지지는 않았다. 우리 둘이 제대로 섰을 때, 목적지에 도달한 포인도트 부인이 무릎을 꿇고 서니 포인도트를 끌어안았다.

"아아…… 아아아아! 아아!"

부인은 흐느끼고 흐느끼다가 목이 메어 어찌할 바를 모르고 온몸을 비틀었다. 엄마에게 안긴 서니는 겁먹은 얼굴로 칭얼거렸다.

"엄마? 엄마. 엄마 왜 그래? 엄마!"

포인도트 부인은 팔을 떼고 서니를 바라보려 하다가 다시 와락 끌어안았다.

"아냐. 아무것도 아냐. 괜찮아! 아무 일도 없어."

"놔줘."

"알았어, 응. 그래. 알았어."

하지만 포인도트 부인은 서니를 놓지 않았다. 서니는 울상이 되어 자신의 머리로 어머니의 머리를 밀어댔지만 별 소득을 얻지 못했다. 곧 서니는 몸을 비틀었다.

"엄마!"

어머니는 마지못해 딸을 놓아주었다. 서니는 포인도트 부인의 가슴을 밀어내는 시늉을 하더니 입술을 비죽거리고는 몸을 홱 돌려 아버지에게로 후다닥 달려갔다. 응? 버샤드 포인도트? 그제야 버샤드 포인도트를 본 우리는 놀라서 다가가던 걸음을 멈췄다. 아버지의 다리 뒤에 몸을 숨긴 서니는 좋은 생각이 났다는 듯 몸을 위아래로 흔들며 끙끙거렸다.

"안아줘."

버샤드는 무의식적으로 몸을 숙였고 서니는 두 팔을 위로 죽 들어올렸다. 하지만 버샤드는 서니의 허리를 붙잡는 대신 다시 몸을 폈다. 그리고 하늘을 올려다보았다. 이게 뭐지. 포인도트 가문에서는 다들 잘 아는 장난인가. 그러나 서니는 폭발적인 웃음을 터뜨리거나 약속된 짜증을 내는 대신 놀란 눈으로 아버지를 올려다보았다.

"아빠?"

포인도트 부인이 다급하게 말했다.

"이리 와. 엄마한테 와! 서니!"

서니는 주춤하더니 엄마를 쳐다보았다.

"엄마 다쳤어?"

"뭐? 아니, 괜찮아. 엄마는 괜찮으니까 이리 와."

"엄마 괜찮아?"

"괜찮아. 아무렇지도 않아. 응. 이리 오렴."

뭘 어떻게 해야 할지 모르는 카닛 아이의 전형적인 표정을 짓던 서니는 갑자기 두 팔을 좌우로 펼치고 와! 소리를 내며 달려갔다. "서니!" 포인도트 부인의 외침에 서니는 기운이 돋는 듯했다. 서니는 계속 와! 와! 소리를 내며 순식간에 나무 사이로 사라졌다. 허둥지둥 일어나 서니를 뒤따라가려는 포인도트 부인에게 버샤드 포인도트가 손을 내저었다.

"여보. 어, 여보?"

"여보. 서니가 벌써? 벌써 되살아났어요? 그 아가씨는 시간이 걸릴 거라고 했는데?"

"응? 어, 그래. 서니가…… 그래. 시간이 걸리진 않았어."

테나 포인도트는 남편에게 다가갔다. 그녀는 포인도트 씨를 끌어안고는 카닛답게 남편의 입 주위를 열렬하게 핥았다. 버샤드는 당장 주눅이 들었지만, 테나는 아랑곳하지 않았다.

"이 양반아. 어떻게 이렇게! 이렇게 잘했어! 도저히 못 믿겠네. 내가

바보라서 바보 천치 만난 줄 알았는데. 이게 내 남편이라니! 내 남편이
이렇게 재간 있는 사람이었다니! 정말!"

"저기, 여보. 그런데……"

포인도트는 말을 마무리 짓지 못했다. 무엇인가를 뚫어지게 보는 그
의 시선을 따라가 보니 나무들 사이에서 서니의 모습이 보였다. 포인도
트 부인은 급히 몸을 낮추더니 두 팔을 벌렸다.

"서니야!"

서니는 환한 표정을 지었지만, 나무 뒤로 몸을 더 숨기며 다가오지
않았다. 엄마 안달나게 만드는 딸의 전형적인 모습이라 생각하며 웃으
려던 나는 갑자기 눈앞이 하얗게 변하는 듯한 광경을 보았다.

서니의 뒤편에 또 하나의 서니가 나타났다.

"엄마네? 엄마다."

뒤편에서 나타난 서니가 앞에 있는 서니의 옆구리를 쿡 찔렀다. 서
니는 즐겁게 으르렁거리며 서니를 밀어내는 시늉을 했고 그러자 서니
는 꺅꺅거리며 뒤로 물러났다가 서니의 팔을 잡으려 했다. 서니는 팔을
휘둘렀고, 서니도 팔을 휘둘렀다. 그다음 광경은 보지 못했다. 눈알이
빠지도록 눈을 비벼대는 바람에. 눈물이 그렁해지는 바람에 외려 앞이
흐려졌지만 세 번째 서니가 나타난 것은 확인할 수 있었다. 서니는 일
부러 엄마와 아빠를 무시하며 크게 빙 돌더니 심장이 고장 나기 직전
인 보안관 조수에게 다가왔다.

"티르 아저씨!"

"그, 그래, 응?"

"티르 아저씨! 티르 아저씨!"

그리고 서니는 뒤로 돌아 다시 달려갔다. 정신이 없는 와중에도 이건 여섯 살보다는 네 살쯤에 가깝지 않나 하는 생각을 해보았다. 그리고…… 세 번째 서니는 네 번째 서니의 팔을 붙잡고 흥분하여 나를 가리켰다.

"티르 아저씨!"

"응. 그래. 맞아." 서니는 서니의 머리를 쓰다듬었고 서니는 눈을 꼭 감은 채 그 손길을 즐겼다. 서니는 서니에게 빙긋 웃더니 내게 고개를 꾸벅했다. "안녕하세요. 티르 아저씨." 나도 모르게 덩달아 고개를 끄덕였다. 그리고 무의식적으로 이건 일곱 살이나 여덟 살쯤인가 생각했다.

어느샌가 엉덩방아를 찧은 채 서니들을 보던 포인도트 부인이 앉은 채로 움직여 남편에게 다가갔다. 부인은 남편의 바짓가랑이를 부여잡고 위를 올려다보았다.

"여보?"

"저기, 여보. 조금만…… 음. 조금만 냉정해져."

"여보!"

버샤드 포인도트는 몸을 낮췄다. 아내와 시선을 맞춘 포인도트 씨는, 그러나 곧 고개를 떨구고는 무너지듯 말했다.

"아홉 명이야."

당신 몰래 가진 사생아가 아홉이라고 말하는 듯했다. 포인도트 씨에겐 어울리지도 않는 혐의지만 그 어조를 다른 방식으로 묘사하기도 어려웠다.

"아홉…… 아홉 명? 서니가?"

"그래. 음. 당신 생각에…… 아니, 아직 다 보지 못했네. 서니?"

버샤드는 내가 일여덟 살쯤이라고 생각했던 서니를 바라보았다. 아버지가 뭐라 말하지도 않았지만, 서니는 바로 몸을 돌렸다.

"모두들 이리 와! 빨리!"

가벼운 발소리가 들리고 경쾌한 웃음소리가 들렸다. 머리를 감싸 쥐고 없는 꼬리도 만 채 당장 도망치고 싶은 소리다. 아래를 슬쩍 보니 마하단은 엉덩이가 한참 뒤로 빠져 있는 모습이었다. 곧 여섯 명의 다른 서니가 나타났다. 어처구니없을 만큼 화가 났다. 아홉이라고 했잖아!

"아니, 열 명이네. 한 명 늘었어……"

포인도트 씨의 우둔한 목소리에 포인도트 부인은 당장 뒤로 넘어갈 것 같았다. 그런데 포인도트는 부인을 다독이는 대신 겸연쩍게 말했다.

"저기, 여보. 아이들하고 이야기 좀 해봐."

"여보?"

"당신이 와서 참 다행이야. 그러니까, 나 혼자서는, 음. 아니, 내가 모른다는 말은 아니지만, 그래도 좀 헷갈리잖아. 혼자서 그러면 자신도 없고. 당신 항상 내가 당신이랑 아무 상의도 안 한다고 말하는데. 내가 또 그럴 수도 없고. 그렇잖아. 그리고 하나보다는 둘이 낫고. 백지장도 맞들면 낫잖아. 그렇지? 당신 눈이 제법 매우니까. 그래. 당신 배로 낳았다고 그랬잖아. 그러니까, 나는 밖에서 일하는 사람이고, 그래서 모르겠다는 건 아니고, 아니지만, 그래도 아빠라는 건, 아빠가 그렇잖아? 당신도 내가……"

"버샤드 포인도트!"

버샤드 포인도트는 한숨을 내쉬고는 유언을 남기듯 말했다.

"누가 제일 서니와 가까운지 찾아내야 해."

"뭐?" "뭐?" "뭐?"

나와 마하단이 행한 반문은 무례에 가까웠지만, 부부는 우리 두 사람에게 신경 쓰지 않았다. 나는 포인도트 부인의 시선을 따라 열 명의 서니를 죽 둘러보았는데 표정이 제각각이었다. 재미있어 죽겠다는 얼굴의 서니에 놀라워하는 서니, 수줍어하는 서니, 진지한 서니, 그리고 창피하다는 얼굴을 한 서니도 있었다. 한 가지는 분명하다. 귀여운 카닛 아이의 얼굴을 보며 등골이 서늘해지는 것은 난생처음이다. 포인도트가 혼잣말하듯 말했다.

"열 명이야. 응. 내가 못 찾으니까 계속 늘리나 봐. 닮은 서니가 없었나 보다고 생각하는 것 같아. 그런 게 아닌데. 다 똑같아서 그러는 건데. 아니, 모두 똑같은 아이라는 말은 아니고. 조금씩 다르다는 건 나도 알아볼 수 있어. 내가 둔해도 그렇게까지 바보는 아니야. 모두 다른 아이야. 그러니까 내 말은, 이 애도 서니 같고 저 애도 서니 같아서 결정을 못 하겠다는 거야. 응, 여보? 내 말 무슨 말인지 알겠어? 알지?"

혼잣말도 끝까지 못 하나! 당신이라는 작자는! 어쩌다가, 포인도트. 당신이 왜 이런 꼴을…… 격한 분노와 격한 동정심이 소용돌이를 이루어 제대로 서 있을 수도 없었다.

"엄마는 알아."

포인도트 부인이 말했다. 일어서는 그녀의 모습은 초췌했지만 강력한 힘이 느껴졌다. 어깨에 차가운 쇠사슬이 얽히는 듯한 기분이다. 포인도트 부인은 열 명의 서니들을 향해 두 팔을 벌렸다. 어떤 서니는 왁 뛰어들었고 어떤 서니는 좀 천천히, 그리고 어떤 서니는 어찌해야 할지 모르겠다는 듯이 버샤드 포인도트를 바라보았다. 포인도트 부인은 끌어안은 서니들의 얼굴에 자신의 얼굴을 비비며 만족감에 찬 신음을 흘렸다. 이제 쇠사슬이 어깨뼈 쪽으로 파고드는 것 같다.

포인도트 부인이 말했다.

"천천히 골라도 되죠? 계속 늘어난다고?"

마하단이 내 팔을 힘껏 움켜쥐었다. 우리는 서로를 쳐다본 다음 천천히 그곳에서 물러났다.

곧 나무들이 포인도트 씨와 포인도트 부인, 그리고 열 명의 서니들을 감추었다. 하지만 갑자기 폭발적으로 터져 나오는 웃음소리는 그 후로도 제법 오랫동안 들을 수 있었다. 그동안 마하단과 나는 한마디도 하지 않았다.

케이토가 바위에서 일어났다.

오랫동안 거기 앉아 있느라 굳었던 몸을 조심스럽게 편 케이토는 호수로 다가가 눈물과 땟물로 엉망이 된 얼굴을 씻었다. 몸을 편 케이토는 하늘을 물끄러미 보다가 호수 반대편을 보았다. 건너편으로 낮은 지대가 슬쩍 보였다. 케이토는 말끄러미 그곳을 보다가 갑자기 뭔가 떠오른 것처럼 몸을 돌렸다.

우리 음악 선생은 비누풀 앞을 지나쳤다.

다른 비누풀들도 있다.

케이토는 숲으로 들어섰다. 목적이 있는 것 같지 않은 느긋한 걸음
새였지만 어찌 보면 온정신을 집중하여 무엇인가를 찾고 있는 사람처
럼 보이기도 했다. 비누풀이, 비누풀이, 비누풀이 그를 보았다. 케이토
는 비누풀을 보지 않았다. 그는 자신의 목이 제대로 움직이는지 알고
싶다는 듯 천천히 왼쪽을, 그리고 천천히 오른쪽을 보았다. 그리고 다
시 움직였다.

풀잎을 스치던 그의 발이 멈췄다. 케이토는 제자리에 서서 앞에 있
는 나무를 바라보았다. 선이 가늘지만 튼튼해 뵈는 나뭇가지 사이로
빨간 과일이 눈을 끈다. 케이토는 위에서 아래로, 그리고 아래에서 위
로 시선을 옮기며 꼼꼼하게 나무를 살폈다.

케이토가 나무 주위를 돌았다. 서두르지 않고 계속 움직이던 케이토
가 다시 걸음을 멈췄다. 케이토는 손을 들어 올렸다. 그는 빨간 과일들
이 매달린 나뭇가지 하나를 빠르게 꺾었다. 싱싱한 데다 제법 굵기가
있는 가지였는데 희한하게 쉽게 부러지는 것 같았다.

케이토는 자신이 저지른 일에 당혹하듯 두 손에 쥔 나뭇가지를 바
라보았다. 그는 머리카락을 쓸어넘기고는 나뭇가지를 손에 든 채 걸었
다. 목적지가 있는 것 같지는 않았다. 하지만 그의 앞에는 호수가 나타
났다.

케이토는 놀라지도, 실망하지도 않았다. 그는 입고 있던 누더기 옷
을 벗어 나뭇가지를 감쌌다. 그리고 호수로 걸어 들어갔다. 어떤 각도
에선 물이 보이지도 않는 호수를 가로질러 케이토는 반대편 기슭을 향

했다.

내 이야기를 다 들은 마하단이 입을 벌렸다.

"마가목이었다고?"

"응."

"그러니까, 마가목이 그 지데 양으로 변했던 거라고?"

"죽은 자를 빨아들여 재구성한 다음 열매처럼 매단다는 건 거짓말이야. 별개라는 느낌을 주기 위한. 분리될 수 있는 것인 듯한 인상을 주기 위한. 그냥 전체가 변하는 거야."

"그 아가씨는 자기가 마가목이라는 것 몰랐어?"

"몰랐어." 비누풀은 자기가 비누풀임을 기억하려 애썼다고 했지. 그 전에는 나한테 입혀져서 조금씩 인간의 의식을 가져보려고 했고. "알 수가 없지. 원래 자기가 무엇인지에 대한 생각이 없잖아. 자의식이 없어. 생겨난 것은 지데의 것뿐이고. 그 의식에게 자기 자신은 지데였지."

"모르겠군. 자의식이 없다면…… 그러면 무슨 동기로 지데 양으로 변한 거야? 동기도 없을 거 아냐."

"좋은 질문이야."

"끙."

미레일은 더 참을 수 없었다. 어른들은 서니를 구하지 못했고, 자신은 뱀을 구조하지 못했고, 포인도트 부인은 그런 자신을 공격했고, 이제는 대피령 때문에 집을 떠나야 하는 판국이었다. 그래서 미레일은 피난 준비로 바쁜 부모님을 놔둔 채 혼자 신전에 가서 서니와 뱀을 위해

기도하기로 결정했다. 그 말은 어른을 동반하지 않은 채 저 무시무시한 잔파드로스의 영토—미레일의 신학관에 따르면 그곳에서 거짓말을 하면 머리카락이 홀라당 빠지거나 손톱이 떨어져 나가는—를 찾아가야 한다는 말이었고 그것이 해야만 하는 일이었기에 미레일은 단호하게 신전을 향해 걸었다. 그리고 미레일은 어디선가 나타난 율피트 소란다스가 한 30미터쯤 뒤편에서 이상한 얼굴을 한 채 따라오는 것은 모른 체했다. 미레일은 분명히 '혼자서 신전에' 가는 중이었다. 둘 사이의 거리는 누가 보더라도 일행이라고 말하기 애매했다. 저 머슴애는 아마 같은 방향에 다른 볼일이 있을 거야. 아는 척하지도 않잖아. 물론 미레일이 먼저 율피트를 아는 척하는 일도 없을 것이다. 그리고 미레일은 묘하게 안도감이 드는 이유는 오늘 날씨 때문이라고 판단했다.

따라서 신전이 눈에 들어오는 곳에서 갑자기 나타난 유니콘 샤레모의 비난은 미레일이 보기에 완전히 잘못된 것이었다. 샤레모는 난리가 났는데 천지도 모르는 어린 것들이 아무 생각 없이 돌아다닌다고 거세게 꾸짖었다. '것들'이라니. 동행이 아니라고. 미레일은 자신이 왜 눈물이 날 것처럼 화가 나는지 고민하지 않았다. 미레일은 그냥 화를 냈다.

"비켜요! 나는 순결해요!"

……미노타우르가 병영의 신사인 까닭은 그 자들이 '내 주변 사람들은 다 착하고 친절했는데?'라고 말하는 부류이기 때문이지만 유니콘이 군대 사고 사례에 이름을 올리지 않는 까닭은 그 눈 뜨고 봐주기 어려운 거만함 때문이다. 내가 아는 바가 맞다면 원래는 '미성숙한 암컷은 안 죽인다'였다. 목장주나 낚시꾼이라면 비슷한 규칙을 알 거다. 새

끼를 낳을 개체는 잡지 않아야 무리가 보존된다. 좋은 이야기지만 고대의, 보나 마나 성질 더러웠을 어느 유니콘이 다른 종족을 향해 외쳤을 때는 호의 같은 건 담겨 있지 않았을 것이다. 따지고 보면 멸종시키겠다는 말보다 더 거만한데, 왜냐하면 이 말은 언제든 내키면 멸종시킬 수 있지만 우월한 내가 봐준다는 뜻이기 때문이다. 그리고 대강 해석하더라도 사냥감이나 가축 취급이다. 저 방자한 욕설이 놀랍게도 '유니콘은 순결한 처녀에게 굴복한다'로 바뀐 까닭은 유니콘이 아닌 다른 종족에게서 찾아야 할 것 같다.

유니콘의 표정 해석에 다소나마 조예가 있는 처지에서 단언할 수 있는데, 샤레모는 내가 그를 안 이래 가장 얼빠진 표정을 짓고 있었다. 애석하게도 그가 이 도전에 대한 자신의 소회를 밝힐 기회는 없었다. 어느샌가 가까이 다가온 율피트가 우렁차게 외쳤다.

"내가 더 순결해!"

샤레모의 저 표정은 나도 모르겠다. 믿기 어렵지만, 공포에 좀 가까운 것 같다. 그러나 미레일은 궁지에 몰린 적수의 숨통을 끊으러 달려들진 않았다. 기회가 좋다거나 하는 시시한 이유로 저 미레일 요란하스가 자신의 대적이 누군지 혼동할 리가 있는가. 미레일은 유니콘을 무시한 채 율피트 소란다스를 향해 돌아섰다. 그리고 더할 나위 없이 우아하고 잔인하게 영원한 불평등을 선고했다.

"여자만 되는 거야."

율피트는 하늘이 무너진 듯한 얼굴이 되었다.

내 이야기를 들으며 킬킬 웃던 마하단이 문득 생각났다는 듯 의문을 표시했다.

"그런데 이 짓을 언제까지 해야 하는 거지?"

"좋은 질문이야."

"끙."

"안녕하세요. 마하단, 티르. 오랜만이네요."

새하얀 빛 때문에 마치 설경처럼 보이는 사막을 등진 채 션 그웬이 말했다.

14

발아래를 내려다보았다. 새하얀 모래에 깊숙이 들어가 있는 두 발이 보였다. 고개를 들었다. 여기저기 흩어져 있는 사구는 모래가 쌓인 모습이라기보다 파도가 굳어 있는 듯한 모습이었다. 멀리 보이는 지평선 부근에는 아지랑이가 미친 듯이 이글거리고 있어 어디까지가 사막이고 어디서부터가 하늘인지, 그 중간에 뭔가 있기는 한 건지도 확신할 수 없었다. 제대로 서 있을 수도 없을 만큼 뜨거워야 할 텐데 더위는 그다지 느껴지지 않았다. 션이 말했다.

"정확하게 말하면 첫 만남이지만, 아는 척하기는 만인이 사랑하는 좋은 예법이잖아요. 괜찮죠?"

토할 듯이 목을 꿀럭거리던 마하단이 입을 열었다. 그러나 그가 질문하기도 전에 션이 대답했다.

"마법 못 씁니다."

마하단은 입을 다물었다. 그는 얼굴을 감싸 쥐더니 쉰 목소리로 속삭였다.

"가짜군."

"정의해 보라고 요구하고 싶어지는데요."

"가짜야."

"그건 정의가 아니라 동어반복이죠."

"부활은 없어. 그 식물왕인지 뭔지 하는 자식은 사기를 친 거야. 내가 죽은 다음에 나를 부활시키는 것이 아니지? 어떤 나무나 풀이 나를 닮은 가짜가 된다는 거지?"

"한 가지 먼저 지적하죠. 지금의 당신은 과거의 당신을 닮은 자일 뿐 아닌가요?"

마하단의 얼굴에 약간의 생기가 돌아왔다. 투지 같기도 했다. 그는 턱을 내밀었고 션은 어깨를 으쓱였다.

"당신은 손톱을 깎고, 머리카락과 수염을 잘라내죠. 그 부분들은 계속 교체되는 거죠. 낡은 건 떨어져 나가고 새로운 것이 그 자리를 차지하죠. 그런 눈에 잘 들어오는 것 말고도 교체는 사실 몸 전체에서 이루어지죠. 지금 당신을 이루고 있는 물질 가운데 당신이 태어났을 때 당신이었던 물질이 얼마나 있죠? 하나도 없죠? 당신 몸을 돌고 있는 피 중에서 4개월이 넘는 피는 한 방울도 없을 테고 몸속에서 제일 오래된 부분을 찾아본다 해도……"

"6년이지."

뭐? 6년? 션이 고개를 끄덕이는 것을 보니 틀린 말이 아닌가 본데.

"오늘의 강에 어제의 물은 한 방울도 없지만 우리는 그걸 어제와 같은 강이라고 생각하죠. 당신도 마찬가지입니다. 지금의 당신과 6년 전의 당신은 완전히 다른 물질로 이루어진 서로 다른 존재들이죠. 당신의 두뇌조차 당신이 태어났을 때 가지고 있던 그 두뇌와는 조성이 완전히 달라요. 하지만 당신은 과거의 당신과 현재의 당신이 같은 존재라고 생각하죠. 그렇다면 무엇이 진짜 당신이죠? 흐름만이 당신 아닌가요? 그렇다면 흐름의 어느 부분이 진짜죠? 그런 건 없죠. 흐름이라는 건 실체가 없으니까. 바람은 공기가 아니죠. 공기의 흐름이지. 이제 당신의 모든 기억을 가진 채 당신을 대체한 자를 어떻게 가짜라고 부를 건가요?"

"……과거에서 지금의 나로 이어지는 길 위에는 무한한 숫자의 내 시체들이 있다? 나는 그 연속된 교체의 최신판에 불과하다?"

"그렇게 말한 당신은 방금 사라졌네요. 사라진 당신의 발언에 대해 어떻게 생각하죠, 최신판? 빨리! 아, 이런. 사라지셨네. 아무것도 못 하고. 그럼 이번 최신판에게 물어볼까요?"

"집어치워라."

"예."

션은 꽤 얌전하게 말했다. 마하단은 콧등을 느릿느릿 문질렀다. 두 사람이 침묵한 틈을 타 방금 이루어진 대화에 대해 고민해 보았다. 무슨 소린지는 알겠다. 하지만 현실 감각과의 괴리가 너무 크다. 마하단이 가슴을 부풀렸다가 푹 꺼트렸다.

"우리가 시공간에 매여 있는 존재라고 말하는 건 우리가 포유류라고 말하는 것과 같아. 그래. 우리는 분명히 포유류 맞아. 하지만 그 말은 우리가 원숭이처럼 주변의 모든 이성과 붙어먹어도 된다는 뜻도 아니고 수사자처럼 아내가 낳은 전 남편 자식을 죽여도 된다는 소리도 아니고 암고양이처럼 제 자식을 잡아먹어도 된다는 말도 아냐. 우리는 그렇게 태어나는 자가 아니라 그렇게 되어가는 자이고, 우리가 그렇게 되어가기로 결정했기에 그것이 우리 모습이야. 참견은 정중히 사양하니 자연법칙은 가던 길 가셔. 이거면 됐냐?"

션은 미흡하지만 그 정도로 봐주겠다는 듯이 웃더니 우리를 향해 손짓했다.

"좀 걸을까요?"

션은 우리 대답도 기다리지 않고 사막을 걸어갔다. 우리가 온 곳이 어딘지 확인하기 위해 뒤를 돌아보았지만, 말도 안 되는 거리까지 펼쳐져 있는 사막이 보일 뿐이었다. 지평선까지의 거리가 턱없이 멀고 그곳이 전부 새하얀 모래로 덮여 있었다. 저게 진짜 사막이고 우리가 정말 저곳을 걸어왔다면 지금 우리는 탈진해서 죽을 지경일 텐데.

마하단과 나는 한숨을 내쉬고 션의 뒤를 따라 걸었다.

션은 아무 말도 하지 않았다. 발밑에서 모래가 부서지는 자주 느끼기 어려운 감각에 집중하며 그 뒤를 따른 지가 벌써 3년째…… 아니, 잠깐. 3년은 무슨. 그런데 시간 감각이 좀 이상하다. 정확하게 말하면 그런 것이 없다. 시간이 얼마나 흐른 거지? 나는 머리와 수염이 덥수룩한 마하단을 보게 될까 염려하며 옆을 돌아보았다. 갱도를 걸어오느라 검댕 같은 것이 좀 묻어 있긴 했지만, 마하단에게 수염이나 장발은 없었다.

"넌 뭐냐?"

마하단의 무성의한 질문을 션은 용케도 이해했다.

"미루나무입니다."

그런가 보다 하고 받아들이는 마하단이 조금 부러웠다. 나는 적개심을 느꼈다. 그러나 이 적개심을 객관적으로 합당하게 설명하는 것은 어렵다. 이 자식은 나를 공격했어. 그런데 그게 무슨 공격이었는지는 모르겠어.

"여기도 그렇고요."

"응?"

"제가 미루나무라고 말했을 때 그건 세상의 어느 곳에 있는 개별적인 미루나무가 아닙니다. 저는 모든 미루나무지요. 그리고 모든 미루나무의 총합 이상이고요."

내가 말했다. "들었던 소리군."

"비누풀인가요?"

"그래."

"비누풀에도 있었어요?"

"그건 아닌가 봐. 네가 무슨 소리를 하는지 모르겠으니."

"괜히 말 끊네요. 할 수 없죠. 예. 여러분들이 지금껏 지나친 곳들은 여러 식물들입니다. 종으로서의 식물이죠. 지금 두 분은 미루나무에 있는 것이죠. 풍경엔 그리 신경 쓸 것 없어요. 그냥 장식 같은 거라고 생각하면 받아들이기 편하겠죠. 목이 타거나 땀이 뻘뻘 흐르지는 않죠? 예.

그럼 비누풀에도 있었던 모양이군. 그 밤바다인가. 션은 모래 위로 발을 슬슬 끌며 말했다.

"요즘 여러분이 사는 땅에 지진이 잦죠? 이유가 있어요. 일단 지진은 머지않아 다시 수그러들 겁니다. 하지만 그건 흔해 빠진 말로 폭풍 전의 고요 같은 거죠. 20년에서 2,000년 사이에 95% 확률로 그곳에서 화산이 폭발할 겁니다."

너무도 뜻밖의 말이라 놀라지도 못한 채 "화산?"이라는 말밖에 할 수 없었다.

"예."

션은 걸음을 멈추지 않았다. 어쩔 수 없이 그 뒤를 계속 따라 걸어야 했다. 정신을 수습한 마하단이 차라리 화를 내보자는 듯이 말했다.

"그, 추정치가 왜 그 모양이야? 20년이면 그다음에 와야 할 건 30년이나 40년이어야 할 것 같은데. 2,000년이라면 그 앞에 올 건 못해도 1,000년 같은 것이어야 할 테고."

"음. 쉽게 말해서 운 나쁘면 20년보다 빨리 터질 수도 있고 운 좋으면 2,000년이 지난 후에 터질 수도 있지만, 그 중간쯤에 있는 숫자가 다른 숫자들보다 더 높은 확률을 가지고 있다는 말이에요. 모든 숫자의 확률이 똑같이 1/6인 주사위 던지기와 달리. 그래서 숫자가 그렇죠."

내가 말했다.

"그래? 좋아. 그 숫자 받아들이지. 그러니까 화산이 터진다 해도 그건 최소 20년 뒤라고 생각하는 것이 현실적이라는 거지? 그런데 그보다 훨씬 더 급하고 심각한 문제가 있는데 말이야."

"그러기는 어려울 텐데요."

"응?"

"그보다 심각하긴 어려울 거라는 말입니다. 화산 분출은 대충 50만 년 이상 지속될 겁니다. 50만 년 동안 화산재가 하늘을 덮어 햇빛을 볼 수 없게 된 식물이 죽고, 바닷물이 독극물이 되어 바다 생물도 죽고, 지상의 동물은 호흡 곤란과 추위와 굶주림 등으로 죽고, 뭐 그런 식으로 전체 생물 종의 8할 이상은 확실히 멸종할 것 같습니다."

사막이 갑자기 끝났다.

어떻게 모래가 이렇게 예리하게 쌓일 수 있는 건지 모르겠다. 앞쪽에 느닷없이 나타난 낭떠러지는 까마득히 아래로 이어지고 있었고 저 아래쪽의 땅은 너무 멀어 한눈에 풍경을 알아보기도 어려웠다. 도시인 듯한 자연적이지 않는 부분들이 보였고 그 주위로 논밭인 듯한 평평한 부분과 강인 듯한 실선 정도가 보였다. 저건 황무지인가? 저 거무튀튀한 건 숲? 아무래도 현재 고도가 1킬로미터는 됨직한데 끄트머리로 다가가서 낭떠러지의 높이를 가늠해 볼 마음은 전혀 들지 않았다. 낭떠러지 끝까지 모래가 이어져 있었다. 왜 무너지지 않는 건지 모르겠다. 보이지 않는 벽 같은 것이 모래가 쏟아지는 것을 막고 있는 듯한 모습이었지만, 또한 사람이 다가갈 경우 바로 모래 폭포와 함께 엄청난 추락을 경험하게 될 듯한 모습이어서 발이 떨어지지 않았다. 다행히 선도 더 이상 걸어가지 않았다.

마하단이 신음했다.

"50만 년 동안 분화하는 화산이라고 했나?"

"예. 초화산이거든요. 아직 인류 학자들은 조그만 화산들, 도시나 하나 끝장내는 화산들만 알지만, 화산 중에는 그런 것도 있어요. 생물을 끝장내버릴 수 있는 화산, 세상을 바꿔버리는 화산이죠. 아아, 그 표정 멋지네요. 가장 관심 있을 부분부터 알려드리죠. 대책은 있어요."

"있다고?"

"예. 식물왕이 왕국의 호부로서 그 재난을 대신 맞이할 겁니다. 그러니까 초화산이 폭발하는 대신 어느 한 식물종이 앞으로 20년에서 2,000년 내에 멸종할 거라는 말이죠."

왕국의 호부? 마하단이 다급하게 말했다.

"액받이 왕? 잠깐만. 식물왕이 액받이 왕이라고?"

"예. 액받이 왕입니다."

"그러면 화산이 폭발하지 않는다고? 대신, 어, 음. 어떤 식물이 멸종한다고?"

"예. 멸종합니다."

"그 멸종으로 초화산의 액땜이 된다고?"

"예. 액땜이 됩니다."

마하단은 솔직히 기뻐해도 되겠냐는 듯이 나를 바라보았고 나는 아무래도 그건 좀 곤란하지 않겠냐는 듯이 마주 볼 수밖에 없었다. 마하단은 헛기침을 했다.

"흠, 음. 그런가. 그래서 심판을 외부에서 초빙해야 하는 건가?"

"예? 아, 나라부스 의장님 말이군요. 그런 게 아닙니다. 혹시 왕이 되는 방법 아십니까?"

"식물왕의 검을……"

"시시한 소리 하지 마시고요. 그건 왕관을 쓰거나 옥새를 소유하거나 왕홀을 쥐면 왕이 된다는 소리잖아요. 그건 그냥 물건일 뿐입니다. 왕궁에도 아마 청소하는 사람이 있겠지요? 그 사람이 청소하던 도중 뭔지도 모르고 그냥 옆으로 치워놓으려고 옥새를 집어 들면 갑자기 그 사람이 왕이 되는 겁니까? 아니잖아요. 상징은 물론 중요한 것이고 행동을 규정하는 것이지만 우리는 현실에 살고 있으니까……"

"선왕에게서 왕위를 물려받거나 선왕을 죽이면 돼." 내가 말했다.

션이 반갑다는 듯 고개를 끄덕였다.

"그런데 식물왕의 경우엔 문제가 좀 있죠. 왕위를 물려주거나 살해당해줄 선왕이 없거든요. 그러니 모든 피지배자들의 동의라는 번거로운 수단을 쓸 수밖에 없죠. 짧은 기간 식물에겐 자기들의 왕을 추대할 지각이 생겨납니다. 왕을 선택하기 위한 지각이죠."

"왕을 선택하기 위한 지각?"

"예. 지금 실포 언덕엔 전 세계의 식물이 다 모였습니다."

"……그건 각 식물종의 대표들이야? 무슨 대의원인가?"

"그런 식으로 이해하는 것이 받아들이기 편할 것 같군요. 저라면 거수로 의사를 표시하기 위해 손만 보낸 것과 같다고 말하겠지만."

아, 그래. 개체들의 총합 이상. 응.

"그러니까 그렇게 모이는 것 자체가 추대 의사 표시입니다. 모든 식물이 그렇게 모이는 것으로 인정한 식물이 식물왕이고, 세계의 재난을 대신 맞이할 호부왕의 자격도 가지는 거죠. 이 왕을 선출하기 위한 지각은 동물에게서 빌려와야 해요. 식물은 그런 것 모르니까. 그런데 여왕개미나 여왕벌 같은 것은 곤란하죠. 사람들이 여왕개미니 여왕벌이니 하고 부르지만, 그것들은 그냥 엄마잖아요. 한편 우두머리 수사슴이나 원숭이 같은 경우엔⋯⋯"

마하단이 성마르게 말했다.

"사람이군. 야채 뱀파이어."

"예. 모든 조건을 따져봤을 때 야채 뱀파이어가 제일 좋죠. 나라부스 의장님이 하시는 건 왕이라는 개념과 층위 개념 같은 걸 식물에게 빌려주는 것입니다. 물론 그 형식은 지상과 지하의 주인을 위한 검을 재배하는 것이 될 테고요. 그리고 그게 다죠. 아무도 원하지 않는 일일 테니 심판 같은 것이 필요하다고 상상하셨나 본데, 아닙니다. 어떤 식물이 식물왕이 될지는 이미 결정되어 있어요. 전 세계에서 야님 숲에만 분포하는 식물인데 그 근방 사람들도 부르는 이름이 없어서 어떤 식물이라고 알려줄 수는 없군요. 현재 228그루 남아 있죠."

질문하지 않을 수 없었다.

"그래서 자기가 희생하겠다고 결정한 건가? 이미 멸종할 지경이라서?"

"희생? 아닙니다. 식물이 다른 식물을 사랑할까요? 아니오. 식물에게 다른 식물은 동물과 다를 것도 없습니다. 왕을 추대하려면 동물한테서 그 개념을 빌려와야 할 지경인걸요. 그 식물은 자기 자신을 위해 도박을 한 겁니다. 지금 상태로는 100년 이내에 멸종할 수도 있어요. 하지만 호부왕이 되면 다가올 재난이 그 식물 종의 잔명을 늘려줄지도 모릅니다. 호부가 재난을 불러들이는 것처럼 재난도 호부를 끌어들이거든요. 주어진 시간이 대충 20년에서 2,000년인데, 만약 재난의 도래가 뒤쪽에 가깝다면 그 식물은 멸종하기 전에 번식 능력이 더 괜찮아진 돌연변이 후손을 남길 시간을 벌 수 있을지도 모르죠."

나는 아래쪽의 낯선 풍경을 멍하니 바라보며 말했다.

"그러면 이건…… 그 왕이 될 식물도 포함해서…… 다 좋은 일이라는 말 같은데?"

"왜 덴워드 이카드가 접한 예언은 이것이 굉장히 나쁜 일이고 무슨 수를 써서든 막아야 하는 일인 것처럼 묘사되어 있어서 덴워드 이카드가 그 지경까지 몰렸냐고요?"

"설명해 봐."

"이미 말했듯이 식물은 평소엔 지각이 없어요. 그런데 왕을 선출하기 위해 지각을 얻으면, 뭐랄까, 나쁜 짓도 할 수 있게 되죠. 이 표현 조심스럽게 받아들이라고 권하고 싶네요. 집안을 싹싹 청소하고 음식 부스러기 하나 흘리지 않는 사람은 그와 동거하는 개미들한테 나쁜 짓을 하는 걸까요? 더 적나라한 예를 들어볼까요? 도끼를 든 나무꾼은 나무들에게 어떤 자일까요?"

"……좋아. 계속해."

"어떤 식물이 주어진 지각을 이용하여 곰곰이 생각이라는 희한한

502

짓을 해봤죠. 그러고는 그냥 화산 폭발시키는 편이 낫지 않나 하는 개
인적인 의견을 가지게 되었죠. 사람들 꼴 보기 싫으니까 확 망해라, 이
거죠. 나쁜 의견일까요?"

기가 막혔다.

"지각을 가지면 미친 짓도 할 수 있게 된다는 거야?"

"그렇게 미친 짓은 아닌데요. 사람들이 태우는 식물을 생각하면."

"이거 보세요. 그 초화산인지가 터지면 식물도 죽는 거잖아! 생물의
8할이 부고장에 오른다면서?"

"되살아나잖아요."

뭐?

션은 장난스러운 동작으로 자신의 가슴을 쿡쿡 찔렀다.

"살아난다고요."

"똑같은…… 사본을…… 하지만 사본은 원본이 아니……"

황급히 마하단을 돌아보았다. 아까 자네 뭐라고 했었지? 이 상황에
서 쓸만한 말이었던 것 같은데. 그러나 션은 고개를 가로저었다.

"식물은 그런 거 신경 안 써요. 연속성에 기반한 자의식은 사람이 시
간에 대해 만들어낸 고안물이지 식물과는 무관해요. 우리는 접붙이기
를 해도 상관없고 꺾꽂이를 해도 상관없는걸요."

이게 무슨 트롤 이 쑤시는 소리지. 그런데 마하단이 심각한 표정을
짓고 있어서 나도 그냥 멍한 얼굴을 할 수가 없었다.

"식물은 죽은 사람과 똑같은 사람이 될 수 있는 것처럼 똑같은 식물
도 될 수 있어요. 실포 언덕에 난 식물들은 이동해 온 것이 아니에요.

원래 거기 있던 풀과 나무들이 그 식물들로 변한 것뿐이죠. 여러분이 라면 그건 일종의 대리 투표이고 무효라고 주장할지 모르지만, 식물은 그거면 충분해요. 고사리가 붉은 삼나무로 변했다면 그건 붉은 삼나 무죠. 같은 방식으로 초화산의 분출로 어느 재수 없는 식물 종이 멸종 하더라도 억세게 살아남은 식물 종 중에서 몇 개체가 그 종이 되면 그 만이에요. 그래서 식물왕 같은 거 선출하지 말고 그냥 화산을 일찍, 확 실하게 터뜨리자는 거죠. 이점이 있거든요. 일찍 터뜨려서 지하의 압력 을 좀 빼주면 분출 시간이 50만 년이 아니라 1만 년 정도로 대폭 줄어 들 수도 있어요. 그 정도면 사람만 깔끔하게 멸종시키기에 충분하고 식 물이 입는 피해도 훨씬 쉽게 복구할 수 있다는 거죠."

"어떻게……"

"예언이 우려한 건 바로 그거죠. 식물왕을 선출하기 위해 식물이 지 각을 가지게 되면 그 지각으로 다른 동물, 그러니까 사람에게 멸종을 선물하려 할 것이다. 실제로 그렇게 되었고요. 문제의 주체는 식물왕이 아니라 식물왕을 선출하기 위해 지각을 가지게 된 식물의 일부지만, 예 언이라는 것이 항상 그렇죠, 뭐."

"어떻게 화산을 미리 폭발시킨다는 거야?"

션은 웃으며 낭떠러지 아래의 땅을 가리켰다.

순간적으로 지금 거론되고 있는 그 화산이 폭발했나 하고 놀랐지 만, 자세히 보니 화염이 아니라 광선이었다. 아래쪽의 산 한 군데에서 검붉은 광선이 솟아올랐다. 횃불이나 촛불의 가장 바깥쪽에 있는 빛깔 같다. 저런 자연현상은 들어본 적 없지만, 인공 현상 또한 떠오르는 것이 없다. 그런데 도대체 어디까지 솟구치는 거지? 꽤 높은 곳에 있는 내 눈높이를 넘어 내가 고개를 뒤로 젖혀도 어디가 광선의 끝인지 알 수 없었다. 그냥 끝없이 계속되다가 가늘어지면서 사라졌다. 션이 말했다.

"동극과 서극을 유도하는 광선입니다."

낭떠러지를 향해 달려갈 뻔했다.

"뭐? 잠깐. 저기가 우리 동네야? 저게 봉수대고?"

"예. 잘 보이는 위치를 골랐지요."

"어디가 잘 보여? 길도 건물도 제대로 보이지, 아니, 그게 아니고, 제도에서 벌써 그자들이 왔다고?"

"시간이 좀 다르죠? 당신들한테 맞춰주려고 노력은 했는데 완전하진 않아요. 우리는 그걸 별로 신경 쓰지 않아서. 잠깐만요. 예. 당신들이 그 환기공으로 들어간 이후로 일몰이 여섯 번 있었군요."

엿새가 지났다고? 여섯 시간도 안 지난 것 같은데. 아니, 정말인가? 시간을 헤아려 보려는 시도를 하는데 션이 내 정신을 날려버렸다.

"보통 폭발은 제아무리 강력해 봐야 대지에 무슨 대단한 영향을 주진 못해요. 촛불로 바닷물 끓이려는 짓이나 다름없지요. 하지만 그 장소가 여기고, 그 폭발이 서극과 동극의 화염 매듭이라면 이야기가 달라요. 그 불은 땅을 뒤엎어버리니까. 간단히 말해서 여기서 두 드래곤이 화염을 엮었다간 당장 초화산이 폭발하죠."

"잠깐만."

"말도 안 되게 어려운 일일 줄 알았는데, 발상의 전환이 언제나 그렇듯이 실제로는 쉽더라고요. 그 소년한테 식물왕이 이미 탄생했다고 믿게 하면 그만이었죠. 그러면 죄의식 가득한 사춘기 소년의 감수성이 비장미 추구의 돛이 되는 거였죠."

"잠깐…… 만."

"언덕에 접근하지 못하게 하면서 죽은 사람 한 명 보내서 식물이 동물에게 요구할 법한, 그러니까 그 감수성 예민한 친구가 보기에 그럴 법한 요구 하나만 하면 되더군요. 있지도 않은 식물왕이 이미 나타났다고 바로 믿어버리더라고요. 아, 나라부스 의장은 아무 일도 하지 않았어요. 지금 풍경 좋은 곳에서 내가 여기를 좋아해도 되나 고민하고 있어요. 케이토가 고른 곳은 좀 으스스하지만 그게 그 사람 취향이라서. 버샤드 포인도트는 그냥 수많은 서니로 만족하더군요."

마하단이 고함을 질렀다.

"너 누구냐!"

"예?"

"너 션 그웬이냐? 염세주의 마법사?"

"예. 당신의 션이죠. 마하단."

"뭐?"

션은 나를 돌아보았다.

"당신의 지데였지요, 티르."

눈알이 곧 눈꺼풀 밖으로 탈출할 것 같은 기분이었다.

"내…… 지데? 내 지데?"

션은 손가락을 들어 나를 겨냥했다.

"지데가 살아나면 나는 더 이상 살인자가 아니다."

션은 마하단을 가리켰다.

"션 그웬이 살아나면 나는 더 위대해질 수 있다."

션은 어딘가 먼 곳을 가리켰다.

"서니가 살아나면 내 핏줄이 계속 이어진다."

션은 소리 없이 웃었다.

"흐음. 세상이 부서지길 바란 건 누굴까요."

나는 대답하지 않았다. 대신 앞으로 달렸다. 낭떠러지 끄트머리로. 바빠서 이만이다! 보안관 조수님께서 봉수대에 급무 있다. 비켜라!

허공으로 날지는 못했다. 낭떠러지 가까이 다가가자 정말로 모래가 와르르 무너지는 바람에. 나는 엄청난 모래 폭포와 함께 추락했다. 앞이 어두워지며 숨이 막혔다.

충돌이 거꾸로라는 느낌이다. 부딪힌 다음에 아픈 것이 아니라 아프고 괴로운 다음에 부딪히는 것 같았다. 머릿속이 뒤죽박죽이 된 건가. 아니면 여기가 뒤죽박죽이라서 그런 건가. 모르겠군. 어쨌든 그 순서 바뀐 경험 때문에 아픔도 오래 탐닉할 수 없었다. 충돌의 감각 때문에 나는 비명을 지르며 벌떡 일어나 앉았다.

나와 함께 쏟아진 모래는 보이지 않았다. 나는 초원에 앉아 있었고 잘 조성한 방풍림처럼 보이는 숲이 조촐한 배경으로 있었다. 그 앞쪽에 농가나 울타리 같은 것이 하나 있으면 어울릴 듯했지만 그런 건 보이지 않았다. 위쪽을 보았다. 까마득한 높이의 모래 쏟아지는 절벽 같은 건 보이지 않았다. 태양이 미아가 될 듯한 광활한 하늘이 있었다.

그리고 검붉은 광선, 끝이 보이지 않는 광선이 있었다.

일어서야 한다는 충동은 있었지만 그다음에 무엇을 해야 할지 알 수 없어서 왠지 일어서기가 아까웠다. 저 광선을 향해 걸어가야 하나? 하지만 내가 있는 이곳은 전체의 총합 이상인 어떤 식물일 텐데. 이곳으로 왔던 방법으로 빠져나가야 하나? 추락 비슷한 느낌을 내려면 상당한 도약력이 필요하겠군.

오른쪽에서 하늘색 옷을 입은 소녀가 천천히 다가왔다.

키 큰 풀이 때론 작은 소녀의 머리 위까지 가렸다. 일어서면 겁을 먹을지도 모르지. 그냥 앉아서 기다렸다.

한순간 소녀가 그냥 내 곁을 지나쳐버릴지도 모른다고 생각했다. 그럴 가능성도 있었다. 하지만 소녀는 걸음을 멈추고 내 눈을 보았다. 속으로만 한숨을 쉰 다음 인사했다.

"안녕. 서니."

"안녕. 티르 아저씨."

인사가 서니를 안심시킨 것 같았다. 서니는 내 옆에 탈싹 주저앉았다. 나는 두 손을 뒤로 뻗어 땅을 짚고 몸을 뒤로 젖혔다. 좀 떨어진 곳에서 하얀 나비가 흐느적거리며 볼 수 없는 기류의 모습을 온몸으로 내게 설명했다.

"혹시 아까 봤던 아이니?"

"아뇨? 아닌데요."

"그렇다면 넌……"

네가 진짜냐고 물으려다가 그게 얼마나 허튼소린지 깨닫고 자신의 어리석음과 이기심을 저주했다. 진짜라는 건 없다. 원본을 정확하게, 마법적으로 정확하게 베낀 사본들뿐이다. 그런데, 그렇다면 이 카닛 아이는 뭘까. 예상되는 대답에 두려워하며 질문했다.

"그러면 넌 나의 서니인 거야?"

서니는 조심스러운 눈길로 나를 훔쳐보다가 머뭇머뭇 말했다.

"지데 언니……?"

"아, 그렇지. 맞아. 그러면 넌?"

서니는 어깨를 움츠렸다. 뭔가 말하고 싶은 것이 있는데 멍청한 아저씨가 자꾸 이상한 소리를 해서 말을 못 하고 있다는 느낌이 들었다. 급히 무슨 말을 해야 할지 고민해 보았지만 적당한 말이 떠오르지 않았다.

"어, 그래. 어땠어?"

나를 벗이라고 생각하는 이들이여, 용서하라! 그런데 서니는 고개를 끄덕였다.

"저는 미안했어요."

"응?"

"미안했어요."

"누구한테?"

"엄마한테 미안했어요. 아빠한테 미안했어요."

"뭐가?"

"죽어서요."

독한 말에 고막이 타들어 가는 것 같다.

무릎을 당긴 다음 두 팔로 그걸 끌어안았다. 서니는 내 모습을 따라
했다. 기뻤다. 서니는 자신의 생각을 말로 옮기고 또 자신의 목소리를
들으며 자신의 생각을 형성하는, 최근 한창 익숙해지고 있는 기술에 열
중했다.

"너무 시끄러웠어요. 아팠고요. 목도 간지럽고 머리도 따끔따끔하
고, 막, 응, 배가 이상했어요." 서니는 잠시 생각에 잠겼다가 표현을 수
정했다. "배가 뜨거웠어요."

"많이 힘들었구나."

"예. 그래서 죽고 싶었어요. 그냥 생각만 했는데, 진짜 죽었어요."

입안에서 혀가 부풀어 오르는 것 같다. 섣불리 입을 열었다간 말 대
신 혀가 튀어나올 것 같았다. 그래서 나는 고개만 끄덕였다.

"엄마 아빠한테 미안해요. 죽어서."

"……괜찮아."

"죽지 말았어야 했는데."

"그건 네 잘못이 아냐."

"죽고 싶다고 생각했는데."

"생각만 했지?"

"예?"

"생각 말고 다른 건 안 했지?"

서니는 무슨 말인지 모르겠다는 표정으로 나를 바라보았다. 안 되
겠다. 비누풀. 교대하자. 아들! 나오라고! 아버지 지금 죽겠다! 나는 비
누풀이다, 나는 비누풀이다……

510

"티르 아저씨."

"응?"

"엄마 아빠는 저 없이도 엄마 아빠죠? 그러니까, 제가 없을 때도 엄마 아빠는 있었어요. 그렇죠?"

"그랬지."

"서니는 여섯 살이에요. 6년 전에는 없었어요. 그렇죠? 이상해요, 그거. 6년 전엔 제가…… 어. 모르겠어요. 미안해요."

"아니, 괜찮아. 나도 내가 태어나기 전에 내가 없었다는 걸 생각하면 멍해지고 속는 기분이야."

"그래요? 티르 아저씨도?"

"응."

"티르 아저씨. 그러면 제가 없어져도, 엄마 아빠는 6년 전이랑 똑같은 거죠?"

"그렇진 않아."

서니는 의아해했다.

"안 그래요?"

"그래."

"6년 전이랑 똑같은데?"

"그런 생각은 무한퇴행이고, 유일하게 살 수 있는 시간인 현재에 대한 부정이고, 탁월한 주류제거제란다."

"티르 아저씨?"

하얀 나비가 풀잎에 내려앉으려는 듯 움직였다. 하지만 다음 순간 나비는 풀잎의 예상 못 한 탄성에 튕기듯 다시 솟았다. 풀잎은 거의 움직이지도 않는데. 호들갑스럽긴.

"미안. 음. 서니. 너는 처음부터 없었던 것이 될 수 없어. 모든 사람은 이전에 없었지. 그리고 태어나. 그러다가 결국 없어지지. 그걸 보면 처음부터 없었던 것과 똑같아 보이긴 해. 하지만 그게 아냐. 우리는 모든 시간을 한꺼번에 살지는 않으니까."

"어려워요."

서니는 서글프게 고개를 숙였다. 그리고 아래를 보며 억눌린 목소리로 말했다.

"전, 그냥, 미안해요. 아빠한테. 엄마한테."

나가 죽어라, 티르 이 병신아.

"서니." 서니는 내 말을 못 들은 체했다. 한 번 더 불렀다. "서니."

"티르 아저씨."

별 소용은 없었지만, 가슴을 진정시키려 애써보았다.

"서니. 난 네 이야기를 할 거야."

"예?"

"난 네 이야기를 할 거야. 너희 엄마 아빠랑. 다른 사람들하고도."

"왜요?" 목이 멘 서니가 헐떡거리다가 재채기를 했다. 그 애는 솜털이 보송한 손등으로 코를 훔치고는 손바닥으로 눈가도 훔쳤다. "왜요?"

"조금만 할 거야."

"조금만?"

"응."

"많이 안 해요?"

"많이 안 해."

"아예 안 하면 안 돼요?"

"이야기를 해야 그 사이에 이야기를 하지 않을 수 있어."

"예?"

"밥을 먹으면 다음 밥 먹을 때까지는 밥 안 먹어도 되잖아."

서니는 놀란 듯했다. 어린 카닛의 동그란 눈이 더욱 커졌고 그 입이 오므라들었다. 고개를 갸웃거리며 생각하던 서니가 아이만이 할 수 있는 긍정을 담아 말했다.

"그렇네요?"

"그렇지?"

"밥을 계속 안 먹으면 배가 고파요. 꼬륵꼬륵 소리가 나요. 아침을 먹으면 점심때까지는 배가 안 고파요. 점심을 먹으면 저녁때까지 밥 안 먹어도 돼요."

"맞아. 똑똑하네."

"아…… 그렇구나."

이 기만에 대해 붙일 적절한 이름을 고안해낸 자가 있을지 궁금하다. 뭔가, 나는. 인류가 멸망할 지경인데 어딘지도 모를 곳에서 죽은 아이의 그림자에게 성취될 수 없는 약속을 하고 있는 나는 뭔가.

"저는 서니의 서니예요."

저 나비가 내 가슴을 지날 수 있을까? 방금 생긴 구멍으로.

"그러니?"

"서니는 자기를 바랐거든요. 그 서니요. 이 서니 말고. 이 서니는 그 서니가 바랐던 서니. 으."

서니는 자신의 말에 현기증을 일으키듯 몸을 앞뒤로 흔들었다. 눈을 빠르게 깜빡인 카닛 아이는 갑자기 새침한 표정으로 손가락을 구부렸다 폈다 하더니 환한 얼굴이 되었다.

"세 개!"

서니는 엄지와 소지를 구부려 가운데 있는 세 손가락만으로 숫자 3을 표현했다. 자기 손가락이 그렇게 움직일 수 있다는 사실이 놀랍고 기특해서 서니는 가슴을 젖히며 웃었다. 그리고 고개를 숙여 3을 표현하고 있는 자기 손을 다시 내려다보았다. 그게 여전히 거기 있다는 사실에 서니는 신이 난 것 같았다.

"셋!"

나는 손가락 세 개를 같은 모양으로 펴서 서니의 손 옆으로 가져갔다. 그리고 말했다.

"여섯."

이 충격적 반전에 놀란 서니는 눈이 휘둥그레져서 자신의 손과 내 손을 보았다. 고개를 까딱이며 숫자를 세던 서니는 갑자기 이 의미를 깨달았다는 표정을 지었다. 서니는 환호했다.

"서니 여섯 살!"

"서니 여섯 살."

서니는 일어나 꺅 꺅 소리를 내며 달렸다. 작은 돌풍 같은 기세로 내 주위를 몇 바퀴 돈 서니는 길게 뻗은 내 다리 위에 풀썩 엎드리더니 쌕 쌕 소리를 내며 나를 올려다보았다.

"조금만 이야기해요?"

"조금만 이야기해."

서니는 내 다리 위에서 헤엄을 쳤다. 신음을 흘리거나 윽 소리를 내지 않기 위해 안간힘을 써야 했다. 서니. 네가 가볍긴 하지만 무릎의 그 부분은! 그런데 자세히 보니 서니는 내 무릎 위에 배를 얹고 두 손으로 내 다리 옆의 땅을 휘휘 쓸었다. 아이가 바닥에 쏟아진 종이들을 마구 휘젓는 모습이 생각났다. 모습이 꼭 그러했다.

종이가 밀려나며 바닥이 드러나듯 흙이 옆으로 쓸려나가며 투명한 바닥이 나타났다.

놀라서 바라보는 가운데 서니는 버둥버둥 뒤로 헤엄치더니 내 무릎 반대편에 섰다. 나는 다리를 끌어당겨 엎드린 자세가 되어 드러난 바닥을 살폈다. 혼란스러워졌다. 내가 보고 있는 것의 광경을 이해하느라 엎드린 채 구멍 주위를 한 바퀴 돌아야 했다.

그러니까, 좌표가 다르다. 내가 있는 곳의 수평이 구멍 반대편에선 수직이다. 그래서 내가 폴짝 뛰어 이 구멍으로 꼿꼿이 떨어지면 구멍 반대편에선 지면을 상대로 엎드린 자세, 혹은 누운 자세가 될 것 같다. 엎드린 자세가 나을 것 같다. 애석하게도 반대편의 지면이 구멍에 근접해 있지 않았다. 반대편에 서서 이쪽을 보면 허공에 구멍이 난 것처럼 보일 듯하다. 혹시 이쪽 구멍을 더 넓히면 저쪽 지면까지 닿지 않을까 싶어 땅을 손바닥으로 쓸어보았다. 안 되는군. 서니한테 부탁할 수도 있겠지만, 그냥 이 정도로 만족해야겠다. 더는 시간을 끌 수 없으니.

구멍 저편으로 보이는 검붉은 광선에 가지가 돋아 있었다.

고개를 들어 이쪽 세계에서 보이는 광선을 보았다. 아까 보았을 때와 마찬가지로 거기 있었다. 구멍 안쪽을 보니 조금 전과 마찬가지로 광선이 있었다. 아, 좋아. 내가 있는 곳은 어느 식물들의 총합 이상인 식물이니까. 내가 유념해야 할 건 구멍 너머의 저쪽 광선이겠지. 그쪽 광선이 더 의미심장한 차이점을 가지고 있기도 했고.

서로 반대 방향으로부터 허공을 팽팽하게 날아온 하얀 광선과 검은 광선이 검붉은 광선에서 모이고 있었다. 그 광선들이 어디서부터 날아오는 것인지는 쉽게 짐작할 수 있었다. 하나는 동쪽, 하나는 서쪽이겠지.

구멍으로 뛰어들려다가 서니를 보았다. 서니는 고개를 갸웃한 채 나를 보고 있었다. 이 아이는 서니가 아니다. 어떤 식물이겠지. 여기에 홀로 버리고 가는 것이 아니다…… 겉보기도 그랬으면 좋겠는데.

"서니의 서니. 넌 뭐니?"

카닛 아이는 방그레 웃었다. 아이는 똑바로 서더니 두 팔을 좌우로 펼쳤다.

"비누풀."

이게 내 욕이라는 건 아무 상관 없다. 이 후레자식 같으니!

내 모습을 한 비누풀이 싱글벙글 웃었다. 그러니까 내가 저런 식으로 웃는다는 말이군. 지금껏 별생각 없이 주변인들에게 가한 내 비정한 폭력을 어떻게 속죄하지.

"야."

"서극과 동극이 소환 신호 포착했다는 응답 신호를 보내고 있군. 짐 작하시겠지만 머지않아 저 선을 따라 휴스트라넬과 페르다이할이 날아올 거야."

"야."

비누풀이 들리지 않는 음악을 지휘하듯 손을 이리저리 흔들었다.

"왕을 선출하기 위해 지각이 생긴다 해도 어떤 식물은 여기에 신경을 쓰고, 어떤 식물은 저기에 신경을 쓰고, 어떤 식물은 아무 데도 신경을 안 쓰고…… 어떤 식물은 사람을 위해 변해. 당신들처럼 생각하면 혼란스러울 거야. 그냥 전부들 자기 맘대로지. 왕이야 이미 정해져 있으니. 난 그 아이가 죽을 때 옆에 있었어. 그 주변이 잘 보였지?"

"잘 보였어. 그러면 내 의식이니 뭐니 하는 건 뭔 소리야?"

"말했잖아?"

"덴워드 이카드를 죽이라고. 그게 서니의 서니에게 무슨 도움이 되지?"

"아빠 엄마 안 죽잖아."

"……그래서?"

"살아 있어야 잊지."

"아, 그래?"

"잊지 못한 채 죽으면 언제 잊어. 살아 있어야 잊을 기회도 생기지. 똑똑한 비누풀. 논리 만점!"

"그러니까 네가 신경 쓰는 건 그것뿐이군."

"아버지. 아버지 아들이라 무슨 말 하는지 알겠어요. 고맙게 생각하셔야 해요. 예. 전 다른 건 아무 관심 없어요. 서니를 위해 잊혀질 서니가 되었고, 아버지 이용해서 서니를 잊어줄 부모도 살렸죠. 그게 답니다. 다른 식물들은 다른 사람들을 위해 변했죠. 미루나무도 고생이 많았으니 너무 탓하진 말아요. 그 쿤 씨는 바랄 걸 바라야 했어요. 션 그웬이라니. 덕분에 저를 공격하는 척하고 아버지를 공격하는 척하고…… 인류를 망하게 하려고 나름 애썼죠."

"'척'이라고?"

"사실 다 '척'이에요. 저도 그렇고. 아버지가 생각하는 진짜에 대비되는 가짜와는 좀 달라요. 어차피 식물은 진심 같은 거 없어요. 거짓도 없고. 그렇잖아요? 그러니 아버지 아들 대신 마가목이 효도 다 했다고 짜증 내진 말아요. 아버지를 위해 지데가 됐죠?"

"거기서 더 나가면 골육상쟁이다."

"알았어. 인마."

저런 물고를 낼 아들놈을 보았나. 도대체 누굴 닮은 건지! 나는 고개를 내흔들고는 구멍으로 뛰어들 채비를 했다. 그러다가 나는 비누풀을 향해 말했다.

"그런데 말이다."

"웅? 이제 작별해야지? 가서 이카드를 죽여."

"웅. 그래. 그래서 말해두겠는데."

"뭔데?"

"나 생각보다 자주 서니 이야기할 거 같다."

비누풀의 얼굴에서 방글방글 빛나던 미소가 서서히 옅어지다가 점점 빠르게 사라졌다. 내 자기애를 이런 식으로 드러낼 심산은 추호도 없었지만, 내 얼굴 정말 마음에 든다. 특히 저런 표정일 때가 최고였군.

"티르?"

"응. 그래. 건강하고 행복해라, 아들. 언제나 거품 잘 내고."

"어, 티르? 어? 아빠! 야! 아버지! 아버지!"

달려오는 비누풀에게 손을 흔들어주고 폴짝 뛰어 구멍에 뛰어들었다. 아, 잠깐. 방향!

원래 계획했던 엎드린 자세 대신 누운 자세로 떨어졌다. 형태상 그냥 바닥에 메다 꽂힌 꼴이나 다름없었고, 등을 때리는 땅의 강맹한 타격에 컥! 소리가 절로 나왔다.

그대로 누워서 할 수 있는 온갖 재미있는 일들을 다 포기하고 일어섰다. 사실 떠오르는 것이 없어서 쓸쓸했다. 사람이 이만큼 나이를 먹었다면 갑자기 태질 당하는 개구리 마냥 땅에 떨어지더라도 뭔가 흥미로운 일 한두 가지 정도는 찾아낼 수 있어야 하지 않나? 아쉽군.

비누풀 아들이 자리는 제대로 잡아놓았다. 봉수대로 이어지는 길이다. 미루나무가 움직이지 않았던 그곳이지. 도대체 왜 죽은 시늉을 했던 거지. 아아, 너무 빨리 들이닥치면 덴워드가 육거를 올릴 여유가 없을까 봐? 망할 놈. 아니면 그냥 다 '척'인가?

이쪽에서 보니 광선의 모습이 훨씬 위압적이다. 하얀 광선은 동쪽으로부터, 검은 광선은 서쪽으로부터 날아오고 있었다. 그런데 좁은 구멍을 통해 볼 때는 미처 보지 못했던 것도 눈에 들어왔다. 하얀 광선이 날아오고 있는 하늘엔 새하얀 구름이 잔뜩 끼어 있었다. 여름철의 하늘을 주름잡는 웅장한 뭉게구름이야 나도 익숙하지만 저건…… 그냥 다른 세계 같다는 느낌이다. 크기가 우리 것보다 조금 작은 새하얀 세계가 우리 세계의 머리 위를 지나쳐가는 것 같다. 어쩌나 조밀하고 묵직해 보이는지 그게 하늘에 떠 있다는 것이 믿기 어려운 뭉게구름은 동쪽에서부터 광선을 따라 이쪽으로 하늘을 잠식해오고 있었다.

서쪽도 가관이다. 그 내부에 지글거리는 번개를 잔뜩 품은 채 서쪽에서부터 다가오는 먹구름은 육식성으로 보였다. 구름을 보고 그런 느낌을 받는 것이 어이가 없었지만 정말 저 먹구름은 다른 구름을 사냥해서 잡아먹을 것 같다. 저것들은 페르다이할과 휴스트라넬의 깃발인가? 아니면 탈것? 그들의 궁전일지도 모른다는 상상에 소름이 돋았다. 내 상상력의 방약무인함이라니.

헐떡이며 봉수대에 들어섰다.

'역시'라고 해야 할지 '제발 좀!'이라고 해야 할지 모르겠다. 덴워드 이카드는 봉수대 공터 한가운데서 두 팔을 하늘로 들어 올리고 눈을 꼭 감은 채 뭔가를 중얼거리고 있었다. 그런 상태인지라 내 접근도 깨닫지 못하고 있었다. 무방비한 상대를 공격하는 짓은 하고 싶지 않았다. 그럴 수야 있나. 그래서 나는 덴워드를 향해 달리다가 고함을 질렀다.

"야, 덴워드 이카드 —!"

덴워드가 눈을 떴고 놀라서 나를 보았다. 나는 그를 향해 환하게 웃어주었다. 아들아. 죽이라고? 그래. 이제 어린애가 죽을 때가 되었지.

나는 달려가는 기세를 실어 덴워드의 뺨을 후려쳤다.

내 손을 인명이나 신체에 위해를 가하기 위한 목적으로 제작된 장구라곤 못하겠지.

움직임을 멈췄을 때 나는 덴워드의 등 뒤편까지 도달해 있었다. 어떻게 그렇게 했는지 모르겠지만 어쨌든 그렇게 했다. 그래서 나는 쓰러지는 덴워드를 보지는 못했다. 화끈거리는 손을 흔들며 돌아섰을 때 덴워드는 이미 바닥에서 반쯤 일어나 있었다. 그게 그의 최선이었다. 덴워드는 뺨에 손을 얹은 채 툭 튀어나온 눈으로 나를 보는 것 외에 아무것도 하지 못했다. 그에게 기다리는 뜻이 모호하게 담긴 손짓을 하고 나는 달려오면서 보았던 상자를 걷어찼다. 광선을 뿜어 올리던 상자다. 덴워드가 비명을 질렀을 때 상자는 이미 나동그라졌고 검붉은 광선은 사라졌다.

무슨 일이 일어날지 상상도 할 수 없기에 잔뜩 긴장한 채 하늘을 보았다. 검붉은 수직 광선을 옆에서 찌르고 있던 하얀 광선과 검은 광선은 목표를 잃은 채 천천히 흔들리고 있었다. 반대편 하늘 끝까지 날아가는 그 광선들이 맞은편의 구름을 스칠 땐 엄청난 충돌이 일어나나 싶어 가슴이 조마조마했다. 하지만 광선은 실질적 피해를 주지 않는 모양이다. 하얀 광선이 검은 구름을 몇 번이나 헤집고 검은 광선도 하얀 구름을 조심성 없게 베었지만 아무 일도 일어나지 않았다.

그리고 광선들이 싹 사라졌다.

이제 상공의 1/3은 뭉게구름이, 1/3은 먹구름이, 그리고 나머지 1/3은 양쪽에 있는 구름 때문에 질린 듯한 하늘이 차지하고 있었다. 나는 하늘을 향해 상체를 한껏 젖히고 두 손바닥은 입 주위에 세웠다. 그리고 나는 내가 뭐라고 말할지 전혀 생각해 두지 않았다는 것을 깨달았다. 뭐라고 하지?

"오늘 작업 취슙니다! 퇴근하세요!"

덴워드가 있던 방향에서 몹시 해괴한 소리가 들려왔다. 나는 그쪽을 보지 않았다. 쳐다봤더라도 앞이 캄캄해서 아무것도 안 보였을 것 같다.

자칫 먼 길 가게 될지도 모르는 아버지에게 보내는 불효자의 선물인지, 아니면 아직도 비누풀이 어린 옷을 입고 있어서 그런지 모르겠지만 시야가 넓어졌다. 나는 이 주변의 모든 비누풀들과 함께 구름을 보았다. 무진장하게 넓은 시야로 보아도 구름은 여전히 측량할 수 없이 거대했다. 제발, 돌아가시오. 동극이여, 서극이여. 만나지 않겠다 했던 그 옛날의 약속에 담긴 무거운 뜻을 다시 떠올리시고…… 자기가 근사하지 않아서 불만인 애가 폭주해버린 흔해 빠진 사건이니 나잇살 먹은 양반들이 덩달아 날뛰지 말고 좀 돌아가라!

차가운 것이 머리를 때렸다. 그게 뭔지 깨닫는 순간 쏴아아 소리와 함께 비가 내렸다.

먹구름에서 비가 떨어지고 있었다. 구름에 머리가 있다면 그걸 수집하고 돌아다녔을 것 같던 먹구름이 이젠 평범한 비구름으로 보였다. 동쪽의 뭉게구름은 이제 조금씩 결이 풀리듯 흩어지고 있었다. 저러다간 두 구름이 뒤섞일 것 같은데.

그때 천둥과 벼락이 내게 안부를 물었다.

그렇게 높은 분이 안부를 물어주니 감격해서 몸 둘 바를 알 수 없었다. 그래서 귀를 틀어막고 눈을 꼭 감은 채 눈꺼풀 안에서 번뜩이는 온갖 빛깔을 감상했다. 혹시 시력이 어떻게 된 건 아니겠지. 그러고 보니 여긴 봉수대잖아. 주변에서 제일 벼락 맞기 좋은 곳이다. 그 점을 어찌 해결하나 고민하는데 천둥이 다시 말을 걸었다. 그런데 그걸 알아들을 수가 있었다.

— 식물이냐? —

휴스트라넬? 페르다이할? 어떻게 대답해야 하나.

"저, 예. 그렇습니다."

— 그러면 사람 잘못이군. —

"……항상 그런가 보죠?"

— 간신히, 아니. —

"죄송합니다."

— 황족은 죽었나? —

놀라서 심장이 멎을 뻔했다.

"어, 진짜로, 정말 죽여야 합니까? 뭐, 두 분을 함부로 불렀다거나……"

— 안 그랬으면 좋겠다. —

"아."

— 부탁이다. —

"안 죽였습니다. 안 죽일 겁니다."

— 좋다. —

천둥이 머뭇거리는 듯한 기이한 정적이 조금 있었다. 그리고 다시 내 귀가 난타당했다.

─혹시 네가 죽을 건가?─

"아니오!"

─좋다.─

"저, 예전엔 사람을 죽였습니까?"

─안 부르면 될 텐데 꼭 불러놓고는 죽음으로 취소한다고 난리였다.─

"……그랬습니까."

─말리기도 피곤했다.─

"정말 폐가 많았습니다."

─좀 부르지 마라. 한 번도 안 해봐서 잘 될지도 모르겠다. 불안하다.─

"……미력하지만 애써보겠습니다."

─좋다.─

빗발이 더 시원해졌다.

"저, 가셨습니까?"

─안 갔다.─

"아! 송구합니다."

─이거 움직이기 힘들다.─

"예. 그럴 것 같군요. 제 생각이 짧았습니다."

─좀 부르지 마라.─

"알겠습니다."

— 부탁이다. —

"명심하겠습니다."

— 좋다. —

언제까지 비를 맞고 있어야 할지 알 수 없어서, 그리고 그게 꽤 길어질 것 같아서 불안해졌다. 이쪽에서 불러 힘들게 오신 분들이 헛수고하고 (역시 힘들게) 떠나시는데 배웅을 엉성하게 해치울 수도 없고. 이 노릇을 어떻게 하지.

얼마나 지나면 가신 거냐고 한 번 더 물어볼 수 있을까?

속으로 숫자라도 세어볼까.

실포 언덕을 뒤덮었던 기묘한 나무와 풀들은 휴스트라넬과 페르다이할이 떠나는 순간 모두 사라졌다. 사람들은 그렇게 말했고 나는 그것들이 예전의 모습으로 돌아간 거라고 설명하려다가 필요한 설명이 너무 많은 것을 깨닫고 포기했다. 나라부스 의장은 익숙한 모습이 된 묘지의 첫 방문자가 되었다. 방문자라기보다는 출현자라고 해야 할 것 같다. 나라부스 의장은 그곳 어딘가에서 홀연히 나타난 다음, 스스로도 자신의 상태를 설명할 수 없다는 것에 몹시 곤혹스러워하며 언덕을 내려왔다.

마하단 쿤은 리판골 근처의 미루나무에 널려진 빨래 비슷한 모습으로 발견되었다. 마하단은 자신이 어떤 과정을 통해 그런 상태에 이르렀는지 전혀 기억하지 못한다고 주장했다.

케이토가 돌아오는 모습은 누구에게도 목격되지 않았다. 케이토는 여느 날 아침과 마찬가지로 완벽하게 옷을 차려입고 밖으로 나와 마당을 비질하는 모습을 이웃 주민에게 목격됨으로써 자신이 실포 언덕에서 돌아왔음을 주변에 알렸다. 잠깐. 이웃 주민이라니. 그 근처에 그럴 만한 이웃집이 있나? 어, 설마 '그 년' 가설이?

포인도트 부부가 발견된 곳 주변에 독미나리들이 있었다는 말을 들었을 때 나는 그 독미나리들이 열 포기가량이지 않았느냐고 물어보려다가 말았다. 독미나리가 아닐 수도 있다. 확인한 것은 아니니. 하지만 독미나리는 처음부터 포인도트 부부와 깊게 관련되어 있었던 식물이다. 흐음. 모르겠다. 이젠 내 아들놈하고도 연락이 안 되고. 토끼봉 아래의 환기공으로 들어가 옛 갱도를 걸은 사람은 전부 실포 언덕으로 나오게 되었다. 나 또한 확인해 보았다. 사실이었다.

니바이 알루스의 휴가 계획이 마음에 걸렸다. 최근의 사태 때문에 인간 모습과 호랑이 모습을 너무 빈번하게 오가서 심적 피로가 쌓인 니바이는 휴양을 겸해 오랜만에 사마귀 여동생을 — 수명 단축의 위험 때문에 사마귀 모습은 거의 하지 않으니 이런 명칭은 부적절할지도 모르지만, 본인은 자신이 원래 사마귀라는 것을 감추기는커녕 오히려 잊지 않으려 하기에 그런 명칭을 반기는 편이라고 한다. — 만나러 가기로 했다. 나무랄 데 없는 그 계획에 내가 불안감을 느낀 건 그때 처음으로 니바이의 여동생이 어디 사는지 알게 되었기 때문이다.

"동생이 야님 숲 근처에 산다고?"

"예. 그 숲은 꽤 깊다고 들었습니다. 호랑이 모습으로 좀 오래 지낼 수도 있을 것 같습니다."

야님 숲…… 돌연변이 후손을 바라는 이름 없는 식물…… 아니제이…… 종을 뛰어넘을 뿐만 아니라 계를 뛰어넘을 수도 있는 놀라운 포용력과 무한한 사랑…… 너무 깊이 생각하진 말자. 응. 그럴 필요 없어. ……젠장, 안셀!

허나 내가 그 이름 없는 식물에 대해 확인해 둘 것은 하나 있다. 모든 식물의 동의를 표시하는 상징은 있어야 한다고 했는데. 나라부스 의장은 그 식물을 위해 지상과 지하의 주인의 검을 재배했을까? 만약 하지 않았다면 초화산 폭발을 대신 맞아줄 호부왕이 탄생하지 않게된다. 그래서 모서리를 배회하는 바람의 결에서 가을의 냄새가 조금씩배어 나오는 어느 늦여름 아침, 나는 침묵원을 향해 어슬렁어슬렁 걸어갔다.

책장나무 근처에 있는 나라부스 의장을 보았을 때 참 한결같다고, 그래서 약간 심심한 기분도 든다고 생각했다. 지난 나흘 동안 똑같은 모습이었으므로. 그에게 다가가지는 않았다. 대신 들고 온 꾸러미를 펼쳤다.

꾸러미 안에선 보라색 장검이 나왔다. 텐워드는 이 검을 어딘가에서 잃어버렸다는 내 말에 별다른 항의를 하지 않았다. 그때 봉수대 위에서 엿들었던 대화에 충격이 너무 컸던 것인지, 아니면 필요할 때가 되면 이 검이 나타나 목표를 가리키게 될 거라고 믿는 것인지 모르겠다. 그래서 난 이 검으로 일종의 실험을 하고 있었다. 흐음. 내 장검과 이 검을 똑같은 꾸러미로 만들어두고 매일 아침 둘 중 하나를 무작위로 들고왔는데 나흘 연속으로 보라색 장검이라. 물론 아무 뜻도 아닐 수 있지. 심심하다면 계속해볼 수도 있고. 그런데 난 심심할 틈이 없는 보안관 조수인데. 관둘까.

그대로 돌아가려다가 호기심을 느꼈다. 만일 내일부터 오지 않는다면, 오늘은 도대체 의장이 뭘 기르고 있는지 확인해 보는 것도 괜찮을 것 같았다. 지난 나흘 내내 의장은 책장나무 근처에 서 있었지만, 책장나무 바로 앞에 있는 건 아니었다. 책장나무의 오른편이라고 해야 정확할 것이다. 재배 가구를 하나 늘린 건가?

나는 멀찌감치서 인사말을 던지고 의장에게 다가갔다.

"어서 오게, 티르."

"뭘 하나 늘리셨어요? 지금 재배하시는 것으로 손이 한 가득이라 더 늘릴 생각은 없다고 하셨던 것 같은데."

"아, 그래. 원래 늘릴 생각은 없어. 그런데 이건 특별하게 부탁받은 거라서."

나는 바닥에 꽂혀 있는 어쩐지 볼썽사나운 작대기를 보았다. 이건 묘목도 아니고, 뭐지? 처음 느낀 느낌 그대로 그냥 막대기를 하나 땅에 꽂아놓은 것 같았다.

"이게 뭡니까?"

"마가목."

나는 입을 다물었다가 조금 후 미소를 지었다.

"허, 그냥 작대기 같네요. 이런 식으로 기를 수도 있습니까?"

식물과 그 재배에 대한 대화는 곧 의장을 쾌활하게 만들었다.

"꺾꽂이라고 해야겠지? 음. 마가목도 원래 꺾꽂이가 되기는 되는데, 봄에 해야 해. 이런 눈도 없는 가지로는 안 되지. 이 상태라면 차라리 열매를 가지고 종자 번식을 하는 것이 훨씬 나은데 말이야. 시기를 봐도 그렇고. 그런데 케이토 그 사람이, 이걸 어디서 구해왔는지 모르겠지만 꼭 이 상태 그대로 기를 수 없냐고 물어보더라고. 이야기를 나누다 보니 나도 한 번 도전해 보고 싶은 생각이 들었고. 그래서 에라 한 번 해보자 싶었지. 잘 되면 내년 봄쯤에 그 친구 집에 옮겨 심을 수 있을지도 몰라. 물론 겨울 오기도 전에 죽어버릴 가능성이 더 크다는 건 인정해야겠지. 그런데 왠지 잘 될 것 같아. 이상하지? 하하."

〈끝〉

오버 더 초이스

1판 1쇄 펴냄 2018년 6월 21일
1판 8쇄 펴냄 2022년 2월 25일

지은이 | 이영도
발행인 | 박근섭
편집인 | 김준혁
펴낸곳 | 황금가지

출판등록 | 2009. 10. 8 (제2009-000273호)
주소 | 06027 서울 강남구 도산대로 1길 62 강남출판문화센터 5층
전화 | **영업부** 515-2000 **편집부** 3446-8774 **팩시밀리** 515-2007
홈페이지 | www.goldenbough.co.kr

도서 파본 등의 이유로 반송이 필요할 경우에는 구매처에서 교환하시고
출판사 교환이 필요할 경우에는 아래 주소로 반송 사유를 적어 도서와 함께 보내주세요.
06027 서울 강남구 도산대로 1길 62 강남출판문화센터 6층 민음인 마케팅부

© 이영도, 2018. Printed in Seoul, Korea

ISBN 979-11-5888-396-6 04810 오버 더 초이스(양장)
ISBN 979-11-5888-398-0 04810 오버 더 초이스(세트)

㈜민음인은 민음사 출판 그룹의 자회사입니다.
황금가지는 ㈜민음인의 픽션 전문 출간 브랜드입니다.